# अकाल सन्ध्या



रामधारी सिंह दिवाकर

वाणी प्रकाशन ग्रुप
भारतीय ज्ञानपीठ
वाणी प्रकाशन : भारतीय ज्ञानपीठ की पुस्तकों के एकमात्र प्रकाशक एवं वितरक

लोकोदय ग्रन्थमाला : ग्रन्थांक 872

पेपरबैक पहला संस्करण : 2021
पेपरबैक दूसरा संस्करण : 2024
पेपरबैक तीसरा संस्करण : 2026

वाणी प्रकाशन : भारतीय ज्ञानपीठ की पुस्तकों के एकमात्र प्रकाशक एवं वितरक

**वाणी प्रकाशन**

4695, 21-ए, दरियागंज, नयी दिल्ली-110 002
दूरभाष : 011-23273167, 23275710
ईमेल : sales@vaniprakashan.in
www.vaniprakashan.com

**ISBN : 978-93-5775-796-6**

**मूल्य : ₹ 395**

**अकाल सन्ध्या**
*(उपन्यास)*
**रामधारी सिंह दिवाकर**



AKAAL SANDHYA
*(Novel)*
by Ramdhari Singh Diwakar

आवरण-चित्र : डॉ. लाल रत्नाकर
मुद्रक : आर. टेक ऑफ़सेट प्रिंटर्स, दिल्ली-110 032

# कथाक्रम

एक

# लालपटोरी नदी और सीमेंट का पुल

सूखी नदी पर सीमेंट का पुल! नीचे बहती रेत की नदी!...नहीं, रेत की भी कहीं नदी होती है? भरम होता है माई को। सूरज की चकमक रोशनी में बालू का विस्तार नदी की धारा-जैसा दिखता है।

लेकिन एक नदी थी यहाँ।...''सुनते हो, हो बबलू? यहाँ एक नदी थी। लालपटोरी नदी।'' इंटर साइंस में पढ़ने वाले बबलू को नानी की ऐसी बेमतलब की बातों में जरा भी दिलचस्पी नहीं थी। उसने बड़े बेमन से हूँ-हाँ में नानी को जवाब दिया और पुल के दाएँ-बाएँ बालू के विस्तार में झौआ और आक के पौधों की झाड़ियों को देखने लगा। झाड़ियाँ उजली धूप पर दागों की तरह दिखाई पड़ती थीं।

माई बबलू को बताना चाहती थीं लालपटोरी नदी के विषय में। बताना चाहती थीं इस नदी की कथा। रिक्शेवाले ने माई से कहा, ''इस नद्दी को सिन्हुरिया नद्दी कहते हैं हम लोग।''

''दोनों नाम हैं—लालपटोरी और सिन्हुरिया, दोनों नाम हैं। जानते हो काहे नाम पड़ा सिन्हुरिया?'' माई रिक्शेवाले से पूछती हैं। रिक्शेवाला हाँफता हुआ रिक्शा खींच रहा था, बात क्या करता। माई बोलीं, ''उधर उत्तर की तरफ इसी नदी को कजरी नदी कहते हैं। कहीं कजरी, कहीं कारी कोसी। इधर वही नदी लालपटोरी नदी हो जाती है।'' माई बबलू की तरफ देखने लगीं, ''जानते हो बबलू, काहे नाम पड़ा लालपटोरी?''

बबलू को क्या लेना-देना नाम-वाम से! बस नानी का मन रखने के लिए उसने यों ही पूछ लिया, ''हाँ, कहो। काहे नाम पड़ा?''

माई नदी के बलुआही कछार की ओर देखती जैसे अपने आप से कहने लगीं, ''लालपटोरी नदी के साथ एक कथा है, महुआ घटवारिन की कथा।''

...महुआ घाट की घटवारिन थी। अति सुन्दरी। उसकी थी सौतेली माँ! बाप रे!...फूटी आँखों नहीं सुहाती थी सौतेली बेटी! डाइन थी डाइन। बेच दी सौतेली

बेटी को एक सौदागर के हाथ। लेकिन महुआ को क्या पता कि वह बिक चुकी है। वह तो रास्ता देख रही थी उस राजकुमार का जो उसके आँचर में उड़हुल के फूल देकर गया था और बोला था कि तुम मेरी राह देखना। महुआ की सौतेली माँ बेटी से बोली कि चलो नदी पार बिसहरी का मेला देखने। भोली-भाली बेचारी महुआ। क्या पता कि उसकी राक्षसिनी माँ क्या कर रही है। महुआ ने सोलहों सिंगार किये और चली बिसहरी का मेला देखने। नदी पार किया, लेकिन आगे सुनसान। कहीं मेला-ठेला नहीं। सामने उस पार सौदागर था। सौदागर महुआ को पकड़कर ले चला। बीच में नदी थी। नदी में नाव। नाव नदी के बीच में पहुँची कि महुआ कूद गयी बीच मझधार में। आँचल के फूल नदी में तैरने लगे। नदी में डूब गयी महुआ। हाथ मलता चला गया सौदागर।

उसके बाद उसी घाट पर राजकुमार जयसिंह सूरा आया। कुछ ही दिन पहले जयसिंह ने महुआ के आँचल में उड़हुल के फूल रखते हुए कहा था, "मैं नेपाल जा रहा हूँ महुआ। मेरे पिता को नेपाल के राजा ने कैद कर लिया है। मैं अपने पिता को जेल से छुड़ाने जा रहा हूँ। यदि मैं युद्ध में मारा गया तब तो कोई बात नहीं, यदि जिन्दा रहा तो लौटूँगा इसी घाट से। तुम मेरी राह देखना। तुम्हारे आँचल में ये फूल दिये जाता हूँ। इन्हें सँजोकर रखना। लौटते समय मैं तुमसे विवाह कर अपने महल में ले जाऊँगा।"

लेकिन महुआ तो नदी में छलाँग लगा चुकी थी। जयसिंह को जब पता चला कि महुआ इसी घाट पर डूबी है, उसने अपने साथ लाया सिन्दूर नदी में फेंक दिया, ठीक उसी जगह जहाँ डूबी थी महुआ। फैल गया नदी के पानी पर सिन्दूर। नदी लाल हो गयी, एकदम सिन्दूरी।...

तभी से इस नदी का पानी लाल है। अचरज की बात! 'सिरा' में इसी नदी का पानी सियाह है, एकदम लाल और 'भाटा' में लाल है, उड़हुल फूल-जैसा! सिन्दूरी। लाल पटोरी! महुआ घाट से कारी कोसी की धारा लाल हो जाती है।

बबलू ने माई की कही कथा आधी सुनी, आधी नहीं सुनी। माई ने रिक्शेवाले से पूछा, "तुम तो यहीं के रहने वाले हो न?" पाइडिल पर पैर मारते हुए रिक्शेवाले ने कहा, "हाँ, यही का हूँ मालकिन! इसी शहर में घर है अपना।"

"तब तो जानते होंगे कि एक नदी थी यहाँ।"

"हाँ, थी एक नद्दी! सावन-भादों में एक नद्दी हो जाती है आज भी। बाकी महीनों में बस पतली-सी धार बहती है।"

"हाँ, सूख जाती है नदी, लेकिन पूरी सूखती नहीं, पतली-सी धार बहती रहती है बारहों महीने।"

माई नदी के पलार पर बालू के उजले विस्तार को उदास आँखों से देखती

रहीं। बालू-ही-बालू। सीमान्त पर ताड़-खजूर के जंगल और उसके आगे नीला आकाश।

उतरते चैत महीने का आखिर पहर। चटक धूप थी उजली-चमकीली। उस तिर्यक धूप में बालू के कण कभी-कभी चिंगारियों की तरह चमक उठते थे—पानी में जैसे सफरी मछली तैर रही हो।

पुल के उस पार कोलतार की सड़क टूटी हुई थी। जहाँ-तहाँ गड्ढे थे। माई ने बबलू से कहा, "रे बबलू रिक्शे से उतर जा। रास्ता खराब है।" बबलू रिक्शे पर बैठा रहा और माई को इस तरह देखता रहा जैसे उसने कुछ सुना ही न हो।

"सुना नहीं तुमने?" माई ने बबलू को इस बार आदेश-जैसा दिया।

"रिक्शे से क्यों उतरूँ नानी? रिक्शेवाला तो खींच ही रहा है। कहाँ बोल रहा है कुछ।"

"तेरा मन कुछ नहीं बोल रहा है क्या? देखते नहीं, बेचारा रिक्शा खींचते-खींचते हाँफ रहा है?"

गाँव तक जाने वाली पक्की सड़क देखकर माँ को घबहा कुत्ते की याद आयी। घाव से भरी देहवाला कुत्ता। सड़क पर ईंट के टुकड़े, रोड़े और गड्ढे। पूरी तरह एक टूटा हुआ रास्ता। भग्न पथ। रिक्शेवाला हाथ से खींचे जा रहा था रिक्शा और कह रहा था, "आप बैठ जाइए माँ जी।" लेकिन माई बैठी नहीं, न बबलू को रिक्शे पर बैठने दिया।

पुल के पार हाजी टोला जिसे मियाँ टोली भी कहते हैं लोग। बहुत पहले आठ-दस परिवार थे हाजी टोले में, अब सैकड़ों घर हैं।

हाजी टोले के बाद सड़क कुछ ठीक थी। रिक्शेवाले ने माई से कहा, "आइए, अब बैठ जाइए रिक्शे पर।" लेकिन माई बैठीं नहीं। चलती रहीं रास्ते के किनारे-किनारे। पीछे-पीछे नाती बबलू।

हाजी टोले के बाद थोड़ी दूर का सुनसान, फिर सरेह! बाध-बन, पेड़-पौधे। उसके बाद बड़का गाँव का शिव मन्दिर, फिर बड़का टोले के बड़े लोगों के घर। इसी टोले में गाँव के नामी जमींदार बाबू हरिवंश शर्मा के बेटे सुरवंश शर्मा की हवेली है। हवेली की बड़ी मालकिन हथुआ इस्टेट वाली।

माई ने हाथ जोड़कर शिव मन्दिर को प्रणाम किया। याद आया कि पहली विदाई में गाँव आयी थीं तब इसी मन्दिर के पास कहारों ने डोली रखी थी—मन्दिर में शिवजी के दर्शन कर लें दुलहिन।

शिव मन्दिर के आगे जहाँ सड़क अपने गाँव की तरफ मुड़ती है, उसी मोड़ के आगे है कबिराहा मठ। बीच में अमराई। माई ने आँखें उठाकर उधर देखा। बहुत पुराना है कबिराहा मठ। माई को याद आया कि इसी मठ में रहती थी मायराम

दासिन। खड़ाऊँ पहनती थी। उजली धोती में उसका जवान साँवला शरीर। एकदम खलीफा लगती थी देखने में। बात-बात में मुँह से गन्दी-गन्दी मर्दाना गालियाँ निकलती थीं—मठ के साधु-सन्त डर से सुकपुक करते थे। बाद में किसी साधु के साथ कहीं चली गयीं।

कटिहार में बेटी निर्मला के घर महीने भर रहकर लौटी हैं माई। लौटने लगीं तो कोई साथ आने को तैयार नहीं था। आखिर बबलू को माँ-बाप की फटकार पड़ी तब जाकर माई को गाँव तक पहुँचाने के लिए तैयार हुआ। डेढ़-दो साल पहले भी बबलू ही माई को पहुँचाने आया था।

शाम हो गयी टोले तक पहुँचते-पहुँचते। माई का घर भी तो बबुआन टोले के एकदम अन्तिम छोर पर है।

खपरैल के दालान में महाबिर मियाँ मन मारे बैठा था। शायद ऊँघ रहा था। माई को जैसे ही उसने रिक्शे से उतरते देखा, अचानक ऐसा लगा जैसे बुझते दीये में तेल डाल दिया गया हो। झपटता हुआ वह रिक्शे के पास आया और मुस्कराते हुए माई के पैरों पर झुक गया। अन्दर से सौखीलाल की घरवाली निकल आयी। फिर उसके दोनों बच्चे आ गये।

सौखीलाल अपने बाल-बच्चों और घरवाली के साथ माई के घर में ही रहता है। पुश्तैनी मजदूर है सौखी इस परिवार का। पहले उधर खवास टोली में रहता था। नन्दू के बाबूजी के इन्तकाल के बाद जब नन्दू भी अमेरिका चला गया और माई एकदम अकेली पड़ गयीं तब सौखी का परिवार माई का परिवार हो गया।

माई घर के अन्दर नहीं गयीं। दालान के सामने बबलू के साथ खड़ी कुछ सोचती रहीं। ठीक ही कहता था रिक्शेवाला कि शाम हो जाएगी पहुँचते-पहुँचते। आखिर हो गयी शाम। अब तो लौट नहीं सकेगा रिक्शेवाला। माई ने सौखी की घरवाली से कहा, "अरे, रिक्शेवाले को पानी-वानी दे गोड़-हाथ धोने के लिए।" सौखी की घरवाली सामने के कुएँ की तरफ देख रही थी और कहना चाहती थी कि सामने वहाँ कुआँ तो है ही।

कहना नहीं पड़ा। रिक्शेवाला कुएँ पर चला गया और हाथ-मुँह धोकर दालान में आ गया। लालटेन आ गयी थी, हालाँकि अभी पूरा अँधेरा नहीं हुआ था। माई ने रिक्शेवाले से कहा, "आज रात को यहीं रह जाओ बेटा। दिन-समय खराब है। पुल के पास चोर-चिहार-बटमार रहते हैं। रह जाओ आज भर।"

बबलू रिक्शेवाले से चिढ़ा हुआ था। चिढ़ का कारण मिरचाईबाड़ी चौक पर भाड़े को लेकर हुई किचकिच थी। बीस रुपये से कम पर गाँव आने के लिए रिक्शेवाला तैयार नहीं हो रहा था।

दालान में गुमसुम बैठे रिक्शेवाले को सौखीलाल की घरवाली टिनहा थाली

में खाना दे गयी, रोटियाँ और थोड़ी-सी तरकारी। माई आगे कुएँ की जगत के पास खड़ी थीं। उनके मन में जाने क्या आया कि रिक्शेवाले के सामने परोसी हुई थाली देखने चली गयीं।

देखा तो रोटियाँ और थोड़ी-सी तरकारी। उन्होंने आँगन की तरफ जाती सौखीलाल की घरवाली से कहा, "अरे पुरैनीवाली, खीर भी बनी है न? खीर क्यों नहीं दी इसको?" सौखीलाल की घरवाली अन्दर से कटोरे में खीर ले आयी और रिक्शेवाली की थाली में कटोरे को इस तरह उलटा जैसे छूत की बीमारी से ग्रस्त किसी भिखारी को कुछ खाने के लिए दे रही हो।

रात में माई दालान में आयीं तो देखा, रिक्शेवाला खाट पर सो रहा था। उसकी नाक ऐसे बज रही थी जैसे जाँते में कुछ पीसा जा रहा हो। बगल की चौकी पर महाबिर मियाँ लेटा था। माई ने महाबिर से कहा, "रे महाबिर, रिक्शा उधर कुएँ के पास लगा है, देखते रहना। गाँव में तो लोग अब हल-बैल तक चुराने लगे हैं। बेचारा रिक्शेवाला गरीब आदमी है। कहीं कोई रिक्शा चुरा ले गया तब क्या होगा! ऐसा करो कि रिक्शा गुड़काते हुए यहाँ ले आओ दालान के पास। सामने रहेगा। रात में जागकर सोना। देखते रहना।"

रिक्शेवाला इन सारी बातों से बेखबर फोंफ काट रहा था। माई भुनभुनाती हुई आँगन की तरफ जाने लगीं—चोर-चुहाड़ बढ़ गये हैं गाँव में। अब कोई साइकिल भी दुआर पर नहीं रखता। बेचारा रिक्शेवाला...।

अन्दर आँगन में गयीं। टॉर्च की रोशनी में अपने कमरे का किवाड़ देखा। वही बिलैये वाला किवाड़। स्मृति में हल्की-सी तरंग उठी। हवा के शीतल स्पर्श से जैसे स्फुरण हो आता है शरीर में। सोचने लगीं, बिलैये वाला यह किवाड़ अभी तक चल रहा है जैसे चलती आ रही है जिनगी। कितने बरस हो गये! नन्दू का जनम भी नहीं हुआ था तब। खपरैल वाला यह घर बना था नया-नया, पुराने घर को तोड़कर और बगान के पुराने शीशम के तख्ते से नन्दू के बाबूजी ने ये चौखट-किवाड़ बनवाये थे। इन्हीं के साथ यह पलंग भी बना था। बहुत पीछे के छूटे, धुँधले हो चुके समय पर सोचती हुई माई सो गयीं।

सूर्योदय के पहले कचपचिया चिड़ियों के शोर के साथ जब माँ की आँखें खुलीं तो सबसे पहले वे बाहर दुआर पर आयीं। रिक्शा सही-सलामत था। रात में न जाने कब उलटदास आया था। उधर चौकी के एक कोने पर सोया हुआ था। सौखी गाय और दोनों बैलों को गोहाल से निकाल कर बथान पर ले जा रहा था और पराती गुनगुना रहा था :

"भोर भई पंछी बन बोले
जागहु नन्ददुलारे।..."

पहर भर दिन चढ़ आया। रिक्शेवाला लौटने के लिए तैयार था। सौखीलाल का आग्रह था कि अब दुपहरिया का भोजन-भात हो ही जाय तब जाय रिक्शेवाला। माई ने भी कहा, "कवनो हड़बड़ी न हो तो खाना खाकर ही जाओ बेटा।"

रिक्शेवाला हँसने लगा, "दू पैसा कमाई नहीं होगी तो कैसे चलेगा घर-परिवार?"

माई के कहने पर सौखीलाल ने सत्तू, प्याज, हरी मिर्च, नमक और पानी भरा लोटा लाकर रिक्शेवाले के सामने रख दिया। छककर खाया रिक्शेवाले ने। माई ने रिक्शेवाले के गमछे में थोड़ा-सा सत्तू बँधवा दिया, "रास्ते में खा लेना।"

बगल के कस्बे की दूरी गाँव से पाँच-छह किलोमीटर से ज्यादा नहीं है। अब जाकर माई ने रिक्शेवाले का नाम पूछा।

"गनौरी! गनौरी महतो।"

माई ने पूरा पता लिया। महुआ टोली, बिजली घर के पास, बनर्जी बाबू वकील के मकान के पीछे।

"अब कभी आऊँगी कस्बे में तो तुम्हारे ही रिक्शे से लौटूँगी।"

बगल में खड़ा बबलू माई की बातों पर मुस्करा रहा था। बातों पर नहीं, मूर्खता पर! बेमतलब की इस आत्मीयता पर। उसने धीरे से कहा, "तुम भी हद करती हो नानी! इस मजदूर रिक्शेवाले से इतना पूछ-ताछ करने की क्या जरूरत थी? रिक्शेवाले ने पैसे लेकर तुमको पहुँचा दिया। बात खत्म।" माई ने अपने नाती को देखा और उसी की तरह मुस्कराने लगीं, बोलीं कुछ नहीं। बबलू शायद नानी का वह मन्तव्य समझ गया जो बोला नहीं गया था।

रिक्शेवाले को विदा करने माई के साथ सौखीलाल, उसकी घरवाली, महाबिर मियाँ और उलटदास कोलतार की सड़क तक आये। रिक्शेवाले ने सत्तू बँधे गमछे को हैंडिल में बाँधा और दोनों हाथ जोड़कर कहा, "परनाम मालकिन! परनाम!"

रिक्शेवाला प्रणाम करके रिक्शे पर बैठने ही वाला था कि पीछे से माई को फिर सुनाई पड़ा, "परनाम मालकिन!" माई ने मुड़कर देखा और पहचानने की कोशिश करने लगीं, "अरे बुद्धन! बुद्धन माँझी!"

"हाँ मालकिन, बुद्धन! मुसहर टोले का बुद्धन!"

"कहाँ जा रहे हो बुद्धन?"

"हाजी टोला। तीन-चार दिन का काम मिल गया है माटी-भराई का।"

माई ने रिक्शेवाले को रोका, "रे बेटा, इसको चढ़ा लो रिक्शे पर। हाजी टोले के पास उतर जाएगा। उधर जा ही रहे हो।"

बुद्धन लजा गया, "नय मालकिन, छोड़ दीजिए।"

"अरे, पैसे नहीं माँगेगा रिक्शेवाला।" माई हँसती हुई बोलीं। बुद्धन को असमंजस में खड़े देख रिक्शेवाले ने ही कहा, "आइए, बैठिए। उधर ही जाना है।"

बुद्धन माँझी को देख माई को एक पुरानी बात याद आ गयी। यही बुद्धन माँझी है मुसहर टोले का। पियक्कड़ नम्बर एक। अनपढ़, गँवार। लेकिन इसने पूरी सभा को चुप कर दिया था। सबकी बोली हिरन हो गयी थी। यही बुद्धन माँझी था।

...इसी गाँव के हाई स्कूल के मैदान में सभा हुई थी। बहुत पहले की बात है, पच्चीस-तीस साल हो गये। कोई मुसलमान प्रोफेसर अपने कॉलेज के लड़कों की टोली लेकर आये थे। गाँव की समस्याओं के बारे में हर टोले में जा-जाकर कुछ सवाल पूछते थे ओर लिखते जाते थे। रोज रात में नाटक, गीत-नाद होता था स्कूल के मैदान में। आखिरी दिन सभा हुई थी। गाँव के सभी टोलों के लोग शामिल हुए थे। तरुण मास्टर प्रोफेसर साहब के कालेज के साथी थे। उनके कारण गाँव के लोगों ने पूरा सहयोग किया था—शामियाना, कुर्सी-बेंच सब कुछ दिया था गाँव वालों ने। चमरटोली की ढोल-पिपही भी बजी थी।

शाम में नन्दू के बाबूजी जब सभा से लौटे थे तब अकेले में उन्होंने बुलाकर कहा था, "एक अजब बात हुई नन्दू की माँ आज की सभा में।"

"क्या?...क्या हुआ?"

मुस्कराते हुए कहने लगे थे नन्दू के बाबूजी, "मुसहर टोले का वह जो पियक्कड़ है न बुद्धन माँझी! उसने तो गाँव के बबुआन टोले और बड़का टोले का पानी उतार दिया भरी सभा में।"

"हुआ क्या? क्या बात हुई?"...अपने सवाल को याद करती हुई माई को अकस्मात् लगा कि वे पति के लम्बे शरीर के पास खड़ी हैं और उनके कन्धे तक पहुँचने वाली अपनी ऊँचाई से उनका मुस्कराता हुआ चेहरा देख रही हैं।

"अरे क्या कहूं! प्रोफेसर साहब सभा में बोलने के लिए जैसे ही खड़े हुए कि बुद्धन माँझी जो सबसे पीछे जमीन पर बैठा था, अचानक जोर से बोला, "हजूर, हमको कुछ पूछे के है।"

सारे लोग मुड़कर बुद्धन को देखने लगे। प्रोफेसर साहब ने कहा, "आइए बुद्धन भाई, यहाँ आइए मंच के पास।"

लड़खड़ाता हुआ बुद्धन मंच के पास चला गया और बोला, "हमको दू बात पूछे के है हजूर। बस सिरिफ दू बात। हम छौ-सात दिन से आप लोगन का भासन सुन रहे हैं। आप कहते हैं कि राज बदलेगा। गरीब का राज आएगा। तरह-तरह

के सवाल पूछते हैं आप लोग। मुदा हमको दू गो सवाल पूछे के है।" सभा में बैठे लोग बुद्धन को देखने लगे थे एकटक! आखिर क्या-पूछना चाहता है यह पियक्कड़? क्यों समय बर्बाद कर रहा है।

"जानती हो नन्दू की माँ, बुद्धन माँझी के वे दो सवाल क्या थे?...बुद्धन ने पूछा—"हमको खाली यह बता दीजिए हजूर कि जब आप लोगन का राज आएगा तो क्या 'पैला' में जो आँटा सटा रहता है, वह हटा दिया जाएगा?"...

प्रोफेसर साहब नहीं जानते थे कि 'पैला' क्या होता है और उसमें कैसे सटा होता है आँटा। तरुण मास्टर ने प्रोफेसर साहब को समझाया—बनिहारी देने के लिए एक प्याला-जैसा होता है जिससे चावल, गेहूँ, धान, मडुआ, मकई वगैरह बनिहार को दिया जाता है। उसी में आँटे का लोंदा साट दिया जाता है ताकि अन्न कम अँटे पैले में!

"और हमारा दूसरा सवाल हजूर ई है" बुद्धन माँझी बेझिझक बोल गया, "कि आप लोगन का राज आएगा तो क्या बाबू-बबुआन के लड़के जो हमारे टोले में आकर अपना जाँच करते हैं कि ऊ शादी के लायक हुए हैं कि नहीं...क्या यह बन्द हो जाएगा? बस इहे दूर गो सवाल हजूर। और कुछ नहीं। और कुछ नहीं।"

...कई वर्षों के बाद बुद्धन माँझी को देख माई को याद आ गये उसके दोनों सवाल। मन में आया कि यदि फुर्सत में रहता बुद्धन तो उससे पूछतीं कि पच्चीस-तीस साल पहले जो दो सवाल तुमने पूछे थे, उनके जवाब क्या तुमको मिल गये बुद्धन? राज तो आ गया उन्हीं लोगों का। तरुण मास्टर कहते हैं कि वही प्रोफेसर साहब अब उप मुख्यमन्त्री बन गये हैं। जुग-जमाना बदल गया। चली गयी बाबू-बबुआनों की शान। खंडहर हो गयी बड़का टोले की बड़ी हवेली। बबुआन टोले के बाबू साहब जमीन बेच-बेचकर खा रहे हैं। दुसाध टोली, चमरटोली और सोलकन टोले के लोग राज-पाट चलाने लगे हैं। हाकिम-हुक्काम बन गये हैं। क्या बुद्धन माँझी को अपने दोनों सवालों के जवाब मिल गये?...लेकिन बुद्धन माँझी चला गया था। माई ने सोचा कि फिर कभी मुलाकात होगी बुद्धन से तो वे पूछेंगी।

दो

# माई के दालान में कहाँ है अमेरिका

हाई स्कूल में हिन्दी-शिक्षक तेज नारायण सिंह तरुण माई के घर के विषय में कहते हैं—होम फॉर होमलेस! बेघरों का घर। अब तो इलाके में कहावत-सी चल पड़ी है। किसी को कुछ न देने की नीयत होती है तो कहता है—माई का दालान समझ लिया है क्या? सदावर्त खोले बैठा हूँ यहाँ?

सचमुच बेघरों के घर-जैसा है माई का दालान। आँगन वाली खपरैल में सौखीलाल का परिवार रहता है। सौखीलाल पहले हलवाहा था माई का। बगल की खवास टोली में सौखी का घर-दुआर है। नन्दू के बाबूजी के इन्तकाल और फिर नन्दू के अमेरिका चले जाने के बाद जब माई बिल्कुल अकेली पड़ गयीं तो उन्होंने सौखीलाल को उसके पूरे परिवार के साथ यहाँ बुला लिया। यहीं रहो सब। कमाओ खाओ। पुश्तैनी नौकर रहते आए हैं सौखीलाल के परिवार के लोग। अब माई ने उसके परिवार को अपना परिवार बना लिया है। दालान भरा रहता है। जिसको गाँव में आश्रय नहीं मिलता उसके लिए खुला है माई का दालान। और यह कैसे हो सकता है कि माई के 'अछैत' कोई भूखा रहे उनके दुआर पर!

पुराना दालान। तीन तरफ पक्की दीवारें और एक तरफ खुला। टीन की छत और उस पर खपड़े की छाजन। सखुए के मोटे-मोटे खम्भों से छत इतनी मजबूती से बँधी है कि आँधी-तूफान भी हिला नहीं सके छत को। यहाँ सबका स्वागत है। वैसे इस दालान के स्थायी अधिवासी हैं महाबिर मियाँ और उलटदास। दोनों माई की खेती-बाड़ी में काम करते हैं। रोपनी-डोभनी, कमौनी और तरह-तरह के काम। महाबिर मियाँ पहले हल भी जोतता था, लेकिन उम्र ढल गयी तो हल्के-फुल्के काम करने लगा है।

महाबिर मियाँ गाँव का सबसे छँटुआ आदमी है—पूरा उठल्लू। उसकी न कोई जाति है न धर्म। मुसलमान है या हिन्दू है यह भी तय नहीं है। वैसे जन्म से हिन्दू है। इसी गाँव की दुसाध टोली में उसका जन्म हुआ। नाम था महाबिर पासवान। महाबिर था तो एकदम निछच्छ मजदूर-परिवार का, लेकिन गरीबी को

वह हमेशा ठेंगा दिखाता रहा और मैथिली की कहावत को चरितार्थ करता रहा—भुखले छी त सुतले छी। यानी भूखे हैं तो क्या, सोये हुए तो हैं! महाबिर की शादी हुई, बाल-बच्चे भी हुए, लेकिन उसी बीच हाजी टोले की चुड़िहारिन हसीना से उसका प्रेम हो गया। हसीना की खातिर वह मुसलमान बन गया। महाबिर पासवान से महाबिर मियाँ। टीक कटा कर लुँगी पहनने लगा और प्रेमिका से पत्नी बनी हसीना की चूड़ियों वाली टोकरी ढोने लगा। छोड़ दिया अपना घर-परिवार। हाजी टोले में रहने लगा। आगे-आगे हाथ डुलाती चलती थी चुड़िहारिन हसीना और पीछे-पीछे सिर पर चूड़ियों की टोकरी रखे महाबिर मियाँ।

लोग महाबिर मियाँ को 'बेसरम', 'बेलज्ज' जाने क्या-क्या कहते थे, लेकिन महाबिर को इसकी जरा भी फिक्र नहीं थी। वह हसीना से शादी करके हद से ज्यादा खुश था—इतना खुश कि लगता था जीवन का परम साध्य उसे प्राप्त हो गया है। वही गाँव, वही अपना टोला! लोग हँसते थे, "की रे महबिरबा! धरम गँवा दिया न!" 'ही-ही-ही-ही'...महाबिर सिर्फ हँसता रहता था।

महाबिर ने सिर्फ अपना धर्म ही नहीं बदला, पूरा रंग-ढंग भी बदल डाला। मुस्लिम टोपी पहनकर वह मस्जिद में नमाज अता करने जाता था। ढेका वाली धोती पहनना वह भूल चुका था। लुँगी पहने रहता था। लोग कहते थे कि मुसलमान बनने का स्वाँग करता है महबिरबा! इसको पाँचों कलमा आता भी नहीं है। महाबिर का जवाब होता था, "के कहो है कि हमरा न आबो है पाँचों कलमा?" मुसलमान बनते ही महाबिर की भाषा भी बदल गयी थी। अब वह जान-बूझकर हाजी टोले की भाषा बोलने लगा था। आबो है, जा है लगा, करो है, खा है—जैसे वाक्यांश महाबिर को हिन्दू-हिस्से के गाँव से अलग पहचान देते थे।

गजब तो उस दिन हुआ जिस दिन अपनी चुड़िहारिन बीवी के साथ महाबिर मियाँ अपने ही टोले में चूड़ियों की टोकरी लेकर पहुँचा। महाबिर को देखकर टोले की औरतों का मेला-सा लग गया। हँसी-मजाक...ठिठोली...हास्य-व्यंग्य, लेकिन महाबिर पर कोई असर नहीं! एकदम निर्विकार! जैसे किसी को पहचानता ही न हो! सिर्फ और सिर्फ हसीना! उसकी पहली पत्नी यानी सनिचरी की माँ जब कालिख लगी खपरी और झाड़ू लेकर मारने दौड़ी, तब भी टस से मस नहीं हुआ महाबिर। चेहरे पर लगी कालिख उसने गमछे से पोंछ ली और ही-ही कर हँसता रहा। काला-कलूटा, नाटे कद का, चिपटी नाकवाला महाबिर मियाँ लुँगी पहने चलता था तो फदर-फदर आवाज होती थी।

औरतों ने भद्दी-भद्दी गालियाँ दीं। महाबिर मियाँ की पूर्व पत्नी जमीन पर सिर पटक-पटककर रोयी, सराप दिये, लेकिन 'सराप' को आशीर्वाद समझ महाबिर हँसता-मुस्कराता रहा।

महाबिर मियाँ का यह नया दाम्पत्य जीवन टिकाऊ नहीं रहा। तीन साल बाद एक बरसाती रात में हसीना को साँप ने काट लिया और वह महाबिर के प्रेम की निशानी एक बेटे को छोड़कर हमेशा के लिए दुनिया से विदा हो गयी। हसीना की मौत के बाद हाजी टोले में कुछ नहीं बचा महाबिर के लिए। अपने दो साल के बेटे फेंकन को लेकर वह अपने घर लौटा तो किसी ने इस मुसलमान को बैठने की भी जगह नहीं दी। भगा दिया उल्टे पाँव।

आखिर महाबिर मियाँ को जगह मिली माई के दालान में। साथ में था दो साल का बेटा फेंकन जो महाबिर को अपनी जान से भी ज्यादा प्यारा था। माई के खेत में मजदूरी मिल गयी। फेंकन की देख-रेख माई के जिम्मे।

अब इस बदली हुई परिस्थिति में महाबिर का कौन-सा धर्म है, वह हिन्दू है या मुसलमान है, यह भी स्पष्ट नहीं था। वह कभी-कभी त्रिनेत्र महादेव के मन्दिर में भी जाता था और रमजान के महीने में रोजा भी रखता था। हाजी टोले के लोग महाबिर को न मुसलमान मानते थे, न हिन्दू टोले के लोग महाबिर को हिन्दू मानते थे। वह न हिन्दू था, न मुसलमान! या शायद दोनों था।

महाबिर मियाँ जब हसीना की मौत के बाद माई के दालान में रहने लगा था, लोगों ने मान लिया था कि महाबिर फिर लौट आया है अपनी जात-जमात में। गाँव में कोई भोज-भात होता तो महाबिर को भी न्योता मिल जाता था। दुसाध टोली के जतियारी भोज में भी महाबिर को न्योता मिलने लगा था, लेकिन वह 'पंगत' में नहीं बैठता था। महाबिर की पत्तल और 'पंगत' अलग रहती थी। महाबिर भी चाहता था कि लोग उसको मुसलमान ही समझें। वह भोज-भात में केले के पत्तल को उलटा बिछाता था। पूछने पर कहता था, "ईहे सीधा हुआ। तोरे लोग उल्टा पत्ता बिछावे हो लगा।"

बीवी हसीना के रंग में इस तरह रंग जाएगा महाबिर कि उसकी अपनी भाषा भी बदल जाएगी, ऐसा किसी ने नहीं सोचा था। दरअसल महाबिर मियाँ यह जानता ही नहीं था कि वह केले का पत्तल इस तरह क्यों बिछा रहा है। उसने सिर्फ देखा था हाजी टोले में कि मुसलमान इसी तरह भोज में उलटा पत्तल बिछाते हैं।

पंगत से अलग बैठता था महाबिर मियाँ। दाल-भात-तरकारी परोसने वाले 'बारिक' कोशिश करते थे कि कोई चीज महाबिर मियाँ से छुआ न जाय, इसलिए वे दूरी बनाकर भात-दाल वगैरह परोसते थे। महाबिर अपने साथ 'बधना' लिये जाता था। भोज-भात में बारिक बधने से 'बेरा' कर पानी डालते थे ताकि 'छुआ' न जाएँ।

एक अरसे तक महाबिर मियाँ पूरे गाँव के लिए खट-मिट्ठा मजाक बना रहा। सामाजिक रूप से वह गाँव के लिए स्वीकृत भी था, अस्वीकृत भी, लेकिन माई

के दालान में उसके लिए कोई भेद-भाव नहीं था।

बेटे फेंकन मियाँ में महाबिर के प्राण बसते थे। लगता था वह बेटे के लिए ही जी रहा है, बाकी हसीना की मौत के बाद बचा क्या!

समय भागता रहा और फेंकन जब आठ-नौ साल का हुआ, महाबिर ने उसको मिडिल स्कूल के मौलवी साहब के पास रख दिया। पसमांदा मुसलमान मौलवी को कोई औलाद नहीं थी। सो टूटकर स्नेह दिया फेंकन को। फेंकन धीरे-धीरे झाड़ू-बुहारू और खाना बनाना भी सीख गया।

और महाबिर मियाँ पूरे गाँव के मजाक का केन्द्र बना मस्जिद भी जाता रहा और पर्वों-त्योहारों में अपने पुराने समाज में भी शामिल होता रहा।

महाबिर के अलावा दालान में रहता है उलटदास। चमरटोली का उठल्लू एक दूसरा आदमी। उलटदास माँ के गर्भ से उलटा ही जन्मा था, इसलिए नाम पड़ गया उलटदास। माँ के गर्भ से उलटा जनमने का एक खास लाभ मिला उलटदास को। उसकी लात ब्राह्मण भी खाते थे और राजपूत-भुमिहार भी। बताइए, है न यह अचरज की बात! चमार की लात खायँ ब्राह्मण, राजपूत भुमिहार और दूसरी जातियों के लोग? वह भी हँसते हुए?

लेकिन लोक-विश्वास! लोगों की अन्ध आस्था कि माँ के गर्भ से उलटा पैदा होनेवाला यदि दर्द से बेहाल आदमी को दर्द वाली जगह पर पैर से आघात कर दे तो दर्द छूमन्तर। प्रत्यक्ष को प्रमाण क्या! कमर दर्द, पीठ दर्द, घुटनों का दर्द पल भर में अचानक गायब होते देखा है लोगों ने। कितने ही लोग इसी कारण लात खाते रहे हैं चमार उलटदास से। मर्द-औरत सब।

अब तो साठ पार कर रहा है उलटदास। बूढ़ा हो गया। दुनिया में अकेला। खेत की मजूरी। माई की आस और माई का दालान जिन्दाबाद। किसी तरह के बर-बेगरता या बीमारी-हिमारी में तो सहायता के लिए माई हैं ही। चिन्ता किस बात की!

कोई दो-ढाई महीने बाद मुजफ्फरपुर के टीचर्स क्वार्टर से होती हुई, कटिहार में बेटी के घर महीने भर रहकर माई गाँव लौटी हैं।

दालान के आगे जहाँ कामिनी फूल और सुपारी के ठूँठ पेड़ हैं, माई चुपचाप खड़ी रहीं। सामने कुएँ की जगत। माई को ऐसा लगा जैसे वर्षों बाद गाँव लौटी हों, हालाँकि दो-ढाई महीने का समय ऐसा कोई ज्यादा नहीं होता।

बबुआन टोले के सबसे दक्षिण छोर पर है माई का यह पुश्तैनी घर। बगल में हाई स्कूल के हिन्दी शिक्षक तेजनारायण सिंह तरुण का घर है और उसके बाद टोले के सबसे धनी रह चुके बाबू रणविजय सिंह की लाल ड्योढ़ी है। तीस-पेंतीस परिवारों का यह बबुआन टोला माई को अब ऐसा लगता है जैसे वर्षों तक मिट्टी

में गड़ी रहनेवाली तलवार निकाली गयी हो। बड़े बाबू साहब कहे जाने वाले बाबू रणविजय सिंह की लाल ड्योढ़ी उजाड़-वीरान-सी दिखाई पड़ती है।

माई कुएँ की जगत से होती हुई रास्ते पर आयीं। फिर धीरे-धीरे रणविजय बाबू की ड्योढ़ी की तरफ बढ़ गयीं।

बाबू रणविजय सिंह की लाल ड्योढ़ी में अब चारदीवारी तक नहीं है। चारदीवारी की जगह बाँस की फट्ठियों और करची से बना बेड़ा है जिसके किनारे-किनारे बघंडी के पौधे लगा दिये गये हैं।

माई बघंडी के पौधों को गौर से देखने लगीं। लाल-लाल कोंपल निकल आये थे। उन्होंने एक कोंपल तोड़ लिया। हल्की-सी आवाज हुई टूटने की—कट। बिल्कुल दूध-जैसा उजला लसीला पदार्थ हथेली पर गिरा, एक बूँद, दो बूँद, चार बूँद।...आठ-दस बूँदें हथेली पर जमा हो गयीं।

हथेली के दूध को माई ने बघंडी के पत्ते में ले लिया। फिर पैरों के पास लत्ती-जैसी फैली दूब तोड़ी और उँगली में लपेटकर उसे बिल्कुल अँगूठी की तरह बना लिया। उस अँगूठी को बघंडी के दूध में डुबोया। फूँक मारी। छोटे-छोटे गोल-गोल बुलबुले तैरने लगे हवा में—एक के बाद एक...फिर पाँच, दस-बीस। माई मारे खुशी के उछल-सी गयीं। फिर अचानक याद आया कि उनकी यह हरकत कोई देख तो नहीं रहा! बच्चे की तरह वे हँसती—खिलखिलाती रहीं थोड़ी देर।

...बहुत वर्ष बीत गये। तब नन्दू छोटा था। तीन-चार साल का। बघंडी के दूध से बुलबुले बनाना बड़ा प्यारा खेल था नन्दू का।

...''माई चलो न, बुलबुले बनाएँगे। चलो न माई।...''

लाल ड्योढ़ी के सामने से वे घर लौटीं और सीधे आँगन में चली गयीं। दालान के सामने सौखीलाल, उलटदास और महाबिर मियाँ खड़े थे, लेकिन माई ने किसी को टोका नहीं। सीधे आँगन में गयीं और वहाँ से अपने कमरे में।

उसी अपने पुराने पलंग पर वे लेट गयीं। कितना पुराना हो गया यह पलंग। निर्जीव चीज की भी इतनी उम्र होती है? आश्चर्य है, पलंग अभी तक जस-का-तस है। उन्होंने पलंग से कहा, ''तू वैसा-का-वैसा रह गया और देख मुझे! बूढ़ी हो गयी मैं। और नन्दू, जिसकी बुनियाद पड़ी इसी पलंग पर और आँगन के सौरी घर में जिसका जन्म हुआ, बरही के बाद जो इसी पलंग पर सोता रहा, वह इतना बड़ा हो गया...इतना बड़ा हो गया कि मुझ अकेली माँ को यहाँ गाँव में छोड़कर जाने कितने समुन्दर पार अमेरिका चला गया अपना परिवार लेकर। पैसे की भूख। सुख-भोग की भूख। दुलहिन, पम्मी, नेहा, छोटू सब चले गये।

पता नहीं कहाँ है अमेरिका! अमेरिका में सुगरलैंड टेक्सास।...नन्दू कहता है, ''माई, इतना समझ लो कि यहाँ जब सुबह होती है तब अमेरिका में शाम होती

है।'' माई सोचने लगी थीं—वे पढ़ी-लिखी होतीं तब जान पातीं दुनिया जहान को। लेकिन तब के जमाने में कौन पढ़ाता था लड़कियों को! वह तो दुआर पर मिडिल स्कूल का मास्टर रहता था दोनों भाइयों को पढ़ाने के लिए, इसीलिए चिट्ठी-पत्री लिखने भर पढ़ाई हो गयी।

कितना बदल गया जुग-जमाना! पटनावाली दुलहिन एम.ए. पास। नन्दू के बाबूजी का चलता तो एम.ए. पास दुलहिन आती भी नहीं। वे तो इडिल-मिडिल, एटरिक-मेटरिक पास लड़की चाह रहे थे नन्दू के लिए। तब कहाँ पता था कि प्रोफेसर साहब नन्दू पर ही बगुला धियान लगाये हुए हैं!

पटने में पढ़ता था नन्दू। जब-तब प्रोफेसर सिरधर बाबू की चर्चा करता था। कहता था कि अपनी बिरादरी के प्रभावशाली आदमी हैं। कहते हैं कि अच्छा रिजल्ट करा देंगे—फस्ट में भी फस्ट। तुरन्त मिल जाएगी किसी अच्छे कॉलेज में प्रोफेसरी।

तब क्या पता था कि अपनी बेटी के लिए नन्दू पर नजर गड़ाये हुए हैं प्रोफेसर साहब! नन्दू सचमुच फस्ट आया था परीक्षा में। नन्दू ने बताया था कि यह सिरधर बाबू की कृपा से हुआ।

इधर नन्दू का रिजल्ट हुआ, उधर एक दिन कार से आ गये वही प्रोफेसर साहब। नन्दू के बाबूजी के सामने हाथ जोड़कर बोले कि अपना लड़का दीजिए। देख आइए मेरा बेटा को। तिलक-दहेज में जो माँग लीजिए।

क्या पता था कि नन्दू को प्रोफेसर साहब ने पहले ही खरीद लिया था। नन्दू ने कहा था, ''लड़की ठीक है माई। डेढ़ लाख नगद दे रहे हैं, बाद बाकी विवाह का खर्च।''

अब इसके बाद क्या कहना था? नन्दू के बाबूजी मुस्कराते हुए लाचार-जैसे दिख रहे थे। बोले थे, ''सुनती हो न नन्दू की माँ! समझदारी इसी में है कि नन्दू जहाँ शादी करना चाहता है वहाँ कर दी जाय। नहीं तो जान लो कि खुद कर लेगा शादी।'' बाद में मालूम हुआ कि अपनी सात बेटियों में पाँच की शादी प्रोफेसर साहब ने इसी तरह की थी। यानी युनिवर्सिटी में ही 'टीप' लेते थे लड़कों को। अच्छा रिजल्ट करवा देते थे अपने प्रभाव के बल पर और कॉलेज में लेक्चरर भी बना देते थे। आखिर विभाग के हेड और डीन होने का रुतबा था उनका।

लगता तो यही था कि नन्दू अब गया हाथ से। एम.ए. पास दुलहिन और ससुर प्रोफेसर। नन्दू के बाबूजी की बिजली विभाग में साधारण-सी नौकरी—ग्रीड रीडर की। सब यही कहते थे कि सर्वेश बाबू अपने बेटे नन्दू से सन्तोष कर लें। लड़का गया हाथ से। सर्वेश बाबू जायँ अपने समधियान! पता चल जाएगा अपनी औकात का!...

माई याद करने लगीं। नन्दू के बाबूजी जब लड़की देखकर पटने से लौटे थे, तब एकदम उदास थे, लुटे-पिटे हों जैसे। मुरझायी-सी हँसी हँसते हुए बोले थे, "लड़की तो सच में सौ में एक है, लेकिन एक्के बात ठीक नहीं है कि परिवार हमारे लायक नहीं है। कहाँ वे बड़े आदमी, कहाँ हम गाँव गँवई के लोग।..." बड़का ससुर सुन रहे थे सारी बातें। दालान में कुर्सी पर बैठे नन्दू के बाबूजी से बोले थे, "समझा दो ठीक से नन्दुआ की महतारी को। वह जो सोचती होगी कि बहू आएगी तो हाथ-गोड़ जाँत देगी और सास की सेवा-टहल करेगी सो नहीं होगा सरबेस! भूल जाय यह सब नन्दुआ की माँ। गया जमाना पहलेवाला। बहू है एम.ए. और सास लिख लोढ़ा पढ़ पत्थर।"

लेकिन शादी के बाद बहू आयी तो सारी शंकाएँ निराधार साबित हुईं। गाँव की औरतें कहने लगीं कि बेकार है यह कहना कि पढ़ी-लिखी बहुएँ ऐसी-वैसी होती हैं। देख ले कोई नन्दू की कनियाँ को! क्या अनमोल हीरा है। गाँव-समाज की बड़ी-बूढ़ी औरतों के पैर छूती है। जात-बरन का कोई भेद-भाव नहीं।

...कमरे की सामने वाली दीवार पर टँगी तस्वीर देखने लगीं माई। फ्रेम में मढ़ी हुई पुरानी तस्वीर साफ-साफ दिखती नहीं थी। शीशे पर धूल जमा हो गयी थी। उठकर बैठ गयीं वे। फिर खड़ी होने की कोशिश करने लगीं। इच्छा नहीं हो रही थी खड़े होने की। शरीर में इतनी ताकत नहीं थी कि जब चाहें, जैसे चाहें शरीर से काम ले लें। फिर भी वे जाने किस प्रेरणा से उठकर खड़ी हुईं और दीवार पर टँगी तस्वीर पर पड़ी धूल को आँचल से पोंछने लगीं। साफ-साफ दिखने लगी तस्वीर। तस्वीर में नन्दू था, दुलहिन थी, दुलहिन की गोद में छोटू था। अगल-बगल पम्मी और नेहा।

फिर जाने क्या हुआ कि तस्वीर से सब बाहर निकल आये। सबके सब—दुलहिन, नन्दू, पम्मी, नेहा और छोटू। सब बाहर आ गये मढ़े हुए फ्रेम से। सब झगड़ने लगे आपस में।

"हम सुतबई माई के संगे।"

"ना, हम सुतबई।"

"ना हम सुतबई।"

"ना हम...।" माई के मन में मिठास भर आयी। तीनों माई की बोली में बात करते थे। माँ-बाप से हिन्दी में और माई से उनकी गाँव की बोली में।

माई ने छोटू को अपनी छाती में छुपा लिया, "तू त बड़ हऊ पम्मी।"

"हम? हम का हईं माई?"

"तू मझिली न बाड़ू।"

"अच्छा, आव-अ, सब केहू आव-अ।" तीनों को समेटकर पलंग पर लेटी हैं माई।

"खीसा सुना न माई!"

माई शुरू हो गयी हैं, "एक थीं गाँव की गरीब मेहरारू। उसके मन आया कि ठेकुआ खाय। कहने लगी पड़ोस से—घी होता घर में तो गुड़ माँगकर भी ले आती। आटा ही नहीं है।..."

"ना माई, राजकुमार वाला खीसा!"

माई ने पटरी बदली, "एक था राजकुमार। उसके पास एक उड़नघोड़ा था। उड़नघोड़े पर चढ़कर वह रोज रात में परियों के देश में चला जाता था।"

"परी कैसी होती है माई।"

"एकदम उज्जर। पंख होते हैं परी के।"

"परी रहती कहाँ है माई?"

"आकाश में रहती हैं, चन्दा मामा के देश में।"

नेहा बीच में ही माई का कहा फकड़ा पढ़ने लगी—

"चान मामा चान मामा
हँसुआ दा।
सेहो हँसुआ काहे ला?
घसिया गढ़ावे ला।
से हो घसिया काहे ला?
गइया के खाये ला?
से हो गइया काहे ला?
दुधवा दुहावे ला?
सेहो दुधवा काहे ला?
भउजो के खाये ला।

से हो भउजो काहे ला?...कि पम्मी ने एक थप्पड़ जड़ दिया नेहा के गाल पर। फिर शुरू हो गया संग्राम। मैदान बना माई का शरीर। थोड़ी देर बाद संग्राम थमा तो छोटू ने पूछा,

"माई, परी खाती क्या है?"

"परी को भूख नहीं लगती। वह फूलों की सुगन्ध पीती है।" पम्मी ने छोटू को समझाया।

"तब तितली-जैसी होती होगी परी। तितली को भी पंख होते हैं। वह फूलों का रस पीती है। है न माई?" इस बार नेहा ने पम्मी को थप्पड़ मारा और फिर हो गयी लड़ाई...मार-पीट...रोवा-गाई!...बगल के कमरे से निकल आयी है दुलहिन, "पम्मी-नेहा! दोनों आ जाओ यहाँ सोने के लिए। माई को क्यों तंग कर

रही हो!'' पम्मी और नेहा को दुलहिन अपने कमरे में ले जाती है। छोटू माई से सटकर सो जाता है।

...तब कौन जानता था कि कुछ ही साल बाद यह सुख सपना हो जाएगा? सब छोड़कर हमेशा के लिए यहाँ से चले जाएँगे?

पता नहीं कहाँ है अमेरिका! अमेरिका में भी सुगरलैंड-टेक्सास। ''तुम्हारा मन तो लगता है न नन्दू अमेरिका में?'' माई ने फोन पर बात करते हुए पूछा था। नन्दू का जवाब था, ''यह सोचने का समय कहाँ मिलता है माई कि मन लगता है या नहीं।'' माई को याद है, नन्दू का यह जवाब सुनकर वे सन्न रह गयी थीं। मन को भी भुला दिया नन्दू ने? इतना समय नहीं है नन्दू के पास कि सोच सके मन के बारे में? मन की बात अमेरिका जाते ही एकदम झूठी हो गयी?

नन्दू ने मुजफ्फरपुर का फोन अमेरिका जाने के बाद भी हटाने नहीं दिया। बोला, ''फोन रहेगा तो माई से बात करते रहेंगे।''

''क्या बात करेगा!'' माई मन के भीतर झाँकने लगीं, बेकार ही सन्ताप होता है, मन भारी हो जाता है और कई-कई दिनों तक उदासी घेरे रहती है। क्या नाटक करता है बेमतलब! बारी-बारी से सब बात करते हैं। नन्दू के बाद दुलहिन, फिर पम्मी, नेहा और छोटू।

क्या मिल गया नन्दू को अमेरिका जाने से! यहाँ क्या कमी थी? कॉलेज में पढ़ाता था। पढ़ाने में जस था। क्वार्टर मिला हुआ था। गाँव में खेती-बाड़ी थी। बाबूजी की नौकरी थी। अकेला बेटा। क्या कमी थी भला!

लेकिन दुलहिन की जिद्द। दो बहनें अमेरिका में थीं तो वही कम क्यों कही जाय? दुलहिन के बाबूजी कम चतुर आदमी नहीं थे। देखा कि 'अंगभारू' है दुलहिन की माँ तो ले गये अमेरिका। दुलहिन का जन्म वहीं हुआ। चार-पाँच साल रह गये वहीं अमेरिका में। दुलहिन अमेरिका में जन्मी तो वहाँ की नागरिकता मिल गयी।

नन्दू की शादी के पहले इन बातों की जानकारी कहाँ थी। नन्दू के दो बड़े साढ़ू अमेरिका में रहते हैं, यह तो नन्दू ने बताया था, लेकिन दुलहिन का जन्म अमेरिका में हुआ था, इसकी जानकारी कहाँ थी। और जानकारी होती भी तो क्या होता।

नन्दू के अमेरिका वाले साढ़ू यहाँ अपने देश आये और नन्दू को दुलहिन के साथ दिल्ली बुलाया। बस यहीं से शुरू हुई नन्दू के परिवार के साथ अमेरिका जाने की बात। नन्दू ने बताया कि दुलहिन को अमेरिका की नागरिकता मिली हुई है। वह जब चाहे, जा सकती है वहाँ।

नन्दू के बाबूजी नन्दू के सपरिवार अमेरिका जाने की बात से चिन्तित थे। दो-

चार साल के लिए जाय तो एक बात है। वहाँ बसने के लिए चला जाय अपना मुलुक छोड़कर, नन्दू के बाबूजी इसके लिए राजी नहीं थे।

नन्दू ने कहा था, "समस्या अपनी नहीं है बाबूजी! बच्चों के भविष्य की बात है। यहाँ अपने देश में नौकरी तो है नहीं। बड़े-बड़े लोग अपने बाल-बच्चों को अमेरिका भेजने के लिए क्या-क्या नहीं करते। फिर दुलहिन को तो अमेरिका की नागरिकता मिली हुई है। इसकी दो बड़ी बहनें अमेरिका में ही रहती हैं!"

नन्दू के बाबूजी समझ गये थे कि यह नन्दू नहीं, उसकी बहुरिया बोल रही है।

नन्दू अपने साढ़ू से मिलने के बाद बार-बार दिल्ली जाने लगा था—कभी अकेला, कभी दुलहिन के साथ। कागज-पत्तर बनवा रहा था जाने के लिए।

"सुनती हो नन्दू की माँ!" नन्दू के बाबूजी बहुत उदास होकर बोले थे, "अब नन्दू नहीं मानेगा।"

नन्दू के बाबूजी यों भी बीमार रहते थे। नन्दू के सपरिवार अमेरिका जाने की बात से वे ज्यादा बीमार रहने लगे। लम्बी छुट्टी लेनी पड़ी। फिर उनका रिटायरमेंट भी नजदीक आ गया था। उधर दुलहिन अमेरिका जाने की पूरी तैयारी करने लगी थी।

माई तो कभी गाँव तो कभी मुजफ्फपुर। असल में बच्चों के साथ माई को रहने की तो आदत लग गयी थी, इस कारण गाँव में मन लगता नहीं था। दस-पन्द्रह दिन बाद ही वह मुजफ्फरपुर जाने के लिए बेचैन हो जाती थीं। नन्दू के बाबूजी की नौकरी हाजीपुर में थी। बीमारी बढ़ जाने के बाद वे भी मुजफ्फरपुर के टीचर्स क्वार्टर में ही रहने लगे थे। यहाँ इलाज की सुविधा थी। गाँव की खेती-बाड़ी बस सौखीलाल के भरोसे चल रही थी। दालान में महाबिर मियाँ और उलटदास रहते थे। ये ही लोग जैसे-तैसे माई की खेती कर-करवा रहे थे।

उधर नन्दू के अमेरिका जाने के दिन नजदीक आ रहे थे, इधर नन्दू के क्वार्टर में पड़े बाबूजी की हालत खराब होती जा रही थी। डॉक्टरों ने कहा था, "अब इनका इलाज इधर नहीं होनेवाला है। दिल्ली ले जाइए एम्स में।"

माई याद करती हैं। एम्स में ले जाने की बात सुनकर नन्दू इधर-उधर देखने लगा था। बाद में उसने कहा था, "डॉक्टर की बात पर मत जाओ माई। बाबूजी को कोई ऐसी गम्भीर बीमारी नहीं है। गैस की बीमारी है, इसी कारण दिल की धड़कन बढ़ जाती है।"

नन्दू को दिल्ली जाने की तैयारी करते देख माई ने कहा था, "दिल्ली जा ही रहे हो तो लिये जाओ अपने बाबूजी को। वहाँ बड़े अस्पताल में दिखा देना। क्या कहते हैं वहाँ के डॉक्टर!"

नन्दू ने बहाना बनाया था, "हम लोग दूसरे काम से जा रहे हैं माई। मैं तो कहूँगा कि बाबूजी को लेकर गाँव चली जाओ। गाँव का हवा-पानी अच्छा है। वहाँ अपने आप ठीक हो जाएँगे। फिर दवा तो चल ही रही है।" माई नन्दू का चेहरा देखने लगी थीं। उनका रहा-सहा भरम भी उसी दिन दूर हो गया था जिस दिन उन्होंने खिड़की के उस पार से बेटे-बहू की बातचीत सुनी थी। बेटे-बहू को पता नहीं था कि खिड़की के उस पार माई खड़ी हैं और उनकी अन्तरंग बातचीत सुन रही हैं।

बहू बोली थी, "बाबूजी मरते भी नहीं। माई बाबूजी को दिल्ली ले जाने की जिद्द किये हुई हैं। इन्हीं के कारण हम लोगों की अमेरिका जाने की तारीख आगे बढ़ती जा रही है। बार-बार फोन आ रहे हैं बड़ी दीदी के कि कब आ रही हो।"

माई एकदम एकाग्र होकर बहू की बात सुन रही थीं। नन्दू का जवाब था, "जब तक बाबूजी का कुछ हो नहीं जाता तब तक जाया भी तो नहीं जा सकता। एम्स ले जाना और उनका ऑपरेशन कराना क्या सम्भव है हमलोगों से? लाख-डेढ़ लाख का खर्च आएगा। बाबूजी चालीस-पचास हजार से ज्यादा देंगे नहीं।"...नन्दू ने धीरे से कहा था, "अब जीकर भी क्या करेंगे बाबूजी!"

बहू और बेटे की बातचीत जाने कब तक चलती रही थी। माई को जब बर्दाश्त नहीं हुआ तो वे वहाँ से चली गयी थीं। चुपचाप नन्दू के बाबूजी के पास आकर बैठ गयी थीं। मन में आया था कि नन्दू और बहू की बातचीत का विषय बता दें नन्दू के बाबूजी से। वे भी तो जान जाएँ अपने बेटे और बहू को!

डेढ़ महीने बाद नन्दू के बाबूजी रात में सोये तो सोये ही रह गये। जाने कब उनकी साँस सदा के लिए रुक गयी थी। उनकी लाश बड़का गाँव लायी गयी थी। गाँव में ही हुआ क्रिया-कर्म।

नन्दू के बाबूजी की मृत्यु के बाद माई को बेटे और बहू की बातचीत याद आती रही। अब चैन आ गया होगा बेटे-बहू को। बाधा दूर हो गयी न!

उनकी पेंशन वगैरह की बाबत नन्दू को तीन बार हाजीपुर जाना पड़ा। माई भी गयीं एक बार किसी फॉर्म पर हस्ताक्षर करने। पेंशन, ग्रेच्युटी, पी.एफ., ग्रुप बीमा वगैरह के मामले तय हो गये। दो लाख नकद मिले थे। नन्दू ने कहा था, "माई, तुमको रुपये की क्या जरूरत! हम लोगों को इन रुपयों से मदद मिलेगी। यदि चाहो तो ये दो लाख दे दो।"

माई ने अपना मन कड़ा कर लिया था। क्या जरूरत रुपये-पैसे की? अकेली जान के लिए गाँव की जायदाद ही काफी है, फिर पारिवारिक पेंशन तो मिलेगी ही।

माई याद करती हैं—बेटे और बहू उनको बैंक ले गये थे। जिस-जिस कागज पर जहाँ-जहाँ हस्ताक्षर करने के लिए कहा गया था, उन्होंने हस्ताक्षर कर दिये थे।

कोई संशय नहीं रह गया था। नन्दू की अमेरिका-यात्रा बाबूजी की मौत की प्रतीक्षा में ही रुकी हुई थी।

...कमरे की दीवार पर टँगी तस्वीर को देखती माई मुस्करा रही थीं। लगता था जैसे तमाम घटनाएँ अभी-अभी घटित हुई हों। सोचने लगीं वे—इतना मूर्ख समझता है नन्दू अपनी माई को? पढ़ी-लिखी नहीं हैं तो क्या मूर्ख हैं? खाली पढ़-लिख लेने से आदमी समझदार बन जाता है? हाँ, इतना जरूर है कि पढ़ा-लिखा आदमी चतुर हो जाता है। स्वार्थी होना सिखाती है पढ़ाई। अपने ही बारे में सोचने की, दूसरे को धकिया कर आगे बढ़ने की। भाँड़ में जाएँ माँ-बाप...घर-परिवार...समाज।

सूना हो गया मुजफ्फरपुर का टीचर्स क्वार्टर। नन्दू था तो उसके संगी-साथी आते रहते थे। हरे-भरे खेत-जैसा लगता था क्वार्टर। नन्दू के जाते ही वीराना-सा हो गया। ऊसर परती जमीन। भतीजा अरुण साथ रहता था। कोचिंग चलाता था शहर में। उसी के जिम्मे रह गया क्वार्टर। नन्दू अरुण को कहकर गया था, "देखते रहना माई को। जब जरूरत हो रुपये-पैसे की, फोन करना। सबकुछ तो यहीं छोड़े जा रहा हूँ। माई को कोई तकलीफ न हो। फोन मत हटाना। फोन रहेगा तो माई से बतिया लिया करूँगा।"

नन्दू अरुण को समझा रहा था और माई मुस्करा रही थीं—एकदम मूर्ख ही समझता है मुझे मेरा बेटा। कहता था, "समय बदल गया बाबूजी। अब हम लोगों का समय आने वाला नहीं है। छोटी जातियों के लोग सत्ता में आ गये। आरक्षण के कारण हम लोगों के बच्चों का भविष्य अन्धकारमय है। मौका मिला है अमेरिका में बसने का। वहाँ पैसा-ही-पैसा है। स्वीपर भी वहाँ कार पर घूमता है। मेरे दोनों साढ़ुओं के पास करोड़ों की सम्पत्ति हो गयी है।"

माई याद नहीं करना चाहतीं उस क्षण को जब दुलहिन अपने तीनों बच्चों के साथ क्वार्टर को छोड़कर जा रही थी। आगे-आगे तीनों बच्चे, उनके पीछे दुलहिन और सबके पीछे नन्दू। सब रो रहे थे। जार-बेजार रो रहे थे, लेकिन माई जानती थीं कि ये जो रो रहे हैं अभी, थोड़ी ही देर बाद वे हँसेंगे, मुस्कराएँगे, भूल जाएँगे सबकुछ। रोने के लिए बच जाएँगी माई। नन्दू ने सिसकते हुए माई के पैर छुए थे और कहा था कि "दो साल बाद सबके साथ आएगा। छोटू के बाल उतरवाने हैं चंडीथान्ह में। उपनयन संस्कार कराना है।"

उन लोगों के अमेरिका चले जाने के बाद कई-कई दिनों तक माई क्वार्टर के सामने बैठी सूनी-उदास आँखों से उस पक्की सड़क की तरफ देखती रहती थीं जिस सड़क से कार गयी थी।

और उनके बाद ही माई ने अपने को पत्थर बनाना शुरू कर दिया था। सारा

दु:ख अपनों पर सोचने के कारण है। बेटा-बहू यदि अपना सुख और भविष्य किसी दूर देश में खोज सकते हैं तो वे क्यों नहीं खोज सकतीं अपनी बाकी बची जिन्दगी का सुख? अपना गाँव है, गाँव के अपने लोग हैं। क्या फायदा चुपचाप घुटते रहने से? अपने को धीरे-धीरे गलाते रहने से क्या लाभ! अपने को बाँटने से ही सुख मिलता है तो इतनी बड़ी दुनिया है, अपना गाँव-समाज है। मन-ही-मन विकल्प ढूँढ़ लिया था माई ने। तुम अगर यह समझते हो नन्दू कि तुमने माई को अकेला और दयनीय बनाकर छोड़ा है तो भरम में हो। मैं नहीं हूँ अकेली और दयनीय। यह तो मन को मनाने की बात है कि कौन अपना है। समझो तो सब अपने, नहीं तो सब पराये।

नन्दू की विदाई के समय बेटी निर्मला भी कटिहार से आ गयी थी। दस-बारह दिन अकेली पड़ी माँ के साथ रहकर जाने लगी तो माई भी साथ हो गयीं। अरुण से बोली, "तुम्हारा कोई जोगाड़ हो जाय तो छोड़ देना क्वार्टर और प्रिंसिपल साहब को लिखकर दे देना। नन्दू लौटकर आएगा नहीं। टेलीफोन रखकर क्या होगा! मैं तो रहूँगी नहीं।"

"और इतने समान जो हैं क्वार्टर में!"

माई बोली थीं, "जो सामान तुम्हारे काम के हों, उन्हें रख लेना। बाकी ले आना गाँव। फ्रिज, टी.वी. वगैरह काहे भेजोगे गाँव। रख लेना अपने पास!" क्वार्टर की बाल्कनी में जहाँ कपड़े सुखाने की एक रस्सी तनी हुई थी, उसके एक सिरे पर नेहा का फ्रॉक रखा था। कई दिनों से ऐसे ही पड़ा हुआ है। माई उस फ्रॉक को देखती रहीं और अरुण से बोलीं, "गाँव में भी तीन-चार फोनवाले हैं। डायमंड के पास फोन है, लुचाय राम के घर में फोन है। नन्दू का फोन आएगा तो ये लोग मुझे बुला ही लेंगे। नील पोखर वाला डायमंड का जलमहल भी तो नजदीक ही है। डायमंड के नौकर-चाकर रहते हैं। नन्दू का फोन वहीं आएगा। डायमंड साथी है न नन्दू का। खुद तो पटने में रहता है, मगर उसका मायाजाल दूर तक फैला हुआ है। हटा दो क्वार्टर का फोन। बेमतलब भरना पड़ेगा बिल।" बोलते-बोलते उन्होंने डबडबायी आँखें आँचल के कोर से पोंछ लीं। फिर जाने कैसे, कुछ ही क्षणों में वे तन-मन से एकदम स्वस्थ, धुला-नीला आकाश बन गयीं।

तीन

# कजरी, कटुआ नेता और जलमहल

शाम होने को थी। आँगन में गाँव की कुछ औरतें माई के जगने की प्रतीक्षा में बैठी थीं। सोच रही थीं सब—माई थकी हैं, तबीयत भी खूब ठीक नहीं है। सो लें जी भर।

मगर माई सोयी कहाँ थीं। वे तो बस सोने का बहाना बनाकर अपने ही भीतर स्मृतियों की दुनिया में खोयी हुई थीं। कजरी झाँककर देखने आयी कोठरी में। माई ने भी देखा और-लेटे-लेटे बोलीं, ''अरे कजरी, तू कब आयी?'' कजरी ने माई के पैर छुए। माई उठकर बैठ गयीं और कजरी को गले से लगा लिया।

''कैसी हो कजरी?''

''ठीक हूँ माई! गाँव की बड़ी-बूढ़ियाँ बैठी हैं आँगन में आपके लिए।''

माई हड़बड़ाकर पलंग से उठीं। आँगन में आयीं। एक-एक कर सबसे मिलीं। गोतिया-दियाद, सर-सवासिन, जन-मजूरिन...सबसे एक-एक कर मिलीं। कजरी माई से सटकर बैठ गयी, कुछ इस तरह जैसे अपनत्व के अभिमान से बेटी अपनी माँ के साथ बैठती है।

''कैसा संजोग है माई। कल आप आयी हैं निर्मला के घर से और परसों कजरी आयी है दिल्ली से।''

पड़ोस की तेजनारायण सिंह तरुण की बहुरिया बोली, ''हम लोग तो मान बैठी थीं कि आप मुजफ्फरपुर छोड़ेंगी नहीं। वहीं से चली जाएँगी अमेरिका।''

माई हँसने लगीं। औरतों की समझ में आ गया माई की इस फीकी हँसी का अर्थ। लाल ड्योढ़ी की बड़ी दियादिनी परिहास करती बोली, ''आज-न-कल नन्दू तो ले ही जाएगा इनको। जन-मजूर भी दिल्ली, पंजाब, हरियाणा...जाने कहाँ-कहाँ चले जाते हैं। गाँव में कोई रहना चाहता है भला।''

हालाँकि झगड़ने की बात नहीं थी, लेकिन बात लग गयी कजरी को, ''गाँव में आप लोग जन-मजूर को जीने नहीं देंगी तो जाएँगे नहीं दिल्ली, पंजाब, हरियाणा? आप लोग तो चाहबे करती हैं कि गरीब-गुरबा यहीं मरें-खपें।''

''देखती हैं न रामनगरवाली!'' लाल ड्योढ़ी की बड़ी दियादिनी ने माई से कहा, ''सुनती हैं न क्या अरथ निकाल लिया कजरी ने?'' नरेश सिंह की माँ बोली, ''कहाँ की बात कहाँ लग जाती है! जमाना बदल गया, नहीं तो कजरी इस तरह जबान लड़ाती बबुआन टोले की बबुआइन से?'' उजले बालोंवाली लालकाकी ने धोप दिया सबको। अपने बुढ़ापे का अधिकार जताया, ''आयँ गे छौंड़ी, तुमको कवनो बात फटाक से काहे लग जाती है?'' माई ने आँखें तरेरकर कजरी को देखा तो कजरी चुप हो गयी।

माई गौर से देखने लगीं कजरी का चेहरा। साँवले रंग पर अलग तरह की चमक आ गयी थी। पानीदार चेहरा। दिल्ली का असर है। सोचकर माई मुस्करायीं। सदियों से बन्द गाँव के दरवाजे बाहरी दुनिया की तरफ खुलने लगे हैं अब। दिल्ली, पंजाब, हरियाणा, जम्मू...कहाँ-कहाँ कमाने नहीं जा रहे हैं अपने गाँव के लोग। माई की स्मृति में नन्दू का चेहरा उभर आया, नन्दू भी तो मजदूरी ही करने गया है अमेरिका। अरे कोई हाथ चलाकर कमाता है, कोई कलम चलाकर। होते तो दोनों मजदूर ही हैं। दुलहिन को अमेरिका में जन्म के कारण मिल गयी हो वहाँ की नागरिकता, मगर देश तो वह पराया ही होगा। अँगरेजों का देश।

कितना बदल गया जुग-जमाना। पहले के समय में कोई पटना से हो आता था तो लोग कितनी बातें पूछते थे। काशी-प्रयाग या जगन्नाथपुरी के तीरथ करके कोई आता तो लोग कई दिनों तक उससे नयी-नयी बातें सुनते थे।

बबुआन टोले, बभनटोली या भुमिहार टोले के लोग जब-तब दिल्ली-पटना जाते थे, मगर दक्षिण टोले या पच्छिम टोले के लोगों के लिए तो गाँव ही पूरा भूमंडल था।

कितना बदल गया जमाना! अब तो गाँव के जन-मजूर ही देख रहे हैं दुनिया। मालिक-मलिकार गाँव अगोरे बैठे हैं एक जगह। मजदूर कहते हैं—जब कमाकर ही खाना है तो क्या घर क्या परदेस।

''सबकुछ बदल गया धीरे-धीरे।'' लालकाकी कहने लगीं, ''देखती हैं न नन्दू की माई। गाँव में अब जन-मजूर मिलते हैं? खोसामद करनी पड़ती है जन-मजूर की। गया जमाना डाँट-फटकार का। अब तो अपने बबुआन टोले के लोग हल भी जोतने लगे हैं। बभनटोली के लोग गाय नहीं दूहते थे। सो जा के देखिए। पंडीजी लोग गाय दूहने की कौन कहे, गाय-भैंस चरा रहे हैं।''

लाल ड्योढ़ी की मालकिन तो पहले से चिढ़ी हुई थीं। ''सोलकन टोले की जन-मजूरिन तो एकदम से मालकिन बन गयीं। चूड़ा कूटने कहो तो कहती हैं—अपना हाथ-पैर चलाइए मालकिन। आपका हाथ बड़ा चिक्कन आ हमारा हाथ काठ का है? चूड़ा कुटौनी, धान ओसौनी, धन उसननी नै होगा हमसे।'' तरुणजी की

बहुरिया बोली, "असली बात तो ई है माई कि जब बेटा-भतार दिल्ली-पंजाब से मनिआडर भेजवे करते हैं तो मेहरारू काहे करें खेत-खलिहान में मजूरी?" औरतों ने देख लिया था कि इस बीच कजरी नहीं थी, यदि वह होती तो झगड़ा-झंझट के डर से इस तरह नहीं बोलती तरुणजी की बहुरिया।

थोड़ी देर में लौट आयी कजरी। माई से सटकर बैठ गयी। तीन-साढ़े तीन साल दिल्ली में रहकर बड़का गाँव आयी है। वैसे बगल के मरकसवा गाँव में कजरी का सबकुछ है, अपना घर, पति का घर, नाना का घर, लेकिन सिर्फ कहने भर को। न अपने बाप का घर उसका अपना घर रहा, न ससुराल ससुराल रही। बस ले-देकर नाना के भाई करमलाल गुरुजी का घर जिसे कजरी अपना घर कहती है।

माई से बातचीत करके गाँव की बड़ी-बूढ़ियाँ चली गयीं। रह गयी कजरी जो यहीं माई के पास ही रहने के लिए आयी थी। अपने मरकसवा गाँव में तो उसके लिए एक क्षण काटना पहाड़। वह तो ऐसी जीवट वाली औरत है कजरी कि लाख तोड़ने पर भी टूटी नहीं, कच्चे बाँस की तरह 'लिब' गयी जरूर, लेकिन टूटी नहीं, बाकी क्या कुछ नहीं किया गया उसके साथ इस गाँव में! दूसरी कोई होती तो गले में फँसरी लगाकर मर गयी होती या डूब मरी होती नदी-कुएँ में।

गले में फँसरी लगाकर मरी थी न बभनटोली की चन्द्रदेव झा की बेटी। पढ़ानेवाले मास्टर से फँसी थी। गर्भ रह गया। लाख कहा लोगों ने कि मास्टर छोटी जात का है तो क्या, सरकारी नौकरी में है, शादी करा दीजिए। लेकिन बाभन जात काहे मानते दूसरे का कहा।

मरकसवा गाँव की कजरी वैसी भीषण घटना के बाद भी जहर खाकर या डूबकर मरी नहीं। जिन्दा रही और ललकारती रही गाँव के उन लोगों को जो बोलियाँ मारते थे। चुप हो गये सबके सब।

कजरी काली तो नहीं है, लेकिन गोरी भी नहीं कही जा सकती। दोनों के बीच का साँवला रंग। मझोला कद। इकहरी देह। मरकसवा गाँव में पासी जात की कोई कजरी भी रहती है, इसे कोई जानता भी नहीं था। जानने की जरूरत भी क्या थी, ताड़ी बेचनेवाले अजोधी महतो की घसकट्टिन बेटी को भला कोई क्यों जाने!

लेकिन बगल के छातापुर विधानसभा चुनाव क्षेत्र के दलित विधायक भदेसर राम वाली घटना के बाद गाँव तो क्या पूरा इलाका जान गया कजरी को। भदेसर राम का चुनाव-क्षेत्र हालाँकि बगल का छातापुर है, लेकिन उसका राजनीतिक गुरु और मार्ग-दर्शक है बड़का गाँव का विधायक डायमंड। भदेसर राम का विधानसभा क्षेत्र 'सुरक्षित' क्षेत्र है। शासक पार्टी का वह विधायक है। दूसरी बार जीतकर विधानसभा में पहुँचा है। नाटे कद का भदेसर राम। एकदम जमुनिया कलर। गोल-मटोल। लोग जानते हैं कि विधायक होते हुए भी भदेसर राम डायमंड का पिछलग्गू

है। जो कह दें डायमंड, भदेसर के लिए वही ब्रह्म-लकीर।

नील पोखर के मोहार पर बना डायमंड का जलमहल इलाके में प्रसिद्ध है। महीने-दो महीने पर डायमंड पटने से अपने जलमहल में आता है एक-दो दिनों के लिए। वैसे पटने में उसको बड़ा-सा बंगला मिला हुआ है, अपना मकान भी है। आठ-दस बसें चलती हैं। जिला शहर पूर्णियाँ में कोल्ड स्टौरेज है। करोड़ों के ठेके दिलाता है अपने लोगों को। बड़का गाँव के नील पोखर का यह जलमहल और इसके साथ पन्द्रह-बीस एकड़ जमीन ही विधायक डायमंड को गाँव का बड़ा आदमी बनाने के लिए काफी है।

डायमंड जब भी गाँव आता है, भदेसर राम पहुँच जाता है वहाँ। मरकसवा गाँव में भदेसर राम के दो रिश्तेदार रहते हैं। वहाँ भी जाता है वह। एक फुफेरा भाई रहता है मरकसवा में। भदेसर जब भी मरकसवा गाँव जाता है गाँव के तीन-चार लफुआ टाइप लड़के, बटेशनाथ झा और गाँव की राजनीति करने वाले मुखिया-सरपंच वगैरह साथ हो जाते हैं। बटेशनाथ झा हालाँकि विधायक भदेसर राम के पीछे-पीछे लगे रहते हैं, लेकिन पीठ पीछे यह भी कहते हैं कि एकदम गन्दा आदमी है यह। जात का पासी।...भारी पियक्कड़! छोकड़ीबाज! नीच ऐसा कि गन्दी नाली का पानी पीते भी देर नहीं लगती है इसको।

विधायक भदेसर राम यदि रात में मरकसवा गाँव में रह गया तो उसके लगुआ-भगुआ लोगों को मांस-मछली और दारू के साथ जिन्दा गोश्त का इन्तजाम भी करना पड़ता है। पैसा चाहे जितना लगे, इन्तजाम होना चाहिए।

मरकसवा गाँव के युवा पत्रकार बी.पी. अकेला की विधायक भदेसर राम से नहीं पटती। भदेसर कहता है, "ई अदना-फदना देहाती पत्रकार को पूछता ही कौन है?"

पिछले साल भर में भदेसर दो बार मरकसवा गाँव आ चुका है और सन्तुष्ट होकर, लेकिन एक प्यास लिये यहाँ से गया है। तीसरी बार आया है। अपने समर्थकों के आग्रह पर वह मरकसवा गाँव में विश्वसनीय आश्वासन पर रात में रह गया कि पिछली बार तड़बन्ना में जिस लड़की को उसने देखा था, वह लड़की उसको इस बार मिलेगी।

पासी अजोधी महतो की बेटी कजरी। घर में अकेली। माँ को मरे तीन साल हो गये। बाप का काम ताड़ी चुआना, ताड़ी बेचना और ताड़ी पीना।

उस शाम महुआ का असली संथाली दारू चढ़ाने के बाद विधायक भदेसर राम को तड़बन्ना की उसी छौंड़ी...क्या नाम बताया? विधायक ने अपने साथ चल रहे कल्लू खलीफा से पूछा।

"कजरी के बारे में पूछ रहे हैं का हजूर?"

हाँ-हाँ, कजरी!...कजरी की तलब हुई विधायक को। कल्लू खलीफा विधायक भदेसर राम को तड़बन्ना के पास झोपड़ीनुमा घर में ले गया। घर में अकेली लड़की कजरी। बाप ताड़ीखाने में। आस-पड़ोस के घरों में सिर्फ जनी-जात। कोई मर्द नहीं। कल्लू ने दिन में कजरी को पटाने की कम कोशिश नहीं की। लोभ-लालच की गठरी खोल दी, लेकिन सब बेकार। कजरी ने हँसुआ दिखाया और हल्ला मचाने की धमकी दी। चला गया कल्लू खलीफा।

शाम में दारू के नशे में धुत्त विधायक भदेसर राम को कल्लू खलीफा चुपचाप कजरी के घर ले गया। देखा, कहीं कोई नहीं। घर में अकेली कजरी। कल्लू ने विधायक को कजरी के घर में धकेल दिया और किवाड़ लगाकर खड़ा हो गया। मरकसवा गाँव में सारे घर एक-दूसरे से कुछ दूरी पर हैं। इस कारण जब कजरी ने शोर मचाया तो आवाज दूर कहीं पहुँची नहीं। बवंडर-सी बनकर वहीं रह गयी घर-आँगन में। कल्लू खलीफा जो पहले किवाड़ के पास खड़ा था, विधायक को असफल होते देख अन्दर गया और अपने गमछे से कजरी का मुँह बाँध दिया। फिर बाहर पहरेदारी करने चला गया। अशक्त और विवश कजरी ने बगल में लबनी के पास रखा हँसुआ उठा लिया। हँसुए में रप-रप धार। कल ही कमरसार से बाप धार करवाकर लाया था। ऐसी चतुराई से कजरी ने हँसुआ चलाया कि...छपाक...। आवाज तो नहीं हुई छपाक की, मगर विधायक जोर-जोर से चिल्लाने लगा—बाप रे बाप!...कल्लू खलीफा ने छोड़ा साथ विधायक का और भाग गया।

विधायक भदेसर राम जाने कैसे-कैसे जलमहल पहुँचा। कजरी छुछरी का कटा भाग पिछवाड़े फेंके हुई थी। क्षण भर में बात फैल गयी पूरे मरकसवा गाँव में। सुबह होते-होते बड़का गाँव में भी खलबली मच गयी।

ऐसी घटना भला छिपाये छिपती है? मरकसवा गाँव का पत्रकार बी.पी. अकेला तो इसी टोह में था। सनसनीखेज समाचार मिल गया था बैठे-बिठाये। वह भी उसी के अपने गाँव में।

पटने के एक लोकप्रिय दैनिक को दूसरे ही दिन बी.पी. अकेला ने कस्बे जाकर समाचार भेज दिया। बहुत दिनों बाद बल्कि कहा जाय तो पहली बार उसकी बंसी में बड़ी मछली फँसी थी। अब तक तो पोठिया, टेंगरा, गरै-गरचुन्नी, जैसी बहुत छोटी मछलियाँ ही फँसती आयी थीं।

पटने के अखबार से ही यह समाचार पलीते की आग बना। 'दलित विधायक द्वारा दलित लड़की का बलात्कार...विधायक का लिंगोच्छेद...' सत्ताधारी दल का दलित विधायक भदेसर मन्त्री बनते-बनते रह गया था। इस भयानक और शर्मनाक घटना के चलते मुख्यमन्त्री परेशान थे। पटने से लेकर भदेसर राम के गाँव छातापुर और मरकसवा तक पुलिस की आवा-जाही शुरू हो गयी। गिरफ्तारी के लिए कई

जगह पुलिस ने छापे मारे, लेकिन महिमा डायमंड बाबू की! अपने भक्त भदेसर राम को जाने कैसे पटना भेज दिया एक नर्सिंग होम में। लेकिन पुलिस से बच नहीं सका भदेसर राम।

पत्रकारों को अच्छा मसाला मिल गया। भदेसर राम के फोटो छपे अखबारों में। उसी के साथ कजरी के भी फोटो छपे। पत्रकार एक-एक कर मरकसवा गाँव गये और कजरी की बहादुरी की 'स्टोरी' बनाकर प्रकाशित की। मुख्यमन्त्री ने कजरी नाम की इस लड़की की बहादुरी की प्रशंसा की और पचास हजार रुपये देने की घोषणा की। भदेसर राम को पार्टी से निष्कासित कर दिया गया। भदेसर राम अपने लिंगोच्छेद को झुठला नहीं सकता था, लेकिन अपने बचाव में उसने अखबारों में बयान दिया कि उसके राजनीतिक दुश्मनों ने बदले की भावना से ऐसा किया है। उसके साथ जबरदस्ती की गयी।

भदेसर राम के बयान पर किसी ने विश्वास नहीं किया। जाल तो भदेसर राम ने कम नहीं बिछाये। कजरी के बाप से बयान दिलवाया कि कजरी के साथ कुछ नहीं हुआ है। सब अफवाह है।

इस घटना की रपट के प्रकाशित होते ही पत्रकार बी.पी. अकेला की साख बढ़ गयी। पटने के जिस हिन्दी दैनिक का वह रिपोर्टर था, उस दैनिक में अकेला का महत्त्व बढ़ गया। मरकसवा गाँव का अदना-सा रिपोर्टर इस घटना के बाद प्रतिष्ठित रिपोर्टर बन गया।

भदेसर राम आखिर कब तक छिप-छिपकर दिन काटता। राजनीतिक कैरियर तो खैर चौपट हो गया था, फिर भी राजनीति का नशा तो जीवन भर रहता है। चस्का लग चुका था, सो डेढ़-दो साल बाद पार्टी से निष्कासन के बावजूद वह गाँव में फिर सुरफुराने लगा। यह बात दूसरी थी कि पूरे इलाके में भदेसर राम को लोग 'कटुवा नेता' कहने लगे और उसका नाम लेकर हँसने लगे।

लेकिन कहावत है न! नाचने चली तो घुँघट कैसा!...सो कटुआ नेता लाज-सरम घोलकर पी गया। लाज-सरम भी साथ रखे तो नेता कैसा। घरवालों ने कटुवा नेता को घर से निकाल दिया। बेटे लाठी लेकर दौड़े बाप पर। पत्नी झाड़ू लेकर आ गयी। हारकर कटुआ नेता ने अपना क्षेत्र ही छोड़ दिया और आ गया अपने बाहुबली नेता डायमंड की शरण में। अब तुम्हीं रक्षा करो भैया जी!

मुख्यमन्त्री की घोषणा हो चुकी थी—कजरी को मुआवजा दिया जाएगा। कजरी दो बार पटना गयी। डायमंड ने पैरवी करने से इनकार कर दिया। तीन-चार दिनों तक लगातार कोशिश के बाद मुख्यमन्त्री से मुलाकात हो पायी। मुख्यमन्त्री ने फिर आश्वासन दिया, जिलाधिकारी से मिलने को कहा, जिलाधिकारी से मिली तो उन्होंने कहा, उनको कोई सूचना नहीं है इस सम्बन्ध में।

कजरी ने बाप का आचरण देखकर घर छोड़ दिया। रहने लगी बड़का गाँव की माई के साथ। गाँव के लोगों ने माई को मना किया, ऐसी दागी बदनाम लड़की को अपने घर में न रखें। भगाइए इस बदचलन को! लेकिन माई पर कोई असर नहीं पड़ा। "आखिर क्या चाहते हैं आप लोग! मर जाय बेचारी? इसका दोख बताइए। क्या अपराध है इसका?"

साल भी नहीं बीता कि दिल्ली में राजमिस्त्री का काम करने वाले मरकसवा गाँव के महेसर के साथ ढोल-बाजे के आनन्दमय वातावरण में कजरी की शादी माई के दुआर पर हो गयी। महेसर पहले सुरवंश बाबू के यहाँ नौकरी करता था। बाद में हाजी टोले के राजमिस्त्री के साथ लेबर बनकर दिल्ली चला गया था। अब अच्छी आमदनी थी उसकी। ढंग से कमाता-खाता था। दिल्ली की आमदनी से उसकी माँ ने एक एकड़ जमीन सुदभरना पर ली गाँव में। दुआर पर चाँपाकल हो गया और फूस की छप्पर की जगह टिन का छोटा-सा घर भी बन गया।

कजरी से महेसर ने शादी तो कर ली, लेकिन घरवालों ने उसको घर में रहने नहीं दिया। कोई फिकर नहीं महेसर को। कजरी को साथ लिया और चला गया लौटकर दिल्ली।

अचरज होता था लोगों को। यही महेसरा सुरवंश बाबू की गोहाल में काम करता था। हाजी टोले के राजमिस्त्री के साथ सिर पर ईंट ढोने लगा बाद में, फिर दिल्ली चला गया। हुनर सीख गया तो बन गया राजमिस्त्री।

तीन-साढ़े तीन साल बाद जब कजरी दिल्ली से वापस गाँव लौटी और अपने नाना करमलाल गुरुजी के घर में दो साल के बेटे को रखकर माई के पास आयी तो उसके बदले हुए रंग-ढंग को देख लोग चकित थे।

"दिल्ली में करती क्या हो कजरी? महेसर तो राममिस्त्री का काम करता है और तुम?" बबुआन टोले की लालकाकी ने पूछा था।

"बैठी नहीं रही वहाँ काकी।" मुस्कराती हुई बोली थी कजरी, "दो बड़े घरों में चौका-बर्तन का काम मिल गया था। बाद में सब्जी बेचने लगी।"

"तब तो दोहरी आमदनी होती है।" लालकाकी की बात पर गर्व से मुस्कराती रही कजरी। माई ने एक सूचना दी, "इतना ही नहीं लालकाकी, सुना है कि महेसर और उसके किसी साथी ने मिलकर यू.पी. बोडर पर कहीं थोड़ी-सी जमीन भी खरीद ली है।"

"आयँ। दिल्ली में जमीन खरीद ली?"

"नहीं काकी, दिल्ली में नहीं। यू.पी. बोडर पर। यू.पी. माने उत्तर प्रदेश।" लालकाकी का दिल बैठ गया। सुरवंश बाबू की बथान पर काम करने वाले महेसरा ने जमीन खरीद ली?

''कैसे खरीद लेती हो तुम लोग जमीन! हम लोग तो यहाँ जमीन बेच रहे हैं।'' लालकाकी की ईर्ष्या छिपाये नहीं छिप रही थी। माई लालकाकी के जले दिल पर ठंडा पानी छिड़कती हुई बोलीं, ''समय-समय की बात है लालकाकी! देस-दुनिया घूमने पर अपने-आप अक्किल खुलने लगती है। जो गाँव में ही जनमे और यहीं मर गये, वे क्या जानने गये कि दुनिया क्या होती है।''

लालकाकी बोली, ''हाँ, हैं कितने लोग जो गाँव से बाहर कहीं गये ही नहीं। खवास टोली का रब्बी मड़र है न! आज तक वह रेलगाड़ी पर नहीं चढ़ा। बूढ़ा हो गया, लेकिन नहीं चढ़ा कभी रेलगाड़ी पर। बेटे दिल्ली-पंजाब जाने कहाँ-कहाँ चले गये मजूरी करने, लेकिन रब्बी कहीं नहीं गया गाँव से बाहर।''

पत्रकार बी.पी. अकेला ने रब्बी मड़र से एक बार हँसते हुए पूछा था, ''आज आज तक रेलगाड़ी पर नहीं चढ़े मड़र?''

''नहीं चढ़ा। जरूरते क्या है? फिर रेलगाड़ी में बड्ड जरकिंग होता है।''
''किसने कहा आपसे कि जर्किंग होता है रेलगाड़ी में?''

''सुनता हूँ। बेटे कहते हैं। दिल्ली-पंजाब जाने वाले गाँव के लोग कहते हैं।''

''तो इसलिए आप नहीं चढ़े रेलगाड़ी पर?...'' बी.पी. अकेला रब्बी मड़र के रेलगाड़ी में न चढ़ने के तर्क को बहुत दिनों तक लोगों को सुनाता रहा था।

आँगन में लालकाकी और कजरी के साथ माई की बातचीत चल रही थी कि उलटदास हाँफता हुआ आया, ''माई...माई डायमंड बाबू आए हैं दुआर पर। कहते हैं कि माई के दरसन करूँगा।''

''अच्छा, दयानन्द!...कहना आ रही हैं माई।''

डायमंड के आने की बात सुनकर लालकाकी और कजरी चित्रलिखित-सी हो गयीं। किसी के दुआर पर साइत-संयोग ही जाता है डायमंड। बबुआन टोले, बभनटोली और बड़का टोले के लोग तो तरसते हैं कि डायमंड उनके दरवाजे पर आता।

दरवाजे पर निकलती हुई माई यही सोच रही थीं कि डायमंड निश्चय ही नन्दू के बारे में पूछेगा। साथी है न नन्दू का। अब तो बहुत नाम कमा चुका है—नाम भी, दुर्नाम भी। कौन जानता था कि झमेली यादव का बिगड़ा हुआ बेटा जिसको स्कूल से निकाल दिया गया था और जो मर्डर-डकैती और तस्करी में कई बार जेल जा चुका था, वह नेता हो जाएगा।

जीप से आया था डायमंड। माई की प्रतीक्षा में खड़ा था दुआर पर। माई को देखते ही उनके चरणों पर झुक गया।

''कैसे हो दयानन्द?'' माई ने डायमंड का पहलेवाला नाम लिया। फिर पूछ

बैठीं, ''तुमने अपना नाम डायमंड काहे रख लिया रे?''

''यह नाम मेरा रखा हुआ नहीं है माई। लोगों ने कहना शुरू कर दिया, बस।''

टोले की औरतें देहरी के पास बनी बाँस की जाफरी की ओट से डायमंड को देख रही थीं। पूरी रोशनी नहीं थी। शाम गहरा गयी थी। उलटदास हाथ में लालटेन लिये खड़ा था। डायमंड ने सूचना दी, ''कल रात अमेरिका से फोन आया था नन्दू का। पहले मुजफ्फरपुर फोन किया था उसने। बताया गया कि आप गाँव चली गयी हैं।'' माई कुछ बोलीं नहीं। सिर झुकाये जमीन की तरफ देखती रहीं। अचानक कुछ याद आया उनको। बोलीं, ''रे उलटदास, कुर्सी ले आओ दालान से।'' लालटेन जमीन पर रखकर उलटदास कुर्सी लाने दालान की तरफ दौड़ा। माई ने अब जाकर गौर से देखा डायमंड को। बलिष्ठ शरीर, चट्टान जैसा। गोरा, खिला हुआ रंग। हिसाब से कटी-छँटी दाढ़ी और घनी मूँछें। रोबीला और एक हद तक आतंक पैदा करनेवाला चेहरा।

कुर्सी ले आया था उलटदास, लेकिन कुर्सी पर बैठा नहीं डायमंड। बोला, ''जल्दी में हूँ माई। बाद में आऊँगा। नन्दू ने कहा है, इसी रविवार को वह आपसे फोन पर बात करेगा रात में नौ-दस बजे के बीच। मैं गाड़ी भेज दूँगा आपके लिए।''

माई में कोई उत्सुकता नहीं थी, फिर भी पूछ बैठीं, ''सब राजी-खुशी हैं न?''

''हाँ माई, नन्दू कह रहा था, सब आनन्द में हैं, एकदम प्रसन्न। अच्छा लगने लगा है अमेरिका। छोटू आपको बहुत याद करता है।''

माई ने कुछ क्षणों के लिए आँखें बन्द कर लीं। आँखों में शायद छोटू की आकृति बनी थी। वे देखती रहीं पोते को। फिर भर्राई आवाज में पूछ बैठीं, ''और पम्मी-नेहा? दुलहिन?...''

''सब मजे में हैं माई। दुलहिन कार चलाना सीख गयी हैं। उनकी नौकरी भी हो गयी।''

''कार चलाती है दुलहिन?'' माई ने डायमंड से कहा, ''अब कभी बात हो तो कहना कि कार न चलाए। सुनते हैं, बहुत खतरा रहता है। दरभंगा के एक प्रोफेसर साहब की बहू अमेरिका में थी। कार चलाते हुए दुर्घटना हुई और मर गयी।''

डायमंड माई के चेहरे पर घबड़ाहट देख मुस्कराया। उनका मन रखने के लिए धीरे से कहा, ''ठीक है माई, मैं सीधे दुलहिन से कहूँगा। आप भी कह दीजिएगा फोन पर।''

डायमंड जब अपनी जीप की ओर बढ़ने लगा तो माई ने पूछा, ''कब तक हो गाँव में?''

"कल-परसों तक। असल में भुदनिया जमीन का मामला है न गाँव में। कभी कुछ हो सकता है, इसलिए आना पड़ा। कई बार यहाँ से खबर गयी थी।"

डायमंड जीप में ड्राइवर वाली सीट पर बैठा। उलटदास लालटेन लेकर जीप तक गया। देखा, जीप की पीछे वाली सीट पर दुबककर कटुआ नेता बैठा है सिर गड़ाये कि दिखाई न पड़े। उसकी बगल में पत्रकार बी.पी. अकेला बैठा था।

कटुआ नेता ने राजनीति नहीं छोड़ी है। छोड़ ही नहीं सकता था। राजनीति चीज ही ऐसी है। लोग कहते हैं, राजनीति एक लत है, जैसे पियक्कड़ दारू के बिना नहीं रह सकता।

कटुआ नेता को सजा नहीं हुई। कानूनी दाँव-पेंच से जाने कैसे बचकर निकल आया। लेकिन समाज में कानून से भी बड़ी सजा मिली कटुआ नेता को। लोग उसके नाम पर थूकने लगे। कटुआ नेता को इसकी फिक्र नहीं थी। कहने लगा, राजनीति में रहनेवालों के लिए शर्म कैसी!...

डायमंड जीप उड़ाते हुए निकल गया दक्षिण की तरफ। माई के दुआर पर बैठे लोगों के बीच चर्चा शुरू हुई कि डायमंड लुचाय राम के ह्वाइट हाउस की तरफ गया है या और कहीं। उलटदास जो खबर उधर से लाया था उसके अनुसार लुचाय राम का एस.पी. बेटा रामबरन आनेवाला है या शायद आ चुका है। डायमंड रामबरन से मिलने गया है।

उलटदास ने डायमंड की जीप में कटुआ नेता और बी.पी. अकेला को एक साथ बैठे देखा था। चर्चा कटुआ नेता पर होने लगी। डायमंड की जीप माई के दुआर पर आयी थी, यह जानकर पड़ोसी बाबू रामसिंहासन सिंह आ गये। पूछा, "डायमंड आया था। क्या बात थी? देखा कि जीप में कटुआ नेता और बिपिया भी बैठे हुए थे!"

आश्चर्य तो सबको हुआ था। बी.पी. अकेला ने कटुआ नेता के चरित्र की धज्जियाँ उड़ा दीं, फिर भी कटुआ उसी का पिछलग्गू है। डायमंड के पूर्णियाँ वाले मकान में भी दोनों साथ-साथ रहते हैं।

बी.पी. अकेला को बड़का गाँव के कुछ लोग बिपिया कहते हैं। वैसे उसका असली नाम बैजनाथ प्रसाद अकेला है। बी.पी. अकेला ने अपने नाम को पत्रकार के रूप में संक्षिप्त कर लिया, बी.पी. अकेला। गाँव के लोग किसी सुसंस्कृत नाम या शब्द को मुख-सुख के लिए संक्षिप्त और विकृत करने में माहिर होते हैं। इन्हीं लोगों ने कैथटोली के हेम नारायण लाल दास को हेमू दास और 'हेमुआँ' किया। कस्बे में मारवाड़ी भीष्मचन्द्र को भिखमचन्द और 'भिखला' किया, और बभनटोली के पंडित खड्गनाथ झा को खड़कू झा बना दिया। सो पत्रकार बी.पी. अकेला को गाँव के लोगों ने बिपिया बना दिया। बी.पी. अकेला नहीं, बिपिया! बिपिया पत्रकार।

माई के दरवाजे पर डायमंड का आना गाँव में एक खबर बन गया था। पड़ोस के तरुण जी आ गये डायमंड की जीप देखकर। माई से पूछा, "भौजी, डायमंड आया था। क्या बात थी?" माई क्या जवाब देती! बोलीं, "बात तो कुछ नहीं थी। नन्दू का फोन आया था। वही बताने आया था।" बाबू रामसिंहासन सिंह बोले, "एक बात जानते हो मास्टर, डायमंड के साथ कटुआ नेता और बिपिया भी थे। इसी बिपिया के बारे में कहता था कटुआ नेता कि खून पी जाऊँगा पत्रकार का। सो देखो, दोनों एक साथ घूम रहे हैं।"

तरुण जी ने रामसिंहासन बाबू से कहा, "असल में ऐसा है कि इन दोनों के बीच नेता डायमंड है। फिर भैया, राजनीति में कौन कहाँ किसके साथ कब रहेगा, कब अलग हो जाएगा, यह कौन जानता है! राजनीति ही ऐसी जगह है जहाँ साँप-छछुन्दर एक साथ रह सकते हैं। बी.पी. अकेला और कटुआ एक साथ हैं तो कोई आश्चर्य की बात नहीं।"

रामसिंहासन सिंह बोले, "अब डायमंड लुचाय राम के यहाँ भी आने-जाने लगा है। सुना है कि लुचाय राम ई बुढ़ारी में इलेक्सन लड़ना चाहता है।"

"कुछ भी सम्भव है भैया" तरुण जी ने हँसते हुए कहा, "अब लुचाय राम चमरटोली में नहीं रहते, नील पोखर के मोहार पर बने ह्वाइट हाउस में रहते हैं और सबसे बड़ी बात यह कि बेटा एस.पी. है। सुपरिटेंडेंट ऑफ पुलिस! आरक्षी अधीक्षक! रामबरन राम नहीं, आर. राम, आई.पी.एस.।"

ह्वाइट हाउस! डायमंड के जलमहल के टक्कर की दूसरी नयी हवेली। ह्वाइट हाउस थोड़ी-सी उन्नीस है जलमहल से। 'जलमहल' नाम तो डायमंड ने दिया। इसके पहले लोग अँग्रेज बहादुर जॉन स्मिथ के इस बँगले को नील कोठी या निलहा कोठी कहते थे। आजादी के बाद जॉन स्मिथ लन्दन चले गये। अपनी मोटरगाड़ी रणविजय बाबू के पिता धनपत सिंह को और निलहा कोठी अपने मैनेजर जे.पी. माथुर को सौंप दी। केयरटेकर माथुर साहब बूढ़े हो गये थे। यहाँ अकेले थे। बेटे-बेटियाँ मुम्बई-दिल्ली में। डायमंड पुच्छल तारे की तरह राजनीति के आकाश में आ चुका था। वह गया माथुर साहब के पास नील कोठी खरीदने। एक हफ्ते में ही औन-पौने दाम में नील कोठी और उससे जुड़ी पन्द्रह-बीस एकड़ जमीन डायमंड को रजिस्ट्री कर माथुर साहब मुम्बई चले गये।

बड़का टोले में जमींदार बाबू सुरवंश शर्मा को नील पोखर की निलहा कोठी खरीदनी चाहिए थी, लेकिन सुरवंश बाबू जमींदारी जाने के बाद ढलान के सूरज बन गये थे। सोलकन टोले की नचनिया पार्टी में सुरवंश शर्मा की बड़ी हवेली को केन्द्र में रखकर बड़का गाँव हाई स्कूल के संस्कृत पंडित और कवि अमोघजी का बनाया गीत वर्षों तक गाया जाता रहा—

"जागो-जागो हो किसान
जागो-जागो हो मजदूर!
जरा हँस के बोलो जी,
जा रही कार्नवालिस की सेना (जमींदारी)
हँस के बोलो जी।..."

बबुआन टोले के बाबू साहबों ने जब सुना कि निलहा कोठी डायमंड खरीदने जा रहा है तो कुछ लोग विधायक बैताल सिंह के पास भी गये थे। बैताल सिंह ने डायमंड से पंगा लेना उचित नहीं समझा और साफ-साफ कह दिया, "वह इलाका डायमंड का है, उसका गाँव है, मैं क्यों करूँ हस्तक्षेप?"

निलहा कोठी का अपना इतिहास है। अँग्रेज बहादुर जॉन स्मिथ की कोठी थी यह। जॉन स्मिथ नील की खेती कराने आया था। पहले उसने बड़ा-सा पोखर खुदवाया। पोखर की मिट्टी से पूरब की ओर जो टीला बना उस पर नील कोठी बनाई गयी। दक्षिण भाग की मिट्टी उसी तरफ जमा कर दी गयी। बाद में वह टीला नागडीह टीला कहा जाने लगा।

आजादी के बाद जब जॉन स्मिथ भारत छोड़कर जा रहा था, उसने अपनी कार बहुत कम कीमत में रणविजय बाबू के पिता बाबू धनपत सिंह को दे दी। मकुनी हाथी-जैसी उस कार को पाकर पिता-पुत्र न सिर्फ प्रसन्न थे, बल्कि गौरवान्वित भी थे कि अँग्रेज बहादुर ने उनको ही इस योग्य समझा। इसी गाँव के रईस जमींदार बाबू हरिवंश शर्मा और पुत्र कुँवर साहब यानी बाबू सुरवंश शर्मा हाथ मलते रह गये। बात कार की नहीं थी, प्रतिष्ठा की थी। कार तो वैसे भी थी बड़ी हवेली में। बाबू हरिवंश शर्मा को तकलीफ यह थी कि अँग्रेज बहादुर ने उनको अपनी मोटरगाड़ी क्यों नहीं दी जबकि वे जमींदार हैं?

रणविजय बाबू की उस मोटरगाड़ी का बड़ा दिलचस्प वर्णन करती हैं माई। माई तब सुल्तानपुर वाली दुलहिन थीं और नयी-नयी आयीं थी ससुराल। बहुत छोटी-सी तहसील थी रणविजय बाबू के पिता बाबू धनपत सिंह की, लेकिन वे दिखाना चाहते थे कि जमींदार हैं। कोई खास जरूरत नहीं थी, फिर भी उन्होंने अहाते में 'कचहरी' बनायी थी। बड़का टोले की बड़ी हवेली के बाबू हरिवंश शर्मा कहते थे कि देखो, इस धनपत सिंह को। अपने को जमींदार कहता है।

लेकिन अँग्रेज बहादुर ने अपनी मोटरगाड़ी तो बाबू धनपत सिंह को ही दी। यह एक तरह की विजय थी धनपत बाबू और उनके पुत्र रणविजय बाबू की, लेकिन इलाके में प्रसिद्ध डालडा सुराजी कहते थे कि इसी को कहते हैं अँग्रेज-नीति। जाते-जाते भी झगड़ा लगाकर गया जॉन स्मिथ।

मोटरगाड़ी तो मिली धनपत बाबू को, लेकिन ढंग से कभी चल नहीं पायी। लोग मकुनी हाथी-जैसी उस मोटरगाड़ी को ठेलुआ गाड़ी कहते थे। वजह यह थी कि गाड़ी ठेलने पर स्टार्ट होती थी। पाँच-सात लोग गाड़ी को ठेलकर अहाते से बाहर ले जाते, गाड़ी थोड़ी दूर चलती, फिर अड़ियल घोड़ी की तरह रुक जाती। लोग फिर ठेलते। आखिर वह ठेलुआ गाड़ी जो ड्योढ़ी के गलियारे में एक बार खड़ी हुई तो वहाँ से खिसक नहीं सकी। पड़ी रही वहीं और दलदली माटी के कारण धँसने लगी जमीन में। जंग लगने लगी। फिर भी रणविजय बाबू ने न लोहा-लक्कड़ बेचा, न दरवाजे से हटाया। वह मोटरगाड़ी बीते दिनों के वैभव की निशानी थी। इससे भी बड़ी बात यह थी कि इस गाड़ी के कारण जमींदार सुरवंश शर्मा को पराजित करने की कुंठित खुशी से जब-तब झूम उठते थे बाबू रणविजय सिंह।

माई कभी-कभी लाल ड्योढ़ी जाती थीं। माई यानी तब की सुल्तानपुर वाली दुलहिन लाल ड्योढ़ी की मालकिन की फुफेरी बहन के रिश्ते में थी। रिश्ता हालाँकि थोड़ा घुमा-फिराकर तय होता था। इस हिसाब से रणविजय बाबू बहनोई ठहरते थे। सुल्तानपुर में सर्वेश सिंह की शादी का प्रस्ताव भी लाल ड्योढ़ी की मालकिन का ही था। इस कारण सुल्तानपुर वाली दुलहिन जब-तब जाया करती थीं लाल ड्योढ़ी। तब लाल ड्योढ़ी के बुरे दिन शुरू हो गये थे यानी जमींदारी चली गयी थी।

जमींदारी जाने के साथ ही सबकुछ बहुत तेजी से बदलने लगा। बाबू रणविजय सिंह के पिता बाबू धनपत सिंह जमींदार नहीं थे, इसलिए ऐसा कोई सदमा उनको नहीं लगा। फिर भी, आन-बान-शान जो पहले से बनी हुई थी, जमींदारी जाने के साथ ही तिरोहित होने लगी। बड़का टोले के जमींदार बाबू हरिवंश शर्मा और उनके पुत्र कुँवर साहब यानी बाबू सुरवंश शर्मा तो जैसे आसमान से गिरे। महज इतनी-सी बात नहीं थी कि जमींदारी चली गयी। बड़ी बात यह भी कि लोग फब्तियाँ कसने लगे थे, तरह-तरह के 'फकड़े' गढ़ने लगे थे। उन्हीं दिनों सोलकन टोले की नचनियाँ पार्टी में यह गीत गूँजने लगा था —

> ''कारी कुतवा भुँकैबो कचहरिया में।
> बहुत सतौले बाबू बहुत रोववले
> बहुत खटौले तू बेगरिया में।
> कारी कुतवा भुँकैबो कचहरिया में...।''

और सच में बाबू हरिवंश शर्मा की कचहरी में कुत्ते भौंकने लगे। मन बढ़ गया लोगों का। जिसको जहाँ जो हाथ लगा हड़प लिया।

इधर बबुआन टोले के रणविजय बाबू के पिता बाबू धनपत सिंह की जमीन

जो लीज पर या अधिया-बटाई पर लगी हुई थी, हाथ से निकलने लगी। सीढ़ी से गिरी कोई चीज जैसे लुढ़कती हुई आखिरी सतह पर आकर ही रुकती है, वही स्थिति हो गयी धनपत बाबू की। बाप की तरह बेटे रणविजय बाबू की भी आदत मौज-मस्ती वाली थी। देखते-देखते कुछ ही वर्षों में ड्योढ़ी की चारदीवारी जो टूटी तो टूटी ही रह गयी। बाबू धनपत सिंह बीमारी से कम, दुखद स्थिति के कारण ज्यादा परेशान हुए और कस्बे के अस्पताल में ही मर गये।

लाल ड्योढ़ी के अहाते में जंगली पेड़-पौधे उग आये। रौनक चली गयी और पच्चीस-तीस वर्षों में ही बिल्कुल खंडहर-सी दीखने लगी ड्योढ़ी।

सबकुछ हुआ, मगर अँग्रेज निलहा साहब की वह मोटरगाड़ी जो गलियारे में पड़ी थी और धीरे-धीरे जमीन में धँसती जा रही थी, वह धँसती ही रही। बिल्कुल कंकाल हो चली थी मोटरगाड़ी, फिर भी गलियारे से हटाने की बात रणविजय बाबू के मन में कभी नहीं आयी। वे अक्सर उस कंकाल मोटरगाड़ी के पास आकर खड़े होते, घंटों खड़े रहते और चुपचाप उसको देखते रहते।

उनकी तुलना में बड़का टोले के जमींदार बाबू सुरवंश शर्मा की हालत उतनी दयनीय नहीं थी। लोग कहते थे कि हाथी कितना भी दुबला हो जाये, फिर भी हाथी ही रहेगा।

चार

# निलहा कोठी की मोटरगाड़ी और लाल ड्योढ़ी का खंडहर

दालान के आगे जहाँ पक्का कुआँ है, उसके सामने सुपारी के पाँच-छह ठूँठ पेड़ों के पास खड़ी माई डूबती साँझ में बहुत पीछे छूट गये समय को याद करती रहीं। फिर धीरे-धीरे टहलती हुई सड़क पर आ गयीं। पैर अनजाने ही लाल ड्योढ़ी की तरफ बढ़ गये।

लाल ड्योढ़ी के अहाते में पहुँचते ही वे इधर-उधर देखने लगीं कि किस जगह गड़ी है रणविजय बाबू की मोटरगाड़ी। कल दिन के उजाले में इधर आयी थीं तो देखा था लाल ड्योढ़ी का खंडहर। उखड़ी हुई पलस्तर से झाँकती सुर्खी और पत्थर बनी चूने की लकीरें। ड्योढ़ी के पिछले भाग पर बरगद, पीपल, पाकड़ आदि के पौधे फूटकर निकल आये थे। ड्योढ़ी अन्दर से उतनी जर्जर नहीं दिखती थी, लेकिन बाहरी दीवारों पर समय ने भारी हथौड़ा चलाना शुरू कर दिया था।

माई याद करने लगीं उन दिनों को, जब लाल ड्योढ़ी में भी बड़ी हवेली की देखा-देखी नौबत बजती थी। रणविजय बाबू के पिता धनपत सिंह के दो हाथी थे और चार-पाँच भोटिया घोड़े। बड़ा-सा अहाता था और अहाते की चारदीवारी थी। सामने बड़ा दरवाजा था जिससे अन्दर आने के लिए मामूली आदमी को सोचना पड़ता था। बड़का टोले, बबुआन टोले और बभनटोली के लोगों के लिए अन्दर आने को मनाही नहीं थी, लेकिन सोलकन टोले और दक्खिन टोले के लोगों से दरवाजे पर पूछा जाता था कि क्या काम है।

वही लाल ड्योढ़ी है अब। आजाद देश की तरह सबकुछ आजाद। जब से चारदीवारी टूटी है, ड्योढ़ी की ढँकी हुई गोपनीयता आँगन से निकलकर दरवाजे पर आ गयी है। अगल-बगल के टोले के लोग इस अहाते में जब-तब गाय, बैल, बकरियाँ वगैरह चरा लेते हैं। सोलकन टोले के बच्चों के लिए भी अब ड्योढ़ी खुले मैदान-जैसी बन गयी है।

सुल्तानपुर वाली दुलहिन को याद है सबकुछ। यह भी याद है कि रणविजय बाबू के बेटे रत्नेश्वर के लिए बहुत बढ़िया खिलौना थी जमीन में धँसी मोटरगाड़ी।

ड्राइवर वाली सीट पर बैठकर नौ-दस साल का रत्नेश्वर झूठ-मूठ स्टीयरिंग घुमाता था और हँसता था।

निलहा साहब की वह मोटरगाड़ी बच्चों के लिए खिलौना बनी हुई थी। यह बात दूसरी थी कि उस खिलौनो पर सोलकन टोलों के बच्चों का अधिकार नहीं था, फिर भी बच्चों को खिलौने से खेलने में ही आनन्द नहीं आता, खिलौने से खेलते हुए बच्चे को देखने में भी ईर्ष्याजन्य आनन्द आता है।

इतने वर्षों बाद भी मोटरगाड़ी की सीट का लोहेवाला भाग बचा हुआ था। उस पर आसानी से बैठा जा सकता था। रत्नेश्वर अपनी पसन्द के किसी लड़के को सीट पर बैठने और बैठकर स्टीयरिंग घुमाने के लिए बुला लेता था। अपने साथियों के बीच जमीन में धँसी मोटरगाड़ी की सीट पर बैठकर स्टीयरिंग घुमाने वाला लड़का महत्त्वपूर्ण हो जाता था।

देखा था सुल्तानपुर वाली दुलहिन ने। रत्नेश्वर को सोलकन टोलों के बच्चों पर रोब गाँठते देखा था। देखा था कि रत्नेश्वर बारी-बारी से सारे बच्चों को मोटरगाड़ी की सीट पर बिठाता था, लेकिन यादव टोले के दयानन्द को यह सौभाग्य नहीं मिलता था। दयानन्द के बलिष्ठ शरीर से जाने क्यों रत्नेश्वर को चिढ़ थी। दयानन्द ललचायी आँखों से अपने साथियों को बारी-बारी से मोटरगाड़ी पर बैठते हुए देखता और मन मसोस कर रह जाता। सुल्तानपुर वाली दुलहिन ने देखा था एक बार। रत्नेश्वर ने दयानन्द से कहा था, "जा बैठ अपनी भैंस की पीठ पर।" बबुआन टोले और सोलकन टोले के बच्चे ठठाकर हँसे थे रत्नेश्वर की बात पर। दयानन्द का मनहूस और अपमान से लाल हो आया चेहरा माई को अभी तक याद है। उसके बाद से उजड़ी हुई लाल ड्योढ़ी में दयानन्द का आना बन्द हो गया था।

अब तो निलहा साहब की वह मोटरगाड़ी जमीन में धँसते-धँसते लगभग लुप्त हो गयी है। मोटरगाड़ी की दफन वाली वह जगह थोड़ी ऊँची है। कब्र-जैसी उस जगह पर कोंहड़े की लत्तियाँ फैली हुई हैं। कोहड़े के पीले-पीले बन्द पँखुड़ियों वाले मुरझाये फूल लत्तियों के बीच दिखाई पड़ते हैं।

माई माथे पर उजली साड़ी का पल्लू रखे चुपचाप खड़ी थीं उस जगह। सामने बूढ़े रणविजय बाबू। बीते समय का चित्र जीवित हो रहा था। सामने करुण वर्तमान था—उजड़ी ड्योढ़ी, बूढ़े रणविजय बाबू और ड्योढ़ी के अहाते में जंगली पेड़-पौधे।

हवेली के अन्दर से रत्नेश्वर निकलकर आया और माई के पैर छूकर खड़ा हो गया।

"कैसे हो रत्नेश्वर। कब आये?"

"कल ही आया हूँ।"

रणविजय बाबू जो अब तक धरती की तरफ चेहरा किये हुए थे, सिर उठाकर रत्नेश्वर को देखने लगे। फिर धीरे से बोले, ''ऊ झौंलिया आएगा अभी।'' रत्नेश्वर को पिता का 'झौंलिया' शब्द अप्रिय लगा। रणविजय बाबू अपनी जहरबोली को गले के भीतर रोकते हुए माई की तरफ देखने लगे, ''सब समय का फेर है। कहते हैं न!...होता है जब ग्रहों का फेर, मकड़े के जाले में फँसता है शेर।...नहीं तो गाँव का खवास झौंली मड़र बाबू रणविजय सिंह की जमीन खरीदता? सब भाग्यचक्र है। बुढ़ापे में यह भी देखना था।'' माई को लगा, रणविजय बाबू अपना दुख किसी और से नहीं, खुद से कह रहे हैं।

वे उठकर खड़े हो गये। टूटी हुई चारदीवारी के रास्ते कुछ बकरियाँ अन्दर अहाते में चली आयी थीं। बकरियों को देखकर रणविजय बाबू चीखते हुए बोले, ''किसके बकरी-बोकड़ा हैं ये? सब सोलकन टोले वालों की खचड़पनी है। हुलका देते हैं अहाते में। बाप की जमीन समझते हैं।'' बोलते हुए उन्होंने चारदीवारी की टूटी हुई ईंट का एक टुकड़ा उठाया और बकरियों पर फेंकने के लिए दौड़ने को हुए। एक रोड़ा फेंका। बकरियाँ में-में करती भागने लगीं। रोड़ा एक बकरी की टाँग पर लगा था। बकरी लँगड़ाती-मिमियाती भाग रही थी।

रणविजय बाबू माई से बोले, ''देखती हो न नन्दू की माँ! केतना मन बढ़ गया है सोलकन सब का! गाय-बकरी इधर ही चराते हैं ड्योढ़ी के अहाते में। पहले का समय रहा नहीं। कुछ कहो तो यादव टोले के लोग लाठी-सोंटा लेकर पहुँच जाते हैं। भूल गये कि उनके बाप-दादे इसी ड्योढ़ी की चौखट पर नाक रगड़ते थे। कैसा जमाना आ गया। बाबूजी ठीक ही कहते थे—देख लेना, गान्ही महतमा की आजादी आफत लाएगी बड़े लोगों के लिए।''

माई मुँह पर आँचल रखे बाबू रणविजय सिंह की मर्मान्तक पीड़ा मापने की कोशिश करती रहीं। अस्सी-इक्यासी साल के बाबू रणविजय सिंह उम्र के बावजूद न अशक्त दिख रहे थे, न निर्बल। बस भीतर से टूटे हुए लगते थे।

उन्होंने अपनी गोलगंजी से पनबट्टा निकाला। पान का बीड़ा मुँह में डाला और जर्दा फाँका। अचानक उनको याद आया कि नन्दू की माँ अभी तक खड़ी हैं। वे मूढ़ा लाने के लिए किसी को बुलाना चाहते थे कि माई बोलीं, ''नहीं, बैठूँगी नहीं। बस ऐसे ही मिलने चली आयी।''

''अब क्या रहा नन्दू की माँ इस ड्योढ़ी में! मरघट है।...!'' रणविजय बाबू फिर किसी चिन्ता में डूब गये। अचानक उनको कुछ याद आया। दूर खड़े रत्नेश्वर से बोले, ''रे रत्नेश, झौंलिया आएगा अभी।'' रणविजय बाबू को याद ही नहीं था कि यही बात अभी कुछ ही क्षण पहले उन्होंने बेटे से कही है।

''हाँ, बाबूजी!'' आहिस्ता-आहिस्ता चलकर रत्नेश्वर बाबूजी के पास आ गया।

''झौलिया कल कह रहा था —रजिस्ट्री ऑफिस चलना है। उसका बेटा है न विनोद।...'विनोद' के नाम पर वे अटक गये और शायद माई को बताने के उद्देश्य से बोले, ''बी.डी.ओ. है झौलिया का बेटा बिनोदवा। मनिहारी ब्लौक में बी.डी.ओ. है।'' माई को विनोद के बी.डी.ओ. होने की बात मालूम थी। फिर भी उन्होंने कहा, ''हूँ-ऊँ...।''

''कैसा समय आ गया नन्दू की माँ!'' रणविजय बाबू मुँह में पान घुलाते हुए बोले, ''खवास का बेटा बी.डी.ओ. बन गया। लाखों कमा रहा है इन्दिरा आवास योजना और जवाहर रोजगार योजना में। अपनी कार है उसकी। बाप झौलिया राजपूतों-भुमिहारों की जमीन खरीद रहा है।''

रत्नेश्वर ने डरते-डरते माई से कहा, ''जरा समझाइए बाबूजी को। धीरे-धीरे सारी जमीन बेच दी उन्होंने। अब मेरे नाम पर जो थोड़ी-सी जमीन है, उसके लिए भी झौली मड़र से एडवांस ले लिया है और रजिस्ट्री करने के लिए मुझे राँची से बुलाया है।'' रणविजय बाबू ने जलती हुई आँखों से बेटे को देखा, ''तो तुम क्या चाहते हो बेटा कि तुम्हारा बाप कटोरा लेकर गाँव में घूमे? पाँच बेटियों की शादी कहाँ से होती? पूछो नन्दू की माँ रत्नेश से? जन-मजूर से ब्याह देते लाल ड्योढ़ी की बेटियों को? पूछो, पूछो।...'' रत्नेश्वर चुप हो गया। जानता था, तर्क करने पर बाबूजी गरजने-बरसने लगेंगे। रणविजय बाबू ने रत्नेश्वर को निरूत्तर देख माई से कहा, ''चलो, नन्दू की माँ, अन्दर चलो। कितनी देर खड़ी रहोगी।'' आगे-आगे रणविजय बाबू, पीछे-पीछे माई और उसके पीछे रत्नेश्वर। बड़े-से दालान के सामने माई कुर्सी पर बैठ गयीं। सामने बैठे बाबू रणविजय सिंह। पान का एक दूसरा बीड़ा मुँह में डालते हुए पूछा, ''नन्दू का क्या हाल है? सुना है कि अमेरिका में सोना बरसता है। अच्छा किया नन्दू ने। यहाँ अपने देश में बड़का जात के बुरे दिन आ गये हैं। सरकारी नौकरी अब हम लोगों के बाल-बच्चों को मिलने वाली नहीं है। आरक्षण लागू हो गया। ले डूबा मंडल कमीशन। अपनी ही जात के कुलघातक वी.पी. सिंह ने नाश कर दिया।'' माई रणविजय बाबू की लकीरों से भरा गोरा चेहरा देखती रहीं। चेहरे से लगता था, कुछ बातें घुमड़ रही हैं उनके भीतर। बोले, ''जानती हो नन्दू की माँ वह कहावत? कुल्हाड़ी से बाँस ने पूछा कि कैसे काटते हो तुम मुझको? कुल्हाड़ी बोली तुम्हारी ही जात का बाँस बेंट बनकर घुसा है मुझमें...तो यही किया राजा वी.पी. सिंह ने।'' माई एकदम चुप रहीं। बोलते रहे रणविजय सिंह। अचानक उन्होंने प्रसंग बदला, ''रुपये-पैसे तो भेजता होगा नन्दू?''

''मुझे क्या जरूरत नन्दू के रुपये-पैसे की? बहुत है यहाँ। जमीन-जायदाद। फेमिली पेंशन। क्या करूँगी रुपये लेकर।''

"नन्दू को चाहिए था कि तुमको भी साथ लिये जाता।"

रणविजय बाबू की बात पर माई बोलीं, "मैं उसके साथ जाकर क्या करती! बेमतलब एक अड़ंगा ही बनती न उन लोगों के लिए? यहाँ अपना घर-समाज है, अपने लोग हैं सुख-दु:ख में साथ देने के लिए। अमेरिका के बारे में सुनती हूँ कि बूढ़ों की हालत वहाँ बहुत खराब है। लाखों-करोड़ों रुपये हैं, लेकिन देखनेवाला कोई नहीं है। बेटा-बेटी-बहू सब अपने में मस्त। बूढ़े बीमार हैं तो जाइए अस्पताल में, मर जाइए चुपचाप।"

"हाँ, यह बात तो है। फिर तुमको कमी क्या है नन्दू की माँ! जमीन-जायदाद हइए हैं, पेंशन मिलबे करती है और फिर तुम्हारा घर-परिवार तो सार्वजनिक है। वह...क्या नाम है तुम्हारे हलवाहे का?"

"सौखीलाल।"

"हाँ सौखीलाल और वह पगलवा महबिरबा।...और क्या नाम है एक और?"

"उलटदास!"

रणविजय बाबू सबके नाम लेकर हँसने लगे।

चैती साँझ होने को आयी। लाल ड्योढ़ी के पीछे बगान में सूरज छिप गया था। डूबा नहीं था, बस ड्योढ़ी से अदृश्य हो गया था। हल्की उजास थी फिर भी। रणविजय बाबू टूटी हुई चारदीवारी की तरफ देखने लगे और विचित्र-सी हँसी हँसते हुए बोले, "वह देखो, कहता था न!...झौलिया आ रहा है। साले को छटपटी लगी हुई है कि कब हो जाय जमीन की रजिस्ट्री। महदानामा हो चुका है न।"

झौली मड़र को आते देख रणविजय बाबू कुर्सी पर कुछ ज्यादा ही पसर गये और इस तरह दिखाने की कोशिश करने लगे कि उन्होंने झौली को देखा ही नहीं है।

"परनाम मालिक!" झौली ने दोनों हाथ जोड़कर प्रणाम किया। सफेद साड़ी में माई को पहचाना तो एकदम उत्फुल्ल भाव से बोले, "परनाम मालकिन! परनाम!"

झौली रणविजय बाबू के सामने जमीन पर पंजों के बल बैठ गये। रत्नेश्वर झौली मड़र के लिए दालान में मूढ़ा लाने चला गया। एक पुराना मूढ़ा खोजने पर मिला। झौली मूढ़े पर बैठे नहीं। पंजों के बल चुक्कू-मक्कू बैठे रहे जमीन पर।

रणविजय बाबू की भीतरी प्रसन्नता फूट पड़ी। बगल में बैठीं माई से बोले, "देखती हो नन्दू की माँ, झौलिया को! कितना लिहाज करता है। साबिक का आदमी है न। देखा है इसने जुग-जमाना। ड्योढ़ी की शान देखी है। देख रही हो न, मालिक के सामने मूढ़े पर नहीं बैठ रहा है। इसी को कहते हैं मरजाद।"

बोलते-बोलते रणविजय बाबू का स्वर बदल गया, "और इसी का बेटा है विनोद। परनाम-पाती भी नहीं करता है। ब्राह्मणी से शादी कर ली। वह भी कहीं बाहर की नहीं, इसी गाँव की बभनटोली की लड़की।"

माई अच्छी तरह समझती थीं रणविजय बाबू की पीड़ा। बोलीं, "देखते जाइए। समय को पकड़कर तो आप रख नहीं सकते।"

"हाँ, यही सब दुर्दिन देखने के लिए जिन्दा हूँ नन्दू की माँ!"

बातचीत को भटकते देख झौली बोले, "मालिक, विनोद आया है। बाकी रुपये जब कहिए दे दूँ। कल चलिए रजिस्ट्री आपिस।" रणविजय बाबू का मन पहले से झुँझलाया हुआ था, "हाँ, कल मिला था विनोद। गाड़ी से आ रहा था। परनाम भी नहीं किया। सीधे बोला कि वह जमीन की रजिस्ट्री के लिए आया है।"

माई चुप थीं। मुँह पर आँचल का छोर रखे जाने क्या सोच रही थीं। रणविजय बाबू के मन के घाव का मवाद पूरी तरह बहकर निकला नहीं था। बोले, "एक यह झौलिया है। देखो कि मालिक के साथ कैसा व्यवहार करता है। सामने मूढ़े पर बैठता नहीं है और इसी का बेटा है बिनोदवा। अरे वह तो गरीब ब्राह्मण थे खड़कू झा कि चुप रह गये। नहीं तो ब्राह्मण की बेटी को भगाकर कोई खवास ले जाय और कोर्ट में शादी कर ले?"

झौली मड़र ने बेटे की ओर से क्षमा-याचना की, "क्या करिएगा मालिक! नये जमाने का लड़का है। जुग बदल गया। उसकी शादी के कारण हम लोगों की कम फजीहत नहीं हुई है जात में।"

रणविजय बाबू के मन में कल वाली बात काँटे की तरह गड़ रही थी। कार में बैठे-बैठे विनोद ने बात की थी उनसे। प्रणाम तक नहीं किया था और हुकुम देकर चला गया था। गुर्राते हुए-से बोले रणविजय बाबू, "घमंड है बिनोद को कि डिप्टी कलेक्टर हो गया। कार हो गयी उसको? अरे झौली, यह मत भूलो कि यह लाल ड्योढ़ी है। उस जमाने में जब तुम्हारे पास बैलगाड़ी भी नहीं थी, तब इस ड्योढ़ी में मोटरगाड़ी थी। अँग्रेज बहादुर की दी हुई मोटरगाड़ी। देख लो, अभी तक है मोटरगाड़ी का निशान। क्या समझता है बिनोदवा अपने को।" रणविजय बाबू को क्रोध में देखकर झौली मड़र ने हाथ जोड़ लिये, "हाँ मालिक, लाल ड्योढ़ी को जिसने देखा है, वही जानता है इसकी शान। नये लड़के क्या जानने गये कि क्या थी ड्योढ़ी! वे तो सिर्फ सामने देखते हैं। जो है, उसी को देखते हैं।"

"दुनिया ही बदल गयी नन्दू की माँ।" रणविजय बाबू अजीब-सी बेचैनी में थे। बोले, "एक वह डायमंड नेता है। भारी क्रिमिनल, लेकिन नेता हो गया। खैर मनाओ नन्दू की माँ, कि वैताल सिंह आ गया हम लोगों का रक्षक बनकर, नहीं तो हम लोगों की इज्जत-आबरू भी नहीं बचती। साला एक आफत रहे तब न!

लुचाय राम का बेटा एस.पी. हो गया। इडीओ–बीडियो, एसपी–दारोगा...जब एक बड़का गाँव का यह हाल है तो सोचो, इतना बड़ा देश है। यह जो नया–नया उलटफेर हो रहा है नन्दू की माँ, यह तो फैलने वाला रोग है! महामारी समझो इसको।''

माई चुप थीं। रणविजय बाबू माई को कम, झौली मड़र को ज्यादा सुना रहे थे। भीतरी जलन यह थी कि कल विनोद ने उनको न प्रणाम किया था, न अदब से बात की थी।

शाम होने को थी। माई को खोजती हुई कजरी आ गयी। ''आप यहाँ हैं माई। मैं उधर टोले में सगतो ढूँढ़ आयी।''

''क्या बात है कजरी?''

''बात क्या रहेगी माई! देखती नहीं हैं कि साँझ हो रही है?'' बोलकर कजरी माई से सटकर खड़ी हो गयी। रणविजय बाबू के मन में उठने वाला उत्ताप शान्त हो गया था। कजरी से पूछा, ''तुम तो दिल्ली चली गयी न। वहीं रहती हो क्या?''

''गयी थी मालिक, लेकिन आ गयी हूँ।''

''जमाना बदल गया नन्दू की माँ। गाँव के जन–मजूर दिल्ली, पंजाब, जम्मू–कश्मीर कहाँ–कहाँ चले गये और हम लोग पड़े रहे यहीं गाँव में। जमीन बेच–बेचकर बेटियाँ–पोतियों की शादी कराते रहे।'' बोलकर रणविजय बाबू गम्भीर हो गये। माई ने घंटे–डेढ़ घंटे में ही रणविजय बाबू के मन की सारी ऋतुएँ देख लीं।

झौली मड़र उठकर खड़े हो गये, ''चलता हूँ मालिक। कल सबेरे चलेंगे न रजिस्ट्री आपिस? बिनोद इसी काम के लिए छुट्टी लेकर आया है।'' रणविजय बाबू मन का विकार निकालकर हल्के हो गये थे। बोले, ''हाँ रे, चलूँगा। तू सन्देह काहे करता है? राजपूत की जबान है।''

''रतनेसर बाबू को भी साथ कर लीजिएगा मालिक।''

''हाँ रे, कर लूँगा साथ। इसी काम से तो उसको बुलाया है राँची से।''

''अच्छा मालिक, परनाम!'' झौली मड़र लाल ड्योढ़ी के अहाते में जंगली झाड़ियों के बीच खोई हुई पगडंडी को पैरों से टटोलते हुए चले गये।

साँझ की दीया–बाती दिखाने रणविजय बाबू की छोटी विधवा बहू दहलीज तक आयी और दीप को दहलीज के पास तुलसीचौरे पर रखकर चली गयी। झिलमिल अँधेरे में सन्ध्यादीप शुक्र तारे की तरह चमकता रहा।

माई ने कजरी से कहा, ''चलो, जरा मिल आती हूँ, ड्योढ़ी की मालकिन से। क्या करूँगी अभी घर जाकर। काम ही क्या है वहाँ?''

''काम तो है माई! बताऊँगी।'' कजरी ने रहस्यमय ढंग से कहा।

रणविजय बाबू ने रत्नेश्वर को अपने पास बुलाया और बुझी-बुझी आवाज में कहने लगे, ''रे रत्नेश, अरे डयमंडवा आया है। तुम्हारा स्कूल का साथी है। जाकर मिलो न उससे। वह चाहेगा तो अपनी बन्दूक वापस मिल जाएगी।''

माई ने पूछा, ''कौन-सी बन्दूक?''

''अरे, क्या बताऊँ। थाने में बुलाहट हुई थी बन्दूक के साथ। लौट रहा था तो इसी हाजी टोले के पास डकैतों ने बन्दूक छीन ली। डयमंडवा को पता है कि बन्दूक कहाँ है। वह चाहे तो घंटे भर में बन्दूक मिल जाएगी। इसलिए कहता हूँ रत्नेश्वर से कि जाकर मिलो डायमंड से। अँग्रेजों के समय की बन्दूक है नन्दू की माँ! बाबूजी ने कलकत्ते में खरीदी थी। अब वैसी बन्दूक मिलती कहाँ है।''

रत्नेश्वर अन्यमनस्क भाव से बोला, ''ठीक है बाबूजी, जाता हूँ। अभी शाम में डायमंड मिल जाएगा।''

माई दहलीज पर जाकर खड़ी हो गयीं। बूढ़ी-जर्जर काया—जैसी लाल ड्योढ़ी। अन्दर जाने का रास्ता अँधेरे में भुतहा प्रतीत होता था। आँगन में लालटेन और ढिबरी की रोशनी छोटी-बड़ी उजली बूँदों-जैसी दिखाई पड़ती थी। दरवाजे और आँगन के मुहाने पर खड़ी माई सोच नहीं पा रही थीं कि इतने बड़े आँगन की वीरानगी में वे किधर जाएँ।

पाँच

# लुचाय राम का ह्वाइट हाउस

निलहा कोठी खरीदने के बाद डायमंड ने कोठी का रूप -रंग बदल दिया। अँग्रेज साहब की निलहा कोठी अब जलमहल के नाम से जानी जाती है। इंजीनियरों की मेधा का इस्तेमाल करते हुए डायमंड ने निलहा कोठी की पुरानी आकृति में नयी जान डाल दी है। ऊँचे टीले पर बनी कोठी का प्रतिबिम्ब जब पोखर के शान्त नीले पानी पर पड़ता है तब लगता है जैसे मायानगर का महल हो।

जलमहल के आस-पास का पूरा दायरा भी डायमंड ने इस्टेट के केयरटेकर माथुर साहब से खरीद लिया था। खरीदा क्या था, लोग तो कहते हैं कि कई लाख की जायदाद माथुर साहब को चार-पाँच लाख में बेचनी पड़ी। करते भी क्या? सब छोड़-छाड़कर अपनी बेटी अरुणिमा के पास मुम्बई जा रहे थे। यहाँ की पूरी सम्पत्ति को हड़पने का सिलसिला शुरू हो चुका था, इसलिए डायमंड ने जो दिया, वही बहुत।

लोग कहते कि डायमंड को निलहा कोठी खरीदने की जिद्द थी इसलिए खरीदी, वरना यहाँ गाँव में क्या रखा था?

लेकिन एक जिद्द और जिद्द के पीछे डायमंड के बचपन के दिनों का अपमान। गाँव के लोग जानते हैं इस अपमान के बारे में डायमंड जब छोटा था, अमरूद के फल तोड़ने के लिए अपने साथियों के साथ निलहा कोठी के अहाते में घुस आया था। दरबान ने डायमंड को पकड़ लिया था। रजपुताही के लड़कों को दरबान ने फटकार कर भगा दिया था, लेकिन डायमंड के कान ऐंठते हुए उसने चार-पाँच थप्पड़ लगाये थे। साथ में यह गाली भी कि तुम गुआर-गोंढ़ी को कैसे हिम्मत हो गयी अहाते में घुसने की?

डायमंड को मार खाने के अपमान ने उतना आहत नहीं किया था जितना इस अहसास ने कि रजपुताही के लड़कों को दरबान ने इसलिए छोड़ दिया क्योंकि वे राजपूत थे। यादव टोले के लोग आज भी कहते हैं कि जिस वक्त दरबान डायमंड को पीट रहा था, माथुर साहब बरामदे पर खड़े देख रहे थे। अहाते के बाहर खड़े लड़के हँस रहे थे।

दयानन्द ने जब बाहुबली के रूप में अपने प्रभुत्व का डंका पीटा, उसकी नजर उसी निलहा कोठी पर आकर टिक गयी जिस कोठी की दरअसल कोई उपयोगिता नहीं थी। हाँ, यहाँ का दृश्य मनोरम था। इसी कारण इधर कुछ वर्ष पहले चमरटोली के लुचाय राम ने अपने एस.पी. बेटे की कमाई से नील पोखर के पच्छिमी-दक्खिनी कोने पर अच्छा-सा मकान बनाया है। मकान को गाँव के पढ़े-लिखे लड़के 'ह्वाइट हाउस' कहते हैं —लुचाय राम का ह्वाइट हाउस। बड़का गाँव का नया इतिहास दरअसल जलमहल और ह्वाइट हाउस से शुरू होता है।

अपनी बन्दूक के सिलसिले में रत्नेश्वर जलमहल के गेट पर पहुँचा। शाम हो गयी थी। जेनेरेटर की रोशनी में जलमहल जगमगा रहा था।

रत्नेश्वर को गेट पर खड़ा देख पहरे पर तैनात सिपाही ने पूछा था, "साहेब से मिले के है का?"

"हाँ, मिलना है।"

"तो तनी देर बइठ जाइए। हम पूछ के आते हैं साहब से।"

अहाते में तीन गाड़ियाँ लगी हुई थीं। एक जीप थी, दो कारें थीं। रत्नेश्वर ने अनुमान लगाया, कुछ लोग आये होंगे विधायक डायमंड से मिलने। पहरे पर तैनात सिपाही थोड़ी ही देर में लौट आया और बोला, "जाइए साहेब बुला रहे हैं।"

दयानन्द! डायमंड!...स्कूल के दिनों का साथी! अन्दर की तरफ जाते हुए रत्नेश्वर सोच रहा था कि पता नहीं क्या कहेगा डायमंड! मिलने की तो जरा भी इच्छा नहीं थी, लेकिन बाबूजी का आदेश कि मिलो। शायद लुटी हुई बन्दूक मिल जाय।

हॉलनुमा कमरे के बाहर मखमली गलीचे की गुदगुदी तलवों में महसूस करता वह खड़ा था कि भीतर से आवाज आयी, "आइए बाबू साहब, आइए।"

वह अन्दर गया। देखा कि पिछले दरवाजे से एक गोरी-सी लड़की भीतर की तरफ जा रही है। सोचा कि निश्चय ही यह बभनटोली की ममता झा मास्टरनी होगी। पूरे इलाके में लोग जानते हैं कि बभनटोली की विधवा लड़की ममता को डायमंड ने रखैल बनाकर जलमहल में रखा है। गाँव के प्राइमरी स्कूल में टीचर है ममता। मैट्रिक पास थी। बिना ट्रेनिंग के ही डायमंड ने उसके लिए टीचर्स ट्रेनिंग के सर्टिफिकेट का प्रवन्ध किया और स्कूल में टीचर बना दिया। अपना टोला छोड़कर ममता झा अव जलमहल में ही रहती है और मालकिन की तरह महल की देख-भाल करती है।

ड्राइंगरूम में वैठे लोगों को देख रत्नेश्वर चकित रह गया। झौली मड़र का

बेटा विनोद सोफे पर पसरकर बैठा था। उसकी बगल में कटुआ नेता और पत्रकार बी.पी. अकेला बैठे थे। एक अलग सोफे पर डायमंड था। रेशमी कुर्ता-पाजामा, कलई में सोने का जंजीरनुमा कड़ा। गेहुँआ-गोरा रंग बिजली की उजली-धुली रोशनी में ज्यादा खिला हुआ दिखता था।

"बैठिए बाबू साहब!"

डायमंड के इस आदरसूचक सम्बोधन से रत्नेश्वर को घबड़ाहट-सी हुई। इस आदरसूचक सम्बोधन में विषबुझे तीर की चुभन थी। एक खाली सोफे पर वह बैठ गया। डायमंड ने मुस्कराते हुए बी.पी. अकेला से कहा, "एक बात जानते हो अकेला! ये जो बाबू-बबुआन लोग होते हैं, इनकी एक बात जानते हो?"

कृतकृत्य हो गया पत्रकार बी.पी. अकेला, "जी सर, जी नहीं सर!..."

"क्या जी सर, जी नहीं सर! कोई एक बात बोलो।"

"जी नहीं सर!"

"तो सुनो!"

सोफे पर लेटे-लेटे कहने लगा डायमंड, "बबुआन टोले में एक बाबू रथपाल सिंह थे। जानते हो न रथपाल सिंह को? कुछ ही साल पहले मरे हैं।"

"जी, रामखेलावन सिंह के भाई!" इस बार कटुआ नेता बोला था।

"परम दरिद्र रथपाल सिंह। कभी इस दरबार में नौकरी, कभी उस दरबार में।" मुस्कराते हुए कहने लगा डायमंड, "बाबू रथपाल सिंह की हालत ऐसी कि कहीं किसी दरबार में निबाह होता नहीं था। नौकरी छोड़ घर बैठते तो खाने पर आफत। साग-सत्तू, भूँजा-भरी कुछ खाकर बाहर निकलते। बड़ी-बड़ी मूँछों पर थोड़ा-सा घी लगा लेते ताकि लोग समझें कि मलाई खाकर निकले हैं।" डायमंड की बात पर सब ही-ही कर हँसे।

"और सुनो, कोई भूमिहीन बाबू साहब भी यही चाहेगा कि लोग उसको 'प्रणाम बाब्रू साहेब' कहें। है कि नहीं रत्नेश्वर बाबू?"

रत्नेश्वर के शरीर का खून जैसे सूखने लगा। डायमंड उसी तरह मुस्करा रहा था। पूछा, "कहिए कैसे आना हुआ? आप तो मेरे खयाल से पहली बार आये हैं। कहिए क्या हुकुम है?"

"ऐसा है कि मेरी बन्दूक अभी तक मिली नहीं। आप शायद कुछ..."

"देखो रत्नेश्वर..."डायमंड अब 'आप' से 'तुम' पर आ गया था, "तुम उस पुरानी बन्दूक के लिए क्यों परेशान हो? दुनिया इतनी आगे निकल चुकी है। एक-से-एक घातक हथियार आसानी से मिल रहे हैं और तुम उस पुरानी बन्दूक के लिए परेशान हो।"

"लेकिन वह बन्दूक विदेशी है। मेड इन लंडन...।"

'मेड इन लंडन' पर डायमंड ने छतफाड़ ठहाका लगाया। बी.डी.ओ. विनोद की तरफ देखकर हँसते हुए हुए बोला, ''रे सुनते हो, क्या कह रहा है रत्नेश्वर! 'मेड इन...लंडन' शब्द के आखिरी अक्षर का लोप करते हुए डायमंड ने अँगूठे से अजीब-सा इशारा किया। विनोद, पत्रकार बी.पी.अकेला और कटुआ नेता देर तक हँसते रहे।

हँसी का ज्वार थमा तो डायमंड ने एक दूसरा प्रसंग उठाया, ''बाबू रणविजय सिंह ने एक कार खरीदी थी अँग्रेज निलहा साहब से। बहुत पुरानी बात है। हम लोगों के जन्म के पहले की बात। कार का कुछ लोहा-लक्कड़ बाबू रणविजय सिंह के दुआर पर अभी तक जमीन में धँसा हुआ है। क्यों रत्नेश्वर? याद है न उस ठेलुआ कार की?''

रत्नेश्वर को उस कार की बहुत-सारी बातें याद हों न हों, लेकिन डायमंड की स्मृति में वह कार कील की तरह गड़ी हुई थी। रत्नेश्वर को जैसे काठ मार गया। आवाज ही नहीं निकल रही थी मुँह से। उसका दयनीय चेहरा देख डायमंड सहज होने की कोशिश करने लगा, ''अब बन्दूक रखकर क्या करोगे रत्नेश्वर! तुम्हारे बाबू जी रही-सही जमीन भी बेचने ही जा रहे हैं। बन्दूक रखकर क्या करोगे? चिड़ियों का शिकार करोगे क्या?''

विनोद बीच में बोला, ''जमीन की रजिस्ट्री करवाने के लिए ही तो आना पड़ा है मुझे। पता नहीं, कोई बहाना बनाते हैं बाबू साहब या सीधे मन से रजिस्ट्री ऑफिस चलते हैं!''

रत्नेश्वर निष्प्राण-सा बैठा था सोफे पर। उसके अवसन्न चेहरे की तरफ देखते हुए डायमंड ने आश्वासन दिया, ''अब तुम आ ही गये हो तो तुम्हारी बन्दूक तुमको मिल जाएगी। धैर्य रखो।''

डायमंड ने बगल के कमरे से किसी किसन नाम के लड़के को बुलाया, ''कैसेट लगाओ, फिर रत्नेश्वर की तरफ देखकर कहा, ''देखो भाई, अब पीने-पिलाने का दौर चलेगा। शौक रखते हो तो बैठो, साथ दो। अरे, तुम तो बचपन के साथी हो। छुपाना क्या! ब्लू फिल्म देखी है कभी? बैठो, देखकर जाना!''

कि तभी फोन की घंटी बजी। बी.पी. अकेला ने रिसीवर उठाया, ''हैलो!...रिसीवर पर हथेली रखते हुए डायमंड से कहा, ''अमेरिका से फोन नन्दू का।''

''नन्दू का?'' डायमंड ने अकेला के हाथ से फोन का रिसीवर ले लिया।

''हैलो!...नन्दू!! ठीक है बुला देता हूँ। हाँ...आधे घंटे में।''

ड्राइंगरूम का दृश्य-ही बदल गया। सोफे पर शराब और ब्लू फिल्म देखने के लिए उत्सुक विनोद, अकेला और कटुवा नेता से डायमंड ने कहा, ''अब तुम

लोग जाओ। माई को बुलाना है। रे किसना, बोतल गिलास सब हटाओ यहाँ से।'' बी.पी. अकेला को आदेश हुआ, ''ड्राइवर को भेजो जल्दी से। माई को लेकर तुरत आएगा।''

सब चले गये। जलमहल के गेट पर डायमंड माई के इन्तजार में खड़ा रहा। थोड़ी देर में ड्राइवर माई को लेकर आ गया। दूरी ही क्या थी! नील पोखर के पच्छिमी मोहार से थोड़ा दक्षिण। बबुआन टोले के आखिरी छोर पर माई का घर।

माई ने कार से उतरते हुए पूछा, ''नन्दू का फोन आएगा?...लेकिन, क्या बात करेगा नन्दू? कुशल-समाचार! यही न! और क्या बात करेगा?'' डायमंड ने मुस्कराते हुए कहा, ''हाँ माई, और क्या! नन्दू ने कहा कि सब लोग माई से बात करेंगे।''

माई को साथ लेकर डायमंड सीढ़ियों से ऊपर गया अपने ड्राइंग रूम में। माई सोफे पर बैठी ही थीं कि फोन की घंटी बजी।

''हैलो! लीजिए माई! नन्दू का फोन।''

फोन पर माई बस 'हूँ-हाँ' बोलती रहीं। बगल में बैठा डायमंड माई के उच्चरित शब्दों को गिनता रहा। हूँ-हाँ, नहीं, ठीक...अच्छा...वगैरह कुल अठारह-बीस शब्द। दस-बाहर मिनट की बातचीत में माई के बोले हुए शब्द। कोई वाक्य नहीं।

माई ने फोन का रिसीवर रखा। डायमंड ने माई का चेहरा देखा। आँखों से आँसू की बूँदें टप-टप गिर रही थीं। पुरानी छत पर बारिश का एकत्र हुआ पानी रिस-रिसकर जैसे कमरे में गिरता हो! टप...टप...टप!

एक-डेढ़ घंटे तक डायमंड के जलमहल में चुपचाप बैठी रहीं माई। फिर जैसे एकाएक स्वस्थ और संवेगों के मोहजन्य जाल से निकल आयीं और बोली, ''मुझे पहुँचवा दो दयानंद।''

दालान के सामने की खुली जगह में महाबिर मियाँ और उलटदास का साझा चूल्हा जल रहा था। माई ने देखा, चूल्हे के इर्द-गिर्द बैठे दोनों हँस-हँसकर बतिया रहे हैं। दालान के एक कोने में गुमसुम बैठे एक बच्चे को देख माई ने महाबिर से पूछा, ''यह कौन है रे महाबिर?'' महाबिर ने बेटे से कहा, ''रे फेंकन, पैर छू माई के।'' लड़का दालान के कोने से उठकर आया और माई के पैर छूकर चुपचाप उनकी बगल में खड़ा हो गया। माई ने पहचाना —महाबिर का बेटा है।

''जुग-जुग जियो बेटा!'' फेंकन के सिर पर हाथ रखे असीसती रहीं माई। फिर बोलीं, ''एकदम तुम पर गया है तुम्हारा बेटा! कितना बड़ा हो गया।'' निहाल हो गया महाबिर मियाँ, ''ईहे निशानी है माई। इसी का मुँह देखकर जिन्दा हूँ।''

''रहता कहाँ है?''

"नवाबगंज मिडिल स्कूल में मौलवी साहब हैं एगो। उन्हीं के साथ रहता है। झाड़ू-बुहारू करता है। उन्हीं की खिदमत में...सात किलास में पढ़ता है। मौलवी साहब उर्दू पढ़ाते हैं इसको।"

चूल्हे के पास बैठा उलटदास उठकर खड़ा हो गया और बोला, "अपना लच्छन नहीं छोड़ेगा महाबिर मियाँ। उर्दू-फारसी तो मुसलमान पढ़ते हैं न माई?" माई हँसने लगीं, "मैं क्या जानूँ। मैं तो क-ट-क-ट करके किसी तरह भागवत-रमायन पढ़ लेती हूँ, बस।" मन्द-मन्द मुस्कराती माई देखती रहीं महाबिर को। उलटदास को जवाब नहीं मिला था। उसने महाबिर से पूछा, "तू तो अधमियाँ हो गया महाबिर।" माई ने पूछा, "अधमियाँ क्या?" उलटदास ने स्पष्ट किया, "अधमिया माने आधा हिन्दू, आधा मुसलमान।"

उलटदास की बात पर माई देर तक हँसती रहीं। महाबिर और उसका बेटा फेंकन भी हँसने लगे।

पीछे से कजरी आ गयी और तीनों की हँसी में अनजाने ही शामिल हो गयी, "क्या बात है महाबिर काका? काहे हँस रहे हैं सब लोग?" किसी ने जवाब नहीं दिया। सब हँसते रहे। माई ने कजरी के कन्धे पर हाथ रखते हुए पूछा, "मुन्ना कहाँ है?"

"खिला रही है पुरैनीवाली।"

"अच्छा। लेकिन तेल मालिश तो नहीं हुई होगी शाम में?" कजरी के साथ माई आँगन में गयीं तो देखा, सौखीलाल की घरवाली मुन्ने को गोद में लिए बाहों से झूला झुला रही थी :

आ रे निंदिया आ रे!
बउआ के सुता रे।..."

सौखीलाल की घरवाली को सब उसके मायके के गाँव के नाम से पुकारते हैं, पुरैनीवाली! कहने को हलवाहिन है सौखीलाल की घरवाली, मगर माई के परिवार में बहू की तरह रहती है। झाड़ू-बहारू, आँगन-बथान के सारे काम वही करती है। दो सन्तानें हैं। दस-ग्यारह साल का बेटा मंगल और सात-आठ साल की बेटी कलेसरी। गाँव के सरकारी स्कूल में दोनों पढ़ने जाते हैं। माई की सख्त हिदायत है, "एक्को दिन स्कूल में गरहाजिर हुए तो टाँग तोड़ दूँगी दोनों के।" स्कूल से आने के बाद घर के काम-काज में हाथ बँटाते हैं दोनों। बथान के काम, घर-आँगन, वर्तन-बासन, सानी-पानी...सबकुछ मंगल और कलेसरी को देखना पड़ता है।

भरा-पूरा घर-आँगन। कौन कहेगा, माई अकेली हैं? सौखी कहने को हलवाहा-नौकर है, मगर खेती-बाड़ी के सारे काम वही देखता है। किस खेत में

क्या बोना है, किस खेत में हल चलेगा, कितने 'चास' की जुताई होगी, रोपनी-डोभनी, निकौनी, सिंचाई, खाद...सबकुछ सौखी के जिम्मे। माई निश्चिन्त। पुरैनीवाली रोज रात में माई के गोड़-हाथ पर तेल मालिश करती है। कभी-कभी माई के पायताने ही सो जाती है।

इधर जब से कजरी आयी है, पुरैनीवाली का भार हल्का हो गया है। खाना बनाने का जिम्मा अब कजरी का है। माई कहती हैं, "कजरी जिस तरह की मुलायम रोटियाँ बनाती हैं, वैसी रोटियाँ कोई नहीं बना सकती।" गर्व हो जाता है कजरी को अपने पर। आँटा गूँधती वह गुनगुनाती है :

"नया गहुम के लचपच पुरिया
से हो नै खेलकै पहुनमा हो राम...।"

माई ने ठिठोली की, "तुम्हारा पाहुन है कहाँ जो तुम्हारी लचपच पुड़ी खाएगा!" कजरी लजा गयी। पुरैनीवाली हँसने लगी और लाज में डूबी कजरी की तरफ देखकर गाने लगी :

"गवना-गवना करत रहलीं
गँवना नहीं भइले
ये माई सपना में देखलीं—
ससुरा में पिया बा नादान...
ये माई सपना में देखलीं...।"

माई एकदम खुलकर हँसी। कजरी भी हँसने लगी।

खाना खाकर माई अपने कमरे में गयीं तो पीछे-पीछे कजरी अपने बेटे को गोद में लिये उनके पास पहुँच गयी। माई ने मुन्ने को अपने पास बुला लिया और कजरी से बोलीं, "तुम जाओ।" माई में अचानक जाने क्या परिवर्तन आ गया था कि एकदम गुमसुम-गम्भीर हो गयी थीं। कजरी की समझ में कुछ नहीं आया। अभी-अभी ठठाकर हँस रही थीं। अचानक इतनी चिन्तित-गम्भीर कैसे हो गयीं? कजरी बिना कुछ बोले कमरे से बाहर निकल आयी।

माई के लिए यह कमरा अतीत की खिड़की है। कितनी ही बातें याद आने लगीं उनको। आज नन्दू, दुलहिन, पम्मी, नेहा और छोटू से फोन पर जो बातें हुई थीं उन बातों ने विचित्र-सी हलचल मचा दी थी मन में। नन्दू ने कहा था, "यहाँ की आबोहवा बहुत अच्छी है। छोटू माई को बहुत याद करता है। दुलहिन और पम्मी कार चलाना सीख गयी हैं। दुलहिन को टाइपिस्ट की नौकरी मिल गयी है...।" आदि-आदि कितनी सारी सूचनाएँ।

कमरे में घने अन्धकार के कारण दुलहिन की आकृति कुछ ज्यादा ही साफ दिखने लगी। माई ने मन-ही-मन कहा, "री दुलहिन, तूने घर ही उजाड़ दिया मेरा। बना-बनाया परिवार तहस-नहस कर दिया। क्या है अमेरिका में जिसके कारण मुझे छोड़कर चली गयीं तुम सब? कितना धन चाहिए आखिर एक आदमी को? धन की प्यास का कोई अन्त भी है?..."

माई को नन्दू के बाबूजी की कही बात याद आयी—रिश्ता अपने बराबर में करना चाहिए नन्दू की माँ। लेकिन नन्दू ने मौका कहाँ दिया। न करते सीधे मन से उसकी शादी तो खुद कर लेता।

"रेलवा ना बइरी, जहजिया ना बइरी
ईहे पइसवा बइरी हो रामा...।"

पैसे के माया-मृग पर सोचती रहीं माई।

फोन पर नन्दू ने अन्त में कहा था, "अच्छा माई, अपना ख्याल रखना। अगले साल मार्च में आएँगे हम लोग। छोटू की मनौती है न चंडीथान्ह में केश उतरवाने की! उपनयन भी करना है।"

मार्च का महीना! मार्च कौन-सा महीना होता है? माई अँग्रेजी महीने पर सोचकर गड़बड़ा जाती हैं। मन में आया कि अभी दुआर पर जाकर उलटदास या महाबिर मियाँ से पूछ लें, लेकिन वे दोनों भी तो पूरे बोतलदास हैं। क्या जानने गये मार्च महीने के बारे में।

आलस्य त्यागकर माई पलंग से उठीं। आँगन से होती भूसाघर के पास गयीं तो देखा, पुरैनीवाली के साथ बैठी कजरी बातचीत कर रही है। कजरी अचकचा कर माई को देखने लगी कि आखिर क्या बात हो गयी कि माई कमरे से निकलकर बाहर आ गयीं। कौन-सा बेगरता पड़ गया अचानक?

"नहीं रे कोई बात नहीं। जानना चाहती हूँ कि अँग्रेजी का जो मार्च महीना है, वह हम लोगों का कौन-सा महीना होगा। तू जानती है कजरी?"

"मार्च का महीना होली का महीना होता है माई! होली के आस-पास का महीना! मैं जानती हूँ। होली होती है मार्च में। मुन्ना का जन्म मार्च में हुआ था।" लालटेन की मद्धिम रोशनी में कजरी माई का चेहरा पढ़ने की कोशिश करने लगी, "लेकिन यह पूछ क्यों रही हैं माई?"

"नहीं, ऐसे ही। नन्दू कह रहा था मार्च के बारे में।..." माई ने अनमने ढंग से कहा और दुआर की तरफ निकल गयीं।

आश्विन के महीने में देहरी के पास का हरसिंगार खूब फूला है। फूलों से लदा छोटा-सा छतनार पेड़। पेड़ पुराना है। टूट गयी हैं इसकी सारी पुरानी डालियाँ।

एक ठूँठ से नयी डाल पनपी और छाते की तरह फैल गयी। वही डाल फूली है इस बार। बेआवाज गिरते रहते हैं रात-भर हरसिंगार के फूल। महमह कर रहा था घर-आँगन। माई के पीछे कजरी आकर खड़ी हो गयी थी।

दुआर के दालान में चौकी पर बैठा महाबिर मियाँ मद्धिम आवाज में गीत गा रहा था :

"जब से गइले कान्हा मथुरा नगरिया,
कि आहे ऊधो,
हमनी के दिहले बिसराई रे की।..."

कितनी सुरीली आवाज है महाबिर मियाँ की। सौखी कहता है मुसलमान हो गया है महाबिर। क्या बनेगा मुसलमान! भजन गाता है भगवान कृष्ण के! जा रे अभागा महबिरवा। आधा हिन्दू आधा मुसलमान।

बाहर हल्के धुएँ-सा कुहासा फैला था। जाड़े की अगुआई करता आश्विन महीने का कुहासा। हल्की ठंड प्यारी लग रही थी। माई को दालान के पास गीत सुनते देख महाबिर लजा गया। उलटदास से रहा नहीं गया, "सुन लिया न माई, ई मियाँ का भजन?...ऊधो...कान्हा!...मियाँ कहता है अपने को।"

"लच्छन जाता है भला!" माई बोलीं, "लत, दमा, बिवाय। ई तीनों संगे जाय।"

दरवाजे के आगे पक्के कुएँ के पास ठूँठ सुपारी के पेड़ों के पास माई खड़ी जाने क्या सोचती रहीं। दालान में टँगी लालटेन की क्षीण-सी रोशनी में उलटदास और महाबिर मियाँ माई को देखते रहे। कजरी ने आँगन की तरफ से आकर कहा, "माई, मरकसवा गाँव के लड़के आ गये हैं पीछे वाले घर में।"

"तो उनका खाना-पीना?"

"नहीं खाकर आये हैं। मेरा चचेरा भाई सहदेव भी है।"

माई ने कजरी से कहा, "तो लालटेन और बाल्टी-गिलास रख आओ घर में।..." कजरी जाने को हुई तो माई ने पूछा, "लेकिन कजरी, ये लड़के यहाँ क्यों आते हैं बैठकी करने? वह भी रात में...छुपकर?"

"मरकसवा गाँव में कोई जगह नहीं मिलती है।" कजरी के इस जवाब पर माई कुछ क्षण सोचती रहीं, फिर जैसे अपने आप से बोलीं, "लड़के हैं तो कुछ अच्छा ही सोचते होंगे। पहले भी आये थे एक बार। कौमनिस्ट पार्टी वाले हैं।"

"कौन कौमनिस्ट पार्टी है इनकी कजरी?" पीछे खड़ी कजरी से माई ने पूछा तो कजरी सिर के बाल खुजाने लगी, "पता नहीं, लेकिन करान्ती-वरान्ती की करते हैं।"

माई कुछ बोली नहीं। धीरे-धीरे आँगन की तरफ लौटने लगीं। सोचती रहीं, कौमनिस्ट पार्टी!...नन्दू भी कौमनिस्ट-कौमनिस्ट कहता था। पार्टी का मेम्बर था। कई साथी आते थे उसके मुजफ्फरपुर वाले टीचर क्वाटर में। गरीबों-मजदूरों की बात करता था। करान्ती की बात करता था। जुलूस में जाता था।

सब करान्ती बिला गयी। अमेरिका चला गया धन कमाने। कहता था, वहाँ बच्चों का भविष्य सुरक्षित है, अपार पैसा है वहाँ।...यहाँ था तब मजदूरों-किसानों की बात करता था।...

अपने कमरे में माई गयीं तो यही सोचती रहीं कि मरकसवा गाँव के ये लड़के जो चोरी-छिपे करान्ती की बात करते हैं, कहीं ये लोग भी नन्दू की तरह तो नहीं हैं?

उधर पिछवाड़े के पुराने घर में बैठे लड़के बहस करते रहे और बाहर खड़ी कजरी उनकी बातें सुनती रहीं। समझ में कुछ नहीं आता था। बम, पिस्तौल, मार-काट...बस सबकुछ को बदल देने की बातें। कजरी की समझ में बस इतनी-सी बात आयी कि इन लड़कों का रास्ता गऊ-सुभाव वाला नहीं है, बाज के झपट्टे वाला रास्ता है। उनकी बहस में बड़का गाँव की भुदनियाँ जमीन थी और वे उसी के इर्द-गिर्द बहस कर रहे थे।

बड़का गाँव और मरकसवा गाँव के लोग ही नहीं, पूरे इलाके के लोग लालपटोरी नदी के बलुआही कछार की भुदनियाँ जमीन को जानते हैं। यह भुदनियाँ जमीन खुनियाँ जमीन कही जाती है। साल में एक बार फसल कटाई के समय मार-पीट होना तय माना जाता है।

सन् सत्तावन में बबुआन टोले के बाबू चन्द्रानन सिंह ने बाबा बिनोवा को पन्द्रह एकड़ की यह बलुआही जमीन दान में दी थी। बाबा बिनोवा स्वयं आये थे जिला शहर पूर्णियाँ। ऊसर-बलुआही जमीन में कोई उपज होती नहीं थी। यश कमाने के लिए चन्द्रानन सिंह ने यह जमीन दान में दे दी। बाकी जितने लोगों ने भूदान किया, प्रायः सबकी जमीन ऐसी ही थी। सिर्फ कहने को कि फलाँ बाबू ने भूदान में बाबा बिनोवा को इतनी जमीन दी। बाबू चन्द्रानन सिंह के इस भूदान पर उन दिनों एक तुकबन्दी खूब चली थी :

"सन्त बिनोवा को करें भूदान
बूढ़ गाय बाभन को दान।"

कुछ साल बाद बड़का गाँव और मरकसवा गाँव के भूमिहीन-दलितों के बीच जमीन बाँट दी गयी। जमीन पाये भूमिहीनों की मेहनत फली। कुछ ही वर्षों बाद बलुआही ऊसर जमीन में फसलें लहलहाने लगीं। दूर-दूर तक फैले बालू के

विस्तार में पन्द्रह एकड़ जमीन का हरा-भरा दायरा आने-जाने वालों का मन मोह लेता था।

उधर बाबू चन्द्रानन सिंह के अच्छे दिन धीरे से खिसक गये। बिकने लगी जमीन। गाँव के मजदूरों का पलायन शुरू हुआ। हलवाहे-चरवाहे भी गाँव के बाबू-बबुआनों की चाकरी छोड़ने लगे। बेटियों, भतीजियों और पोतियों की शादी में लाखों-लाख के खर्च आते कहाँ से? बाबू-बबुआनों के पास ले-देकर बस जमीन। बिगड़ी हुई आदतों ने आर्थिक स्थिति को ज्यादा ही बिगाड़ दिया। बाबू चन्द्रानन सिंह बाहर की जमीन बेचते-बेचते अब घर के अगुआर-पिछुआर की ज़मीन बेचने तक आ गये थे। बिकने लगे आम के बगान, बिकने लगी बँसवारी। भूदान में दी गयी पन्द्रह एकड़ जमीन अब बाबू चन्द्रानन सिंह की आँखों में गड़ने लगी थी। अब वे उस जमीन को हड़पने की कोशिश में थे। पिछले सात-आठ वर्षों से इसी कारण भुदनिया जमीन खुनियाँ जमीन बन गयी है। अगहनी और बैसक्खा फसल की कटनी के समय हर साल लूट-पाट, हँसेरा-हँसेरी, मार-पीट। इसी लड़ाई में चन्द्रानन बाबू के एक भतीजे की टाँग कटी। अपने लँगड़े भतीजे को जब भी देखते हैं बाबू चन्द्रानन सिंह, उनका राजपूती शौर्य शोला बन जाता है, लेकिन करें क्या! समय बदल गया। छोटे लोग अब तनकर खड़े होने लगे हैं, जवाब देने लगे हैं। परनाम-पाती भी गयी। अब कौन कहता है बाबू साहब!...

घुसड़ गयी बबुआनी। चला गया राज-पाट, चलती-बनती। सोलकन लोगों का समय आ गया। फरियाद करने भी जाएँ तो कहाँ! ले-देकर आशा का एक ध्रुवतारा बैताल सिंह। सवर्णों का रक्षक।

सरकार ने भुदनियाँ जमीन भूमिहीनों में बाँट दी। जमीन पानेवाले सब चमार, दुसाध, मुसहर-बाँतर। इनके साथ हो गये मरकसवा गाँव के लालसेना वाले उचक्के।

मरक़सवा गाँव के भीतर पता नहीं कैसे वह पुरानी आग आज भी जिन्दा है। दिखती नहीं है, लेकिन आग न रहती तो कैसे बनती गाँव में लालसेना! जाने कहाँ-कहाँ के नक्सलियों से सम्बन्ध हैं लालसेना वालों के। छुप-छुपकर मीटिंग करते हैं। चर्चा है कि माई के पीछे वाले भुसघरा में भी कभी-कभी जमा होते हैं मरकसवा गाँव के लालसेना वाले।

वैसे मरकसवा गाँव ऊपर-ऊपर तो मरियल गाँव-जैसा ही दिखता है, लेकिन भीतर कुछ है जरूर जो दूसरे गाँवों से उसे अलग करता है। अलाव की राख के नीचे बची हुई है आग। ऊपर से लगता है, राख-ही-राख है। खोदने पर पता चला कि राख के नीचे आग जिन्दा है।

बस कहने भर को 'गाँव' है मरकसवा, दरअसल वह एक टोले-जैसा है।

अपनी अलग पहचान, अपने अलग इतिहास और अलग व्यवस्था के कारण मरकसवा को 'गाँव' कहा जाता है। 'टोला' कहने में दिक्कत यह है कि गाँव में हर टोला 'जात' का टोला होता है, वहाँ मरकसवा में अनेक जातियों के लोग रहते हैं। इधर तो बदल रहा है मरकसवा गाँव, लेकिन स्थापना के बहुत बाद तक जात-पात या जात के अलग-अलग टोले नहीं थे इस गाँव में।

अब तो लोग इस गाँव का असली नाम भी भूल रहे हैं। कुछ पुराने लोग बचे हैं जो गर्व से मरकसवा को मार्क्सवादी गाँव कहते हैं। बबुआन टोले, बड़का टोले और बभनटोली के लोगों ने ईर्ष्या-द्वेष के कारण इस गाँव के असली नाम को विकृत कर दिया।

कितना अच्छा-सा नाम था—मार्क्सवादी गाँव। अनपढ़ लोग 'मार्क्सवादी' का उच्चारण नहीं कर पाते थे। वे मार्क्सवादी को 'मारकसवादी' कहने लगे। अपने प्रदेश में तो क्या, शायद पूरे देश में इस नाम का कोई गाँव नहीं है।

आज गाँव में तीन-चार लोग हैं जो मार्क्सवादी गाँव का सही उच्चारण करते हैं। करमलाला गुरुजी का तो खैर कहना ही क्या, उन्होंने तो सबकुछ गँवा दिया इस गाँव के लिए। बाकी आज भी जिन्दा हैं सरूप ठाकुर और चरन महतो। कुछ दिन पहले टुनटुन झा मर गये। वे बताते थे इस गाँव की खूनी पृष्ठभूमि के विषय में।

गाँव के बूढ़े लोग ही बताएँगे मरकसवा गाँव के बसाये जाने का इतिहास। कोई पूछे लँगड़े करमलाल गुरुजी से। उनका लँगड़ापन इसी गाँव की स्थापना का करुण प्रसाद है। बड़का टोले के जमींदार बाबू हरिवंश शर्मा के लठैतों ने तो अपने जानते गुरुजी को मारकर लालपटोरी नदी में फेंक ही दिया था। दो दिन बाद मरकसवा गाँव के लोग टाँग-टूँग कर गुरुजी को सरकारी अस्पताल ले गये। कुछ महीनों बाद लँगड़े होकर गुरुजी जिन्दा लौट आये, यही कम आश्चर्य की बात नहीं थी। मरकसवा गाँव की जमीन पर कब्जा करने के दरम्यान गुरुजी ने अपना तीन साल का बेटा गँवाया, छोटे भाई की जान गयी, लेकिन जमीन नहीं छोड़ी। कुल तेरह लोगों की कुर्बानी पर रातों-रात बस गया था मार्क्सवादी गाँव।

इस भूमि-हड़प आन्दोलन की अगुआई कर रहे थे उसी भुमिहार टोले यानी बड़का टोले के कम्युनिस्ट नेता शिवराज सिंह। उन्होंने ही गाँव के भूमिहीनों को सुझाया कि हरिवंश बाबू की पाँच सौ एकड़ गैरमजरुआ जमीन है। चरागाह के नाम पर सरकार से 'लीज' पर उन्होंने जमीन ली थी और धीरे-धीरे पूरी जमीन को हथिया लिया। कम्युनिस्ट नेता शिवराज सिंह कारावास की सजा काटकर ढली उम्र में गाँव लौटे थे, ज़र, जोरू, जमीन...कुछ नहीं। कभी चमरटोली तो कभी मुसहर टोले में रहते हुए वे गाँव में और आस-पास के इलाके में संगठन का काम करने

लगे। बाबू हरिवंश शर्मा की गैरमजरुआ जमीन की जानकारी उनके ही तहसीलदार रह चुके बूढ़े रामकृपाल मल्लिक ने दी थी। राई रत्ती सबकी जानकारी रखते थे तहसीलदार रामकृपाल मल्लिक जो जमींदारी जाने के बाद बेकार होकर अतीत पर रोते हुए घर बैठ गये थे।

बड़ी मेहनत से शिवराज बाबू ने चार-पाँच गाँवों के भूमिहीनों को एकजुट किया। लगातार डेढ़-दो साल वे इसी संगठन के काम में लगे रहे। आखिर एक रात बाबू हरिवंश शर्मा की गैरमजरुआ जमीन पर भूमिहीनों ने कब्जा जमा लिया। सैकड़ों झोपड़ियाँ खड़ी हो गयीं रातों-रात।

खबर मिली बाबू हरिवंश शर्मा को। सुबह खुद बन्दूक लिये पहुँचे जमीन पर। साथ में उनके लठैत। बेटे सुरवंश शर्मा के हाथ में भी बन्दूक थी। जमकर मारकाट हुई। उधर से तीर-भाले-गँड़ासे चले। सात-आठ लोग हरिवंश बाबू के पक्ष में घायल हुए। इधर से कुल तेरह लोग मारे गये, लेकिन एक भी झोपड़ी नहीं उजड़ी। सुबह से दोपहर तक लड़ाई होती रही। आखिर बाबू हरिवंश शर्मा को मैदान छोड़कर भागना पड़ा।

गरीबों, भूमिहीनों की एकजुटता की यह पहली सफलता थी। गाँव धीरे-धीरे बसने लगा, व्यवस्थित होने लगा। शिवराज बाबू ने इस नये गाँव का नाम रखा—मार्क्सवादी गाँव। एक बड़ा-सा साइनबोर्ड गाँव के प्रवेश-द्वार पर लगा दिया गया। सभा हुई। हजारों लोग आये। मार्क्सवादी गाँव की स्थापना की खबर पाकर वामपन्थी दलों के नेता, कार्यकर्ता और इनसे जुड़े संस्कृतिकर्मियों की बाछें खिल गयीं। गाँव में पहुँचने की होड़ लग गयी सब में।

शिवराज बाबू का अपना घर-परिवार तो था नहीं, सो इस नये मार्क्सवादी गाँव में करमलाल गुरुजी के साथ रहने लगे। फिर उन्होंने स्कूल खोला। शिक्षक बाहर के नहीं थे। टुनटुन झा, करमलाल गुरुजी और बिसुन साह को पढ़ाने का काम सौंपा गया। बच्चे, बूढ़े, जवान सबके लिए पढ़ना अनिवार्य कर दिया गया। करमलाल गुरुजी के दालान में स्कूल चलने लगा। जाने कहाँ-कहाँ से चन्दा एकत्र कर शिवराज बाबू स्कूल के लिए स्लेट-पेंसिल, कागज-किताबें एकत्र करते थे।

करमलाल गुरुजी जवानी की उम्र में ठीक से गये भी नहीं थे कि इस जमीन हड़प आन्दोलन ने उनको बेकार बना दिया। गुरअई कर रहे थे। अछूतों के बच्चों को पढ़ाते थे। इस लड़ाई में जब वे अपंग हो गये, शिवराज बाबू ने उनको पढ़ाने के काम में लगा दिया। शरीर पर लाठियाँ बरसाई गयी थीं, इस कारण शरीर उनके हौसले का साथ नहीं दे पा रहा था। तीन साल के बेटे और छोटे भाई की मौत ने उनको अकेला कर दिया था। साल भर बाद पत्नी भी मर गयी। अब सहारा थी छोटे भाई की विधवा पत्नी जिसकी गोद में डेढ़-दो साल का बेटा था।

पूरे प्रदेश में मार्क्सवादी गाँव की चर्चा फैल गयी थी। भूमिहीनों-मजदूरों की एकजुटता और संघर्ष की अद्‌भुत उपलब्धि थी यह। आश्चर्य तो यह था कि शिवराज बाबू संघर्ष की रणनीति के लिए या किसी तरह के मार्ग-दर्शन के लिए किसी भी कम्युनिस्ट नेता के पास नहीं गये थे।

कुछ वर्षों तक मार्क्सवादी गाँव वामपन्थी दल और वामपन्थी सोच के बुद्धिजीवियों-कलाकारों का एक तरह का तीर्थस्थल बन गया था। वामपन्थी संगठनों से जुड़े रंगकर्मी अपनी-अपनी मंडली लेकर इस गाँव में आने लगे थे। कविताओं में आग उगलने वाले कवियों का आना जारी था। कवि तूफान, कवि मशाल, कवि लालधुआँ, चिंगारी जी और अनल जी इस नये गाँव में आकर अपढ़-गँवार लोगों को क्रान्ति की ढेर सारी कविताएँ सुना गये थे।

सारी जातियों के लोग थे इस गाँव में, लेकिन किसी की कोई जाति नहीं थी। ब्राह्मण, राजपूत, भुमिहार और कायस्थ भी थे और हाजी टोले के दो मुसलमान-परिवार भी थे। सब भूमिहीन थे जिनको मार्क्सवादी गाँव में भूमि दी गयी थी। जात-पात की संकीर्णताओं से अलग एक समतावादी गाँव का उदाहरण था मार्क्सवादी गाँव।

भूमिहीनों-मजदूरों की एकजुटता और संकल्पशक्ति से एक सपना साकार हुआ था। प्रदेश के बाहर के प्रतिबद्ध विचारधारा वाले लेखकों, कवियों, पत्रकारों, रंगकर्मियों और कार्यकर्ताओं के लिए यह मार्क्सवादी गाँव एक आदर्श था। इस गाँव को देखने के लिए ऐसे लोग लगातार आ रहे थे।

मार्क्सवादी विचारधारा के महानगरीय बुद्धिजीवी पत्र-पत्रिकाओं में इस गाँव के विषय में लगातार लिख रहे थे। जींस पैंट पर डोरिया लम्बा कुर्ता पहने कुछ साहित्यकार-कलाकार कन्धे में झोला लटकाये यहाँ आते थे और कुछ-न-कुछ सुझाव देकर चले जाते थे। वामपन्थ से जुड़ी कुछ लड़कियाँ भी आयी थीं एक बार। अग्निपुष्प नाम के एक अतिक्रान्तिकारी कवि आठ-दस दिनों का रचनात्मक कार्यक्रम लेकर दिल्ली से आये थे, लेकिन तीसरे ही दिन भाग खड़े हुए। असल में साथ लायी उनकी ह्विस्की की बोतल खाली हो गयी थी और यहाँ ठर्रा भी नहीं मिल रहा था। इससे भी बड़ी दिक्कत खाने और सोने की थी। मडुआ-मक्के की रोटियाँ, नमक-मिर्च और प्याज खाकर कवि अग्निपुष्प क्रान्ति की कविताएँ नहीं गा सकते थे। करमलाल गुरुजी की झोपड़ी के सामने जो दालान बनाया गया था, उसमें सोने के लिए कवि अग्निपुष्प को पटेर की चटाई दी जाती थी, दरी-तकिया कुछ नहीं। कवि अग्निपुष्प ने किसी तरह मच्छरों के आतंक का सामना करते दो रातें गुजारीं। तीसरे दिन मुँह अँधेरे, बिना किसी को बताये गाँव से चले गये।

इस नये गाँव को बसाने के चार साल बाद ही स्वप्नजीवी शिवराज बाबू की

हत्या हो गयी। रात में कहीं से लौट रहे थे। नागडीह टोले के पास एकान्त जगह में घात लगाकर बैठे गाँव के ही कुछ लोगों ने उनकी हत्या कर दी। तीन दिनों बाद लालपटोरी नदी में उनकी सड़ी हुई लाश मिली। सन् उन्नीस सौ चौवन के दिसम्बर महीने की यह घटना थी।

इस घटना के लगभग तीन साल बाद आये थे बाबा बिनोवा। भूदान यज्ञ की धूम मची थी इलाके में। बबुआन टोले के चन्द्रानन बाबू का नाम भूदान करनेवाले में सबसे ऊपर था। उसके बाद ही बड़का टोले की बड़ी हवेली के मालिक बाबू सुरवंश शर्मा का नाम था। छिटपुट और भी किसान थे जिन्होंने पाँच कट्ठे, दस कट्ठे जमीन भूदान यज्ञ में दी। पूरे इलाके में छोटी-छोटी गुटकानुमा पुस्तिकाएँ वितरित की गयी थीं जिसमें भूदान के गीत थे। बाबा बिनोवा को महान क्रान्तिकारी पुरुष के रूप में भूदानी चेतना के कवियों ने अपनी कविताओं में महिमामंडित किया था :

> "अरे कौन मानव
> अनल की शिखा पर
> अमर बीज बोये
> चला जा रहा है।..."

पूरा बड़का गाँव और आसपास का इलाका महामानव बिनोवा से इतना अभिभूत हो गया था कि देश के लिए प्राणों की आहुति देनेवाले शहीद भी छोटे दिखाई पड़ने लगे थे। बिदेसिया शैली में गाया जाने वाला यह गीत भी इलाके में खूब लोकप्रिय हुआ था :

> "सुन्दर सुभूमि भइया भारत के देसवा से
> गाँधी वो बिनोवा अवतार रे बटोहिया..."

लेकिन उन्हीं दिनों, हर राग में बेसुरा कहे जाने वाले मरकसवा गाँव के लिए भूदान यज्ञ महज एक मजाक था। मरकसवा के करमलाल गुरुजी ही नहीं, दूसरे कई लोग कह रहे थे कि क्रान्ति को भटकाने का यह भयानक प्रतिक्रियावादी रास्ता है। बभनटोली के चिढ़े हुए लोगों का कहना था—यह मरकसवा गाँव असल में रकसवा गाँव है—राक्षसों का गाँव। पंडित खड्गनाथ झा इस गाँव की बावत मैथिली में कहावत कहते थे—कनहीं गाय के भिन्ने बथान।

लेकिन मरकसवा गाँव में कवि गोपाल सिंह 'नेपाली' का यह गीत भी बटोहिया के गीत-जैसा ही लोकप्रिय हुआ था :

''मुसाफिरों से क्या माँगे
धरती से माँग, गगन से माँग...''

भूदान यज्ञ की चाहे जितनी आलोचना हो, मगर एक बात कुछ वर्षों बाद सामने आयी। इसी भुदनियाँ जमीन पर गाँव के कुछ भूमिहीनों को अधिकार मिला। कुछ बेजमीन मजदूर जमीन वाले हुए।

लेकिन पच्चीस-तीस साल बाद यही दान में दी गयी जमीन अधोगति को प्राप्त बूढ़े चन्द्रानन बाबू की छाती पर मूँग दलने लगी। इधर पाँच-छह सालों से हर फसल-कटाई के समय मार-पीट का जो सिलसिला चल रहा है और जिस तरह भूदान के पुराने यज्ञ-कुंड में घी डाला जा है, उससे लगता है, भुदनिया जमीन खून से लाल होगी। गलत नहीं कहते लोग! भुदनियाँ जमीन नहीं, खुनिया जमीन!

छह

# कजरी का दिल्ली प्रवास अर्थात् फूटे मुँह के बोल

कजरी ने बाप अजोधी महतो से रिश्ता ही तोड़ लिया। मरकसवा गाँव में अजोधी महतो को डेढ़ एकड़ जमीन मिली थी, लेकिन अजोधी महतो को जमीन से मतलब कम, ताड़-खजूर के पेड़ों से मतलब ज्यादा था। ताड़ी चुआना, ताड़ी बेचना और ताड़ी पीना। कजरी पर बलात्कार हुआ, विधायक भदेसर राम की मर्दानगी कजरी ने हँसुए से काट ली, लेकिन अजोधी महतो ने बयान दिया कि सब अफवाह है। कुछ नहीं हुआ है कजरी के साथ।

जिस बाप को अपनी बेटी की इज्जत लुटने की फिक्र नहीं, जो पैसे लेकर सच्चाई छुपाता हो, वैसे बाप की बेटी क्यों कही जाय कजरी?

कजरी बाप का घर छोड़कर माई की शरण में आ गयी। रिश्ते के नाना करमलाल गुरुजी ने अजोधी महतो को जो न कहना था सो कहा, लेकिन लाज-सरम घोलकर पी जाने वाले अजोधी महतो पर कोई असर नहीं हुआ।

दिल्ली में राजमिस्त्री का काम करने वाला महेसर ही आखिर काम आया। महेसर बचपन से ही चाहता था कजरी को, लेकिन बीच में बाधा थी जात। कजरी पासी जात की और महेसर जात का मल्लाह। महेसर को जब कजरी की वीरता और साहस की जानकारी मिली, वह दिल्ली से गाँव आया। भाँड़ में जाय जात-पात! माई से मुलाकात की, कजरी से बात की। माई तो चाहती ही थीं। उन्हीं के दुआर पर शादी की रस्म पूरी हुई। मरकसवा गाँव के पंडित बटेशनाथ झा पुरोहित बनकर आये। शादी की सारी विधियाँ सम्पन्न हुईं।

शादी के बाद कजरी महेसर के साथ दिल्ली चली गयी। बैठकर खाना और गप्प मारना कजरी का स्वभाव नहीं। दिल्ली के युसुफ सराय के एक पुराने-से मकान में एक कमरा किराये पर ले रखा था महेसर ने। बगल के कमरे में दानापुर के पास परसा गाँव का दुल्ली पासवान रहता था। दोनों साथ-साथ राजमिस्त्री का काम करते थे। दुल्ली की पत्नी भी साथ रहती थी। एक बेटी थी सँझिया! डेढ़-दो साल की।

कजरी को संगिनी मिल गयी। सँझिया की माँ से अच्छी पटती थी कजरी की। सँझिया की माँ दो बड़े घरों में दाई का काम करती थी। उसने कजरी को भी दाई के काम पर लगा दिया। साल भर बाद कजरी को गया की एक सब्जी बेचनेवाली से जान-पहचान हुई तो साझे में सब्जी बेचने लगी। उधर राजमिस्त्री की कमाई, इधर कजरी की कमाई। बचत होने लगी। बैंक में खाता भी खुल गया था। डेढ़ साल बाद दिल्ली में ही कजरी ने मुन्ने को जन्म दिया। सँझिया की माँ ने पूरी देख-भाल की। अस्पताल से लेकर डेरे तक। बिल्कुल माँ-बहन की तरह सेवा करती रही।

दो साल बाद सँझिया की माँ अपने गाँव परसा चली गयी। थोड़ी खेती-बाड़ी थी वहाँ। घर में कोई था नहीं।

यहाँ युसुफ सराय में अकेली रह गयी कजरी। सँझिया की माँ के जाने के बाद कजरी का जी नहीं लगा तो महेसर से बोली, "एक बार अपने गाँव से हो आना चाहती हूँ।" महेसर ने रेलवे आरक्षण लेकर कजरी को गाड़ी में बिठा दिया। कजरी अपने गाँव मरकसवा गयी, लेकिन बाप के घर में नहीं, नाना करमलाल गुरुजी के घर में रही और दूसरे दिन जब पता चला कि माई लौट आयी हैं, वह माई के पास चली आयी बड़का गाँव। नाना-नानी के घर से अपने बच्चे मुन्ना को भी ले गयी।

माई की बेटी बनी कजरी अब उन्हीं के साथ रहती है। परिवार में सौखी की घरवाली है, उसके दो बच्चे हैं और दुआर पर आये-गये लोगों के अलावा स्थायी तौर पर महाबिर मियाँ और उलटदास रहते हैं।

कजरी कहती है, "यह जात-पात गाँव-देहात में ही इतना बेसी है। जाकर देखे कोई दिल्ली में! कौन किस जात में शादी करता है, इससे किसी को लेना-देना नहीं। निमन्त्रण दो, सब आएँगे। कोई पूछेगा नहीं कि कौन किस जात का है। ई सब बखेड़ा गाँव-देहात में है। कजरी की बात पर मल्लाह टोले के जतियारी मुखिया सौदागर मल्लाह कहते हैं, "एकदम दिल्ली वाली हो गयी है कजरी! चार दिन दिल्ली में क्या रही, दिमाग ही चढ़ गया है।"

कजरी का दिमाग सचमुच में चढ़ गया है। कहती है, "बिना शहर गये आदमी का 'भक्' नहीं खुलता है। गाँव-जवार के लोग कुइयाँ के बेंग (कूपमंडूक) हैं। कुइयाँ को समुन्दर समझते हैं। अरे, दुनिया बहुत आगे निकल गयी है। अब जात-पात कौन मानता है! जिसके पास धन-दौलत है, वही ऊँच जात। जाकर देखे न कोई दिल्ली में रामनिहाल पासवान को। मन्त्री हैं। राजा-महाराजा भी उनका रहन-सहन, ठाट-बाट देखकर चकरा जाएँगे। कहने को दलित जात के हैं, मगर बाभन-भुँइहार भी काम निकालने के लिए चुपके से उनके पैर छू लेते हैं। सब देखा

हुआ है कजरी का। कहती है—सुनी-सुनाई नहीं, देखा-देखी बात है।''

सिर्फ साढ़े तीन साल के दिल्ली प्रवास ने कजरी की आँखें खोल दीं। बलात्कार की घटना के बाद तो जो नहीं देखना-भोगना था, वह भी देख-भोग लिया। मुख्यमन्त्री ने घोषणा की थी, पचास हजार रुपये दिये जाएँगे कजरी को। दो बार पटना गयी। मुख्यमन्त्री से मुलाकात होना मुश्किल। मुलाकात हुई भी तो टाल-मटोल। कलक्टर से मिलो, इससे मिलो, उससे मिलो। ले-देकर बुढ़िया फुस्स।

हवाई बातें थीं सब। अखबार वालों ने बलात्कार की घटना के बाद खूब फोटो छापे, बड़ी-बड़ी बातें लिखीं, लेकिन मिला क्या? सिर्फ मजा लिया लोगों ने। न नौकरी दी गयी, न मुआवजे के रुपये मिले। धरी रह गयी मुख्यमन्त्री की डपोरशंखी घोषणा।

वह तो महेसर का सहारा मिला और माई की शरण मिली, नहीं तो कुएँ में डूब मरने का तो निश्चय कर ही लिया था कजरी ने। डायमंड नेता भी कन्नी काटने लगा था। बचाने में लगा था भदेसर राम को। दो दिनों तक उसको अपने जलमहल में ही छिपाकर रखा था। यादव टोले के कम्पाउंडर से इलाज करवाता रहा। जब देखा कि भदेसर राम बाप-बाप करिये रहा है तो चुपके से पटना भेज दिया। लेकिन पकड़ा गया नेता भदेसर राम।

हाँ, पत्रकार बिपिया ने साथ दिया। उसी ने खबर छपवायी पटने के अखबार में। एक अखबार से दूसरे अखबार में, दूसरे से तीसरे में। हाई स्कूल के तरुण मास्टर तो कहते हैं कि दिल्ली के अखबारों में यही खबर छायी रही दो-तीन दिनों तक।

घटना के बाद बड़का गाँव और मरकसवा गाँव के कितने लोगों ने कजरी से कहा, ''चुप रहने में ही इज्जत है। बात जितनी फैलेगी, उतनी बेइज्जती होगी। शादी भी नहीं होगी। डायमंड विधायक ने भी यही बात कही! खुद आया था कजरी से मुलाकात करने। हर तरह से समझाता रहा। मुआवजा और सरकारी नौकरी दिलवाने का आश्वासन देता रहा, लेकिन कजरी की एक बात का जवाब किसी के पास नहीं था कि 'कटी छुछरी' जो उसके घर के पिछवाड़े पड़ी सड़ रही है उसको झूठ कैसे कहा जाय?''

बाप अजोधी महतो का घर दूसरे ही दिन छोड़ दिया कजरी ने। विधायक डायमंड ने रुपये देकर कजरी के बारे में अजोधी से कहलवा दिया कि सब झूठ है। कुछ नहीं हुआ है कजरी के साथ। दारू पीकर कई दिनों तक झूमता-लड़खड़ाता रहा अजोधी महतो। लोग ऐसे बाप के नाम पर थूकने लगे। गाँव की औरतों ने अजोधी को क्या-क्या नहीं कहा।

कजरी को बाप के व्यवहार ने, विधायक और मुख्यमन्त्री के छलावे ने खुद

के प्रति और बाहरी दुनिया के प्रति निर्मम-सा बना दिया। सूख गया आँखों का पानी। अब वह मरकसवा गाँव के पासी अजोधी महतो की बेटी नहीं रही। रिश्ते में नाना करमलाल गुरुजी आहत थे इस घटना से, लेकिन करते क्या! असमर्थ-बेचैन आदमी सिवा माथा पीटने के और कर भी क्या सकता था! वे रोये, पागलों की तरह प्रलाप किया, लेकिन लँगड़े, अशक्त-बीमार आदमी! करते क्या आखिर?

इन सारी दुर्बल परिस्थितियों ने मरकसवा गाँव की अनजान लड़की कजरी को सबल बना दिया। कल तक चुप रहने वाली, अपढ़-गँवार तड़िहारिन कजरी के मुँह में अचानक बोली आ गयी।

दुबली, लेकिन हाड़-काठ की मजबूत कजरी। दोनों भवों के बीच गोदने की बनाई गयी तारा-बिन्दी, चमकीले उजले दाँत और दाँतों के बीच फँसी रहने वाली मीठी-मीठी हँसी जो घटना के बाद जहरीली बन गयी थी, अब फिर अपने रंग में आ गयी है। दिल्ली-प्रवास ने आँखें खोल दीं। अब किसी से बहस करने में या मुँहामुँही बात करने में वह न डरती है, न हिचकती है।

मरकसवा गाँव के पंडित बटेशनाथ झा कहते हैं, ''वह तो कहिए कि पढ़ी-लिखी नहीं है, वरना कितने पढ़े-लिखों को पानी पिला देती!''

दिल्ली में थोड़ा पढ़ना-लिखना भी सीख गयी कजरी। युसुफ सराय के उस कूड़ा-कचरा वाले मुहल्ले में बड़े घर की कुछ महिलाओं ने किसी एनजीओ के माध्यम से लड़कियों-औरतों को पढ़ाना शुरू किया था। स्लेट-पेंसिल, कॉपी-किताब मुफ्त में देती थीं। आठ-दस मजदूर औरतें समय निकालकर घंटे-दो घंटे पढ़ती थीं खंडहर जैसे मन्दिर के बरामदे पर। साँझिया की माँ की दिलचस्पी लिखने-पढ़ने में नहीं थी, फिर भी बैठती थी जमात में। अपना नाम लिखना तो सीख ही लिया साँझिया माय ने। अक्षरों को जोड़-जोड़कर साइनबोर्ड भी पढ़ने लगी। कजरी ने खूब अभ्यास किया और डेढ़ साल में ही टो-टा कर हिन्दी अखबार पढ़ने लगी। पढ़ाने वाली औरतों ने उसके फोटो छापे और अपने प्रयास की सफलता पर सन्तोष प्रकट किया। महेसर हँसी-हँसी में कहता था, ''तुम कुछ साल दिल्ली के इस इलाके में रह जाओ तो नेता बन जाओगी।'' पति के साथ हँसी में शामिल कजरी का आत्मविश्वास बुझते दीये में तेल डालने जैसा बन जाता था।

लेकिन गाँव की याद। साढ़े तीन साल हो गये थे लगातार दिल्ली में रहते हुए। मन में आया कि एक बार हो आये गाँव से। और गाँव आयी तो माई के नेह-छोह ने बाँध लिया। चाहती है कि दिल्ली चली जाय। महेसर को खाने-पीने में सुविधा होगी। राजमिस्त्री का मेहनत वाला काम। आदमी को हाड़तोड़ मेहनत के बाद सुख भी तो चाहिए! सब तरह के सुख!

लेकिन माई छोड़े तब न! उनके प्यार ने इस तरह जकड़ लिया है कि एक

दिन के लिए भी कहीं बाहर जाना नहीं हो पाता। माई कहती हैं, "तुमको जाना है तो जाओ दिल्ली-पंजाब! मुदा छोड़ जाओ मुन्ने को।" अब दो साल के मुन्ना को कैसे छोड़ा जाय? हँसने लगती है कजरी और माई के गले में बाँहें डालकर कहती है, "कहिए न माई कि मत जाओ। और मैं अब जा कहाँ रही हूँ!"

सात

# बिरादरी बाहर बैताल सिंह का भव्य स्वागत

शासन-प्रशासन और अन्य कई क्षेत्रों में पिछड़ों-दलितों के बढ़ते वर्चस्व ने सवर्ण-सत्ता को छिन्न-भिन्न कर दिया है। इसी बड़का गाँव के पिछले पचास साल के इतिहास को देख जाइए—आजादी के ठीक बाद के समय से। पिछड़ी जात का एक भी नेता कहीं नहीं था। दलित नेता तुलमोहन राम एम.पी. बनते थे जरूर, मगर उनका सुरक्षित क्षेत्र था। फिर तुलमोहन राम की अपनी अहमियत क्या थी! जो कह दें बड़का टोले के जमींदार बाबू सुरवंश शर्मा। एम.एल.ए. या दूसरे सभी बड़े पदों पर सिर्फ ब्राह्मण, राजपूत, भुमिहार! बस खोजने पर मिलते थे पिछड़े वर्ग के कुछ पिछलग्गू नेता।

मगर इधर बारह-चौदह साल से जाने कैसी हवा चली है कि धीरे-धीरे सत्ता-केन्द्रों से सवर्ण वर्ग गायब होता चला जा रहा है। जब से आरक्षण लागू हुआ है, पिछड़ी जातियों के लोग बात-बात में नीचा दिखाने लगे हैं सवर्णों को। आग लगे मंडल कमीशन को! बज्जर गिरे वी.पी. सिंह पर! अपने तो राजा ठहरे, ले डूबे राजपूतों को!...रजपुताही के बूढ़े बाबू चन्द्रानन सिंह, बाबू चन्दरमा सिंह, बाबू रणविजय सिंह और दूसरे लोग आग बन जाते हैं बोलते-बोलते! चेहरा ऐसा जहरीला हो जाता है जैसे कच्चा चबा जाएँगे छोटी जातियों के लोगों को! इसी बड़का गाँव के धोबी, चमार, दुसाध, यादव, कुर्मी-कोइरी, नोनियाँ, खवास के लड़के सरकारी नौकरियों में चले गये। बड़े-बड़े ओहदों पर पहुँच गये! इसी गाँव की चमरटोली का लुचाय राम पिपही बजाता था बड़का टोले के बाबू सुरवंश शर्मा की हवेली में। उसका बेटा डी.एस.पी. बना। इधर प्रोन्नति पाकर एस.पी. हो गया है। चमरटोली से लुचाय राम ने अपना घर हटा लिया और नील पोखर के पच्छिमी-दक्खिनी कोने पर शानदार मकान बना लिया। गाँव के पढ़ुआ लड़के ह्वाइट हाउस कहते हैं लुचाय राम के मकान को। नील पोखर के पूरब वाले मोहार पर विधायक डायमंड का जलमहल, इधर लुचाय राम का ह्वाइट हाउस। बेटे की कमाई के बल पर लुचाय राम बड़का टोले के जमींदार रह चुके बड़ी हवेली के बाबू सुरवंश शर्मा

की जमीन खरीद रहा है। बड़ी हवेली की बड़ी मालकिन, इसी लुचाय के नाम अपनी जमीन की रजिस्ट्री करने रजिस्ट्री ऑफिस गयी थीं। रजिस्ट्री ऑफिस के लोग अवाक्। बड़ी हवेली की बड़ी मालकिन जमीन की रजिस्ट्री करने आ गयीं? जो बड़ी मालकिन पालकी पर बाहर निकलती थीं नौकरों के साथ, वे अपनी खड़खड़िया जीप पर रजिस्ट्री ऑफिस आ गयीं?

उधर खवासटोली के झौली मड़र का बेटा विनोद बी.डी.ओ. बन गया। सारे बन्धन-रीति-रिवाज, मर्यादाएँ सब टूट गये। नहीं तो भला यह कैसे हो सकता था कि बभनटोली की लड़की से खवास का बेटा कोर्ट में शादी कर ले और कोई कुछ नहीं बोले? लाज से घर में घुसे रहे पंडित खड्गनाथ झा। हिम्मत नहीं हुई कुछ करने की।

इसी बभनटोली की विधवा ममता। डायमंड ने ममता को प्राइमरी स्कूल का टीचर बनाया और रखैल बनाकर जलमहल में कैद कर लिया। कहीं से कोई आवाज नहीं उठी। शूद्रों के उदय की यह कैसी काली आँधी है? इसी काली आँधी ने परम्परा से चली आ रही सवर्ण-सत्ता के चमकते सूरज को शाम होने के पहले ही ढँक लिया। बाबू रणविजय सिंह की जमीन खरीद रहा है गाँव का खवास झौली मड़र। नौकर-चाकर अब मिलते नहीं हैं। सब भाग रहे हैं दिल्ली-पंजाब। बाबू-बबुआनों की जमीन खरीद रहे हैं गाँव के राड़-सोलकन।

सवर्ण सुरक्षा संघ के अध्यक्ष रामपुकार सिंह की चिन्ता है कि धानुक-खवास, चमार-दुसाध से कैसे चलेगा प्रशासन? कैसे चलेगा देश? रामपुकार सिंह सोलकन टोले में अपनी व्यथा व्यक्त नहीं करते। एक दिन ऐसा ही कुछ बोल गये थे यादव टोले में। यादवों ने अच्छी मरम्मत की थी बाबू रामपुकार सिंह की—दे घूँसा, दे चमेटा। सवर्ण सुरक्षा-संघ के अध्यक्ष को भागते रास्ता नहीं मिल रहा था।

ली-एकेडमी से प्रथम श्रेणी में मैट्रिक पास बाबू रामपुकार सिंह कहते हैं, "मैं यह कहाँ कह रहा हूँ कि छोटी जात के लड़कों को सरकारी नौकरी न मिले। जनतन्त्र है तो सबका बराबर हक है। मेरा कहना है कि मेरिट को नकारा जा रहा है। सवर्ण वर्ग के मेधावी छात्र कुंठित हो रहे हैं। यदि यही हाल रहा तो रक्त-क्रान्ति होगी।" बाबू रामपुकार सिंह को गर्व है कि वे उस समय के मैट्रिकुलेट हैं जब सारे विषयों की पढ़ाई अँग्रेजी में होती थी। वर्नाकुलर के नाम पर हिन्दी थी, लेकिन हिन्दी का कोई महत्त्व नहीं था।

बगल के गाँव फत्तेपुर-पिठौरा में भुमिहारों की रणवीर सेना से सवर्ण सुरक्षा संघ का सीधा तालमेल है। बड़े किसानों की सुरक्षा के लिए गया-जहानाबाद की रणवीर सेना की शाखा के रूप में काम करता है सवर्ण सुरक्षा संघ। इस संघ को तमाम सवर्ण जातियों का समर्थन प्राप्त है। यह बात अलग है कि इस संघ में जितने

सक्रिय भुमिहार हैं, उतने किसी और जाति के लोग नहीं। भुमिहारों के नेता शिवदानी मिश्र कहते हैं, "दो ही जातियों के लोगों से सवर्णों की सुरक्षा हो सकती है—नम्बर एक पर हैं भुमिहार और दूसरे नम्बर पर राजपूत। बाकी ब्राह्मण तो लाठी उठानेवाले हैं नहीं। मार-पीट से दू कोस दूरे रहते हैं। पोथी-पत्रा बाँचने वाले हथियार उठाएँगे भला? बचे थोड़े-से कायस्थ। तो कायस्थ ठहरे सरकारी जात! चित्त भी हमारा पट्ट भी हमारा! जिसका राज उसी के भक्त! समय पर सवर्ण, समय पर अवर्ण। पेट में बावन हाथ की घुर्ची होती है। कोई पार नहीं पा सकता कायस्थ का!

ऐसी ही बात करते हैं डालडा सुराजी! अस्सी-इक्यासी साल के डालडा सुराजी! राजपूतों के विषय में कहते हैं कि जब तक कोई अपने पक्ष में है तब तक बहुत अच्छा, विरोध में गया तो लगे उसकी मिट्टी पलीद करने। यही वी.पी. सिंह प्रधानमन्त्री बने और चन्द्रशेखर सिंह जब बिहार के मुख्यमन्त्री थे तो कितने ही राजपूत बिहार और दिल्ली में अपनी शान पर शहीद हो गये। मरकसवा गाँव के पंडित बटेशनाथ झा ने पूछा था, "शान पर शहीद का क्या मतलब सुराजी बाबू?"!

"नहीं समझा? अरे, अपनी जात का आदमी प्रधानमन्त्री और मुख्यमन्त्री है तो झुककर काहे चलेंगे। सीना तानकर चलते थे, न नीचे देखते थे, न दाएँ-बाएँ। बस, ट्रक मोटरसाइकिल या ऑटो रिक्शा से धक्का लगा। कितने मरे, कितने अस्पताल पहुँचे। उसी वी.पी. सिंह को मंडल कमीशन के कारण कितना गरियाया राजपूतों ने! जात पर कलंक कहा और क्या-क्या कहा गया इसी गाँव में यह तो आप लोग जानते ही हैं।"

बाबू रणविजय सिंह के भाँजे बलवीर सिंह उर्फ बैताल सिंह के स्वागत की तैयारी हो रही है स्कूल के मैदान में। बड़का गाँव की बभनटोली, बबुआन टोले, बड़का टोले और छोटी-सी कैथटोली के लोग ही नहीं, पूरे जवार के सवर्ण गर्व और उत्साह से विधायक बैताल सिंह के स्वागत-समारोह में भाग ले रहे हैं। पाँच भव्य तोरण-द्वार बनाये गये हैं। गाँव की पिपही-खुरदुक बाजे के अलावा कस्बे से बैंड बाजा भी आ रहा है।

विधायक बैताल सिंह!

सवर्णों का रक्षा-कवच। खोयी हुई प्रतिष्ठा को पुनर्स्थापित करने के चट्टानी संकल्प का प्रतीक। डायमंड के बढ़ते लम्पट प्रभाव को इसी बैताल सिंह ने चुनौती दी, नहीं तो पता नहीं क्या होता!

परिस्थितियाँ कैसे खलनायक को नायक बना देती हैं, बड़का गाँव के लोगों

ने इसे भी अच्छी तरह देख लिया। इसी बैताल सिंह को, जब यह बैताल नहीं बलवीर था, इसी बबुआन टोले के राजपूतों ने जाति से बहिष्कृत करने का फैसला सुनाया था भरी सभा में।

विचित्र घटना-चक्र है यह। बबुआन टोले या बड़का टोले के लोग इसकी चर्चा करना नहीं चाहते, मगर सोलकन टोले के लोग राजपूतों को चिढ़ाने के लिए जब-तब इसकी याद दिला देते हैं।

बैताल सिंह को जिस दिन रणविजय बाबू के घर से पुलिस पकड़कर ले गयी थी, उसके दूसरे ही दिन इसी हाई स्कूल के भवन में बबुआन टोले के लोग एकत्र हुए थे। बैताल सिंह दागी अपराधी के रूप में कुख्यात हो चला था। अपहरण, ट्रेन-लूट, डकैती, मर्डर जैसे कितने ही आपराधिक मामले चल रहे थे उस पर। कोशी पार के अपने गाँव को छोड़कर वह छिपने के लिए मामा रणविजय सिंह के पास आया था। पुलिस को खबर मिल गयी थी। खुद एस.पी. आया था। दो जीपों में सशस्त्र पुलिस के जवान थे।

एस.पी. ने पहले तो बैताल सिंह की अच्छी तरह पिटाई की, फिर कमर में रस्सा बाँधा। दोनों हाथ भी बाँध दिये गये। फिर जीप में बाँध कर पूरे गाँव में उसको घुमाया गया। राजपूतों ने भींगी आँखों से बैताल सिंह की यह दुर्दशा देखी। मामा रणविजय सिंह तो घर में ऐसे बन्द हुए कि हफ्ते भर निकले ही नहीं। यह बेइज्जती सिर्फ रणविजय सिंह की नहीं थी, पूरी राजपूत बिरादरी की थी। सोलकन टोले के लोग फब्तियाँ कसते थे, हँसते थे राजपुताही के लोगों पर। ताने मारते थे।

आखिर बबुआन टोले के लोगों को फैसला करना पड़ा। रणविजय सिंह की अनुपस्थिति में बबुआन टोले और पड़ोस के गाँव फत्तेपुर-पिठौरा, मिरदौल और दूसरे गाँवों के राजपूतों की बड़ी पंचायत हुई। पंचायत में तय हुआ कि बलवीर सिंह चाहे जहाँ रहे, मगर इस गाँव में उसको कभी आने न दिया जाय। रणविजय बाबू को अन्तिम चेतावनी दे दी गयी कि बलवीर उनका भाँजा है तो रहे, लेकिन राजपूतों की नाक काटने का बलवीर को कोई हक नहीं है। सोलकन, डोम-चमार सब हँस रहे हैं राजपूतों पर। बाबू चन्द्रानन सिंह का यह प्रस्ताव भी पंचायत में स्वीकृत हो गया कि बलवीर सिंह के पिता दुक्खा सिंह का इस गाँव में आना-जाना बन्द, उनका हुक्का-पानी बन्द। बिरादरी बाहर। रहें वे अपने गाँव में। उनके परिवार के साथ उठना-बैठना, बोल-चाल, कथा-कुटमैती, न्यौता-पिहानी सब बन्द। अगर बलबीर फिर कभी आया इस गाँव में तो जवाबदेही रणविजय सिंह की होगी।

बाबू रणविजय सिंह तो पंचायत में गये नहीं थे, लेकिन उनको पंच-फैसले की जानकारी मिल गयी। वे भाँजे के कारनामों पर माथा पीटते लाल ड्योढ़ी की टूटी चारदीवारी के पास बैठे रहे।

बलवीर सिंह उर्फ बैताल सिंह को बिरादरी बाहर करने का यह पंच-फैसला पन्द्रह-सोलह साल पहले का है। आज वही बैताल सिंह है जिसके स्वागत में पाँच तोरण द्वार बनाये गये हैं और उसी हाई स्कूल के प्रांगण में उसके भव्य स्वागत की तैयारी उसी बबुआन टोले के लोग कर रहे हैं। बाबू चन्द्रानन सिंह स्वागत करने वालों में सबसे आगे हैं।

माई के दालान में यही चर्चा है। हाई स्कूल के हिन्दी शिक्षक तेज नारायण सिंह तरुण से माई ने पूछा था, "इस बीच ऐसा क्या हो गया मास्टर साहब कि जिस बलवीर सिंह को इसी टोले के लोगों ने पंच-फैसला करके जात से बाहर कर दिया था, उसी के स्वागत के लिए ऐसी जबरदस्त तैयारी क्यों की जा रही है? क्या हो गया इस बीच? क्या बैताल सिंह बनकर बलवीर सिंह का दूसरा जनम हो गया? क्या बात हुई?"

तरुणजी को कोई जवाब नहीं सूझ रहा था। वे उस पंचायत को याद कर रहे थे जो पंचायत गाँव के हाई स्कूल के बड़े-से बरामदे पर हुई थी। इधर-उधर देखते हुए उन्होंने धीरे से कहा था, "इस बीच बहुत कुछ बदल गया भौजी, बहुत कुछ बदल गया। देखती नहीं हैं यह बदलाव अपने गाँव में? अपने टोले के लोगों को डायमंड के बराबर का वैसा ही आदमी चाहिए था। बलवीर सिंह मिल गया। दुर्गुण ही अब गुण बन गये हैं भौजी। क्या करिएगा! लेकिन मैं नहीं हूँ बैताल सिंह के स्वागत करनेवालों में! हाँ, जाति से निकालने वाली पंचायत में मैं जरूर था।..."

माई चिन्तित-गम्भीर मुद्रा में तरुणजी को देखती रहीं। फिर चेहरे को ऊपर उठाकर जैसे आसमान से पूछने लगीं, "क्या हो गया इस बीच? पन्द्रह-सोलह बरस में ही क्या हो गया कि जेल में रहनेवाला बलवीर सिंह एम.एल.ए. बन गया? ममहर के जिस बड़का गाँव ने बलवीर सिंह को जात से 'बार' दिया था, उसी के स्वागत में ढोल-पिपही बजाई जा रही है? क्या हो गया इस बीच? क्या हो गया?..." माई भुनभुनाती रहीं। खुद से पूछती रहीं एक ही सवाल—क्या हो गया इस बीच?

दूसरे दिन गाँव में यह बात फैल गयी कि दरअसल रणविजय बाबू और चन्द्रानन सिंह ने ही बैताल सिंह को गाँव बुलाया था। चन्द्रानन बाबू भुदनिया जमीन को हथियाने के लिए सारी ऊँची जातियों का समर्थन चाह रहे हैं। यही पॉलिटिक्स है बैताल सिंह के स्वागत के पीछे।

आठ

## भुदनियाँ जमीन : खुनियाँ जमीन

लालपटोरी नदी का गेरुआ लाल पानी लहू-सा लाल है इन दिनों। आखिर जिसकी आशंका थी वही हुआ। चन्द्रानन सिंह अपने लठैतों के साथ भुदनियाँ जमीन की फसल लूटने पहुँच गये। उनके हाथ में बन्दूक थी, लेकिन उनकी बन्दूक चली नहीं। बन्दूक चलाने का जिम्मा फौजदार सिंह का था। मर्डर और डकैती केस में जेल में बन्द फौजदार सिंह को शायद इसी काम के लिए जमानत पर जेल से बाहर निकाला गया था। बाकी लठैत भी हथियार लिए हुए थे। अभी कुछ ही दिन पहले बैताल सिंह ने अपने सम्मान-समारोह के बाद चुपके से अपने मामा को कह दिया था कि कहिए बाबू चन्द्रानन सिंह से! राजपूत हैं तो राजपूती शान भी बनाए रखें। अपनी भुदनियाँ जमीन पर कब्जा करें चाहे जितने खून करने पड़ें। बाद बाकी तो उनका यह भाँजा है ही।

दिन में तीन बजे के आसपास भुदनियाँ जमीन की कटी फसल को लूटने के लिए बाबू चन्द्रानन सिंह का हमला हुआ। आशंका तो थी ही। सो भुदनियाँ जमीन के जोतदार भी तैयार थे। सबकुछ था उनके पास लेकिन बन्दूक कहाँ से लाते! फिर ऐसे समय में हमला हुआ कि लाल सेना को सूचना ही नहीं मिल सकी। मिली होती सूचना तो बबुआन टोले के भी दो-चार लोग मरे होते।

लेकिन मरकसवा गाँव खबर पहुँचे-पहुँचे तब तक यह कांड समाप्त हो चुका था। मरकसवा गाँव और भुदनियाँ जमीन के बीच नागडीह टीला है। बूढ़े बाबू चन्द्रानन सिंह भुदनियाँ जमीन पर दो लाशें गिराकर और आठ-दस को घायल कर बदहवासी में अपने टोले की तरफ भाग रहे थे। तब जाकर खबर पहुँची मरकसवा गाँव। लाल सेना का प्रमुख सहदेव जब तक पहुँचा, चन्द्रानन सिंह और उनके लठैत भाग चुके थे।

उसके बाद बड़का गाँव में पुलिस कार्रवाई शुरू हुई। धड़-पकड़, कुर्की-जब्ती, वारंट, गिरफ्तारी...। गाँव के हाई स्कूल में सशस्त्र पुलिस के जवान तैनात कर दिये गये। मामला भुदनियाँ जमीन का ही नहीं था, दलित-हत्या और उत्पीड़न

का था, सो प्रशासन सतर्क हो गया। बबुआन टोला जन-शून्य हो गया। बच गयीं सिर्फ औरतें और चलने-फिरने में असमर्थ बूढ़े। बाकी सब लापता हो गये। बभनटोली या बड़का टोले के लोगों पर इसका कुछ खास असर नहीं हुआ। सोलकन टोले और चमरटोली-दुसाधटोली के लोग फरार हो गये गिरफ्तारी के डर से।

खबर पटना के अखबारों में पहुँच गयी थी। बी.पी. अकेला को काम मिल गया था। कजरी पर हुए बलात्कार के बाद बी.पी. अकेला को यह दूसरी महत्त्वपूर्ण घटना हाथ लगी थी। भुदनियाँ जमीन पर दो दलितों की हत्या और आठ लोगों के घायल होने और अस्पताल में भर्ती किये जाने का समाचार अकेला ने पटना के हिन्दी दैनिक को भेज दिया है। पिछड़ों के नेता विधायक डायमंड और अगड़ों के नेता विधायक बैताल सिंह तक घटना की जानकारी पहुँच गयी है।

मुख्यमन्त्री ने मृत व्यक्तियों के आश्रितों को एक-एक लाख रुपये तथा घायलों को इलाज के लिए दस-दस हजार रुपये देने की घोषणा की है। मामला दलितों की हत्या का है, इसलिए इसे अति संवेदनशील माना जा रहा है।

गाँव के लोगों के बीच यही चर्चा है कि विधानसभा के चालू सत्र में डायमंड और बैताल सिंह की भिड़न्त होगी। दोनों धग्गड़ नेता हैं अपने-अपने वर्ग के। देखिए कि क्या गुल खिलता है इस बार विधानसभा में!

बबुआन टोले के पाँच-छह लोग घायल अवश्य हुए हैं, लेकिन मौत का एक भी केस नहीं है। भुदनियाँ जमीन के जोतदारों में दो लोग मारे गये हैं। दोनों दलित। एक बनारसी का बाप गोनर मोची और दूसरा किसुनियाँ का बड़ा भाई भुलुर दुसाध।

पत्रकार बी.पी. अकेला ने अपने नेता डायमंड से फोन पर बात की। बबुआन टोले के चन्द्रानन सिंह और दूसरे लोग गाँव छोड़कर कहीं बाहर भाग गये हैं। गिरफ्तारी का डर है। पुलिस डेरा डाले हुई है गाँव में। चन्द्रानन सिंह शायद पटना चले गये हैं अपने नेता बैताल सिंह से मुलाकात करने। अब क्या किया जाय!

मुख्यमन्त्री ने पटने में मुआवजे की घोषणा की। बी.पी. अकेला बनारसी और किसुनियाँ को लेकर जिले के कलेक्टर से मिला। कलेक्टर ने कहा, उनको इस सम्बन्ध में कोई सूचना नहीं है। अकेला ने दोनों को सलाह दी कि पटना जाइए और अपने नेता डायमंड से मिलिए। वही मुख्यमन्त्री से मिलवाएँगे और मुआवजे की राशि दिलाएँगे।

लेकिन बनारसी और किसुनियाँ पटना जाएँ कैसे! ले कौन जाएगा? बी.पी. अकेला ने कन्नी काट ली। पटना जाने का बटखर्चा भी तो चाहिए! कौन देगा? गाँव के सोलकन टोले के लोगों ने भी हाथ खींच लिये। कौन बेमतलब ले जाय इन दोनों को! मुख्यमन्त्री तो यों ही घोषण करते रहते हैं हर हत्या के बाद! एक लाख रुपये

और परिवार के एक व्यक्ति को सरकारी नौकरी! लेकिन शायद ही कोई आश्रित हो जिसको एक लाख रुपये और सरकारी नौकरी मिली हो!

फिर भी, कोशिश करने में क्या हर्ज है। माई के दालान में भी यही चर्चा थी। बनारसी और किसुनियाँ हर जगह से निराश होकर अन्त में माई के पास गये।

''कोई साथ चलने को तैयार नहीं है माई!'' बनारसी ने रोते हुए कहा। बगल में कजरी खड़ी थी।

''मैं जाऊँ माई इनको लेकर? पटना देखा हुआ है मेरा। अपने मामले में तो दो बार गयी थी न मुख्यमन्त्री से मिलने। देखा हुआ है पटना। फिर अपना डायमंड विधायक तो है ही। वह तो मदद करेगा ही।''

''तुम जाओगी औरत होकर?''

''तो क्या हुआ माई! मुझमें हिम्मत है। डर किस बात का? फिर मैं दिल्ली में रह चुकी हूँ। गुड़गाँव हरियाणा जा चुकी हूँ। मैं जानती हूँ सब! बस पढ़ी-लिखी नहीं हूँ, एक यही कमी है।''

''तो जाओ इन दोनों को लेकर। डायमंड से कहना मुख्यमन्त्री से मिलकर इन दोनों को मुआवजा दिलवा दे।''

माई ने तीनों को पटना आने-जाने का खर्चा दिया। फिर बोलीं, ''सँभलकर जाना! औरत जात हो। जब गाँव का एक भी आदमी इनके साथ जाने को तैयार ही नहीं है तो तुम्हीं जाओ।''

बड़का गाँव से पाँच-छह किलोमीटर दूर है ललित गाँव रेलवे स्टेशन। छोटा-सा कस्बा। वहाँ से सीधे पटना के लिए गाड़ी मिलती है। दो बजे दिन में गाड़ी है जो ग्यारह-साढ़े ग्यारह बजे रात में पहुँचती है पटना।

कजरी बोली, ''चिन्ता की बात नहीं। बिपिया पत्रकार से डायमंड नेता का पता ले लेती हूँ। गाड़ी देर से पहुँचेगी तो टीसन पर ही रात गुजार लेंगे हम तीनों। नहीं, एगारह बजे तक गाड़ी पहुँच गयी तो डायमंड के क्वाटर में चले जाएँगे।''

बी.पी. अकेला ने डायमंड नेता का अता-पता एक कागज पर लिखकर बनारसी को दे दिया। कजरी ने क-ट-क-ट करके किसी तरह अक्षरों को जोड़-जाड़कर पता पढ़ लिया—आर. ब्लॉक, बँगला नं. तीन।

महाबिर मियाँ और उलटदास चुपचाप सारी बातें सुन रहे थे। महाबिर मियाँ बोला, ''बड़े नामी आदमी हैं अपने विधायक डायमंड। वे चाहेंगे तो एक ही दिन में मुआवजे का पैसा मिल जाएगा दोनों को। बड़का-बड़का हाकिम भी डायमंड से बात करने में लड़खड़ा जाते हैं। डर से शरीर का खून सूखने लगता है।''

उलटदास से रहा नहीं गया। उसने अपनी जानकारी भी जोड़ दी। बोला, ''सुनते हैं कि बड़का बँगला मिला हुआ है डायमंड को।''

महाबिर मियाँ ने सही जानकारी दी, "अरे उलटदास, मिला नहीं हैं, जबरन कब्जा कर लिया है। बिपिया कह रहा था कि किसी मन्त्री को वह बँगला मिला था, लेकिन डायमंड ने उस मन्त्री का सामान बाहर फेंक दिया और घुस गया बँगले में। और जब घुस गया तो किसकी हिम्मत जो निकाल दे डायमंड को?"

दूसरे दिन बनारसी और किसुनियाँ को लेकर कजरी पैदल ही स्टेशन के लिए निकल गयी। आगे-आगे कजरी, पीछे-पीछे अपना झोला-झंटा लिये बनारसी और किसुनियाँ।

खबर फैलते देर नहीं लगी कि बनारसी और किसुनियाँ को लेकर कजरी पटना गयी है। गाँव के लिए यह चौंकाने वाली खबर थी।

अभी दोपहर नहीं हुई थी और गाड़ी का समय है दो बजे। कजरी ने कहा कि टीसन पर बैठे रहेंगे गाड़ी आने तक।

पूरे टोले में खबर फैल चुकी थी कि बनारसी और किसुनियाँ को लेकर कजरी पटना जा रही है मुख्यमन्त्री से मिलने। बबुआन टोले की कुछ औरतें अपने-अपने घरों से निकलकर सड़क के पास आ गयीं। बाबू चन्द्रानन सिंह की भावह अपनी खपरैल वाली 'हवेली' के सामने नीम के पेड़ के पास आकर खड़ी हो गयी, "तनी देखें कजरी को! मुँहपुरुख बनकर चली है राजधानी मुख्यमन्त्री से मिलने!"

"का रे कजरी, वकील-मुख्तार बनकर चली हो पटना? कोई मरद नहीं है क्या टोले में?"

"मरद तो हैं मालकिन! एक-से-एक अगिया बैताल और अरना भैंसा हैं, लेकिन लोग देखें भी कि एक कजरी भी है गाँव में।" चन्द्रानन बाबू की भावह पतोरवाली मालकिन बगल में खड़ी लालकाकी की तरफ देखकर बोली, "सुनती हो न काकी, ई करियक्की छौंड़ी की जहरबोली?"

कजरी जो नीम पेड़ के कुछ आगे बढ़ गयी थी, ठमककर खड़ी हो गयी, "क्या बोली मालकिन? करियक्की छौंड़ी? मुदा मालकिन, खाली रंगे करिया है, बाकी दिल गोरा है और आपकी रजपुताही की गोरकी छौंड़ी की करतूत भी जानती हूँ और मक्खन अइसन चिकन आप लोगों का राई-रत्ती सब जानती हूँ। मुँह मत खोलवाइए जात्रा के बखत!"

"बड़ी सतवन्ती बनती है रे तू! कौन नहीं जानता तुम्हारे तिरिया चरित्तर को! राम-राम! किससे-किससे मुँह पर कालिख पोतवा चुकी, अब चली हो सतवन्ती बनने?"

कजरी ने अपने हाथ का झोला थमा दिया बनारसी को। अब दोनों हाथ खाली हो गये। नीम पेड़ के पास चली आयी कजरी और धीरे से बोली, "आपकी बेटी थी न ललिता जो स्कूल के मास्टर से फँसी थी! क्या लोग नहीं जानते हैं कि पुरैनिया

ले जाकर पाँच महीने का गरभ गिरवाया गया था!" पतोरवाली मालकिन वैसे अपने टोले में भारी लड़ंकिन मानी जाती है, लेकिन राड़-सोलकन मेहरारू से लड़ने का अभ्यास नहीं है।

बूढ़ी लालकाकी से सहा नहीं गया। बबुआन टोले पर थूक रही है ई छौंड़ी कजरी! जबान लड़ाती है बाबू-बबुआन की बबुआइन से? यह मजाल? बोलीं, "बड़ा फटर-फटर करती हो कजरी! तुमको तो डूब मरना चाहिए था। इज्जत लूटी गयी, दुनिया जानती है। पेपर में छापी हुआ, तइयो जिन्दा हो निर्लज्ज बनकर।"

"हाँ, बड़की मालकिन जिन्दा हूँ और रहूँगी जिन्दा। आपके टोले की सोमन सिंह की बहू की तरह गले में फँसरी लगा कर मरूँगी नहीं। क्या थी सोमन सिंह की बहू? बेसवा-पतुरिया नहीं थी तो क्या थी? दुसाध टोली के लोग भी उस नद्दी में नहाते थे कि नहीं?"

पतोरवाली और लालकाकी भीतर से कछमछाती रहीं, लेकिन मुँह से बोल नहीं फूटे। अपनी राह पर चलती कजरी ने बनारसी और किसुनियाँ से कहा, "सुना न तुम लोगों ने! कैसी कटारी चला रही थी ई रजपुतनियाँ! घर से बाहर तो कभी निकली नहीं, उमर बीत गयी इसी गाँव में। बाबू-बबुआन जमीन बेचते-बेचते भिखार बन रहे हैं और घर की मेहरारू ऐंठ रही है। सोचती है कि पहले वाला समय गया नहीं है। चली है सोलकन टोले की चाल-चलन जाँचने! चलनी कहे सूप से, तुममें बारह छेद।"

राजपुताही के बाद बभनटोली। तीस-चालीस परिवार, लेकिन ज्यादा लोग बाहर कमाते हैं। नौकरियों में हैं! जो नौकरी में नहीं है वे भी तरह-तरह के धन्धों में है। कहीं कोई काम नहीं तो किसी मन्दिर में बैठ जाते हैं। मन्दिर में बड़का पुजारी से लेकर नीचे तक सब एक ही जात। वहाँ भी किसी भूले-भटके बाभन को जगह नहीं मिली तो दीप-आरती दिखाने का धन्धा! इसी टोले के लक्खन झा मुजफ्फरपुर कचहरी के पास कम्पनी बाग में सुग्गा से लोगों की तकदीर बाँचते हैं और इसी टोले के सुभद्र झा सुप्रीम कोर्ट में नामी वकील हैं।

कजरी को पूरे टोले की जानकारी है। सोचने लगी—ई पंडित-पुरोहित बैठकर खाने का हुनर जानते हैं। बस हाथ से मेहनत नहीं करेंगे। दूसरे की मेहनत की कमाई अपनी अक्किल से खाएँगे। पोथी-पत्रा बाँचकर, दिन-सगुन निकालकर, धरम-करम का भेद बताकर...। तरह-तरह के काम करेंगे, बस खाली काम नहीं करेंगे। इसी टोले के खड़कू झा! बेटी भाग गयी बिनोद बी.डी.ओ. के साथ। शादी कर ली और पंडीजी घर में पंडिताइन के साथ रोते रहे! अरे, रोने की क्या बात थी! कितना अच्छा तो दुल्हा मिला। बी.डी.ओ. तो हाकिम होता है। छोट जात का है बिनोद तो क्या हुआ? कार में घूमती है बेटी, सो नहीं देखते हैं? बड़की बेटी

लीलावती का दुल्हा आरती दिखाकर भीख माँगते हैं फारबिसगंज बाजार में।

बभनटोली के बाद बड़ी हवेली का बड़का टोल! उसके बाद शिवमन्दिर और कबिराहा मठ, फिर थोड़ी दूर खेत-खलिहान! दोपहर हो गयी थी। जेठ महीने का सूरज आग बरसा रहा था। आगे हाजी टोला और फिर लालपटोरी नदी पर सीमेंट का पुल।

तपती रेत पर हवाई चप्पलें पहने कजरी तेजी से चलती रही। इस अगिनबरखा में नदी-कछार की रेत की चमक आँखों में गड़ रही थी। आँखें चौंधिया जाती थीं। कभी-कभी कुछ क्षणों के लिए अँधेरा-सा पसर जाता था। बालू के विस्तार पर कहीं-कहीं आक और झौव्वे की झाड़ियाँ थीं जो उजली साड़ी पर पनियाये खून के सूखे धब्बों-जैसी दिखती थीं।

रास्ते में कई लोग मिले —कुछ परिचित, कुछ अपरिचित। किसी ने टोका नहीं। यात्रा पर निकलते किसी को कोई टोकता नहीं है। टोक लग जाती है और काम बिगड़ जाता है। कस्बे की तरफ से बैलगाड़ी पर आते डालडा सुराजी भी मिले। हाथ के इशारे से ही उन्होंने कजरी से पूछा जिसका अर्थ था —कहाँ जा रही हो? कजरी ने धीरे से जवाब दिया था, "पटना"।

रेलवे स्टेशन पहुँचते-पहुँचते दोपहर हो गयी। पटना वाली गाड़ी दो बजे आती है। बनारसी और किसुनियाँ खैनी-बीड़ी के लिए स्टेशन से बाहर दुकानों की तरफ चले गये। कजरी प्लेटफॉर्म की एक बेंच पर बैठ गयी। कम लोग थे स्टेशन पर। जहाँ वह बैठी थी, वहाँ गर्म पछिया हवा का झोंका नहीं आ रहा था। ऊपर बिजली का पंखा चल रहा था। पंखे की हवा भी गर्म थी, फिर भी पछिया हवा से ठंडी थी।

आँखें मूँदे कजरी अपने पर सोचने लगी। दिल्ली में कुछ दिनों का रहना कितना कुछ सिखा गया, नहीं तो यहाँ गाँव में रहकर कोई क्या सीखेगा! पहले गुड़गाँव, फिर दिल्ली। बाद में दिल्ली से गुड़गाँव जाना-आना। महेसर जब गुड़गाँव में राजमिस्त्री का काम करता था, तब कितनी बार दिल्ली से गुड़गाँव गयी थी। पटना भी तो दो बार जा ही चुकी है। मुआवजा तो खैर क्या मिला, लेकिन आँखें खुल गयीं। अखबार वालों ने नमक-मिर्च मिलाकर खूब छापे समाचार। फोटू भी छापे, लेकिन मिला क्या?

अब बनारसी और किसुनियाँ को मुआवजा देने की बात आयी है। सुना कि मुख्यमन्त्री बोले हैं—कि एक-एक लाख रुपये का मुआवजा दिया जाएगा। बिपिया पत्रकार ने इस बात का प्रचार किया है। पता नहीं, कितना सच है कितना झूठ। बिपिया तो आधा झूठ ही बोलता है। हाँ, डायमंड है—पिछड़ी जातियों का नेता। तगड़ा नेता है। वह चाहे तो कुछ हो सकता है। वैसे बबुआन टोले के लोग भी तो

चुपचाप बैठे नहीं होंगे। चनरानन बाबू तो पहुँच गये होंगे बैताल सिंह के पास। बैतलवा और डयमंडवा इन्हीं दोनों ने तो भुदनियाँ जमीन पर खून बहाया है। डायमंडवा उकसाता था भुदनियाँ जमीन के जोतदार को, उधर चनरानन बाबू को हवा देता था बैतलवा कि राजपूती शान का सवाल है। अब लो! मर गये बेचारे दो आदमी। उधर चनरानन बाबू की तरफ तो सिर्फ टाँग-हाथ टूटे, इधर गिर गये दो 'लहास'।

बिपिया कह रहा था कि अखबार में छापी हुआ है कि डायमंड और बैताल सिंह में भिड़न्त हो गयी विधानसभा में। हाथापाई होते-होते बची। देख लेंगे तो देख लेंगे। विधानसभा की कार्रवाई दो बार रोकनी पड़ी। बिपिया कह रहा था। वैसे ऊ दुमुँहा आदमी है। मुँह दिखौवल बात करता है। क्या ठिकाना बबुआन टोले में उधर की ही बात करता हो?

सब निर्भर हैं डायमंड नेता पर। वह मुख्यमन्त्री से मिलकर कह दे कि अत्यन्त गरीब मजदूर मारे गये हैं भुदनियाँ जमीन पर तो मुख्यमन्त्री जरूर देंगे मुआवजा। गुंडे-बदमाश की बात पहले सुनी जाती है, भले आदमी की बात कौन सुनता है! जमाना ही ऐसा आ गया है। डायमंड का तो एक ही मूलमन्त्र है—राजनीति में आना चाहते हो तो पहले क्रिमिनल बनो। उसके बाद देखो, तुम्हारे पास बड़े-बड़े नेता आने लगेंगे।

बैताल सिंह और डायमंड का आमना-सामना कितनी बार हो चुका है। एक-दूसरे पर फेंके गये हैं बम। दोनों पक्षों से एक-एक आदमी मर चुका है। अगड़े-पिछड़े की लड़ाई। कोई किसी से कम नहीं। जैसा 'किरमिनल' डायमंड वैसा ही बैताल सिंह। लोग कहते हैं आज-न-कल दोनों नेता एक-दूसरे की जान लेकर रहेंगे।

...गाड़ी आने में अभी देर थी और कजरी दीवार की ओट में सीमेंट की बनी बेंच पर बैठी थी। थोड़ी देर में बनारसी और किसुनियाँ आ गये और उसी बेंच की खाली जगह पर बैठ गये। बनारसी मुड़ी-तुड़ी फुलपैंट पहने था। यह पैंट तीन-चार साल पहले उसने लुधियाने में खरीदी थी। तब वह पंजाब कमाने गया था। काला भुजंग, नाटा कद, एकहड्डा शरीर उस पर पुरानी-सी लाल शर्ट। लुधियाने की यह पैंट-शर्ट कहीं बाहर जाते समय ही टिन की पेटी से निकलती है। बनारसी को यह 'जोड़ा' पहनते गर्व होता है। कहता भी है कि पिलही का रोग नहीं धरता तो काहे करम कूटते इस भुच्च बड़का गाँव में!

किसुनियाँ बनारसी की नजर में बुड़बक आदमी है। एकदम बोतलदास। गाँव से बाहर बस बगल के कस्बे तक गया है किसुनियाँ। उमर बीस-इक्कीस साल। झुटपुटिया मरद है, लेकिन तीन बच्चों का बाप बन चुका है। यादव टोले की भजन-

मंडली में कुछ दिनों तक मोटिया का काम करता था —मोटरी-गठरी उठाने का काम। बस जो ज्ञान हुआ मंडली की सेवा के समय ही, बाकी हर-फार या बर-बथान की जानकारी के अलावा कोई जानकारी नहीं किसुनियाँ को। पहली बार देखने जा रहा है पटना शहर।

प्लेटफॉर्म की बेंच पर कजरी की बगल में बैठे बनारसी के मुँह की बोली फूटी, ''जा तो रहे हैं हम लोग, मुदा क्या उमेद कि डायमंड बाबू हम लोगों को मुखमन्तरी से मिलाएँगे —और मुखमन्तरी मुआवजा देंगे कि नहीं देंगे, सो क्या पता! बिपिया लफुआ है।'' किसुनियाँ ने प्रतिवाद किया, ''नहीं, बिपिया को डायमंड बाबू बोले हैं कि मुखमन्तरी का ऐलान है, मिलेगा मुआवजा।''

''उधर बैताल सिंह भी तो है डायमंड बाबू का दुश्मन।''

बनारसी ने कजरी की तरफ देखा, ''है कि नहीं दीदी? दोनों की दुश्मनी जगजाहिर है। वह कभी चाहेगा कि हम लोगों को मुआवजा मिले?''

किसुनियाँ हालाँकि बुड़बक माना जाता है, लेकिन कजरी को उसकी एक बात अच्छी लगी, ''अच्छा बनारसी भाय, एक बात! गाँव में लोग कहते हैं और बिपिया भी ई बात बोलता है कि डायमंड और बैताल सिंह की लड़ाई ठेकेदारी को लेकर है।''

''ठेकेदारी को लेकर? किस चीज की ठेकेदारी?'' बीच में पूछ लिया कजरी ने।

किसुनियाँ बोलते हुए लड़खड़ाने लगा, ''अब उतना तो पता नहीं दीदी, मुदा बिपिया भी कहता है कि रेलवई पुल और जाने कौन-कौन चीज की ठेकेदारी में मुकाबला होता है दोनों का कि हम लेंगे तो हम लेंगे। करोड़ों का ठेका होता है।''

बनारसी भी किसुनियाँ से सहमत हुआ, ''हाँ सुना है कि ठेके के लिए दोनों के गुट आपस में बम-पिस्तौल चलाते हैं। डायमंड अपने लोगों के लिए ठेका लेना चाहता है, बैताल सिंह अपने लोगों के लिए। बस यही मामला है।''

कजरी तो यही समझती थी कि बनारसी और किसुनियाँ के मुँह में जबान ही नहीं है। अब बात निकली है तो तब पता चल रहा है कि जिनको हम अपढ़-गँवार समझते हैं, वे भी बहुत कुछ समझते हैं। बनारसी ने धीरे से कहा कजरी से, ''सुनते हैं दीदी कि सुरसर नदी पर जो रेलवई का पुल बनने जा रहा है, उसका ठेका डायमंड और बैताल ने मिलकर लिया है अपने-अपने आदमियों के नाम पर। आठ-दस करोड़ का ठेका है।'' किसुनियाँ ने प्रतिवाद किया, ''ई होइए नहीं सकता है कि दोनों नेता मिलकर ठेका लें। सब जानते हैं कि दोनों में 'ऐसे' है।'' 'ऐसे' शब्द बोलते हुए किसुनियाँ ने दोनों हाथों की तर्जनी उँगलियों को एक-दूसरे में उलझाते हुए कहा, ''एकदम ऐसे है।''

"सो तो है। हम लोग भी यही समझते हैं। डायमंड बाबू हम लोगों के नेता हैं और बैताल सिंह ऊँची जात वालों का नेता है, मुदा यही बात समझ में नहीं आती जो बात बिपिया कहता है।" बनारसी की इस बात पर किसुनियाँ ने कजरी को साक्षी बनाते हुए पूछा, "सुनती हैं न दीदी? बिपिया एक नम्बर का लफांड़ है, ई बात कौन नहीं जानता है? घर में उसकी घरवाली है, दू गो बाल-बच्चे हैं, फिर भी पुरैनियाँ में किसी मोटी-भोथल्ली बंगालिन छौंड़ी से बियाह किया है बिपिया ने।"

कजरी चकरा गयी थी। जो किसुनियाँ एक शब्द बोलता नहीं था, वही इस वक्त जिरह कर रहा है। डायमंड और बैताल सिंह की ठेकेदारी के विषय में भी जानकारी है इन दोनों को। उसने बनारसी से पूछा, "लेकिन बनारसी, जब दुनिया जानती है कि डायमंड और बैताल सिंह में भारी दुश्मनी है तो फिर साझे में करोड़ों की ठेकेदारी की बात!..."

"सुना है दीदी। बिपिया कह रहा था और बबुआन टोले का भी एक आदमी कह रहा था।" किसुनियाँ प्रमाण देने से कन्नी काटने की कोशिश में था।

लेकिन यह तो मालूम है सबको। अखबार में भी छपा है कि विधानसभा में डायमंड और बैताल सिंह भुदनियाँ जमीन पर हुई मौत को लेकर भिड़ गये थे। इतना हंगामा हुआ कि विधानसभा की कार्रवाई रोकनी पड़ी।

"यही बात समझ में नहीं आती कि जब दोनों में इतनी दुश्मनी है, एक-दूसरे पर हमला करते रहते हैं तो फिर ठेके में साझे की बात?"

"एकदम झूठ है।" कजरी ने प्रामाणिक ढंग से कहा, "बिपिया ने उड़ायी है यह बात।"

"ठीक कहती हैं दीदी। ई कैसे हो सकता है?" किसुनियाँ ने कजरी का समर्थन किया।

"चनरानन बाबू भी गये हैं पटना। बैताल सिंह के यहाँ छिपे हुए होंगे। वारंट है न! बैताल सिंह के यहाँ पुलिस थोड़े पहुँचेगी!" बनारसी ने अनुमान के आधार पर कहा। किसुनियाँ बोला, "बन्दूक से गोली तो चलायी थी फौजदार सिंह ने।"

"हाँ, फौजदार सिंह की गोली से बनारसी के बाप और किसुनियाँ के भाई की मौत हुई। चनरानन बाबू तो दूर खड़े थे।" बनारसी ने जब यह बात कही तो कजरी ने पूछा, "कौन फौजदार सिंह? वही डकैत? मगर वह तो जेल में है।"

"था जेल में। बैताल सिंह जमानत करवा के जेल से छुड़वा लाया।"

"छूट गया फौजदार सिंह?" कजरी की आँखें आश्चर्य से फैल गयीं।

"नहीं, छूटा नहीं है, मगर जमानत हो गयी। बहुत बड़ा वकील रखा था बैताल सिंह ने।"

"तब तो असली किरमिनल फौजदार सिंह है?" कजरी ने अगल-बगल बैठे बनारसी और किसुनियाँ से पूछा।

"हाँ, फौजदार सिंह। फौजदार सिंह ने गोली चलायी थी।"

बनारसी कहने लगा, "बिपिया हाथ में अखबार लिये गाँव में कई जगह जाकर यही कह रहा था कि पढ़ लीजिए अखबार। विधानसभा में फौजदार सिंह की गिरफ्तारी को लेकर ही हंगामा हुआ। फौजदार सिंह को गिरफ्तार करने की माँग कर रहा था डायमंड और इसका खिलाफ कर रहा था बैताल सिंह। इसी बात पर दोनों में हाथापाई की नौबत आ गयी थी।"

किसुनियाँ को बहस करना आता नहीं। उसने धीरे से कहा, "हम लोगों को अपने काम से मतलब है। बस फौजदार सिंह के डाँड़ में रस्सा लगाकर पुलिस जेल में ठूँस दे, बस इतना चाहते हैं हम। सड़ता रहे साला जेल में।"

"अरे किसुनियाँ" बनारसी ने किसुनियाँ को समझाया, "फौजदार सिंह को पकड़ना क्या दाल-भात का कौर है? भाग गया होगा नेपाल। राजबिराज में उसके चाचा रहते हैं। वहीं भागकर गया होगा। कैसे पकड़ाएगा?"

पटना जाने वाली एक्सप्रेस गाड़ी डेढ़ घंटे लेट आयी। तीनों एक डब्बे में घुस गये। तीनों तीन जगह। भीड़ थी गाड़ी में, सो केवल कजरी को बैठने की थोड़ी-सी जगह मिली।

गाड़ी जब पटना जंक्शन पहुँची, रात के साढ़े ग्यारह बज चुके थे। स्टेशन के बाहर महावीर मन्दिर के आसपास अभी भी थोड़ी चहल-पहल थी। मन्दिर के सामने के चौराहे पर कुछ रिक्शे इधर-उधर लगे हुए थे।

किसुनियाँ एकदम हक्का-बक्का था। बनारसी के लिए पटना जंक्शन कोई नयी जगह नहीं थी। देखें हैं उसने ऐसे-ऐसे स्टेशन! दिल्ली रेलवे स्टेशन से बड़ा तो नहीं है पटना रेलवे स्टेशन! लेकिन इन दोनों को साथ लेकर आनेवाली 'नेत्री' कजरी के होश उड़े हुए थे। इतनी रात को कैसे जाया जाय आर ब्लॉक। सड़क भी देखी हुई नहीं है और इतनी रात को रिक्शा भी नहीं मिलेगा। मिले भी तो बारह बखेड़े होंगे। फिर तीन आदमी हैं।

कजरी ने किसी से आर ब्लॉक जाने का रास्ता पूछा तो बताया गया, "बस सीधा-सीधी पच्छिम! नगीचे है।"

"नगीचे माने एक-डेढ़ किलोमीटर।" कजरी ने किसुनियाँ और बनारसी से कहा।

"मुदा इस वखत जाना ठीक होगा कि नहीं?" यह दुविधा कजरी की थी। बनारसी बोला, "अभी रोड जिन्दा है। चलें हम लोग।"

"कहीं गेट बन्द हो तब? फिर रात में कुछ पता नहीं चलेगा कि किधर है डायमंड बाबू का बँगला।"

"चलिए न दीदी, पूछ लेंगे किसी से। बड़का लोग तो रात के एक-डेढ़ बजे तक जगते हैं।"

"हाँ सो तो है। शहर के लोग देर से सोते हैं, सुबह देर से जगते हैं।"

महावीर मन्दिर चौक से सीधे पच्छिम जाने वाले रास्ते पर आ गये तीनों। रात थी, लेकिन रास्ते पर अँधेरा नहीं था। कुछ ट्रक, कारें, आटो रिक्शे आ-जा रहे थे।

आर ब्लॉक के पहले जे.पी. की प्रतिमा को देखकर कजरी का भक् खुल गया अचानक। बोली, "बस यहीं आस-पास कहीं है डायमंड का बँगला। याद आ रहा है।" जे.पी. चौक पर एक रिक्शेवाले से कजरी ने डायमंड बाबू का नाम लेकर बँगले का पता पूछा तो रिक्शेवाले ने कहा, "उनको को नहीं जानता है? बस ऊहे सामने है जहाँ लाइट जल रहा है।"

शान्त होते रास्ते को देखकर कजरी ने अन्दाजा लगाया कि अधरतिया के आसपास का समय होगा। उसने बनारसी और किसुनियाँ से कहा, "बस आ गये हैं। वही है डायमंड बाबू का बँगला। याद आ रहा है, वही है।" बनारसी को यही शंका सता रही थी कि इतनी रात को अगर गेट नहीं खुला तब क्या होगा! कहाँ जाएँगे इतनी रात-को? उसने अपनी शंका किसुनियाँ के सामने रखी तो किसुनियाँ बोला, "हम लोग डायमंड बाबू के गाँव के आदमी हैं। कैसे नहीं खुलेगा गेट? फिर जर-जनाना वाली बात है। कजरी दीदी हैं साथ में।"

बनारसी मन मारकर अपने को समझाते हुए भुनभुनाया, "हम लोग तो डायमंड बाबू के बुलाने पर यहाँ आये हैं।"

डायमंड के बँगले का गेट अधखुला था। देखकर तीनों की जान में जान आयी। गेट वाली दीवार पर डायमंड का नेम प्लेट था, लाल अक्षरों में। अधखुले गेट के पास खड़ी कजरी असमंजस की स्थिति में थी। अन्दर जाया जाय या नहीं।

छोटे-से अहाते में दो उजली कारें लगी हुई थीं, लेकिन आश्चर्य कि गेट पर कोई नहीं था। चारों तरफ रोशनी थी। कजरी, बनारसी और किसुनियाँ अन्दर घुसने की सोच रहे थे कि बँगले के अन्दर से एक नाटा-सा आदमी निकला और गेट के पास आ गया। कजरी गौर से उस आदमी को दखने लगी।

"अरे तू है कटुआ नेता?"

कटुआ नेता अपनी कमर के नीचे खादी के पजामे को मुट्ठी में पकड़े अन्दर की तरफ भागा। बँगले में घुसने की बजाय वह बगल वाली गली में चला गया और मुड़-मुड़कर पीछे की तरफ देखता तेज कदमों से भागने लगा।

हँसने का समय नहीं था, फिर भी बनारसी और किसुनियाँ को हँसी आ गयी। बनारसी ने पूछा, "कौन था वह? देखकर भागा क्यों जा रहा है?"

"कटुआ नेता था।"

"कदुआ नेता? वही न..."

"हाँ, वही।" कजरी की बात पर बनारसी और किसुनियाँ को अनजाने ही हँसी आ गयी।

कजरी ने बनारसी और किसुनियाँ से कहा, "तुम दोनों यहीं रहो। मैं देखकर आती हूँ अन्दर से।"

थोड़ी देर दोनों गेट के पास खड़े रहे। ऊब होने लगी तो रोड पर आ गये और इधर-उधर देखकर पेशाब करने की जगह तलाशने लगे।

जगह-ही-जगह थी रात में।

कजरी गेट के अन्दर गयी ही थी कि देखा, बँगले के अन्दर से चार-पाँच लोग निकल रहे हैं। वह दीवार की ओट में खड़ी हो गयी। वे चार-पाँच लोग बाहर आकर खड़े हो गये और धीरे-धीरे बातचीत करने लगे। जिसका चेहरा सामने से साफ-साफ दिख रहा था, कजरी ने पहचाना, वह डायमंड था। पीछे एक औरत खड़ी थी —काला-सा लम्बा कोट पहने। कजरी ने सोचा कि निश्चय ही यह डायमंड की बंगालिन पत्नी होगी।

स्टेनगन लिये एक मोटा-सा आदमी भी एक तरफ खड़ा था। दो और लोग थे जिनका चेहरा दूसरी तरफ था। एक लम्बे कद का था, दूसरा उससे कुछ छोटा जिसका कुर्ता घुटनों से नीचे तक लटक रहा था। वह सफेद स्वेटर पहने हुए था।

देखती रही कजरी। पाँचों लोग जब कार की तरफ आने लगे तो अचानक चीख-सी निकली कजरी के मुँह से! अरे, यह तो फौजदार सिंह है और यह लम्बे कुरते वाला!...यह तो वही बैताल सिंह!

कजरी के मुँह से अचानक निकली चीख से सब उधर ही देखने लगे।

"कौन है?"

कजरी दीवार की ओट से निकलकर सामने आ गयी।

"कौन है तू?"

कजरी की आवाज लड़खड़ा रही थी, "मैं...मैं...क...ज...री...।..."

बड़का गाँव...नहीं-नहीं...मरकसवा गाँव की...।

डायमंड ने दहशत पैदा करने वाली आवाज में पूछा, "तू...भोंसरीवाली यहाँ कैसे? इतनी रात को?"

कजरी के मुँह से आवाज गायब हो गयी। एकदम पत्थर की मूरत। डायमंड ने किसी आदमी को आवाज दी, "रे महदेवा, पकड़ ई साली को। बन्द करो कमरे में। साली सब देख रही थी छुपकर। कहाँ गया रामा?"

लेकिन जिस आदमी को डायमंड ने पुकारा था, वह तुरन्त प्रकट नहीं हुआ। कजरी धीरे से खिसक गयी पीछे की तरफ और पश्चिम की तरफ जाने वाली गली

में आकर सरपट दौड़ने लगी। पीछे चारदीवारी थी और चारदीवारी में छोटा-सा गेट था। पिछवाड़े की तरफ गेट के पास झीनी रोशनी के अँधेरे कोने में बैठा था कटुआ नेता। उसने कजरी को गेट की तरफ दौड़ते हुए आते देखा तो फलांग कर गेट के बाहर चला गया। कजरी भी उस छोटे से गेट पर चढ़कर उस पार हो गयी और दौड़ने लगी। कटुआ नेता ने कजरी को अपनी ओर दौड़कर आते देखा तो कुछ ज्यादा ही तेजी से भागने लगा। आगे-आगे कटुआ नेता, पीछे-पीछे कजरी। आगे अँधेरा था। थोड़ी दूर जाने पर अँधेरे में विलुप्त हो गया कटुआ नेता। कजरी जान लेकर भागती रही, भागती रही। साड़ी का 'फाँड़ा' बाँध लिया झटपट। अब साड़ी दौड़ने में बाधा नहीं बन रही थी।

नौ

## उगता सूरज डूबता सूरज

बनारसी और किसुनियाँ कैसे गाँव पहुँचे और उन दोनों के पहुँचने के बाद गाँव में आशंकाओं के बादल किस तरह उमड़े-घुमड़े, यह एक अलग कथा है।

दोनों के मुँह में जैसे आवाज ही नहीं थी। गूँगों-जैसे हो गये थे। ''क्या हुआ रे? बोलते क्यों नहीं? कहाँ रह गयी कजरी?'' माई कभी बनारसी को, तो कभी किसुनियाँ को झकझोरती हुई पूछती थीं। दोनों की समझ में नहीं आता कि उनकी आँखों के सामने कजरी बँगले के अहाते में गयी तो निकली क्यों नहीं।

माई सिर पर हाथ रखे बैठी रहीं जमीन पर। आखिर बनारसी ने मुँह खोला और रोते हुए कहा, ''कजरी दीदी को डायमंडवा ने गायब कर दिया माई।''

''गायब कर दिया? डायमंड ने गायब कर दिया? क्या हुआ, साफ-साफ बोलते क्यों नहीं?'' माई ने पूछा तो दोनों मुँह देखने लगे माई का।

कजरी के डायमंड के बँगले में जाने और न निकलने के रहस्य से बनारसी और किसुनियाँ परेशान थे। बँगले के गेट के बाहर दोनों रात भर बैठे रहे, इस प्रतीक्षा में कि कजरी दीदी अब निकलेगी तब निकलेगी, लेकिन निकली नहीं। सुबह दोनों गेट के भीतर गये और कजरी के विषय में पूछा। एक डरावने-से मोंछियल आदमी ने जवाब दिया कि कवनो कजरी-वजरी नहीं आयी है यहाँ। भागो। निकलो बाहर। लेकिन दोनों हिले तक नहीं। किसुनियाँ बोला, ''रात में इसी जगह आयी थी। हम लोग उधर बाहर में ठाढ़ थे। संगेसंग आये हैं तीनों डायमंड बाबू के गाँव से। बताइए कहाँ है कजरी दीदी? हम लोगों को छोड़कर तो जा नहीं सकती है। वही लायी थी डायमंड बाबू से मिलवाने।''

डायमंड के दो आदमियों ने धक्के देकर बनारसी और किसुनियाँ को गेट से बाहर निकाला था। चेतावनी भी कि, ''फेर अन्दर आये तो टाँग तोड़ देंगे।''

दोनों गेट के बाहर सड़क के एक किनारे चुपचाप बैठे रहे, भूखे-प्यासे। दोपहर बाद कार से डायमंड कहीं बाहर जाने के लिए निकला तो दोनों कार के सामने आ गये।

''मालिक, कहाँ है कजरी दीदी?''

''कौन कजरी? हम क्या जानें किसी कजरी-वजेरी को।''

''नहीं हजूर जानते हैं आप। रात को अन्दर गयी थी। हम लोग यहीं ठाढ़ थे। वह अन्दर गयी थी। फिर बाहर नहीं निकली। हम लोग रात से यहीं हैं।''

''मगर तुम लोग हो कौन?''

''नहीं चीन्हे? आप ही के गाँव के हैं हजूर! बड़का गाँव के।''

बनारसी ने कहा, ''मेरा बाप गोनर मोची। मैं बनारसी। और ई है किसुनियाँ...! नहीं-नहीं...किसुन पासवान!...भुलुर दुसाध का बेटा।''

...माई के दुआर पर बनारसी और किसुनियाँ पूरा वृत्तान्त सुना गये। बनारसी ने बताया कि बड़का गाँव का नाम सुनकर डायमंड कार से उतरा और बोला, ''अच्छा, भुदनियाँ जमीन पर जो मारे गये हैं दो आदमी?''

''जी हजूर, उसी के वास्ते...'मोअवजा'...''

''हाँ, हाँ! जानता हूँ।''

डायमंड बँगले में गया। तीन-चार मुस्टंड पालतू लोग थे। उनसे डायमंड ने जाने क्या कहा। फिर बाहर कार में बैठते हुए बोला, ''जाओ तुम लोग। कजरी यहाँ नहीं है। रात में दिखाई पड़ी थी, फिर जाने कहाँ चली गयी।''

''लेकिन...हजूर, गयी कहाँ? हम लोग तो यहीं गेट पर ठाढ़ हैं रात से।''

''कहाँ गयी, ई हमको क्या पता?'' डायमंड ने दोनों को पाँच-पाँच सौ रुपये दिये और कहा, ''जाओ तुम लोग।''

रुपये देकर डायमंड कार से निकल गया। दो लम्बे तगड़े जवान सामने आये। उनमें से एक बोला, ''अब भागो यहाँ से। पइसा मिल गया न? भागो जल्दी से, नहीं तो पीट-पीटकर घोलटा देंगे।''

धमकाने पर दोनों तत्काल तो चले गये, लेकिन डेढ़-दो घंटे बाद फिर आ गये। फिर भगाया गया दोनों को। पूछते-पाछते दोनों रेलवे स्टेशन आये। बनारसी को रेल-यात्रा का अनुभव था। दोनों ने टिकट लिये और एक्सप्रेस ट्रेन में चढ़ गये। सुबह ललित गाँव स्टेशन पहुँचे। लुटे-पिटे! बदहवास...उदास और चिन्तित। आपस में दोनों यही बतियाते रहे कि जरूर उस कटुआ नेता ने बदला लिया है कजरी दीदी से। उसी बँगले में बन्द कर रखा गया है कजरी दीदी को।

गाँव में भुदनियाँ जमीन पर मार-काट वाला मामला चल ही रहा था। इसी में आकर कजरी के गायब होने की घटना भी जुड़ गयी।

पत्रकार बी.पी. अकेला को इस घटना की जानकारी मिली तो वह असमंजस में पड़ गया। कुछ बोला नहीं। पहले बात हो जाय डायमंड बाबू से। फिर सोचा जाएगा कि खबर बनने लायक है या नहीं।

बड़का गाँव से लेकर मरकसवा गाँव तक बस यही चर्चा। बबुआन टोले, बभनटोली और बड़का टोले के लोग यह जानकर खुश थे कि अच्छा हुआ। मामला उनके अपने ही बीच फँस गया है। अब साले लेते रहें मरने का मुआवजा! सोलकन सब डायमंड को अपना नेता समझते हैं। उसी ने गायब कर दिया कजरी को! लड़ो साले अपने में!

कजरी के गायब होने की सूचना से माई पगला-सी गयीं। डायमंड ने कजरी को गायब कर दिया? उसी के पास बनारसी और किसुनियाँ को कजरी ले गयी थी और उसी के बँगले से गायब हो गयी कजरी?

''ई नटखेला जरूर ऊ कटुवा नेता का होगा। बनरसिया और किसुनियाँ कहते हैं कि वहीं था कटुआ नेता।'' माई बड़बड़ा रही थीं। बेचैन-सी कभी आँगन में आतीं, कभी दुआर पर, कभी दुआर के आगे। कजरी का बेटा मुन्ना पुरैनीवाली की गोद में था।

''दुराचार की भी हद होती है।...'' बोलती हुई माई गाँव में घूम आयीं। जानती थीं कि उनके अपने टोले के लोग भुदनियाँ कांड के कारण फरार हैं। जो हैं भी वे दुश्मनी के कारण साथ नहीं देंगे। उनका यही अनुमान बभनटोली और बड़का टोले के विषय में था। इसलिए वे सोलकन टोले, चमरटोली, मुसहरटोली, दुसाधटोली और पासीटोली की तरफ चली गयीं।

माई का बस यही कहना था कि अब चुप बैठने का समय नहीं है। यही डायमंड मेरे पैर छूता है और बेटी के समान कजरी को गायब करता है। गाँव की बहू-बेटी की पहचान भी नहीं रह गयी डायमंड को। अब बचा क्या!

मरकसवा गाँव की लालसेना के लड़के आये। उधर कजरी के रिश्ते के नाना कमरलाल गुरुजी के दरवाजे पर भी इसी घटना को लेकर बैठक हुई। लालसेना के प्रमुख सहदेव की तो चचेरी बहन ही ठहरी कजरी। उसने अपने रास्ते से पता लगाने की बात कही।

माई से मिलने डायमंड के पिता झमेली यादव आये। सबकी यही राय बनी कि पटना चला जाय और पूछा जाय डायमंड से।

तीन दिनों बाद माई के दुआर पर सलाह-मशविरे के लिए लोग जमा हुए। चमरटोली, दुसाध टोली, मुसहरटोली के साथ सोलकन टोले के लोग आये। मुखिया इन्द्रनारायण यादव, दलित नेता गुलाबचन्द पासवान और ठेकेदार जनकलाल बैठकी में शामिल नहीं हुए। ह्वाइट हाउस के लुचाय राम भी नहीं आये।

कजरी के गायब होने की सूचना से डालडा सुराजी चिन्तित थे। यह सूचना तरुणजी को डालडा सुराजी के बड़े बेटे रामनगीना साह ने कस्बे में दी। उसी ने बताया कि बाबूजी इस बात को लेकर दुःखी हैं कि माई के दरवाजे पर इतने लोगों

को बुलाया गया, लेकिन उनको खबर नहीं दी गयी।

डालडा सुराजी उर्फ मंगरू साह को इलाके के लोग ही नहीं, दूर-दूर तक के लोग जानते हैं। उम्र अस्सी के आसपास। बगल के कस्बे के बंगाली डॉक्टर रमनी बाबू (असली नाम रमणेन्द्र कुमार चटर्जी) से कोई पूछे डालडा सुराजी के बारे में। रमनी बाबू कहते हैं—ई एरिया का हिस्ट्री-ज्योग्राफी सब अलग हैं। बड़का गाँव और मरकसवा गाँव के हर मुँहपुरुख व्यक्ति को जानते हैं रमनी बाबू। अब तो बहुत बूढ़े हो गये, बाहर निकल नहीं पाते हैं अपने क्लिनिक से, लेकिन एक समय था जब क्लिनिक में बैठे-बैठे वे आसपास के गाँवों की पूरी जानकारी रखते थे। बूढ़े-झंखाड़ होने के बावजूद उनकी यह आदत गयी नहीं है। जमींदारी के दिनों में हरावत इस्टेट के मैनेजर समरेन्द्रनाथ चटर्जी ने कलकत्ते से बुलाया था रमनी बाबू को। मलेरिया से ग्रस्त पूरे इलाके में एक भी डॉक्टर नहीं था तब। एल.एम.एफ. पास थे रमनी बाबू। पता नहीं चिकित्सा-विज्ञान की यह कौन-सी डिग्री थी! जैसी भी रही हो .डिग्री, लेकिन रमनी बाबू ने बहुतों की जान बचायी। कोसी इलाके में मलेरिया का भारी प्रकोप था। कुनैन की नीली दवा जो जहर से भी ज्यादा जहरीली थी, रमनी बाबू की पेटेंट दवा बन गयी थी। रमनी बाबू ने पैसा भी कमाया और यश भी। डालडा सुराजी के राष्ट्रभक्त बनने का दिलचस्प किस्सा आज भी सुनाते हैं रमनी बाबू।

सन् बयालीस का भारत छोड़ो आन्दोलन। आजादी के लिए पूरे देश में क्रान्ति मची थी। रेल पटरियाँ उखाड़ी जा रही थीं जगह-जगह। टेलीफोन के तार काटे जा रहे थे। पटना सचिवालय पर झंडा फहराने के सिलसिले में गोलियाँ चली थीं। डालडा सुराजी वाली घटना उसी समय से जुड़ी हुई है।

मंगरू साह तब सत्रह-अठारह साल के थे। कनस्तर में शुद्ध देसी घी लेकर गये थे कस्बे में बेचने। लौटते समय अपनी दुकान के लिए सौदा-सुलुफ भी खरीदना था। घी का कनस्तर हाथ में लिये वे गुदड़ी बाजार की तरफ जा रहे थे। उधर रेलवे स्टेशन की ओर से जुलूस आ रहा था नारे लगाते हुए—ए अँग्रेजो, भारत छोड़ो!...डाकघर के पास पुलिस से जुलूस की मुठभेड़ हो गयी। जुलूस में चल रहे किसी आदमी ने डाकघर में आग लगा दी। पुलिस की लाठियाँ चलने लगीं, फाइरिंग हुई। लोग इधर-उधर भागने लगे। हाथ में घी का कनस्तर लिये मंगरू साह भागने की फिराक में थे कि बन्दूकधारी सिपाही ने पकड़ लिया, "आग में घी डाल रहे हो ससुरे?"

घी का कनस्तर काल बन गया मंगरू साह के लिए। पकड़ लिये गये बेचारे। डाकघर को जलाने के जुर्म में सजा हो गयी। चले गये जेल।

आजादी के बाद जेल से छूटे। उसके आठ-दस साल बाद जाने कैसे उनको

'डालडा सुराजी' नाम मिल गया। निश्चय ही यह नाम अपमान और ईर्ष्या से प्रेरित था, लेकिन मंगरू साह ने इसे स्वीकार कर लिया।

लोग कहते हैं कि यह करामात बभनटोली के गपास्टक तिरपिट झा की थी। बभनटोली के लोगों को यह बात नहीं सुहाती थी कि कोई तेली-सूड़ी राष्ट्रभक्त के रूप में सम्मानित हो। मंगरू साह को कोई सुराजी बाबू कहे, यह बात बभनटोली के लोगों को बर्दाश्त नहीं होती थी। तेली-सूड़ी को 'बाबू' कहा जाय वह भी दो पैसे का बनियाँ जो भूल से सुराजी बन गया?

बात गलत भी नहीं थी। खुद स्वीकार करते हैं मंगरू साह। उनका इरादा सुराजी बनने का कतई नहीं था। वे तो गये थे घी बेचने। पुलिस ने पकड़ लिया और दो-चार डंडे लगाकर जेल में ठूँस दिया तो क्या करते? लेकिन जेल में रहकर जिन्दगी ही बदल गयी मंगरू साह की! भाड़ में जाय घर-दुआर और दुकानदारी। देश की आजादी सबसे पहले।

लोगों ने 'डालडा सुराजी' नाम रख दिया तो वह मंजूर। 'डालडा' शब्द पच गया है हमारे खान-पान में। नहीं तो आज से पैंतीस-चालीस साल पहले लोग हलवाई की दुकान में जाते ही पूछते थे, "घी की बनी जलेबी है या डालडे की? डालडे का बना लड्डू अगले ही दिन गन्हाने लगता है।"

"नाम से क्या होता है।" डालडा सुराजी अपने-अपने नाम लेकर अक्सर कहा करते थे, "अरथ तो हम अपनी भावना से भरते हैं शब्द में। अपने ही गाँव में सुलोचन झा हैं। नाम तो है सुलोचन, मगर हैं दोनों आँखों के अन्धे।"

डालडा सुराजी ने स्वतन्त्रता सेनानी की पेंशन भी नहीं ली! खाने-पीने को काफी-कुछ है परिवार में। बेटे हुनर वाले निकले। पहले छोटी-सी दुकान थी गाँव में। वे जेल गये तो सहुआइन ने सँभाल ली दुकान। गोद में छह महीने का बेटा था। बड़ा हुआ तो गाँव के स्कूल में पढ़ाया। मैट्रिक पास कर गया। दो बेटे। दोनों बड़े हुए तो लगे फैलाने अपने व्यवसाय को। कस्बे में भी कारोबार शुरू किया। अभी लाखों का कारोबार है दोनों बेटों का। बूढ़ी सहुआइन राज करती है। बड़े बेटे रामनगीना साह ने अपने पिता के लिए अलग से एक बैलगाड़ी की व्यवस्था कर दी है। आखिर पिता का ही तो प्रताप है कि आज लखपतियों में गिनती होती है रामनगीना साह की। बाढ़े पूत पिता के धरमे!

सवर्ण टोले के लोग प्रसन्न थे कि भले अपने में लड़ रहे हैं सोलकन टोले के लोग। बड़ा इतराते थे डायमंड के नाम पर! अब लो!

माई ने भरी सभा में कहा, "अब समय आ गया है कि हम सब मिलकर

डायमंड का मुकाबला करें।" कुछ लोग इस पक्ष में थे कि डायमंड के जलमहल पर ही कब्जा कर लें। कुछ लोगों का विचार था कि यहाँ से सौ-पचास लोगों को पटना जाना चाहिए। कुछ बूढ़े-बुजुर्ग कह रहे थे कि पहले पता लगा लिया जाय कि कजरी है कहाँ! है भी या मार दी गयी। यादव टोले के लोगों को इस बात का विश्वास था कि डायमंड कजरी को गायब नहीं कर सकता है। हो सकता है, कजरी कहीं चली गयी हो। कई लोगों ने यादव टोले के लोगों का समर्थन किया कि कुछ दिन इन्तजार करने में क्या हर्ज है? किसुनियाँ और बनारसी ढहलेल-बकलेल हैं। इनकी बातों पर आँख मूँदकर विश्वास कर लेना ठीक नहीं है।

आखिर बैठक समाप्त हुई, लेकिन माई के दुआर पर कजरी के लिए चिन्ता प्रेत-छाया की तरह मँड़राती रही। मुन्ना को लेकर माई परेशान थीं। माई और सौखीलाल के परिवार के साथ मुन्ना इतना घुला-मिला था कि उसको माँ की याद कम ही आती थी। सुबह-शाम कभी उलटदास तो कभी महाबिर मियाँ मुन्ने को गोद में लेकर गाँव घुमा देते। कभी नील पोखर के पास ले जाते, कभी पड़ोस के तरुण मास्टर के घर।

कुछ लोगों की सलाह थी कि महेसर को खबर दे दी जाय कि कजरी लापता हो गयी है, लेकिन माई इससे सहमत नहीं थीं। किसी को इस बात का विश्वास नहीं होता था कि डायमंड अपने ही गाँव की कजरी को मरवा सकता है या गायब करा सकता है। माई का मन भी कहता था कि डायमंड जानता है कि कजरी माई के साथ रहती है। यह जानते हुए वह कजरी के साथ कोई ऐसा-वैसा व्यवहार नहीं कर सकता।

भुदनियाँ जमीन पर हुई घटना के कारण बड़का गाँव अभी भी अशान्त बना हुआ है। पुलिस धड़-पकड़ करने में लगी है। बबुआन टोले के भागे हुए लोग अभी लौटे नहीं हैं। चन्द्रानन बाबू के विषय में कहा जा रहा है कि वे पटना गये हैं बाबू रणविजय सिंह को लेकर और बैताल सिंह से पैरवी करवा रहे हैं।

भुदनियाँ जमीन के जोतदारों का मनोबल टूटा हुआ है। पत्रकार बी.पी. अकेला भी इधर गाँव नहीं आ रहा है। जिला शहर को पकड़े हुए है। उसी के कहने पर बनारसी और किसुनियाँ पटना गये, लेकिन वहाँ तो दूसरा ही लफड़ा हो गया। क्या देंगे मुख्यमन्त्री मुआवजा! खाली लुभाने वाली बातें हैं सब। असली अपराधी तो हैं फौजदार सिंह। उसी ने गोनर मोची और भुलुर दुसाध पर गोलियाँ चलायी थीं। लोग तो कहते हैं कि फौजदार सिंह नेपाल भाग गया है।

नहीं, कुछ होने-वोने वाला नहीं है। सब पर लीपा-पोती हो जाएगी। सवर्ण सुरक्षा संघ के कर्ता-धर्ता रामपुकार सिंह ठीक ही कहते हैं—अरे कहाँ हो तुम लोग! पार पाओगे ई बड़का जातवालों का? मालूम है तुम लोगों को? डी.जी.पी. राजपूत

हैं और उनके साथ उठना-बैठना है विधायक बैताल सिंह का! अदना-फदना आदमी समझते हो बैताल सिंह को? पूरे हिन्दुस्तान का राजपूत समाज जानता है उनको! राजे-महाराजे चन्दा देते हैं बैताल को। ऐसे नहीं उड़ता है हेलीकॉप्टर पर! है तुम्हारे नेता डायमंड की ऐसी औकात? गद्दी मिल गयी सोलकन लोगों को तो क्या समझते हो? अरे, शासन तो बड़का जात के ही हाथों में है। कितने बड़े अफसर हैं दलित-सोलकन? बीसो परसेंट है?...''

बड़का गाँव और मरकसवा गाँव में निराशा है। लाल सेना के सहदेव की समझ में भी कुछ नहीं आ रहा है कि क्या किया जाय। लोगों की डायमंड से आशा थी, लेकिन वह भी गाँव नहीं आ रहा है। बिपिया कह रहा था, अभी विधानसभा चल रही है, इसके बाद ही आ पाएँगे विधायक जी।

बड़का गाँव के सोलकन टोलों में एक वर्ग ऐसा है जो इन तमाम घटनाओं से तटस्थ है। यह वर्ग दिल्ली-हरियाणा-पंजाब कमाने वाला मजदूर वर्ग है जो गेहूँ की कटाई के बाद गाँव लौटा है और मटरगश्ती में समय काट रहा है। परदेस कमाने वाले इन लड़कों को इस बात से कोई मतलब नहीं कि क्या हो रहा है गाँव में। ये अपने घर में भी मेहमान की तरह रहते हैं। दिल्ली सेट ट्रांजिस्टर जिन्दाबाद! चाँदनी चौक दिल्ली से खरीदी गयी पैंट-शर्ट-जर्सी-कोट पहने ये युवक कुछ दिनों के प्रवास में ही गाँव को पराया समझने लगे हैं। गाँव में आग लगे, बज्जर गिरे! दिल्ली की एक दुकान में काम करनेवाला मल्लाह टोले का हरेराम कहता है—

भाड़ में जाय दुनियाँ
हम बजाएँ हरमुनियाँ।

दिल्ली, पंजाब, हरियाणा से लेकर जम्मू तक काम की तलाश में निकलने वाले इन मजदूरों के कारण गाँव की कृषि-व्यवस्था चरमरा गयी है। बनी-बनायी समाज की व्यवस्था भी दरक गयी है। गाँव में कोई रहना नहीं चाहता। बूढ़े, कमजोर और कुछ निकम्मे बचे हैं जो या तो कोई छोटा-मोटा काम कर लेते हैं या अपनी बाड़ी-झाड़ी और खेती-पथारी। इनके घर की औरतें भी रोपनी-डोभनी, कमौनी-कटनी करना नहीं चाहतीं। बेटा, पति या भाई-भतीजे बाहर से मनीआर्डर भेजते ही हैं तो क्यों की जाय मेहनत-मजूरी?

सो बाबू-बबुआनों की बाबूसाहबी घुसड़ गयी है। बड़का गाँव की जमीन का अधिकांश बबुआन टोले और बड़का टोले के लोगों के पास था। बाबू सुरवंश शर्मा तो छोटे-मोटे जमींदार ही थे। उनकी हालत पर तो अब लोगों को रोना आता है। उसी टोले के शिवदानी मिसर भी सौ एकड़ से अधिक जमीन बेच चुके हैं। क्या करें आखिर! मजदूर मिलते नहीं, मिलते भी हैं तो मजदूरी ज्यादा। बाबू-भैया कहकर काम कराओ। गया जमाना रोब जमाने का। इसी कारण उनकी बची हुई

आधे से ज्यादा जमीन परती रह जाती है जिस पर बस कास उगती है। मगर यहाँ भी परेशानी। खड़हूर को काटने के लिए भी तो मजूर चाहिए। अधिया पर भी जब शिवदानी मिसर को खड़हूर काटने वाले मजदूर नहीं मिले तो हारकर तीन-एक पर राजी होना पड़ा। यानी तीन हिस्से मजूर के, एक हिस्सा मालिक का।

कल तक गाँव में मजूरी करने वाली बनिहारिनें जब हाट-बाजार में मुँह में पान का बीड़ा दबाये या बीड़ी धूँकती रास्ते से निकलती हैं तब बबुआन टोले, बभनटोली और बड़का टोले की औरतें देखती रह जाती हैं।

''हे-ए सनीचरी माय!'' बबुआन टोले की लालकाकी ने पुकारा था अपनी पुरानी मजदूरिन को। सनीचरी माय जब से ससुराल आयी थी, इसी दरबार में काम करती थी बारहों महीने! झाड़-बुहारू से लेकर गोबर-करसी, दुआर-बथान तक के काम करती थी। वही सनीचरी माय अब सीधे मुँह बात करने को तैयार नहीं। बेटा डोमन और मकेसर दिल्ली-पंजाब कमाते हैं। हर महीने मनीआर्डर आता है। पहले फूस के घर थे, अब करकट (एस्बेस्टस) के घर हो गये हैं। दुआर पर चाँपाकल। डेढ़-दो एकड़ जमीन हो गयी है।

''तनी सुन गे सनीचरी माय!''

सनीचरी माय मुस्कराती हुई गयी लालकाकी के पास, ''जी मालकिन!''

''चूड़ा कूटना है। बड़की बेटी ससुराल जाएगी। कल दू-तीन घंटे के लिए आ जाओ।''

सनीचरी माय की बगल में उसकी पतोहू यानी डोमा की घरवाली खड़ी थी। कुछ ही दिन पहले दिल्ली घूमकर आयी है। अपनी सास को उँगलियों से छूते हुए बोली, ''चलू माय जी।''

सनीचरी माय ने बेलाग जवाब दिया, ''चूड़ा-ऊड़ा कूटना हमसे नै होगा मालकिन। अपना चूड़ा तो हम लोग हजारी साह के मिल में कुटाते हैं।'' रास्ते पर आगे बढ़ गयी सनीचरी माय। देखती रही बूढ़ी लालकाकी।

बदल गया गाँव का हवा-पानी, बदल गयी बनी-बनायी व्यवस्था। नहीं तो मजाल था कि जन-मजूर इस तरह ऐंठकर बात करें?

अब ऐसी हालत में जमीन रखकर क्या होगा! मालगुजारी देना भी आफत। उधर बियाह-दुरागमन, लड़कों की लिखाई-पढ़ाई पर खर्च! तिलक-दहेज भी आसमान छूने लगा है। जमीन न बिके तो काम कैसे चले। कोई दूसरा जरिया भी तो नहीं आमदनी का। तभी तो एक समय के जमींदार बाबू सुरवंश शर्मा की जमीन का बड़ा दायरा सिमटते-सिमटते हवेली तक आ गया। अच्छी हैसियत वाले बबुआन टोले के बाबू रणविजय सिंह ने बेटियों की शादी के लिए अनमोल जमीन बेच दी। बेचते ही जा रहे हैं लगातार। इस बार उनकी जमीन खरीदी है झौली मड़र

ने। बी.डी.ओ. बेटे विनोद की अनाप-शनाप कमाई है। जवाहर रोजगार योजना, इन्दिरा आवास योजना...कोई अन्त है कमाई का!

विनोद के ड्राइवर से पूछे कोई! क्या दुर्दशा हुई थी बाबू रणविजय सिंह की जमीन की रजिस्ट्री के बाद।

झौली मड़र को जमीन रजिस्ट्री करने रणविजय बाबू अपने बेटे रत्नेश्वर के साथ कस्बे की तरफ जा रहे थे। रास्ते में ही मिल गये थे शिवदानी मिश्र। पूछा था उन्होंने बाबू रणविजय सिंह से, "कहाँ बाबू साहेब? देखते हैं साथ में झौली मड़र भी हैं। आपके हाथ में झोला-झंटी! वही मामला है क्या?"

"वही" मतलब जमीन बेचने का मामला। बाबू रणविजय सिंह फीकी हँसी हँसते बोले थे, "हाँ मिसिर जी। ई झौलिया कपार पर सवार था। महदानामा पहले लिखाया गया था। तभी से 'मालिक-मालिक' कर रहा है। मैंने भी सोचा कि चलो।" रणविजय बाबू मुस्कराते हुए झौली मड़र की तरफ देखने लगे, "अब तो तोहनिए का राज है झौली।" झौली ने हाथ जोड़ लिये, "सब आप लोगों का आसिरबाद है मालिक।"

रणविजय बाबू ने शिवदानी मिसर से कहा था, "देखते हैं न मिसिर जी, एक ई झौलिया है। मालिक-मालिक कहता है और इसी का बेटा है बिनोदवा। परनामो नहीं करता है बाबू बबुआन को! बभनी से बियाह कर लिया कोट में। देखिए हिम्मत! और गजब तो ई कि कहीं चूँ-चाँ तक नहीं हुआ गाँव में।"

शिवदानी मिश्र ने पूछा, "विनोद भी आया है क्या?" झौली मड़र राह चलते बोले, "हाँ, आया है इसी काम से। कस्बे में है। वहीं रजिस्ट्री आपिस में मिलेगा।" रणविजय बाबू जली हुई हँसी हँसने लगे, "सुनते हैं न मिसिर जी? कार से गया है। सरकारी जीप अलग है, कार निजी है। जो न कराये इन्दिरा आवास योजना!"

झौली मड़र ने लटर-पटर चलते हुए हाथ जोड़ लिये, "आप सब लोगों की किरपा है मालिक।" शिवदानी मिसर ने मुस्कराते हुए झौली मड़र की तरफ देखा, "क्या मड़र? बेटा कार पर घुमाता है न आपको?"

झौली मड़र लजा गये थे, "हम क्या चढ़ेंगे कार पर मालिक! हम मुरुख-चपाट। बूढ़-पुरनियाँ लोग। हर-फार जोतने वाले...।"

पीछे-पीछे मरियल चाल से घिसटता हुआ-सा चला आ रहा था रत्नेश्वर। ऐसी मरियल चाल के कारण ही वह पीछे छूट गया था। शिवदानी मिश्र ने मुड़कर देखा रत्नेश्वर को और रणविजय बाबू से बोले, "रत्नेश्वर को काहे बुला लिया राँची से?"

"जमिनियाँ तो उसी के नाम पर है न?" रणविजय बाबू बोलकर रुक गये रास्ते पर। मुड़कर पीछे की तरफ देखने लगे।

रजिस्ट्री ऑफिस पहुँचते-पहुँचते दोपहर हो गयी थी। शिवदानी मिश्र को कस्बे के बाजार में कुछ काम थे। उन्होंने रणविजय बाबू से कहा, "सिनाखत (शिनाख्त) के समय आ जाऊँगा बाबू साहेब।"

"हाँ मालिक, आ जाइएगा डेढ़-दो घंटे में!"

शिवदानी मिश्र हँसने लगे थे, "मिठाई खाने के समय आ जाऊँगा मड़र। न आऊँ तो मेरा हिस्सा बाबू साहेब को खिला दीजिएगा।"

झौली मड़र प्रसन्न मुद्रा में बोले, "बाबू साहेब को तो कहिए दिया है—जेतना खा-पी सकें।"

"पीना भी?"

"तब क्या? जेतना पी सकें। देसी चाहे बिलायती।"

रणविजय बाबू और झौली मड़र साथ-साथ पहुँचे थे रजिस्ट्री ऑफिस। थोड़ी देर बाद रत्नेश्वर भी पहुँच गया था।

रजिस्ट्री ऑफिस के अहाते में पीपल, बरगद, नीम और सखुए के पुराने पेड़ हैं। पेड़ों की छाया में छोटी-छोटी गुमटियाँ और छतरियों जैसी झोपड़ियाँ बनी हुई हैं जिनमें मुहर्रिर, नकलनवीस, टाइपिस्ट, स्टाम्पफरोश वगैरह बैठते हैं।

ठीक बगल में ही चाय-पान और मिठाई की दुकानें हैं। तरह-तरह की जन्तर-मन्तर वाले भी इसी अहाते में हैं। रिवाज है कि जमीन खरीदने वाला जमीन बेचने वाले को भरपेट मिठाई खिलाता है। बेचने वाले के साथ जितने भी लोग होते हैं सबको भरछांक खिलाया जाता है।

रणविजय बाबू के लिए जमीन की रजिस्ट्री आम बात हो गयी है। रजिस्ट्री ऑफिस का मुहर्रिर चपरासी तक पहचानता है रणविजय बाबू को। अहाते में उनको देखते ही रजिस्ट्री ऑफिस के मुलाजिम और दर-दुकान वाले मुस्कराने लगते हैं कि इस बार फिर किसी प्लॉट की रजिस्ट्री करने आये हैं बाबू रणविजय सिंह।

गुमटी में स्टाम्प बेचने वाले शाकिर मियाँ ने हँसते हुए सलाम किया था बाबू रणविजय सिंह को और गुमटी से बाहर निकलते हुए कहा था, "सब काम हो गया है मालिक। साहेब ने सारे कागजात तैयार करवा लिये हैं।" बाबू रणविजय सिंह समझ गये कि 'साहेब' माने विनोद।

झौली मड़र 'इजलास' की तरफ झाँककर देख आये थे। बगल वाले एक कमरे में विनोद बैठा था।

अपने पिता को देखकर पूछा था उसने, "आ गये रणविजय सिंह?"

"हाँ, आ गये हैं।"

"और रत्नेश्वर?"

"ऊ भी आये हैं।"

"ठीक है। कागज-पत्तर तैयार हैं। रत्नेश्वर का आना जरूरी था। जमीन उसी के नाम पर है।"

इजलास के बरामदे से पुकार हुई—जमीन बेचने वाले रणविजय सिंह!...

तीन बज गये रजिस्ट्री का काम होते-होते। बाबू रणविजय सिंह इतनी बार इस ऑफिस में आ चुके थे कि उनको जमीन बेचने का दुख कुछ खास नहीं था, न उतनी शर्म ही थी, लेकिन बेटे रत्नेश्वर का चेहरा उतरा हुआ था। वह कुछ बोल नहीं रहा था। पेड़ के एक मोटे से तने से सटा वह इस तरह खड़ा था जैसे उसको किसी सहारे की जरूरत हो। धनहर जमीन का आठ एकड़ प्लॉट बिक गया इस बार। अब बस थोड़ी-सी चाँपवाली जमीन बची है और बचे हैं आम के बगान।

झौली मड़र ने रणविजय बाबू से हँसते हुए कहा, "अब चलिए मालिक, खा-पी लीजिए।" विनोद भी आ गया था वहीं। अपने पिता से बोला, "ले जाइए दोनों को। जितना खा सकें खिलाइए, जितना पी सकें पिलाइए।" विनोद ने जेब से सौ-सौ के आठ-दस नोट निकालकर बिना गिने दे दिये अपने पिता को।

तब तक हड़बड़ाते हुए शिवदानी मिश्र पहुँचे, "हो गया सब काम?"

"हाँ, हो गया। खाली 'चिरकुट' रह गया है।"

"खैर, वह कोई समस्या नहीं। पेमेंट हो गया है न?"

झौली मड़र बाबू रणविजय सिंह की तरफ देखकर बोले, "पूछ लीजिए मालिक से!"

शिवदानी मिश्र समझ गये।

हलवाई की दुकान की तरफ झौली मड़र के साथ रणविजय बाबू और शिवदानी मिश्र चलने लगे तो खोज होने लगी रत्नेश्वर की। रत्नेश्वर अमलताश के पेड़ के नीचे बैठा रो रहा था।

रणविजय बाबू बेटे के पास गये, "तू रोता काहे है रे? जमीन जायदाद, धन-सम्पत्ति सब हाथ का मैल है। आनी-जानी है सब। इसके लिए रोना क्या! फिर यह जमीन क्या तेरी या मेरी खरीदी हुई थी? सबकुछ बाबूजी का अरजा हुआ था, वह भी फोकट में। हरावत इस्टेट से मँगनी में मिली थी सैकड़ों एकड़ जमीन। लॉर्ड कार्नवालिस की आत्मा को शान्ति मिले। कोई मंगनी में लेने को भी तैयार नहीं था उस जमाने में जमीन।"

रोते हुए बोला था रत्नेश्वर, "लेकिन अपने मेरे नाम की जमीन क्यों बेच दी बाबूजी?"

"यह तेरा-मेरा क्या है रे रत्नेश्वर? तुम्हारी नौकरी है न! क्लर्की है तो क्या, सरकारी नौकरी है! जमीन के लिए तो मुझे रोना चाहिए, लेकिन देखो, क्या बुलन्दी है! अरे राजपूत कभी रोते नहीं रत्नेश्वर। चौहान राजपूत हो। जानते हो न! राणा प्रताप ने घास की रोटियाँ खायी थीं।"

शिवदानी मिश्र ने अपनी बात इसमें जोड़ दी, ''और घास की वह रोटी भी बनबिलाव लेकर भाग गया था।''

''लो सुनो राजपूतों की शान की कहानी।'' राजपूती शान से बोलते हुए रणविजय बाबू बेटे को मनाने लगे। लेकिन रत्नेश्वर के मन को गहरा आघात लगा था। हिचकियाँ लेता वह किसी तरह बोल पाया, ''आप जाइए बाबूजी! मुझे अकेला छोड़ दीजिए।''

झौली मड़र बोले, ''शाम में लौटेंगे हम लोग। बिनोद बोला है कि कार लेकर वह यहीं आएगा। कार से ही हम लोग गाँव लौटेंगे।''

रणविजय बाबू और शिवदानी मिश्र ने सिर्फ रसगुल्ले खाये—रस गार कर। थोड़ी-सी भूख दोनों ने बचाकर रख ली। 'चखना' के साथ दारू के लिए भी तो जगह चाहिए थी पेट में। शिवदानी बाबू ने साफ-साफ कह दिया कि देसी नहीं, असली बिलायती। झौली मड़र झपटते हुए बाजार की तरफ चल दिये, ''आप लोग इहें रहिएगा मालिक।''

गर्मियों की शाम। थोड़ी ही देर में बाजार से झौली मड़र 'सामान' ले आये थे। बगल की चाय दुकान से तीन गिलास और पानी से भरा जग माँगकर वे पहले ही रख गये थे। शिवदानी मिश्र और रणविजय बाबू झोपड़ीनुमा एक 'शेड' में पालथी लगाकर बैठ गये। पॉलिथिन के बैग में चने-चबेने के अलावा झोलवाला मांसाहार भी था —खस्सी की गोड़ियाँ। दो बड़ी-बड़ी बोतलों में ह्विस्की और रम। झौली मड़र बोले, ''बिलायती माल है मालिक। आप ही तैयार करिए। मुझे नहीं आता। मैं तो देसी दारू...ताड़ी...।''

''हाँ-हाँ ताड़ी! देसी बीयर!'' बोलकर हँसने लगे शिवदानी मिश्र।

रम की बोतल झौली मड़र ने शिवदानी मिश्र की तरफ सरका दी। मुस्कराते हुए उन्होंने बोतल खोली। रणविजय बाबू के याद दिलाने पर शिवदानी बाबू ने कुछ बूँदे जमीन पर गिरायीं और आँखें मूँदकर पता नहीं क्या भुनभुनाये।

चखने के साथ पीने का दौर शुरू हुआ तो रणविजय बाबू ने शिवदानी मिश्र से कहा, ''मिसिर जी, झौलिया को दीजिए, झौलिया को।''

''नै मालिक, आप मालिक लोग ही पाइए।''

''ई कैसे होगा झौली?'' रणविजय बाबू ने एक भरा गिलास पकड़ा दिया झौली मड़र को। थोड़ी देर में ही रम ने अपना असर दिखाना शुरू कर दिया और इसी के साथ शुरू हो गये बाबू रणविजय सिंह, ''ये मिसिरजी, रतनेसरा रोता है कि जमीन बिक गयी। मैं पूछता हूँ कि यह दुनिया किसी की हुई है आज तक?''

''नहीं बाबू साहेब...! बसुधा काहू की न भई!'' सुर में सुर मिलाया शिवदानी मिश्र ने।

"कुछ साथ नहीं जाएगा मिसिरजी, कुछ साथ नहीं जाएगा।" रणविजय बाबू लय में गाने लगे—

> "मुट्ठी बाँधे आया रे बन्दा
> हाथ पसारे जाएगा रे।..."

झौली मड़र पंजों के बल बैठे चुपचाप देख रहे थे। उन्होंने थोड़ी-सी पी थी। पूरे होश में थे। अब रणविजय बाबू की बकबक शुरू हुई, "तू क्या समझता है झौलिया, मैं गरीब हो गया और जमीन खरीदकर तुम धनिक हो गये? भरम में मत रहो। मैं राजपूत हूँ। है कि नहीं मिसिर जी?" वे शिवदानी मिश्र का कन्धा झकझोरने लगे। शिवदानी मिश्र झूमते हुए बोले, "हाँ बाबू साहेब, आप असली राजपूत हैं, चौहान राजपूत।"

"हाँ, तो मैं चौहान राजपूत हूँ झौलिया। याद रखना कितना भी तू धन कमा ले, मेरी बराबरी नहीं कर सकते। है कि नहीं?"

"जी मालिक!"

झौली मड़र समझ रहे थे, नशा अब अपना रंग दिखाने लगा है। "देखिए मिसिर जी! एक ई झौलिया है। कितना भला आदमी है! और एक इसका बेटा है बिनोदवा। अफ़सर बन गया तो भूल गया मान-मरजाद! हम लोगों को कुछ समझता ही नहीं। कार दिखाता है?..." बाबू रणविजय सिंह की जीभ अब लड़खड़ाने लगी थी, "अरे, एक जमाना था मिसिर जी! आपका तो देखा हुआ है सब। मेरे पास भी मोटरगाड़ी थी। फोर्ड कम्पनी की गाड़ी जिस पर अँग्रेज बहादुर चढ़ते थे। आप जानते हैं मिसिर जी?"

"हाँ बाबू साहेब। कौन नहीं जानता कि आपके पिताजी को अँग्रेज निलहा साहब की गाड़ी मिली थी।" शिवदानी बाबू का शरीर भँसिया रहा था। अपने को सँभालने के लिए उन्होंने पीठ खूँटे से सटा ली थी।

"अपना-अपना समय होता है मिसिर जी...। अब कोई सोलकिनियाँ बात करने को तैयार नहीं होती।"

शिवदानी बाबू ने रणविजय बाबू के गिलास में थोड़ी-सी रम डाली और बोतल आँखों के पास ले गये। देखने लगे, एक खाली हो चुकी बोतल के बाद दूसरी बोतल में कितनी बची है।

सूरज छिप गया था, लेकिन उजाला अभी बचा हुआ था। तभी शिवदानी बाबू ने देखा कि सामने रत्नेश्वर खड़ा है। एकदम चुप जैसे माटी की मूरत हो। रणविजय बाबू बोलते जा रहे थे, "आज न मेरी यह हालत है, लेकिन मेरा भी एक समय था मिसिर जी! क्या समझता है बिनोदवा अपने को! वैसे-वैसे पचासों मेरी 'बूँद'

से जनमे इसी गाँव में हैं। मोटरगाड़ी दिखाता है? यह नहीं जानता कि चाहे कुछ भी हो जाय, बाबू रणविजय सिंह राजपूत हैं राजपूत!"

रणविजय बाबू और शिवदानी मिश्र ने देखा नहीं कि कब विनोद अपनी मारुती सुजुकी में आ गया था और रत्नेश्वर के पीछे खड़ा था। रणविजय बाबू बोलते जा रहे थे, "ये झौलिया, समझा दो अपने बेटे को। परनाम-पाती भी नहीं करता! गाड़ी दिखाता है! अरे, मेरे पास भी मोटरगाड़ी थी..."

विनोद ने उबलते हुए कहा अपने पिता से, "इस रजपुतवा को क्यों पिला रहे हैं इतना? यह तो आज से भिखारी बन गया है, इसीलिए बक-बक कर रहा है। ठर्रा पीता है और आप इसको अँग्रेजी शराब पिला रहे हैं?" झौली मड़र ने देखा, रत्नेश्वर करुण आँखों से विनोद को देख रहा है। विनोद ने रत्नेश्वर से कहा, "उधर गाड़ी खड़ी है। लोड करो अपने बाप को! भिखारी बन गया है न इसलिए इतना बोल रहा है अनाप-शनाप!"

रत्नेश्वर ने कातर आँखों से विनोद को, फिर अपने पिता को देखा। रत्नेश्वर की उन आँखों में पता नहीं क्या था कि विनोद भीतर से डगमगा गया। झौली मड़र बाबू रणविजय सिंह को उनकी बाँहें पकड़कर उठाने लगे। रणविजय बाबू मरी-मरी आँखों से अपने बेटे को और विनोद को देखते रहे। उनका बोलना अचानक बन्द हो गया। फिर वे रोने लगे। रत्नेश्वर जीवन में पहली बार अपने पिता को इस तरह रोते हुए देख रहा था।

दस

## जाहिल मजदूरों की जमात में कजरी

ढलती रात में भागते-भागते एकदम बदहवास हो गयी थी कजरी। मुख्य सड़क छोड़कर यों ही राह-बेराह भागती रही पच्छिम की तरफ। क्या ठिकाना! डायमंड के पालतू खूनी कुत्तों-जैसे मुस्टंड गुंडे ढूँढ़ने निकले हों!

शहर की घनी आबादी पीछे छूट गयी थी। अब वीरान दायरा था। एक घनी झाड़ी के पास धम्म से आकर बैठ गयी कजरी। सामने रोड के इधर-उधर झोपड़ियों-जैसे तिरपाल के छोटे-छोटे तम्बू थे। कजरी ने अनुमान लगाया, रोड पर काम करने वाले मजदूर होंगे इन टपरों में। उसको लगने लगा था कि अब वह विपत्तियों की सरहद के पार चली आयी है। भय अभी तक भीतर व्याप्त था, लेकिन इस समय उस भय का चेहरा कुछ दूसरा था। कितनी रात अभी बाकी थी, इसका आभास नहीं होता था। पच्छिम की तरफ से कोई बस या ट्रक आ रही थी। रोशनी में देखी न जा सके, यह सोचकर वह झाड़ी की ओट में बैठ गयी। टपरों से थोड़ी दूरी पर हल्की रोशनी का बल्ब जल रहा था, इस कारण वहाँ पूरा अँधेरा नहीं था।

पता नहीं क्या सोचकर वह झाड़ियों से बाहर आ गयी और टपरे से निकलते एक आदमी से बोली, "ये भैया...!" जिसको भैया कहा गया था, वह आदमी नींद से जगा था। उसने मुड़कर देखा तो एक स्त्री! वह अकचकाया-सा देखता रहा कजरी को। इतनी रात में अकेली स्त्री!

"मुसीबत में हूँ भैया! मदद कीजिए।" कजरी की इस प्रार्थना पर टपरे से निकलने वाला वह मजदूर भौंचक रह गया।

"हाँ-हाँ, कहो, क्या मुसीबत है।"

"पहले तो छुपने की जगह दीजिए भैया।" बोलते हुए कजरी उस आदमी के साथ हो गयी।

"मगर हुआ क्या है? इतनी घबड़ाई हुई काहे हो?"

"गुंडे पीछा कर रहे हैं। यह टपरा जिसमें आप सोये थे, क्या खाली है?"

"हाँ खाली है। चली आओ अन्दर। घुस जाओ। आराम करो। हम बहुत

लोग हैं यहाँ। कोई गुंडा-बदमाश कुछ नहीं कर सकता है। बन्दूक-पिस्तौल तो नहीं है हमारे पास, मुदा बेलचा-कुदाली, खंती और मोटे-मोटे छड़ हैं लोहे के। बीस-पच्चीस आदमी हैं हम लोग। तुम आराम से सोओ।''

वह टपरा तिरपाल का बना था—तम्बूघर-जैसा। नीचे जमीन पर पुआल बिछी थी। पुआल पर बोरी थी। अँधेरा था अन्दर। दरवाजे पर बाहर जलते बल्ब के कारण हल्की-सी रोशनी थी। वह आदमी जिसके बारे में कजरी कुछ नहीं जानती थी, बाहर खड़ा था। अगल-बगल भी टपरे थे, लेकिन किसी को क्या पता कि एक टपरे में एक अनजान स्त्री है।

कजरी को नींद तो खैर क्या आती, लेकिन चैन मिला। इतनी घबड़ाहट में नींद आती भला? टपरे में लेटी कजरी को ऐसा लग रहा था जैसे आज रात में जो कुछ हुआ है, वह सच्चाई नहीं, सपना है। इस जगह शरण पाकर उसे जरा भी भय नहीं लग रहा था। पता नहीं क्यों, उसे लग रहा था, सड़क पर काम करने वाला यह मजदूर उसका अपना ही कोई है। अभी थोड़ी देर पहले जब वह बदहवास भागती आ रही थी, आसपास कितने ही घर दिखाई पड़े थे। किसी बन्द घर का दरवाजा उसने क्यों नहीं खटखटाया? क्यों भय हो रहा था किसी बन्द दरवाजे तक पहुँचने में?

और इस टपरे में एकदम निडर-निश्चिन्त होकर वह पड़ी है तो क्यों? किस विश्वास के बूते पर? क्यों वह अपने को एकदम सुरक्षित महसूस कर रही है? टपरे में रहनेवाला मजदूर बाहर टहल रहा था। कजरी को अचानक बनारसी और किसुनियाँ की चिन्ता हो आयी। कहाँ गये होंगे वे दोनों!

पूरब के आकाश में चाँद निकल आया था—धुँधली पीली रोशनी वाला चाँद। टपरे के खुले दरवाजे से वह कटे हुए चाँद को देखती रही। फिर भोरुकवा तारा भी दिख गया और अँधेरा छँटने लगा धीरे-धीरे।

अभी पूरा उजाला नहीं हुआ था। कजरी टपरे से निकल आयी। टपरे का आदमी कहीं दिख नहीं रहा था। मन में आया कि इसी समय यहाँ से निकल जाय! लेकिन कहाँ? कौन-सी जगह है? जाना कहाँ है? लौटकर फिर पटना रेलवे स्टेशन पहुँचकर गाँव जाना। डायमंड मरवा देगा। उसका असली चेहरा दिख गया है। जिन्दा नहीं छोड़ेगा वह।

नहीं, वह अभी अपने गाँव नहीं जाएगी। कजरी ने तय किया, गाँव नहीं जाएगी अभी। तो फिर कहाँ जाय?

टपरे से बाहर निकली। अभी तक टपरों से कोई बाहर नहीं निकला था। वह आदमी भी नहीं दिख रहा था जिसने खुद बाहर रहकर छिपने और सोने की अपनी जगह दी।

उत्तर की तरफ पोखर था छोटा-सा। वह पोखर की तरफ जाने की सोच रही थी कि टपरे वाला आदमी दिख गया।

"जाना चाहती हो क्या?"

"नहीं, अभी नहीं। जरा उधर..." कजरी का इशारा समझ गया टपरेवाला।

"हाँ, हो आओ। पोखर है। घाट बना हुआ है। हाथ-मुँह धो आओ। इधर साथी लोग भी जग रहे हैं।"

कजरी पोखर की तरफ निकल गयी। धुँध फट रही थी। पोखर तक पहुँचते-पहुँचते दृश्य साफ होने लगे थे। पोखर के उस पार ताड़-खजूर के ढेर सारे पेड़ थे। उत्तर की तरफ गंगा नदी का बलुआही कछार दिख रहा था। नदी ओझल थी। सिर्फ बालू-ही-बालू। नदी पार गाँव थे जो धब्बों की तरह दिखाई पड़ते थे। पोखर के ऊँचे मोहार पर खड़ी वह धरती की खुली दिशाओं को देखती रही।

रात जो कुछ घटित हुआ था वह सबकुछ सपनों-जैसा था। चिन्ता हो रही थी बनारसी और किसुनियाँ की। क्या हुआ होगा उनका! बनारसी थोड़ा हुसियार है। दिल्ली-पंजाब कमा चुका है। उसी ने कोई उपाय सोचा होगा। किसुनियाँ तो एकदम बोका है।

लेकिन अपना क्या होगा अब? कहाँ जाऊँ? सोचती खड़ी रही वह। पोखर के किनारे के पानी में धँसे धोबियों के तीन पाट थे। कपड़े धोने के पाट। एक पाट पर वह बैठ गयी। लकड़ी का पाट कपड़े धोने के कारण एकदम चिकना हो गया था। सूरज उग आया था। उस पार पेड़ों पर चिड़ियों की चहचहाहट अब शान्त हो गयी थी। प्यारा लग रहा था भोर का समय। पोखर के पानी में कजरी ने मुँह-हाथ धोये। आँचल से चेहरा पोंछा तो लगा, अब तक की सारी परेशानियाँ इसी के साथ पोंछ दी हैं उसने। एकदम तरोताजा।

टपरे में सोये लोग जग गये थे। जिस मजदूर के टपरे में शरण मिली थी, वह मजदूर अपने साथियों के साथ पोखर की तरफ देखता खड़ा था।

सब मजदूर थे। सड़क बनाने वाले मजदूर। पन्द्रह-बीस की संख्या रही होगी उनकी। कजरी ज्यों ही टपरे के पास पहुँची, रात वाले उसी मजदूर ने पूछा, "मुँह-हाथ धो लिया न? अब एकदम बेफिकर होकर बैठो। चाह-वाह बन रही है।" एक मजदूर ने बहुत गौर से कजरी को देखते हुए पूछा, "ई तो तू बतइबे नहीं की कि तुम हो कौन। कहाँ से आयी हो? कौन लोग पीछा कर रहे थे। देखने से तो लगता है हमहीं लोगों के घर-परिवार की हो।"

कजरी ने अपना परिचय दिया, "हाँ भैया, आप ही के घर-परिवार की हूँ। उधर जिला पुरैनियाँ...नहीं, पुरैनियाँ नहीं, अब अड़रिया में एक गाँव है बड़का गाँव। उसी के पास है मरकसवा गाँव। वहीं की रहनिहार हूँ। आयी थी अपने एमेले से मिलने पटना।"

"कौन एमेले?"

"एगो एमेले हैं डायमंड।"

"अरे डायमंड? ऊ बदमसवा? ऊ तो हमरे इलाका का है। सुरपतगंज को जानती हो न! वहीं के हैं हम।"

"हाँ जानती हूँ? सुरपतगंज को! फुलकहा बाजार के पास है वही सुरपतगंज न? सुरपतगंज, नरपतगंज, गनपतगंज...।"

"हाँ-हाँ, वही! वही सुरपतगंज!"

"लो, ई तो निकल आयी अपने गाँव-जवार की।" काले-कलूटे मजदूर की बात पर कजरी मुस्करायी।

"कौन आसरम?" एक मजदूर ने पूछा तो कजरी उसका मुँह ताकने लगी, "आसरम?..."

"नहीं समझी? आसरम माने जात।"

कजरी को यही बात अच्छी नहीं लगी। हर बात में जात-पात! गाँव के लोगों में बस एक यही बात खराब है। जात जरूर पूछेंगे। बोली, "जात से क्या होता है भैया? क्या इतना काफी नहीं है कि जनी-जात हूँ आपके परिवार की और मुसीबत की मारी हुई हूँ?"

किसी ने आगे कुछ नहीं पूछा। एक मजदूर स्टील के गिलास में चाय ले आया, "लो पीओ।"

चाय पीकर गिलास जमीन पर रखती हुई कजरी बोली, "अब चलूँगी भैया।" लेकिन उसके अन्तर्मन ने पूछा, "कहाँ?" वह बैठ गयी जमीन पर कुछ सोचती हुई। उसी टपरे वाले मजदूर से पूछा, "यह जगह कौन-सी है भैया?"

"बगल में दानापुर स्टेशन है —थोड़ी ही दूरी पर।" मजदूर ने दक्षिण दिशा की तरफ इशारा करते हुए कहा।

"दानापुर?..." कजरी ऊहापोह की स्थिति से अचानक ही उबर आयी। दानापुर!...दानापुर के पास ही तो परसा गाँव है कहीं। सँझिया माय का गाँव!... कहाँ है परसा गाँव?

कजरी के मन की दुविधा मिट चुकी थी। उसने सामने खड़े मजदूर से कहा, "दानापुर जाऊँगी भैया। दानापुर से परसा गाँव। मेरी मौसेरी बहिन रहती है वहाँ। कभी गयी नहीं हूँ। पूछने पर लोग जरूर बता देंगे।"

सुरपतगंज वाले मजदूर ने अपना नाम सीताराम बताया था। अभी तक किसी ने कजरी से उसका नाम नहीं पूछा था, "क्या नाम है तुम्हारा?"

"कजरी!"

"कुछ पैसा-कौड़ी है कि नहीं साथ में?"

''नहीं, पैसा-कौड़ी तो उन्हीं के साथ रह गयी जिनको साथ लेकर पटना आयी थी।''

एक मजदूर ने सीताराम से कहा, ''रे सीताराम, दस की लाठी एक का बोझ! दू-दू, चार-चार रुपैया हम लोग जमा करें तो ई बेचारी का काम हो जाएगा।''

छिपली में चूड़ा-गुड़ ले आया एक मजदूर। ''लो, खा लो।'' उधर चन्दा-बिहरी एकत्र होने लगी। कुल इकतालीस रुपये जमा हुए। सीताराम ने कजरी के हाथ में रुपये दिये, ''हे ई लो। रखो।''

''अच्छा अब रास्ता बता दीजिए दानापुर का।'' कजरी ने चूड़ा-गुड़ खा लिया था।

''अरे रास्ता क्या बताना है। जनीजात हो। हम साथ चलते हैं तुमको पहुँचाने।'' सीताराम बोला, ''एक दिन काम नहीं करेंगे तो कौन-सा परलय हो जाएगा।'' सीताराम के एक साथी ने कहा, ''हाँ भाय, क्या बिगड़ जाएगा! मुसीबत की मारी किसी औरत के लिए क्या इतना भी नहीं कर सकते हैं हम लोग? सबकी माँ-बहिन होती है।''

''चलो दीदी? केतना दूर होगा वह गाँव?''

''देखा हुआ नहीं है भैया। निकल चलते हैं। रास्ता मिल ही जाएगा।'' मन-ही-मन याद करती रही कजरी सँझिया माय का गाँव। गाँव का नाम परसा! दुसाधटोली। सँझिया माय के पति का नाम दुल्ली पासवान।

काला-कलूटा, दुबला-पतला युवक सीताराम! उम्र का ठीक-ठीक पता नहीं चलता था। वह पच्चीस का भी हो सकता था, पैंतीस का भी। कजरी ने सीताराम को गौर से देखते हुए सोचा, कुछ लोग ऐसे होते ही हैं जिनकी उम्र का ठीक-ठीक पता नहीं चलता।

रास्ते में कजरी की सीताराम से जान-पहचान हो गयी। सीताराम कजरी की हिम्मत की प्रशंसा करने लगा, ''जीवट वाली हो कजरी! कैसे भाग निकली डयमंडवा राकस के चुंगल से!''

कजरी कुछ बोली नहीं। बस सुनती रही। सीताराम के मन में एक शंका घुमड़ रही थी देर से, ''अच्छा एक बात कजरी, यह बताओ कि तुमको कैसे विश्वास हो गया हम मजूरों पर? एकदम निडर बनकर चली आयी रात में मेरे पास।'' कजरी ने हँसते हुए कहा—''विश्वास है भैया, अपना-अपना विश्वास है। मैं भी मजूर हूँ। मजूर की घरवाली हूँ। जानती हूँ कि जन-मजूरों के बीच कोई सतायी हुई औरत पहुँच जाय तो माँ-बहिन ही समझी जाएगी। विश्वास है मेरा। पक्का विश्वास है।''

दानापुर रेलवे स्टेशन पैदल ही पहुँच गये दोनों। स्टेशन के उस पार दो फुटपाथी दुकानदारों से सीताराम ने परसा गाँव का रास्ता पता-ठिकाना पूछा। किसी

ने बताया नहीं। गुमटी में खैनी बेचनेवाले एक दुकानदार ने परसा गाँव की जानकारी दी, "हाँ, है एगो परसा गाँव। बरहमपुर के पास। एक नदी है छोटी-सी, उसके उस पार परसा गाँव है। वहीं के हैं बाबू समरनाथ सिंह। यहाँ दानापुर में उनका तिमंजिला मकान है। बस-ट्रक के मालिक हैं।

उसी खैनी वाले दुकानदार ने बताया कि बरहमपुर तक रिक्शा-टमटम जाता है। पक्की सड़क है। उसके बाद...दुकानदार ने हँसते हुए बोला, "बिनोवा एक्सप्रेस!...यानी पैदल।" आगे वाले चौक से रिक्शा-टमटम मिलने की बात भी दुकानदार ने बता दी।

कजरी को इत्मीनान हुआ कि ढेला-तो यों ही फेंका था, लेकिन लगा ठिकाने पर। जब पता-ठिकाना मिल गया तो पहुँच ही जाएँगे पूछते-पाछते। कजरी ने सीताराम से कहा, "अब भइया, लौट जाइए आप। मैं चली जाऊँगी।" सीताराम खिसिया गया, "हद करती हो बहिन, बिना तुमको पहुँचाए लौटूँगा तो क्या कहेंगे मेरे साथी लोग! अकेली कैसी जाओगी? अनजान जगह है। एक-से-एक गुंडा-बदमाश होते हैं 'टाल' में!"

टाल की बात आयी तो कहने लगा सीताराम। दो-अढ़ाई महीने से जहाँ वह और उसके साथ तीस-पैंतीस मजूर रोड बनाने का काम कर रहे हैं, वह काम एक भारी रंगदार ने रुकवा दिया था। परमुख है परखंड का। ठेकेदार से आकर बोला कि पाँच लाख पहले गिन दो उसके बाद रोड में हाथ लगाना। तीन-चार दिनों तक सारे मजूर बिना काम के बैठे रहे। ठीकेदार ने आखिर इनती-मिनती कर तीन लाख पर परमुख को राजी किया, तब जाकर रोड बनाने का काम शुरू हुआ।...तो यह है टाल एरिया की रंगदारी! "

सीताराम और कजरी बातचीत करते हुए टमटम से बरहमपुर पहुँचे। वहाँ से पूछ-ताछ करते हुए नदी के घाट तक आ गये।

"ई कौन नद्दी है, भाय साहेब?"

"पीरो नदी।"

नदी पार किया और पहुँचे परसा गाँव की सीमा में। एक टोले के बाद दुसाधटोली थी। कजरी के मन में एक ही खटका था कि कहीं साँझिया माय न मिले गाँव में तब क्या होगा! कहीं चली गयी हो! हो सकता है दिल्ली ही चली गयी हो!

दुल्ली पासवान को सब जानते थे। दुसाधटोली में दुल्ली पासवान का घर ढूँढ़ने में परेशानी नहीं हुई। गाँव-जवार में किसी व्यक्ति का पता ठिकाना बिना उसकी जात बताये नहीं पाया जा सकता है।

दुसाधटोली में किसी व्यक्ति ने पूछने पर दुल्ली पासवान का घर बता दिया

और यह भी कह दिया कि वह तो बाहर कमाता है, गाँव कभी-कदाल आता है।

वैशाख महीने की दोपहर ढल रही थी, लेकिन आग उगलने वाली धूप नहीं थी। आकाश में खंड-खंड बादल थे —भूरे-उजले, काले बादल। छाँह बिछी हुई थी। एक बूढ़ा बरगद का पेड़ मिला। छाँह में कुछ औरतें बैठी गप्प मार रही थीं। कजरी और सीताराम बरगद के पेड़ के पास पहुँचे। पेड़ की छाँह में बैठी औरतें इन दोनों अजनबियों को देखने लगीं।

कहाँ की सवासिन है? इसके संग में ई जो आदमी है वह क्या इसका घरवाला है? कहाँ से आये हैं ई दोनों?

"किसके हियाँ जाना है?" एक बूढ़े आदमी ने पूछा।

"दुल्ली पासवान के यहाँ।" सीताराम ने बूढ़े से कहा।

तभी बरगद की छाँह में बैठी एक गोरी-सी अधेड़ उम्र की स्त्री बोली, "हे ए भीमपुरवाली तनी इधर ताको। मेहमान आये हैं।"

कजरी ने एक बुढ़िया को कहते सुना —नैहर के लोग होंगे। भीमपुरवाली चाँपाकल की जगत पर उलटी दिशा में बैठी बर्तन धो रही थी। आवाज सुनकर उसने अपना चेहरा इस तरफ किया। दोनों में से किसी को वह पहचान नहीं पा रही थी। सीताराम कजरी के पीछे खड़ा था।

कजरी ने तो साँझिया माय को देखते ही पहचान लिया, लेकिन साँझिया माय चुपचाप खड़ी देखती रही कजरी को। स्मृति भटक रही थी। पल पहाड़ हो रहे थे। अता-पता पूछते हुए कोई किसी के दुआर पर आये और पहचानी न जाय तो कैसी पीड़ा होगी! आखिर कजरी ही बोली, "नहीं चीन्हती हो क्या साँझिया माय?"

"अरे तुम कजरी!..." साँझिया माय को याद ही नहीं रहा कि उसने हाथ धोये नहीं है। वह एकदम से लिपट गयी कजरी से। उधर बरगद की छाँह में बैठी औरतों की कानाफूसी शुरू हो गयी थी "भीमपुरवाली की बहिन चाहे भौजाई होगी।"

"नै भौजाई नहीं होगी। सत्त लगा ले कोई! भौजाई होती तो इस तरह धकपकाती नहीं भीमपुरवाली। देखा नहीं, चीन्हने में टेम लगा भीमपुरवाली को! न वहिन हो सकती है न भौजाई।"

कजरी के गले में हाथ डाले साँझिया माय अपने घर की तरफ जाने लगी। पीछे-पीछे सीताराम। साँझिया माय और कजरी आँगन में चली गयीं। सीताराम जो बाहर खड़ा था उसको भी साँझिया माय ने आँगन में बुला लिया।

खपरैल के दो छोटे-छोटे घर थे। छोटा-सा आँगन था। उत्तर की तरफ दियाद के घर की भीत थी, दक्षिण की तरफ बाँस की खपच्चियों वाली टाटी थी जिससे आँगन को घेरा गया था। परसा गाँव की यह दुसाधटोली! टोला सघन था। थोड़ी भी जगह नहीं थी खाली। घर पर घर।

सँझिया माय की खुशी उसके मन में समा नहीं पा रही थी। कहाँ से भूलती-भटकती आ गयी कजरी?

कजरी मुरझाई हँसी हँसती हुई बोली, "हाँ बहिन, भूलती-भटकती, दहती-भँसती ही आयी हूँ, इसलिए तो हाथ में गठरी-मोटरी कुछ नहीं है। बस छुच्छे देह लेकर आयी हूँ।"

ओसारे पर बिछी पटेर की चटाई पर दोनों सटकर बैठीं एक-दूसरे को देख रही थीं। आँगन के एक कोने में मूढ़े पर बैठा सीताराम समझ नहीं पा रहा था कि इन दोनों के बीच आखिर रिश्ता क्या है। कजरी ने तो कहा था—मौसेरी बहिन। लेकिन मौसेरी बहिन को चीन्हने में टेम तो नहीं लगना चाहिए।

सँझिया माय कजरी से कुसल-छेम, हाल-चाल पूछ रही थी। बेटे के विषय में पूछा तो कजरी ने चिन्तित-उदास होकर कहा, "गाँव में है माई के साथ।" तभी कहीं से दौड़ती हुई आ पहुँची सँझिया। अपनी माँ से लिपट गयी और कजरी को एकटक देखने लगी। आँखों से ही वह पूछ रही कि ई कौन है।

"तुम्हारी मौसी है सँझिया। गोड़ लगो।"

सँझिया ने झट से कजरी के दोनों पैर छू लिये।

"रजुआ कहाँ है रे?" सँझिया माय अपने बेटे के विषय में पूछ रही थी।

"बड़की काकी घुमाने ले गयी है।"

कजरी को अब जाकर याद आया कि हाँ, सँझिया माय पेट से थी उन दिनों।

"रजुआ कौन? तुम्हारा बेटा?"

"हाँ रे, भुला गयी?... ई सँझिया छौंड़ी की पीठ पर जन्मा था।"

लरकोरी माँ को अपनी गोद के बच्चे की याद से जैसी छातियों में दूध आ जाता है और भरे दूध वाली छातियाँ 'तड़-तड़' करने लगती हैं, कजरी को अपने बेटे की याद से वैसा ही कुछ होने लगा। बोली वह कुछ नहीं, बस सोचती रही।

"तुमको तो एक्के गो, वही कनकिरवा (बेटा) है न? अब तो बड़ा हो गया होगा!" बेटे की याद में डूबी कजरी की आवाज में खनक नहीं थी। बुझी-बुझी आवाज में बोली, "हाँ, वही एक...।"

"ई जो सीताराम है, ई कौन है?"

"सीताराम?" कजरी सोच नहीं पा रही थी कि सँझिया माय को क्या जवाब दे। अभी सुबह ही तो सीताराम से अचानक जान-पहचान हुई है, भइयारी का रिश्ता जुड़ा है। क्या कहे वह सँझिया माय से? फिर भी बोली, "भाई है। बताऊँगी बाद में।"

कजरी के चेहरे को, उसके अस्त-व्यस्त कपड़ों को और छिपाने की कोशिश के बावजूद न छिपने वाली बदहवासी को सँझिया माय ने गौर से देखा। देर तक

देखती रही। आभास हुआ कि कजरी का यहाँ इस तरह अचानक पहुँचना सोच-समझ कर सखी-बहिना से मिलने आने-जैसा नहीं है।

बाद में पूछूँगी, अभी हड़बड़ी क्या है! सँझिया माय ने सोचा और खिलाने-पिलाने के इन्तजाम में लग गयी।

दोपहर ढल रही थी और खाना अभी तक बना नहीं था। रोज ही होता है ऐसा। सँझिया दोपहर से पहले दो बार छक कर खा लेती है। गोद का बच्चा भी दूध पी लेता है। अपनी चिन्ता नहीं सँझिया माय को। बस दू टैम खाना। जर-जलखै कुछ नहीं करती वह। फिर इतना छोटा परिवार! न कोई कहने वाला, न हुकुम चलाने वाला।

सँझिया के बाबू रहते हैं तब लगता है कि घर-गिरस्ती है, परिवार है। बिना घर के मालिक के सूना-सूना लगता है। है न कजरी? मन में चल रही बात सँझिया माय ने खोल दी —बिना गाय-बैल के जैसे बथान सूनी, वैसे बिना मरद के परिवार।

भोजन की व्यवस्था में लगी सँझिया माय बोली, "याद ही नहीं रहा कि खाना भी बनाना है। भूखी होगी तुम। पहले चाय बना देती हूँ...उसके बाद भनसा-भात। है न?" सँझिया माय की बात पर कजरी ने कहा, "नहीं, छोड़ दो चाय-वाय! इतनी गर्मी में..." उसने सीताराम की तरफ देखा तो बात बदल गयी, "हाँ, भैया पिएँगे चाय। बता दो न, कहाँ है सर-सामान। बना लेती हूँ मैं।" कजरी ओसारे से उठने लगी तो सँझिया माय उसके कन्धे पर हाथ रखती बोली, "अरे, पहले नहाओ तुम। आईने में सूरत देख लो अपनी। चुहाड़िन दिखती हो!" बोलती हुई सँझिया माय घर के भीतर चली गयी और साड़ी-ब्लाउज, गमछा निकाल लायी, "ये लो। इहाँ जर-जनानी सब बाहर में ही नहाती हैं—चाँपाकल पर।" सीताराम चाय पी चुका था। वह आँगन से बाहर चला गया। गर्मी नहीं थी ज्यादा, हालाँकि बैशाख महीना था। आज सुबह से ही हल्की बदली छायी थी। मीठी पुरवैया बह रही थी और धरती पर साँवली छाँह थी।

दुआर के आगे बूढ़े बरगद की छाँह में नहीं कुछ तो कम-से-कम दस पन्द्रह लोग बैठे थे —बच्चे, औरतें, बूढ़े सब अलग-अलग गोठ बनाकर। सीताराम एक किनारे जाकर खड़ा हो गया। एक बूढ़े ने सीताराम को देखकर कहा, "ये भाय, उधर काहे ठाढ़ हैं। आकर बैठिए इधर।" सीताराम सहमा-सहमा जाकर बैठ गया एक चटाई पर।

"के लगेगी भीमपुरवाली?"

असमंजस में पड़ा सीताराम क्या जवाब देता! फिर भी बोल गया —बहिन है रिश्ते में।

"रिश्ते में!...कैसे रिश्ते में?" गाँव के लोगों को खोद-खोदकर जिरह करने की आदत है, इससे परिचित है सीताराम।

हुज्जत से बचा लिया सँझिया माय ने, "हौ भायजी, आइए इधर।" सीताराम को राहत मिली। साँसत में डाल दिया था बूढ़े ने। झपटता हुआ वह आँगन में चला गया। सँझिया और कजरी ने खाना खिलाया सीताराम को। ओसारे पर आसनी बिछा दी गयी थी। सँझिया की माँ थाली में खाना परोस कर ले आयी। मक्खियाँ बहुत थीं, सो कजरी हथपंखा झलने लगी सीताराम की थाली के पास। सीताराम को उस समय अपनी बहन की ससुराल की याद आ रही थी। बड़ी बहन इसी तरह मक्खियों को भगाने के लिए उसके पास बैठकर पंखा झलती थी।

सीताराम के हाथ में सौंप-सुपारी रखती हुई सँझिया माय बोली, "आज रात में यहीं रह जाइए भायजी।"

"नहीं-नहीं, रहूँगा नहीं। हो गया अपना काम। कजरी को मिलवा दिया आपसे। हो गया। शाम होने जा रही है। अब चलूँगा।"

सँझिया माय एक बिसटकही देने लगी सीताराम को। सीताराम ने हाथ छीप लिये, "नहीं, है अपने पास। एक्को पइसा नहीं लूँगा।"

कजरी ने समझाया, "भाड़ा-महसूल दे रही है, ले लीजिए।"

ना-नुकुर करते आखिर बीस रुपये का नोट ले लिया सीताराम ने। सँझिया माय और कजरी सीताराम को बरगद के पेड़ से आगे तक अरिआतने गयीं।

गाँव में कोई खबर नहीं होती, इसलिए छोटी-सी घटना भी खबर बन जाती है। किसके घर में कौन आया, कौन कहाँ गया, किसके घर में कौन-सी खट-पट हुई, ऐसी बातों के बल पर ही गाँव का समय कटता है।

जो आदमी एक औरत को भीमपुरवाली के यहाँ पहुँचा गया है, उसकी खोजबीन ज्यादा नहीं हुई। वैसे सँझिया माय ने एक-दो से कह दिया कि वह औरत जो मिलने आयी है, उसकी फुफेरी बहिन है।

रात में बर्तन-बासन माँज-धोकर दोनों सहेलियाँ बिछावन पर सोने के लिए आयीं, तब खुलने लगीं अब तक छिपी हुई बातें। पूरब वाली खपरैल में तख्तों की बनी बड़ी-सी चौकी थी जिस पर अगल-बगल लेटकर दोनों अपना सुख-दुःख बतिया रही थीं। सँझिया माय का बेटा उसकी छाती से लगा चपर-चपर दूध पी रहा था। सँझिया चौकी के एक किनारे सो गयी थी।

भागते-भागते कैसे यहाँ तक पहुँची कजरी —यह घटना जब सँझिया माय ने सुनी तो सन्न रह गयी। अब समझ में आया कि किस परिस्थिति में कजरी यहाँ आयी है।

"अभी कुछ दिन तुम्हारा अपने गाँव लौटना ठीक नहीं है कजरी। यहीं रहो तुम! भंडाफोड़ हो गया है उस राकस नेता डायमंड का। उसके गुंडे तुम्हें खोजते होंगे। तुम यहीं रहो अभी कुछ दिन। सँझिया के बाबू भी आने वाले हैं। फोन पर

बात हुई है उनसे।'' सँझिया माय धीरे-धीरे बोलती रही। ''फोन पर! फोन है क्या यहाँ?'' कजरी को अचरज हुआ। ''हाँ, है फोन। बुढ़वा बरगद के पास सरपंचजी के घर में फोन है।''

''तब तो ठीक है। मैं भी बात करूँगी महेसर से, लेकिन नम्बर तो है नहीं मेरे पास।''

''मिल जाएगा फोन नम्बर सँझिया के बाप से।'' सँझिया माय बोली, ''साल भर पहले तक तो महेसर और सँझिया के बाबू साथ-साथ काम करते थे। इधर क्या हुआ, सो नै मालूम।''

''लेकिन मिलते-जुलते तो होंगे दोनों। यूसुफ सराय वाला वह डेरा तो छोड़ दिया होगा दोनों ने।''

यूसुफ सरायवाले डेरे की चर्चा से कजरी और सँझिया माय के भीतर पिछला समय कसमसाने लगा। एक पुराना-सा मकान। मकान के पिछले हिस्से में दो कमरे एक-दूसरे से सटे हुए। एक कमरा सँझिया माय का, दूसरा कजरी का। कमरे अलग-अलग थे, बाकी सारे काम साथ-साथ होते थे। खाना भी एक ही साथ बनता था। महेसर और दुल्ली दोनों राजमिस्त्री। दोनों साथ-साथ काम करते थे।

मजे के दिन थे वे कजरी और सँझिया माय के लिए। सँझिया तब डेढ़ साल की रही होगी। साल-सवा साल तक कजरी के साथ दिल्ली के यूसुफ सराय में रही सँझिया माय। दुल्ली की यहाँ गाँव में थोड़ी खेती-बाड़ी थी। घर था। चचिया सास और दियादी रिश्ते के देवर के भरोसे खेती-बाड़ी छोड़कर दिल्ली आयी थी सँझिया माय। उस साल-सवा साल की अवधि में कजरी और सँझिया माय इतनी घुल-मिल गयीं कि लगता था, सगी बहिनें हों —दो देह एक प्राण। एक वर्ग की, एक समाज की, एक माटी-पानी की।

''भेंट-मुलाकात हुई भी तो ऐसी हालत में...'' बोलते-बोलते आवाज भर्रा गयी कजरी की। भोर-भोर तक बतियाती रहीं दोनों।

''उन दो लोगों का क्या हुआ होगा जिनको साथ लेकर तुम पटना आयी थी?''

''यही तो मालूम नहीं। गाँव लौट गये होंगे दोनों। बनारसी समझदार है।''

''और तुम जो लौटकर गाँव नहीं गयी? क्या हुआ होगा वहाँ?''

''कुछ हुआ होगा जरूर। माई चुप बैठने वाली नहीं। यही बात फैली होगी कि डायमंड ने गायब कर दिया कजरी को। किसुनियाँ और बनारसी तो बैताल सिंह और हत्यारे फौजदार सिंह को डायमंड के बँगले में देख चुके हैं। बात फैल गयी होगी पूरे इलाके में कि दुश्मनी का डरेमा करते हैं दोनों। भीतर से मिले हुए हैं और लोगों को लड़वाते हैं। दोनों साथ-साथ ठेके का काम लेते हैं और दिखाते हैं कि एक-दूसरे के दुश्मन हैं।''

कजरी की बातें ध्यान देकर सुनती रही सँझिया माय।

दोनों ने बार-बार दिल्ली के यूसुफ सराय के उस ख़ंडहरनुमा मकान की याद की जिसकी कोठरियों में तरह-तरह के किरायेदार रहते थे। आस-पड़ोस के लोगों की भी याद की गयी। उन खायी-पियी-अघायी महिलाओं की याद आयी जो दुर्गा मन्दिर के अहाते में मुहल्ले की दाइयों-नौकरानियों को पढ़ाने आती थीं। अपनी ओर से स्लेट-पेंसिल देती थीं। देश-दुनिया की बहुत सारी बातें समझाती थीं। स्त्रियों की चेतना की बातें करती थीं। उन बड़े घरों की महिलाओं को किसी तरह की कोई कमी नहीं थी, फिर भी जाने कौन-सा सुख मिलता था उनको गन्दी बस्ती की औरतों और बच्चों को पढ़ाने में!

कजरी और सँझिया माय देर तक याद करती रहीं दिल्ली में बिताये उन दिनों की। इसी सिलसिले में उस खंडहरनुमा मकान के ऊपरी तल्ले पर रहनेवाली उस मोटी पंजाबिन की भी याद की गयी जिसको सँझिया माय हथिनी कहती थी। ऊपर के ही तल्ले में रहने वाली उन दो लड़कियों-जैसी औरतों की याद भी की गयी। दोनों थीं तो औरतें, लेकिन पहनावे-ओढ़ावे और रंग-ढंग से लड़कियों-जैसी लगती थीं। दोनों रोज शाम सज-धजकर निकलती थीं और दूसरे दिन सुबह लौटती थीं — कभी साथ-साथ, कभी अकेली। एक दिन दोनों को पुलिस पकड़कर ले गयी थी।

महज साल-सवा साल का समय होता ही कितना है! सोचो तो कुछ नहीं, सोचो तो बहुत! बहुत होता है इतना समय। छोटा-सा वह समय कजरी और सँझिया माय की बातचीत में पानी पर गिरे मिट्टी तेल की तरह फैल गया था जिसमें कई रंगों की आभा थी।

बाँस-वन में चिड़ियों का कोलाहल शुरू हो गया था। अब जाकर दोनों की आँखों में नींद की आहट आयी थी।

ग्यारह

# ततः कलावती कन्या

खवास टोली के झौली मड़र के बेटे विनोद और पंडित खड्गनाथ झा की बेटी कलावती के प्रेम-विवाह की चर्चा अब लगभग बन्द हो चुकी है। कोई मतलब ही नहीं रहा इस कड़वे प्रसंग का, फिर भी गहरा जख्म ठीक हो जाने के बाद भी निशान छोड़ जाता है और वह निशान बार-बार जख्म की याद दिलाता है। कुछ वैसा ही यह प्रसंग है बड़का गाँव और आसपास के इलाके के लिए।

सोलकन टोले और बभनटोली का समाजी रिश्ता भी अब सामान्य हो चला है। रिश्ते को सामान्य बनाने में सबसे बड़ी भूमिका तो समय की थी, दूसरी बड़ी बात थी राजनीति में शूद्रों का आकस्मिक उभार जिसमें अब तक चली आती धारणा और व्यवस्था चरमरा गयी।

चौदह-पन्द्रह साल पहले विनोद और कलावती ने कोर्ट मैरिज कर जिस तरह की सामाजिक क्रान्ति की थी, वह सामाजिक व्यवस्था में एक तरह का भूचाल था। लोग कहते थे कि गरीब पुरहितिया ब्राह्मण थे पंडित खड्गनाथ झा, इसलिए खून नहीं बहा सोलकन टोले में। राजपूत लड़की को सुद्दर टोले का कोई लड़का भगाकर ले जाता तब देखते सनसनाहट। कितनी लाशें गिर जातीं खवासटोली में।

लेकिन गरीब ब्राह्मण खड्गनाथ झा! थे तो भारी कर्मकांडी, कूदे-फाँदे भी खूब, लेकिन बभनटोली का ही सक्रिय सहयोग उनको नहीं मिला। बभनटोली के जो लोग बाहर रहते हैं, उन लोगों तक खबर गयी, फिर भी किसी ने कुछ नहीं किया। इस टोले के सुप्रीम कोर्ट के वकील सुभद्र झा भी चुप रहे। हारकर पंडितजी घर में घुस गये और ऐसे घुसे कि महीनों शर्म से बाहर नहीं निकले। अपनी तीन सन्तानों में से छोटी बेटी कलावती का नाम उन्होंने काट दिया।

झौली मड़र बेटे विनोद के इस कृत्य से दुखी थे, बल्कि दुखी होने से ज्यादा वे चिन्तित थे। उनकी चिन्ता इस बात को लेकर थी कि विनोद की पीठ पर दो-दो बेटियाँ हैं, उनकी शादी कैसे होगी। उधर विनोद की माँ खटवास-पटवास लिए हुए थीं। यह क्या कर दिया विनोद ने! यही करना था तो कहीं बाहर किये रहता!

बाभन की बेटी से बियाह! ई पाप किस पर चढ़ेगा?

बबुआन टोले और बड़का टोले यानी भुमिहार टोले के लोग सवर्ण वर्ग की इज्जत पर शूद्र का हमला मान रहे थे इसे। इसमें कुछ ऐसे भी थे जिनका कहना था कि यह कोई हमला-वमला नहीं है। प्रेम का चक्कर है और इतिहास-पुराण देख जाइए, यह सब होता रहा है हमेशा से। इससे हिन्दू-व्यवस्था पर खरोंच तक नहीं आयी है। प्रेम में पागलपन तो होता ही है। ई थोड़े सूझता है कि आगे क्या होगा?

"प्रेम न जानै ओछी जात
प्यास न जानै धोबी घाट
नींद न जानै टूटी खाट।..."

लोगों का मानना था कि झौली मड़र का बेटा विनोद डिप्टी कलेक्टर न हुआ होता तो नहीं होती यह शादी। खड़कू झा की बेटी तो पहले से लटपटायी हुई थी बिनोदवा से। अब माथा पीट रहे हैं पंडित खड़कू झा। तब कहाँ थे जब बिनोदवा कलावती को बन्द कमरे में कोकशास्त्र पढ़ाता था? तब तो पंडीजी को अच्छा लगता था कि चलो, फोकट में पढ़ा रहा है कलावती को, खरीद-खरीदकर किताबें देता है।

उस समय कहाँ थे खड़कू पंडित जब मैट्रिकुलेशन की परीक्षा दिलाने विनोद कलावती को लेकर पूर्णियाँ गया था? तब तो बड़ा अच्छा लगता था पंडित-पंडिताइन को। क्या वे नहीं जानते थे कि चुपके-चुपके खिचड़ी पक रही है? अब अपनी करनी का फल भोगें खड़कू झा।

सब जमाने की हवा करा रही है। गरीब न होते खड़कू झा तो दिखा देते विनोद को। लेकिन क्या कर सकते थे! ठहरे पुरहितिया बाभन। ब्रह्मा से ही अभिशाप मिला है कि पौरोहित्य कर्म करने वाला ब्राह्मण दरिद्र होगा। ठीक है दरिद्रता, लेकिन छोटी जात के लोग तो अब ब्राह्मणों के खिलाफ कठपिंगल पढ़ने लगे हैं। दान-दक्षिणा भी अब इतनी कम मिलती है कि जीना मुश्किल। कंटहा बाभन की हालत तो और दयनीय है। बड़का गाँव में बभनटोली के एक छोर पर तीन परिवार हैं कंटहा बाभन। भूखों मरने की स्थिति आ गयी है उनकी। जजमानों की मृत्यु-कामना करते हैं, मगर लोग कहते हैं कि गीध के सरापने से कहीं डाँगर मरते हैं?

अब लो! करें क्या अपने को महापात्र कहने वाले ये ब्राह्मण? ब्राह्मणों के बीच

दलित! खाली हांड़ी चढ़ाती हैं उनके घर की स्त्रियाँ और चूल्हा जलाती हैं। टोटका करती हैं, 'राम करैं जजमान मरैं'...लेकिन जजमान तो रोज-रोज मरेंगे नहीं उनके टोटका करने से!

कंटहा ब्राह्मणों से हजार गुना अच्छे और प्रतिष्ठित रहे हैं पंडित खड्गनाथ झा। अगवार-पिछुआर मिलाकर एक-सवा एकड़ जमीन। बड़ी बेटी के विवाह में दस कट्ठे जमीन बिक गयी। करते क्या, दूसरा कोई उपाय नहीं था।

दामाद भी किया तो ऐसा जो एकदम निखट्टू। बस, कुल-गोत्र अच्छा था। महामहोपाध्याय के वंशजों में चौथी पीढ़ी में थे जमाय बाबू जो फारबिसगंज बाजार के राम-जानकी मन्दिर में सहायक पुजारी थे। सहायक पुजारी यानी मुख्य पुजारी का पिछलग्गू। मन्दिर में धूप-आरती दिखाते थे और आरती की थाल लेकर दुकान-दुकान घूमते थे। लोग प्रणाम-पाती करते थे। घर की हालत चाहे कितनी दयनीय हो, मगर थे उच्च कुल के! वत्स्य गोत्र, मूल सुगरगनै...जैवार मैथिल ब्राह्मण।

पंडित खड्गनाथ झा की बड़ी पुत्री लीलावती रूप-गुण सम्पन्न थी अवश्य, लेकिन अच्छा वर तो 'ठनठनिया' से मिलता है और इसी में पिछड़ गये पंडितजी। अभी एक कन्या विवाह के लिए पड़ी थी। दो कन्याओं के बीच में पुत्र थे अपूर्वकृष्ण झा जो जन्म से ही थोड़ा मन्दबुद्धि थे। मुँह से लार चूती रहती थी। आठवें वर्ग में पंडित अपूर्वकृष्ण झा दो बार फेल कर घर बैठ गये थे। पंडित खड्गनाथ झा ने अपने पुत्र में विद्वान होने की कोई सम्भावना नहीं देखी, इसलिए उनको पूजा-पाठ के विधि-विधान सिखाने लगे।

पूरा सोलकन टोला पंडित खड्गनाथ झा का जजमान था। इनकी प्रतिष्ठा भी थी सोलकन टोले में। चमरटोली के सबसे धनी व्यक्ति लुचाय राम के एस.पी. बेटे से भी इज्जत पाते थे। लुचाय राम समय-समय पर दान-दक्षिणा के रूप में 'सीधा' (भोज्य सामग्री) भी दे देते थे। जय हो जजमान की! लुचाय राम जाति के चमार हैं तो क्या, बड़े आदमी हैं। नील पोखर के मोहार पर उनका जो ह्वाइट हाउस है, उसके मुकाबले में खंडहर हो चली लाल ड्योढ़ी की कौन कहे, बड़का टोले की बड़ी हवेली भी कुछ नहीं है। जय हो लुचाय बाबू की! मामूली बात है? बेटा एस.पी. हैं। जाति के चमार हैं तो क्या?

खवास टोली के विनोद ने सबकुछ नष्ट-भ्रष्ट कर दिया। उसके बाद तो जजमानी भी छोड़ दी पंडितजी ने। पहले सोलकन टोले में जाते थे तो हर तरफ से 'पायलागी' मिलती थी। यह बात दूसरी थी कि पंडितजी किसी के घर कच्चा भोजन नहीं करते थे। दही-चूड़ा खाने में कोई 'दोख' नहीं। कच्चे-पक्के की परिभाषा स्पष्ट थी :

"घी में छने वह पका
पानी में पके सो कच्चा।"

झौली मड़र को कुछ ज्यादा ही चाहते थे पंडितजी। विनोद गाँव के हाई स्कूल में प्रथम श्रेणी में चौहत्तर प्रतिशत अंक लेकर उत्तीर्ण हुआ था और यह रेकार्ड था स्कूल के लिए। तब पंडित खड्‌गनाथ झा जजमान झौली मड़र के घर गये थे आशीर्वाद देने।

पंडितजी एक कन्यादान तो कर चुके थे, दूसरी कन्या कलावती पड़ी थी। उसका 'पार-घाट' भी लगाना चाहते थे, लेकिन कलावती पढ़ना चाहती थी। प्रथम श्रेणी से मैट्रिकुलेशन की परीक्षा में उत्तीर्ण हुई थी और प्राइवेट से इंटर की परीक्षा देना चाहती थी।

झौली मड़र दिन-सगुन का शुभ-मुहूर्त निकलवाने के लिए पंडित खड्‌गनाथ झा के घर जाते तो कभी-कभी विनोद की माँ भी साथ हो जाती थी। वह पंडित और पंडिताइन के ही नहीं, छोटी लड़की कलावती के भी पैर छूती। विनोद की माँ का विश्वास था कि ब्राह्मण-ब्राह्मणी के आशीर्वाद से कलियुग के पाप कटते हैं। विनोद को भी वह इसलिए पंडितजी के घर ले जाती थी कि पंडितजी उसे आशीर्वाद दें।

विनोद मन मारे पंडित-पंडिताइन के पैर छूता। बाद में जब उसने मैट्रिकुलेशन कर लिया, पंडित-पंडिताइन के पैर छूना छोड़ दिया। 'प्रणाम पंडीजी...' यही बहुत हुआ। झौली मड़र बेटे पर खिसियाते थे —एकदम ऐंठलाह हो गया है बिनोदवा। लेकिन करते क्या, युग ही बदल रहा था।

सचमुच बदल रहा था युग। पढ़ाई-लिखाई की सुविधा के कारण और जनतान्त्रिक अधिकारों के प्रति जागरूकता के कारण सोलकन टोलों के ही नहीं, चमरटोली, दुसाधटोली के लड़के भी पढ़ने लगे थे। आखिर गाँव के इसी हाई स्कूल के नन्दकिशोर के साथ पिपही बजाने वाले लुचाय राम के बेटे रामबरन राम ने मैट्रिकुलेशन किया और आगे बढ़े। इसी हाई स्कूल का प्रताप कि रामबरन आज एस.पी. है।

छोटी जातियों के लड़कों का इतना लिखना-पढ़ना फूटी आँखों नहीं सुहाता था सवर्ण टोले के लोगों को। सबसे खराब बात तो यह थी कि इधर कुछ समय से कवलेजिया लड़के बभनटोली के बूढ़े-बुजुर्गों को भी प्रणाम नहीं कर रहे थे। जो लड़के ज्यादा कठपिंगल पढ़ते थे उनका कहना था कि अपढ़-गँवार ब्राह्मण को प्रणाम करना ब्राह्मणवाद का पोषण करना है। यह बात तब ज्यादा उजागर होती थी जब रजपुताही के ज्यादा उम्र के लोग पंडित खड्‌गनाथ के बकलेल पुत्र अपूर्वकृष्ण झा को भी प्रणाम करते थे।

सोलकन टोले के नवतुरिया लड़के अपूर्वकृष्ण झा को लेलहा पंडित कहते थे। कुछ मन्दबुद्धि तो थे ही अपूर्वकृष्ण झा, जब-तब मुँह से लार भी चूती थी। इस कारण सोलकन टोले के लड़के उनको चिढ़ाते थे :

बाभन जात अन्हरिया रात
दही-चूड़ा लेल दौड़ल जात...।

लेलहा पंडित आँखें तरेर कर सोलकन टोले के लड़को को देखते कि अचानक लार चू पड़ती मुँह से। अब लो! लड़के हँसने लगते। लेलहा पंडित तमतमाये-से भागने लगते :

''लेलहा पंडित भागल जाय
पोथी-पतरा फेंकि-फाँक के
लेलहा पंडित भागल जाय।...''

पंडित अपूर्वकृष्ण झा को पिता का हल्दिया गोरा रंग मिला था, लेकिन कद छोटा था। पंडित खड्‌गनाथ झा दुबले-पतले लम्बे कद के थे। देखने से ही लगता था, असली कर्मकांडी ब्राह्मण हैं। पंडित अपूर्वकृष्ण झा को बबुआन टोले के कुछ लोग प्रणाम-पाती करते थे, लेकिन मिला-जुला कर दक्षिण टोले और सोलकन टोले में उपहास के ही पात्र थे। पूजा-पाठ कराने की विधि पिता ने सिखा दी थी, फिर भी लोग नहीं चाहते थे कि लेलहा पंडित उनके किसी शुभकार्य में आएँ। उम्र उठारह-उन्नीस साल की हो गयी थी, किन्तु चेहरे पर दाढ़ी-मूँछें उगी नहीं थीं। शरीर पर इस मर्दाना पहचान के स्पष्ट न होने की बात को लेकर जब कोई लड़का पंडित अपूर्वकृष्ण झा को चिढ़ाता तो वे इस तरह उछलने-कूदने और टकसाली मैथिली में गालियाँ देने लगते जैसे उनको कुकुरमाछी काट रही हो।

पंडित अपूर्वकृष्ण झा यह भी चाहते थे कि उनके घर आने वाला विनोद उनको प्रणाम करे, लेकिन विनोद तो ढललेल-बकलेल इस ब्राह्मण-पुत्र को मजाक का ही पात्र समझता था।

कलावती मैट्रिकुलेशन की परीक्षा उत्तीर्ण कर प्राइवेट से इन्टर की परीक्षा की तैयारी में लगी थी। इधर पंडित खड्‌गनाथ झा झटपट उसकी शादी कर देना चाहते थे। गाँव में बात फैल रही थी कि विनोद के साथ कलावती कन्या का 'लटर-पटर' चल रहा है। मैट्रिकुलेशन की परीक्षा दिलाने विनोद कलावती को पूर्णियाँ ले गया था और अपने फूफा के परिवार में कलावती के साथ रहा था, यह घटना बभनटोली में चर्चा का विषय बनी थी। कहने को तो कलावती के साथ उसका भाई अपूर्वकृष्ण भी गया था, मगर लेलहा पंडित का साथ जाना न जाना बराबर :

"की अन्हरा के देखने!
की बहिरा के सुनने!"

पंडित खड्गनाथ झा नहीं चाहते थे कि कलावती आगे की पढ़ाई करे। वह इधर-उधर वर की तलाश में जा रहे थे। 'सभागाछी' से भी हो आये थे। वहाँ दो दिन रहे। बिकाऊ दुल्हे कतार में बैठे हुए थे। पंजीकार पंजी लेकर तैयार थे, लेकिन 'रेट' ही इतना ज्यादा था कि पंडितजी का दिल बैठ गया। घर लौटे तो बहुत उदास और निराश। बड़ी बेटी लीलावती-जैसी नहीं थी कलावती कि जहाँ चाहा विवाह कर दिया। पंडितजी ने फारबिसगंज के एक डॉक्टर के क्लिनिक में कम्पाउंड्री करने वाले एक लड़के में कलावती के वर होने की सम्भावना देखी। यही बात उन्होंने अपनी पत्नी से कही। कलावती ने अस्वीकार कर दिया।

पंडित खड्गनाथ झा अब उद्विग्न और भयभीत रहने लगे थे। पुत्र उद्दंड हो तो सहन किया जा सकता है, पुत्री उद्दंड हो जाय तो कुल का नाश ही समझिए। कलावती ने पिता से स्पष्ट कह दिया था कि उसके साथ जोर-जबरदस्ती की जाएगी तो वह आत्महत्या कर लेगी और माता-पिता दोनों को जेल भिजवाएगी।

विनोद को मुजफ्फरपुर में अपने ही गाँव के प्रो. नन्दकिशोर का सान्निध्य मिल गया था। उसी कॉलेज में नन्दकिशोर प्राध्यापक था जिस कॉलेज में विनोद पढ़ता था। माई भी मुजफ्फरपुर पहुँचती ही थीं बेटे के पास। विनोद से भी भेंट-मुलाकात हो जाती थी। झौली मड़र बड़े अरमान से पढ़ा रहे थे बेटे को। यह सोचकर पढ़ा रहे थे कि अफसरी मिलेगी।

विनोद ने भौतिकी के साथ बी.एस-सी. ऑनर्स किया और प्रतियोगिता-परीक्षा की तैयारी में लग गया। तैयारी करने के लिए वह पटना चला गया और अगले साल ही बिहार लोक सेवा आयोग की प्रतियोगिता परीक्षा में डिप्टी कलेक्टर के लिए चुन लिया गया।

पूरे इलाके में चर्चा हुई कि झौली खवास का बेटा डिप्टी कलेक्टर हो गया। गाँव के पढ़े-लिखे लड़कों ने कहा कि सफल उम्मीदवारों की सूची में सातवें नम्बर पर नाम है विनोद का। उधर बबुआन टोले, बभनटोली और भुमिहार टोले के लोग जले-भुने स्वर में कहने लगे कि राड़-सोलकन तो अब हाकिम-हुक्काम बनबे करेंगे। दो आरक्षण छोटी जातियों को! भोगो अभिशाप! ऊँची जातियों के लड़के पढ़-लिखकर रोड पर हैं और खवास का बेटा बन गया डिप्टी कलेक्टर। चमरटोली के लुचाय राम का बेटा डी.एस.पी. से एस.पी. बन गया। करें अब ब्राह्मण-राजपूत चमार को सलाम!

उधर पंडित खड्गनाथ झा कलावती के विवाह को लेकर भाग-दौड़ कर रहे

थे। एक लड़का आखिर मिला। कौंस्टेबुल था। परिवार में पंडितजी ने चर्चा चलायी। कलावती ने इस लड़के को भी अस्वीकृत कर दिया। पंडितजी ने लाख समझाया कि साल-दो साल बाद लड़का दारोगा बन जाएगा, लेकिन कलावती पर कोई असर नहीं हुआ। पंडितजी कहते फिरते थे कि लड़की को पढ़ाने का यही दुष्परिणाम है। गऊ स्वभाव की थी पुत्री लीलावती। कितनी अच्छी लड़की थी! जहाँ तय किया, एक बार भी ना-नुकुर नहीं किया। एक यह है कलावती!...पंडितजी क्रोध में कलावती को कलवतिया भी कहने लगे थे।

लेकिन पंडितजी ने प्रण कर लिया था कि कलावती का विवाह उसी कौंस्टेबुल से करना है। खाता-पीता परिवार है, लड़का इंटर पास है, मूल-गोत्र भी अच्छा है। लड़के की जन्म-कुंडली भी पंडितजी को आह्लादित कर रही थी। पंडितजी विवाह की तैयारी में लग गये। इसी सिलसिले में दो बार लड़के के गाँव भी गये।

विवाह की तिथि भी तय हो गयी। हल्दी में सुपारियाँ रँगी जाने लगीं। सातवें दिन विवाह होना था कि रात में कलावती लापता। सुबह वह कहीं देखी नहीं गयी। पूरे टोले में ढूँढ़ा गया, कुएँ-तालाब में भी झाँक-झाँककर पंडित-पंडिताइन देख आये, लेकिन कहीं मिली नहीं कलावती। शक की सुई विनोद पर जाकर अटक गयी। डिप्टी कलेक्टर बनने के बाद विनोद गाँव आया था। यहाँ भी आया था कलावती से मिलने। कहीं उसी के साथ भाग तो नहीं गयी?

उसी दिन शाम में मरकसवा गाँव के एक व्यक्ति ने बताया कि ललित गाँव रेलवे स्टेशन पर कलावती और विनोद दिखाई पड़े थे।

हो गया सत्यानाश!... माथा पकड़ कर बैठ गये पंडित खड्गनाथ झा! अभी दो दिन पहले वे झौली मड़र के घर गये थे विनोद की सफलता पर बधाई देने। ढकिया भर बासमती चावल, अरहर की दाल और सवा पाँच रुपये की दक्षिणा लेकर आए थे जजमान से! उसी जजमान के बेटे ने...

लेकिन करें क्या पंडितजी! समझदार लोगों ने समझाया, "एक तो गरीब ब्राह्मण हैं आप पंडितजी! लाठी से मुकाबला कर नहीं सकिएगा सोलकन लोगों से। फिर कानून भी आपकी मदद नहीं करेगा। आपकी बेटी और झौली मड़र का बेटा दोनों वयस्क हैं। फिर विनोद डिप्टी कलेक्टर बन गया है। पार पाइएगा आप? इसलिए चुपचाप घर बैठिए और सोचिए कि जो हुआ सो अच्छा हुआ, जो हो रहा है अच्छा हो रहा है, जो होगा सो अच्छा होगा।"

विनोद की माँ की पीड़ा यह थी कि जिस लड़की के वह चरण छूती थी, वह बहू बनेगी। लेकिन किया क्या जाय। विनोद को भी तो छोड़ा नहीं जा सकता।

चौदह-पन्द्रह दिनों बाद माई मुजफ्फरपुर से हाजीपुर होती हुई गाँव लौटीं तो

बताया कि बड़े मजे में हैं विनोद और पंडीजी की बेटी। नन्दू ने अपने क्वार्टर में एक कमरा दे दिया है दोनों को। कोर्ट में दोनों ने शादी की। पचास से भी ज्यादा लोग कोर्ट में मौजूद थे गवाह बनकर।

माई विस्तार से बताती रहीं लोगों को। बताती रहीं कि कलावती ही खाना बनाती है सबके लिए। बड़े आनन्द में हैं दोनों।

आग में घी बन गयी थीं माई की सूचना। मगर कोई करे तो क्या! बभनटोली के लोग चाहे जितना गरिया लें या सराप लें, करते कुछ बनता नहीं था। बभनटोली के कुछ लोग तो यहाँ तक कहने लगे कि ई सब खड्गनाथ झा का नाटक है। देख नहीं रहे थे कि बिनोदवा उनकी बेटी से फँसा है? परीक्षा दिला रहा है, चिट्ठी-पत्री हो रही है—यह सब देख नहीं रहे थे पंडित खड्गनाथ झा? अब कपार पीट रहे हैं!

बारह

# अदृश्य लिपि की वर्णमाला

सात दिन हो गये हैं कजरी को परसा गाँव आए। इस बीच वह तीन टोलों में घूम आयी। दुसाधटोली में तो वह हर परिवार से परिचित हो गयी है। बगल की चमरटोली और मुसहरटोली में भी घूम आयी है।

एक हफ्ते में ही कजरी को परसा गाँव का भूगोल समझ में आ गया है। साफ-साफ दिखता है कि गाँव को खंड-खंड बाँटनेवाली ढेर सारी रेखाएँ हैं। सारा सुख, सारा धन कुछ लोगों के पास जमा है। यहाँ भी यादव, कोयरी, बिन्द, कुर्मी आदि जातियों के अलग-अलग टोले हैं। गाँव से अलग मुसलमानों का एक टोला है—मियाँ टोली। उत्तर की तरफ राजपूतों की रजपुताही है। लेकिन, इस इलाके में राजपूत-भुमिहार दबे हुए हैं। चलती-बनती है कुर्मी जाति की। गाँव के सबसे धनी-मानी हैं कुर्मी टोले के समरनाथ सिंह। एकदम जमींदारों-जैसा रोब-दाब।

कजरी को कई बार महसूस हुआ है, कई बार सोचा है उसने। जैसे पक्षियों की अलग-अलग जातियाँ होती हैं, क्या मनुष्यों में भी ऐसी ही जातियाँ होती हैं? कौए, बगुले, गिद्ध से लेकर गौरैये और तोते सब तो पंछी ही हैं।

दुसाधटोली में दो पढ़े-लिखे लड़के हैं—रासबिहारी पासवान और नसीबलाल। सँझिया माय ने बताया कि नसीबलाल बी.ए. पास है और रासबिहारी मैट्रिक है।

कजरी और सँझिया माय एक ही चौकी पर अगल-बगल सोती हैं। सँझिया माय का दुधपिउआ बच्चा माँ की छाती से सटकर सोता है। कजरी को बार-बार अपने बेटे मुन्ना की याद आती है। कैसे रहता होगा मुन्ना?...खैर, माई तो हैं और सौखीलाल का परिवार भी है। दुआर पर उलटदास और महाबिर मियाँ हैं।

बगल में लेटी कजरी ने पिछले दिनों की याद दिलायी सँझिया माय को, "तुमको याद है बहिना, वहाँ दिल्ली में झुग्गी-झोपड़ीवाली औरतों को पढ़ाने आती थीं बड़े घरों की कुछ औरतें?"

"हाँ कजरी, याद है। तुम पढ़ना-लिखना भी सीख गयी थी। मैं रह गयी

अछरकट्टू।'' मुस्कराती हुई बोली थी सँझिया माय। कजरी ने गम्भीरता से कहा, ''अच्छा बहिना, यह बताओ कि अपने टोले में भी कुछ वैसा ही शुरू नहीं किया जा सकता?''

''क्यों नहीं किया जा सकता है? कोई पूँजी थोड़े लगेगी! लेकिन पढ़ानेवाला कोई है कहाँ?''

''हैं पढ़ानेवाले।'' कजरी के पास पूरी सूचना थी, ''अपने टोले के दो लड़के हैं न! रासबिहारी और नसीबलाल। दोनों बेकार बैठे हैं। नौकरी जब मिलेगी, तब मिलेगी। अभी कम-से-कम एक्को घंटा नहीं दे सकते हैं हम लोगों के लिए?''

सँझिया माय चुप। सोचने लगी, सच में रासबिहारी और नसीबलाल तो बैठे ही रहते हैं।

दूसरे ही दिन से कजरी इस नये गाँव में अपने अभियान में जुट गयी। सँझिया माय ने साथ दिया। देखा-देखी दो-तीन निठल्ली औरतें भी साथ हो गयीं। चन्दा एकत्र होने लगा।

दुसाधटोली का भी वही हाल है। युवकों और अधेड़ों की संख्या कम है। यहाँ के लोग भी दिल्ली, हरियाणा और पंजाब चले जाते हैं मजदूरी करने। परसा गाँव की आधे से ज्यादा जमीन पाँच-छह परिवारों के पास है। यादव टोले और कुर्मी टोले के कुछ लोग जमीन वाले हैं। बाकी दलित टोले के लोग मजदूरी पर निर्भर हैं। इधर शिक्षा के प्रचार-प्रसार के कारण दलित टोलों के कुछ लड़के पढ़-लिख गये हैं। कुछ सरकारी नौकरियों में भी हैं।

रासबिहारी पासवान और नसीबलाल के पास सँझिया माय और कजरी साथ-साथ गयीं। कजरी ने अनुनय-विनय की, ''मैं तो पराये गाँव की हूँ भैया। आज हूँ, कल चली जाऊँगी, मगर एक अरमान है कि दक्खिन टोले की औरतें थोड़ा पढ़-लिख जातीं तो कितना अच्छा होता। जब तक आप लोग गाँव में हैं, बेसी नहीं घंटा-डेढ़ घंटा पढ़ा दें हम लोगों को।''

नसीबलाल और रासबिहारी चकरा गये। क्या सूझा है इस बाहरी औरत को! लेकित बात है पते की! नसीबलाल चुप रहा। रासबिहारी नसीबलाल को देखकर मुस्कराया, ''क्या भाय? क्या कहते हो!'' नसीबलाल ने मुस्कराते हुए कहा, ''जो कहो।''

कजरी हँसने लगी, ''मैं भी कुछ दिन ऐसे ही चलन्तू स्कूल में पढ़ी हूँ। क-ट-ट-ट करके छपा हुआ पढ़ लेती हूँ। गिनती जानती हूँ और दस तक पहाड़ा जानती हूँ।'' नसीबलाल और रासबिहारी कजरी के ज्ञान के विषय में जानकर हँसने लगे।

कजरी घूमने लगी दक्खिन टोलों में। चमरटोली, अपनी दुसाधटोली और

मुसहर टोले में अकेली ही घूमती रही। लोगों से कहती रही, सरकारी स्कूल है गाँव में। बच्चों को स्कूल भेजें लोग। भैंस चरानेवाले, सुअर चरानेवाले, मजूरी करनेवाले बच्चों को स्कूल भेजा जाय। गरीब अधनंगी मजदूरिनों को समझाती रही कजरी। कजरी के साथ सँझिया माय भी घूमने लगी।

बाद में तो कजरी की दिनचर्या ही बन गयी। रोज सुबह उठकर बगल के टोलों में निकल जाती। औरतों को शिक्षा का महत्त्व बताती। कहती कि वह खुद भी उसी वर्ग की है, लेकिन पढ़ाई-लिखाई का महत्त्व समझ गयी है।

दुसाधटोली की कुछ औरतें आरजू-मिन्नत के बाद रात्रि पाठशाला में आने को तैयार हुईं। जगह कहीं खोजनी नहीं थी। सँझिया माय ने कहा कि अपना यह घर-दुआर तो है ही। फिर बरगद का चबूतरा है। तीन लालटेनों की व्यवस्था हो गयी। नसीबलाल ने बताया कि यदि पढ़ने वाली औरतों की संख्या बढ़ जाय तो सरकार से भी सहायता मिल जाएगी। निरक्षरता-उन्मूलन कार्यक्रम से किताबें, कापियाँ लालटेन यहाँ तक कि मिट्टी तेल के पैसे भी मिल जाएँगे।

सँझिया माय के दुआर पर टोले की कुछ औरतें आने लगीं, पढ़ने-लिखने के बहाने गप्प-सड़क्का के लिए। बगल की चमरटोली में यही व्यवस्था हो गयी। चमरटोली में दो बहुएँ थीं थोड़ी पढ़ी-लिखी। एक आठवें दर्जे तक अपने गाँव के स्कूल में पढ़ चुकी थी, दूसरी जो एक रेलवे कर्मचारी की बहुरिया थी, मैट्रिक पास थी। दोनों बहुएँ घर में बैठी-बैठी ऊब रही थीं। दोनों को दिखाने का अवसर मिला कि वे पढ़ी-लिखी हैं।

दुसाधटोली और चमरटोली में औरतों के एक खेल की तरह रात्रि पाठशाला शुरू हुई। गीत-नाद, हँसी-ठट्ठा और उसी के बीच गिनती सीखने का काम। बिल्कुल घरेलू ढंग की यह रात्रि पाठशाला एक तरह से मनोरंजन-केन्द्र थी। मैली-कुचैली, चिथड़ों में गरीब मजदूरिनें मनोरंजन के लिए आने लगीं सँझिया माय के दुआर पर।

धीरे-धीरे वर्णमाला की शुरुआत हुई। रात्रि पाठशाला में कभी औरतों की संख्या एकदम से घट जाती, कभी बढ़ जाती। कोई पहले चली जाती, कोई आज नहीं आती तो कल आती, लेकिन लालटेनें जलती रहीं। कभी नसीबलाल समय देता, कभी रासबिहारी। दोनों समझाते कि क्या है अपना देश। क्या है अपना संविधान। कैसे चलता है शासन-प्रशासन!

बबुआन टोले के लोग हँसी उड़ाते —पूरा तिरिया राज है दुसाधटोली और चमरटोली में। मर्द तो कम ही हैं दोनों टोलों में। मौगी सब राज चला रही हैं। हर महीने मनिआडर आ ही जाता है दिल्ली, पंजाब, हरियाणा से। कचर कर खाती हैं, पसर कर सोती हैं और जबसे एगो करियक्की मौगी आयी है दुलिया दुसाध के

घर में, तब से एक नयी चाल शुरू हो गयी है। भैंस-गाय चरानेवाले बच्चों को स्कूल भेजा जा रहा है। सुअर चरानेवाले मुसहर अब पढ़ेंगे। मुसहरनी भी पढ़ेगी। सुना कभी कि अपने गाँव में ऐसा हुआ?

रजपुताही में चर्चा शुरू हो चुकी है—ई कौन एगो मौगी आयी है? बिगाड़ रही है गाँव को। उधर रात्रि पाठशाला शुरू हो गयी है, इधर गाय-भैंस चरानेवाले दुसाधटोली के आठ-दस बच्चे नौकरी छोड़कर भाग गये हैं। सरकारी स्कूल में उनके नाम लिखाये गये हैं। अब लो! एक आफत रहे तब न! दुसाध-चमार-मुसहर के बच्चे पढ़ने लगे हैं। एक तो गाँव के जन-मजूर बाहर चले गये। जो बचे हैं वे भी काम करने में आना-कानी करते हैं और अब तो बच्चों को भी लोग चरवाही से हटाकर घर ले जा रहे हैं। लेकिन साले खाएँगे कहाँ से? कहाँ से पढ़ाएँगे दुसाध-चमार-मुसहर?

रात्रि पाठशाला अब आकर्षण का केन्द्र हो गयी है। हँसी-ठिठोली की केन्द्र बनी रात्रि-पाठशाला में समय निकालकर टोले की औरतें थोड़ी देर के लिए भी जरूर चली आती हैं। अ-आ-ई-ई से लेकर ह...तक मुँहजुबानी पाठ सबको याद हो गया है। स्लेटें-पेंसिलें सबको दे दी गयी हैं।

आ ना मा´सि धं!

गुरुजी चित्तंग।...

...हा-हा...हा। हँसी के ज्वार में बह जाते हैं रासबिहारी और नसीबलाल। तरह-तरह के फकड़े, तरह-तरह के किस्से, तरह-तरह की घटनाओं की चर्चा।

तरह-तरह की नयी-नयी लोकोक्तियाँ गढ़ी जा रही हैं रात्रि-पाठशाला में। नयी आयी दुल्हनें कभी-कभी बरगद की सीमा के पार पीरो नदी तक घूमने चली जाती हैं रात में।

जेठ महीने की चाँदनी रात। बूढ़े बरगद के पास एकत्र होती हैं दुसाधटोली और चमरटोली की औरतें। आज झूमर है। समउमिरिया लड़कियों का झुंड अलग है, युवतियों का अलग, गुजरी उमरवाली औरतों का झुंड अलग। चाँदनी रात में पृथ्वी नहा रही है। पीरो नदी के बलुआही कछार पर टोले की औरतों, लड़कियों का झकझूमर नाच-गान!

"राजा जे रोपैं नेबुआ, तब रानी जे रोपैं अनार
गेनमा मालिन हे, दरबज्जे बगइचा लगाउ।"

धमा चौकड़ी दूर तक ध्वनित-प्रतिध्वनित हो रही है। सामाजिक-पारिवारिक मर्यादाओं में बन्दिनी-सी जीनेवाली रजपुताही की औरतों तक पहुँचती है पीरो नदी की बाढ़ के पानी-जैसी आवाज।

एकान्त में अँसुवनधार रोती है कजरी। बेटे मुन्ना की याद! बेटे की सूरत मन को कचोटती है। आकुल-व्याकुल होती हैं कजरी। चिन्ता होती है, पोल खुल जाने के बाद क्या कहर ढाया होगा डायमंड ने बड़का गाँव में। खबर तो पहुँची ही होगी दिल्ली महेसर के पास। क्या सोचता होगा वह! सँझिया माय कह रही थी कि महेसर को खबर भेजेगी कि उसकी कजरी यहाँ है परसा गाँव में।

कजरी के मन में आया कि माई के पास किसी को भेज दे। माई तो सोचती होंगी, कहीं मर-बिला गयी कजरी।

सँझिया माय के घर के पिछवाड़े बाड़ी-झाड़ी लगी है सब्जियों की। साग-सब्जियाँ उपजाती है सँझिया माय। जरूरत होती है तो एक-दो जन-मजूर रख लेती है जोतने-गोड़ने के लिए। हाट लगती है गाँव के दक्षिणी छोर पर बुधवार और शनिवार को। टोकरी में बाड़ी की सब्जियाँ लेकर हाट के दिन चली जाती है। ज्यादा भारी टोकरी रही तो टोले से किसी को मजूरी पर ले लेती है। देर शाम घर लौटती है हाट से।

जब से कजरी आयी है, सँझिया माय को किसी की जरूरत नहीं पड़ती। दोनों साथ-साथ हाट करने जाती हैं। सँझिया की कोई चिन्ता नहीं। छोटे बच्चे को वह सँभाल लेती है। फिर आस-पड़ोस की औरतें तो हैं ही। पूरा टोला ही अपना है।

कजरी मन की पीड़ा पीकर जी रही है। कोई नहीं जानता, किस तरह घुट रही है वह। सँझिया माय ने एक दिन पूछा भी, ''क्यों बहिना, तुमको अपने गाँव-घर, बच्चे और महेसर की याद नहीं आती क्या?'' मुरझाये फूल-सी हँसी हँसती बोली थी कजरी, ''याद कैसे नहीं आएगी?...'' मन का दु:ख बड़ी चालाकी से छुपा लिया था कजरी ने। मामला जरा ठंडा हो जाय, फिर जाएगी अपने गाँव।

बैठना अच्छा नहीं लगता कजरी को। कोई काम नहीं मिलता तो बाड़ी में खुरपी लेकर काम करने लगती है। बाल्टी में पानी भरकर पौधों को सींचती रहती है। दस बजे दिन से स्कूल शुरू होता है सँझिया का। सँझिया को नहलाना, खाना खिलाना, कपड़े पहनाना और फिर स्कूल तक पहुँचाना। ये काम कजरी के हैं। दुसाधटोली के कुल आठ बच्चे स्कूल जाने लगे हैं। कजरी घर-घर जाकर देख आती है कि बच्चे स्कूल गये या नहीं। कभी-कभी अकेले में सोचती है कि वह पढ़ी-लिखी होती तो बच्चों को खुद पढ़ाती।

टोले की औरतों के लिए रात्रि-पाठशाला अब मानसिक जरूरत-सी बन गयी है। शाम में बिना पाठशाला आये चैन नहीं। यही वह समय होता है जब अपनी-अपनी परेशानियों से फुर्सत पाकर भूख और गरीबी की मारी या मनीऑर्डर के भरोसे बैठकर खाने वाली औरतें एक जगह मिलती हैं। खुलकर बोलने-बतियाने, हँसने-गाने और इसी तरह के मनोरंजन के बीच थोड़ी पढ़ाई भी हो जाती है। एक से सौ

तक की गिनती सबको याद हो गयी है। कुछ ने अक्षर-ज्ञान पा लिया है। रासबिहारी और नसीबलाल ने अपना-अपना दिन चुन लिया है रात्रि-पाठशाला के लिए। नसीब लाल बगल के कस्बे जाकर अनौपचारिक शिक्षा परियोजना के अफ़सर-कर्मचारियों से बात कर आया है। बिना किसी संगठन और बिना किसी प्रायोजित कार्यक्रम के चलने वाले ऐसे अभियान को सहायता का पक्का आश्वासन मिला है नसीबलाल को। लेकिन कजरी कहती है, ''ई सब की कोई जरूरत नहीं नसीब भैया। हम लोग खुद कर लेंगी सारा इन्तजाम। मन चंगा तो कठौती में गंगा।''

नसीबलाल और रासबिहारी प्रसन्न हैं कि चलो, बैठे से बेगार भली। एक सामाजिक काम तो कर रहे हैं हम लोग। जब तक कहीं नौकरी नहीं मिलती, अपने वर्ग के लिए ही कुछ किया जाए।

अगले महीने नसीबलाल और रासबिहारी रात्रि-पाठशाला के लिए किताबें, कापियाँ, स्लेटें, पेंसिलें, बैठने के लिए टाट की चटाइयाँ और दो लालटेनें ले आये अनौपचारिक शिक्षा परियोजना के दफ्तर से। सँझिया माय का घर ही रात्रि-पाठशाला हो गया। उधर चमरटोली में भी रात्रि-पाठशाला शुरू हो गयी थी। रेलवे कर्मचारी देवनारायण राम के पक्के मकान का बड़ा-सा बरामदा बैठने की जगह बना। चमरटोली की दीनों बहुएँ बगल में धोबियाही में जाने लगीं कि काम-काज से फुर्सत पाकर सब पाठशाला में आएँ। रासबिहारी ने भी हफ्ते में तीन दिन चमरटोली में पढ़ाने का जिम्मा लिया।

टोले की किसी औरत को अपने साथ लेकर कजरी कभी चमरटोली में चली जाती, यह देखने कि वहाँ क्या हो रहा है। जो दो-चार औरतें बैठी मिलतीं उनके बीच जाकर कजरी आराम से बैठती और घर-परिवार की बातें करती। बीच-बीच में पढ़ाई-लिखाई की बातें भी हो जातीं।

''शिक्षा से बढ़कर कुछ नहीं बहनो! किताब ही बताती है ज्ञान की बातें। थोड़ा भी लिखना-पढ़ना आ जाय तो निरच्छर होने का कलंक मिट जाएगा। बस सिर्फ ठान लेना है कि पढ़ना है।'' कजरी समझाती थी और उसके समझाने का असर इसलिए अचूक होता था क्योंकि वह कोई सरकारी नौकरी वाली नहीं थी, इसी टोले की सँझिया माय की सहेली थी।

शुरू सावन महीने में सँझिया माय के दियादी रिश्ते का देवर गोबिन पंजाब से लौटा। उसके साथ गाँव के आठ-दस मजदूर भी लौटे थे। गोबिन अपने टोले में रात्रि-पाठशाला देखकर चकरा गया। ''यह सब क्या है भौजी?'' गोबिन ने सँझिया माय से पूछा था। सँझिया माय मुस्कराती हुई देखने लगी थी कजरी को, ''पूछिए इससे।''

''ई के है?''

कजरी...!

शाम को गोबिन की घरवाली भी आ गयी सँझिया माय के दुआर पर। स्लेटें और पेंसिलें वहीं एक जगह जमा कर दी जाती थीं। घर में कौन पढ़ेगी? नसीबलाल ने गोबिन को सारी बातें समझायीं, "यह सारा श्रेय कजरी दीदी को है।"

"लेकिन यह कजरी है कौन?" गोबिन जब से गाँव आया है, कजरी की चर्चा सुन रहा है।

"सँझिया माय की सहेली है। दिल्ली में दुल्ली भैया और कजरी का पति साथ-साथ राजमिस्त्री का काम करते हैं। सँझिया माय और कजरी दीदी एक ही साथ रहती थीं दिल्ली में। वहीं से जो बहिनपा जुड़ा वही बहिनपा यहाँ तक ले आया कजरी दीदी को। कहती है, अब लौट जाएगी अपने गाँव।"

"कहाँ की है?"

"उधर गंगापार की रहनेवाली है। कोई गाँव है मरकसवा।"

सँझिया माय की खपरैल का बाहरी हिस्सा जो बैठकी के रूप में इस्तेमाल होता था, उसकी भीत पर ब्लैकबोर्ड टँगा हुआ था। ब्लैकबोर्ड इसी गाँव के बढ़ई ने मदद के रूप में बनाकर दिया था। कालिख से उसे रँगने का काम टोले की औरतों ने किया था।

सात-आठ महीने बाद लौटने वाले गोबिन के लिए अपना टोला एकदम बदला-बदला दिख रहा था।

यह रोशनी का रोग संक्रामक बन गया था। परसा गाँव में जब सबसे चौपट चमरटोली में औरतें बिना किसी की मदद से स्कूल चला सकती हैं, एक जगह उठ-बैठ सकती हैं तो कोयरी टोले, यादव टोले और कुर्मी टोले में ऐसा क्यों नहीं हो सकता? गाँव में जो थोड़े-से सोचने-समझने वाले लोग थे, उनके दिमाग में यह कीड़ा रेंगने लगा था।

यह अभियान कहीं से हानिकारक नहीं दिख रहा था, लेकिन हानि हो रही थी और एक तरह से यह गहरी चोट थी जिससे कुर्मी टोले के बाबू समरनाथ सिंह तिलमिला गये थे। सिर्फ वे ही नहीं, यादव टोले के विधायक-परिवार के लोगों को भी यह नहीं सुहा रहा था। इसी शंका से ग्रस्त थे भुमिहार और राजपूत, मगर उनकी चलती-बनती नहीं थी इलाके में। यह पूरा इलाका कुर्मियों के वर्चस्व का था। उसके बाद यादव लोग थे जिनकी राजधानी की सत्ताधारी पार्टी के साथ साँठ-गाँठ थी। राजपूतों और भुमिहारों की संख्या कम थी इलाके में। वे ऐसे बटखरों की तरह थे जो तराजू के जिस पलड़े पर रखे जाते वह पलड़ा भारी हो जाता था, लेकिन वे स्वयं में भारी वजन नहीं थे।

बाबू समरनाथ सिंह तीन-साढ़े तीन सौ एकड़ जमीन के मालिक। दानापुर

में बड़ा-सा गोदाम, किराये पर लगी हुई दुकानें, सात-आठ भाड़े पर चलने वाली ट्रकें, अन्य कई तरह के धन्धे। यहाँ परसा गाँव में भी उनके पास जीप है, कार है, दो-दो ट्रैक्टर हैं। उनकी सबसे बड़ी दिक्कत यह है कि गाँव में मजदूर नहीं मिलते। सारे मजदूर बाहर चले जाते हैं। जो गाँव में हैं भी, उनके बारह नखरे। पहले दुसाधटोली और चमरटोली पूरी तरह मजदूरों के टोले थे। कोई दिक्कत नहीं थी। इधर पन्द्रह-बीस साल में सब उलट-पलट हो गया। मजदूरों को दिल्ली-पंजाब-हरियाणा का चस्का लग गया। राजनीति ने भी दलितों को बहका दिया। जिनका काम था जन-बनिहारी, वे नेता-लीडर बनने लगे। लड़के पढ़ने लगे। यह जो शिक्षा है, यही न सारे खुराफातों की जड़ है! और सबसे ज्यादा खुराफात हो रहा है दुसाधटोली में।

"पासवान लोग तो समझिए आसमान पर हैं।" कहा था बाबू समरनाथ सिंह ने प्रखंड-प्रमुख शेखर यादव से। शेखर यादव हँसने लगे थे, "ऐसा है समर बाबू कि ऊपर आसमान नीचे पासवान। जिस पार्टी में देखिए, पासवान भरे हुए हैं। सी.पी.आई. (एम.एल.) से लेकर भाजपा तक हर पार्टी में पासवान! कल तक कहा जाता था कि दुसाध से हड्डी छुआती है, अब देखिए क्या नजारा है।" समरनाथ सिंह की अपनी समस्या थी, "आपके टोले से भी खबर मिलती है कि चमरटोली और दुसाधटोली की देखा-देखी दूसरे टोले के भी गाय-भैंस चराने वाले लड़के नौकरी छोड़कर स्कूल जा रहे हैं। डराने-धमकाने का कोई असर नहीं हो रहा है।"

"सुना कि आपके यहाँ से दो नौकर भाग गये?"

"हाँ, दुसाधटोली के थे दोनों।" समरनाथ सिंह की बोली में कड़वाहट आ गयी, "ई कौन एगो औरत आयी है दुसाधटोली में? वही भड़का रही है दक्षिण टोले के लोगों को।"

"दक्षिण टोले से ही तो जन-मजूर, हलवाहे-चरवाहे मिलते थे।" प्रखंड-प्रमुख शेखर यादव बोले, "अब उसमें भी आफत। जो हाड़-काठ के मजबूत थे वे बाहर चले गये। बचे रोगियाह-टेंटियाह, बूढ़े-बेकाम और बचीं कामकोढ़ी मजदूरिनें! उनके भी हजार नखरे। दुसाधटोली और चमरटोली के बाल-बच्चे चरवाही करते थे। अब उनको लोग स्कूल भेजने लगे हैं।"

"बताइए कैसे होगा काम!"

बाबू समरनाथ सिंह का कहना था कि "सबकी जड़ में है वह औरत जो जाने कहाँ से आयी है दुसाधटोली में! वही भड़का रही है सबको! सुना है कि टोले की औरतों के लिए रात्रि-पाठशाला चला रही है।"

"भगाना होगा उस औरत को गाँव से। जाने कहाँ से आ गयी है।" शेखर यादव बोले, "रह गयी कुछ दिन गाँव में तो पूरा दक्षिण टोला बिगड़ जाएगा।"

बाबू समरनाथ सिंह के छोटे भाई अमरनाथ सिंह भेटिया घोड़े पर चढ़कर दुसाधटोली गये थे अपने दोनों नौकरों को फिर से काम पर लगाने के लिए। दोनों नौकरों की उम्र बारह-चौदह साल की थी। दोनों के घरवालों ने अमरनाथ सिंह के मुँह पर जवाब दे दिया, ''माफ कीजिएगा मालिक। दोनों बच्चे अब स्कूल जा रहे हैं। यह पंचायती फैसला है।'' अमरनाथ बाबू ने लाख मनाया, धमकाया, लेकिन दोनों बच्चों —रमुआ और रमेसवा के घरवाले नहीं माने। बोले, ''हम लोगों को रहना है कि नहीं अपनी बिरादरी में? दंड-जुर्माना आप भरिएगा क्या? हुक्का-पानी बन्द हो जाएगा हम लोगों का यदि रमुआ और रमेसवा आपके यहाँ नौकरी पर जाएँगे।''

खून का घूँट पीकर रह गये अमरनाथ बाबू। पहले वाला समय होता तो दस-पाँच कोड़े लगाकर लौटते। पहले तो इनके मुँह से बकार नहीं निकलती थी, अब फटर-फटर बोलने लगे हैं। बदल गया समय, नहीं तो अमरनाथ बाबू दुआर पर खड़े रहें और घटरा दुसाध खाट पर बैठा रहे?

बाबू अमरनाथ सिंह ने घोड़े पर बैठे-बैठे घोड़े को जोर से एड़ लगायी। घोड़ा उछला। फिर बेमतलब एक चाबुक लगाया घोड़े को। दुसाधटोली के लोग देखते रहे। असली बात यह थी कि बाबू अमरनाथ सिंह यह सोच रहे थे कि यदि यही सब होता रहा तो मुसहर टोले का जो वह कारी माँझी बर-बथान का काम करता है और, घोड़े की लीद फेंकता है, कहीं वह भी न भाग जाय काम छोड़कर। दुसाधटोली और चमरटोली का रंग-ढंग ठीक नहीं जा रहा है।

कुर्मी टोले और यादव टोले से लेकर रजपुताही और भुमिहार टोले तक बात फैल गयी है कि जब से दुल्ली पासवान के घर एक करिया मौगी आयी है, तब से दक्खिन टोले के बाल-बच्चे जो गाँव में चरवाही करते थे, अब स्कूल में भर्ती हो रहे हैं।

मूल बीमारी का इलाज किया जाए। यानी दुल्ली पासवान के घर में जो एक औरत आयी है, उसको भगाया जाए गाँव से। गाँव के बड़े किसानों की यह राय बनी। सबसे तगड़े आदमी तो हैं बाबू समरनाथ सिंह, वही करें कुछ। उनका तार तो सीधे पटना के हाई सर्किल से जुड़ा है। वे तो मर्डर करवाकर भी पचा जाते हैं। वही करें कुछ।

''हाँ, मुझे ही कुछ करना होगा।'' बाबू समरनाथ सिंह ने प्रखंड-प्रमुख से कहा, ''मुझे ही करना होगा। नौकर भाग गये। अब कौन गायों-भैंसों को देखे, यह समस्या है।''

भूतों के गाँव में ओझा बताह!...सबसे ज्यादा चिन्ता बाबू समरनाथ सिंह को थी। उन्हीं को लोग गाँव का मालिक मानते थे —राजपूतों, भुमिहारों से लेकर यादव टोले के प्रखंड-प्रमुख तक।

बाबू समरनाथ सिंह को इशारा करने भर की देर थी। बेटे-भतीजे ही काफी थे दुल्ली पासवान के घर में रहनेवाली उस औरत को सीधा करने के लिए। एक-दो बार धमकाया जाय, उतने में ही गाँव छोड़ देगी। कह दिया जाय कि जान से मार देंगे, भागो गाँव से। बस इतना ही 'डोज' काफी है।...

और वही किया गया। शनिवार की हाट का दिन। कुर्मी टोले के बीच से गाँव की हाट तक जाने का रास्ता है। दक्षिण टोले के लोगों को हाट से आने-जाने का एकमात्र रास्ता। शाम में हाट से सब्जियाँ बेचकर टोकरी लिये लौट रही थी कजरी। आज साँझिया माय हाट नहीं गयी थी। सब्जियों की टोकरी लेकर कजरी गयी थी। साथ में गयी थी टोले की रमिया मौसी। बाबू समरनाथ सिंह के घर में काम करनेवाला केवट टोले का नन्हकू पहचानता था कजरी को। उसी को यह काम सौंप गया कि वह कजरी का पीछा करे।

रमिया मौसी के साथ कजरी बाबू समरनाथ सिंह की हवेली के आगे वाली सड़क से अपने टोले की तरफ बतियाती हुई लौट रही थी कि हवेली से तीन-चार लड़के निकले। एक निमोछिया लड़के ने रास्ता रोककर पूछा, "रे...तू ही है कजरी?"

कजरी को पहली बार इस इलाके की टेंटियाही बोली सुनने को मिली थी। वह चकरा गयी। बात क्या है! मैंने इसका क्या बिगाड़ा है? तीन लड़के उसके अगल-बगल खड़े थे जिनका हाव-भाव बेहूदों-जैसा था।

"तुम्हारा ही नाम है कजरी?"

"हाँ, क्या बात है?"

"सुन भोंसरी की। तू गाँव छोड़कर चली जा जितना जल्दी हो सके।"

"जबान सँभालकर बोलिए बाबू साहेब।" कजरी ठमककर तन गयी।

"अरे, ई मौगिया त-अ हमारे दुआर पर हमारा पानी उतारने लगी है।" एक लड़के ने कहा।

"पकड़ो साली को। बाँधो गाछ में। उतारो साली की साड़ी।" नयी-नयी मूँछों वाले एक लड़के की बोली सर्पिणी-सी डँस गयी कजरी को।

"माथा चढ़ गया है दुसाधटोली का। मरद तो मरद ई मौगियो मुँह लग रही है। बाँधो गाछ में साली को। मूँछों वाले लड़के का बोलना भर था कि तीन लड़कों ने कजरी को पकड़ लिया। रमिया मौसी भागी अपने टोले की तरफ। वह दौड़ती जा रही थी और शोर मचाती जा रही थी, "दौड़-अ हो लोग सब!...छौंड़ा सब इज्जत उतार रहा है कजरी का। शाम का शान्त समय था। रमिया मौसी को रोककर कुछ लोगों ने पूछना चाहा, लेकिन समय कहाँ था उसके पास। उसने हवेली का नाम बताया। लोगों की समझ में नहीं आ रहा था कि मामला क्या है। मुसहर टोला,

धोबियाही, चमरटोली होती हुई अपने टोले में पहुँच गयी रमिया मौसी। लोग दौड़े कुर्मी टोले की हवेली की तरफ। जिसको जो मिला लाठी, भाला, गँडासा, हँसुआ वही लेकर दौड़ा। औरतें भी दौड़ी हवेली की तरफ। चमरटोली की औरतें भी निकल आयीं।

बाबू समरनाथ सिंह की हवेली के सामने औरतों, मर्दों, बच्चों की भीड़ लग गयी। उन चार लड़कों में दो रास्ते पर ही पकड़ा गये। दुसाधटोली और चमरटोली के लोगों ने उनको पकड़ रखा था। लोग सोच-विचार कर ही रहे थे कि दुसाध टोली की औरतों ने पिटाई शुरू कर दी। दे डंडा, दे सोंटा...थप्पड़-लप्पड़। धुनकर रख दिया दोनों को। हवेली के अन्दर बाईं तरफ गोहाल थी। गोहाल के सामने खपरी पड़ी थी। चमरटोली की एक औरत खपरी की कालिख हथेली में लगा आयी और दोनों लड़कों के चेहरे पर पोत दिया।

हवेली की औरतें अन्दर से झाँक रही थीं, लेकिन बाहर एक भी नहीं निकलीं। अगल-बगल की औरतें भी देखती रहीं। कजरी गेट के अन्दर एक किनारे चुपचाप बैठी थी।

''क्या हुआ है तुम्हारे साथ, बोलो हम बदला लेंगे।'' सँझिया माय का उग्र रूप देखकर लोग भयभीत हो गये थे।

हवेली में उस समय न बाबू समरनाथ सिंह थे न अमरनाथ सिंह। दक्षिण टोले के लोग अभी तक आ रहे थे, हालाँकि मामला शान्त हो गया था।

आज तक गाँव के इतिहास में ऐसा नहीं हुआ था। यह पहला मौका था जब दुसाधटोली, चमरटोली, धोबियाही और मुसहर टोले से लेकर केवटाही तक की औरतों ने हवेली में आकर हवेली के लाड़ले बेटों को पीटा हो —ऐसा नहीं हुआ था कभी।

''राजपूत-भुइंहार को भी टप गया ई कुर्मी टोला।'' दुसाधटोली की औरतें एकदम अगिया बैताल बनी हुई थीं।

अनहोनी घटना थी यह। इस घटना की सीधी प्रतिक्रिया तो यह होनी थी कि बाबू समरनाथ सिंह के लठैत आते दुसाधटोली में, औरतों को बेइज्जत करते, बलात्कार करते, घरों को जलाते और दो-चार को बन्दूक की गोलियों से भून देते। लेकिन ऐसा हुआ नहीं। क्यों नहीं हुआ, यह तो हवेली वाले जानें। हालाँकि दक्षिण टोले के लोगों के मन में शंका थी कि हवेली ऐसा भी कर सकती है। मुसहर टोले के छुतहरू ने हवेली का हाल सुनाया, ''बन्दूक निकल चुकी थी। पन्द्रह-बीस लोग दुसाधटोली और चमरटोली में उत्पात मचाने के लिए तैयार थे, मगर बाबू समरनाथ सिंह और बाबू अमरनाथ सिंह ने मना कर दिया। बोले कि गम खा जाओ बेटे, इसी में समझदारी है।''

इस घटना के बाद दक्षिण टोले की एकता बढ़ गयी। दलित-दलित एक। औरतें एक दूसरे के ज्यादा नजदीक हो गयीं। सँझिया माय के घर में चलनेवाली रात्रि-पाठशाला में औरतों की संख्या बढ़ गयी। अब पढ़ाई कम, संघर्ष और एकता बनाने की जरूरत ज्यादा महसूस की जाने लगी।

दूसरे दिन रात में कजरी को साथ लेकर सँझिया माय गाँव के सरपंच के घर गयी। अपने पति से फोन पर बात करनी थी। पति दुल्ली पासवान जिस मकान में कोठरी लेकर रहता था उस मकान के मालिक का फोन नम्बर था सँझिया माय के पास। घंटे-डेढ़ घंटे तक सरपंच के यहाँ दोनों को बैठना पड़ा। सँझिया माय की बातचीत हुई अपने पति से। दुल्ली ने बताया कि वह और महेसर एक ही साथ राजमिस्त्री का काम करते हैं। एक ही साथ रह भी रहे हैं। कजरी के परसा गाँव पहुँचने की बात दुल्ली के लिए भी चकित करने वाली थी।

जिस शाम समरनाथ सिंह के परिवार के लड़कों की कजरी के साथ दुर्व्यवहार वाली घटना हुई थी, उसी रात सोते समय सँझिया माय ने कजरी से पूछा था, "अच्छा ई तो कहो कि असल में हुआ क्या था। लड़कों ने 'छू-छा' नहीं किया न?" कजरी मुस्कराती हुई बोली थी, "छुएँगे क्या? हाँ, एक ने मेरी बाँह पकड़ी थी। मैंने झटक दिया। बदमाशों ने धमकी-चमकी तो खूब दी, मगर मेरे सामने क्या टिकते! उनका कहना था कि मैं यह गाँव छोड़कर चली जाऊँ। बाद में कहने लगे कि भागो यहाँ से। मैं भागती क्या, वहीं दुआर पर जाकर बैठ गयी। मौसी टोले में दौड़ती हुई गयी थी, इसलिए मैं सोच रही थी कि लोग तो आएँगे ही मुझे बचाने।"

"लेकिन जब लड़कों ने तुमको जाने के लिए कह दिया तो तुम दुआर पर जाकर काहे बैठ गयी?"

"इसीलिए बैठ गयी कि देखूँ, मुझे बचाने के लिए दखिनबारी टोले के कितने लोग आते हैं।" रहस्यभरी हँसी हँसती बोली थी कजरी।

"तो कैसा लगा तुझको? लोग तो गये ही थे और लड़कों की जो दुरगत हुई, वह तो देखी तुमने।"

"हाँ देखी। यही तो देखना था कि अपने लोगों में कितनी एकता है...और अब विश्वास हो गया है कि यदि ऐसी ही एकता रही हम लोगों में तो इज्जत के साथ जी सकते हैं हम लोग।" कजरी की इस बात पर सँझिया माय को गुमान हुआ।

उस रात कजरी की आँखों में नींद नहीं आयी। वह बेटे मुन्ना के विषय में सोचती रही। हर रात मुन्ना सपने में दिखता है। कई-कई बार दिखता है। माई दिखती हैं, सौखीलाल, उलटदास, महाबिर मियाँ सब दिखते हैं सपने में। नींद टूटने

पर वह परेशान-परेशान हो जाती है। उस रात तो वह जगी आँखों में सपने ही देखती रही।

चौथा महीना बीत रहा है इस गाँव में। बड़का गाँव और मरकसवा गाँव के लोगों ने तो मान ही लिया होगा कि कजरी मर-खप गयी। डायमंड ने जाने क्या किया होगा। कजरी ने तय किया कि यहाँ से किसी को बड़का गाँव भेजेगी — यह बताने के लिए कि कजरी मरी नहीं है।

सोयी हुई सँझिया माय को कजरी ने जगा दिया और बोली, "सुनो अपने देवर को जो दिल्ली से लौटा है उसको मेरे गाँव भेज दो न! वहाँ लोग भारी चिन्ता में होंगे। मेरा मन आकुल-व्याकुल हो रहा है।"

सँझिया माय बोली थी, "भेजने को तो भेज दूँगी, लेकिन तुम कुछ दिन यहाँ रहो। सँझिया के बाप के साथ तुम्हारा आदमी भी यहीं आनेवाला है। उसी के साथ अपने गाँव जाना।"

दूसरे दिन सँझिया माय का देवर बड़का गाँव जाने के लिए तैयार था। कजरी ने पूरा अता-पता लिखा दिया। पहुँचने का रास्ता भी बता दिया। दूर था बड़का गाँव, लेकिन रेलगाड़ी थी तो दूरी क्या!

कजरी सँझिया माय के देवर का रास्ता बेसब्री से देखती रही। पाँचवे दिन कजरी को अपने गाँव के विषय में जानकारी मिली। सँझिया के देवर ने लौटकर बताया कि गाँव के लोगों ने डायमंड का जलमहल घेर लिया था। डायमंड ने बार-बार कहा कि कजरी को उसने देखा था जरूर, लेकिन कहाँ गयी इसका पता नहीं। कजरी ने मुन्ना के विषय में पूछा। सँझिया के देवर ने बताया कि बड़े मजे में है मुन्ना। माई घुमाती-टहलाती हैं। पूरा परिवार देखभाल करता है।

बरसाती महीने के आकाश का रंग बदलने लगा था। पिछले हफ्ते से जब-तब बूँदा-बाँदी हो रही थी। टोले के पूरब की मौसमी नदी में लुप्त-सी हो गयी जल रेखा उजागर होने लगी थी। कजरी को बताया गया था कि इस मौसमी नदी में सिर्फ बरसात के महीनों में ही पानी आता है। गंडक की कोख से जनमी है यह पीरो नदी!

कजरी आज अकेली ही निकल गयी पूरब की तरफ। दूर-दूर तक ताड़-खजूर के पेड़। पश्चिम के क्षितिज पर सूरज डूबने-डूबने को था। अग्निकोण से बादल उठ रहे थे। व्यतीत पीड़ा की स्मृति की तरह बादलों में कभी-कभी बिजली की चमक दिख जाती थी।

कजरी का मन आज जाने क्यों उदास था। अपने गाँव से सँझिया माय का देवर जबकि अच्छी खबर लाया है और सँझिया माय अपने पति से दिल्ली बात कर चुकी है, कजरी को प्रसन्न होना चाहिए था, लेकिन मन जाने क्यों उदास था।

समझ नहीं पा रही थी कि जब सारी परिस्थितियाँ ठीक-ठाक हैं, तब मन उदास क्यों है।

मौसमी नदी के पाटों पर बालू की चमक नहीं थी। सपाट दिखते थे नदी के दोनों किनारे। नदी किनारे खड़ी कजरी मन की गहराइयों में डूबती चली गयी। आसपास एकदम सुनसान। समय के एक अन्तराल के बाद कजरी को वे भयानक क्षण याद आ रहे थे। शाम का समय...एकान्त में फूस का घर...घर में अकेली वह...तड़बन्ना में ताड़ी पीकर धुत्त पड़ा बाप...नेता भदेसर राम...उसके साथ कल्लू खलीफा...। याद नहीं करना चाहती कजरी!...

साँझिया माय के घर लौटती कजरी का मन भींगे कम्बल-सा हो गया था। धुएँ-सा अँधेरा फैल रहा था। टोले में साँझ-बाती के दीये आकाश में जहाँ-तहाँ उगते तारों जैसे दिख रहे थे।

साँझिया माय के दुआर पर कजरी अँधेरे में पहुँची। दालान-जैसी एकचारी में टँगी लालटेन की रोशनी में उसने जिस व्यक्ति को बैठे देखा उसे देखती ही रह गयी वह। अपनी आँखों पर सहसा विश्वास ही नहीं हुआ। काठ की मूरत बन गयी वह। चौकी पर बैठा महेसर कजरी के आश्चर्य को देख मुस्करा रहा था।

थोड़ी ही देर बाद टोले की कुछ औरतें पढ़ने के लिए उस एकचारी जैसी दालान में आ गयीं। सबने देखा महेसर को। पता चल गया कि यह आदमी कजरी का पति है। दुल्ली और महेसर दिल्ली में एक साथ काम करते हैं।

आज पढ़ाई-लिखाई बन्द। कृष्ण पक्ष तृतीया की रात थी। अमावस का चाँद निकल रहा था। खंड-खंड बादल हंसों की तरह आकाश में तैर रहे थे। मटमैले, भूरे, काले और सफेद बादलों के टुकड़े। टोले की औरतें कजरी को आँगन से खींचती हुई दुआर पर ले आयीं। औरतों के झुंड से गीत के बोल फूट पड़े। किशोरियों की एक अलग टोली बन गयी। कोमल-तरुण आवाज में गीत-नाद...

> "आज आया है साजन हमार
> चलो सखी नाचेंगे।...

एक दूसरी टोली युवतियों और अधेड़-बूढ़ी औरतों की थी। गीत का 'ओर छाना' कजरी ने :

> "बाग लगवल-अ बगीचा लगवल-अ
> निबुआ काहे न लगवल-अ
> कि तोहरा बिना रहलो ना जाय
> पिरितिया काहे के लगवल-अ...।"

तेरह

# शूद्रोदय का कलिकाल

यही कहना ज्यादा ठीक होगा कि पंडित खड्गनाथ झा यमदूत की पकड़ से फिसल गये थे, वरना उनकी मृत्यु तो समझिए हो चुकी थी। पता नहीं पेट की कौन-सी बीमारी थी। प्रखंड के डॉक्टर ने साफ-साफ कह दिया था कि पटना ले जाइए। पेट का ऑपरेशन करना होगा।

सवाल था कि पंडित खड्गनाथ झा को पटना ले कौन जाए! घर तो यों ही ढन-ढन कर रहा था। कोठी-भुरकी सब खाली। खाने का कोई उपाय नहीं। कलावती के प्रेम-विवाह वाली घटना के बाद जजमानी भी छोड़ देनी पड़ी थी।

बभनटोली पंडितजी को यों भी अघोषित रूप से बहिष्कृत किये हुए थी। कलावती का अपने ही गाँव की खवासटोली के लड़के के साथ भाग जाना और कोर्ट मैरिज करना कोई मामूली घटना नहीं थी गाँव के लिए। दिल्ली-मुम्बई तो था नहीं कि किसी से किसी को मतलब न होता! विनोद किसी सवर्ण जाति का होता तो एक बात भी थी। खवास जाति का लड़का। फूल-सी सुकुमारी कलावती को लेकर उड़ गया। बभनटोली के लोग आरोप लगाते थे कि विनोद ही बहला-फुसलाकर कलावती को ले गया, जबकि खवासटोली के लोगों का कहना था कि लड़की ही चार सौ बीस थी। डिप्टी कलेक्टर विनोद को फँसाये हुए थी प्रेम-जाल में। तटस्थ लोगों का कहना था कि दोनों में बहुत दिनों से 'लटर-पटर' था और सब जानते थे कि यह आज-न-कल होना ही है। खड़कू झा नाटक कर रहे हैं। सब पता था उनको।

पंडितजी उस घटना के बाद ही भीतर से टूट गये। वृत्ति भी चली गयी। मुँह दिखाने लायक न रहे। बीमार हो गये बाद में। पंडितजी के गोतिया-दियाद श्यामानन्द झा ने बैलगाड़ी की व्यवस्था कर पंडितजी को प्रखंड अस्पताल तक पहुँचाया था। कुछ दिनों तक पंडितजी ठीक-ठाक चले। गाँव की जजमानी छोड़ बगल के कस्बे के हनुमान मन्दिर में बैठने लगे तो दोनों वक्त चूल्हा भी जलने लगा। कस्बे में बनियाँ-बैकाल, सेठ-साहूकार काफी संख्या में थे। हालाँकि पंडित

खड्गनाथ झा की पहुँच वैसे परिवारों में नहीं थी, फिर भी कोई-न-कोई धर्मनिष्ठ व्यक्ति मिल ही जाता था।

दूसरी बार जब पंडितजी खाट पर गिरे तो कोई इलाज करानेवाला नहीं मिला। बेटा अपूर्वकृष्ण झा वैसे ही बकलेल। कौन करवाता पंडितजी का इलाज!

उन्हीं दिनों जब पंडित खड्गनाथ झा खटिया पर पड़े अस्फुट स्वर में 'हे माँ भगवती' की याद करते हुए वैद्यजी की पुड़िया वाली औषधि खाया करते थे, विनोद अपनी पत्नी कलावती के साथ गाँव आया हुआ था। कलावती को पितृमोह आखिर पिता के घर तक खींच ले गया। फूस का घर कौवे के घोंसले-जैसा बन गया था। माँ सारा क्रोध भूलकर बेटी से लिपट गयी और रोती हुई बोली, "अब तू ही बचा सकती हो अपने पिता को।"

दर्द से कराहते पिता को देख पिघल गयी कलावती। असह्य पीड़ा झेलते पिता ने पुत्री को करुणा-भरी आँखों से देखा। उन आँखों में प्राण-रक्षा के लिए जो दयनीय याचना थी, वह छिप नहीं सकी।

पिता की गम्भीर बीमारी की सूचना पाकर बड़ी बेटी लीलावती भी मिलने आयी थी। दामाद पंडित मन्त्रनाथ पाठक नहीं आये। पत्नी से उन्होंने विवश भाव से कहा था, "खाली हाथ ल-क की जायब!..." पंडित मन्त्रनाथ पाठक आरती की थाल लिये दुकान-दुकान घूमते थे कस्बे में, तब जाकर किसी तरह गुजर-बसर होती थी। पोथी-पत्रा देखकर दिन-सगुन उचारने या छोटे-मोटे अनुष्ठान कराने में आमदनी ही कितनी होती!

अपनी दयनीय दरिद्रता के बावजूद बारह-तेरह साल के बेटे को साथ लेकर लीलावती आयी थी। नाती को देख नानी रोने लगी। प्लीहा का रोग उसके चेहरे पर साफ-साफ लिखा हुआ था। लीलावती ने बताया कि सरकारी अस्पताल में इलाज हुआ था, मगर लाभ नहीं हुआ। पीला चेहरा, पेट निकला हुआ! सूखकर एकदम लकड़ी।

पंडित खड्गनाथ झा ने बड़ी पुत्री लीलावती का विवाह उच्च कुल-गोत्र देखकर किया था। गौरवान्वित थे कि संयोग से ऐसा वर मिला है। रही बात वर की गरीबी की तो पंडितजी का कहना था कि यह सब माँ भगवती पर निर्भर है। वह चाहे तो रंक को राजा और राजा को रंक बना सकती हैं। दामाद मध्यमा परीक्षा उत्तीर्ण हैं तो कोई-न-कोई नौकरी मिल ही जाएगी।

दामाद पंडित मन्त्रनाथ पाठक एक बार मुख्यमन्त्री के दरबार में भी गये थे। मुख्यमन्त्री उन्हीं के कुल-गोत्र के थे। उम्मीद थी कि दरिद्रता में पड़े अपने कुल-गोत्र के पंडित मन्त्रनाथ पाठक के लिए मुख्यमन्त्री कुछ-न-कुछ करेंगे। मुख्यमन्त्री के बाएँ हाथ का खेल है छोटी-मोटी नौकरी देना। जैसे-तैसे राह-खर्च का जुगाड़

कर पाठकजी पटना जा सके थे। दो दिनों तक महावीर मन्दिर में रहे। मुश्किल से मुख्यमन्त्री के दरबार में प्रवेश मिला। सैकड़ों मुलाकातियों के बीच बैठने की जगह मिली। एक मिनट के लिए मुलाकात हो पायी मुख्यमन्त्री से। जब तक पाठकजी अपनी बात कहते-कहते तब तक मुख्यमन्त्री आगे बढ़ गये। आखिर पाठकजी ने मुख्यमन्त्री के पैर पकड़ लिये। पकड़ क्या लिए, समझिए कि 'पैर-छान्ह' लिये। अंगरक्षकों ने पंडितजी को अलग किया। आखिर मुख्यमन्त्री के आदेश पर पी.ए. ने पंडित मन्त्रनाथ पाठक का नाम-पता, योग्यता वगैरह नोट किये और आश्वासन दिया कि शीघ्र ही उनको सूचना दी जाएगी।

वर्ष पर वर्ष बीते। मुख्यमन्त्री दृश्य से बाहर हो गये। मक्खियाँ भनभनाने लगीं पूर्व मुख्यमन्त्री के आवास में। उधर निराश होकर पंडित मन्त्रनाथ पाठक धूप-आरती दिखाकर अठन्नी-चवन्नी के दान से जीवन-यापन करने लगे।

कलावती अपनी कार से गयी थी पिता को देखने। पिता की मरणासन्न स्थिति और माँ की दयनीयता देखकर उसके मन में आया कि अपने साथ ही पिता को पटना ले चले, मगर विनोद की सहमति नहीं मिली थी। इलाज के लिए माँ के हाथ में उसने पाँच सौ रुपये रखे और अपने घर यानी खवासटोली चली गयी।

पंडित श्यामानन्द झा ने पंडित खड्गनाथ झा को समझाया, "आपत्काले कुतो धर्मः। सुनिए पंडितजी, आप अगर जिद्द पर अड़े रहे तो मृत्यु निश्चित है। सुना नहीं, प्रखंड के डॉक्टर ने क्या कहा है?"

पंडित खड्गनाथ झा दर्द से बेचैन। हौ बाप! हौ माय! हे कष्टहारिणी श्यामा माय दरभंगा वाली!...पंडितजी प्रार्थना-प्रलाप करते रहते थे। बबुआन टोले से माई आयीं पंडितजी को देखने। सौ तरह से समझाया कि चले जाइए बेटी-दामाद के यहाँ पटना। दुर्भिक्ष में ऋषि को भी कुत्ते का मांस खाना पड़ा था। पहले अपनी जान बचाइए।

आखिर मान गये पंडितजी। माई ने स्टेशन तक जाने के लिए बैलगाड़ी की व्यवस्था की। साथ जाने के लिए पंडितजी के पुत्र अपूर्वकृष्ण झा को कहा गया। चूँकि अपूर्वकृष्ण झा ढहलेल-बकलेल थे, इसलिए बभनटोली के आग्रह पर पंडित श्यामानन्द झा पटना जाने के लिए तैयार हुए।

विनोद का पटनावाला पता-ठिकाना लिया गया खवास टोली से। न्यू पुनाई चक, पटना। दुमंजिला मकान। सेंट्रल बैंक के पास। कहा गया कि कोई दिक्कत नहीं होगी डेरा खोजने में।

गाड़ी रात साढ़े ग्यारह बजे पटना जंक्शन पहुँच गयी थी। रात में न्यू पुनाइचक जाना सम्भव नहीं था। जैसे-तैसे रेलवे वेटिंग रूम में सुबह हुई।

पंडित श्यामानन्द झा ने ही कॉलबेल का बटन दबाया। सुबह सात बजे तक

लोग सोये हुए थे। कई बार कॉलबेल की जलतरंगी आवाज हुई तो भनभनाती हुई दरवाजे के पास गयी कलावती —हो गया शुरु आलतू-फालतू लोगों का आना...कि सामने अपने पिता, भाई और श्यामानन्द झा को देख वह चकरा गयी। पिता फर्श पर बैठे कुँहर रहे थे। पंडित श्यामानन्द झा सहारा देकर पंडित खड्गनाथ झा को कमरे के अन्दरे ले गये। बड़ा-सा हॉलनुमा कमरा। कमरे के एक कोने में झौली मड़र विराजमान थे। पंडितजी को झौली मड़र ने देखा तो मुस्कराते हुए बोले, "परनाम पंडीजी!"

कई वर्ष बाद पंडित खड्गनाथ झा उर्फ खड्कू पंडित झौली मड़र के आमने-सामने हुए थे। कलावती के घर छोड़ने के बाद तो वे सोलकन टोले में कभी गये ही नहीं। इस समय झौली मड़र को सामने देखा तो कराहते पंडितजी के मुँह से आवाज ही नहीं निकली। पहले यही पंडितजी प्रणाम के उत्तर में कहते थे, "जय हो! जय हो जजमान की!..." लेकिन इस समय वे बस करुण-कातर आँखों से झौली मड़र को देख भर लिया।

पंडित श्यामानन्द झा को झौली मड़र ने बताया कि विनोद की माँ की दोनों आँखों में मोतियाबिन्द की बीमारी है। उसी के इलाज के लिए वे आये हैं। एक आँख का ऑपरेशन हुआ है। डॉक्टर ने आठ-दस दिन रहने के लिए कहा है। यह भी कहा है कि धूल-धूप-धुआँ-धक्का से बचकर रहना है।

झौली मड़र ने खड्कू पंडित की तरफ देखकर पूछा, "ई पंडीजी अभी तक ठीक नहीं हुए?" "नहीं। इनका भी ऑपरेशन होगा। प्रखंड के डॉक्टर ने डेढ़-दो महीने पहले कह दिया था।"

तब तक विनोद भी कमरे में आ गया था। पंडितजी दरी पर लेटे कुँहर रहे थे। विनोद को दामाद के रूप में खड्कू झा ने पहली बार देखा। श्यामानन्द झा ने विनोद से कहा, "पंडितजी को पहले अस्पताल में भर्ती करा दो। इनकी हालत बहुत खराब है।"

"लेकिन हुआ क्या है इनको?"

"पेट का रोग है। जाँच हुई कहाँ है कि पता चले। सब तरफ से हारकर आये हैं तुम्हारे पास।" विनोद ने हँसते हुए कहा, "हाँ, हार कर ही आये होंगे। बिना हारे तो यहाँ आने वाले थे नहीं।"

पंडितजी को 'इमर्जेंसी वार्ड' में पहुँचाया गया। फिर सर्जिकल वार्ड में भेज दिया गया। अपनी कार से विनोद ने खुद पटना अस्पताल पहुँचाया पंडितजी को। पंडितजी के साथ लेलहा पंडित को रख दिया गया। श्यामानन्द झा को गाँव लौटना था। वे स्टेशन चले गये। विनोद ने कहा कि दोपहर बाद किसी कर्मचारी को वह अपने दफ्तर से हॉस्पिटल भेजेगा।

शाम में कलावती पिता को देखने हॉस्पिटल गयी। साथ में फुफेरे भाई बम्बम् झा को भी ले लिया। बम्बम् झा डेलीवेज पर चपरासी है विनोद के दफ्तर में, लेकिन रहता है विनोद के निवास पर। बम्बम् झा के अतिरिक्त निवास पर भोला भी रहता है—रिश्ते में विनोद का भाई। घरेलू काम भोला के जिम्मे रहते हैं।

बम्बम् झा को यहाँ आये साल-भर से कुछ ज्यादा हो गया है। मिडिल तक पढ़ा-लिखा है। बाईस-तेईस साल की उम्र। आया था तो चीकट धोती और फटा-चिटा बुश्शर्ट पहने था। अब कभी पैंट-शर्ट पहनता है, कभी धोती-कुर्ता। विनोद के आवास में भोला का प्रवेश पिता झौली मड़र की पैरवी से और बम्बम् झा का प्रवेश मैडम कलावती की पैरवी से हुआ। झौली मड़र ने भोला को विनोद के सामने खड़ा करते हुए कहा था, ''रख लो अपने साथ इसको। तुम्हारा खास मौसेरा भाई है। गरीबी में है। गाँव में कोई काम है नहीं। पेट-भर खाना भी नहीं मिलता है। तुम्हारे साथ रहेगा तो पेट-भर खाना मिल जाएगा। फिर चाहे जो मन हो, महिनवारी के नाम पर दे देना। सेवा करेगा पूरे परिवार की।''

और ऐसी ही पैरवी पर बम्बम् झा का भी प्रवेश हुआ था। कटिहार में किसी मारवाड़ी के यहाँ रसोइये का काम करता था बम्बम् झा। वहाँ से निकाल दिया गया। कुछ दिन पटना के महावीर मन्दिर में रहा। वहीं उसको किसी पुजारी से कलावती की जानकारी मिली तो ढूँढ़ते हुए पहुँच गया न्यू पुनाइचक। भाग्य अच्छा था। मौसेरी बहन से मिलने आया तो यहीं का होकर रह गया।

कलावती मेम साहब इन दिनों परेशान हैं। पिछले हफ्ते सास-ससुर आ गये। सास की एक आँख का ऑपरेशन हुआ। फिर जाने कैसे-कैसे पिताजी आ गये इलाज कराने। बुढ़वा-बुढ़िया यानी ससुर-सास को देखते ही पारा चढ़ जाता है कलावती मेम साहब का, लेकिन करें क्या! मेम साहब को बहुत असुविधाजनक लगता है गाँव के लोगों का यहाँ आना। विनोद नौ बजे तक दफ्तर चला जाता है और अक्सर रात तक लौटता है। आये-गये लोगों के खाने-पीने की व्यवस्था करनी पड़ती है मेमसाहब को। वैसे घर में दो नौकर हैं। एक भोला और दूसरा बम्बम् झा। बम्बम् झा से हर तरह का काम लिया नहीं जा सकता। आये-गये डोम-चमार-दुसाध-मुसहर की जूठी थालियाँ तो नहीं धोएगा बम्बम् झा! ऐसे काम भोला के लिए हैं।

आठवें दिन पंडित खड्गनाथ झा को हॉस्पिटल से छुट्टी मिल गयी। पेट का ऑपरेशन हुआ था। रोग निकाल दिया गया था, लेकिन डॉक्टरों की सलाह थी कि अभी दो सप्ताह मरीज को यहीं रहना है। खाने-पीने के मामले में पंडितजी को कई तरह के परहेज थे।

एक ही बड़े-से कमरे में थे पंडित खड्गनाथ झा, अपूर्वकृष्ण झा उर्फ लेलहा पंडित और झौली मड़र। विनोद की माँ को अन्दर वाला एक छोटा कमरा दिया गया था। वह कमरा पहले स्टोर घर था।

ऑपरेशन के बाद पंडितजी का कुँहरना बन्द हो गया था। कमरे में एक तरफ पंडितजी की चौकी लगी थी, दूसरी तरफ झौली मड़र की। पंडितजी झौली मड़र को देखना नहीं चाहते थे, लेकिन मड़र पंडितजी से बातचीत के लिए उत्सुक रहते थे। जो हुआ सो हुआ, अब तो पंडितजी नाना और वे स्वयं दादा बन गये हैं। फिर जब बेटी–दामाद के घर आ गये पंडितजी तो सारी शिकायतें खत्म।

बिजली की रोशनी में अपनी चौकी पर लेटे झौली मड़र पंडितजी की तरफ इस आशा से देखते रहे कि बातचीत का कोई सिलसिला चले। इसी बीच बहू कलावती गिलास में दूध लिये आयी और अपने पिता के पास खड़ी हो गयी। उसने गौर से अपने पिता और ससुर को बारी-बारी से देखा। दोनों दो दुनियाओं की तरह थे। ससुर झौली मड़र काले–कलूटे ठिगने–से व्यक्ति जो देखने से ही देहाती और शूद्र प्रतीत होते थे। सिर पर खूँटियों जैसे काले–उजले–भूरे बाल। चेहरा ऐसा जैसे काली कीचड़ धूप में सूख गयी हो। घुटनों तक धोती पहने झौली मड़र चौकी पर बैठे थे और दोनों पैरों को आहिस्ता–आहिस्ता झुला रहे थे।

गोलगंजी उतारकर पंडितजी ने दीवार में ठुँकी काँटी से लटका दी थी। नंगे बदन पंडितजी कुछ ज्यादा ही ब्राह्मण दिख रहे थे। गोरे बदन पर जनेऊ सर्प की तरह लिपटी हुई थी। कम–से–कम झौली मड़र को ऐसा ही लगा। जनेऊ में एक चाबी बँधी थी जो साथ लाई गयी टिनहा बक्से की थी। बायीं करवट लेटे पिता से कलावती ने कहा, ''बाबूजी, दूध पी लीजिए।'' हल्की–सी कराह के साथ पिता ने करवट बदली। वे उठकर बैठना चाहते थे, लेकिन बिना सहारे के बैठ नहीं पा रहे थे। बेटी ने सहारा देकर पिता को बिछावन पर बिठा दिया। तिपाई पर रखा दूध से भरा गिलास कलावती ने पिता के हाथ में दिया, ''लीजिए, पी जाइए पूरा।''

दूध पीते हुए पंडित खड्गनाथ झा ने गौर से पुत्री को देखा। बहुत बदल गयी थी कलावती। सिर्फ तन से ही नहीं, मन से भी। सुख–सुविधाओं से भरे अफसरी घर में कलावती को कोई कष्ट नहीं था। यह बात कलावती के चेहरे पर साफ–साफ लिखी हुई थी। दुबली–पतली और चाँदनी–सी गोरी कलावती का चेहरा पंडितजी को आश्वस्त कर रहा था कि और चाहे जो बात हो, राज कर रही है उनकी बेटी।

कलावती कमरे से चली गयी थी, लेकिन पंडित खड्गनाथ झा को लग रहा था, बेटी उनके सामने ही खड़ी है—कलाइयों में सोने की चूड़ियाँ, कानों में कर्णफूल, नाक में हीरा जड़ा नगबेसर।

अचानक बड़ी पुत्री लीलावती याद हो आयी। बड़े दामाद पंडित मन्त्रनाथ पाठक। फारबिसगंज बाजार के राम–जानकी मन्दिर में छोटे पुजारी। दुकान–दुकान आरती की थाल लिये घूमने वाले और भिखमंगा बाभन कहे जाने वाले दामाद।

प्लीहा का रोगी नाती। बड़ी पुत्री के घर की गरीबी देख पंडितजी को पछतावा हो रहा था कि कहाँ दे आये अपनी फूल-सी बेटी को!

विवाह के पहले लीलावती कितनी स्वस्थ और सुन्दर दिखती थी। लोग कहते थे कि बड़ी बेटी छोटी से अधिक सुन्दर है। घर के काम-काज में उतनी ही प्रवीणा। गाँव के स्कूल से मिडिल पास थी। संस्कृत श्लोकों का इतना स्पष्ट उच्चारण करती थी कि महामहोपाध्याय पंडित आद्याचरण झा भी दंग रह जाते थे। वही लीलावती अब गरीबी के कारण सूखकर ठठरी हो गयी है। फूस के घर की छप्पर बरसात में अँसुवन धार रोती है। नाती ऋतुनाथ पाठक एक तो बीमार रहता है, दूसरे उसकी लिखाई-पढ़ाई की व्यवस्था भी नहीं है। पंडितजी को यह चिन्ता घेरे हुई थी कि यदि ऋतुनाथ का ठीक से इलाज नहीं हुआ तो जी नहीं पाएगा।

और यहाँ कलावती का पुत्र है बबलू। बड़ा प्यारा-सा नाम है—प्रणय प्रसून। स्वस्थ और सुन्दर। कोई अभाव नहीं है बबलू को। कई जोड़े जूते हैं, अनगिनत कपड़े। ड्राइवर कार से बबूल को स्कूल पहुँचाता है।...

सब कुछ तो है, लेकिन जाति?...क्या जाति कही जाएगी बबलू की? जाति तो पिता से मानी जाती है। और पिता की जाति?...घृणा से पंडित खड्गनाथ झा ने कमरे में दूसरी तरफ की चौकी पर सोये झौली मड़र को देखा। जाति के ख़वास। जूठे बर्तन माँजने-धोने वाले। जूठा खाने वाले। जाति! जाति!...पंडितजी को बेचैनी-सी होने लगी। उन्होंने दो-तीन करवटें बदलीं और कुछ सोचने लगे।

पंडितजी का दूधवाला खाली गिलास बगल की तिपाई पर रखा था। झौली मड़र चौकी पर बैठे थे। कनखियों से वे पंडितजी को देख रहे थे, लेकिन पंडितजी झौली मड़र से बातचीत करना नहीं चाहते थे। दरवाजे के आगे खुली जगह में विनोद की माँ पंजों के बल चुपचाप बैठी थी। उसकी एक आँख पर गाढ़े हरे रंग की पट्टी थी। अपूर्वकृष्ण दोनों बाहों को पीठ पर रखे और हथेलियों को आपस में गुँथे हुए टहल रहे थे।

दोपहर हो गयी थी, लेकिन छिटफुट बादलों के कारण समय का ठीक पता नहीं चल रहा था। झौली मड़र दरवाजे के बाहर आती-जाती धूप-छाँह में बैठी विनोद की माँ को देखते हुए सोच रहे थे कि शायद वर्षा होगी। वे पंडितजी से ऑपरेशन के बाद उनके स्वास्थ्य के विषय में जानना चाहते थे, लेकिन पंडितजी इस तरह मुँह फुलाए हुए थे कि झौली मड़र से कुछ पूछते नहीं बनता था। आखिर रहा नहीं गया। वे चौकी से उठे और पंडितजी के पास पहुँचकर मुस्कराते हुए पूछ बैठे, "अब कैसा लग रहा है पंडीजी?"

पंडितजी ने एकदम बेमन से झौली मड़र को देखा। उनके देखने में जो रोष था या झिझक थी, वह छिपाये नहीं छिप रही थी। टालने के लिए या संवाद को

इसी जगह समाप्त करने के लिए पंडितजी बोले, "कैसा लगेगा?...ठीक है।"

भोला एक हाथ में आसनी और दूसरे हाथ में स्टेनलेस स्टील का गिलास लिये कमरे में आया और झौली मड़र से बोला, "खाने का टेम हो गया है।" झौली मड़र बोले, "पहले मौसी को खिला दे भोला।"

"मौसी का बरत है आज। साँझ में फलहारी करेंगी।"

"तो ठीक है। ले आओ खाना।" झौली मड़र ने आसनी को झाड़ा और फर्श पर बिछाकर उसी पर बैठ गये। थाली आयी तो उन्होंने पंडितजी से पूछ लिया, "आप पंडीजी?" पंडितजी ने झौली को देखकर इस तरह नाक-भौं सिकोड़ लिये जैसे बस या रेलगाड़ी में उन्हीं के गाँव की डोमराही का कोई परिचित अछूत उनकी बगल में आकर बैठ गया हो।

झौली मड़र खाना खा चुके तो भोला थाली, गिलास वगैरह उठाकर ले गया। थोड़ी देर में बम्बम् झा एक बड़े से कटोरे में खिचड़ी ले आया। पीछे-पीछे आयी कलावती। उसके हाथ में छेने से भरा कटोरा था।

लेलहा पंडित दरवाजे के बाहर पीठ पर दोनों हाथ रखे खड़े थे। भोला ने कहा, "ए-ए पंड़ीजी, खाना खाने के लिए बुला रही हैं मेम साहब।"

लेलहा पंडित इन्तजार ही कर रहे थे। वे तेजी से हॉलनुमा कमरे को पार करते अन्दर चले गये। झौली मड़र ने लेलहा पंडित को अन्दर जाते देखा तो सोचने लगे —इस पंडितवा को बहू अन्दर बुलाती है खाने के लिए। अन्दर शीशे की बड़ी-सी एक गोल टेबुल है। टेबुल के चारों तरफ पाँच-छह कुर्सियाँ लगी हुई हैं। एक कुर्सी पर बहू बैठेगी, दूसरी कुर्सी पर लेलहा पंडित बैठेगा। खाना परोसेगा बम्बम् झा और जूठे बर्तन उठाकर ले जाएगा भोला।

आज तक कभी बहू ने शीशे वाली टेबुल पर झौली मड़र को खाना नहीं खिलाया। जब से भोला घरेलू नौकर बना है, बहू ने कभी खाना परोसकर उनके सामने नहीं रखा। यह काम भोला के जिम्मे है। खाने की थाली सामने रखना और जूठे बर्तन उठाकर ले जाना भोला की ड्यूटी है। उनके जूठे बर्तन बम्बम् झा ने कभी नहीं उठाये।

पिछली रात भी यही हुआ। यहीं इसी कमरे में उन्होंने खाना खाया था। भोला किसी काम में लगा हुआ था। जूठी थाली पड़ी रही, लेकिन न बम्बम् झा उठाकर ले गया, न बहू ने ही ध्यान दिया कि जूठे बर्तन यहाँ पड़े हैं। बहू अपने पिता को दूध का गिलास देने आयी, खाली गिलास ले भी गयी, लेकिन बगल में फर्श पर जूठे बर्तन रखे थे, उनको बहू ने छुआ नहीं।

पंडित खड्गनाथ झा तब हॉस्पिटल में ही थे। कलावती उन्हीं को देखने हॉस्पिटल गयी थी। विनोद उस दिन दफ्तर से पाँच बजे शाम में ही निवास लौट

आया था। झौली मड़र अहाते के एक कोने में खड़े थे और शहर की शाम को महसूस करने की कोशिश कर रहे थे। शहर में शाम जो चुपके से आती है, इतने चुपके से कि पता नहीं चलता। गाँव में समय अपनी पूरी पहचान के साथ आता है। सुबह, दोपहर, शाम को साफ-साफ महसूस किया जा सकता है। लेकिन शहर के इस अमीर मुहल्ले में! आठ-दस तल्लों के ऊँचे-ऊँचे मकानों के कबूतरों के दड़बों-जैसे बने कमरों में जाने कैसे रहते हैं लोग। यह सामने वाला अठतल्ला मकान है। लगता है दियासलाई के डब्बों से किसी बच्चे ने महल बनाया हो।

झौली मड़र के लिए पटना शहर बहुत अनपहचाना नहीं रह गया है। कई बार आ चुके हैं यहाँ और कई-कई दिनों तक रहे हैं बेटे के घर में। पूरा शहर घूमे हैं। पटना देखकर उनको लगता है कि इस शहर में भी गाँव है। गाँवों का शहर है पटना। गाँवों के लोग भरे हुए हैं यहाँ। शायद ही कोई मिले जिसका एक पैर गाँव में न हो। अब तो पूरे पटना शहर में खटाल ही खटाल हैं। वैसे पॉलिथिन वाला दूध भी मिलता है। बहू का दुलरुआ फुफेरा भाई बम्बम् झा रोज सुबह पॉलिथिन बैग वाला दूध खरीदने चौक पर जाता है।

उसी चौक पर एक खैनी वाले से झौली मड़र की अच्छी जान-पहचान हो गयी है। नाम है बुचकुन राउत। जात का केवट। अपने इलाके का है—कुरसा काँटा बाजार का। गुमटी है उसकी। झौली मड़र रोज शाम उसकी गुमटी में बैठते हैं और चौक-चौराहे की चहल-पहल देखते हैं। बुचकुन राउत झौली मड़र की इज्जत करता है। एक तो अपने गाँव-ज्वार के, दूसरे अफसर के पिता।

उस दिन झौली मड़र चौक की तरफ जाने के लिए निकले ही थे कि बेटे की कार आ गयी। बम्बम् झा बरामदे की कुर्सी पर बैठा खैनी लटा रहा था। ई पंडितवा बम्बम् झा!...झौली मड़र के मुँह में गाली आयी, लेकिन मुँह से निकली नहीं। ई ससुरे को जरा भी लाज-लिहाज नहीं है कि मैं विनोद का बाप हूँ। खुद खैनी लटाकर खा लेगा, पूछेगा नहीं कि खैनी लीजिएगा! एक कुर्सी पर बैठकर दूसरी कुर्सी पर दोनों पैर फैलाए आराम फरमाता रहेगा! इतनी भी समझ नहीं कि नौकर-चपरासी है। मालिक के सामने कुर्सी पर नहीं बैठना चाहिए। सिर चढ़ा रखा है बहू ने, नहीं तो क्या मजाल इस भिखमंगे ब्राह्मण की जो अपने अफसर के सामने कुर्सी पर बैठे! ब्राह्मण होने का घमंड है इसको। लिलार पर सिन्दूरी ठोप लगाता है। मन में हमेशा चाह रहती है कि झौली मड़र उसको प्रणाम करें।

वाह रे पंडित! जिस अफसर का तू नौकर-चपरासी है, उस अफसर का बाप तुमको प्रणाम करेगा? वह तो रिश्ते की तुम्हारी बहन महारानी बनकर बैठी है इस घर में, नहीं तो दरवाजे से ही भगा देता तुमको।

झौली मड़र चौक पर नहीं गये। गेट के बाहर से ही लौट आये। बरामदे पर

चढ़ते ही विनोद ने देखा कि बम्बम् झा मुँह घुमाकर कुर्सी पर बैठा है और बड़े आराम से खैनी चुनिया रहा है। मन में आया कि एक झापड़ लगाये पंडितवा को। भितरिया बदमाश है, नम्बरी खच्चड़। उसने बम्बम् झा को पुकारा, "रे...!" बम्बम् झा उठकर खड़ा हो गया। "मेम साहब अभी तक नहीं लौटी हैं हॉस्पिटल से?"

"जी नै, अखन तक नहीं लौटी हैं।" बम्बम् झा कुर्सी से सटकर इस तरह खड़ा हुआ कि साहब खिसकें तो फिर कुर्सी पर बैठ जाए।

बम्बम् झा हालाँकि साहब के दफ्तर में डेलीवेज पर चपरासी है, लेकिन साहव के दफ्तर में ड्यूटी नहीं करता। सिर्फ वेतन उठाने जाता है महीने में एक बार। उसकी ड्यूटी यहीं डेरे में है। मेम साहब के भाई के रिश्ते में हैं। मेम साहब ने पति पर जोर डालकर चपरासी के पद पर बम्बम् झा को बहाल कराया है।

ड्राइंगरूम में घुसते ही विनोद को लगा, यह घर धर्मशाला हो गया है। इधर-उधर सामान रखे हुए हैं—लोटा, डोरी, गठरी, मोटरी, ओढ़ने-बिछाने के सामान। जाने कैसे खड़कू पंडित आ गये अपने बकलेल बेटे के साथ! इलाज का खर्च, देखभाल। कलावती बाप के लिए ही परेशान रहती है।

माँ और बाबूजी को यहाँ आये बारह-तेरह दिन हो गये हैं। उसने सोचा, अभी तक माँ से निश्चिन्त होकर बातचीत भी नहीं हो सकी है। घर एकदम खाली-खाली-सा लग रहा है। विभाग में एक कर्मचारी की मृत्यु के कारण शोक-सभा हो गयी, इसलिए समय से पहले छुट्टी मिल गयी। आज अवसर है माँ से बात करने का। विनोद ने सोचा और अन्दर के कमरे से होता वहाँ पहुँचा जहाँ पानी का टेप लगा हुआ है। वहीं एक छोटे कमरे में माँ के रहने की व्यवस्था की गयी है। एक बाथरूम भी माँ के कमरे के ठीक बगल में है।

माँ की एक आँख पर हरी पट्टी लगी है। उसने देखा, कमरे के सामने पानी के टेप के पास बैठी माँ अपने जूठे बर्तन धो रही है। माँ को बर्तन धोते देख वह स्तम्भित खड़ा रह गया। घर में भोला है, बम्बम् झा है, कलावती है। इन सबके रहते माँ अपने जूठे बर्तन धोये? भोला को काम से बाहर भेज दिया गया है। कलावती अपने बाप को देखने हॉस्पिटल गयी है, मगर बम्बम् झा तो है! क्या करता है पंडितवा? सिर्फ खाने और अपनी बहन की चाकरी करने के लिए इसको आवास में रखा गया है?

उसे फिर पछतावा हुआ कि बेकार ही चपरासी की नौकरी पर लगा दिया इसको। यह पूरे घर का नहीं, सिर्फ अपनी बहन का ऑर्डरली है। यहाँ पहली बार आया था तब कितना दीन-हीन लगता था। कलावती ने बताया था, "फुफेरा भाई है। बम्बम् झा नाम है। कुछ महीनों से महावीर मन्दिर में रह रहा है। बहुत गरीब

है। घर में बूढ़े माँ-बाप हैं। बाप लँगड़े हैं। ठीक से चल-फिर नहीं सकते। पहले पूजा-पाठ कराते थे, अब आँखों से भी लाचार हो गये हैं। बहुत आशा लेकर आया है बम्बम् झा।'' बम्बम् झा ने विनोद के पैर छू लिये थे। विनोद ने गौर से देखा था बम्बम् झा को। ठिगने कद का आदमी। गौर वर्ण। ललाट पर सिन्दूरी टीका यानी ठोप। कलावती बम्बम् झा की पैरवी करती जा रही थी, ''यहीं कहीं पड़ा रहेगा। रूखा-सूखा कुछ भी खा लेगा। घर में चैन तरह के काम होते हैं। भोला को भी मदद मिल जाएगी।''

शुरू-शुरू में भारी स्वामिभक्त दिखता था बम्बम् झा। अपने आचरण से प्रभावित भी किया था इसने। रात में जब वह सोने के लिए बेड पर जाता, बम्बम् झा मना करने के बावजूद उसके पैर दबाने लगता, ''आप थके होंगे हजूर।'' हर बात में 'जी सर, जी हजूर।' कलावती बम्बम् झा की विनयशीलता की प्रशंसा करती थकती नहीं थी। भोला के घरेलू काम में भी हाथ बटाने लगा था बम्बम् झा। काम में चकरघिन्नी बना रहने वाला भोला अब थोड़ी देर आराम भी कर लेता था। बाजार से सौदा-सुलुफ लाना, चक्की से गेहूँ पिसाना, किसी मेहमान के आने पर उसका स्वागत-सम्मान करना...ऐसे तमाम तरह के काम पूरी तत्परता से करता था बम्बम झा। जब वह दफ्तर के लिए तैयार होने लगता, बम्बम् झा जूते-मोजे झाड़-पोंछकर सामने रख देता। पानी से भरा थर्मस गाड़ी में रख आता।

धीरे-धीरे बम्बम् झा पर उसकी निर्भरता इस हद तक बढ़ गयी थी कि एक बार जब चौदह-पन्द्रह दिनों के लिए बम्बम् झा अपने गाँव चला गया था तो उसे बहुत असुविधा महसूस हुई थी। कलावती ने निर्भरता की परख शायद कर ली थी, इसलिए एक दिन उसने धीरे से प्रस्ताव रखा, ''कहीं लगा दीजिए इसको चपरासी-वपरासी में। डेलीवेज पर काम करेगा।''

संयोग से विभाग में एक जगह खाली थी। सचिव से बात हो गयी और डेलीवेज पर काम करने लगा बम्बम् झा। ड्यूटी यहीं निवास पर थी। बस महीने-महीने जाकर वेतन उठाना था ऑफिस से।

नौकरी मिलने के बाद बम्बम् झा का स्वभाव बदलने लगा था। दफ्तर से लेकर मुहल्ले तक के लोग जान गये थे कि पंडित बम्बम् झा साहब का साला है। मुहल्ले में पोथी-पत्रा देखकर वह दिन-सगुन उचारने का काम भी करने लगा। नौकरी मिलने के बाद ही उसके भीतर सोया हुआ ब्राह्मण जग गया। अब वह न जूते-मोजे लाकर अपने साहब के सामने रखता था, न पैर ही दबाता था। पूरी तरह अपनी फुफेरी बहन कलावती का ऑर्डरली बन गया था। उसी की सिखायी सीख बम्बम् झा का कर्तव्य बन गयी थी। वेश-भूषा भी बदलने लगी थी। स्टेशन के पास महावीर मन्दिर में अब उसकी पूछ बढ़ गयी थी। वहाँ से हर मंगलवार और

शनिवार को एक-डेढ़ किलोग्राम लड्डू ले आता था।

अब बम्बम् झा को पुकारा जाता तो 'जी सर या जी हुजूर' की जगह 'हूँ-हाँ' में जवाब देता। कोशिश रहती कि साहब के सामने यथासम्भव न जाए। निवास पर मिलने वाले अफसर-कर्मचारी वगैरह आते तो बम्बम् झा गायब हो जाता कि कहीं चाय-नाश्ता लाने के लिए उसी को न कह दिया जाए। मेहमानों के जूठे बर्तन, कप-गिलास वगैरह उठाने में बम्बम् झा को हिचक होने लगी थी। चाहता था कि यह काम भोला करे जो घरेलू नौकर है। वह तो सरकारी कर्मचारी है।

एक दिन शाम में डी.डी.सी, विजय पासवान, डी.एस.पी. छेदीराम और पटना उच्च न्यायालय के एडवोकेट चन्द्रेश्वर मिश्र मिलने आये थे। चन्द्रेश्वर मिश्र बड़का गाँव की बभनटोली के रिश्ते में आते थे और नामी वकील थे। विनोद के सहपाठी रह चुके थे। इसी सम्बन्ध के नाते वे कभी-कभार मिलने आते थे। जिस वक्त वे तीनों आये, बम्बम् झा डेरे में ही था, लेकिन पुकारे जाने पर मिला नहीं। मामला अब समझ में आया कि चूँकि मिलने आये लोगों में एक दुसाध और एक चमार है और इनके जूठे कप-प्लेट बम्बम् को धोने पड़ेंगे, इसी से बचने के लिए वह लापता हो गया था। आखिर भोला चाय बिस्किट लाकर रख गया। जाने लगा तो विनोद ने कहा, "बम्बम् झा को भेजना तो।" भोला ने अन्दर जाकर देखा। बम्बम् झा किचन के सामने कुर्सी पर बैठा मेम साहब से बतिया रहा था। उसने बम्बम् से कहा, "साहेब बुला रहे हैं।" बम्बम् झा ने विचित्र-सा मुँह बनाया और धीरे-से अपनी बहन को सुनाकर कहा, "सुनती हैं दीदी, अब धोने पड़ेंगे चमार-दुसाध के जूठे कप-प्लेट। इसी काम के लिए तो बुलाया है साहब ने। क्या भोला नहीं कर सकता है यह काम?"

बम्बम् झा बेमन से, खुद को जैसे घसीटता हुआ-सा ड्राइंगरूम के सामने जा खड़ा हुआ। विनोद ने जलती हुई आँखों से उसे देखा, "यहाँ से चले क्यों गये थे? ये कप-प्लेट कौन उठाएगा? आयँ!..." हालाँकि बाहर भोला भी खड़ा था, मगर कप-प्लेट उठाने के लिए बम्बम् झा से कहा गया था। साहब का तमतमाया चेहरा देख बम्बम् झा कप-प्लेट उठाने लगा। साथ बैठे अफसरों से विनोद ने कहा, "सिर पर चढ़ा रखा है मैडम ने। जाने कैसे आकर सट गया मेरी फैमिली से। मैडम का रिश्तेदार है, यही समझकर फोर्थग्रेड में लगवा दिया।" डी.डी.सी. छेदीराम बोले, "तुम्हारे घर में भी लगता है टग ऑफ वार चलता है।" विनोद ने कोई प्रतिक्रिया व्यक्त नहीं की।

जब से बम्बम् झा को सरकारी नौकरी मिली है, जाति के प्रति वह बहुत सचेत हो गया है। कलावती की भी यही आदत है। कोई मिलने आता है तो वह उसकी जाति जानना चाहती है। यदि आनेवाला सवर्ण हुआ तब तो खैर ठीक,

अनुसूचित जाति का कोई आ गया तो मैडम नाक-भौं सिकोड़ने लगती हैं। कई बार मैथिल ब्राह्मण अफसर भी आये हैं। मैडम तब सामने आकर बैठ जाती हैं और हिन्दी छोड़ मैथिली में बातचीत करने लगती है, "कत-अ घर भेल?...अच्छा! मनीगाछी! वोहि गाम में त-अ हमर मातृक अछि।" ऐसे सगोत्रियों के लिए वे स्वयं चाय लाने चली जाती हैं।

अब कुछ भी छिपा नहीं रह गया है। कलावती का ब्राह्मण-चरित्र खुलकर सामने आ चुका है। शादी के पहले क्या पता था कि प्रेम में पागल इस ब्राह्मण-कन्या में खड़कू झा के संस्कार इस तरह जड़ जमाए हुए हैं? क्या पता था कि यह प्रेम-व्रेम सब नाटक था कलावती का। बाप सिपाही से ब्याहने जा रहा था, उसी से बचने का एक नाटक था यह!...

विनोद ऐसी ढेर-सारी बातों पर सोचता रहता है। बूढ़ा-खूसट खड़कू झा गाँव में रोता-कलपता था कि खवास जाति का लड़का उसकी बेटी को भगा कर ले गया, जाति बिगाड़ दी, वे मुँह दिखाने लायक नहीं रहे...अपनी सन्तानों की गिनती से उन्होंने कलावती का नाम काट दिया था, फिर कौन-सा मुँह लेकर आ गये यहाँ? और यह कलावती?...कहती थी—कभी नहीं जाएगी बाप के घर और गाँव गयी तो चली गयी बाप को देखने। बाप यहाँ आ गया। ऑपरेशन का खर्च, दवा-दारू...सब कुछ दामाद के कपार पर! माँ की आँख का ऑपरेशन हुआ तो कलावती एक दिन भी आई-हॉस्पिटल नहीं गयी और बाप के ऑपरेशन में सुबह से रात तक खड़ी रही हॉस्पिटल में।

बाबूजी कभी-कभार मिलने आते हैं। कलावती बाबूजी को प्रणाम नहीं करती। यह नहीं सोचती कि श्वसुर हैं। गाँठ बाँधे हुई है कि खवास जात के झौली मड़र हैं जो पैर छूते थे उसके माँ-बाप के! कभी थाली परोसकर बाबूजी के सामने नहीं रखी। उनकी जूठी थाली तो कभी छुई ही नहीं।

विनोद उस शाम को याद करने लगा जिस शाम कलावती की कुछ परिचिताएँ उससे मिलने आयी थीं। वह बेडरूम में लेटा हुआ था। ड्राइंगरूम में कलावती परिचिताओं से बातचीत कर रही थी। भोला को कॉफी लाने का आदेश हुआ। ट्रे में भोला कॉफी ले गया। शीशेवाली मेज पर रखते समय जाने कैसे-क्या हुआ कि एक भरी हुई प्याली कार्पेट पर गिर गयी। ड्राइंगरूम से कलावती की कर्कश-तीखी आवाज सुनाई पड़ने लगी थी, "एकदम अबंड है। इस ढहलेल-बकलेल को जाने कैसे ले आये हैं साहब!" महिलाओं में कोई एक महीन आवाज थी, "यह नौकर लायी हैं कहाँ से?"

"मैं क्यों लाऊँगी इसको! साहब के रिश्तेदार हैं।" भोला को काठ मार गया था। वह चुपचाप खड़ा था। कलावती डाँट रही थी, "अब बकर-बकर मुँह क्या

देख रहे हो?'' जाने क्या-क्या बोलती रही कलावती। विनोद बेडरूम में पड़ा सुनता रहा और सोचता रहा। बम्बम् झा का बदला ले रही है कलावती। भोला देहाती-भुच्च! एकदम निरक्षर! कलावती कपड़े का ढेर लगा देती है रोज सुबह। ''ठीक से साफ करना।'' फिर हंडों, तसलों, थालियों का अम्बार। लेकिन, भोला पर मैडम की फटकार का कुछ असर नहीं होता। लगा रहता है अपने काम में। कहता भी है, ''मालकिन हैं। दू बात कहिए देती हैं तो क्या हुआ।''

...विनोद ने देखा —माँ नल पर विपरीत दिशा में मुँह किये जूठे बर्तन माँज-धो रही थी। एक आँख पर हरे रंग की पट्टी झूल रही थी। दूसरी आँख से धुँधला दिखता था। उस आँख में भी मोतियाबिन्द था। डॉक्टर ने कहा था, पहले एक आँख का ऑपरेशन होगा, कुछ समय बाद दूसरी आँख का। धुँधली रोशनी में माँ थाली-बर्तन धो रही थी। वह पीछे खड़ा कलावती और बम्बम् झा पर सोचता रहा। भोला आज है नहीं। वह रहता तो माँ को अपने जूठे बर्तन धोने नहीं पड़ते। माँ बर्तन माँज-धो चुकी थी, फिर भी, उसी जगह बैठी थी। माँ ने उसको देखा नहीं था। वह भीतर-ही-भीतर उबल रहा था। नल के नीचे एक कटोरा रखा हुआ था जिसमें बूँद-बूँद पानी टपक रहा था। माँ शायद बूँद-बूँद गिरते पानी की जलतरंगी आवाज सुन रही थी।

वह उलटे पाँव बाहर आया और तलाशने लगा बम्बम् झा को। बम्बम् झा गेट के सामने खड़ा बाहर की तरफ देख रहा था। उसने पुकारा, ''ये पंडित!...'' इधर जब से बम्बम् झा के आचार-व्यवहार में परिवर्तन आया है, वह नाम लेकर नहीं पुकारता, 'पंडित' कहकर पुकारता है। बम्बम् झा नाटकीय रूप से सन्नद्ध होकर सामने आ गया, ''हूँ-ऊँ...।''

साहब का गर्म मिजाज देख वह सकपका गया। विनोद की कड़क आवाज, ''दिन-भर तुम करते क्या हो यहाँ? माँ उधर नल पर बर्तन धो रही है और तुम इधर टहल रहे हो लाट साहब की तरह? जाओ अन्दर। अगर माँ बर्तन धो चुकी हो तो उसका कमरा साफ करो। पहले झाड़ू लगाओ।''

''मुदा अब तो साँझ हो गयी है। साँझ के समय झाड़ू-बहारू नहीं किया जाता। लक्ष्मी चली जाती है घर से।'' ''जाने दो लक्ष्मी को। लक्ष्मी फिर आ जाएगी। तुम पोंछा लगाओ कमरे में।''

बड़े अनमने ढंग से आहिस्ता-आहिस्ता बम्बम् झा अन्दर की तरफ जाने लगा। उसने सोचा कि अगर आज कुछ भी भुनभुनाया यह पंडितवा तो दो-चार थप्पड़ लगाएगा। बम्बम् झा ने मुड़कर साहब को देखा और अन्दर चला गया।

इधर वह लगातार देखता आ रहा है। जूठे बर्तन धोते समय पंडित के जैसे प्राण निकलने लगते हैं। उस दिन भी ऐसा ही हुआ था जब माध्यमिक शिक्षा

निदेशक रजक साहब आये थे। जानता था बम्बम् झा कि जाति के धोबी हैं माध्यमिक शिक्षा निदेशक। उनके जूठे कप-प्लेट उठाते हुए पंडित के चेहरे पर ऐसे भाव उभर आये थे कि लगता था, कुछ अकरणीय करने के लिए उससे कहा गया हो।

उसके बाद से उसने तय कर लिया था कि बम्बम् झा को वही काम वह करने को कहेगा जो काम वह नहीं करना चाहता है। अपने स्टेनोग्राफर से उसे पता चला था कि बम्बम् झा आजकल एक दोहा जहाँ-तहाँ सुनाया करता है :

"विप्र टहलुआ छेर धन औ बेटी की बाढ़।
ताहू से धन ना घटे तो करो बड़न से रार॥"

बम्बम् झा को आदेश दिया गया कि जब वह दफ्तर जाने लगे तो जूते-मोजे झाड़-पोंछकर उसके सामने रखे। जो भी मिलने वाले आएँ उनको चाय देना और जूठे कप-प्लेट उठाकर ले जाना और धोकर रखना बम्बम् का काम रहेगा। बिना आदेश के वह बाहर नहीं जाएगा। कि वह कुर्सी पर या सोफे पर नहीं बैठेगा और नौकर-चपरासी की तरह घर में रहेगा यानी अपनी औकात में रहेगा।

माँ नल से सटे अपने कमरे में चली गयी थी। कमरे में खाट लगी थी, लेकिन माँ खाट से सटकर नीचे फर्श पर ही बैठी थी। शाम का अँधेरा धीरे-धीरे फैल रहा था। कमरे में जाते ही विनोद ने बिजली के बल्ब का बटन दबाया। माँ ने विनोद को पहचाना, फिर भी पूछ लिया, "के बिनोद?"

"हाँ माँ, मैं हूँ।"

बेटे की आवाज सुनकर माँ भीतरी आह्लाद से भर गयी। "आओ बेटा, बैठो। तुमको तो एक्को छन छुट्टी नहीं मिलती अपनी माँ से बोलने-बतियाने की।"

उसने माँ की इस बात को टालते हुए एक दूसरी ही बात पूछी, "तुम अपने बर्तन खुद क्यों धोती हो? घर में और लोग नहीं हैं क्या?"

"भोला नहीं है न आज।" माँ ने धीरे-से कहा।

"भोला नहीं है तो और लोग नहीं हैं? बम्बम् झा है, बहू है।"

माँ रहस्यमय ढंग से मुस्कराने लगी, "ऊ पंडीजी बराभन है। फिर बहू भी तो बराभनी है।"

माँ की इस बात पर उसकी समझ में नहीं आया कि क्या कहे। सोचा, माँ की तरह के लोगों ने ही ब्राह्मणवाद को जिन्दा रखा है आज तक। ऐसे ही लोगों के कारण बम्बम् झा का दिमाग चढ़ा रहता है।

माँ ने उससे खाट पर बैठने के लिए कहा और फर्श से उठकर खाट पर बेटे से सटकर बैठ गयी। उसने माँ की एक आँख पर पड़ी हरी पट्टी को देखते हुए

कहा, "कल तुम्हारी आँख की यह पट्टी उतर जाएगी। डॉक्टर चश्मा देगा और उसके बाद तुम सब कुछ साफ-साफ देखने लगोगी।"

माँ बेटे के सान्निध्य के इस सुख में आँख की पट्टी या चश्मे की कोई बात करना नहीं चाहती थी। उसने बेटे के कन्धे को दाहिने हाथ से छुआ जैसे कोई अन्धी माँ बेटे को छूकर पहचानने की कोशिश कर रही हो। माँ हालाँकि अन्धी नहीं थी, फिर भी बेटे को छूकर महसूस करना चाहती थी।

"बहू कहीं गयी है क्या? दोपहर से नहीं देख रही हूँ।" माँ जलते बल्ब को देखती पूछ रही थी।

"अपने बाप को देखने हॉस्पिटल गयी है। आती ही होगी।" उसने जानबूझकर 'बाप' शब्द का प्रयोग किया था, 'पिता', 'पंडितजी' या खड्गनाथ झा का नहीं। माँ को 'बाप' शब्द की ध्वनि खट् की आवाज की तरह महसूस हुई होगी, हालाँकि वह कुछ बोली नहीं। कुछ क्षणों तक माँ सोचती रही, फिर अचानक बोली, "खड़कू पंडित तुम्हारे पास आ कैसे गये? उनका चलता तो हम लोगों के टोले में आग लगा देते।"

विनोद ने पूछा, "क्या सच है कि उसके बाद से जजमानी छोड़ दी पंडितजी ने?"

"हाँ छोड़ दी। कुछ दिन तो घर में पड़े रहे, बाहर निकले ही नहीं। बाद में भूखे मरने लगे तो कस्बे को पकड़ लिया।"

बेटा माँ से कलावती से विवाह करने के बाद गाँव की हलचल के विषय में जानना चाहता था। अभी तक ऐसा कोई मौका नहीं आया जब माँ से इसकी बावत कोई बात हो सके। उसने बभनटोली के विषय में नहीं, अपने टोले के विषय में जानना चाहा, "अपने टोले में क्या हुआ उसके बाद?"

"होता क्या? बात-बतंगड़ तो खूब हुआ। तुम्हारे सिरकिसुन चाचा तो जात से निकालने की धमकी दे रहे थे, लेकिन एक्को आदमी सपोट नहीं किया उनको।" माँ अरसे बाद टोले की प्रतिक्रिया से बेटे को परिचित करा रही थी।

"लेकिन बिरादरी से बाहर करने की, हुक्का-चिलम बन्द करने की बात तो हुई थी।" बेटे ने बहुत पहले की सूचना माँ के सामने रखी।

"हाँ हुई थी। जतियारी पंचायत भी बैठी थी, लेकिन जात से बाहर निकालने की बात पर बस एक्के आदमी अड़े रहे।"

"सिरकिसुन काका!" विनोद ने जोड़ दिया।

माँ कहने लगी, "असल में तुम हाकिम बन गये थे, इस बात का सबको घमंड था। सब कहते थे कि अपनी जात का, अपना दर-दियाद हाकिम बना है। उसको कौन जात से बाहर करेगा?"

''लेकिन मुझे तो याद है माँ। अपने गोतिया में गनेसी ने तेलिन से विवाह कर लिया था। उसको तो जाति से बाहर कर दिया गया था।''

माँ हँसने लगी, ''अरे वह तो गरीब था। इसलिए...। रे बेटा, जेतना डाँड़-बान्ह और कानून है, सब गरीब-गुरबा के लिए है। गनेसी तो आज भी जात से बाहर है।''

''और मैं?''

माँ ने बेटे की पीठ पर हल्की-सी चपत लगाते हुए कहा, ''मेरा बेटा अफसर है न!'' माँ खुलकर हँसने लगी।

चौदह

# करमलाल गुरुजी और मरकसवा गाँव की लालसेना

गाँव छोड़ने से पहले कजरी चारों-पाँचों टोले की उन औरतों से मिल लेना चाहती थी जिनसे पाँच-छह महीने का संग-साथ रहा। सँझिया माय दुसाध टोली सहित चमरटोली, धोबियाही, मुसहर टोले और केवटाही में समाद दे आयी। आ गयीं साँझ तक पाँचों टोले की औरतें। कजरी ने सबसे यही कहा, ''बैर-दुसमनी अपनी जगह, मुदा सब मिलकर रहिए और हमेशा याद रखिए कि हम सताये हुए हैं। सबसे जरूरी है लिखाई-पढ़ाई। खुद तो मैं निरच्छर हूँ, मुदा जानती हूँ पढ़ाई का महातम।'' रासबिहारी पासवान और नसीबलाल के सामने हाथ जोड़कर कजरी बोली, ''ई जो जोत बारा है हमलोगों ने, इसको बुझने मत देना भैया। बच्चों का स्कूल जाना बन्द न हो। आप लोगों को कहीं नौकरी मिले तो भी अपने गाँव-समाज को भूलिएगा नहीं।...'' डबडबाई आँखों से औरतों ने कजरी को सुना।

दूसरे दिन कजरी को विदा करने गाँव के जितने लोग जमा हुए वह आश्चर्यजनक था। बूढ़ी औरतें, लड़कियाँ, कनियाँ-बहुरिया और इनके साथ बीस-पच्चीस लोग।

साथ चलता महेसर चकित था। ऐसा क्या है कजरी में कि जहाँ जाती है, लोगों को मोह लेती है? कामरू-कमच्छा की जोगिन हो जैसे।

''नहीं रे, मोहिनी मन्तर क्या जानूँगी मैं! तुम तो जानते हो, कुछ नहीं आता मेरे को।''

''मेरे को?... तुम तो दिल्ली वाली बोली बोलने लगी कजरी।'' कजरी ने दाहिने हाथ की तर्जनी से पति को छुआ, ''मैं भी रही हूँ दिल्ली में।'' बोलते हुए कजरी अचानक उदास हो गयी, ''मुन्ना की बहुत याद आ रही है।''

''तो क्या सोचती हो, मुझे कम बेचैनी है?''

आगे परसा गाँव की नदी थी। पीरो नदी। नदी पर पुल। ज्यादा बड़ा नहीं था पुल। पुल के पार पक्की सड़क शुरू होती थी। वहाँ से रिक्शे, टमटम वगैरह मिलते थे दानापुर के लिए। दानापुर से पटना और पटने से अपने गाँव के रेलवे स्टेशन

के लिए रेलगाड़ी। दिन वाली दसबजिया गाड़ी फिर रात वाली एक्सप्रेस जो सुबह चार-पाँच बजे ललित गाँव स्टेशन पहुँचा देती है।

किस बदहवासी में, कैसे-कैसे कजरी सँझिया माय के गाँव पहुँची, इस पर कजरी महेसर की बात हो चुकी थी। रास्ते में उसने विस्तार से बताया।

रिक्शे पर अगल-बगल एकदम सटकर बैठे दोनों। महेसर ने कहा, "डायमंड और बैताल सिंह लोगों को उल्लू बना रहे हैं। लोगों को पता नहीं कि भीतर से दोनों मिले हुए हैं। ऊपर से दिखाते हैं कि एक-दूसरे के दुश्मन हैं। लाखों-करोड़ों का ठेका मिलकर लेते हैं और दिखाने के लिए बैकवड-फारवड करते हैं...।"

आगे सड़क पर सवारियों की आवा-जाही बढ़ रही थी। बस, ट्रक, कार, ऑटोरिक्शे आ जा रहे थे। उन्हीं के बीच उनका रिक्शा। रिक्शेवाला ऊबड़-खाबड़ पक्की सड़क पर रिक्शा चला रहा था और सरकार को गरिया रहा था, "देखते हैं ई रोड! सब साले खा जाते हैं ऊपरे ऊपर। अफसर, नेता सब। यहाँ तो सब-कुछ सड़ा हुआ पुराना कोंहड़ा है। बाहर से लगता है कि कोंहड़ा ठीक है। उँगली सटाओ तो छेद हो जाता है। एकदम सड़ा हुआ। महेसर ने कहा, "तुम तो कुछ पढ़े-लिखे लगते हो जी।"

"नै मालिक, लिखल-पढ़ल नहीं है, मुदा ई सब बात छिपती है? बरगाही सायँ एतना टीभी हो गया है घरे-घर कि कोनो बात छिपाये नहीं छिपती है। कजरी और महेसर रिक्शेवाले के 'बरगाही सायँ' शब्द सुनकर खिलखिला कर हँसे।

"तुम बेगूसराय जिले के रहने वाले हो क्या?" महेसर ने रिक्शेवाले से पूछा तो रिक्शेवाला मुस्कराया, "आप कैसे समझ गये?"

"तुम्हारे 'बरगाही सायँ' से।"

रिक्शेवाला भी खुलकर हँसा, "हाँ, उसी इलाके का हूँ मालिक। लाखो-लखमिनियाँ है न! वहीं का।"

"तुम मालिक-मालिक काहे कहते हो?" महेसर ने पूछा तो रिक्शेवाला मुस्कराने लगा, "जो रिक्शे पर बैठे सब मालिक।"

दानापुर रेलवे स्टेशन के पास पहुँच गया रिक्शा। यहाँ से पटना, पटने से रातवाली गाड़ी।

"लेकिन एतना समय कैसे बिताएँगे पटना में?" महेसर ने कजरी से पूछा तो कजरी सूर्य को देखकर समय का अनुमान करने लगी, "हाँ, सो तो है। करेंगे क्या?" फिर कुछ सोचती हुई बोली, "अपने गाँव का विनोद अफसर है पटने में, मुदा उसका अता-पता तो है नहीं।"

"कौन विनोद?"

"अरे झौली मड़र का बेटा। वही जिसने खड़कू पंडित की बेटी से बियाह किया।"

हँसने लगा महेसर "चलो, अच्छा हुआ। हम अकेले नहीं हैं।"

कजरी ने केहुनी से ठेल दिया महेसर को। अपनी गठरी-मोटरी और टिनहा बक्सा लिये महेसर और कजरी स्टेशन के बाहर खड़े रहे। फिर एक छायादार पेड़ के नीचे बक्से पर दोनों सटकर बैठ गये। महेसर ने पूछा, "अच्छा वो कटुआ नेता! भदेसर राम!...वो कहाँ है आजकल?"

"जाएगा कहाँ? डायमंड का मोटिया है—मोटरी-गठरी उठाने वाला नौकर।"

कटुआ नेता के प्रसंग पर कजरी हँसने लगी। जी भर हँस चुकी तो हँसी की धारा में बहती हुई बोली, "जब मैं डायमंड के जाल से बचने के लिए पिछवाड़े की तरफ भागी तो मुझे सूझ नहीं रहा था कि क्या करूँ। कटुआ नेता मुझे देखकर डायमंड के बँगले के पिछवाड़े में छिपा हुआ था। मुझे दौड़ते देखा तो उसने समझा कि मैं उसी को पकड़ने आ रही हूँ। सो वह सिर पर पैर लेकर ऐसे भागा कि क्या कहूँ। भाग भी रहा था और बताऊँ कि अपनी हथेली वह कहाँ रखे हुए था?"

"कहाँ?"

कमर के नीचे दोनों जाँघों के बीच हथेली रखती कजरी हँसती हुई बोली, "यहाँ...।"

"तो कटुआ अब डायमंड का झोला ढोता है।" कहने लगा महेसर, "यह, जो पोलटिस है न! इसकी जिसको आदत लग जाती है, वह कभी छूटती नहीं।"

"वही ठेठर कम्पनी वाली बात!" कजरी ने पति की बात में ठेठर (थियेटर) कम्पनी की चर्चा जोड़ दी, "अपने गाँव की कैथटोली के थे न बजरंगी वर्मा! अरे वही जो रौता कम्पनी और बिमला ठेठर कम्पनी में पार्ट करते थे! देखा नहीं? घर-परिवार छोड़कर कभी इस कम्पनी में, कभी उस कम्पनी में। घरवाली कुटौनी-पिसौनी करती थी गाँव में और बजरंगी वर्मा बाई के साथ नाच-गान करते थे। सुनते हैं कि बूढ़े हो गये तो कम्पनी का पर्दा उठाते-गिराते थे।...वही हाल है पोलटिस में जाने वाले का।..."

पटना जाने वाली बस आ गयी। अभी ठीक से दोपहर भी नहीं हुई थी। पटना पहुँचने में बेसी-से-बेसी एक घंटा। उसके बाद?

"उसके बाद  झोला-झंटी और बक्सा रखकर घूमेंगे।" कजरी ने कहा।

हार्डिंग पार्क बस अड्डे पर दोनों बस से उतर गये। ढाबे में सस्ता भोजन मिल गया। दोपहर बाद गंगा किनारे गोलघर आ गये दोनों। इतनी भीड़-भाड़! मन भन्ना गया महेसर का। बाप रे! पटना तो दिल्ली को भी टप गया!

गोलघर के आगे रोड से सटी एक छोटी-सी फुटपाथी चाय की दुकान में चाय पी दोनों ने। दुकानदार ने पूछा, "किस गाँव से आये हैं आपलोग?" "गाँव? लेकिन मैं तो दिल्ली से आ रहा हूँ। दुकानदार कैसे समझ गया कि हम लोग देहाती हैं?" चायवाले ने मुस्कराते हुए कहा, "सिरिफ देहाती लोग आते हैं गोलघर देखने! अब क्या गिनती गोलघर की!"

दोपहर ढल गयी थी। दोनों गोलघर की सीढ़ियाँ चढ़ते रहे। चढ़ते-चढ़ते मुड़ेर पर पहुँच गये और थककर वहीं बैठ गये। देर तक बैठे रहे दोनों। चार-पाँच दूसरे देहाती लोग भी चढ़ रहे थे। सबके चेहरे पर मुस्कराहट थी।

टिनहा बक्सा और गठरी-मोटरी चाय वाले के पास रखी हुई थी। गोलघर से उत्तर एकदम बगल में गंगा नदी की उजली धारा स्थिर-सी, बर्फ की लकीर की तरह दिखाई पड़ती थी। मुड़ेर पर बैठे गंगा नदी को देखते रहे दोनों। डेढ़-दो घंटे बाद गोलघर से नीचे उतरकर दोनों ने सामने के ढाबे में लिट्टियाँ खायीं, चाय पी और समय काटने के लिए बगल में गंगा के घाट की तरफ जाने लगे। इतने निश्चिन्त, इतने निर्द्वन्द्व और इतने मुक्त दोनों इसके पहले कभी नहीं हुए थे। लगता था, पूरी दुनिया सिर्फ उन्हीं दोनों की है। पटना शहर में सिर्फ दो ही लोग हैं—एक महेसर, दूसरी कजरी।

गंगा के इस पार घाटों की कमी नहीं है। एक टूटी सीढ़ियों वाले घाट पर दोनों बैठे। कहीं आस-पास रहनेवाली दो मजदूर-वर्ग की औरतें नहा रही थीं। ऊपर पहली सीढ़ी के पास बहुत छोटा-सा मन्दिर था जिसके सामने लगा लँगोटा पहने एक साधु बैठा था। गंगा के उस पार का किनारा दिख रहा था। केले के बगानों की हरियाली और दूर-दूर तक चाँदी-सी चमकती बालू। कुछ पालवाली नावें आ-जा रही थीं। दूर से गाँधीसेतु कागज पर बने चित्र-सा दिख रहा था। गंगा के दृश्य में डूबा महेसर अचानक गुनगुनाने लगा :

> खुलत बा नइया।
> है कोई पार के जबइया
> खुलत बा नइया।
> ऊ पार हाजीपुर, ए पार पटना
> बीच में बहेली गंगा मइया।...

निमग्न भाव से कजरी पति का गीत सुनती रही। फिर धीरे-से बोली, "कमाल है पटना शहर। तुमको ऐसा नहीं लगता महेसर जैसे गंगा मैया अपनी हथेली पर पटना शहर को उठाये हुई हैं?...देखो न, गौर से देखो।..."

संसार से अलग, गंगा के एक खंडहरनुमा घाट की सीढ़ी पर बैठे ये दो प्राणी

एक-दूसरे में इस तरह डूबे हुए थे, जैसे उनकी दुनिया ही दूसरी है। उस दुनिया में उन दोनों के अलावा और कोई नहीं है।

दूसरे दिन सुबह ललित गाँव स्टेशन पर उतरते ही कजरी बेटे को देखने के लिए आकुल-व्याकुल थी —नवजात बछड़े से बिछुड़ी गाय की तरह। मातृत्व का संचित स्नेह जैसे बाँध तोड़ रहा था। मन हो रहा था, दौड़ती हुई चली जाए। सूरज उगने में अभी थोड़ी देर थी। बदरंग बिन्दी की तरह भोरुकवा तारा पूरब के आसमान में सटा हुआ था।

ललित गाँव स्टेशन से बड़का गाँव की दूरी ही कितनी है! बस पाँच-छह किलोमीटर। बीच में लालपटोरी नदी का पुल, हाजी टोला, शिव मन्दिर, उसके पश्चिम कबिराहा मठ, फिर बड़का टोला, बभनटोली और बबुआन टोला। मरकसवा गाँव तो जाना है नहीं।

महेसर के कन्धे पर टिनहा बक्सा था। गठरी-मोटरी कजरी के हाथ में। आगे-आगे कजरी, पीछे-पीछे महेसर। सूरज शिवमन्दिर के पास उगा। कजरी ने हाथ की गठरी-मोटरी जमीन पर रखी और आँचल के खूँट को दोनों हथेलियों में लेकर प्रणाम किया। जय बाबा तिनेत महादेव!...टूटा-फूटा मन्दिर। तीन तरफ जंगल-झाड़ियाँ, बस सामने थोड़ी-सी साफ-सुथरी जगह। अब तो इस टूटे-फूटे मन्दिर में लोग आते भी नहीं। बभनटोली वाले शिवमन्दिर में ही लोग जाते हैं। उधर मरकसवा गाँव में भी एक छोटा-सा मन्दिर बनाया गया है। कजरी को अपने नाना के छोटे भाई करमलाल गुरुजी की बात याद आ गयी। लँगड़े और दमा के मरीज करमलाल गुरुजी मरकसवा गाँव में मन्दिर बनाये जाने की बात पर तड़प उठे थे।

तिनेत शिवमन्दिर के सामने खड़ी रही कजरी। एक मन हुआ कि यहीं मन्दिर के कुएँ पर हाथ-मुँह धो ले, लेकिन कुएँ की टूटी-फूटी जगत और चारों तरफ पसरी हुई उदासी से ऐसा लगा जैसे इस कुएँ का उपयोग अब शायद कम ही होता है। शिवमन्दिर का दरवाजा भी नहीं था। शिव की तीन आँखों वाली मूर्ति कुएँ की जगत से दिखाई पड़ती थी। मन्दिर के चारों ओर फैली हुई झाड़ियाँ और बीच-बीच में कनैल और उड़हुल के झंखाड़ फूल-पेड़। आर-पार दिखाई पड़ता था मन्दिर का पूरा अहाता। पीछे की वह कोठरी भी दिखाई पड़ती थी जिसमें पंडितजी रहते थे — पाठक बाबा।

कुएँ की जगत के पास खड़े स्त्री-पुरुष को देख मन्दिर के पिछवाड़े से पंडितजी निकल आये। बूढ़े पंडितजी झुककर जमीन सूँघते हुए-से चल रहे थे।

"कौन लोग हैं जी?"

"हम हैं पंडी जी, मरकसवा गाँव के।"

"पानी मत पीना कुएँ का। पानी जहरीला हो गया है।" पंडितजी बोलकर धीरे-धीरे पिछवाड़े की तरफ चले गये।

कजरी ने अपने पति की तरफ देखकर कहा, "इस कुएँ का पानी जहरीला हो गया? यही कुँआ था न जिसका मीठा पानी बभनटोली तक के लोग ले जाते थे। शादी-ब्याह में बबुआन टोले तक की औरतें बिध-बेवहार करने इस कुएँ पर आती थीं। पूजा-पाठ में इस कुएँ का पानी गंगाजल-जैसा माना जाता था। अब पंडितजी कह रहे हैं —पानी जहरीला हो गया है!"

महेसर कभी कजरी को, कभी कुएँ की टूटी-फूटी जगत को और कभी उजड़े हुए मन्दिर के अहाते को देखता रहा।

दोनों भगवान शिव की मूर्ति के सामने पहुँचे और माथा टेककर प्रणाम किया। उठकर खड़े हुए तो कजरी की नजर मूर्ति की तीसरी आँख पर चली गयी। अरे, यह क्या? दोनों भवों के बीच जो तीसरी आँख थी उसमें तो माटी ठूँस दी गयी है! कहाँ गयी वह नीले शीशे वाली आँख?

पंडितजी फिर प्रकट हो गये थे। धीरे-से बोले, "अब भूले-भटके लोग ही मन्दिर में आते हैं। देखती हो न, गाय-भैंस चराने वाले बदमाश बच्चों ने भगवान शिव की तीसरी आँख में मिट्टी ठूँस दी है। देखती हो न बच्चों की बदमाशी?"

भगवान तिनेत शिव की तीसरी आँख में ठूँसी गयी मिट्टी!...कजरी और महेसर मन्दिर के अहाते से उदास होकर सड़क पर आ गये। लम्बे-लम्बे डग भरती आगे-आगे कजरी, पीछे-पीछे कन्धे पर टिनहा बक्सा लिये महेसर। आधे घंटे में ही दोनों माई के घर तक आ गये। सूरज आधा बाँस ऊपर आ गया था। बेटे मुन्ना को देखने के लिए कजरी की आँखों में जाने कितने जन्मों की प्यास सिमट आयी थी।

माई मुन्ना की उँगली पकड़े दुआर पर ही टहल रही थीं। कजरी और महेसर को माई ने अकस्मात् देखा तो एकदम विस्मित हो गयीं, "अरे तुम???..." कजरी और महेसर ने माई के पैर छुए। कजरी ने मुन्ने को झपटकर उठाया और छाती से लगा लिया। देर तक वह बेटे को छाती से लगाये रही। प्यास बुझ गयी तो मुन्ने को महेसर की गोद में देती हुई बोली, "लो अपने बेटे को।"

मुन्ना अपने पिता को पहचान नहीं पा रहा था। अकचकाया हुआ वह कभी माई को देखता, कभी अपनी माँ को और कभी अपने पिता को।

दालान से उलटदास और महाबिर मियाँ भी आ गये। माई ने मुस्कराते हुए कहा, "तुमको तो पता नहीं होगा कजरी कि महाबिर मियाँ अब महाबिर दास हो गया है। कबीरपन्थ में चला गया है। रोज शाम कबिराहा मठ जाता है। सत्संग करता है। अब परनाम-पाती नहीं, 'साहेब बन्दगी' कहता है। महाबिर मियाँ मुस्कराता

हुआ बगल में खड़ा था, ''हाँ कजरी, वही मारग सबसे अच्छा है जो कबीर साहेब सुझाये हैं। सतगुरु! सतगुरु!...'' कजरी हँसने लगी। उलटदास बोला, ''यहाँ तो अफवाह फैल गयी थी कि कजरी को डायमंड ने मारकर कहीं फेंक दिया। गाँव में तो जैसे भूकम्प आ गया था। वह तो खुद आया डायमंड माई के पास और किरिया-सपथ खाया तब जाकर लोगों ने माना कि नहीं, ऐसी बात नहीं है।''

दोपहर बाद माई ने कजरी को सूचना दी, ''रे कजरी, अभी कहना नहीं चाहती थी, लेकिन कब तक छुपाये रहूँगी। तुम्हारा बाप अजोधी मर गया।'' कजरी ने सुना। कुछ क्षण चुप रही। फिर धीरे से बोली, ''कब? केतना दिन पहले?''

''किरिया-करम हुए पन्द्रह-बीस दिन हो गये हैं। सब-कुछ करमलाल गुरुजी को करना पड़ा। अजोधी को कोई पानी देने वाला भी नहीं था। मर रहा था अपने घर में। आखिर गुरुजी अपने घर ले आये। खटिया पर लोगों ने टाँग-टूँग कर उनके घर तक पहुँचाया।''

कजरी पर पिता की मृत्यु की सूचना का कुछ खास असर नहीं पड़ा। बोली, ''मेरे लिए तो मेरा बाप पहले ही मर चुका था। खैर, जाऊँगी मरकसवा गाँव नाना से मिलने। एक-डेढ़ एकड़ जमीन भी तो है। पता नहीं किसी ने हड़प ली या यों ही पड़ी है।''

''हाँ जाकर देख आओ। घर-दुआर भी तो होगा ही।''

''घर-दुआर खाली नाम के थे माई। घर क्या था, कौवे का घोंसला समझो। मतलब क्या था मेरे बाप को घर से? अकेला कहीं पड़ा रहता था तड़बन्ना में।'' कजरी के बोलने में पिता के प्रति जरा भी कृतज्ञता नहीं थी, ''ऐसे बाप का जीना क्या मरना क्या। बेटी पर इतना कुछ हुआ और बाप बोला कि कुछ नहीं हुआ है। ऐसे बाप को बाप कहने में किसको सरम नहीं आएगी?''

माई कजरी के मन की पीड़ा समझ गयी थीं। बोलीं, ''रे कजरी, कम-से-कम बाप की जमीन को तो जाकर देख लो। तुम्हारे मरकसवा गाँव में तो एक-से-एक फन्देबाज लोग हैं। कहीं जमीन ही न हड़प लें।''

''हाँ माई, जाऊँगी जमीन देखने।'' कजरी ने माई से कहा और दालान में उलटदास के साथ बैठे अपने पति से बोली, ''चलोगे अपने गाँव?''

महेसर हँसने लगा, ''अपना गाँव? कौन-सा गाँव? घर के लोगों ने तो दुआर पर चढ़ने नहीं दिया बियाह के बाद। फिर अपना गाँव क्या?''

''अरे चलो न, अपने घर मत जाना। नाना के घर में रहेंगे।'' कजरी मुस्कराती हुई बोली।

माई ने भी महेसर से कहा, ''अरे, हो आओ एक बार। मत जाना अपने घर, मगर कजरी की जमीन तो जाकर देख लो!''

"ठीक है माई, जाऊँगा।" बोलकर महेसर कजरी को देखने लगा। कजरी घर के नाम से हड़कते महेसर का चेहरा देख रही थी और मुस्करा रही थी।

दूसरे दिन मरकसवा गाँव जाने के लिए कजरी और महेसर तैयार हुए। दूरी ही कितनी है मरकसवा की! बीच में नदी है लालपटोरी। नील पोखर के दक्षिण जो नागडीह टीला है उस टीले पर चढ़कर लोग मरकसवा गाँव को देखते हैं। अँग्रेज निलहा साहब ने पोखर के दक्षिण भाग की मिट्टी पास में ही जमा करायी थी जिससे टीला बन गया। यही टीला साँपों का बसेरा बना। लोगों ने नागडीह टीला नाम रख दिया। नागपंचमी के दिन गाँव की औरतें गीत गाती हुई नागडीह टीला जाती हैं और दूध-लावा चढ़ाती हैं नागदेवता को।

मरकसवा गाँव के प्रवेश-द्वार के बाद पहला घर है करमलाल गुरुजी का। इधर कुछ ज्यादा ही अकेले पड़ गये हैं गुरुजी। लँगड़े-बूढ़े और बीमारी से जर्जर। गुरुजी को पोता अशोक भी छोड़कर चला गया। डायमंड के पूर्णियाँ वाले कोल्ड स्टोरेज में नौकरी मिल गयी उसे और रहने की जगह भी। कोल्ड स्टोरेज से सटे मकान के एक कमरे में अशोक रहता है अपना परिवार लेकर। एक कमरा पत्रकार बी.पी. अकेला को मिला हुआ है। कटुआ नेता पूर्णियाँ जाता है तो उसको भी उसी मकान में जगह मिलती है।

दादी ने कैसे-कैसे अशोक को पाला-पोसा, इसे जानते हैं करमलाल गुरुजी। पाँच-छह महीने के अशोक को उसकी दादी की गोद में पटककर माँ कोयला खान के मजदूर के साथ भाग गयी आसनसोल। हैजा फैला था मरकसवा गाँव में। अशोक का बाप रामदेव उन्नीस-बीस साल की उम्र में उसी हैजे से मर गया। विधवा अशोक की माँ कैसे काटती पूरी जिन्दगी! चली गयी बेटे को छोड़कर खान मजदूर के साथ।

करमलाल गुरुजी सोचते हैं—इस मरकसवा गाँव को बसाने में सबसे ज्यादा कुर्बानी उन्हीं को देनी पड़ी। छोटा भाई कुसुमलाल खूनी संघर्ष में मारा गया। एक साल बाद भूख और अभाव में गुरुजी की पत्नी बीमार पड़ी तो ढंग से इलाज नहीं हो पाया और मर गयी। छोटे भाई कुसुमलाल की विधवा पत्नी ने साल-डेढ़ साल के बेटे रामदेव को पाल-पोसकर बड़ा किया। घर में कोई खाना बनाने वाली नहीं थी, सो अशोक की दादी की जिद्द पर रामदेव की शादी सत्रह-अठारह साल की उम्र में ही कर देनी पड़ी थी।

अशोक का न बाप था, न माँ थी। बस दादी थी जो दुधकट्टू अशोक को गोद में लेकर गाँव में घूमती थी कि कोई लरकोरी इस बच्चे को दूध पिला दे या कोई बकरी वाली थोड़ा-सा दूध दे दे।

अशोक ने बी.ए. पास किया तो उसकी शादी की चिन्ता। मरकसवा गाँव में

कोई अपनी बेटी देने को तैयार नहीं। सब कहते थे —खुनियाँ गाँव है। कौन देगा अपनी बेटी उस गाँव में? वह तो करमलाल गुरुजी का नाम और जस कि मैट्रिक पास लड़की मिल गयी अशोक के लिए।

लँगड़े और बीमार करमलाल गुरुजी को लगता है, अब उनके जिन्दा रहने का न कोई मकसद है, न प्रयोजन। दरवाजे पर उजड़े हुए फूस के दालान में बैठे वे बस उम्र काट रहे हैं। पहले इसी दालान में मार्क्स और लेनिन की तस्वीरें टँगी रहती थीं। गाँव के प्रवेश-द्वार पर बड़ी-सी तख्ती लगी हुई थी जिस पर लाल अक्षरों में लिखा हुआ था —मार्क्सवादी गाँव।

कामरेड शिवराज सिंह ने 'मार्क्सवादी गाँव' की वह तख्ती लगायी थी। उसी प्रवेश-द्वार पर शिवराज बाबू द्वारा रोपे गये शाल, शीशम, बरगद और गुलमोहर के पेड़ कितने बड़े हो गये हैं! प्रवेश-द्वार के पास ही एक गोल चबूतरा बनवाया था शिवराज बाबू ने। सोचा था, फुर्सत के समय गाँव के लोग एक जगह एकत्र होंगे और बातचीत करेंगे।

वह पक्का गोल चबूतरा जंगल में खो गया और गाँव के नाम वाली तख्ती ही नहीं, तख्ती की वह जगह भी लुप्त हो गयी। गुरुजी ने कितने लोगों से कितनी बार कहा कि गाँव की नाम वाली तख्ती फिर से बनवाकर जंगल के पास खुले रास्ते के किनारे स्थापित कर दें, लेकिन गुरुजी के रिरियाने का कोई असर किसी पर नहीं हुआ।

इधर कुछ ही दिन पहले उन्होंने अशोक से कहा था, "रे अशोक, सबसे कहकर हार गया हूँ। तुम बचे हो। थोड़ी कमाई भी हो रही है तुम्हारी। शहर जाते ही हो। 'मार्क्सवादी गाँव' का एक साइन बोर्ड बनवाकर ले आओ। लोग गाँव का नाम बिगाड़ रहे हैं। बड़का गाँव के लोग 'रकसवा गाँव' कहने लगे हैं।" अशोक ने सीधा जवाब दिया था, "आपको तो दादाजी कोई काम है नहीं। बैठे-बैठे यही सब तो सोचिएगा। अरे दादाजी, मार्क्सवाद समाप्त हो गया है। मालूम नहीं आपको कि सोवियत संघ का पतन हो चुका है। दुनिया से गायब हो रहा है समाजवाद-साम्यवाद। विचारधारा के अन्त की घोषणा हो चुकी है और आप 'मार्क्सवादी गाँव' के नाम से चिपके हुए हैं?"

दादी टूटी दालान की ओलती में बैठी थी। उसने अशोक को डाँट दिया, "तुमको बोलने का शऊर नहीं है क्या रे? यही सब सुनने के लिए तुमको मेहनत-मजूरी करके पढ़ाया-लिखाया था? साइनबोट चाहे न बनाओ, मगर ऐसी बोली तो मत बोल! मारकसवाद मर गया? कौन कहता है मर गया?" अशोक की दादी की ऐसी संजीवनी बोली सुनकर गुरुजी की सोयी चेतना में अचानक स्फुरण हो आया था। वे छोटे भाई की पत्नी को प्रशंसा-भाव से देखने लगे थे। पढ़ी-लिखी नहीं

है तो क्या, इसने मार्क्सवादी गाँव के खूनी संघर्ष को देखा है। अपना पति गवाँ चुकी है इसी गाँव की जमीन के लिए। पहले तो दिन-रात मार्क्स-लेनिन की ही चर्चा होती थी। इस गाँव के सपने से जुड़ी रही है वह। अशोक क्या जानने गया, इस गाँव को बसाने के लिए क्या-क्या करना पड़ा है। क्या जानने गया वह?

लँगड़े-बूढ़े और लम्बे अरसे से बीमार करमलाल गुरुजी को अपने जिन्दा रहने पर आश्चर्य होता है। वे जिन्दा हैं तो अशोक की दादी के कारण। साढ़े चार-पाँच एकड़ जमीन है, लेकिन खेती-बाड़ी हो नहीं पाती। दूसरे लोग खेत जोतते हैं। जो दे देते हैं, वही बहुत। जाने कहाँ-कहाँ से अशोक की दादी पाव-भर दूध ले आती है उनके लिए। चाहती है कि जिन्दा रहें कुछ दिन गुरुजी। क्यों चाहती है ऐसा अशोक की दादी?

अक्सर सुबह लाठी के सहारे लँगड़ाते हुए गुरुजी मार्क्सवादी गाँव के प्रवेश-द्वार तक जाते हैं। वैशाख-जेठ में सेमल के लाल-लाल फूलों को देखना अच्छा लगता है। गाँव का पूरा आकाश लाल हो जाता है। सुबह-सुबह पक्षियों का कलरव! दिन के चढ़ते ही पंडुकी पक्षी की आवाज आने लगी है —तू-तुरुम! तू-तुरुम!...पेड़ की छाया में बैठे गुरुजी पंडुकी की आवाज को अपना शब्द दे देते हैं—तू कहाँ? तू कहाँ? देर तक बोलता रहता है नर-पंडुकी और उसकी आवाज को अपना शब्द देते हुए खोये रहते हैं करमलाल गुरुजी!

कभी-कभी कामरेड शिवराज सिंह के बनवाये चबूतरे को वे झाड़ियों में खोजते हैं। किधर था वह चबूतरा? अब इसका भी पता नहीं चलता! गाँव के नाम की तख्ती की जगह भी जाने कहाँ लुप्त हो गयी।

एक दिन तो गाँव में अफवाह फैल गयी कि प्रवेश-द्वार के जंगल में भूत रहता है। साँझ का झुटपुटा था। गुरुजी झाड़ियों में कुछ ढूँढ़ रहे थे। बगल के रास्ते से गाँव की तरफ जाते दो-तीन लोगों ने देखा कि कोई भूत है। वे 'भूत-भूत' चिल्लाते गाँव की तरफ भागे। उस दिन गुरुजी को घर लौटने में देर हो गयी थी। अशोक की दादी जानती थी, वे कहाँ होंगे। वह उनको खोजती हुई जंगल के पास आ गयी। समझ गयी थी कि लोग जिसको 'भूत' कह रहे हैं, वह और कोई नहीं करमलाल गुरुजी होंगे।

क्या से क्या हो गया यह मार्क्सवादी गाँव! मन के किसी सुनसान कोने से कभी-कभी सन् तिरेपन-चौवन और उसके बाद के वर्षों में गाये जाने वाले क्रान्ति-गीतों की याद आती है तो बेचैन-से हो जाते हैं गुरुजी। दयाकान्त झा मैथिली में गीत गाते थे : जाग-अ जाग-अ हो किसान।...आयल नवका बिहान।...और वह छपरिया मंगल सिंह गाता था : खेतवा बाँटे के परी। भले-ए एकरा खातिर कुछ के काटे के परी...। कितना क्या याद करें! और याद करने से फायदा ही क्या है?

दयाकान्त झा का बेटा बटेशनाथ झा पोथी-पत्रा बाँचता है। जाने कहाँ-कहाँ से चन्दा एकत्र कर उसने गाँव में मन्दिर बनवा दिया। अब तो मन्दिर के अहाते में आर.एस.एस. की शाखा लगती है। गुरुजी को तो पता भी नहीं था कि कहाँ क्या हो रहा है! एक दिन पड़ोस के एक लड़के को सुबह-सुबह खाकी पैंट और उजली हाफ कमीज पहने और हाथ में लाठी लिये मन्दिर की तरफ जाते देखा तो पूछ बैठे थे, "रे प्रताप! कहाँ जाते हो रोज सुबह लाठी लेकर?"

"आपको पता नहीं बाबा? मन्दिर के पास के मैदान में शाखा लगती है न! वहीं जाता हूँ। बाहर से एक आदमी आये हुए हैं। वही सिखाते हैं हमलोगों को। अपने गाँव के कई लड़के जाते हैं शाखा में।"

"सुनती हो अशोक की दादी?" गुरुजी की बात सिवा अशोक की दादी के सुनता कौन है! अशोक की दादी कुछ बोली नहीं थी। सिर पर हथेली रखे बस सोचती रह गयी थी।

लेकिन कुछ ही दिन बाद गुरुजी को एक दूसरी ही सूचना मिली। पड़ोस का वही लड़का प्रताप सुबह मन्दिर की तरफ लाठी लेकर गया और थोड़ी ही देर में लौट आया। रास्ते पर ही बैठे थे गुरुजी! पूछा, "आज जल्दी लौट आये।"

"हाँ बाबा, अब नहीं लगेगी शाखा। मन्दिर की दीवार पर एक कागज चिपका दिया गया है। मैंने पढ़ा है। वह जो बाहरी आदमी शाखा चलाते थे उनको चेतावनी दी गयी है कि अगर कल तक तुमने यह गाँव नहीं छोड़ा तो छह इंच छोटे कर दिये जाओगे। नीचे 'लालसेना' लिखा हुआ है।"

करमलाल गुरुजी हँसने लगे थे। उन्होंने अशोक की दादी को बुलाया था, "सुनती हो अशोक की दादी!...क्या कहता है प्रताप। लालसेना...।" गुरुजी को लगा, वे बहुत दिनों बाद हँसना चाहते हैं। खुलकर हँसना चाहते हैं।

"सुना न, अशोक की दादी!...लालसेना! मैं कहता हूँ, अपना मार्क्सवादी गाँव जिन्दा है।" कहीं से घूमते-टहलते सरूप ठाकुर आ गये थे। अब तो साबिक जमाने के बस चार-पाँच लोग ही जिन्दा हैं। सरूप ठाकुर से गुरुजी ने कहा, "आइए बैठिए! बैठिए भाई! आपने सुना, छह इंच छोटा करने वाली कोई लालसेना है अपने गाँव में?"

बहुत दिनों बाद गुरुजी के सूखे-बूढ़े चेहरे पर खुशी देखकर सरूप ठाकुर को ऐसा लगा जैसे किसी सूखी नदी में बाढ़ आ गयी हो। मुस्कराते हुए बोले, "क्या आपको लालसेना के बारे में पता नहीं है? पूरा इलाका थर्रा गया है और आपको पता नहीं है?"

"मुझे क्या पता होगा सरूप भाई! मुझसे कोई बात भी करता है? सब लँगड़ा गुरुजी कहते हैं। पागल कहते हैं।" बोलते हुए मायूस हो गये गुरुजी। सरूप ठाकुर

दालान में बनी बाँस की खपच्चियों की बेंच पर बैठते हुए बोले, "मुझसे भी कई लोगों ने कहा कि गुरुजी पगला गये हैं। अकेले में बतियाते रहते हैं—मार्क्सवाद, लेनिन, माओ...सोवियत संघ!...जंगल में बैठकर आप उस दिन शाम में कौन-सा गाना गा रहे थे?"

"मुझे तो कुछ याद नहीं भाई! मैं तो चुपचाप बैठा रहता हूँ।"

"लेकिन गाँव के लोग चुप नहीं रहते हैं। पागल करने वाली बात तो इस मारकसवादी गाँव में हो ही रही है। देख रहे हैं न, जात के आधार पर गाँव में अलग-अलग टोले बन गये? चमराही, केवटाही, मलाह टोली। उधर बटेशनाथ झा ने तीन घर बाभन, दो घर भुमिहार और तीन घर राजपूतों को लेकर ऊँचा टोला नाम से अलग टोला ही बना लिया है। पागल करने वाली घटना नहीं है क्या?" सरूप ठाकुर बोलते-बोलते चिन्तित हो गये। मार्क्सवादी गाँव की स्थापना में सरूप ठाकुर ने भी कुर्बानी दी है। तब तो बहुत कम उम्र थी इनकी। मोंछउठान लड़का थे जब खूनी संघर्ष हुआ था। अपने बाप को इसी जमीन पर तड़प-तड़पकर मरते देखा है सरूप ठाकुर ने।

"सब खत्म हो गया गुरुजी! सब खत्म हो गया।" बुदबुदाते रहे सरूप ठाकुर। गुरुजी बोले, "नहीं भाई, सब खत्म नहीं हुआ है। आग जिन्दा है।" बोलते हुए गुरुजी सरूप ठाकुर की तरफ देखने लगे। सरूप ठाकुर को लगा, गुरुजी की बुझती रोशनी वाली आँखों में अभी भी सपना बचा हुआ है।

सरूप ठाकुर ने पूछा, "सुना कि अशोक अपना परिवार लेकर यहाँ से चला गया!"

"हाँ, चला गया। उसको लगता था कि बुढ़वा-बुढ़िया को खिलाना पड़ता है। फिर मैं, अजोधी महतो को ले आया था न! बेचारा अकेला मर रहा था। कोई पानी पिलाने वाला नहीं था। आखिर मेरे ही भाई का दामाद था। कजरी भी घर छोड़ चुकी थी। माना कि घटिया आदमी था, लेकिन देखा नहीं गया मुझसे। यहीं इसी दालान में ले आया अजोधी को। उसके बाद तो अशोक की घरवाली ने ऐसा हंगामा किया कि पूछिए मत।"

सरूप ठाकुर ने कहा, "हाँ, एक दिन रास्ते में मिला था। उसको तो डायमंड ने नौकरी दे दी है।" "हाँ, पूर्णियाँ में डायमंड का कोल्ड स्टोरेज है न! उसी में शायद मैनेजर की नौकरी है। देख रहे हैं न सरूप भाई, डायमंड का नौकर बना है मेरा पोता! यही सब देखना बाकी था!" गुरुजी बोलते-बोलते उदास हो गये। फिर सिर पर हथेली रखकर कहने लगे, "सुनिएगा?...कोल्ड स्टोरेज में अशोक को नौकरी किसने दिलायी है?" सरूप ठाकुर गुरुजी का चेहरा देखने लगे।

"भदेसर राम...कटुआ नेता ने!" गुरुजी जो अब तक बाँस की खपच्चियों

की बनी बेंच पर बैठे थे, धीरे-से उसी पर लुढ़क गये और माटी की भीत पर टँगी मार्क्स की धुँधली तस्वीर की तरफ देखने लगे। कुछ साल पहले जिला शहर पूर्णियाँ के पीपुल्स बुक हाउस वाले ने बड़का गाँव के शिक्षक तरुण जी के मार्फत यह तस्वीर भेजी थी। अब तो यह तस्वीर भी इतनी धुँधली हो गयी है कि लगता ही नहीं, कार्ल मार्क्स की तस्वीर है। सरूप ठाकुर का ध्यान भी उसी तस्वीर की तरफ चला गया था। मुस्कराते हुए बोले, "अब यह तस्वीर बदलिए गुरुजी।"

"क्या मतलब?" गुरुजी समझ नहीं पाये कि उनके पुराने साथी सरूप ठाकुर परिहास कर रहे हैं। ठाकुर जी ने शरारती मुस्कान में कहा, "अरे, किसी साधु-सन्त का फोटो लगाइए। एक-से-एक धुरन्धर महात्मा हो गये हैं अपने देश में।"

गुरुजी शरारत समझ गये। बोले, "जरा ध्यान से देखिए तस्वीर को। किसी साधु-महात्मा की यह तस्वीर नहीं है क्या? देखिए तो दाढ़ी! चेहरा!..."

दोनों एक-दूसरे को समझकर हँसने लगे। दालान के एक कोने में बैठी अशोक की दादी भी हँसने लगी।

अरसे बाद इस उजड़ी हुई दालान में हँसी का वसन्त आया था।

पन्द्रह

# पत्रकार बी.पी. अकेला और पहली-दूसरी पत्नियाँ

मरकसवा गाँव में अपने बाप का घर कजरी को खोजना पड़ा। घर दरअसल था ही नहीं। पहले जो फूस के दो छोटे-छोटे घर थे, उनकी जगह अब जुते हुए खेत थे। डीह-डाबर सब जोत-कोड़कर बराबर कर दिये गये थे। ताड़-खजूर के पेड़, एक गाछ कटहल और दो-तीन नीबू के पौधों से कजरी को लगा, यहाँ अजोधी महतो का घर था।

अपने पति महेसर के साथ ताड़ के एक पेड़ से सटी खड़ी रही कजरी। नाना करमलाल गुरुजी से ही सूचना मिल गयी थी कि बटेशनाथ झा ने जमीन हड़प ली है। कहता फिरता है कि पक्का कागज है उसके पास रजिस्ट्री का।

खेत के किनारे कजरी देर तक खड़ी पिछले समय की यादों में डूबी रही। यहीं...फूस का घर...अँधेरा...नेता भदेसर राम!...बाप ने कहा था —नहीं, कुछ नहीं हुआ है कजरी के साथ!

मरकसवा गाँव को विचित्र ढंग से बसाया गया था। इस रूप में पूरा गाँव बिखरा-बिखरा-सा था। लेकिन यह शुरू के समय की बात थी। कजरी के समय में बस दस-पाँच घर ही इस तरह अलग-थलग रह गये थे। बाकी लोगों ने अपनी-अपनी जात के टोले बना लिये थे। शिवराज बाबू ने जमीन का बँटवारा इस ढंग से किया था कि हर परिवार के साथ उसकी जमीन सटी हुई थी। अब घर अलग हो गये थे जमीन से।

पंडित बटेशनाथ झा ने अपना टोला अलग कर लिया था —ऊँचा टोला। ऊँचे लोगों या ऊँची जातियों का टोला। इसके बाद से तो अलग-अलग जातियों के अलग-अलग टोले बनने लगे।

माथा पीटने लगे थे करमलाल गुरुजी! यह सब क्या हो रहा है मार्क्सवादी गाँव में?...और हद तो तब हुई जब बटेशनाथ झा ने तीन एकड़ जमीन के उस दायरे को शिवमन्दिर का क्षेत्र घोषित कर दिया जहाँ खेलने का मैदान था।

मरकसवा गाँव में शिवमन्दिर।

पंडित बटेशनाथ झा कहने लगे कि गाँव के आस्थावान लोगों को बिना मन्दिर के पूजा-पाठ करने में दिक्कत होती है। शिवरात्रि के दिन औरतों को या तो बड़का गाँव के शिवमन्दिर जाना पड़ता है या तिनेत शिवमन्दिर। इसलिए एक मन्दिर बहुत आवश्यक है। पंडितजी इसी काम में लग गये। जाने कहाँ-कहाँ से चन्दा-चिट्ठा एकत्र कर उन्होंने शिवमन्दिर की नींव रखी।

भारी यज्ञ हुआ। दूर-दूर के ब्राह्मण आये और मन्दिर-निर्माण आरम्भ हुआ। खेलने के मैदान में अब राष्ट्रीय स्वयंसेवक संघ की शाखा लगने लगी। नेताओं का आना-जाना शुरू हुआ मरकसवा गाँव में।

सन् साठ-पैंसठ तक मार्क्सवादियों को छोड़कर किसी दल का कोई नेता इस गाँव में आने की हिम्मत नहीं करता था। लोग कहते थे —क्या ठिकाना! मुड़कट्टा गाँव है!

अब दूसरे गाँवों की तरह मरकसवा गाँव भी आजाद है। स्वच्छन्द और निर्बन्ध। करमलाल गुरुजी ने बताया कि पंडित बटेशनाथ झा ने दो चमारों और एक दुसाध को गाँव से भगा दिया। उनके खेत हथिया लिये। अब चौदह-पन्द्रह एकड़ जमीन के मालिक हैं बटेशनाथ झा। बगल के कस्बे में जजमानी भी चलती है।

कजरी 'ऊँचा टोले' में पंडित बटेशनाथ झा के घर गयी तो देखा, पक्के मकान के चबूतरे पर वे बैठे हैं और पंचांग के पन्ने से सामने बैठे तीन-चार लोगों को कुछ बता रहे हैं। सामने कजरी और महेसर को देख वे चकरा गये, ''अरे कजरी बेटी!...कब आयी? कहो कुशल-क्षेम!'' महेसर ने कहा, ''पाय लागी पंडीजी!'' पंडितजी ने दाँत निपोड़ते हुए आशीष की झड़ी लगा दी, ''जय हो! जय हो! मंगल हो!...'' बीच में ही कजरी ने टोक दिया, ''क्या मंगल होगा पंडीजी! यही मंगल होना है कि मेरे बाप का घर-डीह-डाबर सब उजाड़-पुजाड़ कर आपने खेत बना दिया? यही मंगल है?''

बटेशनाथ झा ने पोथी-पत्रा समेटा और नीचे जमीन पर बैठे तीनों आदमियों से कहा, ''कल आना।'' कजरी और महेसर को पंडितजी ने बैठने के लिए कहा। कजरी ने सीधे पूछा, ''आपने मेरे बाप की जमीन हड़प ली पंडीजी।''

''नहीं-नहीं, बेटी! रजिस्ट्री का कागज है। बैठो, मैं दिखाता हूँ।'' बोलते हुए पंडितजी अन्दर कमरे में गये। तब तक महेसर और कजरी वहाँ से चल चुके थे। रास्ते में कजरी ने महेसर से कहा, ''मेरे बाप को बहला-फुसलाकर, मांस-मछली खिलाकर और दारू पिलाकर पंडितवा ने रजिस्ट्री करा ली होगी।'' महेसर ने यू.पी. बॉर्डर पर दुल्ली पासवान के साझे में जब जमीन खरीदी थी तभी जमीन से सम्बन्धित कई पेंच जान गया था। बोला, ''लेकिन मुझे तो विश्वास नहीं होता है। किसी दलित की जमीन खरीदना आसान नहीं है। पहले चकबन्दी ऑफिस से मंजूरी लेनी पड़ती है। ढेर लफड़ा है।''

करमलाल गुरुजी के घर की तरफ लौटते हुए एक जगह रुक गया महेसर, फिर राह चलते कहा कजरी से "उधर उस तरफ अपना टोला है।" कजरी हँसने लगी, "तो हो आओ न एक बार। बहुत दिन हुए। घाव कब का सूख गया।"

"नहीं कजरी, जब माँ-बाप ने घर से निकाल दिया तो उधर क्या जाना, लेकिन एक बात है कि पता नहीं क्यों, यहाँ इस एकपेड़िया की मोरी पर पैर रुक गये थे। अब ठीक हूँ। चलो।"

कजरी ने गौर से देखा अपने पति को। चेहरे पर अपने गाँव में होकर भी घर न जाने की पीड़ा थी। बोली, "वह जो बिपिया है न! अरे वही पत्रकार! उसने भी चुपके से शादी कर ली है एक बंगालिन से। पूर्णियाँ में उसी के साथ रहता है और यहाँ गाँव में उसकी घरवाली है न वह रामपुरवाली!...ऐसा महाभारत मचाये हुए है कि क्या बताऊँ! बात-बात में बिपिया को मर्डर करवाने की धमकी देती है।"

"हाँ, सुना है कि बिपिया अब घर नहीं आता है इसी डर से। असल में रामपुरवाली का एक भाई वकील है और एक भाई, सुनते हैं, भारी किरमिनल है।" कजरी और महेसर बातचीत करते हुए करमलाल गुरुजी के घर पहुँचे तब तक साँझ हो चुकी थी। कजरी ने दूर से ही टूटी दालान में जलती लालटेन देखी और महेसर से बोली, "जात तोड़कर सादी-बियाह तो खूब हो रहे हैं, लेकिन जात का खूँटा जरा भी नहीं हिल रहा है।"

"बल्कि जात और मजबूत हो रही है।" महेसर ने दालान तक पहुँचते-पहुँचते कहा और देखा कि लालटेन की कमजोर चितकबरी रोशनी में किसी चौपाये की तरह पथर कर बैठे हुए हैं करमलाल गुरुजी।

कजरी और महेसर को देख थोड़ा सँभलकर बैठ गये गुरुजी और बोले, "देख लिया अजोधी का घर?" गुरुजी के बोलने का जो अर्थ था, कजरी समझ गयी। गुरुजी ने अपनी राय भी जाहिर कर दी, "केस-मुकदमे से इसका समाधान नहीं होगा कजरी। इस मामले का तो पंडित बटेशनाथ झा भारी खिलाड़ी है। ऐसा काम करो कि वही आगे बढ़े।"

"समझ रही हूँ नाना जी! वही करूँगी। वही जाएगा कोट-कचहरी।" तब तक अशोक की दादी भी आ गयी और कजरी की बगल में बैठती हुई बोली, "देख लिया न?"

"हाँ नानी, देख लिया।"

गुरुजी ने कहा, "लोहा तो लोहे से कटेगा कजरी, फूल से नहीं।"

सामने के रास्ते से जाते इसी गाँव के मजदूर धनेसर ने दालान में दो लोगों को बैठे देखा तो इधर ही आ गया। कजरी और महेसर को पहचानते हुए गुरुजी से कहा, "डायमंड नेता आया है बड़का गाँव। अभी बिपिया उधर मोड़ पर मिला

था। वही बता रहा था कि गुरुजी के यहाँ जाना है। मुझे लगा, यहाँ वही बैठा है।''

''नहीं, अभी तक तो नहीं आया है। हो सकता है, अँधेरा होने का इन्तजार कर रहा हो, काहे कि दिन में आने पर तो खतरा है रामपुरवाली का।'' कजरी बोलकर हँसने लगी। धनेसर भी हँसने लगा, ''एक नम्बर की लड़ंकिन है रामपुर वाली। बात-बात में कहती है —जेल की हवा खिला देंगे। मर्डर करवा देंगे।'' गुरुजी ने कहा, ''असल में रामपुर वाली का एक भाई वकील है और दूसरा भाई कोलमाफिया सूर्यदेव सिंह का बॉडीगार्ड है। दस-बीस मर्डर कर चुका है, इसलिए रामपुर वाली को अभिमान है।''

''पता नहीं कहाँ से फँस गया बेचारा बिपिया!'' बोलता हुआ चला गया धनेसर।

मरकसवा गाँव के उत्तर टोले में बी.पी. अकेला का घर-परिवार है। दो बेटे हैं। एक आठ-नौ साल का है, दूसरा उससे दो-तीन साल छोटा, मगर बी.पी. अकेला दो साल से घर-दुआर छोड़े हुए है। पूर्णियाँ में एक प्राइवेट स्कूल में टीचर है। उसी के साथ उसका पत्रकारिता वाला धन्धा भी चल रहा है। रहने के लिए डायमंड के कोल्ड स्टोरेज वाले मकान का एक कमरा मिला हुआ है। पत्रकारिता के सिलसिले में ही पूर्णियाँ के चित्रकला मन्दिर के मालिक श्यामल विश्वास से बी.पी. की जान-पहचान हुई। उसकी बहन शेफालिका विश्वास ब्रिलिएंट कोचिंग में पढ़ाती थी। शेफालिका से पत्रकार बी.पी. अकेला की जान-पहचान हुई। शेफालिका की शादी की उम्र निकल रही थी। तैंतीस-चौंतीस वर्षीया इस पृथुलकाय कन्या से कौन विवाह करता! लेकिन बी.पी. अकेला ने भारी शरीर और उससे भी भारी नितम्बों वाली श्यामवर्ण कन्या से शादी करना स्वीकार कर लिया। छिपा लिया कि वह शादीशुदा है और दो बच्चों का बाप है।

कुछ दिनों तक तो बी.पी. दुतरफा पानी मारता रहा। रामपुर वाली को क्या पता कि उसका पति क्या करता है। लेकिन पूर्णियाँ कोई दिल्ली-मुम्बई तो है नहीं। बात कब तक छिपी रहती!

रामपुर वाली पति के निकम्मेपन को लेकर माथा पीटती ही थी, उस पर जब दूसरी शादी की बात का पता चला तब तो उसने ऐसा दृश्य खड़ा किया बीच सड़क पर कि लोग शर्म से अपने-अपने घरों में घुस गये। शरीर से तगड़ी और जबान की कैंची इतनी तेज कि पूरा मरकसवा गाँव दुबक जाता था। उसके एक वकील भाई और दूसरे क्रिमिनल भाई को मरकसवा गाँव में किसी ने देखा नहीं था, लेकिन दोनों नामों का आतंक ही ऐसा था कि जो कहे रामपुरवाली उसे चुपचाप सुन लेने में ही लोग अपनी भलाई समझते हैं।

बी.पी. अकेला ने मरकसवा गाँव आना छोड़ दिया था। वह तभी आता जब

डायमंड के गाँव आने का कार्यक्रम बनता। डायमंड के साथ आने में बी.पी. को कोई खतरा नहीं था। रामपुर वाली का भाई क्रिमिनल है तो डायमंड क्रिमिनल का बाप है। क्या कर लेगी रामपुर वाली! फिर डायमंड का भी तो वही हाल है। एक पत्नी गाँव में, दूसरी पत्नी पटने में और तीसरी उपपत्नी दिल्ली में। खैर उसकी गाँववाली पत्नी गऊ सुभाव की ठहरी, इसलिए खुद ही पति से अलग होकर सास-ससुर के साथ रहने लगी।

बड़का गाँव में बी.पी. अकेला के दिखाई पड़ने का मतलब है—डायमंड नेता का आगमन हुआ है। इसी कारण मरकसवा गाँव के लोग बी.पी. को 'फोकसियार' कहते हैं।

इस बार बी.पी. खास मकसद से अपने गाँव आया है। पूर्णियाँ नगरपालिका-कार्यालय में सहायकों की नियुक्ति के लिए विज्ञापन निकला है। बी.पी. आवेदनपत्र देना चाहता है, लेकिन मुश्किल यह है कि उसके सारे प्रमाणपत्र एक बक्से में बन्द हैं और बक्सा गाँव में है—पत्नी रामपुर वाली के कब्जे में। बी.पी. अपने घर जा नहीं सकता, इसलिए उसने चचेरे भाई रामफल को यह भार सौंपा है। रामफल की रामपुर वाली से अच्छी पटती है। बेरोक-टोक आना-जाना है रामपुर वाली के कमरे में। तय हुआ है कि रामफल उसका बक्सा टपाकर करमलाल गुरुजी के यहाँ पहुँचा देगा। वह शाम में गुरुजी के यहाँ रहेगा। इस काम में डायमंड ने भी मदद की है। उसने अपनी जीप दे दी है बी.पी. को।

करमलाल गुरुजी के दालान के पास जीप रुकी और जीप से बी.पी. अकेला उतरा। कजरी, महेसर, गुरुजी और अशोक की दादी उधर ही देखने लगे। दालान में लालटेन जल रही थी। वैसे गाँव में बिजली की लाइन है, लेकिन गुरुजी की लाइन दो-तीन साल से कटी हुई है। बिजली-बिल चुकाने के पैसे ही नहीं हैं।

बी.पी. को अचानक आया देख सब चकरा गये। सबसे पहले कजरी ने ही पहचाना, "अरे बैजनाथ तुम?..."

"हाँ कजरी, सुना कि तुम आयी हो गुरुजी के घर, इसलिए मिलने चला आया।"

"अरे तुम क्या आओगे मिलने! भारी पत्रकार हो गये हो।" बी.पी. हँसने लगा। करमलाल गुरुजी जिस चौकी पर बैठे थे, उसके एक कोने को थपथपाते हुए बोले, "आओ इधर बैठो।" कजरी को चुहल सूझी, "अपने घर तो जाते हो न?" बी.पी. असमंजस में पड़ गया। क्या कहे! जवाब में वह हँसने लगा, "घर में कौन-सी हुंडी पड़ी है कि जाना जरूरी हो?" लेकिन कजरी बी.पी. को खोलना चाहती थी, "है कैसे नहीं! रामपुर वाली है, दूगो बाल-बच्चे हैं। है कैसे नहीं?"

बी.पी. चुप। हल्की-सी हवा का झोंका आया था। दालान की ओलती में

टँगी हुई लालटेन धीरे-धीरे हिल रही थी। इस कारण लालटेन की रोशनी का दायरा घट-बढ़ रहा था —इस तरह जैसे रोशनी झूले पर बैठी हो। गर्मियों में शाम की शीतल हवा बड़ी सुखद लग रही थी। बूढ़े करमलाल गुरुजी हवा के स्पर्श से ताजगी महसूस कर रहे थे, शायद इसी कारण उन्होंने गोलगंजी खोल ली थी।

बी.पी. ने कजरी से कहा, "सुना कि तुम्हारे पिता की जमीन बटेशनाथ झा ने खरीद ली थी?"

"खरीदी नहीं थी, हड़प ली थी। तुम तो जानते ही हो बटेशनाथ झा को! कैसा जालिया आदमी है।"

"लेकिन वह तो कह रहा था कि रजिस्ट्री का पक्का कागज है उसके पास।"

"मेरे बाप को खिला-पिलाकर जमीन लिखवा ली होगी पंडीजी ने। मगर मैं जमीन लेकर रहूँगी।"

"तुम मुकाबला कर सकोगी पंडित का? वह भारी चालबाज है। कहो तो मैं बात करूँ नेताजी से।"

"कौन नेताजी?"

"और कौन? अपने डायमंड बाबू।"

"डायमंडवा! उसका असली चेहरा देख चुका हूँ बैजू। वह और बैताल सिंह लोगों को उल्लू बना रहे हैं। लोग तो समझते हैं डायमंड पिछड़ी जातियों का नेता है और बैताल सिंह का दुश्मन है, लेकिन मैं देख चुकी हूँ दोनों को। रेलवे का ठेका दोनों ने मिलकर लिया है —यह क्या किसी से छुपा है? कहाँ गयी दुश्मनी? इधर गाँव में छोट जात-बड़ जात के नाम पर लड़वाते हैं, वहाँ पटने में रात में मिलते हैं।"

बी.पी. अपने नेता की पोल खुलते देख बात को मोड़ने की कोशिश करने लगा, "असल में दोनों नेता मान गये हैं कि जात-पात सब बेमतलब है। समस्या है गरीबी, बेरोजगारी, शोषण..." बूढ़े करमलाल गुरुजी जोर से हँसे, हँसते रहे कुछ क्षणों तक। उनकी हँसी जब खाँसी में बदल गयी और वे हाँफने लगे, तब बी.पी. की समझ में आया कि उसने शायद कुछ गलत कह दिया है।

बातचीत करते हुए बी.पी. बार-बार दालान में खड़ी जीप की तरफ देख लिया करता था। बीच में दो-तीन बार दालान से उठकर वह सड़क पर भी गया था। उसके चेहरे से ही लगता था, उसका चित्त शान्त नहीं है और वह व्यग्रता से किसी की प्रतीक्षा कर रहा है।

आखिर कजरी ने पूछ ही लिया, "रास्ते की तरफ बार-बार झाँक रहे हो। कोई आनेवाला है क्या?"

"हाँ एक लड़का आनेवाला है। उसी की राह देख रहा हूँ।"

अभी वह जीप के ड्राइवर से बात कर दालान में लौटा ही था कि उसकी पत्नी रामपुरवाली अपने दोनों बच्चों को लेकर आ गयी।

"कहाँ है रे मुँहझौंसा?" दोनों हाथ कमर पर रखे रौद्र रूप में खड़ी रामपुर वाली अपने पति को ढूँढ़ रही थी। बी.पी. खिसक कर महेसर की ओट में चला गया। लालटेन की अपर्याप्त रोशनी में वह दिखाई नहीं पड़ रहा था।

गोद के बच्चे को रामपुर वाली ने दुआर पर रख दिया। बड़ा बेटा आँगन की तरफ पिता को ढूँढ़ने चला गया।

रामफल बक्सा लेकर तो आया नहीं, आ गयी रामपुर वाली। बी.पी. मौका देखकर धीरे-से निकल गया उस पार के अँधेरे में। जीप के ड्राइवर की नजर उसी तरफ थी। जीप आगे की सड़क पर चली गयी।

"किधर है मोंछकट्टा? आज झाड़ू से झाँटती हूँ।" रामपुर वाली इधर-उधर देख रही थी। कजरी समझाने लगी, "अब शान्त भी हो जाओ भाभी।"

"भाभी? तुम्हारी भाभी होगी ऊ मोथल्ली बंगलिनियाँ! पुरैनियाँ वाली!" कजरी ने देखा कि कहीं रामपुरवाली का रुख उधर से मुड़कर इधर हो गया तो बेमतलब गालियाँ सुननी पड़ेंगी।

"जेल भेजूँगी मोंछकट्टा को। मडर करा दूँगी। बाल-बच्चों को बेसहारा छोड़कर ऊ बंगलिनियाँ के साथ रहता है।" रामपुर वाली गालियों की बौछार के बीच बार-बार अपने वकील और क्रिमिनल भाई को बुलाने की धमकी दे रही थी। सारे लोग चुप थे।

रोधना पसारे रामपुरवाली नीचे जमीन पर ही पालथी लगाकर बैठ गयी और विलाप करने लगी, "उस मोटकी भोथल्ली बंगलिनियाँ पतुरिया पर बज्जर गिरेगा। हे बाबा तिनेत महादेव! आग लगे मंगजरौनी को! मेरा घर उजाड़ दिया। नाश कर दिया। हे गरामदेवता! दूगो बच्चा लेकर मैं कहाँ जाऊँगी? कोंढ़ फूटेगा बंगलिनियाँ के बाप को। मेरे बाल-बच्चे बेलल्ला हो गये!..." रामपुरवाली रोती हुई विलाप कर रही थी।

कजरी उसके पास गयी। पीठ पर हाथ रखा। रामपुरवाली कजरी के पैर पकड़ कर रोने लगी, "तू ही समझाना कजरी मेरे मरद को। ऊ बंगाल की डाइन मोटकी भोथल्ली छोड़ दे मेरे पति को। घर आ जाए मेरा पति। तू ही समझाना। मैं पैर पड़ती हूँ, मिनती करती हूँ।..."

बी.पी. अकेला जलमहल पहुँचा तब तक शाम गहरा गयी थी। डायमंड अन्दर

अपने कमरे में विश्राम कर रहा था। जेनेरेटर की भट-भट आवाज से नील पोखर का पानी अशान्त था। उस अशान्त पानी में जलमहल का प्रतिबिम्ब काँप रहा था।

बी.पी. बड़े-से ड्राइंगरूम के सामने पहुँचा तो देखा, ममता झा और डायमंड आसपास बैठे हैं और किसी बात पर दोनों मुस्करा रहे हैं। बी.पी. लौटना चाहता था, लेकिन डायमंड ने बुला लिया, "रे बिपिया!..." बी.पी. खुश हो गया। नेताजी जब बहुत प्रसन्न रहते हैं तभी बिपिया कहते हैं।

"क्या हुआ, बक्सा आया तुम्हारा?"

"जी नहीं सर, नहीं मिला।" बी.पी. ने उदास होकर कहा तो डायमंड ने ममता झा को जुल्मी आँखों से देखा "ई सरबा पत्नी से प्रताड़ित है। रामपुर वाली इसको चढ़ने नहीं देती है दरवाजे पर और इसको मैट्रिकुलेशन से बी.एक. तक के सर्टिफिकेट चाहिए।" डायमंड ने बी.पी. से बैठने के लिए कहा, "क्या हुआ रे? मुँह काहे लटकाये हुए हो?"

"कुछ नहीं सर। कजरी मिल गयी थी करमलाल गुरुजी के यहाँ।"

"कजरी? ऊ साली जिन्दा है? यहाँ गाँव में तो लोग उत्पात मचाये हुए थे कि मैंने ही गायब कर दिया है। कहाँ है साली करियक्की छौंड़ी। बाँस करता हूँ उसको?"

"माई के यहाँ। माई के घर में रहती है।"

"माई के यहाँ? यही तो मुश्किल है।" डायमंड माई का नाम सुनकर शान्त हो गया और सोफे पर लेट गया। लेटे-लेटे ममता झा से कहा, "मैं कहता हूँ बिपिया से कि रे, रामपुरवाली को भी मिलाकर रखो।" सोफे पर एक कोने में बैठते हुए कहा बी.पी. ने, "कोशिश तो करता हूँ सर, लेकिन रामपुर वाली झाड़ू लेकर दौड़ती है। बात-बात में मर्डर करवाने की धमकी देती है।"

डायमंड ने जोर का ठहाका लगाया, "क्या कहा—झाड़ू लेकर दौड़ती है?...". ठहाके का ज्वार थमा तो बोला, "रिलैक्स!...अच्छा अब माल तैयार करो।" ममता बर्फ, शीशे के खूबसूरत गिलास, पानी वगैरह रख गयी। डायमंड फिर सोफे पर लेट गया और बी.पी. से बोला, "अरे जरा बाहर जाकर देखो कि वह मजिस्ट्रेटवा महाभोजराज लौटा कि नहीं?"

"नहीं लौटा है सर, फिर भी देख आता हूँ।" आज्ञाकारी सेवक की तरह झपटता हुआ बी.पी. बाहर गया और थोड़ी ही देर में लौट आया, "नहीं लौटा है।"

डायमंड भुनभुनाया, "कटुआ के साथ गया है। अपना तो ऊ सरबा कटा ही चुका है, मजिस्ट्रेटवो का कटवाएगा।"

"नहीं सर कटुआ के साथ जाने में अब कोई खतरा नहीं है। लोग जान गये हैं कि वह किसी काम का नहीं रह गया है। अब वह दूसरे के लिए माल पटाता

है।''

''हाँ अब भंड़वागिरी नहीं करेगा तो क्या करेगा! मगर यह भोजराज साला बहुत घटिया आदमी है। ऐसा औरतबाज नहीं देखा। गन्दी से गन्दी नाली का पानी पी सकता है। कटवाएगा...ईहो साला कटवाएगा। जात का डोम ई साला...''

गेट का सन्तरी रामजनम सिंह हाजिर हुआ, ''हजूर, परमुख साहेब और मुखिया जी कुछ लोगों के साथ आये हैं। क्या कहें उनको?''

डायमंड खिसिया गया, ''इन सालों को इसी वक्त आना होता है?''

बी.पी. ने बीच में कहा, ''क्या करिएगा सर, यही लोग तो आधार हैं।''

''हाँ, सो तो है। अरे, इन सालों को भी इनकम चाहिए। कोई पब्लिक का काम लेकर थोड़े आते हैं ये!''

सन्तरी वहीं गेट पर खड़ा था। डायमंड ने सन्तरी से कहा, ''कहो बैठने के लिए। चाय-वाय दो।'' सन्तरी चला गया तो डायमंड बी.पी. की तरफ मुखातिब हुआ, ''तुम तो पत्रकार हो बी.पी.! समझते ही हो कि राजनीति पहले वाली नहीं रही। कुछ साल पहले तक बैकवार्ड-फॉरवार्ड वाली राजनीति चली, लेकिन अब यह सब ज्यादा दिन चलने वाली नहीं है। अब लोगों को अलग ढंग से समझाना पड़ेगा कि बहुत हुआ यह सब। मूल समस्या जाति नहीं है। गरीबी, बेरोजगारी, साम्प्रदायिकता, भ्रष्टाचार वगैरह हैं।''

''लेकिन सर, आपकी पहचान तो पिछड़ी जातियों के उद्धारक के रूप में है। उसका क्या होगा?''

ऐसा है बी.पी. कि अगड़ा-पिछड़ा राजनीति करने के लिए है। मैं पिछड़ा-पिछड़ा का नारा नहीं देता तो जीत पाता विधानसभा का चुनाव? और बैतलवा अगड़ा-अगड़ा नहीं करता तो जीत पाता?''

डायमंड बोल रहा था और बी.पी. मन्त्रमुग्ध अपने नेता का चेहरा देख रहा था। डायमंड बोलता रहा, ''देखो बी.पी.। जहाँ वोट नहीं मिलते वहाँ वोट लिये जाते हैं। अब कैसे लिये जाते हैं यह अलग टेकनीक है। इतना जान लो कि सेवा करने से, चरित्रवान, ईमानदार बनने से नेतागिरी नहीं चलेगी। सीधा समीकरण है —पैसा होना चाहिए। हर गाँव में दो-चार चालू-पुर्जा लोगों को पोट कर रखो, छोटे-मोटे काम दे दो, इलाके में जो क्रिमिनल हैं उनको संरक्षण दो, ठेके वगैरह दिलाते रहो। अफसरों को खुश रखो, उनकी ट्रांसफर-पोस्टिंग कराओ, किसी पार्टी में रहो, मगर सत्ताधारियों से मिलकर रहो...देखो, कौन हराता है तुमको!''

बी.पी. हँसने लगा, ''असली बात कही आपने सर। लेकिन इलाके में चर्चा है कि आप और बैताल बाबू मिलकर कोई नयी पार्टी बना रहे हैं।''

''हाँ, सोच तो रहे हैं। एक राउंड बातचीत भी हुई है। अरे, तुम तो जानबे

करते हो —मैं और बैताल अलग थोड़े हैं!'' डायमंड हँसने लगा, ''वह तो हम लोगों ने बँटवारा कर लिया है—इधर मैं उधर तू।''

बी.पी. ने एक दूसरी बात की तरफ इशारा किया, ''इलाके में यह भी प्रचार है सर कि रेलवे का दस करोड़ का ठेका आपने और बैताल बाबू ने मिलकर लिया है।''

''तो क्या हुआ? क्या मैंने अपने नाम से लिया है ठेका? देखो भाई तुम तो सारी बातें जानते हो। करोड़ नहीं कमाऊँगा तो चुनाव का खर्च और यह शाही खर्च कहाँ से आएगा? विधायक को वेतन ही क्या मिलता है! और क्या रेलमन्त्री ने सिर्फ मेरे या बैताल के लोगों को दिलाया है रेलवे का ठेका? भारी-भारी क्रिमिनल, अंडरवर्ल्ड...सबको मिला है प्रसाद। ऐसे ही निर्विघ्न नहीं जीत जाते हैं माननीय रेलमन्त्री! और जानते हो, इसमें कोई जातिवाद नहीं होता। पता नहीं है? रेलमन्त्री के जातिवाले नाराज थे कि इन्होंने सारे सवर्णों को करोड़ों के ठेके दिये हैं, अपनी जाति की उपेक्षा की गयी है।''

''जी सर, यह आरोप तो है रेलमन्त्री पर। अखबार में भी आयी थी यह खबर।''

डायमंड हँसने लगा, ''अरे जातिवाले जाएँगे कहाँ। उनको तो वोट देना ही है, बाकी जो दबंग नेता हैं, क्रिमिनल हैं, वही असली काम करते हैं चुनाव में। तुम क्या समझते हो, डायमंड को लोग प्रेम से वोट देते हैं? अरे बिपिया, मैं वोट ले लेता हूँ —रो के दो या हँस के दो।''

''आपने आज राजनीति का रहस्य बता दिया सर?'' बी.पी. ने दोनों हथेलियों को आपस में रगड़ते हुए कहा और मुस्कराने लगा।

''खचड़पनी मत करो। तुम सब जानते हो। इतने दिनों से पत्रकारिता कर रहे हो...।'' डायमंड बोलते-बोलते बाहर निकलने लगा, ''रे बिपिया, चलो तुम भी, कोई न्यूज बना लेना। मुखिया, सरपंच, प्रखंड-प्रमुख वगैरह आये हैं।''

सोलह

# सूरज़ के सुरमा चनरमा के टिकुली

महाबिर मियाँ अब महाबिर दास हो गया है। पूरा कबीरपन्थी। कहता है, अभी तक भरम में था। अब सच्चा ज्ञान मिला है —कहत कबीर भरम सब छूटा जब साहेब अपनाय लिया। अब कोई भरम नहीं, कोई शंका नहीं। असली मार्ग कबीर साहेब का। मारकिन का कोपिन पहनता है महाबिर। मारकिन का कुर्ता और कन्धे पर सत्संगी गमछा। कबिराहा मठ में ध्यान लगता है, सत्संग करता है और कभी-कभी कबीरपन्थी साधुओं के साथ 'दल पूरने' बाहर चला जाता है। स्थायी अड्डा फिर भी वही है—माई का दालान। दालान के कोने में लगी महाबिर दास की चौकी उसके लिए सुरक्षित रहती है।

चौदह-पन्द्रह दिनों बाद महाबिर माई की दालान में कल लौटा है। अब 'साहेब बन्दगी' होती है, राम-सलाम नहीं। कहता है कि दुन्नो घर देख लिया। असली तत्त्व अब समझ में आया है। ऐसे-ऐसे भजन गाता है महाबिर कि अर्थ लगाना मुश्किल। उलटदास चकरा जाता है महाबिर के भजन सुनकर। पिछली रात महाबिर दालान में अपनी चौकी पर बैठा गा रहा था :

"तोहरा से राजी ना बलम जी
तोहरा से राजी ना।
हमरा तीन बस्तु मँगवा द बलम जी,
तोहरा से राजी ना।
धरती के साया, अकास के चुनरी
पानी के चोली सिला द बलम जी।
तोहरा से राजी ना।
सूरज के सुरमा चनरमा के टिकुली
तारा के झुमका बना द बलम जी
तोहरा से राजी ना।..."

उलटदास ही नहीं, सौखी के साथ माई भी सुन रही थीं महाबिर का भजन! अद्‌भुत...अपूर्व! क्या बात कही है महाबिर ने—सूरज के सुरमा चनरमा के टिकुली, तारा के झुमका!...

माई ने मुस्कराते हुए पूछा था, "रे महाबिर, यह किस लोक का भजन गा रहे हो तुम?"

"कबीर साहेब का भजन है माई! इसका अरथ लगाना कठिन है। जो कबीरपन्थ में है, गुरु की किरपा है जिस पर वही इसका अरथ लगा सकता है।"

महाबिर बूढ़ा हो गया है, लेकिन आवाज में वही खनक है। कहता है, "खंजड़ी नहीं है। बिना खंजड़ी के भजन जमता नहीं है माई। सुनिएगा एक पुरबी-निरगुन?"

> "माटी केर घरवा में, माटी के खिड़िकिया
> से खिड़िकिया होइके गइले हो राम।..."

माई गम्भीर होकर सुनती रहीं। महाबिर का भजन समाप्त हुआ तो माई ने उलटदास से कहा, "सुनते हो उलटदास, कहाँ से कहाँ पहुँच गया महाबिर! किस लोक की बात करता है, जानते हो?"

"महाबिर तो धीरे-धीरे अबूझ होता जा रहा है माई! हम लोग वहीं के वहीं है, यह हिन्दू-मुसलमान सब होकर आ गया।"

"हाँ उलटदास, सब होकर आ गया हूँ। असली तत्त्व देख लेने पर सब झूठ लगने लगता है।" माई थोड़ी देर बैठी रहीं दालान के सामने, फिर आँगन की तरफ चली गयीं।

महाबिर एक दूसरा भजन गुनगुना रहा था :

> "नहिरा से ससुरवा कइसे जाइब
> ये परदेसी बालम!...
> लिअ गुरु चरन लगाय, ये परदेसी बालम!..."

शाम हो गयी थी। कजरी दक्षिण टोले से चहकती हुई चिड़िया की तरह आयी और आँगन में चली गयी। थोड़ी देर में माई के साथ वह दुआर पर आ गयी। बोली, "अखाढ़ मास बीत रहा है माई। एक्को दिन गीत-नाद नहीं हुआ। दक्खिन टोले में बोल आयी हूँ। आज रात इसी दुआर पर झूमर होगा!"

माई बोलीं, "अब कहाँ रहा गीत-नाद! टीभी आ गया। सब खतम हो गया।" उलटदास ने धीरे-से कहा, "हाँ माई टीबी खूब फैला है इधर। हर टोले में दो चार टीबी के मरीज हैं। केतना लोग मर गये इस बीमारी से।" माई हँसने

लगीं, "अरे टीबी नहीं उलटदास, टीभी...टीभी..."

"ओ टीभी...! वो रामायन कथा होती है जिसमें। मुदा एक्के बात है माई! दुनो बीमारिये है।" उलटदास की बात पर कजरी, माई और खुद उलटदास हँसने लगे।

"आज धुमगज्जड़ नाच-गान होगा माई।" कजरी ने हँसते हुए कहा तो महाबिर बोला, "हाँ कजरी, बहुत दिन हो गये झूमर, चाँचर, बटगमिनी सुने।"

शाम होते ही दक्खिन टोले की औरतें आने लगीं माई के दुआर पर। नयी-नवेली दुल्हनें तक आयीं। कजरी तो पुरानी मुलगैन ठहरी। आषाढ़ की पूर्णिमा की रात। आकाश में उजले खंड-खंड बादलों के बीच पूर्णिमा का चाँद। कजरी ने गीत का 'ओर छाना' :

"चम-चम चमके रामा चानी के चनरमा
कि लिलारे चमके ना
हमरी माँग की टिकुलिया।..."

कि दक्खिन टोले की बुधिया मौसी हड़बड़ाई हुई आयी और बोली, "अनरथ हो गया खवास टोली में!"

"क्या हुआ? क्या हुआ?"

"बिदेसर है न...सुरवंश बाबू ने उसका हाथ-गोड़ तोड़वा दिया है। अस्पताल लेकर गये हैं लोग।" बुधिया मौसी हाँफती हुई बोली तो तमाम औरतें सन्न रह गयीं।

बड़का टोले के सुरवंश बाबू अपनी अकड़ और एय्याशी के लिए बदनाम रहे हैं। दुनिया बदल गयी, लेकिन सुरवंश बाबू नहीं बदले। जमींदारी चली गयी। धीरे-धीरे सारी जमीन लोगों ने हथिया ली। जमींदारी के दिनों की आदतों के कारण बिकती रही जमीन। बड़ी हवेली खंडहर बनती गयी। सुरवंश बाबू की आर्थिक स्थिति भी ऐसी नहीं रही कि टूटी हवेली की मरम्मत करा सकें। उनके पिता बाबू हरिवंश शर्मा इसी शोक में मरे कि उनकी पाँच सौ एकड़ जमीन पर उन्हीं के टोले के सजातीय, कामरेड शिवराज सिंह ने मरकसवा गाँव बसा दिया। दीवानी-फौजदारी मुकदमे हाईकोर्ट तक पहुँचे। आमदनी का कोई जरिया नहीं बचा। जमीन बिकती रही।

आज भी बड़का गाँव के लोग धाक मानते हैं सुरवंश बाबू का। किसी राड़-सोलकन की क्या मजाल जो अकड़कर बोल दे सुरवंश बाबू के सामने! डायमंड-जैसा वदियल नेता भी अदब से बात करता है। इसी अदब के कारण बड़का टोले के कुछ भुमिहारों के वोट मिल जाते हैं डायमंड को, नहीं तो भुमिहार-राजपूत टोलों

के लोग अभी हाल तक यादव टोले के पढ़े-लिखे लोगों तक को 'गुआर-गोंढ़ी' कहते थे। अब तो जुग-जमाना बदल गया। अब भुमिहार या राजपूत किसी यादव को 'गुआर-गोंढ़ी' कहकर तो देखें! मुँह थूर देंगे यादव लोग।

बड़ी हवेली के सुरवंश बाबू टूट भले जाएँ, झुकने वाले नहीं हैं। इनके रिश्ते भी बड़े खानदानों से हैं। शादी हथुआ इस्टेट के राज-परिवार में हुई थी। हथुआ इस्टेट की भतीजी हैं सुरवंश बाबू की पत्नी चन्द्रमुखी देवी! बड़ी मालकिन!

एक समय था बड़ी हवेली का। अँग्रेज अफसर शिकार खेलने आते तो बड़ी हवेली के मेहमान बनते थे। सुरवंश बाबू की शाही शादी की चर्चा आज भी इलाके के बूढ़-पुरनियाँ लोग करते हैं। क्या शादी थी! पचासों हाथी-घोड़े। हजारों लोग गये थे बारात में। वैसा ही इन्तजाम भी था हथुआ इस्टेट में। बभनटोली के पंडित जयकृष्णा पाठक से पूछे कोई! कहते हैं —नाई-खवास तक की यह टिप्पणी थी : महोमहो भ गेल! यानी हद हो गयी!

बड़ी मालकिन अपने साथ कितना दान-दहेज लायी थी, इसका अनुमान लगाना भी कठिन था। बिदाई में दस डोलियाँ पचास कहार। सोने-चाँदी-हीरे-जवाहरात के विषय में क्या कहना! लोगों ने उपहार की वस्तुएँ नहीं देखीं। जो दिखाई पड़ीं वे थीं बड़ी मालकिन के साथ दान में आयी पाँच दासियाँ। वे दासियाँ लौटकर जाने के लिए नहीं आयी थीं। बड़ी मालकिन की सेवा के लिए आयी थीं। सब नयी उम्र की! बड़ी हवेली के बाबू-बबुआन, भाई-भतीजे और आये-गये मेहमानों के भोग-विलास के लिए दान में दी गयी थीं। नौबत बजती थी हवेली के मुख्य द्वार पर। बाबू सुरवंश शर्मा तब कलकत्ते में पढ़ते थे। हरिवंश बाबू की अभिलाषा थी कि बैरिस्टरी पढ़ने के लिए बेटे को लन्दन भेजेंगे, लेकिन शादी हो गयी, फिर जमींदारी का बोझ! सुरवंश बाबू ने बी.ए. भी नहीं किया। छोड़ दी पढ़ाई।

बड़ी मालकिन के साथ जो पाँच दासियाँ आयी थीं, वे बड़ी मालकिन के लिए सिरदर्द बनी हुई थीं। बड़ी हवेली के नौकर-चाकर, खवास-सिपाही चुन लिये गये और कुछ ही वर्षों में सबकी शादियाँ कर दी गयीं। उच्छिष्ट भोजन जैसे खवासों को दे दिया जाता है, उसी तरह दे दी गयीं दान में मिली दासियाँ।

पूछ ले कोई गाँव के किसी बूढ़े आदमी से। पता चल जाएगा कि यह जो बड़का गाँव की खवासटोली है उसमें आधे से ज्यादा उन्हीं खवासिनों की सन्तानें हैं। बुधिया मौसी बड़ी हवेली का कच्चा चिट्ठा खोलती है।

बताती है कि उन पाँचों दासियों में सबसे खूबसूरत थी रतनी। चौदह-पन्द्रह साल उम्र थी। बाबू सुरवंश शर्मा की खास चहेती थी। तीन-चार बार गर्भ गिराया गया। अन्त में हेवेली के नौकर रामटहल के साथ ब्याह दी गयी। उसकी बेटी

रमपतिया भी वैसी ही खूबसूरत निकली। बड़ी हुई तो बड़ी हवेली की सेवा में आ गयी। बाबू सुरवंश शर्मा दिन में भी कच्ची उम्र की रमपतिया को लेकर पड़े रहते थे हवेली में। बेचारी बड़ी मालकिन कुछ बोल नहीं पाती थीं। बड़ी हवेली की बड़ी मरजाद! बोलने का हक ही नहीं था किसी को।

बड़ी मालकिन हवेली से बाहर कम ही निकलती थीं, निकलतीं भी तो पूरे ताम-झाम के साथ। बस हवेली से तिनेत शिवमन्दिर तक। ड्योढ़ी के नौकरों और दास-दासियों के अलावा शायद ही कोई हो जिसने बड़ी मालकिन का चेहरा देखा हो। दो सन्तानें हुईं बड़ी मालकिन को, लेकिन जनमते ही मर गयीं।

बाबू सुरवंश शर्मा ने रतनी को गुजर-बसर के लिए तीन एकड़ जमीन दी थी। रतनी का पति रामटहल अधबयसू था। बूढ़ा हुआ, मर गया एक बेटी को छोड़कर। बेटी रमपतिया से बिदेसर ने शादी की। तीन एकड़ जमीन जो रमपतिया को अपनी माँ से मिली थी, बिदेसर उसी जमीन को जोत-बोकर आराम से रहने लगा।

इधर बड़ी हवेली की पतन-गाथा का अन्त नहीं था। जब जायदाद बिकते-बिकते आखिरी सीमा तक पहुँची और पुराने शीशम के बगान बिकने तक स्थिति पहुँच गयी तो बड़ी मालकिन से रहा नहीं गया। उन्होंने पति पर अंकुश लगाना शुरू किया। एक जीप थी जिस पर सुरवंश बाबू चढ़ते थे। बड़ी मालकिन ने जीप को अपने अधिकार में कर लिया और स्वयं बची हुई जायदाद की देख-रेख करने लगीं।

अब बड़ी हवेली की हैसियत नौकर-चाकर रखने की नहीं थी। सब छोड़ गये थे हवेली को। बड़ी मालकिन ने अपनी जिन्दगी के सारे उसूलों को पूरी तरह बदल डाला। ऐसा आकस्मिक परिवर्तन क्यों हुआ, यह किसी की समझ में नहीं आ रहा था। कुछ लोगों का कहना था कि यदि बड़ी मालकिन भिखारिन होती हवेली की बागडोर अपने हाथों में न लेतीं तो हवेली बिक जाती।

बड़का गाँव में ही नहीं, पूरे इलाके में प्रचारित हो गया कि बड़ी मालकिन अब हवेली से बाहर निकल आयी हैं। गाँव में अब कुछ भी अनहोनी होती, कहीं भी मार-पीट, झगड़ा-झंझट या कोई दुर्घटना होती, बड़ी मालकिन वहाँ पहुँच जातीं। लोग कहने लगे थे कि अपने पति के कुकर्मों का प्रायश्चित्त कर रही हैं बड़ी मालकिन। लोगों में यह भी चर्चा थी कि एक ही हवेली में बड़ी मालकिन और सुरवंश बाबू अलग-अलग रहते हैं। दोनों में टोका-चाली तक नहीं है और यह सिलसिला कुछ वर्षों से चला आ रहा है।

बड़ी हवेली इधर फिर चर्चा में आ गयी है। बड़ी मालकिन की सक्रियता के कारण इलाके में रक्तपात की घटनाएँ भी कम हो गयी हैं, नहीं तो नक्सलियों के आतंक की जो आँधी उठी थी, बड़का गाँव भी उसकी चपेट में आ गया होता। बगल के पिठौरा गाँव में एम.सी.सी. वालों ने सवर्ण सुरक्षा संघ के कोषाध्यक्ष

जितराम पाठक को दिन-दहाड़े गोलियों से भून दिया। मरकसवा गाँव के लालसेना वाले भी थे। आसपास के गाँवों में कई रूपों में नक्सली सक्रिय हो गये हैं। बड़का गाँव और मरकसवा गाँव में लालसेना क्या है? एम.सी.सी. से सीधा रिश्ता है लालसेना का!

बड़ी हवेली की मालकिन शान्ति चाहती हैं। शान्ति और समृद्धि। लोगों का सुरवंश बाबू के प्रति चाहे जितना आक्रोश हो, बड़ी मालकिन के प्रति असीम श्रद्धा रही है। लोग जानते हैं कि बड़ी मालकिन को हमेशा सताया गया है, प्रताड़ित-अपमानित किया गया है बड़ी हवेली में। इसलिए बड़ी मालकिन अगर कुछ बोलती हैं तो उसका वजन माना जाता है। कोई ऐरू-गैरू-नत्थू-खैरू नहीं हैं हथुआ इस्टेट की राजकुमारी चन्द्रमुखी देवी...! हवेली के नौकर-चाकर कहते थे कि चन्द्रमुखी देवी के पैर पूरनमासी के चाँद की तरह हैं।

लेकिन यह क्या हुआ बड़ी हवेली में! बड़का गाँव के सारे सोलकन टोलों में यही चर्चा है! बिदेसर के हाथ-गोड़ तुड़वा दिये सुरवंश बाबू ने! इतना पिटवाया कि खून बोकरने लगा। बेहोशी की हालत में लोग खाट पर बिदेसर को अस्पताल ले गये हैं। दया-करुणा की प्रतिमूर्ति बड़ी मालकिन के रहते उसी बड़ी हवेली में यह अत्याचार कैसे हो गया?

बिदेसर सोलकन टोले का सबसे प्यारा आदमी! हँसमुख और 'मजकियल'! उम्र यही कोई बत्तीस-तैंतीस साल। सोलकन टोले का कोई भी सार्वजनिक काम बिना बिदेसर के सम्पन्न नहीं होता। चाहे मृत्यु-शोक हो या शादी-ब्याह या कोई पर्व-त्योहार, हर ऐसे अवसर पर बिदेसर की भूमिका सबसे प्रमुख होती है। इसी अति सामाजिकता के कारण वह पारिवारिक रूप से पूरी तरह व्यवस्थित नहीं हो पाया। यह जानते हुए कि रमपतिया बड़ी हवेली की रखैल है, उसकी माँ रतनी दान के रूप में बड़ी हवेली में आयी थी, बिदेसर ने शादी की। उसके बाद बड़ी हवेली को उसने चेतावनी भेज दी कि अब से यह सब बन्द, नहीं तो परिणाम सोच लें सुरवंश बाबू।

गाँव के बहुत कम लोगों को मालूम है कि बिदेसर लालसेना में है। मामूली पढ़ा-लिखा है। गाँव के स्कूल से छठी कक्षा तक ही पढ़ सका। गरीबी के कारण पढ़ाई आगे नहीं हो सकी। बाद में मजदूरी...पंजाब भी कमा चुका है। गाँव में अपनी मस्ती और बेफिक्री के लिए जाना जाता है बिदेसर। उत्सवी मुद्रा का युवक। चाहे मुसीबतों का पहाड़ टूट पड़ा हो बिदेसर पर, लेकिन चेहरे पर मायूसी नहीं। कोई पूछता है, "की हौ बिदेसर, की समाचार?"

"बड़ा अलबेला।" हँसते हुए जवाब देता है बिदेसर। सिर्फ तीन एकड़ जमीन है बिदेसर के पास, वह भी अपनी नहीं, सास की दी हुई —बिना रजिस्ट्री

की, लेकिन बिदेसर मस्त रहता है। कहता है, ''जाकर देखिए बड़ी हवेली के सुरवंश बाबू को। लगता है एक सौ पाँच डिग्री बुखार में हैं। इसी गाँव के सुन्दर साह हैं। छोवा-गुड़ के भारी व्यापारी हैं, पुरैनियाँ शहर में दुमहला बिल्डिंग है, मगर माँग तो लीजिए उनसे एक रुपया चन्दा-बिहरी के नाम पर! कफ़न के लिए भी अठन्नी देने वाले नहीं हैं। दाँत निपोड़ देंगे —ही-ही-ही-ही!...कहाँ है पइसा! जबकि सब जानते हैं सुन्दर साह को! सड़लो तेली तो नौ सौ अधेली।''

गाँव के लोग हतप्रभ हैं कि बिदेसर जैसे व्यक्ति को बड़ी हवेली में बाँध कर पीटा गया —इतना पीटा गया कि बेहोश हो गया। हाथ-गोड़ तोड़ दिये गये और सबसे आश्चर्य की बात तो यह कि यह सब बड़ी मालकिन की हवेली में हुआ।

असल में सुरवंश बाबू पगला गये हैं। वे तो उसी दिन पगलाये थे जिस दिन तीसरी बार पन्द्रह एकड़ का प्लॉट लुचाय राम के नाम रजिस्ट्री कर कस्बे से लौटे थे। बड़ी मालकिन इस सदमे को सह नहीं सकीं। बीमार पड़ीं। मायके चली गयीं और साल-भर बाद लौटीं। यह मामूली घटना नहीं थी। जो लुचाय राम इसी हवेली में पिपही बजाता था, वही उनकी जमीन खरीद रहा था लाखों रुपये में। सब एस.पी. बेटे रामबरन की कमाई का करिश्मा। जमींदार हरिवंश शर्मा मरकसवा गाँव की जमीन के कारण पागल होकर मरे और अब बारी आयी है बाबू सुरवंश शर्मा की।

किसी के पास जब लाखों रुपये होते हैं तो सौ-पचास रुपये पर ध्यान नहीं जाता, लेकिन सौ-पचास रुपये ही हों तो पाई-पाई की याद रहती है। ऐसी ही हालत थी बाबू सुरवंश शर्मा की। धीरे-धीरे जमीन बिक गयी तो हवेली के पच्छिम उस तीन एकड़ जमीन में फसलों की हरियाली उनकी आँखों में गड़ने लगी। यह ज़मीन पचीस-तीस साल पहले वे अपनी रखैल रतनी को दे चुके थे। जमीन की रजिस्ट्री नहीं हुई थी, लेकिन रतनी और उसका पति रामटहल और बाद में उसकी बेटी रमपतिया और दामाद बिदेसर जमीन को जोत रहे थे।

चार-पाँच साल पहले सुरवंश बाबू ने रमपतिया को बुलाकर चेताया था, ''बहुत दिनों से जमीन की उपज खा रही हो। तुम्हारे माँ-बाप इसकी उपज खाते रहे। जमीन मैंने तुम्हारी माँ को दी थी, तुम्हें नहीं, इसलिए यह जमीन तुम छोड़ दो।'' रमपतिया बोली थी, ''जमीन तो आपने मेरी माँ को दे दी। अब मेरी है जमीन।''

बिदेसर को जानकारी मिली तो हवेली के पुराने मुलाजिम मुंशीजी के मार्फत सुरवंश बाबू को खबर भेज दी, ''जमीन हम नहीं छोड़ेंगे, जाकर कह आइएगा अपने मालिक से।''

चार साल पहले लठैतों को भेजकर सुरवंश बाबू ने अगहनी फसल लूट ली थी। बिदेसर असहाय-जैसा देखता रहा। वही लूट बिदेसर के लिए लालसेना में शामिल होने का कारण बनी। सहदेव लालसेना का प्रधान था। बी.ए. पास सहदेव दिन-रात लालसेना को संगठित करने में लगा हुआ था। जाने कहाँ से वह एक चिंगारी अपने गाँव में ले आया था। पिछले साल लालसेना वाले सुरवंश बाबू के खलिहान से पन्द्रह-सोलह बोरे गेहूँ उठाकर ले आए। देखते रहे सब, लेकिन मारे जाने के डर से कोई कुछ नहीं बोला। बड़ी मालकिन इस पूरे प्रकरण में चुप रहीं।

पिछले दिन जब सुरवंश बाबू सुबह-सुबह टहलने के लिए हवेली से पच्छिम की तरफ निकले तो देखा, रमपतिया अपने पति बिदेसर के साथ पके धान की फसल काट रही है। उतरते अगहन का महीना। कुहासा घिरा हुआ था। बगल से गुजर गये सुरवंश बाबू।

सुरवंश बाबू का पित्त लहर गया। पिछले साल उनके खेत से तैयार गेहूँ की बोरियाँ लालसेना वाले उठाकर ले गये थे। तभी से सुरवंश बाबू तिलमिलाये हुए थे। अब उनका अपमान इस सीमा तक पहुँच गया था कि रखैल रमपतिया भी प्रणाम नहीं करती। उनकी ही दी हुई जमीन को उपजाती-खाती है। बगल में खड़े रहे सुरवंश बाबू, लेकिन न रमपतिया ने प्रणाम किया, न बिदेसर ने।

तमतमाये हुए वे हवेली लौटे। नौकर को पुकारा, "रे खेखना!" पुराना नौकर खेखना मालिक की बोली से ही अनुमान लगा लेता है कि मालिक का मुंड गरम या ठंडा। वह दौड़ता हुआ आया और सामने खड़ा हो गया।

"जरा जल्दी से बुलाकर ले आओ हजारी सिंह और मक्खन सिंह को। तुरन्त...अभी, इसी वक्त।"

बोलकर वे हवेली के अन्दर गये और बन्दूक लिये बाहर आये। कुर्सी पर बैठ गये और गमछे से बन्दूक की नली साफ करने लगे।

उधर खेखना बबुआन टोले में हजारी सिंह और मक्खन सिंह को कह आया —मालिक इसी बखत बुला रहे हैं। हजारी सिंह और मक्खन सिंह बड़ी हवेली की नौकरी कब की छोड़ चुके, फिर भी जब कभी बुलाहट होती है तो हाजिरी देने पहुँच जाते हैं। हवेली का नमक खाया है। आँखों में पानी है अभी।

दोनों डेढ़-दो घंटे में बड़ी हवेली में हाजिर हो गये, "जी सरकार, हुकुम। काहे याद किया मालिक?" सुरवंश बाबू ने आँखें उठाकर दोनों को देखा। उनकी आँखों की भाषा समझते हैं हजारी सिंह और मक्खन सिंह।

"अपने टोले से दो-चार लोगों को साथ कर लो और हवेली के पच्छिम मेरे खेत में धान काट रहे हैं बिदेसर और रमपतिया। बिदेसर को पकड़कर ले आओ। कहना, मालिक बुला रहे हैं। रमपतिया को छोड़ देना।"

दोपहर होने वाली थी। हजारी सिंह और मक्खन सिंह को किसी की जरूरत नहीं पड़ी। दोनों खेत पर गये और बिदेसर को पकड़कर नहीं, बुलाकर ले आये हवेली में। सुरवंश बाबू ने आदेश दिया, ''वहाँ कचहरी के पास जो नीम का पेड़ है उस पेड़ से बाँधो इसको। और हजारी सिंह तुम इसका एक पैर और एक हाथ तोड़ दो। मक्खन सिंह तुम लाठियाँ बरसाओ। मैं थोड़ी देर में आता हूँ।...''

बिदेसर के लिए यह सब एकदम आकस्मिक था। सोचा ही नहीं था कि यह होने वाला है, आभास ही नहीं था ऐसी किसी बात का।

''मालिक का हुकुम है। बोलो, कौन हाथ और कौन पैर तोड़वाना है?''

बिदेसर के होश उड़ गये थे—यह क्या हो रहा है!...

''सुना कि नक्सलवादी हो। कहाँ है तुम्हारी खूनी पार्टी?...'' बोलते हुए मक्खन सिंह लाठियाँ बरसाने लगा। हजारी सिंह को एक पैर और एक हाथ तोड़ने का आदेश हुआ था।

बिदेसर के एक पैर और एक हाथ की हड्डियाँ पूरी तरह तोड़ दी गयीं। लाठियों की मार से बिदेसर को पहले तो खून की उलटी हुई और फिर बेहोश हो गया।

रमपतिया अपने टोले की तरफ दौड़ती हुई गयी। सोलकन टोले से जब तक लोग आएँ, बिदेसर अपने ही खून से नहा चुका था और जमीन पर पड़ा था। रस्सी खोल दी गयी थी। लालसेना के लोगों को खबर भी नहीं हुई।

बिदेसर के चचेरे भाई बन्देलाल और गाँव के दूसरे लोग खाट पर लाद कर बिदेसर को कस्बे के सरकारी अस्पताल ले गये। दिन ढल चुका था। डॉक्टर की अस्पताल की ड्यूटी खत्म हो चुकी थी। वह अपने क्वार्टर में आराम कर रहा था। हो-हल्ला सुनकर डॉक्टर ने हॉस्पिटल के ड्रेसर को भेज दिया और सो गया।

थोड़ी देर बाद जीप से बड़ी मालकिन अस्पताल पहुँच गयीं। गाँव के पचासों लोग अस्पताल में जमा थे। बड़ी मालकिन को देख सब चकित। रमपतिया छाती पीट-पीटकर रो रही थी। बड़ी मालकिन ने रमपतिया को ढाढ़स बँधाया। अस्पताल के बरामदे पर बिदेसर को एक चटाई पर रखा गया था। बड़ी मालकिन बिदेसर के सिरहाने बैठ गयीं और सिर सहलाने लगीं। रमपतिया का तीन-चार साल का बेटा बाप के पैरों के पास बैठा रो रहा था।

अभी तक डॉक्टर नहीं आया था। लोग बेचैन थे। बड़ी मालकिन ने अपने ड्राइवर हनीफ को बुलाया और बोलीं, ''जाकर कहो डॉक्टर से। यह आराम करने का समय नहीं है। जल्दी आ जाएँ। मेरा नाम कहना।''

बड़ी मालकिन की मर्यादा। नाम सुनकर डॉक्टर आधे घंटे में आ गया और अपने ड्रेसर-कम्पाउंडर के साथ काम में लग गया। पूरे शरीर में भारी चोट थी।

दाहिने पैर और दाहिने हाथ की हड्डियाँ पूरी तरह टूटी हुई थीं। डॉक्टर ने बड़ी मालकिन से कहा, "मरीज को बड़े अस्पताल ले जाइए। एक पैर और एक हाथ की हड्डी पूरी तरह टूटी हुई है। यहाँ एक्स-रे वगैरह की सुविधा नहीं है।"

बड़ी मालकिन बिदेसर के चचेरे भाई बन्देलाल और रमपतिया से बोलीं, "जिला अस्पताल जाना है। जीप है अपनी। बिदेसर को जीप में रखो। सब ठीक हो जाएगा। पूर्णियाँ अस्पताल के बड़े डॉक्टर को एक पत्र देती हूँ। सारा इन्तजाम हो जाएगा।" बड़ी मालकिन ने रमपतिया के हाथ में दो हजार रुपये दिये और ड्राइवर से कहा, "तेजी से ले जाना गाड़ी। देर न हो।" गाँव के एक व्यक्ति ने पूछा, "मुदा आप बिना जीप के कैसे लौटेंगी मालकिन?"

"मेरी चिन्ता छोड़ो। मैं किसी तरह चली जाऊँगी। पहले यह काम जरूरी है या मेरा घर लौटना?" बोलती हुई बड़ी मालकिन डॉक्टर के साथ जीप के पास चली गयीं। बेहोश बिदेसर को डॉक्टर ने दो इंजेक्शन लगा दिये थे। बड़ी मालकिन खड़ी रहीं। बिदेसर को जीप पर लिटाया गया। छह लोगों की जगह बन सकी जीप में। जीप स्टार्ट हुई तो बड़ी मालकिन रमपतिया से बोलीं, "मैं कल आती हूँ देखने।"

बड़का गाँव से चालीस-पचास लोग आये थे। औरतें भी थीं। बड़ी मालकिन का व्यवहार देख सब चकित थे। एक बड़ी मालकिन हैं दया-ममता की देवी और एक इनका पति है साच्छात राकस। रावण की पत्नी मन्दोदरी हैं बड़ी मालकिन! दौड़ी हुई चली आयीं अस्पताल! अगर वे हवेली में होतीं तो सुरवंसा की हिम्मत ही नहीं होती ऐसा करने की।...आखिर बड़े खानदान की हैं! राज परिवार की हैं चन्द्रमुखी देवी! बड़ी मालकिन!

"बड़ी मालकिन की बोलचाल भी नहीं है अपने पति से! सुनते हैं दोनों अलग-अलग रहते हैं। बड़ी मालकिन अपना खाना खुद बनाती हैं। सुरवंसा का खाना नौकर बनाता है।"

"जाने कैसे रह गयीं बड़ी मालकिन इस राकस के साथ!"

"क्या करतीं। हिन्दू स्त्री...वह भी राजपरिवार की!"

"क्या कर सकती थीं बेचारी!"

बड़ी मालकिन लोगों के साथ पैदल ही लौट रही थीं अपने गाँव। साथ चलने वाले आपस में बातचीत कर रहे थे, "देखिए, केतना बदल गयीं बड़ी मालकिन! कुछ साल पहले तक किसी ने मुँह नहीं देखा था इनका। हवेली से निकलती नहीं थीं। निकलती भी थीं तो डोली में। आगे-पीछे हवेली के सिपाही। सो देखिए कि सब छोड़-छाड़ दिया। पैदल चल रही हैं हम लोगों के साथ! जीप पर बिदेसर को पुरैनियाँ भेज दिया!..."

"अरे, बड़ी मालकिन का असली रूप तो दिखाई पड़ा था मुसहर टोले में। तीन मुसहरों को हैजा हो गया था। एक तो मर गया, बाकी दो को मालकिन अपनी जीप से अस्पताल ले गयीं। दोनों बच गये।"

"तब कहाँ थे लालसेना वाले? सुना कि मुसहर टोले के तीन-चार लोग लालसेना में हैं?"

"अरे ई लालसेना वाले खाली उत्पात करने वाले हैं। सिरिफ खून-खराबा।..."

पूरे रास्ते बड़ी मालकिन का गुनगान करते रहे लोग। कुछ बड़े-बूढ़े भी थे। वे बड़ी मालकिन की पहली बिदाई की चर्चा करने लगे। कहने लगे —सोने-चाँदी और हीरे-जवाहरात के लिए अलग डोली थी। आगे-पीछे बन्दूक ताने सिपाही चल रहे थे। बड़ी मालकिन की सेवा के लिए पाँच दासियाँ आयी थीं। भरुआ-कहार की तो गिनती ही नहीं थी।

"तब का जमाना ही कुछ और था।"

बड़का गाँव में ही नहीं, आस-पास के पिठौरा, मिरदौल, कन्हैली, रामघाट...सारे गाँवों में यह बात फैल गयी कि किस तरह निरदैया कसाई सुरवंसा ने बिदेसर को पिटवाया और किस तरह बड़ी मालकिन अस्पताल पहुँची। अपनी जीप से बिदेसर को पूर्णियाँ अस्पताल भेजा और खुद पैदल गाँव लौटीं।

दूसरे दिन शाम में बड़ी मालकिन जिला अस्पताल पहुँच गयीं। बड़ी मालकिन का छोटा भाई सूर्यदेव सिंह पूर्णियाँ में ही रहता है। नामी वकील है। अपने भाई के घर से होती हुई अस्पताल पहुँची थीं बड़ी मालकिन। तीन किलोग्राम फल खरीद लिया था रास्ते में। एक किलोग्राम का हॉरलिक्स का डिब्बा।

अस्पताल में बड़ी मालकिन सीधे जाकर बिदेसर के सिरहाने बैठ गयीं और बिदेसर का सिर सहलाने लगीं। पूछने लगीं हाल-चाल। बिदेसर के एक हाथ और पैर पर प्लास्टर था। शरीर पर जहाँ-तहाँ पट्टियाँ थीं। वह चित्त लेता हुआ था। बगल में रमपतिया बैठी हुई थी। उसके टोले के तीन-चार लोग थे। सहदेव भी था। लालसेना का प्रधान! सहदेव ने बड़ी मालकिन को प्रणाम नहीं किया। बड़ी मालकिन जब बिदेसर के पास बैठीं, सहदेव कमरे से बाहर चला गया।

बड़ी मालकिन ने अपने ड्राइवर को भेजकर डॉक्टर को बुलवाया। बिदेसर के विषय में जानकारी ली। रमपतिया के हाथ में एक हजार रुपये देती हुई बोलीं, "किसी के बहकावे में मत आना।..."

थाने से कल ही दारोगा आ गया था। एक सिपाही को गेट पर बिठाकर दारोगा चला गया था। बड़ी मालकिन रमपतिया को समझाने लगीं, "लोग भड़काएँगे, लेकिन किसी के बहकावे में मत आना। तुम्हारा एक पैसा खर्च नहीं होने दूँगी। क्या

करोगी! मालिक का मिजाज तो जानती हो। इधर उनका दिमाग भी खराब हो गया है।''

''सो तो है मालकिन!'' रमपतिया ने धीरे-से कहा।

बड़ी मालकिन बिदेसर की देह सहलाती रहीं। बिदेसर का चचेरा भाई बन्देलाल और रमपतिया बड़ी मालकिन को 'अरियातने' बाहर तक गये। बाहर सहदेव खड़ा था। बड़ी मालकिन को देख वह दूसरी तरफ चला गया।

गेट के पास बड़ी मालकिन रमपतिया और बन्देलाल को समझाने लगीं, ''मालिक का स्वभाव तो जानते हो तुमलोग। जब क्रोध आता है तो पागल हो जाते हैं। मैं उनसे अलग रहती हूँ। खाना-पीना सब अलग।''

बन्देलाल कहा, ''जी मालकिन, गाँव में लोग जानते हैं।''

''अब मान लो कि मालिक ने ऐसा कर ही दिया तो क्या जेल भिजवाओगी उनको? जान से मार दोगी? अगर यही इच्छा है तो मार दो। मैं भी तंग आ गयी हूँ उनसे।''

रमपतिया और बन्देलाल एक-दूसरे का चेहरा देखने लगे। रमपतिया बोली, ''नहीं मालकिन, ऐसा तो सोच भी नहीं सकते हैं हम लोग। लेकिन कल रात एक मीटिंग हुई है मरकसवा में। लालसेना वालों ने फैसला किया है।''

''क्या किया है फैसला?''

''अब छोड़िए न मालकिन उस बात को। हम लोग उनके साथ नहीं हैं। ऐसा-वैसा कुछ नहीं होने देंगे।''

बड़ी मालकिन समझ गयीं, बैठक में लालसेना का क्या फैसला हुआ होगा। जीप में बैठते हुए उन्होंने रमपतिया को एक पुर्जा दिया। बोलीं, ''इसमें मेरे भाई सूर्यदेव बाबू का पता है। मैं कह आयी हूँ उनसे। रुपये-पैसे की या किसी तरह की जरूरत हो तो जाकर मिल आना।''

गाँव में बड़ी मालकिन की प्रशंसा को पंख लग गये थे। वे सेवा, दया-करुणा-ममता की प्रतिमूर्ति मानी जा रही थीं। कोई दरिद्र अब बड़ी हवेली जाता तो निराश नहीं लौटता था। मल्लाह टोली का घोटन सहनी बेटी की शादी के लिए बड़ी हवेली मदद माँगने गया तो बड़ी मालकिन ने आधा बोरी चावल और पाँच किलोग्राम मूँग की दाल से उसकी मदद की।

बड़ी मालकिन के व्यक्तित्व में यह आकस्मिक परिवर्तन चमत्कार-जैसा था। उनकी वेश-भूषा भी बदल गयी थी। जरीदार कीमती कपड़े पहननेवाली बड़ी मालकिन अब शुद्ध खादी की साड़ी और खादी का ब्लाउज पहनने लगी थीं।

माई के दालान में भी यह चर्चा जब-तब होती रहती। असल में बड़ी हवेली को लेकर जो कुत्सित धारणा लोगों के मन में अब तक बनी हुई थी, बड़ी मालकिन

उस धारणा को झुठला रही थीं। उनमें यह आकस्मिक परिवर्तन लोगों में विस्मय पैदा करता था।

महाबिर दास आँखें मूँदकर सिर उठाता है, ''आतम ग्यान हो रहा है बड़ी मालकिन को।'' चार-पाँच दिन मरकसवा गाँव में रहकर कजरी माई के घर वापस आयी है। बोली, ''उधर मरकसवा में भी यही चर्चा है माई।'' सौखी ने कुछ सोचते हुए कहा, ''बड़ी मालकिन का देवी रूप है यह।'' माई हँसने लगीं, ''ई सौखिया तो तिल को ताड़ बना देता है...।...देवी-रूप??''

कजरी बोली, ''एक बात कहूँ माई! मुझे तो लगता है बड़ी मालकिन वह हैं नहीं जो लोगों को दिखा रही हैं। कोई चाल तो नहीं है इसके पीछे? यह मैं नहीं कह रही, सहदेव कह रहा था। लालसेना का सहेदव।''

कजरी माई से सट गयी और उनके दाहिने कान के पास मुँह करके बोली, ''एक बात बताऊँ माई। मरकसवा गाँव में लालसेना वालों की मीटिंग हुई है। मीटिंग में फैसला हुआ है कि सुरवंश शर्मा को मार दिया जाए। सुनी हुई बात है माई, विश्वास होता भी है, नहीं भी होता है। असल में क्या है माई कि बिदेसर जो है न वह लालसेना में है और उसी का गोड़-हाथ तोड़वाया है सुरवंश शर्मा ने।''

माई की आँखें फैल गयीं, ''आयं!...''

''हाँ माई, शिबू की घरवाली डरती-डरती बता रही थी मुझे। लालसेना में है शिबू।''

''तब तो सच्चाई होगी इसमें।'' माई ने धीरे से कहा, ''लेकिन यह सब किसी से कहना नहीं।''

''राम-राम! सातो किरिया! मैं क्यों कहूँगी किसी से!''

''लेकिन माई, शिबू की घरवाली यह भी बोली कि मीटिंग में इस फैसले को लेकर दो गुट हो गये हैं। बिदेसर का एक चचेरा भाई बोला कि बड़ी मालकिन जो कर रही हैं उसको देखते हुए अभी सुरवंश शर्मा को नहीं मारा जाए।''

माई ने पूछा, ''सुना कि लालसेना का सहदेव पूर्णियाँ अस्पताल गया था। यही सब पूछने तो नहीं गया था?''

''पता नहीं। पूर्णियाँ अस्पताल से जो लोग लौटे हैं, वे कह रहे हैं कि बिदेसर न बोलता है, न सुनता है।'' कजरी ने माई को नयी जानकारी दी।

बबुआन टोले और दक्खिन टोले में भी यही चर्चा है कि बड़ी मालकिन का आचार-व्यवहार देखकर सोलकन टोले के लोगों ने सुरवंश शर्मा के खिलाफ कुछ नहीं किया। नहीं तो बिदेसर को जिस तरह बाँध कर उन्होंने पिटवाया है, गोड़-हाथ की हड्डियाँ तुड़वायी हैं, लोग जिन्दा नहीं छोड़ते सुरवंश शर्मा को। बड़ी हवेली के खंडहर के मालिक को पता नहीं है कि जमाना कितना बदल गया है।

धन्य बड़ी मालकिन कि लोगों ने उनका मुँह देखकर सुरवंश बाबू को जिन्दा छोड़ दिया है।

बभनटोली के पंडित खड्गनाथ झा कहते हैं, "यह कायान्तरण है! एक काया से दूसरी काया में प्रवेश। बड़ी मालकिन की अन्त:काया में माँ भगवती प्रविष्ट हो गयी हैं। या देवी सर्वभूतेषु मातृरूपेण संस्थिता...।"

लोगों की जितनी घृणा है सुरवंश शर्मा के प्रति, उतनी ही श्रद्धा है बड़ी मालकिन के प्रति। बड़ी हवेली के नौकर-चाकर भी यही कहते हैं कि बड़ी मालकिन और सुरवंश बाबू में अब कोई रिश्ता नहीं है। दोनों अलग-अलग रहते हैं। खाना-पीना सब अलग। बोल-चाल भी बन्द है। बड़ी मालकिन एकदम सादा खाना खाती हैं। प्याज-लहसुन का तो प्रवेश ही नहीं है उनके रसोईघर में। एकदम सादा भोजन।

माई कहती हैं, "मैंने देखा था बड़ी मालकिन को जब वे नयी-नयी आयी थीं। बाप रे! रूप-लावण्य! मत पूछिए। सावनी पूर्णिमा की चाँदनी-जैसी गोरी...बड़ी-बड़ी कमलपत्री आँखें...। हीरे-जवाहरात के गहने।...वही बड़ी मालकिन अब खादी के कपड़े पहनती हैं। पैरों में ग्रामोद्योग भवन के अहिंसक चर्म की चप्पलें। गहनों के नाम पर बस कलाइयों में काँच की चूड़ियाँ। आधे से ज्यादा बाल सफेद हो चुके हैं। जैसे-तैसे जूड़ा बाँध लेती हैं। तन से जैसे विराग हो गया है। तन से ही नहीं, धन से भी।"

बिदेसर को अमानवीय ढंग से पीटे जाने को लेकर सोलकन टोले में जो तूफान उठा था, वह तूफान अब निकल चुका है। लोग कहते हैं कि प्रायश्चित्त से बढ़कर कोई दंड नहीं होता और बड़ी मालकिन यही प्रायश्चित्त कर रही हैं। पापी पति के कुकर्मों के लिए प्रायश्चित्त कर रही हैं। अब क्या सुरवंश बाबू को मार देने से बिदेसर के हाथ-पैर वापस आ जाएँगे? बड़ी मालकिन खुद पूर्णियाँ अस्पताल जाकर देख रही हैं बिदेसर को। इलाज का पूरा खर्च दे रही हैं। अब और क्या करेंगी?

आठवें दिन जीप से बड़ी मालकिन फिर गयीं पूर्णियाँ सदर अस्पताल। बड़का गाँव से पूर्णियाँ जाने में कम-से-कम दो-ढाई घंटे तो लगते ही हैं। वैसे ललित गाँव से रेलगाड़ी भी जाती है पूर्णियाँ, लेकिन लोगों को बस से जाने में सुविधा होती है।

पहले अपने वकील भाई के घर गयीं बड़ी मालकिन। दोपहर बाद अस्पताल पहुँचीं। इस बीच बिदेसर को बेड मिल गया था। बगल में एक स्टूल और एक कुर्सी रखी हुई थी। सिरहाने छोटी-सी मेज थी। रमपतिया का देवर बन्देलाल स्टूल पर बैठा हुआ था। बड़ी मालकिन कुर्सी खींचकर बिदेसर के सिरहाने बैठ गयीं और बिदेसर का सिर सहलाती पूछने लगीं, "अब कैसे हो बिदेसर?"

बिदेसर ने एक बार बड़ी मालकिन को देखा और चेहरा दूसरी ओर घुमा लिया। जीप का ड्राइवर भरा हुआ झोला लिये सामने खड़ा था। बड़ी मालकिन ने ड्राइवर को अपने पास बुलाया और उसके हाथ से झोला लेकर बन्देलाल को दे दिया। रमपतिया को न देख उन्होंने पूछा, "कहाँ गयी है?"

"मन्दिर। बगल में मन्दिर है न! वहीं गयी है।" बन्देलाल खिड़की के सामने की तरफ देखने लगा जिधर मन्दिर था।

"तो रमपतिया मन्दिर भी जाती है। बहुत अच्छी बात है।" बोलती हुई बड़ी मालकिन रमपतिया के बेटे को दुलारने लगीं। फिर उसको अपनी गोद में बिठा लिया और हाथों से झुलाती हुई पूछने लगीं, "क्या नाम है?" बच्चा चकरा गया था। किसी ऐसी स्त्री ने अभी तक उसको न दुलार किया था, न गोद में बिठाया था।

रमपतिया आ गयी। बड़ी मालकिन की गोद में अपने बच्चे को देख कुछ क्षणों के लिए वह अपना दुस्सह दुःख भी भूल गयी। बड़ी मालकिन ने कुशल-क्षेम पूछा, "अब कैसा है बिदेसर?"

"अभी तो ठीके है मालकिन। देखिए रही हैं पलस्तर है हाथ-पैर पर। अभी क्या कहा जाए! डागडर भी यही कहता है कि प्लास्टर हटने के बाद ही कुछ कहा जा सकता है। लगता है, महीने-दो महीने लग जाएँगे प्लास्टर कटने में।"

"तो क्या हर्ज है! खाना-खर्चा लेकर आयी हूँ। जीप में चावल-दाल और आलू हैं। जलावन तो यहाँ मिल ही जाता है। तुम्हारे लिए साड़ी-साया और ब्लाउज का कपड़ा ले आयी हूँ। ब्लाउज यहीं सिला लेना।" बोलती हुई बड़ी मालकिन ने बन्देलाल से कहा, "जीप से सामान उतारकर ले आओ।"

रमपतिया नीचे फर्श पर बैठने लगी तो बड़ी मालकिन ने उसकी बाँह पकड़कर स्टूल पर बिठा दिया और मुस्कराती हुई बोलीं, "वहाँ क्यों बैठती हो?"

"जी मालकिन, आप के सामने..." रमपतिया कृतज्ञता के भार से दब-सी गयी। बड़ी मालकिन बिदेसर की उस बाँह को सहलाने लगीं जिस बाँह पर प्लास्टर की गयी थी। प्लास्टर किया हुआ दाहिना पैर ऐसा दिखता था जैसे खूँटे पर गाढ़ा चूना पोत दिया गया हो।

"डागडर कहता है, दस-बारह दिन बाद चाहो तो मरीज को ले जा सकती हो। फिर लाना पड़ेगा।" रमपतिया की आवाज में आँसुओं की नमी घुलने लगी थी।

"ठीक है, गाँव ले चलेंगे। गाड़ी तो है ही! लेकिन बिदेसर तुम्हारे घर नहीं जाएगा। जिम्मेदारी मेरी है। अपनी हवेली में रहेगा।" बड़ी मालकिन ने रमपतिया के चेहरे की तरफ देखा। उसके बेटे को उन्होंने फिर अपने पास बुला लिया और उसके गाल छूकर प्यार जताने लगीं।

दरवाजे के पास बन्देलाल के साथ उसी के टोले का दीना खड़ा था। दीना ने बन्देलाल से कहा, "देखते हो न बन्दे, बड़ी मालकिन एक्को जरा भेद-भाव करती हैं? कहाँ हम लोग छोटी जात के गरीब-गुरबा,-कहाँ बड़ी मालकिन!" बन्देलाल ने अभिभूत होकर कहा, "हद है भाई! अचरज होता है कि पति राच्छस है और पत्नी देवी!"

बन्देलाल और जीप-ड्राइवर हनीफ इस बीच चावल-दाल की बोरियाँ जीप से निकालकर ले आये थे। बड़ी मालकिन ने बोरियों की तरफ देखा और रमपतिया से बोलीं, "दस-पन्द्रह दिनों के लिए तो काफी है?"

"जी मालकिन, ई तो महीने से भी बेसी चलेगा।" रमपतिया कभी बोरियों को देखती थी, कभी बड़ी मालकिन को।

चलते-चलते बड़ी मालकिन रमपतिया और बन्देलाल से बोलीं, "आठ-दस दिन बाद आऊँगी और डॉक्टर से बात कर बिदेसर को गाँव ले चलूँगी। फिर डॉक्टर जब बुलाएगा, बिदेसर को ले आया जाएगा! अपनी गाड़ी तो है ही।"

रमपतिया, बन्देलाल और दीना बड़ी मालकिन के साथ-साथ बाहर जीप तक गये। बड़ी मालकिन ने जीप में बैठने से पहले पूछा, "और कोई जरूरत?"

"जी नै मालकिन! मुदा एक्के बात सालती है मन को। रघुआ का बाप कुछ बोलता नहीं हैं। काहे नहीं बोलता है, यही बात समझ में नहीं आती। बोली है मुँह में। बोलता क्यों नहीं है?" रमपतिया बोलते-बोलते रोने लगी।

बिदेसर की चुप्पी सबके लिए भारी चिन्ता बन गयी है। हाथ-पैर टूटे हैं, मुँह में तो कुछ नहीं हुआ है! फिर बोलता क्यों नहीं है जबकि बोली है मुँह में? लालसेना के शिबू, सहदेव और रामदेव दो बार आ चुके हैं बिदेसर से यह पूछने कि क्या किया जाए! बड़ी मालकिन ने थाने में केस भी नहीं होने दिया। सबको मना लिया और सब मान गये कि हाँ, केस-मुकदमे से क्या होगा! बड़ी मालकिन तो इतना कर ही रही हैं! कौन करता है इतना?

सहंदेव, शिबू, रामनाथ और रामसेवक लगातार पूछते रहे बिदेसर से, "बोलो बिदेसर, क्या किया जाए सुरवंश शर्मा का? कहो तो हवेली उड़ा दें।" बिदेसर एकदम चुप, जैसे मूक-बधिर हो। वह सिर्फ आँखें उठाकर देख लेता था अपने साथियों को।

शिबू ने रमपतिया से पूछा था, "बिदेसर भाई कुछ बोलते हैं या नहीं?"

"हूँ-हाँ में कुछ बोलते हैं कभी-कभार।"

"तो फिर हमलोगों से क्यों नहीं बोलते? हूँ-हाँ में भी कोई जवाब नहीं देते हैं।" शिबू के इस प्रश्न को सुनकर रमपतिया चुप हो गयी।

दूसरे दिन सुबह से ही रमपतिया का मन बहुत उदास है—उदास और

उद्विग्न। यों भी अस्पताल का वातावरण बहुत उबाऊ होता है। रमपतिया का जी करता है, कब भाग जाए यहाँ से। सामने के बेड पर जो मरीज था, उसकी आज मौत हो गयी। इस कारण रमपतिया का मन और दुखी हो गया था।

शाम से पहले वह फिर बगल के शिवमन्दिर की तरफ चली गयी। इस मन्दिर को देखकर उसे अपने गाँव के पुराने तिनेत शिवमन्दिर की याद आती है। उसी तरह का पुराना मन्दिर...वैसी ही टूटी-फूटी दीवारें, सुनसान-सा...एकान्त...। उड़हुल के फूल बहुत हैं अहाते में। तरह-तरह के उड़हुल! लाल, उजले, पीले...। इसके पहले रमपतिया यही जानती थी कि उड़हुल केवल लाल रंग के ही होते हैं। जंगल-जैसा है मन्दिर के पीछे। अब समझ में आया कि आधी रात के बाद सन्नाटे में जो हुआ-हुआ की आवाज सुनाई पड़ती है, वह आवाज इस जंगल में रहने वाले सियारों की होती है।

अस्पताल के कमरे से दिखाई पड़ता है मन्दिर। मन्दिर में बिजली की लाइन नहीं है। अस्पताल के कमरे से देखती है रमपतिया, इधर कई दिनों से देख रही है—मन्दिर में देर शाम लालटेन जलाई जाती है। रोशनी की बूँद-जैसी दिखाई पड़ती है लालटेन की रोशनी।

सुनसान-भग्न मन्दिर के सामने खड़ी रमपतिया मन-ही-मन प्रार्थना करती रही—हे शंकर भगवान! मेरे पति के हाथ-पैर चाहे ठीक न हों, मगर मुँह में बोली आ जाए। चाहे लंगड़ा-लूला हो जाए मेरा पति, मगर उसकी बोली लौट आये। उसका नहीं बोलना बहुत बेचैन करता है।...

उदास मन से रमपतिया अस्पताल के कमरे में लौटी। पति को देखा। वह चित्त लेता हुआ छत को एकटक देख रहा था। रमपतिया ने पूछा, "खाने में क्या बनाऊँ रघ्घू के बाबू?" बिदेसर ने एक बार अपनी पत्नी की तरफ देखा और फिर जैसे अपने में खो गया। रमपतिया फिर बैचेन-सी हो गयी। रघुआ का बाप क्यों नहीं समझता कि बोलने-बतियाने से, यहाँ तक कि जी-भर रो लेने से भी दुःख कम हो जाता है। लेकिन बोलता क्यों नहीं रघुआ का बाप! बौक हो गया होता तो मान लेती कि चलो, मुँह की आवाज चली गयी। मुदा मुँह में बोली तो है! अभी तीन दिन पहले बाहर से झाँककर देखा था—रघुआ को अपने पास बिठाये उसके सिर पर हाथ फेर रहा था और रोते हुए कुछ बोल रहा था...। टूटी हुई आवाज...।

रमपतिया बगल के स्टूल पर बैठ गयी और रघ्घू को गोद में ले लिया। कमरे में बिजली की रोशनी थी। ऊपर दीवार पर नजर गयी तो देखा, बल्ब के पास एक बहुत सुन्दर-सी तितली बैठी है। थोड़ी ही दूरी पर एक छिपकली थी जो सिर उठाये तितली पर निशाना साध रही थी। बेखबर थी सुन्दर-सी तितली। रंगीन पंखोंवाली! धीरे-धीरे छिपकली बल्ब के पास पहुँची। डर गयी रमपतिया। बाप

रे! कहीं खा ना जाए। दम साधे वह देखती रही। छिपकली ने एक झपट्टा मारा। तितली उसके मुँह में आ गयी—आधा शरीर बाहर, आधा अन्दर मुँह में। छटपटाती रही तितली, लेकिन कोई आवाज नहीं। सिहर गयी रमपतिया। देखा नहीं गया तो आँखें दीवार से हटा लीं। सामने देखा। दरवाजे पर सहदेव खड़ा था।

"आओ, वहाँ काहे खड़े हो?" रमपतिया ने सहदेव को बुलाया और सोचने लगी, लगातार आ रहा है सहदेव। गाँव से आता है। एक दिन इसके तीन-चार साथी भी आ आये थे। सहदेव बगल की कुर्सी पर बैठ गया और बिदेसर को देखने लगा। बिदेसर ने भी आँखें उठाकर उसे देखा। सहदेव ने पूछा, "कैसे हैं बिदेसर भाई?" बिदेसर सिर्फ देखता रहा एकटक। सहदेव ने रमपतिया से पूछा, "क्या अभी तक बिदेसर भाई कुछ बोले नहीं हैं?"

"हूँ-हाँ में बोलते हैं। रघ्घू से एक दिन अकेले में ऐसी ही बोली में बतिया रहे थे।"

"इसका मतलब, मुँह की आवाज गायब नहीं हुई है।"

"हूँ। मुझे भी लगता है, बोल सकते हैं, मुदा बोलते नहीं हैं।"

"अजीब बात है।" सहदेव ने दाहिनी हथेली ललाट पर रख ली। बिदेसर चित्त लेता छत को देख रहा था। सहदेव ने रमपतिया से कहा, "भौजी, हमलोग कई बार आ चुके हैं भैया से बात करने, लेकिन वे कुछ बोलते नहीं हैं। तुम्हीं बोलो। दो-तीन मीटिंग हो चुकी है हम लोगों की। फैसला बिदेसर भैया पर है। वे कुछ बोलते नहीं हैं। तुम्हीं कहो। सुरवंश शर्मा की सजा तय है।"

बिदेसर ने सहदेव की तरफ देखा, देखता ही रहा देर तक। रमपतिया बोली, "बीच में बड़ी मालकिन न आतीं तो मैं क्या कहती इसे तुम जानते हो सहदेव। लेकिन..."

सहदेव की आवाज तीखी हो गयी, "भौजी, तुम नहीं जानती बड़ी मालकिन को! उस वर्ग के चरित्र को तुम नहीं जानती जिस वर्ग की है बड़ी मालकिन। साँप का बच्चा साँप ही होता है भौजी। तुमको बड़ी मालकिन ने मोह लिया है। दाँव-पेंच तुम समझ नहीं रही हो।"

रमपतिया अपनी बात पर अड़ी रही, "नहीं सहदेव, बड़ी मालकिन देवी हैं। देखते हो कितना कर रही हैं हमारे लिए! सुरवंश बाबू से बड़ी मालकिन की बोल-चाल तक नहीं है। दोनों अलग रहते हैं सो मालूम है न?..."

"तुम नहीं मानोगी भौजी।..." सहदेव हँसने लगा। विचित्र-सी रहस्यमयी हँसी। बिदेसर अपना चेहरा सहदेव की तरफ मोड़कर गहरी आँखों से उसे देखने लगा। मुँह से विचित्र-सी आवाज निकली —हुँह...। सहदेव समझ नहीं पाया, क्या कहना चाहते हैं बिदेसर भाई।

कमरे से बाहर निकलते समय सहदेव ने कहा, ''बिदेसर भाई को सदमा लगा है भौजी। दूसरी कोई बात नहीं है।''

सोलहवें दिन दोपहर बाद बड़ी मालकिन जीप से फिर अस्पताल पहुँचीं। बिदेसर बायीं बाँह सिर के नीचे रखे चित्त लेटा था। दाहिने हाथ और दाहिने पैर पर प्लास्टर होने के कारण बायाँ पैर और बायाँ हाथ ही जब-तब काम में आ रहे थे। कमरे में रमपतिया नहीं थी। रघुआ फर्श पर बैठा कंचे की गोलियों से खेल रहा था। बड़ी मालकिन ने रघुआ को गोद में ले लिया और कुर्सी पर बैठ गयीं। रघुआ को पुचकारती हुई बड़ी मालकिन बिदेसर से पूछने लगीं, ''अब कैसे हो बिदेसर? रमपतिया कहाँ है?'' बिदेसर ने बड़ी मालकिन की तरफ देखा भी नहीं। बरामदे पर कुछ लोग किसी मरीज को लेकर आये थे। लोगों की बदहवासी और तेजी से इधर-उधर आने-जाने से लगता था, मरीज की हालत चिन्ताजनक है। बड़ी मालकिन भी बरामदे की ओर देखने लगीं। उनकी समझ में नहीं आ रहा था कि न बोलने वाले बिदेसर से वे कैसे बात करें। इसी बीच रमपतिया आ गयी और बड़ी मालकिन की गोद में रघुआ को देखकर मुस्कराने लगी, ''आप काहे लेती हैं रघुआ को गोद में! देखती नहीं है, मैला-कुचैला पहने है। शरीर पर धूल-माटी लगी है।'' बोलती हुई रमपतिया बड़ी मालकिन की गोद से रघुआ को उतारने लगी। बड़ी मालकिन ने हँसते हुए कहा, ''रहने दो, धूल-माटी लगी है तो क्या होगा।''

''अब कैसा है बिदेसर? बोलता है कि नहीं?'' पूछती हुई बड़ी मालकिन बिदेसर को देखने लगीं।

नीचे फर्श पर बैठती रमपतिया की मुस्कराहट अचानक लुप्त हो गयी, ''नहीं मालकिन, कहाँ बोलता है कुछ! यही तो चिन्ता है। बाकी तो देखिए रही हैं। डागडर कहता है एक महीने बाद प्लास्टर कटेगा तभी मालूम होगा कि पैर-हाथ ठीक होंगे या नहीं।''

''डॉक्टर ने तो कहा था न कि ले जाइए, महीने-भर बाद कटेगा प्लास्टर?''

''जी मालकिन, परसों भी यही बोला है।''

''...तब चलो ले चलते हैं गाँव। यहाँ अस्पताल में रहते-रहते तो ऊब हो रही होगी।''

''जी मालकिन।''

कुर्सी से उठती हुई बड़ी मालकिन बोलीं, ''अच्छा, मैं डॉक्टर से बात कर आती हूँ।''

आधे घंटे में ही बड़ी मालकिन लौट आयीं और रमपतिया से बोलीं, ''बन्देलाल

कहाँ है? चलो। डॉक्टर ने एक महीने बाद बुलाया है। थोड़ा कागजी काम था। वह मैंने कर दिया है।''

''बाजार गया है बन्देलाल। बस आता ही होगा।'' बोलती हुई रमपतिया कमरे से बाहर चली गयी गेट की तरफ।

दस-पन्द्रह मिनट में ही रमपतिया बन्देलाल के साथ लौटी। बन्देलाल ने बड़ी मालकिन को प्रणाम किया! बड़ी मालकिन बोलीं, ''ड्राइवर को बुला लाओ और सामान रखो जीप में। बिदेसर को जीप तक तो स्ट्रेचर से ले जाना होगा। अच्छा, पहले भेजो ड्राइवर को। मैं इन्तजाम करती हूँ।''

सारा सामान जीप में रखा गया। छह-सात लोगों की मदद से बिदेसर के लिए जीप में लेटने की जगह बनाई गयी। लाठी का सहारा लेकर अब बिदेसर खड़ा भी हो जाता है। डॉक्टर अभी तक साफ-साफ कुछ बोला नहीं है। कहता है, ''देखो, क्या होता है। यहाँ सदर अस्पताल में जितना हो सकता था, हम लोगों ने किया।''

रमपतिया की चिन्ता पति के लँगड़े-लूले हो जाने की उतनी नहीं है जितनी उसकी चुप्पी को लेकर है। डागडर कहता है —सब ठीक है। अब नहीं बोलता है तो कोई क्या करे!''

शाम से पहले जीप गाँव की सीमा में आ गयी। रमपतिया ने कितनी बार बड़ी मालकिन से कहा कि बिदेसर को अपने घर जाने दें। घर-गिरस्ती के भी काम हैं, लेकिन बड़ी मालकिन मानें तब न! कहने लगीं, ''नहीं रमपतिया, जब तक बिदेसर भला-चंगा नहीं हो जाता, हवेली में ही रहेगा। यह जिम्मेदारी मेरी है।''

और जीप हवेली की तरफ मुड़ गयी। हवेली के पिछवाड़े किसी जमाने में नौकरों के रहने के लिए टिन के शेड बने हुए थे। सिर्फ दो कमरों को छोड़ बाकी सब खाली पड़े हुए थे। उनमें रहने वाले नौकर-सिपाही अब रहे नहीं।

बड़ी मालकिन ने रमपतिया से कहा, ''इसी में रहो तुम लोग। पानी-वानी सब-कुछ है यहाँ। गोहाल की देख-रेख करने वाला नौकर भी है। वह भी तुम लोगों के साथ रहेगा। खाना बनाओ, आराम से खाओ।''

रमपतिया अपना घर-दुआर पड़ोसियों पर छोड़ आयी है। अब बन्देलाल अस्पताल से लौटकर आ गया है तो वह सँभालेगा। एक जोड़ा बैल है, एक गाय है। घर में तो ताला लगा है उसी समय से।

गाँव में खबर फैल गयी कि बड़ी मालकिन बिदेसर को हवेली में ले आयी हैं। बिदेसर के पूरे परिवार का खाना-खर्चा मालकिन खुद दे रही हैं। रमपतिया, बिदेसर और रघ्घू को नये कपड़े दिये हैं बड़ी मालकिन ने। बोली हैं कि जब तक बिदेसर ठीक नहीं हो जाता, हवेली में ही रहेगा।

"धन्य हैं बड़ी मालकिन! दया-ममता की देवी हैं।"

"सुरवंश बाबू के पापों का प्रायश्चित्त कर रही हैं।"

"अब तो बड़ी मालकिन के हवेली से आने-जाने का रास्ता भी अलग-अलग है।"

बड़का गाँव के सोलकन टोलों में बिदेसर को लेकर जो तूफान उठने वाला था, वह थम गया है। लालसेना के लोग असमंजस में है। गाँव-टोले में जो लोग लालसेना को भीतर-भीतर समर्थन देते थे, वे सुरवंश शर्मा की हत्या किये जाने के पक्ष में नहीं है। बिदेसर के मुँह में तो खैर आवाज ही नहीं है और रमपतिया कहती है, "बूढ़े सुरवंश शर्मा को मार देने से मेरे पति के हाथ-पैर ठीक हो जाएँगे क्या?"

"यह तुम कह रही हो भौजी?" लालसेना के प्रधान सहदेव ने पूछा था। तुम्हारी माँ और तुम्हारी जिन्दगी बर्बाद करने वाले सुरवंश शर्मा के विषय में यह सहानुभूति तुम दिखा रही हो?"

रमपतिया काँप गयी थी। बड़ी मालकिन के साथ गाय की तरह दान में दी गयी उसकी माँ रतनी...हवेली की रखैल...और वह खुद भी सुरवंश शर्मा की हवस की शिकार...कई-कई बार...। बड़ी मालकिन की आँखों के सामने यह सब होता था और वे चुपचाप देखती रहती थीं। हवेली के लोग कहते थे —यह सब तो हवेली की शोभा है, शान है। यही मर्यादा है हवेली की।

लेकिन अब उसी सुरवंश शर्मा को जान से मारने की बात आयी है तो सामने आ गयी हैं बड़ी मालकिन। बेचारी खुद सतायी हुई हैं। कोई बाल-बच्चा नहीं। अकेली...निःसन्तान। अब इस बुढ़ापे में क्या विधवा बनेंगी बड़ी मालकिन? नहीं सहदेव नहीं, छोड़ दो। बड़ी मालकिन की सेवा, दया-ममता को देखकर छोड़ दो सुरवंसा को। पापी पति से इसी कारण तो अलग हो गयीं बड़ी मालकिन!

बड़े-बूढ़े कहते हैं—इस उमर में सब दुरगत हो गयी बड़ी हवेली के सुरवंश शर्मा की। देवी-जैसी पत्नी को जीवन-भर सताते रहे। बुढ़ापे में भी हवस नहीं गयी है। जमींदारी चली गयी। प्लॉट के प्लॉट खेत बिकते चले गये। धन्य बड़ी मालकिन कि जब आम के बगान और शीशम के पुराने पेड़ों के बिकने की नौबत आ गयी तो एकाएक सँभल गयीं और हवेली की मर्यादा की सारी सीमाएँ लाँघकर बाहर आ गयीं। बची हुई सम्पत्ति को बचाने के संकल्प लेकर हवेली से निकल आयीं। जिन्होंने कभी सूरज का ताप नहीं सहा था, वह दिन-दिन-भर धूप में घूमती हैं, लोगों की सेवा करती हैं।

आज भी सुरजा नाई की माँ जिन्दा है। जाकर पूछ ले कोई। कहती है — बाप-रे! बड़ी मालकिन के तलवे!...लगता था, सींकी से छू दो तो खून छलक आएगा।

वही बड़ी मालकिन अब धूल फाँकने हवेली से बाहर निकल आयी हैं। हवेली से न निकलतीं तो वह स्थिति ही आ गयी थी कि हवेली नीलाम होती। लाखों का कर्ज है बैंक का...हाई कोर्ट से लेकर सुप्रीम कोर्ट तक कई मुकदमे हैं।

हवेली तो बिकने-बिकने को हो ही गयी थी। इसी गाँव के लोग हवेली के मोचन खवास से हँसी-मजाक में जब-तब पूछ भी लेते थे, "रे मोचना, कहिया बिक रही है तुम्हारे मालिक की हवेली?"

लुचाय राम अपने एस.पी. बेटे की अन्धाधुन्ध कमाई के कारण हवेली पर नजर गड़ाए हुए है। एस.पी. बेटे रामबरन ने बाप से कह दिया है, "यदि हवेली बिकने लगे तो चाहे जितनी कीमत रखें सुरवंश बाबू, हवेली हमें खरीदनी है।"

आखिर ऐसी जिद्द क्यों है एस.पी. रामबरन राम को? अब क्या रखा है हवेली में? अहाते की चारदीवारी भी टूट गयी है। बूढ़ी...जर्जर हवेली।

फिर भी खरीदना चाहता है रामबरन। इसी हवेली में लुचाय राम पिपही बजाता था। साथ में दो गोतिया-दियाद रहते थे। भतीजा खुरदुक बाजा बजाता था।

लुचाय राम को याद है। रामबरन को भी जरूर याद होगा। रामबरन तब छठे या सातवें वर्ग में पढ़ता था। जरूर याद होगा रामबरन को। दुर्गा-पूजा की अष्टमी को बड़ी हवेली में शस्त्र-पूजा होती थी। उस दिन हजारों लोगों को खिलाया जाता था। इसी भोज के लोभ से लुचाय राम अपने बेटे रामबरन को हवेली ले गया था। पुरी-जलेबी-बुन्दिया, आलू का दम...। बड़ी बात थी चमरटोली के लिए। रामबरन के साथ चमरटोली के तीन-चार बच्चे थे। सब खाने की उम्मीद लेकर गये थे। जब बाप-चाचा-भाई ढोल-पिपही बजा रहे हैं तो खाना मिलेगा ही।

गाँव के लोग पंगत में बैठकर खा रहे थे। पहली पारी, दूसरी पारी। तीसरी पारी भी निकल गयी और चमरटोली के बच्चे टुकुर-टुकुर देखते रहे।

लुचाय राम को याद है। भूख से व्याकुल हो रहा था रामबरन। बाएँ हाथ से पेट पकड़े वह खाने वालों को देख रहा था। इस बीच लुचाय राम दो-तीन बार खिलाने वालों से विनती कर आया था, "मालिक, बच्चा-बुतरू हैं। भोर से बैठे हुए हैं। खिला दीजिए मालिक।"

"अभी रुको। पहले खा लेने दो लोगों को, बाद में आएगी तुम लोगों की बारी।"

"पेट में दर्द हो रहा है बाबू!" रामबरन ने अपने बाप से कहा था, लेकिन ढोल-पिपही बजाने वाले की कोई सुनने वाला नहीं था।

रात हो गयी प्रतीक्षा करते-करते। व्यवस्थापक बाबू धियानी सिंह का ध्यान ढोल-पिपही बजाने वाले चमारों की तरफ़ नहीं था। रात में थोड़े-से बचे लोगों को खिलाने के लिए जब पंगत बैठी, पेट्रोमैक्स की रोशनी मन्द पड़ गयी थी। दो

पेट्रोमैक्स थे, दोनों के मेंटल फूट गये थे। हल्का अँधेरा था। उसी अँधेरे में सोलकन टोले के लोग खाने बैठे थे। अँधेरे का लाभ उठाकर रामबरन भी पत्तल लेकर पंगत के एक किनारे बैठ गया था, यह सोचकर कि अँधेरे में कौन पहचानेगा।

कि तभी धियानी सिंह आ गया था। कुर्मी टोले और यादव टोले के बच्चों के साथ रामबरन को बैठे देख धियानी सिंह बोला था, ''अरे ई लुचयबा का बेटा कइसे बैठ गया बुतरुअन के साथ। सबकी जात बिगाड़ देगा। भागो, बाद में खाना।''

पत्तल पर तीन-चार पुरियाँ तब तक रख दी गयी थीं। पुरियों को हाथ में लिये रामबरन पंगत से उठ गया था और रोता हुआ अपने बाप के पास पहुँचा था। पिपही बजाते-बजाते थक चुका था लुचाय राम। अपने गोतिया-दियाद के साथ अँधेरे कोने में बैठा वह अपनी पंगत का इन्तजार कर रहा था।

...हवेली के उस भोज का दृश्य लुचाय राम भूल नहीं सका है, हालाँकि बहुत-कुछ वह भूल चुका है। आम तोड़ लेने की सजा के रूप में एक कान के काटे जाने का दर्द भी भूल चुका है, लेकिन बड़ी हवेली का वह भोज उसकी स्मृति में जिन्दा है।

सत्रह

# हरियाणे की रूपमती

माई का दालान इधर फिर चर्चा में हैं। यादव टोले का परशुराम हरियाणा से एक लड़की को भगा कर ले आया है। घरवालों ने दुआर से ही खदेड़ दिया परशुराम को। अब वह जाए कहाँ लड़की को लेकर! लोगों ने सलाह दी —माई का घर तो है ही।

माई का घर!

ठीक कहते हैं हाई स्कूल के हिन्दी शिक्षक तेज नारायण सिंह तरुण। माई का घर यानी बेघरों का घर! होम फॉर होमलेस। परशुराम और हरियाणे की लड़की को माई के घर में शरण मिल गयी।

''भगा कर लाया है क्या रे?'' माई ने परशुराम से पूछा। ''नहीं माई, कागज देख लीजिए। कोर्ट का कागज है। शादी की है हमने।'' बोलते हुए परशुराम अपने बक्से की चाबी ढूँढ़ने लगा था। चाबी उसकी हरियाणवी पत्नी के पास थी। माई ने सौखीलाल से कह दिया, ''जब तक चाहें रहें 'दोनों परानी'। एक कमरा खाली कर दो दुल्हा-दुलहिन के लिए।''

उधर यादव टोले में खलबली थी। पूरे गाँव में एक ही जिज्ञासा —कैसी है हरियाणे की लड़की? दिल्ली-पंजाब घूमकर आयी मजदूरों की पत्नियों ने कहा, ''एकदम बमपिलाठ होती हैं हरियाणे की औरतें। लम्बी तगड़ी। इधर के मर्दों को एक झापड़ लगा दें तो माटी सूँघने लगें।''

हरियाणे की लड़की को देखने के लिए गाँव की औरतों का आना शुरू हुआ माई के आँगन में।

परशुराम ने माई को साफ-साफ बता दिया। हरियाणा के जिस किसान के यहाँ वह काम करता था उसकी बेटी है रूपमती। रूपमती की शादी हुई आठ-नौ साल पहले। लड़का फौज में था। मारा गया। रूपमती की नयी उम्र, लेकिन बाप को कोई चिन्ता नहीं कि दूसरी शादी करा दे।

''सच कहूँ माई, प्रेम हो गया हम दोनों में।'' लम्बे डील-डौल के परशुराम

ने मुस्कराते हुए कहा था, ''वहाँ रहते तो इसका बाप हम दोनों को जान से मार देता, इसलिए भागकर आ गये अपने गाँव। पढ़ी-लिखी है रूपमती। मैट्रिक पास है। सिलाई-कटाई की ट्रेनिंग कर चुकी है।''

''कुछ लेकर भी आयी है या ऐसे ही हाथ डुलाती चली आयी है?'' माई ने पूछा था।

परशुराम ने माई के कान में कहा था, ''गहने हैं। नकद भी है पूरा। कोई काम-धन्धा करेगी शहर में।''

उधर यादव टोले में जतियारी पंचायत बैठी। परशुराम की बुलाहट हुई पंचायत में। परशुराम तो पंचायत में गया नहीं, गयी उसकी चेतावनी —कोर्ट मैरिज का मामला है। बालिग हैं हम दोनों। कह दो पंचों से। किसी ने अंट-शंट फैसला किया तो भेज दूँगा बँधवा कर।

आश्चर्य! कहाँ से आ गयी मुँह में आवाज! यहाँ गाँव में चरवाही करता था। बकलेल-ढहलेल माना जाता था।

''दिल्ली-पंजाब ने आँखें खोल दीं। शहर सिखाये कोतवाली। है कि नहीं?''

''ठीक। जो बाहर नहीं निकला वह क्या जानने गया कि दुनिया क्या है। यह क्या कि गाँव में जन्मे, यहीं कमाया-खाया और मर गये!''

माई के घर में परशुराम और रूपमती के लिए एक कमरा खाली कराया गया। कजरी टोलों में घूम आयी। गीतगौनी औरतें आ गयीं। 'परिछन' हुआ दुल्हा-दुलहिन का, फिर कोहबर-प्रवेश!

और इस तरह माई के परिवार में एक परिवार आकर और जुड़ गया। माई का आदेश कि दुल्हा-दुलहिन अलग से खाना नहीं बनाएँगे। इसी चौके में खाएँगे।

यादव टोले में माई के खिलाफ तरह-तरह की बातें हुईं। पूरे गाँव को बिगाड़ दिया है माई ने। सारे लफुए-लफंगे, कामचोर और निकम्मे माई के दालान में रहते हैं। घरछोड़ू लोगों का अड्डा है माई का दालान।

माई तक सारी बातें पहुँचती रहीं और माई हँसकर टालती रहीं —जोगी के आगे धुरखेल क्या? उधर हरियाणे की दुलहिन को कजरी का संग-साथ मिल गया। गाँव की नामी घरघुमनी ठहरी कजरी और हरियाणे की दुलहिन को भी घर में बन्द रहने की आदत नहीं थी। कजरी से कहा था रूपमती ने, ''पास के किसी शहर में ब्यूटी पॉर्लर चलाऊँगी या 'लेडीज टेलरिंग' शुरू करूँगी। पूँजी है मेरे पास। परशुराम को भी उसी में काम मिल जाएगा।''

बड़का गाँव में ही नहीं, मरकसवा गाँव में भी हरियाणे की दुलहिन की चर्चा होती रही।

पता नहीं क्या दिखाई पड़ा हरियाणे की इस लड़की को परशुराम यादव में कि माँ-बाप, घर-दुआर सब छोड़कर इसके साथ चली आयी? पढ़ा-लिखा भी होता तो एक बात थी। एकदम मूरख-चपाट!

''चर्चा है कि लड़की का बाप धनी-मानी किसान है। ट्रैक्टर है, जीप है। फिर अपने नौकर के साथ कैसे भाग आयी?''

''प्रेम का चक्कर! प्रेम में नाप-जोख, मोल-तोल नहीं होता। पसन्द आ गया होगा परशुराम। दिल मिल गया तो दुनिया जाए भाड़ में।''

''हाँ भाई, ठीक ही कहा गया है न! दिल लगा दीवार से तो परी क्या करे!''

खलबली मची गाँव में, लेकिन माई के आँगन की सुन्दरता कुछ और बढ़ गयी। रुनझुन पायल की जलतरंगी आवांज से माई का घर-आँगन गुलजार हो गया। सौखी की घरवाली, उसके बाल-बच्चे सब नयी दुलहिन की सेवा में लग गये। बबुआन टोले और बभनटोली की कुछ औरतें भी आयीं हरियाणे की दुलहिन देखने।

''कहाँ पहने है सलवार कुर्ती?''

''उमर कुछ ज्यादा है परशुराम से।''

''होगी नहीं ज्यादा उमर? विधवा थी न!''

बबुआन टोले के लोगों ने कहा, जात-पात टूट गयी। कैसे चलेगा समाज! जिसको जो आता है मन में, कर रहा है! जब झौली मड़र के बेटे ने ब्राह्मणी से विवाह कर लिया और कोई चूँ तक नहीं कर सका तो क्या बचा? बूढ़े रणविजय बाबू बोले, ''यादव टोले का परसुरमवा जिस लड़की को भगा कर लाया है, सुनते हैं अछूत जात की है।''

''पता नहीं किस जात की है! मगर देखने से तो ऐसा नहीं लगता। एकदम बभनी-रजपुतनी-जैसी लगती है।''

सारा दोष, सारा अपराध आखिरकार माई के सिर मढ़ा गया। बबुआन टोले के लोगों ने भी यही कहा कि नन्दू की माँ पूरे गाँव को बिगाड़ रही हैं। सजा नहीं दी जाएगी तो हर आदमी आजाद हो जाएगा। आखिर जाति-बिरादरी और सर-समाज है काहे के लिए! अंकुश लगाने के लिए न? देखिएगा क्या करते हैं यादव टोले के लोग! माई ऐसे गलत लोगों को शरण दे रही हैं न! यादवों को नहीं जानती हैं। यादव की लाठी कपार पर!

कजरी चाहती थी कि परशुराम की दुलहिन को लेकर मरकसवा गाँव जाए और दिखाए अपने बाप की जमीन। दिखाए कि कैसे, किस राजनीति से कर्मकांडी पिच्छड़ बाभन बटेशनाथ झा को उसने माटी सुँघा दी। बड़ा चालू बनता था। फर्जी कागज दिखाकर कहता था कि जमीन की रजिस्ट्री कर दी है अजोधी महतो ने!

अब लो जमीन! लालसेना वालों की मदद से रातों-रात जमीन पर घर खड़ा

हो गया। रहने लगे घर में लालसेना के तीन-चार लड़के। अब करो मुकाबला सहदेव और शिबू पासवान से!

जमीन पर ताड़-खजूर के पेड़ हैं। एक पेड़ कटहल का, नीबू के दो पौधे और मिठुआ आम के दो छोटे-छोटे पेड़। बाकी खाली जमीन खेती के लिए।

मरकसवा गाँव जाने के लिए परशुराम की दुलहिन तैयार थी, लेकिन माई ने मना कर दिया, "दूसरे मुलुक की है। यहाँ के लोग जाने क्या-क्या कहें! अभी तनी रचने-बसने दो अपने माटी-पानी में।"

महाबिर दास भी न जाने कहाँ-कहाँ सत्संग करता रहा चौदह-पन्द्रह दिनों तक। आज लौटा है। अपने घर से कुछ लेना-देना नहीं महाबिर को और माई के दालान में आ गया तो भूखा रहेगा नहीं।

महिमा सतगुरु महाराज की!

साहेब बन्दगी!

गाँव के पुराने शिवमन्दिर के पच्छिम कबिराहा मठ में खंजड़ी बजने लगी है। एक-से-एक साखी-सबद-रमैनी-निरगुन।

सब जानते हैं—महाबिर दास जिस पन्थ में जाता है, पूरे तन-मन से जाता है। मुसलमान बना तो पूरा मुसलमान, प्रेमी बना तो पूरा पागल प्रेमी। घर-परिवार, धर्म-कर्म जाएँ चूल्हे में। और अब कबीरपन्थ में गया है तो पूरा कबीरपन्थी! "सतगुरु हो महराज मो पे साईं रंग डारा! सबद का तीर लगा है मन में बेध गया तन सारा...।"

उलटदास ने हँसते हुए कहा, "लीला करता है महबिरबा। मुसलमान बना था तो लुंगी पहनने लगा था। टीक कटा ली थी। अब मारकिन का कोपिन पहनता है। गले में तुलसी की कंठी-माला। गाय-गोरू का मांस खा चुका है, अब बना है कबीरपन्थी। देखिए, आगे क्या बनता है!"

"अब आगे कुछ नहीं, उलटदास। ग्यान मिल गया। असल बात है आतम ग्यान। आतम ग्यान बिना सब सूना क्या मथुरा क्या कासी!" कहता है महाबिर दास।

उलटदास आमूल चूल बदले अपने साथी महाबिर दास को देखता रह जाता है। कहता है महाबिर, "कबीर साहेब भी मुसलमान ही थे उलटदास! जाति हमारी जोलहा...हमरी जात कमीनी...कबीर साहेब को समझो उलटदास। वही मारग सब भेद मिटाएगा।"

दालान की एक चौकी सुरक्षित रहती है महाबिर दास के लिए। रमता जोगी बहता पानी। जाने कब आ जाए महाबिर! बस मोह-माया के नाम पर बेटा है फेंकन। महाबिर ने फेंकन मियाँ नाम को बदलकर फेंकन दास कर दिया है। मिडिल

स्कूल के मौलवी साहब के साथ रहता है फेंकन। वही लिखा-पढ़ा रहे हैं। बाकी दुनिया से, घर-परिवार से कुछ लेना-देना नहीं महाबिर का।

शाम होती है तो मठ की तरफ चला जाता है। नहीं जा सका तो दालान में ही 'ध्यान' करता है। आस-पास के लोग महाबिर के भजन सुनने आते हैं। इधर खंजड़ी भी मिल गयी है महाबिर को। अब आया है भजन गाने का आनन्द!

"कइसे जाइब ससुरारी पायल मोरी भारी..."

गाँव में कभी किसी ने ऐसे भजन नहीं सुने। आवाज का भी असर है। इतने तन्मय भाव से गाता है महाबिर कि लोग मन्त्रमुग्ध सुनते रह जाते हैं।

ओट में खड़ी परशुराम की दुलहिन कजरी से कहती है, "तुम्हारे मुलुक में जितने रंग हैं, जितने गीत हैं, जितने तरह के लोग हैं, उतने हमारे हरियाणे में नहीं।"

दालान में उलटदास और महाबिर दास की चौकियाँ अगल-बगल लगी हुई हैं। महाबिर तो अब 'उड़ता पंछी' बन गया है। जब स्थायी रूप से यहाँ रहता था, तब भी दोनों में खींच-खाँच होती रहती थी। उलटदास को माई की खेती-बाड़ी, दुआर-बथान से फुर्सत ही कहाँ मिलती है। जब मिलती है कभी फुर्सत तो चला जाता है शिवमन्दिर। पहले जब तिनेत बाबा महादेव का मन्दिर खंडहर नहीं बना था, वह उसी मन्दिर में जाता था। नियम से नहीं, कभी-कभार।

इधर महाबिर दास का निरगुन समाप्त होता है, इधर सोने से पहले काम-धाम निबटाकर उलटदास भजन शुरू करता है :

"कखन हरब दुख मोर
हे भोला नाथ...!
दुख ही जनम भेल, दुख ही गवाँवोल
सुख सपनेहुँ नहिं भेल
हे भोला नाथ
कखन हरब दुख मोर।"

महाबिर मियाँ कहता है, "एगो नचारी सुनाओ उलट भाय!" उलटदास की आवाज फटी भाथी-जैसी है। सोंय-सोंय की अतिरिक्त आवाज निकलती है कंठ से। फिर भी वह मगन होकर 'नचारी' गाने लगता है :

"...शिव लेलन्हि मुँगरा, गौरा लेलन्हि डोरि
कतय गेल बसहा टाँगि देबैन तोरि
सबटा खाइए गेलइ भाँग।..."

महाबिर दास कहता है, "बहुत अच्छा! बहुत अच्छा। मगर उलट भाय, सगुन से निरगुन रूप की तरफ चलो। सुनो कि कबीर साहेब क्या कहते हैं :

"हम त रहे लीं चमरे के गाम
हमें कोई क्या जाने!
चमरे के बरम्हा, चमरे के बिसनू
चमरे के सीता और राम
हमें कोई क्या जाने!..."

उलटदास को तर्क करना नहीं आता। साफ-साफ कहता है, "महाबिर भाय, अपना-अपना बिसवास! तुम अपने में रहो, हम अपने में।"

"ठीक ही कहते हो। अपना-अपना बिसवास! सब पन्थ वहीं जाते हैं उलटदास! कोई इस रास्ते से जाता है, कोई उस रास्ते से।..."

माई कभी-कभी दोनों के भजन सुनती हैं —सगुण के भी, निर्गुण के भी और मन-ही-मन मुस्कराती हैं। ठीक कहता है महाबिर। सब रास्ते वहीं पहुँचते हैं।

महाबिर को बस एक ही 'माया' बाँधे है, बाकी सब से मुक्त हो चुका है। ले-देकर बेटा फेंकन। उसी के लिए मन व्याकुल रहता है। अब तो बड़ा हो गया है फेंकन। मौलवी साहब थोड़ा और पढ़ा-लिखा दें, कोई काम-धन्धा करने लगे, बस जीवन-मुक्ति मिल जाएगी। लेकिन मुक्ति क्या इतनी आसान है? घर-दुआर, बेटे-बेटियाँ-पत्नी...सबको तो छोड़ दिया महाबिर दास ने, लेकिन हसीना के प्रेम की निशानी फेंकन! यही माया मन से नहीं जाती। मुक्ति के मारग में बाधा। चुनरी में दाग और क्या है? यही 'माया'। सतगुरु ही पार लगाएँगे। गुनगुनाने लगता है महाबिर दास :

"चुनर में दाग कहाँ से लागी...।"

यह माया छोड़ती नहीं। मनवाँ इसी माया में ओझराया हुआ है। अनमोल जनम मानुस का। सो इसी माया-मोह में हेरा गिया है। ठीक कहते हैं कबीर साहेब : तोरा हीरा हेराइल बा कचरे में।

मगर हीरा को कचरे में हेराने नहीं देगा महाबिर।

अठारह

## लाल ड्योढ़ी और लुचाय राम का एस.पी. बेटा

साल में जब भी एक-दो बार एस.पी. रामबरन राम की भूरे रंग की कार गाँव की मुख्य सड़क से नील पोखर की तरफ जाती है, बड़का टोले और बबुआन टोले के लोगों का कलेजा फटने लगता है। चमरा एस.पी. आया है —कनकट्टा लुचाय राम का बेटा।...सवर्ण टोले के लोग रामबरन के नाम के साथ जब तक दस-पाँच गन्दी गालियाँ नहीं जोड़ते, तब तक उनके मन को शान्ति नहीं मिलती। लोगों को शान्ति मिलती है यह याद करने से कि इसी एसपिया का बाप लुचैबा बड़ी हवेली में पिपही बजाता था।

मगर देखिए! कैसा जमाना आ गया! क्या से क्या हो गया लुचाय राम! लाइसेंसी बन्दूक है, जीप है, पचासों एकड़ जमीन है और गाँव में सबसे सुन्दर मकान है उसका! नील पोखर के दक्षिण-पच्छिम मोहार पर दूर से ही दिखता है लुचाय राम का दोमंजिला मकान ह्वाइट हाउस।

ह्वाइट हाउस और जलमहल! बस गाँव में तो अब दो ही मकानों की चर्चा होती है। गया जमाना बबुआन टोले की लाल ड्योढ़ी और बड़का टोले की बड़ी हवेली का! दोनों हवेलियाँ अब खंडहर हो चुकी हैं। बाबू रणविजय सिंह और बाबू सुरवंश शर्मा की जो दयनीय स्थिति है वह तो लोग देख ही रहे हैं।

लुचाय राम के एस.पी. बेटे रामबरन की प्रशंसा करते हैं सोलकन टोलों के लोग। बेटा कहते हैं इसको। पुलिस का इतना बड़ा अफसर है, मगर अपने गाँव-घर को नहीं भूला। इसी गाँव की बभनटोली और बबुआन टोले के कितने लोग बाहर बड़े-बड़े पदों पर हैं, मगर कोई कभी आता है अपने गाँव-घर की तरफ झाँकने? बभनटोली के पंडित सुभद्रा झा सुप्रीम कोर्ट में नामी वकील हैं, बड़का टोले के रघुवंश शर्मा राजस्थान में डिस्ट्रिक्ट जज हैं, बबुआन टोले के राजकुमार सिंह नागपुर में सुपरिंटेंडिंग इंजीनियर हैं, लेकिन इन लोगों ने कभी अपने गाँव की तरफ झाँका तक नहीं।

रामबरन नहीं भूला है अपने घर को। पहले उधर चमरटोली में घर था। बेटे

ने ही बाप से कहा, ''बनाइए घर नील पोखर के किनारे। डायमंड से बात हो चुकी है। पाँच एकड़ का प्लाट है। डायमंड कहता है, बनाइए भइया मकान! आपसे कुछ नहीं लेना है।

बेटे की कमाई! लोग कहते हैं —एस.पी. के लिए दस-पाँच लाख रुपये कुछ नहीं है। एक दारोगा को यहाँ से वहाँ ट्रांसफर करने में दो-तीन लाख मिलते हैं। रेट बँधा-बँधाया है। जैसा थाना वैसा पैसा। जहाँ शान्ति है, अपराधी नहीं है, कोई ऐसा-वैसा रोजगार नहीं है वह थाना किसी काम का नहीं। वहाँ दारोगा का ट्रांसफर यानी एक तरह दंड। ऐसे थाने के लिए कौन दारोगा देगा एस.पी. को पैसा?

दस-बारह वर्षों में ही लुचाय राम बड़ा किसान हो गया बेटे की कमाई की बदौलत। बड़का टोले के पुराने जमींदार बाबू सुरवंश शर्मा ने पन्द्रह एकड़ जमीन जिस दिन लुचाय राम के नाम रजिस्ट्री की, पूरा बड़का गाँव हिल गया था। किसी और ने खरीदी होती सुरवंश बाबू की जमीन तो लोगों को आश्चर्य नहीं होता। बड़ी हवेली में पिपही बजाने वाले लुचाय राम ने जमीन खरीदी। वही लुचाय राम जो कभी सुरवंश बाबू के सामने कुर्सी पर बैठ नहीं सकता था, हाथ जोड़े खड़ा रहता था —जी हजूर, जी मालिक, जी सरकार...।

बड़का गाँव की बभनटोली, बबुआन टोले और बड़का टोले के लोग शूद्रों की तरक्की देखकर सिर पीट लेते हैं। ठीक ही कहा था सन्तों-महात्माओं ने कि कलियुग में शूद्र राज करेंगे। सो देखिए कि सचमुच राज आ गया शूद्रों का। हाई स्कूल के हिन्दी शिक्षक तरुण जी कह रहे थे पंडित खड्गनाथ झा से, ''स्वामी विवेकानन्द ने तो भविष्यवाणी ही की थी —अगली सदी शूद्रों की होगी।''

''अरे अगली सदी क्या, सदियाँ कहिए न मास्टर साहब!'' पंडित खड्गनाथ झा के दिल पर तो पहले से गहरे जख्म का निशान है। कहने लगे, ''सब जनतन्त्र के कारण हुआ। यह जो वोट देने का अधिकार मिला है न, यही तोड़ रहा है समाज की व्यवस्था को। जो होना था बाद में, वह पहले होने लगा। असमय साँझ हो गयी। अकाल सन्ध्या और क्या होती है? अछूत जात का लड़का एस.पी. बन गया। नील पोखर किनारे उसका ह्वाइट हाउस है। खवास बन गया हाकिम, विधायक यादव, प्रखंड प्रमुख यादव...अब बचा क्या?''

बड़ी हवेली में पिपही बजाने वाला कनकट्टा लुचाय राम जीप पर घूमता है। दो-दो, तीन-तीन रखैलें हैं इस बुढ़ापे में। इसी बड़का टोले के लड़कों ने मामूली-सी गलती पर लुचाय राम का एक कान काट लिया था। पेड़ में लटके पके आम होते ही हैं लुभाने वाले। दस-ग्यारह साल का रहा होगा लुचाय राम। बाबू शुभंकर सिंह के आम बगान के रास्ते से कहीं जा रहा था। रास्ते के ऊपर आम के पेड़ की डालियों की छाँह थी। डालियों में लटके हुए आम। कुछ पके, कुछ कच्चे,

कुछ डम्हाये। डालों में लटके लालछौंहे आम के फलों ने लुचाय राम के बाल मन को बेकाबू कर दिया। इधर-उधर देखा। कोई दिखा नहीं। एक झटहा मारा आम के झब्बों पर। तीन-चार पके-अधपके आम गिरे। आमों को लुचाय राम ने हाथ में उठाया ही था कि बाबू शुभंकर सिंह के बेटे कमलेश्वरी और चन्देश्वरी दौड़े आये और पकड़ लिया लुचाय राम को। दोनों छिपकर बैठे हुए थे। कमलेश्वरी के हाथ में आम काटनेवाली छुरी थी। एकदम रप-रप धार। लुचाय राम को माँ-बहिन की गालियाँ देते हुए दोनों ने पकड़ लिया। चन्देश्वरी ने छुरी दाहिने कान रखी। छपाक। कटा हुआ कान वनतुलसी की झाड़ियों में फेंक दिया।

रोता-चिंचियाता लुचाय राम चरमटोली आया। घटना को लेकर टोले में सुगबुगाहट तो हुई, मगर किसकी हिम्मत जो बाबू शुभंकर सिंह के दरवाजे पर शिकायत लेकर जाए! थाना-कोर्ट-कचहरी जाने की बात तो सोची भी नहीं जा सकती थी।

...बहुत पहले की घटना है। सन् बयालीस के समय की, जब आजादी की लड़ाई बहुत तेज हो गयी थी। बड़का गाँव में भी 'भारत छोड़ो' आन्दोलन की हवा आ चुकी थी। शिवराज सिंह इस आन्दोलन के अकेले नेता थे पूरे इलाके में। जो लोग जिला शहर पूर्णियाँ जाते थे, उनको आजादी की लड़ाई की सूचना कुछ ज्यादा मिलती थी। सोलकन टोले के लोग तो वक्त-जरूरत ही शहर जाते थे। ऐसे लोग शहर से लौटते तो लोगों को नमक-मिर्च मिलाकर आन्दोलन की खबरें सुनाते।

मँगरू साह दुकान के सामान खरीदने महीने में दो बार शहर जाता था। शहर से लौटता तो गाँव के लोग आजादी की लड़ाई के विषय में पूछते। मँगरू साह नयी उम्र का लड़का —अठारह-बीस साल का। बाप दमा का मरीज था। खरीद-बिक्री का काम बाप से हो नहीं पा रहा था। मँगरू साह ने कम उम्र में ही दुकान सँभाल ली। वह दुकान के काम से शहर जाता। इलाके से घी खरीदकर शहर में बेच आता। आजादी के आन्दोलन से उसका कुछ लेना-देना नहीं था। अपने काम से मतलब। इसलिए जब लोग उससे आन्दोलन के बारे में पूछते तो उसका संक्षिप्त-सा उत्तर होता, "क्या फरक पड़ेगा देश के आजाद होने से? बैठाकर तो कोई खिलाएगा नहीं! काम तो करना ही पड़ेगा चाहे देश स्वतन्त्र हो चाहे परतन्त्र रहे। अँग्रेज सरकार क्या बिगाड़ रही है हमलोगों का?"

लेकिन घटना ही कुछ ऐसी घटी कि मँगरू साह आजादी की लड़ाई से एकदम अनचाहे ही जुड़ गया। अब बाबू शिवराज सिंह के साथ मँगरू साह का नाम भी सुराजियों में लिया जाने लगा।

जिस दिन मँगरू साह के गिरफ्तार होने की खबर गाँव पहुँची, उसी दिन तीसरे पहर लुचाय राम के कान काटे जाने की घटना हुई। चमरटोली के किसी

लड़के के कान काटे जाने की घटना दरअसल कोई घटना ही नहीं थी। मामूली-सी एक बात थी। घटना थी मँगरू साह की गिरफ्तारी। लोग कहते थे कि बेचारा मँगरू बेकार में पकड़ लिया गया। उसको तो अपने धन्धे से मतलब था, देश की आजादी-वाजादी के आन्दोलन से क्या लेना-देना मँगरू का?

लुचाय राम का बाप शिकायत लेकर शुभंकर बाबू के पास जाना चाहता था, लेकिन चमरटोली के कुछ समझदार लोगों ने मना कर दिया कि सह लेने में ही भलाई है। बड़का टोले के जवान-जहान बिगड़ैल लड़कों के मिजाज को कौन नहीं जानता। रात-बिरात चमरटोली, मुसहर टोले और दुसाधटोली में आकर बहू-बेटियों की इज्जत लूटते हैं तब तो कोई खिलाफ में कुछ बोलता ही नहीं, अब अगर लुचयबा का एक कान काट ही लिया तो क्या हो गया! कौन लड़की, कौन बहू बड़का टोले और बबुआन टोले के बाबू-बबुआनों से बची है? लुचयबा की बड़ी बहन को तो दस दिनों तक बबुआन टोले के दो लड़के कहीं छिपाकर रखे रहे। क्या हुआ? कोई कुछ बोल पाया?

उसके बाद से ही लुचाय राम को बबुआन टोले और बड़का टोले के लड़के कनकट्टा चमार कहने लगे। लुचाय राम के बाप के पास डेढ़-दो एकड़ जमीन थी। बाप तीन भाई। बड़ा परिवार। डेढ़-दो एकड़ जमीन से क्या होता! परिवार में पीढ़ियों का पेशा चला आ रहा था। मरे पशुओं की खाल उतारना, चमड़ा कूटना, सुखाना और बेचना। इसके अलावा जूते-चप्पल मरम्मत करने का काम। गाय-बैल के चमड़े से दुआली बनती थी। गाड़ीवानों के लिए यह दुआली बड़े काम की चीज थी। इससे चमरटोली के लोगों को गुजर-बसर का आधार मिल जाता था।

गाँव में होने वाले पर्व-त्योहार, छठी-बरही, उपनयन, तिलक-शादी वगैरह में चमरटोली के लोग ढोल-पिपही बजाते थे। लुचाय राम भी पिपही बजाना सीख गया था। चचेरे भाई ढोल और खुरदुक बाजा बजाने लगे। तब ड्योढ़ियों-हवेलियों में भी बैंड बाजा नहीं आया था। चमरटोली की पिपही बजती थी उत्सवों में। ढोलिया-बजनियाँ के रूप में चमरटोली के लुचाय राम की 'मंडली' का ही नाम लिया जाता था।

धन्य बबुआन टोले का हाई स्कूल! उपेक्षा-अपमान सहकर भी दक्षिण टोले और सोलकन टोले के लड़के बाबू-बबुआनों के लड़के-लड़कियों के साथ पढ़-लिख गये।

बबुआन टोले के हाई स्कूल में एक भी शिक्षक छोटी जाति का नहीं था। सारे शिक्षक ब्राह्मण, राजपूत और भुमिहार जातियों के थे। फिर भी एक खास बात थी स्कूल के शिक्षकों में। रामबरन की प्रशंसा सब करते थे। सन् सड़सठ के आम चुनाव के बाद हालाँकि समाजवादी विचारधारा इस इलाके में खंड-खंड होकर बिखर रही

थी, फिर भी इस सामन्ती इलाके पर समाजवादियों की नजर थी। अनुसूचित जातियों और पिछड़ी जातियों के लगभग सत्तर प्रतिशत से ज्यादा मतदाता थे, लेकिन इतिहास ही ऐसा था कि विधानसभा और लोकसभा के चुनावों में सवर्ण वर्ग के नेता ही विजयी होते थे। लोकसभा क्षेत्र चूँकि अनुसूचित जाति के लिए सुरक्षित था, इस कारण सवर्ण-दबंग नेताओं के पालित-पोषित अनुसूचित जातियों और अत्यन्त पिछड़ी जातियों के बहुत कम वोटर मतदान कर पाते थे। यादव-कुर्मी और कोइरी जाति के मतदाताओं को छोड़ अन्य पिछड़ी और दलित जातियों के वोटरों को मतदान-केन्द्रों पर जाने की जरूरत ही नहीं होती थी। उनके वोट अपनी-अपनी ताकत के अनुसार मतदान-केन्द्रों पर बाँट लिये जाते थे। पहले ही कह दिया जाता था —बूथ पर जाने की जरूरत नहीं। अपना काम करो। लोकसभा के पाँच आम चुनाव हो चुके, लेकिन बड़का गाँव के दक्षिण टोलों के कुछ गिने-चुने लोगों को छोड़ लोग जानते भी नहीं थे कि कैसे किया जाता है मतदान।

भिन्न-भिन्न जातियों के कई टोलों वाले इस बड़का गाँव पर बबुआन टोले के राजपूतों, बभनटोली के ब्राह्मणों और बड़का टोले के भुमिहारों का राज था। दक्षिण टोलों में सबसे दयनीय स्थिति मुसहरों की थी। उसके बाद चमरटोली का स्थान था। डोम-धरकार भी मुसहरों की श्रेणी में थे। इन टोलों पर बाद में यादव टोले और कुर्मी टोले के लोग भी अपना अधिकार प्रमाणित करने लगे। खेती-बाड़ी के लिए मजदूर इसी दक्षिण टोले से मिलते थे। दक्षिण टोले की औरतें बबुआन टोले, बड़का टोले और बभनटोली के लिए सुलभ आहार थीं। डोली रोकने की प्रथा अब बन्द हो चुकी थी, लेकिन चमरटोली, मुसहर टोले, पासीटोली, दुसाधटोली के फुसघरों के फट्टक (किवाड़) रात में भी बन्द नहीं किये जाते थे। यादव टोले और कुर्मी टोले के मनचले लोगों में तो थोड़ा लाज-लिहाज भी था, बड़का टोले और बबुआन टोले के लोग इस लाज-लिहाज को भी घोलकर पी गये थे। बूढ़े-अधेड़ से लेकर जवान यहाँ तक कि मोंछउठान लड़के तक छिछियाते फिरते थे दक्षिण टोलों में। बाप 'घरढुक्की' करके निकला ही है कि बेटा आ गया मुसहर टोले के उसी घर में।

मुसलमानों का हाजी टोला जिसको गाँव के पुराने लोग मियाँ टोली कहते हैं, बड़का गाँव में होते हुए भी बड़का गाँव से अलग है उधर उत्तर की तरफ! पुराने शिवमन्दिर के बाद लालपटोरी नदी पर बने सीमेंट के पुल के पास। हाजी टोले की दीन-दुनिया अलग है। यादव टोला नाम इधर हाल का है। पहले गुअरटोली कहते थे लोग। बाद में जब यदुवंशियों में यादवी चेतना का संचार हुआ, लोगों ने अपने टोले को यादव टोला नाम दिया। वैसे आज भी बड़का टोले और बबुआन टोले के पुराने लोग अपनी बिरादरी में यादव टोले को गुअरटोली ही कहते हैं।

इतने बड़े गाँव की बस एक ग्राम पंचायत। पहली बार पंचायती व्यवस्था लागू हुई तो बड़का टोले के सुरवंश बाबू निर्विरोध मुखिया हुए। दूसरी बार बबुआन टोले के चन्दरमा सिंह मुखिया बने, लेकिन इसके बाद समीकरण बदलने लगा। पिछड़ी जातियों और दक्षिण टोले के लोगों ने जब मोटामोटी हिसाब जोड़कर अपने वोट देखे तो यादव टोले से नारा उठा :

वोट हमारा राज तुम्हारा
नहीं चलेगा, नहीं चलेगा।

इस चेतना के कारण चली आ रही राजनीतिक एवं सामाजिक व्यवस्था चरमरा गयी। पंचायती चुनाव में यादव टोली के बलराम यादव मुखिया और कुर्मी टोले के रामचन्द्र राय सरपंच चुने गये। ब्राह्मण, राजपूत, भुमिहार एवं सात घर कायस्थ हालाँकि एक हो गये चुनाव में, लेकिन पलड़ा हल्का रहा।

तब सवर्णों के नेता बैताल सिंह और पिछड़ों के नेता डायमंड का उदय नहीं हुआ था। बैताल सिंह बलवीर सिंह था और डायमंड दयानन्द। अपने मामा बाबू रणविजय सिंह की लाल ड्योढ़ी में रहकर बलवीर सिंह इसी गाँव के स्कूल में पढ़ता था। दयानन्द यादव भी इसी स्कूल का विद्यार्थी था।

सन् तिहत्तर के फरवरी महीने में प्रो. अनवर हसन अपने कॉलेज के छात्रों की टोली लेकर सामन्ती संरचना वाले इस गाँव में आये थे। बाहर से तो दिखती थी वह एन.एस.एस. की टोली, लेकिन प्रो. हसन का मकसद था एक सामन्ती गाँव का सामाजिक-आर्थिक अध्ययन करना। हाई स्कूल के हिन्दी शिक्षक तरुण जी कॉलेज में प्रो. हसन के सहपाठी रह चुके थे। इसी कारण वे बराबर उनके साथ रहते थे। समापन सभा में मुसहर टोले के बुद्धन माँझी ने जो दो सवाल पूछकर प्रो. हसन को निरुत्तर और मौन बना दिया था, वे दोनों सवाल गाँव में लम्बे समय तक चर्चा में रहे। खुद प्रो. हसन बुद्धन के सवालों से इतने परेशान हुए थे कि सभा में वे एक शब्द नहीं बोले। गुमसुम...शान्त और भीतर से बेचैन वे अपने सहपाठी तरुण जी से बिना मिले चले गये थे।

सन् तिहत्तर के लुचाय राम आज के ह्वाइट हाउस वाले लुचाय राम नहीं थे। चमरटोली में ही उनका घर था और पेशा भी वही परम्परागत। पिपही बजाना, जूतों-चप्पलों की मरम्मत, मरे पशुओं की खाल उतारना-सुखाना-कूटना-बेचना और दुआली बनाना। डेढ़-दो एकड़ जमीन की खेती और दो भाइयों का परिवार। बेटा रामबरन गाँव के स्कूल से प्रथम श्रेणी में मैट्रिकुलेशन की परीक्षा में उत्तीर्ण होकर आगे की पढ़ाई करने के लिए पटना चला गया था। रामबरन को मेधा छात्रवृत्ति मिल रही थी, बाकी खर्च चमरटोली के लोग चन्दा-बिहरी से देते थे।

प्रो. अनवर हसन की जो समापन-सभा गाँव में हुई थी, उस सभा में लुचाय राम ने अपनी पूरी मंडली के साथ ढोल-पिपही और खुरदुक बाजा बजाए थे। डोमराही के लखना डोम ने तुरही बाजा बजाया था समाँ बाँधने के लिए।

वही लुचाय राम अब नील पोखर के किनारे बने ह्वाइट हाउस में रहता है। 'रहता है नहीं' 'रहते हैं' कहिए। लुचाय राम नहीं, लुचाय बाबू। एस.पी. बेटे ने बाप को भी सम्मानित पद दे दिया।

बेटा रामबरन गाँव आया है नौ-दस महीने बाद। रामबरन के पहुँचने की खबर पूरे गाँव में फैल गयी है।

''क्या जमाना आ गया!...'' बबुआन टोले के बूढ़े बाबू चन्दरमा सिंह सिर हथेली पर रखे कुछ सोचने लगे!...सुबह बाबू चन्दरमा सिंह ने भूरे रंग की लम्बी कार सड़क से गुजरते देखी थी, तभी समझ गये थे, यह तो लुचयबा के बेटे की कार है। वह धीरे-धीरे चलते हुए रणविजय बाबू की खंडहर लाल ड्योढ़ी तक आ गये थे। बाबू रणविजय सिंह खंडहर ड्योढ़ी के जंगल-झाड़ के सामने कुर्सी पर अकेले बैठे हुए थे। बाबू चन्दरमा सिंह के खास गोतिया-दियाद हैं बाबू रणविजय सिंह। रिश्ते में छोटे भाई। बाबू चन्दरमा सिंह को देख रणविजय बाबू कुर्सी से उठ गये, ''आइए, बैठिए भैया। यहाँ बैठिए कुर्सी पर।'' अपने लिए वे कुर्सी लाने चले गये। कुर्सी नहीं मिली तो एक पुराना मूढ़ा लिये आये और बाबू चन्दरमा सिंह के सामने बैठ गये। बाबू चन्दरमा सिंह के मन में जो बात कुलबुला रही थी वह प्रकट हो गयी, ''देखी न लुचाय राम के बेटे की भूरी-लम्बी कार?'' रणविजय बाबू सामने के झंखाड़ अमलताश के पेड़ पर बैठे डोमकव्वे की काँव-काँव से परेशान थे। भीतर से खीझे हुए बोले, ''हाँ भैया, यही सब देखना बाकी रह गया था। बुढ़ापे में यह भी देख लिया। कनकट्टा चमरा का बेटा एस.पी. हो गया। कार से गाँव आता है।''

''सब समय का फेर है रणविजय।'' बाबू चन्दरमा सिंह डोमकव्वे की काँव-काँव के बीच बोले, ''एक जमाना था लाल ड्योढ़ी का। अँग्रेज बहादुर की कार थी तुम्हारे पास।''

''फोर्ड कम्पनी की कार थी भैया, फोर्ड कम्पनी की।'' रणविजय बाबू उस ऊँची जगह की ओर देखते बोले जहाँ कार दफ़न थी।

''कनकट्टा लुचाय राम गाँव में पिपही बजाता था। सो देखो, जीप पर घूमता है।''

''सब बेटे की कमाई के कारण है। पक्के का शानदार मकान, जीप-

ट्रैक्टर...। बड़ी हवेली की जमीन खरीद ली। सुनते हैं अब उसकी नजर बड़ी हवेली पर है।" बाबू चन्दरमा सिंह अपनी व्यथा व्यक्त करते रहे।

रणविजय बाबू मूढ़े पर झुके बैठे थे और जमीन में सटी एक सूखी दूब को जड़ से उखाड़ने की कोशिश कर रहे थे। सामने अमलताश की झंखाड़ डाली पर बैठा डोमकव्वा अभी तक अप्रिय कर्कश आवाज में काँव-काँव कर रहा था। ढही लाल ड्योढ़ी की चारदीवारी। भँगरैया, धथूर, भाँट, वनतुलसी और न जाने ऐसे कितनी तरह के जंगली पौधों की झाड़ियाँ थीं। अहाते के सूखे पेड़ों में कुछ हरी डालियाँ थीं। पीछे की तरफ ऊँची जगह थी। बहुत पहले इस जगह खपड़े का एक चौकोर घर था, जिसमें अमला, तहसीलदार, मुंशी वगैरह बैठते थे। कुछ साल पहले यह घर बड़ी खामोशी से बैठ गया —मरा हुआ पक्षी डैने फैलाये पड़ा हो जैसे। तीन-चार वर्षों तक 'कचहरी' कहा जाने वाला वह घर उसी तरह पड़ा रहा। जब नतिनी की शादी में जमीन बिकी और हाथ में रुपये आये, तब जाकर घर का वह मलबा हटाया गया।

रणविजय बाबू मूढ़े से उठे। बगल में पड़ी ईंट की एक गिट्‌टी उठायी और पेड़ पर बैठे डोमकव्वे पर निशाना साधने लगे। कव्वा एक डाल से उड़कर दूसरी डाल पर बैठ गया और कुछ और तेजी से काँव-काँव करने लगा। रणविजय बाबू का बूढ़ा शरीर दो ढेले फेंकने में ही थक गया। वे हाँफने लगे और मूढ़े पर आकर बैठ गये।

बाबू चन्दरमा सिंह बोले, "रमबरना से मिलने जाना है। मिरदौल वाला मेरा भाँजा जेल में है। डकैती केस में दारोगा ने पकड़कर जेल भेज दिया। कितनी बार मैंने भाँजे से कहा, "रे छोड़ दे यह काम, लेकिन माने तब न! कहता है, "मामू, छोड़ तो दूँ, लेकिन बताइए कि करूँ क्या! राजनीति में आना है। सबसे आसान रास्ता तो यही है मामू। देखते नहीं हैं बैताल सिंह को? क्या था बैताल सिंह? आप लोगों ने ही जात से निकाला था बैताल सिंह के परिवार को! अब आप लोग ही पूजा करते हैं न उसकी?..."

बाबू चन्दरमा सिंह ने रणविजय सिंह से कहा, "ऐसा है रणविजय कि रामबरन एस.पी. है। वैसे है तो दूसरे जिले में, मगर अपने अनुमंडल का डी.एस.पी. भी चमार ही है। यदि रामबरन एक बार फोन से अपने यहाँ के डी.एस.पी. से कह दे तो जेल से छूट जाएगा मेरा भाँजा।"

रणविजय बाबू उदास स्वर में बोले, "हम लोगों की बात सुनेगा रमबरना?"

"हाँ रे, सुनता है। हम लोग मिलने जाते हैं तो बहुत खुश होता है कि उसके गाँव के बाबू-बबुआन उससे मिलने आये हैं।" बाबू चन्दरमा सिंह प्रसन्न भाव से बोले।

रणविजय बाबू का ध्यान अभी तक डोमकव्वे के काँव-काँव पर केन्द्रित था। कव्वे की तरफ देखते बोले, "लुचाय राम से भी कह देने पर काम हो जाएगा। वैसे सुनते हैं, काम करवाने के लिए रुपये लेता है।"

"नहीं, जब आ गया है रामबरन तो मिल लेना चाहिए। मुँहा-मुँही बात करने से बात साफ होती है।" बाबू चन्दरमा सिंह रणविजय बाबू का बूढ़ा-उदास चेहरा देखने लगे। बोले, "तुम भी साथ चलो रणविजय। जाने कब चला जाए रमबरना। मैं तो कहता हूँ, अभी चलो। मुलाक़ात हो जाएगी।"

बड़े भैया का आदेश। विवश रणविजय बाबू अन्दर गये और रेशमी कुर्ता, धोती और मचमचिया जूते पहनकर बाहर निकले। गले में सोने की चेन अलग से चमक रही थी।

दोनों बूढ़े लाल ड्योढ़ी से निकले और आहिस्ता-आहिस्ता नील पोखर की तरफ जाने लगे। चैत महीने का सूरज ऊपर चढ़ आया था। धूप से बचने के लिए रणविजय बाबू ने सिर पर तौलिया रख लिया।

नील पोखर के दक्षिण-पच्छिम कोने पर बना ह्वाइट हाउस। बाबू चन्दरमा सिंह और रणविजय बाबू जब वहाँ पहुँचे तो चारदीवारी के भीतर जीपों और मोटरसाइकिलों को देख गेट पर ही खड़े हो गये। अहाते के भीतर कुछ लोग खड़े थे, कुछ बैठे थे, कुछ इधर-उधर टहल रहे थे। बुढ़ापे के बावजूद बाबू चन्दरमा सिंह और बाबू रणविजय सिंह की आँखें उतनी कमजोर नहीं हुई थीं। बाबू चन्दरमा सिंह की आँखों पर चश्मा चढ़ा था, लेकिन रणविजय बाबू बिना चश्मे के भी कागज-पत्तर किसी तरह पढ़ लेते थे।

दोनों मेन गेट से अन्दर गये। कुर्सियों पर कुछ लोग बैठे थे। सब इसी गाँव के थे। कुछ अपरिचित चेहरे भी थे जो बगल के कस्बे से आये थे। पता चला, वे सब डी.एस.पी. साहब के साथ आये हैं। बाबू चन्दरमा सिंह ने रणविजय बाबू की तरफ देखते हुए कहा, "सुना तुमने?...डी.एस.पी. भी आया हुआ है!"

तेज नारायण सिंह तरुण कुर्सी पर बैठे थे। रणविजय बाबू और चन्दरमा बाबू को देख वे उठकर खड़े हो गये, "आइए, चाचा जी, बैठिए।" तरुण जी ने अपनी कुर्सी पर बाबू चन्दरमा सिंह को बिठा दिया। रणविजय बाबू खड़े थे। तरुण जी बगल की कुर्सी पर बैठे दुसाधटोली के दलित नेता गुलाबचन्द पासवान से बोले, "जरा बैठने दो रणविजय बाबू को।"

गुलाबचन्द ने तिरछी आँखों से तरुण जी को देखा। तरुण जी को विश्वास था कि गुलाबचन्द उनका छात्र रह चुका है, इसलिए कुर्सी तो खाली कर ही देगा। गुलाबचन्द ने कुर्सी तो छोड़ी, लेकिन 'हुँह'-जैसी हिकारत-भरी आवाज भी उसके मुँह से निकली। ऐसा लगा, जैसे गुलाबचन्द को तरुण जी ने अपमानित किया हो।

दो बार पलटकर उसने रणविजय बाबू को देखा और गेट की तरफ जाने लगा। गेट के बाहर खड़े तीन-चार लोगों के सामने वह जोर-जोर से बोलने लगा, "हमारे ही दरवाजे पर हमको बेइज्जत किया जाता है। तरुण मास्टर क्या समझते हैं अपने आपको? हर जगह जातिवाद!...राजपूत हैं रणविजय सिंह तो क्या हमको कुर्सी से उठा देंगे? बहुत बर्दाश्त किया हम लोगों ने!..."

गुलाबचन्द जोर-जोर से बोल रहा था। अहाते में बैठे लोग उधर ही देखने लगे थे। बाबू चन्दरमा सिंह और रणविजय बाबू सिर झुकाये कुर्सी पर बैठे दलित नेता गुलाबचन्द पासवान का जोर-जोर से बोलना सुन रहे थे। उनको लग रहा था जैसे कुर्सियों पर बैठे वे जमीन में धँसे जा रहे हैं।

पूछने पर पता चला, एस.पी. साहब अन्दर कुछ लोगों के साथ नाश्ता कर रहे हैं।

"कौन-कौन हैं?"

"डी.एस.पी., दारोगा, बी.डी.ओ., मुखिया जी और प्रखंड-प्रमुख साहब हैं। और भी लोग हैं।"

तभी कटुआ नेता के साथ सोलकन टोले का नवतुरिया नेता फूल कुमार आया। बैठने की जगह नहीं थी, इसलिए दोनों खड़े रहे। फूल कुमार ने चमरटोली के घटरा मोची से पूछा, "का हो, साहेब का कर रहे हैं? मुलाकात होगी या नहीं?" घटरा बोला, "अभी तो साहेब नाश्ता-पानी कर रहे हैं। बैठिए तनी देर।"

फूल कुमार ने घटरा से कहा, "अच्छा, जरा लुचाय बाबू को खबर दे आइए कि फूल कुमार बाबू आये हैं।" घटरा ने फूल कुमार की बात पर ध्यान नहीं दिया। कटुआ नेता ने कहा, "हौ घटरा बाबू, अरे तनी जाकर कहिए लुचाय बाबू से कि अर्जेंट काम है। मेरा नाम कहिएगा।"

"मनाही है अन्दर जाने की।" घटरा मोची कटुआ नेता की उपेक्षा करता बोला और कुर्सी पर बैठ कर खैनी लटाने लगा।

कि तभी ग्राम पंचायत के सरपंच साहब बाहर निकले। कटुआ नेता और फूल कुमार तेजी से चलकर सरपंच साहब के पास पहुँचे। फूल कुमार ने सरपंच साहब के कान में फुसफुसाकर कुछ कहा। सरपंच साहब बोले, "ठीक है। बात करता हूँ लुचाय बाबू से।"

कटुआ नेता और फूल कुमार बैठने की जगह न देख अहाते में टहलने लगे। रणविजय बाबू ने तरुण जी से कहा, "यह कटुआ नेता कितना निर्लज्ज है रे! इतने 'दुरगिंजन' के बाद भी अपना धन्धा नहीं छोड़ा।"

तरुण जी ने कटुआ नेता को अहाते में टहलते देख रणविजय बाबू से कहा, "डायमंड को भी ऐसे फालतू आदमी की जरूरत रहती है चाचाजी। हँसने और

मजाक करने के लिए एक बिकटा (विदूषक) चाहिए न! खर्च ही कितना है कटुआ पर! जूठा-कूठा रोटी का एक टुकड़ा फेंक देना है इसके आगे।''

बगल की कुर्सी पर बैठा कैथटोली का हेमू दास बोला, ''राजनीति चीज ही ऐसी है बाबू साहब। चस्का लग गया तो जीवन-भर लगा रहेगा। देखा नहीं फारबिसगंज के बौकाय मास्टर को! सन् बावन में एक बार विधायक हो गये। सन् सत्तावन में विधान सभा चुनाव में खड़े हुए। हार गये। फिर हारते ही चले गये तमाम चुनावों में। हाल की खबर यह है कि ग्राम पंचायत में सरपंच के लिए खड़े हुए और उसमें भी उनको पराजय मिली।...'' यह होता है राजनीति का चस्का।

कटुआ नेता अहाते के एक छोर पर कनैल के पीले फूल तोड़ने की कोशिश कर रहा था। नाटा कद। फूल पकड़ में नहीं आ रहा था। बूढ़े बाबू चन्दरमा सिंह ने तरुण जी से कहा, ''इस कटुआ नेता को कजरी छौंड़ी ने ऐसा पाठ पढ़ाया कि ससुरे की जिनगी ही बेकार हो गयी। छिछियाता फिरता है अब।''

तरुण जी हँसने लगे। बोले, ''जानते हैं चाचा जी, क्या कहता था कटुआ नेता? कहता था —बदले की भावना से ऐसा किया गया।''

''ई तो कजरी ही बताएगी।'' बाबू रणविजय सिंह हँसते हुए बोले।

अन्दर एस.पी. साहब का नाश्ता-पानी हो चुका था। बूढ़े बाप लुचाय राम का बुढ़ापा इस वक्त कम हो गया था। वे जमीन से डेढ़ इंच ऊपर चलने की लोकोक्ति सार्थक करते प्रतीत होते थे। रामबरन जब भी गाँव आता है, लुचाय राम की चंचलता इसी तरह बढ़ जाती है। पता नहीं, उनको अपने कटे कान की याद आती है या नहीं। वैसे उनका कान काटनेवाले बाबू शुभंकर सिंह के दोनों बेटे कमलेश्वरी और चन्देश्वरी इसी गाँव में रहते हैं।

सरपंच साहब ने लुचाय राम से कहा, ''हौ चचा, फूल कुमार और कटुआ नेता बाहर बैठे हैं। आप रुपये देने के बारे में बोले हैं क्या?''

''कौन बात का रुपैया?''

''अरे वही भिखना मुसहर की बेटी वाला मामला!'' सरपंच साहब की बात एस.पी. रामबरन ने सुन ली। पूछा, ''क्या मामला है? कौन मुसहर?'' रामबरन अपने पिता की तरफ देखने लगा। लुचाय राम बगल की कुर्सी पर आकर बैठ गये और धीरे-से बोले, ''अरे मुसहर टोली का एगो भिखना है। चार-पाँच दिन पहले उसकी बेटी अपनी जीप से पिचा कर मर गयी। पाँच हजार तो मैंने दे ही दिया था भिखना को। लहास जरवा दिया गया जल्दी-जल्दी में। मगर नेता सब लगे हैं उसको चढ़ाने। दलाली करने लगे हैं। फूल कुमार, गुलाबचन्द और कटुआ नेता पीछे पड़े हैं।''

''कितनी उम्र थी लड़की की?'' रामबरन ने पूछा तो छत की तरफ देखते

हुए बोले लुचाय राम, "यही कोई चौदह-पन्द्रह की रही होगी।" रामबरन ने पिता से कहा, "दे दीजिए जो माँगता है। बेकार बढ़ाना है मामले को।"

सरपंच साहब लुचाय राम से बोले, "तो कह आता हूँ कि बाद में आकर ले जाना।"

"हाँ, बोल दीजिए।"

सरपंच साहब बाहर निकले तो देखा, भिखना माँझी अपने पूरे परिवार के साथ एक कोने में बैठा है। सरपंच साहब फिर अन्दर लौट गये। लुचाय राम डी.एस.पी. साहब की बगल वाली कुर्सी पर बैठे उनसे फुसफुसाकर बतिया रहे थे। सरपंच साहब ने लुचाय राम को भिखना के सपरिवार आने की सूचना दी। लुचाय राम गुस्से में आ गये। तलवों का गुस्सा मगज पर चढ़ गया, "...सरबा को जब कहिए दिया गया है कि रुपैया दे दिया जाएगा तो..." एक बेहद अश्लील शब्द उचारते हुए वे तमतमा कर खड़े हो गये। बाहर आये। भिखना को देखा तो एकदम से गरमा गये, "रे साले, तुमको कह दिया कि दे देंगे तो काहे आ गया? ई साला मुसहर जात!...बहकावे में आ गया है।"

बाहर बैठे लोगों ने लुचाय राम को शान्त किया, "छोड़िए लुचाय बाबू, चला जाएगा। असल में कटुआ नेता और गुलाबचन्द बीच में कुछ रुपये 'टानना' चाहते हैं। इसीलिए इसको यहाँ भेजा है।"

लुचाय राम के लिए आज आफत ही आफत है। भिखना माँझी डाँट-फटकार के बाद गया तो सरपंच साहब ने सितली के आने की सूचना दी। सरपंच साहब लुचाय राम के बाएँ कान के पास मुँह ले जाकर बोले, "ऊ सितली छौंड़ी आ गयी है। क्या किया जाए?" लुचाय राम कुछ क्षणों के लिए विचलित-से हो गये, "सब सालों को आजे आना था क्या सरपंच साहेब?"

इधर बाहर बैठे लोग सितली को देख समझ गये कि एस.पी. रामबरन से उसके बाप के चाल-चलन का कच्चा चिट्ठा खोलने आयी है सितली। दुसाधटोली की लड़की सितली। साँवला रंग लेकिन पानीदार चेहरा। मँझोला कद। तीन साल पहले बाप ने सितली की शादी कर दी, लेकिन लुचाय राम बिदाई होने नहीं देते हैं। पूरे परिवार को बन्धक बनाए हुए हैं। पिछले साल ग्राम पंचायत के इसी सरपंच को लेकर गर्भ गिरवाने के लिए सितली को अपनी जीप से पूर्णियाँ ले गये थे लुचाय राम। रामबरन की माँ पन्द्रह-बीस साल पहले मर गयी, तब से वे विधुर हैं। ततमाटोली की दो औरतें बारी-बारी से घर का काम-काज करने आती हैं और रात-दिन यहीं रहती हैं। लुचाय राम ने दूसरी शादी नहीं की।

इलाके में लोग लुचाय राम के चाल-चलन के बारे में अच्छी तरह जानते हैं, लेकिन बोले कौन! जनबल-धनबल सब कुछ है इनके पास। कौन बोले!

ग्राम पंचायत के सरपंच चन्द्रिका राय वैसे नयी उम्र के हैं, लेकिन लुचाय राम के साथ उनका व्यवहार मित्र-जैसा है। लुचाय राम की अन्तरंग बातें चन्द्रिका राय ही जानते हैं। कोई बिगड़ा हुआ मामला कैसे सुलझेगा, इसका रास्ता भी वे ही निकालते हैं।

सितली और उसके बाप को दरवाजे पर बैठे देख सरपंच साहब समझ गये कि आज लुचाय बाबू की खैर नहीं है। एक-से-एक समस्याएँ आज ही आ रही हैं! क्या संयोग है!

फारबिसगंज मेले से पलंग और तोसक-तकिये सरपंच साहब ने ही अपने ट्रैक्टर से सितली के घर पहुँचाए थे। इलाके के लोग जानते हैं—सरपंच चन्द्रिका राय और लुचाय राम में उम्र के भारी अन्तर के बावजूद गाढ़ी दोस्ती है। बबुआन टोले में तो लोग यहाँ तक कहते हैं कि कनकट्टा लुचाय राम का 'लौंडा' है कुर्मी टोले का चन्द्रिका राय। अब किसका-किसका मुँह बन्द किया जाए! जितने मुँह उतनी बातें।

सरपंच साहब ने सितली के बाप से 'एकान्ती' की उधर एक कोने में जाकर। फिर अन्दर गये। लुचाय राम से बात की। एकदम हड़बड़ा गये लुचाय राम, "आज का दिने खराब है मेरे लिए। ई छौंड़ी कहाँ से आ गयी?"

लुचाय राम ने आलमारी खोली। रुपयों की एक गड्डी निकाली और गमछे में छुपाकर सरपंच साहब को दे दी। रुपयों की गड्डी लेकर सरपंच साहब बाहर चले गये। थोड़ी देर बाद जब लुचाय राम ने देख लिया कि सितली चली गयी है तब मुस्कराते हुए बाहर निकले। बाबू चन्दरमा सिंह बहुत सोच-विचार के बाद भी लुचाय राम को प्रणाम करने का साहस नहीं जुटा पाये। कुर्सी पर बैठे-बैठे बोले, "लुचाय बाबू, एस.पी. साहब से एगो काम है। अपने नाम के साथ 'बाबू' सुनकर प्रसन्न हुए लुचाय राम। यही बाबू चन्दरमा सिंह और बाबू रणविजय सिंह पहले कनकट्टा चमरा कहते थे। बहुत सम्मान से नाम लिया तो लुचवा कहा। आज 'लुचाय बाबू' कह रहे हैं। वे सोचकर हँसने लगे कि परोक्ष में ये लोग वही नाम लेंगे —लुचवा चमार! चमरा एस.पी. का बाप!...सब पता रहता है लुचाय राम को।

रामबरन बाहर निकला। बरामदे पर बैठे लोग खड़े हो गये। रणविजय बाबू और चन्दरमा सिंह भी खड़े हुए। अनजाने ही दोनों ने हाथ जोड़ लिये। रामबरन ने मुस्कराते हुए रणविजय बाबू से पूछा, "क्या बाबू साहब, कैसे हैं? कोई काम है क्या? किसी चोर-डकैत की पैरवी? कोई फौजदारी मुकदमा?..."

रणविजय बाबू एकदम पानी-पानी हो गये। बाबू चन्दरमा सिंह जमीन की तरफ देखने लगे। कुछ क्षणों बाद उन्होंने सिर उठाया और अनुनय के स्वर में बोले, "एगो पैरवी है।"

"सो तो समझता हूँ, पैरवी ही होगी। बिना काम के आपलोग क्यों आइएगा!" रामबरन के लिए नौकर अन्दर से स्टील की नयी कुर्सी ले आया था।

"थाने को कुछ कहना है क्या?" रामबरन चन्दरमा सिंह की तरफ देखने लगा।

"हाँ, अपने थाने में।"

"ठीक है। डी.एस.पी. साहब तो हैं ही।" रामबरन ने डी.एस.पी. से कहा, "जरा देखिएगा इनका मामला। बबुआन टोले के हैं। और ये हैं रणविजय बाबू। गाँव में लाल ड्योढ़ी इन्हीं के पुरखों की है। कभी गये हैं उधर?"

"नो सर। गया नहीं हूँ।"

"तो जाइए एक बार। देखिए लाल ड्योढ़ी को। अब तो खंडहर है, फिर भी देखिए!" रामबरन के बोलने में जो व्यंग्य था, वह तेज धार बनकर रणविजय बाबू के आत्मसम्मान को छीलता चला गया। तरुण जी बाबू रणविजय सिंह का दयनीय चेहरा देखते रहे।

सबके लिए ट्रे में चाय आ गयी। पन्द्रह-बीस लोग रहे होंगे। जो लोग अहाते में घूम रहे थे, वे सब बरामदे पर सिमट आये थे। कटुआ नेता गुलाबचन्द पासवान के साथ पहले ही चला गया था।

तरुण जी ने रामबरन से पूछा, "आज रात में रहना है या...?"

"नहीं मास्टर साहब, लौट जाऊँगा। बहुत व्यस्तता रहती है।"

"एस.पी. का पद ही ऐसा है।" कैथटोली का हेमू दास बोला।

अब जाकर रामबरन ने हेमू दास को देखा, "अच्छा आप हैं? कैथटोली के..."

"जी सर, भूल गये? स्कूल में साथ पढ़ते थे!"

"हाँ, याद आया। सिर्फ नाम भूल गया हूँ।"

"हेम नारायण लाल दास।"

"हेमू दास।..." रामबरन हँसने लगा, "कोई काम है क्या दास जी?"

"नहीं सर, कोई काम नहीं। दर्शन करने आ गया।" हेमू दास अपनी दोनों हथेलियों को आपस में रगड़ते हुए बोला। रामबरन हँसने लगा, "अरे हेमू दास जी, दर्शन-वर्शन के लिए कौन जाता है किसके पास! कोई काम है मेरे लायक तो कहिए।"

हेमू दास के 'दर्शन करने' वाले जुमले का रहस्य अब जाकर खुला। हाथ जोड़े बोला, "सर, सी.ओ. साहब के कार्यालय में जमीन का मामला है। पाँच हजार माँग रहे हैं। आप कह दें तो..."

"हे लीजिए। सुनिए, क्या कह रहे हैं दास जी! सी.ओ. को मैं जानता भी

नहीं हूँ। फिर मेरी बात सुनेगा सी.ओ.-बी.डी.ओ.? किस् जात का है, सी.ओ.?''

''भुमिहार है, सर।''

''सुनिए, क्या कह रहे हैं दास जी! भुमिहार है। अब आप ही कहिए कि भुमिहार सुनेगा मेरी बात? भुमिहार को तो कोई कायस्थ ही समझा सकता है। अरे दास जी, किसी नेता को पकड़िए पैरवी के लिए। भूमिहार और कायस्थ के बीच में कौन पड़े! कायस्थ तो सिर्फ कलम से मारता है, भुमिहार तो कलम के साथ लाठियो चलाता है।...'' रामबरन की बात पर लोग हँसने लगे।

बाबू रणविजय सिंह और चन्दरमा सिंह लुचाय राम के ह्वाइट हाउस से बाहर निकले तो दोनों को कमजोरी महसूस होने लगी थी। उनको लगा, वे अपने घर पहुँच नहीं पाएँगे। उतरते चैत की दोपहर में तिलमिलाने वाला ताप तो नहीं था, मगर बोरसी में पड़ी भौंरा आग-जैसी गर्मी थी। रणविजय बाबू ने तौलिये से सिर ढँक लिया। तब तक तरुण जी भी आ गये।

सामने नील पोखर था। तरुण जी के साथ बाबू चन्दरमा सिंह और बाबू रणविजय सिंह गुलमोहर के घने छायादार पेड़ के नीचे खड़े हो गये। दूर से डायमंड का जलमहल दिख रहा था। धूप में जलमहल इस तरह चमक रहा था जैसे संगमरमर का बना हो। आसपास अँग्रेज बहादुर के समय के लगाए पुराने पेड़ों का जंगल था। तीनों छायादार पेड़ के नीचे बैठ गये थे। बाबू चन्दरमा सिंह ने पूछा, ''रमबरना कभी परिवार लेकर गाँव नहीं आया। सुना कि किसी ईसाई लड़की से शादी की है।''

तरुण जी बोले, ''हाँ, कोई दलित ईसाई अफसर थे। उन्हीं की लड़की। एम.एस-सी. में पढ़ती थी दिल्ली में।''

''दलित क्या?'' रणविजय बाबू ने पूछा।

''दलित माने हरिजन! सेड्युल कास्ट...।''

बाबू चन्दरमा सिंह भी 'दलित' शब्द से चकराये, ''हम लोग तो हरिजन ही सुनते आये थे। गाँधी बाबा भी यही कहते थे, फिर यह दलित!...''

''यह नया शब्द है चाचाजी, दलितों के लिए। 'हरिजन' शब्द को अपमान का शब्द मानते हैं सेड्युलकास्ट। किसी पढ़े-लिखे हरिजन को 'हरिजन' शब्द से सख्त नफरत है।'' तरुण जी समझाते रहे बूढ़े बाबू चन्दरमा सिंह और बाबू रणविजय सिंह को।

रणविजय बाबू कुछ सोचते हुए बोले, ''पद और पैसे होने पर जिन्दगी ही बदल जाती है। जाति-वाति का कोई महत्त्व ही नहीं रह जाता। इसी रमबरना को देखो! बाप मरे पशुओं की खाल उधेड़ता था, पिपही बजाता था। बेटा अफसर हो गया तो लुचाय राम से लुचाय बाबू हो गया। बेटे के पास कार, बँगला सब कुछ

है। लाखों क्या, करोड़ों की सम्पत्ति हो गयी है।"

बाबू चन्दरमा सिंह ने रणविजय बाबू को डाँटते हुए कहा, "तुम रमबरना के विषय में सोच-सोचकर काहे अपनी देह गला रहे हो रणविजय! कलियुग है कलियुग। इस युग में शूद्र ही राज करेंगे। गया जमाना राजपूतों के तलवार भाँजने का।"

गुलमोहर की छाँह में थोड़ी देर सुस्ता लेने के बाद तीनों अपने-अपने घर जाने के लिए खड़े हुए। रास्ते में रणविजय बाबू आत्मालाप करते रहे, "बेकार है यह कहना कि हम ऊँची जात के हैं। खाली राजपूत-राजपूत कहने से क्या मिलने वाला है! जिसके पास पावर और पैसा है, वही बड़ा आदमी है। जपते रहिए जात की माला कि हम चौहान राजपूत हैं—मत चूको चौहान। बाजी मार ली छोटका जात के लोगों ने। देखिए डायमंड को! कोई राजपूत है उसके मुकाबले में? ऐश करता है। यहाँ रखैल, वहाँ रखैल। निलहा साहब की कोठी...आगे-पीछे जीपों-कारों का काफिला। जपते रहिए जात की माला!..."

बाबू चन्दरमा सिंह रणविजय बाबू का बड़बड़ाना सुन रहे थे, "तुम यही सब सोचकर पगला जाओगे रणविजय। मन को शान्त करो। जाहि बिधि राखैं राम ताहि बिधि रहिए।..." लेकिन बाबू रणविजय सिंह चुप नहीं रहे। बाबू चन्दरमा सिंह और तरुण जी उनसे आगे-आगे चल रहे थे। उन दोनों तक उनकी आवाज नहीं पहुँच रही थी, "झौलिया खवास के बेटे ने ब्राह्मण की बेटी से शादी कर ली और कोई कुछ नहीं बोला...। कजरी ने कटुआ नेता का...छपाक् से काट लिया...।"

आगे एक छायादार पेड़ के नीचे बाबू चन्दरमा सिंह और तरुणजी खड़े हो गये ताकि रणविजय बाबू भी साथ हो लें। उम्र में हालाँकि बाबू चन्दरमा सिंह रणविजय बाबू से तीन-चार साल बड़े थे, लेकिन बुढ़ापा रणविजय बाबू पर ज्यादा मेहरबान था। रणविजय बाबू पेड़ के पास पहुँचे तो चन्दरमा सिंह से बोले, "थोड़ी देर बैठिए भैया। रौद में चला नहीं जाता।"

तीनों जमीन पर टाँग पसारकर बैठ गये। रणविजय बाबू के मन में कितनी-सारी बातें उमड़-घुमड़ रही थीं। बोले, "आपको याद है भैया?...पच्चीस-तीस साल पहले किसी कॉलेज के एक प्रोफेसर विद्यार्थियों की टोली लेकर इस गाँव में आये थे!..." तरुण जी बीच में ही बोले, "हाँ-हाँ कहिए। प्रो. अनवर हसन!...वे तो मेरे सहपाठी ही थे।"

"हाँ-हाँ वही।" रणविजय बाबू कहने लगे, "आपको याद है भैया, हाई स्कूल के मैदान में जो सभा हुई थी? याद है आपको?"

"हाँ रणविजय, याद है। लेकिन बात क्या है?"

"बात ई है भैया कि आपको याद होगा —मुसहर टोले के बुद्धन माँझी ने

दो सवाल पूछे थे प्रोफेसर साहब से और सवाल सुनकर प्रोफेसर साहब चुप हुए तो चुप ही रहे सभा के अन्त तक। एक शब्द नहीं बोले।''

''तुम कहना क्या चाहते हो?'' चन्दरमा सिंह पुरवैया के हल्के झोंके में अलसाकर जमीन पर ही अधलेटे हो गये थे।

''पहले यह बताइए न कि बुद्धन माँझी के दोनों सवाल याद हैं आपको?''

''हाँ भाई, याद हैं। वही पैला और मुसहर टोले में औरतों-लड़कियों के साथ...''

''हाँ-हाँ वही दोनों सवाल!'' रणविजय बाबू गम्भीर हो गये, ''मैं पूछता हूँ भैया, वही दोनों काम अब कौन लोग कर रहे हैं? अपना बबुआन टोला या बड़ी हवेली का बड़का टोला तो अब कहीं नहीं है! देखा न लुचाय राम के दरवाजे पर उस लड़की को? उसकी 'रोकसदी' कौन रोके हुए है? कौन उसके परिवार को बन्धक बनाये हुए है? अब हम लोग तो कहीं नहीं हैं। जमीन बेचकर खा रहे हैं, जमीन बेच-बेचकर बेटियों-पोतियों की शादी कर रहे हैं। हम तो कहीं नहीं हैं। देखते नहीं हैं, हमारे कैसे दुर्दिन आ गये कि चमार के दुआर पर जाना पड़ रहा है? पिपही बजाने वाले चमार के दुआर पर लाल ड्योढ़ी के बाबू रणविजय सिंह को जाना पड़ रहा है? अब हम कहाँ हैं भैया? हम कहाँ हैं?...'' बाबू चन्दरमा सिंह और तरुण जी बाबू रणविजय सिंह का करुण-दयनीय चेहरा देखते रहे। दोनों को लगा, यह प्रसंग बदला नहीं गया तो बूढ़े रणविजय बाबू रोने लगेंगे।

उन्नीस

## बड़ी हवेली का चोर दरवाजा

बिदेसर के हाथ-पैर का प्लास्टर कट गया। दाहिना हाथ टेढ़ा हो गया, लेकिन दाहिने पैर की हड्डी इतनी चूर-चूर हो गयी थी कि जुड़ नहीं सकी। घुटने के नीचे से पैर काटना पड़ा। जान बचाने का दूसरा कोई रास्ता नहीं था।

और इस तरह एक पैर कटवाकर, टेढ़ा हाथ लिये बिदेसर बड़ी मालकिन की हवेली के पिछवाड़े के टिनशेड में अपनी पत्नी और बेटे के साथ आ गया है। रमपतिया इस बार भी हवेली आना नहीं चाहती थी। घर-दुआर है इसी गाँव में, लेकिन बड़ी मालकिन के आगे उसकी कुछ नहीं चली। समझ नहीं पायी कि बड़ी मालकिन इतना नेह-छोह क्यों दिखा रही हैं। जो होना था, हो गया। लँगड़ा हो गया बिदेसर। इससे भी बड़ा दु:ख तो यह कि बिदेसर अभी तक बोलता नहीं है। खुद हँसते हुए पूरे गाँव को हँसाने वाले बिदेसर के मुँह की आवाज चली गयी। क्यों चली गयी आवाज? डागडर ने तो इस बार भी जाँच-वाँच करने के बाद कहा कि सब ठीक है। नहीं बोलता है तो कोई क्या करे। बोलवाइए आपलोग। बोलने के लिए मजबूर कीजिए।...

टिनशेड के सामने गोहाल है। बगल में हथसार था पहले। अब वहाँ ऊँची जमीन है! माटी का ढूह...जैसे कब्र हो।

बड़ा सूना-सूना और उदास लगता है बड़ी हवेली का यह पिछवाड़ा। सायँ-सायँ करती वैशाख महीने की तेज पछिया हवा अपने साथ धूल और सूखे पत्तों का अम्बार लाती है और यहीं, इसी जगह जमा करती है।

सामने खंडहर बनती जा रही बड़ी हवेली है। टूटी चारदीवारी। पिछवाड़े से हवेली की बाहरी दीवारों पर फैले बरगद, पीपल और पाकड़ के पौधों को देखकर ऐसा लगता है जैसे दीवारों पर जंगल हो।

रमपतिया दीवारों पर फैले इस जंगल को देखती है और सोचने लगती है — अब आखिरी दिन हैं हवेली के। गिरते मकान को 'चाँड़ी' लगाकर कोई कब तक बचा सकता है?

वह तो बड़की मालकिन हैं कि डूबती नाव की पतवार अपने हाथ में ले ली, नहीं तो डूबना ही था हवेली को। बड़ी मालकिन के पुन्य-परताप से बचा हुआ है पापी सुरबंसा। देवी हैं बड़ी मालकिन। पूरा इलाका जस गाता है। अपनी आखिरी उमर गरीब-गुरबा की सेवा में लगा रही हैं। धरम-करम में लग गयी हैं। पुराने शिवमन्दिर की मरम्मत करवा रही हैं। अपने शीशम के बगान से मन्दिर के लिए लकड़ियाँ दे आयी हैं। चन्दा एकत्र कर रही हैं। सुना कि डायमंड ने दस हजार रुपये दिये हैं मन्दिर की मरम्मत के लिए। शहर के लोग भी रुपये दे रहे हैं। बड़ी मालकिन रोज सुबह जीप लेकर निकल जाती हैं।

यही बात समझ में नहीं आती कि बड़ी मालकिन बिदेसर को अपने घर क्यों नहीं जाने देतीं। क्यों रोके हुई हैं मेरे पूरे परिवार को? एतना एहसान क्यों कर रही हैं? जो होना था सो तो हो गया। अब बिठाकर खिलाने से क्या मिलेगा बड़ी मालकिन को?

बन्देलाल को बड़ी मालकिन ने अपनी हलवाही में लगा दिया है। चालीस रुपये रोज की मजूरी देती हैं। हल-बैल मालकिन के। हवेली के पच्छिम अपनी जमीन में बैसक्खा फसल देखकर कलेजा फटता है। ट्रैक्टर से जुतवाकर मालकिन ने उस तीन एकड़ जमीन में सूरजमुखी, मकई और गरमा धान लगाया है। अब फूलने जा रहे हैं सूरजमुखी के फूल।

कहती हैं बड़ी मालकिन, "तुम तो जानती हो रमपतिया मालिक का मिजाज। केतना गरम दिमाग है उनका सो तो जानती हो! अब मालिक की जिद्द है कि वह तीन एकड़ जमीन जो तुम्हारी माँ को जोतने के लिए उन्होंने दी थी, वह नहीं देंगे। उसके बदले में कबिराहा मठ के पास उतनी ही जमीन वे दे रहे हैं..."

मगर कबिराहा मठ के पास की वह ऊसर-बंजर जमीन लेकर क्या होगा! उसमें तो कुछ उपजेगा नहीं!...

इतना उपकार कर रही हैं मालकिन कि कुछ बोलते नहीं बनता है। लालसेना का रामनाथ उस दिन कह रहा था, "मालकिन को देवी समझती हो भौजी? अरे तुम्हारे पूरे परिवार को बन्धक बनाके रखे हुई है। नजरबन्द हो तुमलोग और तुम समझती हो उपकार कर रही है वह गोरी बुढ़िया?"

"नहीं रामनाथ, गोरी बुढ़िया मत कहो। बड़ी मालकिन न होतीं तो रघुआ का बाप जिन्दा बचता? देखा नहीं, इधर रघुआ के बाप को पापी सुरबंसा ने पिटवाया, उधर बड़ी मालकिन तुरत जीप से अस्पताल पहुँच गयीं। सारा इन्तजाम किया, जिला शहर के अस्पताल में भेजा!"

हँसने लगा था रामनाथ, "नहीं समझोगी भौजी इस फन्दे को। इस महीन चाल को तुम नहीं समझोगी। ऐसे ही बौका नहीं बन गये हैं बिदेसर भैया! देवी

कहती हो तुम बड़ी मालकिन को?" "कैसे नहीं समझूँ देवी? सगरो दिगार के लोग मानते हैं। जब से रघुआ के बाप के साथ यह घटना हुई है, बड़ी मालकिन अपने समाँग की तरह साथ लगी हुई हैं। खाना-खर्चा ही नहीं, सबको कपड़े-लत्ते दे रही हैं। मैटरिक पास होकर बेकार बैठा था आपका साथी रामसेवक। मालकिन ने उसको काम पर लगा दिया।"

पिठौरा गाँव के जितराम पाठक की हत्या में लालसेना का भी हाथ था। तभी से गाँव काँप रहा था कि पता नहीं क्या करेंगे मरकसवा गाँव के उत्पाती पार्टी वाले। मालकिन ने अपने वकील भाई से कह-सुनकर रामसेवक को मुंशी के साथ लगा दिया। बड़का वकील हैं बड़ी मालकिन के छोटे भाई। अब अच्छी कमाई होगी रामसेवक को। लालसेना में रहकर क्या करता? घर में भुखमरी थी। उसकी माँ को लोग काम नहीं देते थे कि मुड़कट्टा की माँ है, कौन देगा काम!...

सुना कि शिबू को भी रोजगार मिल गया है। बड़ी मालकिन ने लुचाय राम से कह-सुनकर शिबू को उनके भतीजे जनकलाल के साथ लगा दिया है। जनकलाल सड़क, पुल वगैरह के ठेके लेता है। मजूरों के साथ शिबू का हेल-मेल बढ़ रहा था। जनकलाल को भी भनक मिल गयी थी। सो उसने शिबू को अपने साथ कर लिया। सुना कि लेबर लोगों का काम देखना शिबू का काम है। खूब खाता-पीता है जनकलाल के साथ। मुर्गा-मांस-मछली-दारू...। उस दिन आया था मरकसवा का बलदेव। वही कह रहा था। एक बेरोजगार को काम तो मिला! धीरे-धीरे ठेकेदारी का मरम सीख जाएगा तो क्या कमी रहेगी शिबू को?

बड़ी मालकिन कितना काम कर रही हैं गरीबों के लिए, बेरोजगारों के लिए। रामनाथ के पास भी गयी थीं एक दिन, लेकिन रामनाथ तो पता नहीं किस मिट्टी का बना है! एक जो वह दाढ़ीवाला बंगाली रात में छुपकर आता है, वही भड़काता है गाँव के गरीबों और बेरोजगारों को। एक रात तो रघुआ के बाप के साथ अपने घर भी आ गया था। उसी दिन देखा कि कैसी होती है पिस्तौल। बाप रे...कितना डर लगा था उस दाढ़ीवाले बंगाली को देखकर। पता नहीं, रात में कब चला गया।

रामनाथ कहता है बड़ी मालकिन की 'चाल' है यह।...क्या रहेगी चाल! इस बुढ़ापे में हथुआ इस्टेट की सुकुमारी बड़ी मालकिन सब भोग, साज-सिंगार तियाग कर घर से बाहर निकल आयीं। पति से कोई सम्बन्ध नहीं। अलग रहना, खाना-पीना-सोना सब अलग। पापी पति के पाप धोने हवेली से बाहर निकली हैं बड़ी मालकिन। बबुआन टोले और बड़का टोले के लोग भी कहते हैं। अब रामनाथ की 'उल्टी बानी' का क्या अरथ लगाया जाए! कहता है —चाल है गोरकी बुढ़िया का। करान्ती की बात करता है रामनाथ। शिबू भी यही सब कहता था। काम मिल गया। अब करान्ती-वरान्ती की बात नहीं करता होगा।

बच गया रघुआ का बाप। लालसेना वालों की लपेट में तो आ ही गया था। इधर चोरी-छुपे बैठकों में भी जाने लगा था। डर लगता था, जितराम पाठक की हत्या वाले मामले में कहीं इसका नाम भी न आ जाए!

बस एक बचा है रामनाथ, मुदा वह मानता कहाँ है कि अकेला है। कहता है, शिबू और रामसेवक के चले जाने से कुछ कमी नहीं आयी है उसकी पार्टी में, दूसरे कई लोग आ गये हैं। मुसहर टोले के, चमरटोली के, दुसाधटोली के सताये हुए लोग 'पार्टी' में आ गये हैं। फिर सहदेव तो है ही पार्टी में। फिलहाल पार्टी ने उसको बाहर भेज दिया है संगठन के लिए।

दो दिन पहले साँझ में आया था रामनाथ। दिन में पता नहीं काहे, बड़ी मालकिन के दो-तीन लोग इधर-उधर चक्कर लगाते रहते हैं इस जगह का। यह भी देखते हैं कि रमपतिया से कौन मिलने आया है। लेकिन मौका पाकर साँझ के अँधेरे में आया था रामनाथ।

रघुआ का बाप तो पहले-जैसा बौका बना हुआ है। न हँसता है, न रोता है, न बोलता है। एक जिन्दा मूरत। लँगड़ा हो गया तो खैर सह लेगी रमपतिया, मगर मुँह में बोली तो रहे! कम उपकार है रघुआ के बाप का! कौन अपने घर में बिठाता दान में दी गयी रतनी की इस बेटी को! सुरबंसा ने अपनी इस बेटी को भी कहाँ छोड़ा! करती क्या? माँ को तीन एकड़ जमीन गुजर-बसर के लिए मिली भी तो यह बवाल। अब बड़ी मालकिन कहता है —ई जमीन छोड़ दो और कबिराहा मठ के पास वह 'भित्ता' ले लो बदले में! रुपये-पैसे, हल-बैल सब देने को तैयार हैं, लेकिन उस बंजर जमीन में उपजेगा क्या?

गाँव-घर के लोग भी अब जाने काहे, मिलने नहीं आते। जो एक बार मिलने आया वह दुबारा नहीं आया। जाने क्या बात है!

सात-आठ दिन पहले माई आयी थीं कजरी के साथ। बड़ी मालकिन को जैसे ही पता चला कि माई आयी हैं, हवेली से निकलकर आ गयीं इधर। माई से बोलने-बतियाने का भी मौका नहीं मिला। बड़ी मालकिन उनको अपनी हवेली में ले गयीं। कजरी से बात हुई। वह एक ही बात पर अड़ी रही —जल्दी से भाग रमपतिया। भाग यहाँ से। अपना घर-दुआर छोड़कर यहाँ बड़ी हवेली के पिछवाड़े में क्यों पड़ी हुई हो? जानती नहीं हो तुम बड़ी हवेली की पोलटिस?...

बड़ी हवेली की पोलटिस! क्या पोलटिस है इसमें? इतनी मदद कर रही हैं बड़ी मालकिन! खाना-खर्चा सब दे रही हैं और कजरी कहती थी, पोलटिस है। "बड़ी हवेली के मालिक और बड़ी मालकिन को एक-दूसरे से अलग मानती हो?"

"हाँ कजरी, दोनों अलग-अलग रहते हैं। दोनों में बोल-चाल तक नहीं है।

अलग रहना, अलग खाना-पीना। कहती हैं बड़ी मालकिन, वे रही होतीं उस बखत हवेली में तो रघुआ के बाप के साथ यह सब होता ही नहीं।''

''झूठ है रमपतिया। एकदम झूठ। जब रघुआ के बाप को पेड़ से बाँधकर पीटा जा रहा था, बड़ी मालकिन हवेली में ही थी। पूछ लो सुरजा नाई से। वह हवेली में ही था। मालिक की दाढ़ी बनाने गया था। पूछ लो उससे। कहता है — बड़ी मालकिन हवेली की दहलीज के पीछे खड़ी सब देख रही थीं।''

अचरज की बात! विश्वास नहीं होता रमपतिया को।

अगर बड़ी मालकिन सब देख रही थीं तो बचाने क्यों नहीं आयीं?...झूठ नहीं बोलेगी कजरी। मुदा बड़ी मालकिन जो कहती हैं कि वह नहीं थीं उस बखत? फिर रघुआ के बाप का इलाज कराने अस्पताल क्यों पहुँच गयीं? रुपये-पैसे...हर तरह की मदद...डागडर को बुलाकर लाना...बेहोश रघुआ के बाप को अपनी जीप से जिला शहर भेजना...बार-बार देखने आना...। इतना प्यार-दुलार, देख-रेख! कौन करेगा इतना? और कजरी कहती है—पोलटिस है। बड़ी मालकिन और मालिक दोनों एक हैं। रघुआ को गोद में लिये कजरी जाने क्या-क्या समझाती रही थी उस दिन।

रघुआ का बाप माटी की मूरत बना चौकी पर लेटा था और एकटक कजरी को ही देख रहा था। कुछ सुन भी रहा था या नहीं, सो पता नहीं चलता था। कजरी डायमंड और बैताल सिंह के बारे में बताने लगी थी कि कैसे ऊँची जातियों का नेता बैताल सिंह और निचली जातियों का नेता डायमंड भीतर से मिले हुए हैं और करोड़ों का ठेका मिल-बाँटकर लेते हैं। बाहर दिखाते हैं कि एक-दूसरे के दुश्मन हैं। एक दूसरे के खिलाफ आग उगलते हैं, मुदा भीतर से मिले हुए हैं।...बोली थी कजरी —अपनी आँखों से देख आयी है दोनों को एक साथ...। भुदनियाँ जमीन के लिए दोनों ने अपने-अपने लोगों को 'सनका' दिया। दुसाध टोली और चमरटोली के बेचारे दो गरीब लोग मरे भुदनियाँ जमीन पर। कुछ घायल हुए। और उधर पटना में दोनों नेता एक साथ 'गिटपिट' कर रहे थे।...कहती थी कजरी —आँखों देखी बात है, कही-सुनी नहीं। कहती थी —यही है पोलटिस।

रमपतिया नहीं जानती कि क्या होती है पोलटिस। कहने लगी थी कजरी, ''मैं भी नहीं जानती, मुदा यही लगता है कि जो दिखाई पड़ता है वह है नहीं और जो है वह दिखाई नहीं पड़ता है, इसी खेल को जो खेलता है, साइत वही होती है पोलटिस।''

रमपतिया बड़ी हवेली के पीछे वाली लम्बी-मोटी दीवार पर उगे एक बरगद पर बैठे कव्वे की काँव-काँव सुनने लगी थी। कजरी भी कव्वे की कर्कश आवाज सुन रही थी। अचानक बोली थी कजरी, ''सुनती हो कव्वे की यह काँव-

काँव।...अपना वह उलटदास है न!"

"कौन उलटदास? वही लात के मन्तर वाला मन्तरिया?"

कजरी हँसने लगी थी, "हाँ वही, मुदा लात मारकर दर्द भगाने का काम तो कब न छोड़ दिया उसने।...तो उलटदास एक भजन गाता है। जब-तब सुनती हूँ दालान में उलटदास का वह भजन : मायि हे, अब न बचत लंकाराज मन्दिर चढ़ि कागा बोलै...।"

"...देख रही हो रमपतिया?...हवेली की दीवार पर बड़, पाकड़ और पीपल का जंगल! अन्दर हवेली की कोठरियों से नहीं दिखता होगा दीवारों का जंगल। बड़ी मालकिन को साइत पता भी नहीं होगा कि हवेली की पिछली दीवारों पर जंगल उग आये हैं और बड़-पीपल-पाकड़ की जड़ें दीवार की दरारों से होती हुई जमीन तक पहुँच गयी हैं। कव्वा काँव-काँव कर रहा है हवेली की दीवार बरगद पर। अब न बचत लंकाराज।... यह हवेली लंकाराज नहीं तो और क्या है रमपतिया? तुम जेहल में बन्द हो।"

कजरी की बातें रमपतिया कानों से ही नहीं आँखों से भी सुन रही थी।

"भागो यहाँ से रमपतिया! जल्दी भागो।"

बिदेसर के बाएँ हाथ में लाठी थी। वह चौकी पर अपने डेढ़ पैरों को लटकाए कजरी को ही देख रहा था।

"भागो यहाँ से बिदेसर भैया, भागो। नहीं तो बड़ी मालकिन तुम लोगों को पालतू जानवर बना देगी। पालतू जानवर।" तुम्हारी जमीन पर फसल है बड़ी मालकिन की। वह फसल तुम्हें काटनी है। हम लोग हैं, मरकसवा की लालसेना के लोग हैं। जानती हो, इन्हीं की मदद से अपने बाप की जमीन पर मेरा कब्जा हुआ।" कजरी रमपतिया के चेतना में तूफ़ान का बीज बोकर चली गयी थी।

छह-सात दिन हो गये कजरी को गये, लेकिन कजरी आँखों से दूर जाकर भी दरअसल गयी नहीं। बेचैन करती रही रमपतिया को। बड़ी मालकिन के कितने चेहरे दिखाती रही —देखो चेहरा...देखो यह मुखौटा और देखो यह पोलटिस वाला चेहरा।

रमपतिया इसी ऊहापोह में रही है हफ्ते-भर से और आज साँझ के अँधेरे में जाने कहाँ से रामनाथ आ गया है।

"भौजी?"

"कौन? रामनाथ?..."

"हाँ भौजी रामनाथ। कजरी से मिलकर आया हूँ।"

रमपतिया एकाएक डर गयी थी रामनाथ को देखकर। रामनाथ बिदेसर की बगल में चौकी पर बैठ गया था और कहने लगा था,

"तुम्हारा भरम अभी तक दूर हुआ या नहीं भौजी?"

"कौन-सा भरम? बड़ी मालकिन वाला?"

"हाँ-हाँ वही। पहचाना तुमने?"

रमपतिया चुप।

रामनाथ कहने लगा, "तुम्हारी माँ गाय-बकरी की तरह दान में आयी थी भौजी। भूल गयी? क्या-क्या हुआ तुम्हारी माँ के साथ। और तुम्हारे साथ क्या किया इस बड़ी हवेली के सुरबंसा ने। तुम्हारी माँ गरीब थी, छोटी जात की खवासिन की बेटी थी, इसलिए न दान में दी गयी? कोई ऊँची जात की लड़की दान में आयी थी बड़ी हवेली? इस सामन्ती मिजाज को समझो भौजी! इस बड़ी मालकिन के साथ आयी थी न तुम्हारी माँ?...और तुम चकमे में आ गयी कि देवी हैं, गरीब-गुरबा के लिए काम करती हैं?..."

रमपतिया के भीतर कुछ दिनों से चल रही संशय की आँधी जोर से चलने लगी। वह विचलित-सी हो गयी —अशान्त-उद्विग्न। रगों में सुरसुराहट-सी होने लगी। तन गयी रीढ़। होंठ भिंच गये। आँखें चढ़ गयीं।

"आज ही निकलो इस जेल से। मैं इसलिए आया हूँ। वहाँ माई के घर कजरी इन्तजार कर रही है। तुम्हारा देवर बन्देलाल साथ रहेगा। अँधेरा हो रहा है। सारी बातें तय हो चुकी हैं। तीन-चार लड़के तुम्हारे साथ रहेंगे।" रामनाथ ने अपनी व्यवस्था रमपतिया को समझा दी।

दूसरे दिन सुबह माई के दालान में रमपतिया अपने बेटे रघ्घू को गोद में लिये बैठी थी। चौकी पर बिदेसर बैठा था —उसी तरह चुप! माटी की मूरत-जैसा! वैशाख महीने का सूरज पक्के कुएँ के पास ठूँठ सुपारी के पेड़ों के ऊपर आ गया था। एक ठूँठ पर नीलकंठ पक्षी बैठा था। बगल के झुरमुट में कचपचिया चिड़ियों का शोर था। दालान की ओलती में गौरैये के एक जोड़े को घोसला बनाने की जगह मिल गयी थी। नर और मादा गौरैये ढो-ढोकर तिनके ला रहे थे।

दरवाजे पर आठ-दस लोग थे, लेकिन रामनाथ नहीं था जिसकी कोशिश से रमपतिया अपने परिवार को यहाँ तक लायी थी। घोड़लद्दी करने वाले बुचाय साह ने रामनाथ के कहने पर अपनी घोड़ी दी थी ताकि बिदेसर आ सके। सौखीलाल सामने ही बैठा था। उसका परिवार दहलीज के पास खड़ा था। वहीं खड़ी थी हरियाणे वाली दुलहिन रूपमती। सौखी की घरवाली से रूपमती बोली, "यह वड़का गाँव एकदम जिन्दा गाँव है। हमारे यहाँ तो सब कुछ ठहरा हुआ-सा है। यहाँ तो देखती हूँ, कुछ भी किसी चीज की तरह रखा हुआ नहीं है। इतना उलट-

पुलट हो सकता है किसी गाँव में, हमारे हरियाणे के लोग तो सोच भी नहीं सकते।''

माई ने रमपतिया से कहा, ''आखिर तुम निकल आयी न बड़ी मालकिन के जाल से?''

रमपतिया हँसने लगी, ''मैं क्या निकलती! आप लोगों ने निकाला। मैं तो जानती भी नहीं थी कि बड़ी मालकिन की क्या पोलटिस है।''

''मुझे तो उसी दिन लग गया था रमपतिया जब मैं तुमसे मिलने गयी थी कि बड़ी मालकिन अपने पति की जान बचाने के लिए तेरे ऊपर दया कर रही हैं।''

''मैं तो बड़ी मालकिन को देवी समझती थी माई। गाँव के लोग भी तो यही समझते हैं।'' रमपतिया के सोचने में अब कोई संशय नहीं था। कजरी बीच में ही बोली, ''जानती हैं माई, बड़ी मालकिन के बारे में प्रचार है कि उनका पति से कोई सम्बन्ध नहीं है, अलग रहती हैं बड़ी मालकिन। खाना-पीना भी अलग है।'' हँसने लगी कजरी, ''और कोई पूछे सुरजा नाई से। वहीं हवेली में था सुरजा नाई। उसने देखा था बड़ी मालकिन और मालिक को बतियाते। जब पीटा जा रहा था बिदेसर भैया को, बड़ी मालकिन दहलीज के 'अड़ोत' से सब देख रही थीं।...''

रमपतिया हँसने लगी। हँसते-हँसते बोली, ''अब आप लोग सोचिए कि मेरी जमीन कैसे मेरे कब्जे में आएगी।''

''जमीन क्या, जमीन पर लगायी फसल भी तुम्हारी होगी।'' माई बोलीं, ''रामनाथ और उसके साथी तैयार हैं।'' रमपतिया मुस्कराती हुई माई को देखने लगी। माई ने कहा, ''अब तो जाल से निकल आयी तुम। दो-चार दिन यहीं रहो, फिर जाकर देखो अपना घर-दुआर, खेती-बाड़ी।'' बोलती हुई माई बन्देलाल की तरफ देखकर मुस्करायीं, ''क्यों बेटा, तुमको भी कुछ पता नहीं चल रहा था? लगे थे बड़ी मालकिन की हरवाही करने!''

''ऊहो हरवाही की मजूरी मिली कहाँ माई!'' बन्देलाल ने हँसते-हँसते कहा।

''सूद-मूल जोड़ कर रखो। सूरजमुखी के फूल अब सूखने लगे होंगे। वैशाख बीत रहा है।'' माई हँसने लगीं।

रमपतिया मुस्कराती हुई बोली, ''हाँ माई, आठ-दस दिन पहले गयी थी जमीन पर। सूरजमुखी के फूल मुरझा रहे थे। बीज मटमैले-काले हो गये थे। पौधे सूख रहे थे।''

''बस अब काटो सूरजमुखी की फसल। फूल तो देख नहीं पायी, अब फसल काटो।'' माई की बात पर दालान में बैठे लोग रमपतिया को देखने लगे।

चार दिन माई के घर में रहकर रमपतिया पति और बेटे रग्घू के साथ अपने

घर चली गयी। बैलगाड़ी का इन्तजाम किया गया था बिदेसर के लिए। गाड़ीवान था बन्देलाल।

उसके ठीक आठवें दिन। पच्चीस-तीस लोगों के साथ सूरजमुखी के सूखे पौधे काटने के लिए रमपतिया अपने खेत की मेंड़ पर खड़ी थी। कजरी के हाथ में तेज धार वाला हँसुआ था। कजरी और रमपतिया उगते सूरज की ओर मुँह किये हवेली के परकोटे को देख रही थीं। हवेली के पिछवाड़े की दीवारों पर फैले पेड़-पौधों में बड़ी हवेली ढँकी हुई-सी दिखाई पड़ती थी। सूरज आँखों के सामने था। कजरी और रमपतिया सूरज को हथेलियों की ओट में छिपाये हवेली की तरफ देख रही थीं। दो आकृतियाँ साफ-साफ दिख रही थीं। एक आकृति पुरुष की थी, दूसरी स्त्री की। थोड़ी देर बाद दोनों आकृतियाँ एक-दूसरे से जुड़ी हुई प्रतीत होने लगीं।

बीस

# कटुआ नेता के कारनामे उर्फ़ भँड़वा खात बताशा है

समय बीतने के साथ जैसे चीजें पुरानी पड़ जाती हैं, कुछ इसी तरह पुरानी पड़ गयी है कटुआ नेता की चर्चा। कटुआ नेता के जहाँ-तहाँ छिछियाते फिरने और लफुआ टाइप पंचायत स्तर के नवतुरिया नेताओं के पीछे-पीछे लगे रहने के कारण कुछ लोगों के लिए वह दया का पात्र हो गया है। लोग कहते हैं—देखिए बेचारे कटुआ नेता को! विधायक था शासक दल का, सो देखिए क्या हालत है! परिवार वालों ने घर से निकाला, गाँववालों ने गाँव से। वह तो धन्य डायमंड नेता जिसने सहारा दिया बेचारे को।

अब कटुआ नेता से स्त्री-जाति को कोई खतरा नहीं है। क्या हिजड़ा क्या कटुआ! दोनों बराबर। जब मूल ही कट गया तो खतरा क्या!

बड़का गाँव के लोगों ने एक तरह से माफ कर दिया है कटुआ नेता को। वैसे भी जो लाज-सरम घोलकर पी जाए मीठे शरबत की तरह उसके लिए सारी जगहें एक समान। बस एक कजरी है जिससे आज भी खौफ खाता है कटुआ नेता। जब-तब वह डायमंड के साथ पटना भी चला जाता है। गाँव में उसके लायक कोई काम नहीं रहता तो पूर्णियाँ चला जाता है। डायमंड के कोल्ड स्टोरेज से सटे मकान में कटुआ नेता को भी एक कमरा मिला हुआ है।

गाँव की दुसाधटोली, चमरटोली और मलाहटोली में लोग अब कटुआ नेता को बैठने की जगह देने लगे हैं। औरतों-लड़कियों के बीच भी वह अब बेरोकटोक जाता है। बड़का गाँव में बस दो जगहें कटुआ नेता के स्थायी अड्डे हैं। एक तो डायमंड का जलमहल है और इधर दो-तीन वर्षों से ह्वाइट हाउस भी उसका एक अड्डा बन गया है। कहीं से भूखा-प्यासा ह्वाइट हाउस पहुँचता है तो लुचाय राम उसके खाने-पीने की व्यवस्था कर देते हैं। लुचाय राम का भतीजा जनकलाल भी इधर साल-डेढ़ साल से कटुआ नेता का नजदीकी आदमी माना जाने लगा है। डायमंड के कारण लाखों लाख के ठेके मिलते हैं जनकलाल को। एक ही साथ कई जगह उसके काम चलते हैं —कहीं पुल की ठेकेदारी है, कहीं सड़क की,

कहीं भवन-निर्माण की। पिछले महीने बड़ी मालकिन की पैरवी पर शिबू को लेबरमेट पर रख लिया है जनकलाल ने। बिगड़ गया था शिबू। लालसेना में चला गया था। गाँव के लोग कहते हैं कि धन्यवाद दीजिए बड़ी मालकिन को जिनके कारण सुधर गया शिबू। आग उगलने लगा था। आज-न-कल इसकी हत्या भी होनी ही थी। खैर पूरी तरह रँगा नहीं था लाल रंग में, इसलिए सुधर गया।

आजकल कटुआ नेता और ठेकेदार जनकलाल प्रायः साथ-साथ देखे जाते हैं। जो चाहे खिला-पिलाकर कटुआ नेता को अपने साथ रख ले। नाटे कद का काला-कलूटा कटुआ नेता! असली उम्र में आजकल वह पाँच-सात साल जोड़कर अपनी उम्र बताने लगा है लोगों को। वैसे उसकी वास्तविक उम्र चालीस से कम है।

यानी अभी लम्बी जिन्दगी पड़ी है कटुआ नेता के सामने। कुछ लोगों से उसने कहा है कि उसके क्षेत्र के लोग लगातार बुला रहे हैं, लेकिन वह बड़का गाँव की सेवा करना चाहता है। यहाँ से कहीं बाहर जाने का इरादा उसका नहीं है।

कटुआ नेता चूँकि खुद दलित है, इस कारण दलित टोलों में उसका निर्बाध आना-जाना है। औरतों के बीच भी वह बेझिझक चला जाता है। हर बात में 'ही-ही'। जो कहना हो कह दो, बुरा नहीं मानता बेचारा —कहती हैं दलित टोले की औरतें। 'हरिजन टोले' को 'दलित टोला' के रूप में प्रचारित करने का बड़ा श्रेय भी कटुआ नेता को है। दलित नेता गुलाबचन्द पासवान ने सबसे पहले हरिजन टोले को दलित टोला कहना शुरू किया। कटुआ नेता खुद दलित। उसने गाँव में प्रचार करना शुरू किया कि 'हरिजन टोला' नहीं, 'दलित टोला' कहिए। 'हरिजन' शब्द दलितों का अपमान है।

कटुआ नेता का अधिकांश समय आजकल मुसहरटोली और मलाह टोली में बीतता है। मुसहर टोला तो शुरू से ही खुला चरागाह रहा है ताकतवर लोगों के लिए। पहले बड़का टोले और बबुआन टोले के लोग उत्पात मचाते थे। अब वे लोग चुप-शान्त हो गये बुरे दिनों के कारण। उनकी जगह अब यादव टोले, कुर्मी टोले और पासवान टोले के कुछ लोगों ने ले ली है। मुसहर टोले का कोई माय-बाप नहीं। आज भी बबुआन टोले के लोग कहते हैं—मुसहर टोले में शायद ही कोई अपने बाप का जन्मा हुआ होगा! यह बात मुसहर टोले का प्रधान और पियक्कड़ के रूप में प्रसिद्ध बुद्धन माँझी भरी सभा में कबूल कर चुका है बहुत साल पहले।

दलित टोलों में अब कटुआ नेता को बैठने की जगह मिल जाती है। आखिर अपने ही वर्ग का नेता है। वह तो किस्मत खराब थी कि ऐसा हो गया, नहीं तो उसका मन्त्री बनने का चांस था। मरकसवा गाँव के लँगड़े कमरलाल गुरुजी कहते हैं, "अरे, अब यह कहना बेकार है कि राजपूत-ब्राह्मण-भुमिहार ही अत्याचार करते हैं। छोटका जात का भी तो वही हाल है। पद मिला, पैसा हुआ, बस बन

गये बाबू साहब। वही चरित्र, वही रंग-ढंग। देखिए एस.पी. के बाप लुचाय राम को!...''

सत्तर-पचहत्तर साल से कम उम्र नहीं होगी लुचाय राम की। दो-तीन रखैलें हैं उसकी। ततमा टोले की दो औरतें बारी-बारी से ह्वाइट हाउस में रहती हैं। इधर सुना कि दुसाध टोली की कोई लड़की सितली है जिसको लुचाय राम ससुराल जाने ही नहीं देता है।''

कमरलाल गुरुजी गाँव के नवतुरिया लड़कों से एक दिन कह रहे थे, ''मुझे तो लगता है, एक अलग तरह की क्रान्ति की जरूरत है—सवर्णों के खिलाफ नहीं, ताकतवर अवर्णों के खिलाफ जो सवर्णों से भी ज्यादा खतरनाक हैं। सवर्णों की तो पहचान बन गयी थी, मगर ये तो अपने में ही मिले हुए हैं।'' यह बात कबीरपन्थी महाबिर दास ने सुनी थी तो उलटदास से हँसते हुए कहा था, ''सुनते हो उलटदास? क्या कहते हैं मरकसवा के गुरुजी! इसी को कहते हैं न —'संगे में चोरबा घूर तापै छै।' 'चोर' का अरथ जानते हो? पाँच चोर हैं जीवात्मा के।...'' उलटदास मुँह ताकने लगा था महाबिर दास का। मुस्कराते हुए कहा था महाबिर दास ने, ''इसलिए कहता हूँ उलटदास, आ जाओ कबीरपन्थ में। यहाँ ज्ञान है। जहँ दीप जरै दिन राती हो सतगुरु!...''

अपने चाचा लुचाय राम के पद-चिह्नों पर चल रहा है जनकलाल ठेकेदार। एक ही कमी है कि अभी उसका घर चमरटोली में है जबकि लुचाय राम ने बेटे की अन्धाधुन्ध पुलिसिया कमाई के बल पर ह्वाइट हाउस बना लिया है। जनकलाल के घर में उसकी पत्नी है, तीन बच्चे हैं। यह संसदीय सुरक्षित क्षेत्र है। संसद सदस्य महादेव बैठा के विकास-मद में प्राप्त करोड़ों की राशि का एक हिस्सा ठेकेदारी के लिए जनकलाल को भी मिलता है। डायमंड भी कुछ-न-कुछ काम दिला देता है। कटुआ नेता का काम है जनकलाल के लिए 'जोगाड़' करना। चूँकि कटुआ नेता अब हिजड़े की श्रेणी में गिना जाता है, इसलिए औरतें निर्भय हैं। इस कारण कटुआ नेता को सुविधा होती है।

आजकल मलाहटोली के जुराबन मलाह से कटुआ नेता का मेल-जोल है। उसी के साथ उसका उठना-बैठना, खाना-पीना होता है। खर्च का भार कटुआ नेता पर है और कटुआ नेता के खर्च का भार जनकलाल पर। तड़बन्ना में जुराबन और कटुआ नेता बहुत देर तक बैठे गप्प करते और ताड़ी पीते देखे जाते हैं। ठेकेदार जनकलाल की ओर से पूरी छूट मिली हुई है कटुआ नेता को। जितना खर्च हो करो, लेकिन काम होना चाहिए। चूँकि औरतें निश्चिन्त हैं कटुआ नेता से, इसलिए जुराबन की पतोहू भी हँस-हँसकर बात कर लेती है कटुआ नेता से। नेता को और क्या चाहिए! कहता है, ''अब तो दूगो मीठे बोल मिल जाएँ किसी सुकुमारी-चन्द्रमुखी के मुँह से, वही बहुत!''

कटुआ नेता! बधिया बकरा यानी खस्सी! कहती है जुराबन की पतोहू। पति पंजाब कमाने गया है। साल-छह महीने पर कभी आता है।

जनकलाल ने कह रखा है कटुआ नेता से, ''हँसी-ठट्ठा तुम्हारे हिस्से। असली चीज मेरे हिस्से।''

सो, आजकल जुराबन के घर में मछली-मांस-मुर्गा लगातार चल रहा है। खर्च कटुआ नेता का। नेता को रोज जनकलाल के पास जाकर रिपोर्ट करनी पड़ती है कि कहाँ तक प्रगति हुई है।

मलाहटोली के बाद खवासटोली है। बड़ी हवेली में चौका-बर्तन और खवासी करने वाले जिन लोगों के साथ छुहारे-जैसी बना दी गयी दासियाँ ब्याही गयी थीं, उन्हीं को बसाया गया था इस खवासटोली में। इसी टोले में रहती है रमपतिया। रमपतिया के घर इधर कजरी आने-जाने लगी है। खवासटोली के पास ही तड़बन्ना है। ताड़ी पीनेवाले हालाँकि ताड़ीखाने में बैठकर ताड़ी पीते हैं, लेकिन जो ज्यादा ताड़ी-प्रेमी हैं उनकी सबसे पसन्दीदा जगह होती है तड़बन्ना। फिर ताड़ी का असली 'मरम' पासी जाति के कटुआ नेता से ज्यादा कौन जानेगा! कहता है, ''तड़बन्ना में ताड़ के नीचे बैठकर लबनी से गिलास में ढार कर देने वाली गदरायी पासिन हो, शाम के समय मन्द-मन्द पुरवैया चल रही हो...ओफ! क्या कहना है!...''

जुराबन की पतोहू पिपरावाली पर जनकलाल की नजर पिछले साल-डेढ़ साल से है। पिपरावाली को पटाने के लिए जनकलाल ने कटुआ नेता को नियुक्त किया है। खुद कोशिश करके हार गया। पिच्छड़ है पिपरावाली। लताड़ खा चुका है जनकलाल, मगर हार नहीं मानी उसने। कहा, ''ठीक है दुधारू की लताड़ भी सही! अब पट्ठा कटुआ नेता करेगा काम।''

रमपतिया से ही कजरी को जानकारी मिली कि कटुआ नेता क्यों इतना मेल-जोल बढ़ाए हुए है जुराबन से। साड़ी-ब्लाउज, स्नो-पाउडर पहुँचा रहा है कटुआ नेता पिपरावाली के घर में।

''मगर कटुआ नेता तो किसी काम का रह नहीं गया। मुझे याद है कि मैंने एकदम जड़ से काट लिया था।'' कजरी ने हँसते हुए कहा था रमपतिया से। रमपतिया लजा गयी थी, ''अरे भँड़वा का काम करता है अब।'' नाम गिनाने लगी कजरी, ''एसपिया का बाप वह बुढ़वा लुचाय राम, उसका भतीजा जनकलाल, दुसाध टोली का लफुआ नेता गुलाबचन्द...यादवटोली के मुखिया इन्द्रनारायण यादव...। कितनों को गिनाया जाए? सब तो एक-जैसे हैं। पहले जो काम बबुआन टोले और बड़का टोले के लोग करते थे, जबसे सोलकन लोगों की चलती हुई है, वही काम ये लोग करने लगे हैं।''

"लोग बेकार कहते हैं कि फलाँ जात ऐसी होती है, फलाँ जात वैसी होती है। लगता यही है कजरी कि जिसके पास धन हो जाता है वही बन जाता है बाभन, राजपूत-भुमिहार। देखो न! चमरटोली, दुसाध टोली और यादव टोली को। कोनो फरक है इनमें और बबुआन टोले में?"

"इस नये ठेकेदार जनकलाल की बड़ी बदनामी है मुसहर टोले में। जोर-जबरदस्ती से तंग आ गये हैं टोले के लोग। कितनी औरतें तो रात में घर छोड़कर बाध में चली जाती हैं, मगर शिकारी है जनकलाल। वहाँ भी खोज लेता है। खेत-खलिहान भी तो उन्हीं लोगों का है।" कजरी बोलती रही। अचानक पूछा रमपतिया से, "अच्छा एक बात बताओ। तुम्हारे बुलाने पर तुम्हारे घर आएगी जुराबन की पतोहू?"

"हाँ आएगी काहे नहीं?"

"तो ऐसा करो रमपतिया कि मैं यहाँ बैठती हूँ। तुम बुलाकर ले आओ जुराबन की पतोहू को। मैं उसके घर जाऊँगी तो लोग शक करेंगे कि कोई उत्पात करने गयी थी जुराबन के घर।" कजरी ने रमपतिया की तरफ देखा। उसी समय रमपतिया घर से निकली। बोली, "बस, गयी और आयी। तुम बैठो यहाँ।"

बिदेसर घर के आगे खेत की मेंड़ पर लाठी टिकाये बैठा था। कजरी उसके सामने हुई तो बिदेसर मुस्कराया। कजरी हँसती हुई पूछने लगी, "कैसे हो बिदेसर भैया?" लेकिन कोई जवाब नहीं। बस वह एकटक देखता रहा कजरी को।

"तुम्हारा इलाज होगा बिदेसर भैया। हेल्थ सेंटर का डागडर कहता है, बिदेसर की बोली लौट आएगी। पटना ले जाना होगा।" कजरी की बात पता नहीं बिदेसर ने सुनी या नहीं।

आठ-दस परिवारों की है मलाहटोली। टोले में कुछ मछुआरे हैं, कुछ खेतिहर मजदूर। आधे से ज्यादा लोग पंजाब-हरियाणा और दिल्ली कमाने चले जाते हैं। टोले में बस बेकाम के बूढ़े, रोगी या किसी कारण असमर्थ लोग रह गये हैं।

सामने तड़बन्ना है। पहले हाजी रसूल की थी यह पूरी जमीन। लोगों ने धीरे-धीरे कब्जा कर लिया। गाँव के पियक्कड़ लोग शाम से पहले जमा होते हैं तड़बन्ने में। आखिरी दिन हैं बसन्ती तोड़ी के। बरसात का महीना शुरू होते ही ताड़ी बन्द। तब लोग कलाली की तरफ भागते हैं।

मलाहटोली में ही नहीं, जिनको हरिजन टोले के पढ़े-लिखे लड़के 'दलित टोला' कहते हैं, उन सबके घरों की औरतें निकम्मी हो गयी हैं—कामचोर। पति, बेटा, जाउत, भाई-भतीजा दिल्ली-पंजाब-हरियाणा से मनीऑर्डर भेजते ही हैं तो काम कौन करे बेमतलब! दिल्ली के चाँदनी चौक की जितनी लेडीज चप्पलें होंगी किसी एक सोलकन टोले में उतनी तो बबुआन टोले और बड़का टोले को मिलाकर

भी नहीं होंगी। ऐसी निकम्मी औरतों के लिए कितनी सारी योजनाएँ आती हैं कजरी के मन में, लेकिन करे कौन! सुनेगी कोई औरत? कितने सारे काम कर सकती हैं बैठी-ठाली औरतें। तड़बन्ना है बगल में। ताड़ के पत्तों की सुन्दर-सुन्दर चटाइयाँ, झाड़ू, पंखे...मूँज की दौरी-मउनी...पटुआ के सन के सामान...लेकिन करे कौन?

खेत की मेंड़ पर बैठी यही सब सोच रही थी कजरी कि रमपतिया के साथ जुराबन की पतोहू आती दिखी। रमपतिया के आँगन में चली गयी कजरी। कजरी, रमपतिया और जुराबन की पतोहू पिपरावाली आधे घंटे तक एक योजना पर बातचीत करती रहीं। प्रस्ताव कजरी का था और कज़री इस मामले की माहिर खिलाड़ी। पिपरावाली ने बताया कि कल हाट है फुलकाहा की। नेतवा कह रहा था कि हाट से खस्सी का मांस आएगा। अँग्रेजी दारू पहले ही रख गया है घर में।

"तो कल रात में पधारेगा जनकलाल राम।"

"हूँ। बुलाने पर आएगा।"

"तो बुलाओ अपने मेहमान को कल। कह देना कटुआ नेता से। और सुनो, किसी को इस बात की भनक न लगे।"

"नहीं दीदी, काहे लगेगी भनक!" पिपरावली ने विश्वास दिलाया।

शाम हो रही थी। कजरी को लौटना था। वह झपटती हुई माई के घर के रास्ते पर आ गयी। माई दालान के सामने ही मिल गयी। कजरी के बेटे मुन्ना की उँगली पकड़े माई टहल रही थीं। कजरी को तेजी से आते देख माई मुस्करायीं, "अब फिर कोई उत्पात करेगी क्या रे?"

"नहीं माई, उत्पात नहीं करूँगी। बस जैसे जीती हूँ, वही सिखाना चाहती हूँ लोगों को।"

"यही न उत्पात हुआ।" माई हँसने लगीं।

आँगन से हाथ-मुँह धोकर कजरी दरवाजे पर लौट आयी। सौखी लालटेन रख गया था दालान में। दालान सूनी थी। उलटदास को माई ने काम पर भेज दिया था और महाबिर दास का यह समय बीतता है कबिराहा मठ में।

कजरी आज गम्भीर थी। माई ने देखा, बहुत सहज, बहुत सामान्य नहीं है कजरी। माई की बगल में मूढ़े पर बैठती कजरी ने कुछ सोचते हुए कहा, "मुझे तो लगता है माई कि यह जो लोग जात-जात कहते हैं, सो बेकार की बात है।"

"आज बहुत बदली-बदली लग रही हो कजरी! बात क्या है आखिर?"

"नहीं, कोई बात नहीं है। बस जो देखती हूँ वही सोचती हूँ। कोई पढ़ी-लिखी, ग्यानी-विदमान तो हूँ नहीं माई।"

"फिर भी, क्या सोच रही हो?"

"सोच रही हूँ माई...नहीं सोच कहाँ रही हूँ, देख रही हूँ कि पहले जो काम

ऊँची जात के लोग करते थे, वही काम छोटी जात के लोग कर रहे हैं। अपने बबुआन टोले और बड़का टोले के लोग तो शान्त हो गये। उनके पास न धन रहा न चलती-बनती रही। अब जो नये धनिक हुए हैं गाँव में, उनको देखती हूँ तो जात-पात सब बेकार लगता है। क्या ऊँची जात क्या नीची जात!..." कजरी के बोलने में विचित्र तरह की उदासी और चिन्ता थी। वह एक-एक व्यक्ति का नाम गिनाने लगी। लुचाय राम, जनकलाल राम, अपने को दलित नेता कहने वाला गुलाबचन्द पासवान, ग्राम पंचायत के मुखिया इन्द्रनारायण यादव...। सिर्फ एक डायमंड रहे तब न! कहने लगी कजरी, "मुखिया हैं न यादव जी! जानती हैं माई! आधी मुसहरी उनकी खरीदी हुई है। पाँच परिवार बन्धुआ मजूर हैं उनके। उनके जन-बनिहार सिर्फ उनके जन-बनिहार हैं। दुसाधटोली, चमरटोली का भी यही हाल है। गुलाबचन्द पासवान अपने टोले में ही रासलीला करता है। जनकलाल का चमरटोली से मन भर गया तो गाँव में जहाँ हरियरी देखता है वही मुँह मारने लगता है।"

माई बोलीं, "अनाप-शनाप पैसा आ गया है न इन लोगों के हाथ में। यही पैसा था न पहले अपने टोले के कुछ लोगों के पास। इसी पैसे ने डुबाया बड़ी हवेली को।" कजरी ने इसी में जोड़ दिया, "पैसे के साथ ताकत भी तो आ गयी न माई! देखिए न लुचाय राम को। सुनते हैं थाने का दरोगा सलाम करता है उसको।"

अँधेरे और उजाले के बीच बैठी कजरी का चेहरा माई ठीक से देख नहीं पा रही थीं, मगर उनको लगता था, कजरी आज कुछ ज्यादा ही परेशान है। माई को अच्छा लगा —आदमी को कभी-कभी परेशान होना चाहिए, नहीं तो सिर्फ कमाने-खाने वाला आदमी जानवर की तरह जीने लगता है।

अपनी योजना के विषय में कजरी ने माई को कुछ बताया नहीं। बस दूसरे दिन सुबह घूम आयी दुसाध टोली और चमरटोली में। मलाहटोली का भार रमपतिया पर था।

देर शाम आठ-दस औरतें जमा हो गयीं रमपतिया के आँगन में। जुराबन के घर से सूत्र जुड़ा हुआ था। रात के लगभग नौ बजे 'खुफिया' से खबर मिल गयी। आठ-दस औरतें पहुँची जुराबन मलाह के आँगन में। जुराबन को कुछ पता नहीं चला। जनकलाल के साथ अँग्रेजी शराब पीकर वह बाहरी ओसारे पर पड़ा था। उस घर को घेरकर कजरी और दूसरी औरतें खड़ी हो गयीं जिस घर में जनकलाल और जुराबन की पतोहू पिपरावाली बन्द थे। कजरी ने किवाड़ बाहर से भी बन्द कर दिया। जनकलाल घर से निकल कर भाग नहीं सके इसकी व्यूह-रचना कर ली गयी।

तब तक मलाहटोली के लोग भी जमा हो गये थे जुराबन के दुआर पर।

किवाड़ खोला गया। जनकलाल ने भागने की कोशिश की, लेकिन औरतों ने पकड़ लिया और घर में ही खूँटे से बाँध दिया। उसके बाद तो औरतें लगीं झाड़ुओं से झाँटने। चेहरे पर कालिख पोत दी गयी। रात-भर उसी घर में बँधा रहा ठेकेदार जनकलाल। खाने और पीने तक कटुआ नेता साथ था और दरवाजे पर ही बैठा था। जब पड़ोस के टोले की औरतों का यह कांड शुरू हुआ, कटुआ नेता घर के पिछवाड़े की ओर खिसक गया।

दूसरे दिन खबर पूरे गाँव में फैल गयी। कजरी ने पिछली रात जुराबन के घर से लौटकर माई को पूरी घटना की जानकारी दी। माई मुस्कराती हुई बोलीं, "मैं कहती थी न, तुम कोई-न-कोई उत्पात करोगी!"

दालान में सौखीलाल ने उलटदास से कहा, "अब देखिए काका, कैसे बन्द हो जाती है घरढुक्की। जब गेहुँअन साँप का फन थूर दिया गया तो हरहरा, ढोंढ़िया और साँखड़ साँपों की क्या बात।"

"लेकिन जनकलाल है पैसे वाला आदमी। कहीं कुछ खुराफात न करे बाद में! चोरों-डकैतों को भी पालता है।" सौखीलाल ने शंका जाहिर की तो उलटदास को भी लगा कि सौखीलाल के बोलने में सच्चाई है।

तेल लगी खपरी की कालिख जनकलाल के चेहरे से पोंछने के बावजूद दिखाई पड़ती रही। सुबह अँधेरे में ही उसको जुराबन के घर से छोड़ दिया गया था। खूब कूद-फाँद कर रहा था जनकलाल। उसका गुस्सा जुराबन पर था। शक था कि जुराबन के षड्यन्त्र से यह सब हुआ है। अपमान का बदला लेने की धमकी देकर जनकलाल चला गया। पन्द्रह-बीस दिनों तक किसी ने उसको घर से निकलते नहीं देखा।

कजरी दलित टोलों में घूमने लगी। शिबू, रामनाथ और नयी उम्र के लड़कों ने कजरी से कह दिया है कि 'हरिजन टोला' मत कहा करो, 'दलित टोला' कहो। 'हरिजन' शब्द गाली है। कटुआ नेता के विषय में कजरी पूरे सोलकन टोले में कह आयी है कि वह जहाँ दिखाई पड़े वहीं से उसको भगाओ। मुसहर टोले की बुद्धन माँझी की घरवाली बोली, "गारी-गलौज का तो कटुआ नेता पर असर ही नहीं होता है। वह तो खराब से खराब गाली पर भी हँसता रहता है।" कजरी को भी हँसी आ गयी, "तब तो एक ही रास्ता है—"झाँटो झाड़ू से।" बुद्धन माँझी की घरवाली हँसने लगी, "उसका भी असर नहीं होगा कटुआ पर।" कजरी ठठाकर हँस पड़ी, "तब उठाना पड़ेगा हँसुआ। हँसुआ से डरता है कटुआ नेता।"...

साठ-पैंसठ साल से भी ज्यादा उम्र का बुद्धन माँझी। मुसहर टोले का प्रधान। गाँव में सबसे बड़ा पियक्कड़, लेकिन अद्‌भुत है उसकी जीवन शक्ति। जी कैसे रहा है, यह देख लोगों को आश्चर्य होता है। पाँच-सात कट्ठे जमीन है, बाकी

मजदूरी। फूस के घर छारने का विशेषज्ञ है बुद्धन माँझी। इस मामले में अभी भी उसकी पूछ है, लेकिन जब से फूस के चौखड़े की जगह धनी लोगों ने पक्के मकान बनाने शुरू किये, बुद्धन माँझी का यह हुनर भी धीरे-धीरे बिलाने लगा। अब मिट्टी भरने का काम कभी-कभी मिल जाता है या खेत में कमौनी-रोपनी या कटनी के काम मिल जाते हैं। शरीर क्या है, सिर्फ शरीर का ढच्चर है, मगर इस शरीर में ताकत जाने कहाँ छिपी बैठी है कि काम भी कर लेता है बुद्धन माँझी।

बुद्धन माँझी के घर के छोटे-से ओसारे पर बैठी हुई थी कजरी। टोले की आठ-दस मजदूरिनों को भी वहीं बुला लिया गया था। बुद्धन की घरवाली...काली-कलूटी कुबड़ी-सी बुढ़िया कह रही थी कजरी से, "बहुत सहा हम लोगों ने कजरी, बहुत सहा। अब भी सह रहे हैं। सबको देखा। बाभन, राजपूत, सबको देखा। वे गये तो जुलुम ढाने के लिए आ गये छोटका जात के लोग। कभी रात में रहो न इस टोले में। देखो कि यादव टोले, कुर्मी टोले, यहाँ तक कि एक-दो चमरटोली और एक-दो दुसाध टोली के लोग क्या-क्या तमाशा करते हैं टोले में!"

बुद्धन माँझी लड़खड़ाती आवाज में कहने लगा, "हम मुसहर जात के लोग मनुक्ख काहे हुए कजरी! हम मनुक्ख काहे हुए!...लोग कहते हैं कि ऊँची जात के लोग सताते हैं। सताते थे जरूर, मगर अब तो छोटको जात के लोगों का वही चाल-चलन है। कजरी ने टोले की औरतों से कहा, "आप लोग सब सहते रहें और आशा लगाए रहें कि दूसरे लोग आपकी इज्जत बचाएँ, तो यह नहीं होगा। इस टोले के भी तो दो-तीन लड़के पढ़ रहे हैं हाई स्कूल में।" टोले की एक औरत ने कहा, "बस एगो पढ़ता है—चैतू का बेटा। बाकी दू की पढ़ाई बन्द हो गयी। चार-पाँच किलास तक पढ़े दोनों। पढ़ेंगे क्या, घर में खाने को कुछ रहे तब न!"

बुद्धन माँझी बोला, "मरकसवा गाँव से तीन-चार लड़के आ रहे हैं इधर कुछ दिनों से। उनका भी यही कहना है कि पहले तुम लोग ठान लो कि नहीं चलने देंगे यह सब।"

कजरी को राह मिल गयी जैसे। बोली, "बस यही तो एक रास्ता है। घर में जो भी हथियार हो हँसुआ, खुरपी, खंती, गड़ाँसा, कुदाल, यहाँ तक कि उलटन-छोलनी भी हो तो उन्हीं को तैयार रखो। एक-दो के कान-कपाड़ झाड़ दो। तब देखो कि उनका आना बन्द होता है या नहीं।"

बुद्धन माँझी ने कहा, "हाँ, अब हमलोग भी तैयार हो रहे हैं। तनी टैम लगेगा, मुदा यह ठीक कहती हो कि बाहर के लोग मदद ही करेंगे न, चौबीस घंटे जमे तो नहीं रहेंगे हमारे टोले में हमारी रच्छा के लिए?"

कजरी को आशा की किरण दिखी। कहने लगी, "मेरे साथ क्या हुआ, आप सब जानते हैं। मेरे पास क्या था, बस एक हँसुआ। लोगों ने कहा, चुप रहो। मेरा

बाप भी उसी तरफ से बोलने लगा कि कुछ नहीं हुआ है कजरी के साथ...। आज देखो मुझे। सिर झुकाकर नहीं, सिर उठाकर चलती हूँ।''

बुद्धन माँझी ने देखा कजरी को। साँवली-सी, दुबली-पतली यह कजरी औरत नहीं, कजरी नद्दी है...कजरी, कारी कोसी, लालपटोरी...कितने नाम हैं इस नद्दी के। वैशाख-जेठ में मोरी के पानी-सी बहने वाली नद्दी, सावन-भादो में पगला जाती है! भुतही बलान बन जाती है। कजरी नद्दी के पानी-जैसा रंग कजरी का...। कजरी नद्दी-जैसा सुभाव। कहने लगी कजरी, ''उठाओ भाला-गड़ाँस, फँसुली, हँसुआ, खुरपी...। बस एक-दो को घायल करो, वही हाल करो जो लुचाय राम के भतीजे जनकलाल का किया गया है। देखना, सब बन्द हो जाता है कि नहीं।''...कजरी ने विश्वास दिलाया, ''रामनाथ से भी बात करूँगी। मुखिया इन्द्रनारायण यादव को भी खबर मिल जाए कि मुसहर टोला उनका खरीदा हुआ नहीं है। यही कर रहे थे पिठौरा गाँव के जितराम पाठक। उनका जो हुआ, इलाका जानता है।''

चलते-चलते कजरी ने बुद्धन माँझी से पूछा, ''काका, आजकल काम मिलता है न आपको?''

''हाँ मिला है काम हाजी टोले में। वही घर छारने का काम, मुदा कल से गया नहीं हूँ काम करने। हाजी टोले में तो इधर तीन-चार दिन से एक अलग किसिम का बवंडर उठा है। हदीस नाम का एक आदमी बम्बई में काम करता था। जाने क्या कहते हैं उस रोग को, वही रोग लग गया उसको। एक अलगे तमाशा है हाजी टोले में। सुना कि जिसको लगा वह रोग उसका जय सित्ता राम! लोग हदीस के नजदीक जाने से भी डरते हैं।...''

कजरी की समझ में कुछ नहीं आया। वैसे भी अब हाजी टोले की बहुत सारी बातें बड़का गाँव में पहुँचती नहीं। पता नहीं, कैसा रोग आ गया है हाजी टोले में!

इक्कीस

# एड्स का मरीज हाजी टोले का हदीस

मुम्बई से हाजी टोले में हदीस के साथ आयी विचित्र बीमारी बड़का गाँव की चर्चा में आ गयी है। वैसे उधर पुल के पास की हवा इस गाँव में अब कम ही आती है, लेकिन यह हवा नहीं बवंडर है।

हाजी टोले के मजदूर भी दिल्ली-पंजाब-हरियाणा और देश के दूसरे भागों में मजदूरी करने जाते हैं। अरब-मुल्कों में भी हाजी टोले के कुछ मजदूर गये हैं। बाहर की कमाई आने से टोले की सूरत बदल गयी है। कई छोटे-छोटे पक्के मकान हो गये हैं। टी.वी., मोटर साइकिल, जीप, कार क्या नहीं है हाजी टोले में! शुरू में मस्जिद टिन की बनी थी, अब पक्के की बड़ी-सी मस्जिद है।

एक ही ग्राम-पंचायत में होने के बावजूद हाजी टोले की अलग दुनिया है। पहले ऐसा नहीं था। दोनों टोलों से आना-जाना था, भाई-भइयारी थी। बीस-पच्चीस साल पहले बड़का गाँव में कोई पंचायत होती तो हाजी टोले के रसूल मियाँ आते थे। उनका फैसला अन्तिम माना जाता था। फैसले के खिलाफ कचहरी जाने वाले आदमी को गवाह तक नहीं मिलते थे। बाद में गाँव की पुरानी पंचायत जब सरकारी ग्राम-पंचायत हुई और अल्पसंख्यक होने के कारण वही रसूल मियाँ सरपंच के चुनाव में हार गये, तब से हाजी टोला धीरे-धीरे अलग होता गया। अब वह एक किनारे का टोला हो गया है।

इधर कुछ वर्षों से हाजी टोले की बड़ी-से-बड़ी घटना देर से पहुँचती है बड़का गाँव के हिन्दू टोलों में। वैसे भी घरघूमन किस्म के लोग कम होते चले गये हैं। पहले कुछ फालतू लोग होते थे महाबिर दास की तरह जो इस टोले से उस टोले, इस गाँव से उस गाँव उठल्लू की तरह घूमते रहते थे। अब नहीं रहे ऐसे लोग। लोगों को अपने काम से मतलब। फिर धर्म भी ज्यादा धर्म बन गया हाजी टोले में और इधर भी। खिंच गयी दोनों के बीच रेखा। अब लोग टी.वी. देखें कि बेमतलब की बातचीत करें! जो खाते-पीते सुखी लोग हैं उनके घर में टेलीफोन है। पहले सीमेंट वाला पुल नहीं था तो इधर के लोग रात-बिरात हाजी टोले में

भी रुक जाते थे। अब तो इतनी सुविधाएँ हैं कि कहीं विलमने की, किसी से बात करने की जरूरत ही नहीं रही।

अब ईद–मुहर्रम की खबर भी देर से पहुँचती है। पहले मुहर्रम में हाजी टोले का ताजिया पूरे गाँव में घुमाया जाता था। घर की मालकिन लोटे के पानी से ताजिया जुड़ाती थी। लाठी खेलने के करतब दिखाये जाते थे जिसमें इधर के लोग भी हिस्सा लेते थे। इधर के टोले में मनौतियाँ मानी जाती थीं —बेटा जी गया तो जंगी बनेगा मुहर्रम में। हिन्दू टोले के कितने ही लड़के जंगी बनते थे।

अब सब समाप्त है। बस हाजी टोले की वही बात इधर पहुँचती है जो पच नहीं पाती बाढ़ के पानी की तरह। उसी तरह की एक खबर दो-तीन दिन पहले पहुँची है इधर। लोगों के कान खड़े हो गये हैं, क्योंकि इधर के सोलकन टोलों और दलित टोलों के कई लोग परदेस कमाते हैं। तीन–चार लोग मुम्बई में भी मजदूरी करते हैं और मुम्बई से विचित्र रोग लेकर आया है हाजी टोले का हदीस।

एड्स रोग लेकर हदीस गाँव आया, इसके पहले ही खबर गाँव में आ चुकी थी। मुम्बई में गोदी मजदूर हदीस की अच्छी कमाई थी। उसी कमाई से हदीस ने फूस के घर की जगह पक्का मकान बनवाया। हर महीने रुपये भेजता था घर को। घर में बीवी, दो बच्चे और माँ–बाप। साल में बस एक बार हदीस महीने–भर के लिए गाँव आता था। अच्छी कमाई के कारण हाजी टोले में ही नहीं, पूरे गाँव में लोग हदीस को जानते थे। कई लोग बेटे–भाई–भतीजे वगैरह को साथ ले जाने के लिए हदीस से पैरवी करते थे। मुम्बई से बहुत सस्ते में लाये गये हदीस के पैंट, शर्ट, कोट, जर्सी सिर्फ हाजी टोले के ही नहीं, बड़का गाँव के कितने लोग पहने हुए दिख जाएँगे। गाँव के कई लड़के जो काम की तलाश में मुम्बई गये हैं उनके पास बस एक ही पता रहा है हदीस का। हदीस की खोली में ही पनाह मिलती रही है इधर के लड़कों को। काम ढूँढ़ने में भी हदीस मदद करता रहा है।

वही हदीस इस बार एड्स की बीमारी लेकर घर आया तो घरवालों ने घर के अन्दर जाने नहीं दिया। दरवाजे की बैठकी में भी बाप हबीब मियाँ ने बेटे को बैठने नहीं दिया। अम्मी ने बेटे की तरफदारी की तो हबीब मियाँ एकदम उखड़ गये। बीवी-बच्चों के लिए कपड़े लाया था सूटकेस में भरकर, लेकिन उसका सूटकेस उठाकर कोई घर के भीतर नहीं ले गया। दरवाजे के एक कोने में रात–भर पड़ा रहा हदीस।

हाजी टोले के लोगों के लिए वह तमाशा बन गया था। लोग दूर से ही हदीस को देखते थे, नजदीक कोई जाता नहीं था।

एड्स!...लोगों ने कहा, जो छुएगा हदीस को उसको भी पकड़ लेगी यह लाइलाज बीमारी! प्लेग की बीमारी में मरे हुए चूहे को देख लोग जिस तरह

भड़कते होंगे, कुछ वैसा ही चूहा बन गया था हदीस? वह भी अपने घर के दरवाजे पर! हदीस एकटक अपनी बीवी और बच्चों को देखता था। यही बीवी थी जो जान निछावर करती थी, बच्चे थे जो हर लम्हा साथ रहते थे जब तक वह गाँव में होता था। दोनों बेटे रात में अपने अब्बाजान से सटकर सोते थे।

आखिर अपना सूटकेस लेकर हदीस गाँव की मस्जिद के अहाते में आ गया। टोले के लोगों ने वहाँ से भी उसको हटाना चाहा। उधर घर में अम्मीजान का हदीस के बाप से भारी झगड़ा हुआ। बहू को अम्मीजान ने जाने क्या-क्या लानतें दीं, लेकिन जान का डर, बच्चों की फिक्र। लोगों को जब इस रोग की वजह बताई गयी तब तो जैसे कहर टूट पड़ा हदीस के परिवार पर।

—जल्दी भगाओ हदीस को गाँव से, नहीं तो जाने कितने को हो जाएगा यह जानलेवा रोग! घुट-घुटकर मरता है एड्स का मरीज।

बगल के कस्बे में खबर पहुँची। पुलिस आयी, डॉक्टर आये। जाँच के लिए पुलिस की गाड़ी ले गयी हदीस को। तीन दिन बाद फिर पुलिस की जीप हदीस को उसके दरवाजे पर पहुँचा गयी। पूरी दुनिया हदीस के लिए परायी हो गयी थी। न कोई उसके नज़दीक जाता, न कोई उसे छूता। बाद में तो टोले के छोटे बच्चे ढेले फेंकने लगे। हदीस की अम्मी को भी हिदायत दी गयी कि हटाओ इसको।

एड्स के इस अजीबोगरीब रोगी को देखने लोग आने लगे। भूखा-प्यासा...बिलबिलाता रहता था हदीस। कुएँ पर भी जाने की मनाही। रहम करके किसी टूटे-फूटे बर्तन में पानी दे दिया जाता था। रोटी के टुकड़े दूर से उसके पास फेंक दिये जाते थे। भूखे कुत्ते की तरह हदीस रोटी के टुकड़ों को चबाता रहता था।

बड़का गाँव के लोग भी एड्स के इस रोगी को देखने जाते थे और अपनी-अपनी जानकारी से एक-दूसरे को परिचित कराते थे कि कैसे होता है यह रोग। लोगों का कहना था कि हदिसवा 'रंडीबाज' था। यह निष्कर्ष स्थापित हो चुका था। लोगों का कहना था कि उसकी बीवी को भी यह रोग हो गया होगा। खून की जाँच हो तो पता चल जाएगा। एक साल पहले आया था न हदिसवा! बीवी को भी हो गया होगा यह रोग। अभी प्रकट नहीं हुआ है। हदीस चीख-चीखकर कहता था कि वह बदचलन नहीं है, उसने ऐसा कोई काम नहीं किया। लोग हँसते थे —झूठ बोलता है साला!

अखबार में हदीस का फोटो भी छप गया। बहुत चर्चा हुई तो एक दिन माई ने कजरी से कहा, "चलो तो कजरी, देख आती हूँ हदीस को। सुना कि घरवालों ने उसको दरवाजे से भी भगा दिया है, मस्जिद के अहाते में रहता है।..."

हदीस को तो नहीं, हदीस के बाप हबीब मियाँ को माई जानती थीं। माई कजरी के साथ हाजी टोला गयीं। मस्जिद के अहाते में एक कोने में पड़ा था वह।

दीवार के उस पार कामिनी फूल के एक पेड़ की छाया मस्जिद के अहाते में बिछी रहती थी। उसी जगह कुष्ठ रोगी-सा पड़ा था हदीस। माई हदीस के नजदीक गयीं। फटी हुई चटाई पर वह भूत की तरह बैठा था। माई को वह शायद जानता नहीं था, न माई ही उसे जानती थीं। हदीस के एकदम नजदीक पहुँचकर उसे गौर से देखने वाली माई पहली औरत थीं। बढ़ी हुई दाढ़ी, बिना नहाया बदन, चेहरे पर मैल की तहें...दुर्गन्ध निकल रही थी उसके शरीर से। एक गोरा, छरहरा, सुन्दर जवान इस वक्त ऐसी हिकारत...ऐसी अमानवीय घृणा झेल रहा था जैसे घावों से बजबजाता सड़क का कुत्ता हो।

माई एकटक देखती रहीं हदीस को। टोले के कई लोग दूर खड़े थे। औरतें भी थीं जो आँचल से मुँह ढँके हुए थीं। बबुआन टोले की दादी-जैसे उम्र की औरत को अपने इतने करीब देख हदीस रोने लगा। उसकी आँखों में चिचित्र-सी याचना थी। माई भीतर से हिल गयीं। माई ने कजरी को देखा। आँखों ही आँखों में दोनों में कोई गुप्त वार्ता-सी हुई।

माई हदीस से बोलीं, ''चलो बेटा, मेरे साथ चलो। कजरी, उठा इसका सूटकेस!...'' हाजी टोले के लोग यह सब दूर खड़े देख रहे थे। हदीस का बाप हबीब मियाँ भी आ गया था। हदीस की अम्मीजान भी थी।

पूरा हाजी टोला देख रहा था। आगे-आगे माई, पीछे-पीछे हदीस और हदीस के पीछे हाथ में सूटकेस लटकाये कजरी!

यकीन नहीं हो रहा था लोगों को अपनी आँखों से देखी इस घटना पर। दक्षिण की तरफ जाने वाली सड़क पर तीन आकृतियाँ चली जा रही थीं और हाजी टोले के लोग देख रहे थे।

''मुझे ही होगा न...क्या कहते हैं...कौन-सा रोग?'' कजरी भी रोग का नाम भूल गयी थी। माई ने राह चलते हुए कजरी से कहा, ''अब जीना ही है कितने दिन! पैंसठ पार तो पहुँच गयी हूँ। नहीं जीऊँगी तो क्या कमी हो जाएगी इतनी बड़ी दुनिया में! बेटा-बहू, नाती-नतिनी, पोते-पोतियाँ सब तो हैं ही। क्या करूँगी ज्यादा जी कर?...''

शाम होते-होते एड्स के रोगी हदीस को लेकर माई अपने दालान में आ गयीं। लोग जुटने लगे माई के दुआर पर। बूढ़े बाबू चन्दरमा सिंह और बाबू रणविजय सिंह भी आये। रणविजय बाबू ने कहा, ''काहे उठाकर ले आयी इस एड्स के रोगी को? पूरे गाँव का नाश करवाना है क्या? हदिसवा के माँ-बाप तक ने घर में घुसने नहीं दिया, दुआर से भगा दिया और तुम उठाकर ले आयी इसको?''

सब दूर खड़े थे हदीस से।

कई लोगों ने कहा, ''आप कहाँ-कहाँ से उठाकर ले आती हैं ऐसे मरीज

को? हाजी टोले में किसी ने जगह नहीं दी और आप बनी हैं मदर टेरेसा?''

माई चुप। जब कई लोगों ने एक साथ माई के खिलाफ बोलना शुरू किया तो लाचार होकर माई बोलीं, ''मैंने पता कर लिया है। आप लोग पूछ आइए तरुण मास्टर से। रोगी को छूने से यह रोग नहीं फैलता है और रोग होगा भी तो मुझे ही होगा न! चाहे कुछ भी हो, हदीस है तो आदमी! मर जाएगा यही न! लेकिन मरते हुए आदमी को पीड़ा देकर, अपमानित कर क्या पहले मार दिया जाए? माँ-बाप ने भी निकाल दिया घर से। कहाँ जाय बेचारा?...फिर मैं लायी हूँ अपने घर। घर मेरा है।...'' माई को इस तरह क्रोध में बोलते हुए किसी ने कभी नहीं देखा था। सब एकदम चुप। माई का यह रूप!...

हदीस की बगल में खड़ी माई कहने लगीं, ''फूस का घर था। हदीस ने पक्के का घर बनवाया, दरवाजे पर चाँपाकल गड़ा दिया। टी.वी. है घर में, इसी का खरीदा हुआ। हर महीने रुपये भेजता था घर को। उसी आदमी को घर के लोगों ने दरवाजे पर भी बैठने नहीं दिया?''...माई रोने लगीं —जार-बेजार। रोते-रोते बोलीं, ''मुझे ही होगा न यह रोग। जीकर अब करूँगी भी क्या? बहुत जी चुकी। बेटा-बहू-पोता-पोतियाँ सब तो चले गये छोड़कर...। एक आदमी से उसके परिवार के ही लोग इतनी घृणा करें, यह मैं नहीं देख सकती। कोई नहीं करेगा तो मैं अकेली करूँगी इसकी सेवा।...'' माई क्रोध में बोलती रहीं, ''जिसको रोग से डर लगता है वह न आये मेरे दुआर पर।...'' माई की डबडबायी आँखों और भर्रायी आवाज ने सन्नाटे में डाल दिया सबको।

माई को पहली बार लोगों ने रोते हुए देखा। रणविजय बाबू और बाबू चन्दरमा सिंह अनाप-शनाप बोलते हुए चले गये।

दालान के एक खाली कोने में हदीस के लिए एक खाट डाल दी गयी। यह खाट आये-गये लोगों के लिए दालान में रखी रहती है। उलटदास बड़ी-सी चौकी पर जिस जगह सोता था, वह जगह उसने छोड़ दी। सौखीलाल भयभीत था, लेकिन करे क्या? आँगन में अपनी घरवाली से बोला, ''माई का दिमाग खराब हो गया है। सबको मरवाएँगी। माई तो कहती हैं, रोगी को छूने से नहीं फैलता है यह रोग, लेकिन माई ने भी यह बात सुनी ही है।''

बहुत बेचैन थीं माई। उनकी ऐसी बेचैनी कजरी ने कभी नहीं देखी। वे आधे घंटे में तीन बार आँगन में गयीं और लौट कर दरवाजे पर आयीं। कुछ बोल रही थीं, लेकिन क्या बोल रही थीं, यह किसी की समझ में नहीं आ रहा था। सौखीलाल, उसका परिवार और उलटदास सब डरे हुए थे। हरियाणे वाली दुलहिन परशुराम के साथ आज सुबह पूर्णियाँ गयी है। दुकान के लिए भट्ठा बाजार में कोई जगह मिली है। उसी को देखने गयी है कि लेडीज टेलरिंग हाउस के लिए वह जगह ठीक है या नहीं।

उस रात हदीस के कारण माई के पूरे परिवार में एक-दूसरे के बीच विचित्र-सा तनाव रहा। माई किसी से कुछ बोल नहीं रही थीं। कजरी ने ही खाना बनाया। आये-गये लोगों के लिए जो एक अलमुनियम की थाली घर में रखी थी, उसी थाली में कजरी रोटी, दाल और सब्जी हदीस को खाने के लिए दे आयी।

एक टिनहा लोटा भी रख दिया गया।

"आज से यह थाली, यह लोटा तुम्हारा। सामने कुआँ है।" कजरी हदीस को समझा आयी। हदीस ने दोनों हाथ फैलाकर खुदा से माई के लिए दुआ माँगी और देर तक आँखें मूँदे रहा। कजरी ने देखा, हदीस की आँखों से झर-झर आँसू बह रहे थे।

माई ने खाना नहीं खाया उस रात। पलंग पर सोने गयीं तो नींद नहीं आ रही थी। बगल की चौकी पर मुन्ना के साथ कजरी लेटी हुई थी। उसकी आँखों में भी नींद नहीं थी। माई को बार-बार करवटें बदलते देख कजरी ने पूछा, "नींद नहीं आ रही क्या माई?"

"हाँ बेटी, नहीं आ रही नींद।"

कजरी माई के पैर दबाने लगी। तब तक दबाती रही जब तक माई सो नहीं गयीं।

सुबह माई से भी पहले कजरी जग गयी। दालान में गयी तो देखा —चौकी खाली है। उलटदास नहीं है चौकी पर। हदीस कोने में लगी खाट पर सोया था। पीछे से माई भी आ गयीं और हदीस की देह से निकलती दुर्गंध को महसूस करती बोलीं, "रे कजरी, हदीस की देह गन्हा रही है। कपड़े कितने गन्दे हैं, देखो।" कजरी ने सोये हदीस की तरफ देखकर कहा, "आज नहलाती हूँ इसको।"

घंटे-भर बाद माई और कजरी हदीस को कुएँ पर ले गयीं। पक्का कुआँ, लेकिन पुराना होने के कारण जगत जहाँ-तहाँ से टूट गयी थी। बगल में सुपारी के ठूँठ पेड़ गड़े हुए खम्भों-जैसे दिखाई देते थे। एक ठूँठ पर पहाड़ी मैना आकर बैठ गया था। बगल के पेड़ों पर कचपचिया चिड़ियों के झुंड का शोर था।

कुएँ से पानी निकालने में दिक्कत हो रही थी कजरी को। माई ने सौखी से कहा, "रे सौखी, जरा कुएँ से पानी भरकर बड़ी बाल्टी में रख दो हदीस के नहाने के लिए। सौखी की घबड़ाहट छिपाये नहीं छिप रही थी। वह डरा हुआ था और बार-बार नंगे बदन बैठे हदीस को देख रहा था। कुएँ में बाल्टी डालते हुए उसकी नजर हदीस पर जमी रहती थी। माई ने भाँप लिया। डर गया है सौखिया। बोलीं, "रे, जा के पूछ आ कस्बे के डागडर रमनी बाबू से। यह छूत की बीमारी नहीं है जो तू इतना डर रहा है।""

तभी आ गया महाबिर दास। चार दिनों से गायब था। सत्संग में कहीं चला

गया था। अपनी झोली-झंटी, खंजड़ी और लाठी उसने चौकी पर रखी और माई से बोला, "मुझे रास्ते में ही पता चल गया माई कि हाजी टोले से आप एक रोगी को ले आयी हैं। लोग कहते हैं, जिसको इस रोग ने पकड़ा, वह गया। क्या नाम है रोग का?"

"एड्स...।" कजरी ने जवाब दिया।

"ई बड़ा भारी काम किया आपने माई कि इसको ले आयीं। सुना कि माँ-बाप ने भी घर से निकाल दिया था। घर में इसकी घरवाली है, बच्चे हैं, फिर भी निकाल दिया घर से।" महाबिर दास ने गोलगंजी खोलकर दीवार की खूँटी में टाँगी और आ गया कुएँ पर। सौखी के हाथ से रस्सीवाली बाल्टी लेकर बोला, "रे सौखिया, जा यहाँ से। डरता है क्या रे? उधर तुम्हारी घरवाली इशारे से बुला रही है तुमको। जा भाग! डरपोक।" महाबिर कुएँ से पानी निकालकर हदीस की बगल में रखी बाल्टी भरने लगा। एक-दो बाल्टी पानी उसने हदीस की देह पर भी डाल दिया। बोला, "माई, कबीर साहेब की साखी है कि 'जा घट प्रेम न संचरै, सो घट जान मसान।' 'घट' माने शरीर और 'मसान' माने तो जानबे करती हैं माई — असमसान।...

माई कबीरपन्थी महाबिर को देख प्रसन्न हो गयीं। महाबिर ने कहा, "यही प्रेम है माई! जिसको घरवालों ने घर से निकाला उसको आप ले आयीं। यही प्रेम है। खाक पढ़ते है लोग मोटी-मोटी पोथी। बिदमान कहलाते हैं और मन में आदमी के लिए भी प्रेम नहीं। डरते हैं मरने से?",

बाल्टी से लोटा-लोटा पानी लेकर नहा रहा था हदीस। माई के कहने पर वह दो बार शरीर पर साबुन रगड़ चुका था। माई देख रही थीं कि हदीस की पीठ पर मैल की परत जमी हुई है और वहाँ तक उसके हाथ नहीं पहुँच पा रहे हैं। कजरी हदीस की पीठ पर साबुन घिसने लगी।

कि तभी आ गयी हदीस का माँ। बदहवास, घबड़ायी हुई। बेटे को नहाते देखा। कजरी को पीठ पर साबुन लगाते देखा तो चली आयी कुएँ की जगत पर और कजरी को परे हटाती हुई बोली, "तू हट जा बेटी, मैं नहलाती हूँ हदीस को।" और वह बेटे की पीठ से मैल की परत छुड़ाने लगी। मैल भी छुड़ा रही थी और रो भी रही थी। टोले की कुछ औरतें दूर खड़ी देख रही थीं।

महाबिर बिना कहे हदीस के कपड़ों पर साबुन रगड़ने लगा। हदीस की माँ बोली, "रहने दीजिए भाईजान! मैं धो लूँगी इसके कपड़े।"

हदीस ने नहा लिया। उसकी माँ कपड़े धो चुकी तो आयी माई के पास और उनके दोनों हाथ अपने हाथों में लेकर रोने लगी। माई ने चुप कराया।

गाँव में एड्स का रोगी हदीस एक विचित्र किस्म का जीव-जैसा बन गया

था। पढ़े-लिखे लोगों ने 'एड्स' बीमारी के विषय में सुना था। शहर जानेवाले लोग एड्स के विज्ञापनों से भी परिचित थे। हदीस बार-बार कहता था कि उसने ऐसा कोई गलत काम नहीं किया, किसी भी औरत से ऐसा 'रिश्ता' नहीं बनाया। लोग हँसते —गोदी का मजदूर! एकदम झूठ बोलता है हदिसवा।

नहा-धोकर सूटकेस में रखे कपड़े पहनकर हदीस दालान में रखी अपनी खाट पर बैठा तो पहचान में ही नहीं आ रहा था। उसके सामने बैठी उसकी माँ बेटे को देख रही थी और रो रही थी। ''यकीन कीजिए अम्मी, मैंने ऐसा कोई गलत काम नहीं किया। कैसे हो गयी यह बीमारी, मुझे भी नहीं मालूम।''

हदीस की माँ को कजरी अन्दर आँगन में ले गयी। हदीस महाबिर दास से कह रहा था, ''चचा, मरना तो सबको है एक दिन। कोई इस बीमारी से मरे, कोई उस बीमारी से मरे, मगर पहचान लिया सबको। माँ-बाप, बीवी-बच्चे...सबको पहचान लिया।''

बच्चों को माई के दुआर पर जाने से मना कर दिया गया था। लोगों का आना भी कम हो गया था।

सौखी तो डरा हुआ था ही, उसकी घरवाली, उसके बच्चे भी दालान से दूर-दूर ही रहते थे। उलटदास डरकर गाँव से ही चला गया था। महाबिर दास अपनी चौकी पर जमा था। कहता था, ''मुझे कवनो डर-भय नहीं। मर जाऊँगा तो मर जाऊँगा। कौन है अपना! सेवा से बढ़कर कोई सुख नहीं।'' उधर बबुआन टोले के लोग चर्चा करने लगे थे कि माई पूरे गाँव में एड्स फैलाकर रहेंगी। बताइए तो! हाजी टोले से इस खतरनाक मरीज को उठाकर ले आयी हैं! 'अपनी जान का उनको डर नहीं है, मगर दूसरों की चिन्ता तो करनी चाहिए!'' हाई स्कूल के हिन्दी शिक्षक तेजनारायण सिंह तरुण लोगों से कहते रहे कि रोगी को छूने से या साथ उठने-बैठने से 'एड्स' संक्रमित नहीं होता है, लेकिन लोग मानने को तैयार नहीं थे।

मरकसवा गाँव के पंडित बटेशनाथ झा गाँव में इस आपदा-निवारण के लिए 'महाचंडी यज्ञ' का आयोजन करना चाहते हैं। माँ भगवती ही बचा सकती है गाँव को। माई जो आपदा ले आयी हैं, उसके निवारण का दूसरा रास्ता नहीं है। माई को जात से ही नहीं गाँव से भी बहिष्कृत करने का उनका प्रस्ताव है। भीतरी सच्चाई यह है कि कजरी ने अपने बाप की जमीन से उनको बेदखल कर दिया है। वे रजिस्ट्री का कागज दिखाते फिर रहे हैं, लेकिन जमीन पर कब्जा करने की हिम्मत नहीं है उनमें। जमीन पर लालसेना वालों का पहरा है।

उधर लुचाय राम के ह्वाइट हाउस में भी 'एड्स' के रोगी को अपने घर में पनाह देने के मामले को लेकर मीटिंग हुई है। लुचाय राम का भतीजा जनकलाल, दलित नेता गुलाबचन्द पासवान, कटुआ नेता, रणविजय बाबू, चन्दरमा बाबू और

सवर्ण सुरक्षा संघ के अध्यक्ष बाबू रामपुकार सिंह का प्रस्ताव है कि माई के घर किसी का भी जाना-आना एकदम बन्द करा दिया जाए। सारे उत्पाती लोगों का अड्डा बन गया है माई का घर। यादव टोले के लोग परशुराम और हरियाणे से आयी लड़की को लेकर जले-भुने हैं। माई ने उन दोनों को अपने घर में शरण देकर समाज की चली आती व्यवस्था को तोड़ा है। रामपुकार बाबू का कहना है कि गाँव को एकदम अराजक बना रही हैं माई। जनकलाल को रात-भर जुराबन के घर में बन्दी बनाकर रखने, झाड़ू से झाँटने और जूतों-चप्पलों से पीटकर चेहरे पर कालिख पोते जाने की घटना पूर्णियाँ में रह रहे पत्रकार बी.पी. अकेला तक पहुँची थी। अकेला ने इसे समाचार बनने नहीं दिया। जनकलाल पैसेवाला आदमी है, गाँव का उभरता पूँजीपति है और सबसे बड़ी बात कि डायमंड बाबू का आदमी है।

'ह्वाइट हाउस' में सम्पन्न हुई बैठक में माई को गाँव से बहिष्कृत किये जाने के प्रस्ताव के साथ यह भी प्रस्ताव था कि माई के समर्थकों को डराया-धमकाया जाए। लुचाय बाबू और जनकलाल के पास लाइसेंसी बन्दूकें हैं। उधर इन्द्रनारायण यादव मुखिया के पास भी बन्दूक है। बड़का टोले के बाबू सुरवंश शर्मा की हवेली में तो बन्दूक और पिस्तौल दोनों हैं। बन्दूक तो रणविजय बाबू के पास भी थी, लेकिन लुटेरों ने छीन ली। डायमंड के आदमी थे सब। डायमंड ने रत्नेश्वर से कहा भी कि मिल जाएगी बन्दूक, लेकिन अभी तक मिली कहाँ!

उधर लालसेना से शिबू के निकलने और ठेकेदार जनकलाल के साथ हो जाने को रामनाथ ने गम्भीरता से लिया है। रामसेवक को भी बहला-फुसलाकर बड़ी मालकिन ने अपने वकील भाई के साथ लगा दिया, लेकिन रामनाथ जरा भी विचलित नहीं हुआ है। कहता है—दो गये हैं तो दस आये हैं। देखना है तो जाकर देखे ले कोई मरकसवा गाँव में कजरी की जमीन पर। दाढ़ीवाला वह नक्सली बंगाली छिपकर जब-तब रात में आता है मरकसवा गाँव। बड़का गाँव की मुसहर टोले में भी लाल सेना की जमीन तैयार हो रही है। फिर भी लालसेना की जड़ अभी जमी नहीं है गाँव में। मरकसवा गाँव में मन्दिर के अहाते में रोज सुबह आर.एस.एस. की शाखा लगती थी, वह बन्द हो गयी लालसेना की एक ही चेतावनी के बाद।

माई के दालान में एड्स रोगी हदीस के खाने-पीने की व्यवस्था कर दी गयी है। हाजी टोले से हदीस का बाप या उसके बीवी-बच्चे तो उसे देखने कभी नहीं आये, लेकिन हदीस की माँ रोज आती रही। रोज ही खाने की कोई-न-कोई चीज लिये आती थी। एक दिन आँचल में छिपाकर एक कटोरा लायी थी जिसमें राँधा हुआ गोश्त था खस्सी का। बेटे को देती हुई बोली, ''खा ले बेटा! थोड़ा-सा रख लेना रात के लिए। अल्लाह बड़ा मेहरबान है। सब ठीक हो जाएगा।'' आँखें मूँदे

और दोनों हाथ पसारे वह जाने क्या बुदबुदाती रही।

ठीक दसवें दिन दोहपर में माई के घर का पता लेकर डब्लू.एच.ओ. की जीप आयी और हदीस को ले गयी। मामला शान्त हो गया। माई के विरोध में बन रही हवा भी मन्द पड़ गयी। हदीस को हुई एड्स की बीमारी से बड़का गाँव के सोलकन टोलों और दलित टोलों में वे लोग भयभीत हो गये जिनके लोग बाहर काम करने गये हैं। साल-साल भर घर-परिवार से दूर रहने वाला मरद 'इधर-उधर' बहक जाए तो अचरज क्या! कहीं हदिसवा की तरह बीमारी लेकर आ गया तो ?...

उधर हदीस को लेकर डब्लू.एच.ओ. की जीप गयी, इधर परशुराम और उसकी पत्नी रूपमती आ गये, "मिल गयी दुकान की जगह माई।" रूपमती ने हँसते हुए कहा माई से। साइनबोर्ड बनवाकर टाँग आयी हूँ—हरियाणा लेडीज टेलरिंग हाउस। माई मुस्करायीं, "अच्छा हुआ। अब पूर्णियाँ में भी हम लोगों की ठहरने की जगह मिली।" रूपमती माई के गले से लिपट गयी।

बाईस

# भीखन माँझी के भीतर की आग

परशुराम पिछले तीन-चार महीनों से कई बार लेडीज टेलरिंग हाउस की जगह खोजने पूर्णियाँ जा चुका था। मामूली मजदूर परशुराम को कौन देता किराये पर दुकान के लिए जगह! बी.पी. अकेला ने मदद की। पत्रकार है, इसलिए पूर्णियाँ शहर की गली-गली को जानता है! कुछ लोग भी उसको जानते हैं। भट्ठा में पहले बंगालियों का वर्चस्व था। अभी भी वहाँ कई घर बंगाली हैं। बी.पी. अकेला की दूसरी पत्नी शेफालिका विश्वास के पिता का घर भी उसी मुहल्ले में है।

बबुआन टोले का ललन सिंह पूर्णियाँ शहर में ही नथमल जैन की कपड़े की दुकान में काम करता है। परशुराम से ललन सिंह की जान-पहचान ठहरी। उसी ने भट्ठा बाजार के मेन रोड पर एक खाली दुकान का पता लगाया। 'पगड़ी' के नाम पर तीस हजार रुपये देने पड़े।

रूपमती दिल्ली और चंडीगढ़ में अपने मामा के साथ रह आयी थी, इसलिए जानती थी कि लेडीज टेलरिंग हाउस के लिए कैसी जगह जरूरी होती है। पूर्णियाँ-जैसे छोटे शहर में भट्ठा बाजार पॉश कॉलोनी है। संयोग से एक दुकान खाली हुई थी। ललन सिंह ने सूचना दी परशुराम को। बी.पी. अकेला की पत्नी शेफालिका के भाई श्यामल विश्वास के प्रयास से दुकान मिल गयी। रूपमती ने कजरी से कहा, ''मैं तो शहर में रह चुकी हूँ। टेलरिंग की ट्रेनिंग भी ली है। ब्यूटीपार्लर में भी काम कर चुकी हूँ। जानती हूँ कि दुकान के लिए कैसी जगह चाहिए। माल चाहे घटिया ही क्यों न हो, दुकान होनी चाहिए एकदम टिप-टॉप! हाई-फाई का जमाना है।'' कजरी ने हँसते हुए कहा, ''हाँ भाभी, ऊपर-ऊपर ठाट-बाट भीतर में मोकामा घाट...।''

माई ने हल्की-सी चपत लगायी कजरी को, ''भारी बदमाश है ई कजरी! ताड़ीखाने के पियक्कड़ों के बीच चलती है ऐसी बात। बीती उमरवाली औरतों के लिए यह गन्दी गाली है रे कजरी।''

''जानती हूँ माई, गाली है। तभी तो बोली हूँ।''

रूपमती ने केहुनी से कजरी को धक्का देते हुए कहा, "आपकी मुँहबोली बेटी है न माई! इसलिए सिर चढ़ गयी है।"

"सो तो हूँ भाभी।" कजरी आँखें मटकाती हुई बोली।

रूपमती माई को टेलरिंग हाउस की अपनी योजना समझाने लगी, "शुरू में दो सिलाई मशीनें रखूँगी। एक मिल गयी है सिलाई करने वाली। टेलरिंग में असली हुनर कपड़े काटने में देखी जाती है और वह हुनर है मेरे पास। पता किया तो एक सलवार-शूट की सिलाई सवा सौ से लेकर डेढ़ सौ रुपये है। साधारण ब्लाउज की सिलाई पच्चीस रुपये।...आप आशीर्वाद दीजिए माई! देखिए न, कुछ साल बाद मैं दूसरे बिजनेस में छलाँग लगाऊँगी। हरियाणे की हूँ न!..." माई ने रूपमती के सिर पर हाथ रखा और असीसने लगीं। कजरी देखती रही। हरियाणे की यह गोरी, लम्बी-तगड़ी युवती! इधर की लड़कियों को एक झापड़ लगा दे तो घुलट जाएँगी। भाग्यवान हैं परशुराम। जाने कैसे मिल गयी उसे यह पारसमनी!

कजरी सोचकर उदास थी कि रूपमती यहाँ से चली जाएगी। सात महीने का साथ रहा है। एक घर में, एक साथ खाना-पीना, उठना-बैठना, घूमना-फिरना...। अब यहाँ से चली जाएगी रूपमती।

दूसरे दिन अपना एटैची-बक्सा और कुछ मोटरी-गठरी लेकर पूर्णियाँ जाने के लिए तैयार थी रूपमती। साथ में परशुराम। माई ने उलटदास को भी साथ कर दिया, "जा, पुल के पार तक पहुँचा आ। वहाँ से बस मिल जाएगी।" रूपमती ने माई के पैर छुए। कजरी से गले मिलकर रोयी और करार करवाया कि कजरी जब-तब आती रहेगी पूर्णियाँ। माई से भी वचन लिया।

रूपमती के चले जाने के बाद कजरी और माई दो-तीन दिनों तक उदास रहीं। घर से बाहर नहीं निकली कजरी। माई का मन भी विचित्र है। जब भी उदास या अकेली होती हैं, बहू-बेटे और पोता-पोतियों की याद कर बेचैन-सी हो जाती हैं। रूपमती के जाने के बाद वे फिर बेचैन हो गयी हैं। चाहती हैं कि एक बार बेटी के घर से हो आएँ। कटिहार की दूरी ही क्या है! मन बहल जाएगा।

अमेरिका जाने के बाद नन्दू ने फोन पर कहा था कि दो साल बाद गाँव आएगा छोटू का मुंडन कराने। चंडीथान्ह में केश उतारने की मनौती। यह मनौती माई की थी जब जन्म के बाद छोटू बहुत बीमार हो गया था।

दो वर्ष क्या, अब तो पाँच वर्ष पाँच महीने हो गये हैं। छोटू, पम्मी, नेहा और बहू के चेहरे भी स्मृति के आईने में धूमिल हो रहे हैं।

कल्पना करती हैं माई अमेरिका की। सारे लोग गोरी चमड़ी वाले! औरतें भी गोरी...उजली गोराई वाले सब लोग एक ही रंग में...एक तरह के कपड़े, एक तरह की बोली-बानी! लोग क्या एक ही रंग और एक ही ढंग देखते-देखते ऊबते नहीं

होंगे अमेरिका में? सुना कि काले लोग भी रहते हैं वहाँ! काले क्या, बहुत काले लोग। बस दो रंग—उजले और काले। यहाँ अपने देश में कितने रंग हैं! कितने तरह के लोग, कितने तरह के पहनावे, कितने तरह के भोजन...कितनी तरह की बोली-बानी!...कितने तरह के पेड़ पौधे...कितने तरह के मौसम!...

नन्दू, दुलहिन, पम्मी, नेहा और छोटू रंग गये होंगे अमेरिका के रंग में। क्या कभी सोचते भी होंगे कि यहाँ माई हैं गाँव में? नन्दू को क्या कभी याद भी आती होगी उसको जन्म देने वाली माँ?...

कमरे में दीवार पर टँगी फोटो देखती माई अपने ही भीतर डूबने लगती हैं। सब बहू के कारण हुआ, नहीं तो नन्दू नहीं छोड़ता अपना घर-दुआर, अपनी नौकरी! बहू की दो बहनें अमेरिका में! उन्हीं के बहकावे में आ गया नन्दू! बहू के पास अमेरिका में जन्म लेने का प्रमाणपत्र था। बहू ने सोचा होगा, कहा होगा नन्दू से कि वह क्या अपनी दोनों बहनों से कम है? वह भी रहेगी अमेरिका में।

इधर तो पाँच-छह महीने से नन्दू का फोन भी नहीं आया। जब गाँव में फोन का जाल बिछ गया तो फोन आना बन्द हो गया। सोचने लगीं माई। सब-कुछ पुराना पड़ जाता है—शुरू-शुरू में गर्माहट रहती है, धीरे-धीरे सब सर्द हो जाता है!...

कजरी कल सुबह मरकसवा गाँव चली गयी अपने बाप की जमीन देखने! डेढ़ एकड़ जमीन में कोई फसल तो लगी नहीं है, लेकिन कजरी कहती है, "बात जमीन में फसल लगाने का नहीं है माई। वह जमीन जिसे मेरे बाप को ठग-फुसलाकर पंडित बटेशनाथ झा ने अपने कब्जे में कर रखी थी, वह जमीन मैंने वापस ले ली। रामनाथ और उसके साथियों ने जमीन पर कब्जा दिला दिया, सिर्फ कब्जा ही नहीं दिलाया, वे उसकी पहरेदारी भी कर रहे हैं। अब ज्यादा कानूनी दाँव-पेंच दिखाएगा पंडित तो उसकी सजा रामनाथ ने तय कर दी है।"

कजरी की समझदारी माई को चकित करती है। पढ़ी-लिखी नहीं है कजरी। वह तो दिल्ली में रह गयी तीन-साढ़े तीन साल कि थोड़ा लिखना-पढ़ना आ गया! टो-टा कर हिन्दी पढ़ लेती है, फिर भी कितने पढ़ुआ लोगों से ज्यादा समझती है देश-दुनिया को, ज्यादा समझती है गाँव की पोलटिस को! इसी गाँव में तो कितनी पढ़ी-लिखी बहुएँ आयी हैं। कितनी लड़कियाँ गाँव के हाई स्कूल से पढ़-लिख गयीं, लेकिन किस काम की पढ़ाई! जब जिन्दगी के काम ही नहीं आये बिद्दा तो किस काम की! खाली किताब पढ़ने से क्या होता है?

इधर कई दिनों से माई का मन अशान्त है। कई बार मन भटका है बेटे-बहू-पोता-पोतियों के लिए। कई बार याद आये हैं नन्दू के बाबूजी। घर भरा है, दुआर भी भरा रहता है लोगों से, फिर भी जाने क्यों, कभी-कभी मन व्याकुल हो जाता है।

सुबह दालान के पास माई गयीं तो देखा, महाबिर दास और उलटदास दोनों फोंफ काटकर सो रहे हैं। सूरज उगने में थोड़ी देर थी। पूरब के आकाश में शुक्र तारा ऊपर आ गया था। रोशनी सूख रही थी तारे की। पंछी जाग गये थे। कुएँ के पास सुपारी के ठूँठ पेड़ पर कोई चिड़िया बैठी थी। बगल के पेड़ों के बीच से कोयल की आवाज आ रही थी —कू-कुहू! कू-कुहू...। आवाज पहले रुक-रुक कर हुई, फिर तेज होती गयी। मद्धिम से तीव्र होती कू-कुहू की आवाज सुनकर माई मन के सारे अवसाद भूल गयीं। भीतर बैठी किशोरी चहकने लगी कि कोयल की कू-कुहू के साथ वह भी अपनी आवाज मिलाये। माई मुस्कराती हुई अपनी बहुत पहले छूट गयी उम्र के नजदीक पहुँच गयीं। नैहर के गाँव की अमराई में इसी तरह बोलती थी कोयल। कोयल की कू-कुहू के साथ वह भी कू-कुहू करने लगती थीं। जिद्दी कोयल रिसिया जाती थी और कुछ ज्यादा ही तेजी से ऊँची आवाज में कू-कुहूऽकू-कुहूऽ करने लगती थी। माई ने दालान की तरफ देखा। सौखी और महाबिर दास सो रहे थे। उधर कोयल लगातार बोल रही थी —कू-कुहू-कू-कुहू...। माई कोयल की आवाज के साथ अपनी आवाज मिलाने लगीं। कोयल की कू के साथ माई की वैसी ही आवाज कू...। माई अपने को बिल्कुल भूल गयीं और अपने किशोर वय में पहुँच गयीं, लेकिन थोड़ी ही देर में गला फँस गया। भर्रा गयी आवाज...जैसे सुरीली आवाज निकालने वाली बाँसुरी फट गयी हो। खाँसी होने लगी। हार गयीं माई।

कोयल से हार गयीं, क्योंकि कोयल अभी तक कू-कुहू-कू-कुहू कर रही थी और माई खाँस रही थीं।

शुक्रतारा आकाश में बिला गया था। चीजें दिखने लगी थीं। दालान में सौखीलाल और महाबिर दास नहीं थे। सामने के ठूँठ पर कव्वा बैठ गया था और काँव-काँव कर रहा था।

माई को कव्वे का काँव-काँव नहीं सुहाता। सोचती हैं, पता नहीं कैसे कहते हैं लोग कि अपनों का सन्देश लेकर आता है कव्वा! उलटदास विद्यापति का एक गीत गाता है : सोना के चोंच मढ़ा देबो बायस, जो पिया आवोत आजु हे...। लेकिन कव्वे की बोली माई को अशुभ-जैसी लगती है। कहाँ तो अभी कोयल की मीठी आवाज सुन रही थीं, कहाँ कव्वे की काँव-काँव!

दिसा-मैदान से लौटकर हाथ-मुँह धो चुका था महाबिर। माई कोयल की कूक सुनकर प्रसन्न थीं। चुहल सूझी इस समय। महाबिर को देखकर बोलीं, "साहेब बन्दगी!" महाबिर हँसने लगा, "साहेब बन्दगी।" समझ गया, माई हँसी-ठिठोली कर रही हैं।

महाबिर पिछली रात देर से आया था। कब आया, माई ने जाना नहीं। महाबिर

सामने आकर खड़ा हुआ तो माई ने यों ही पूछ लिया, ''क्या हाल-चाल है महाबिर गाँव-घर का?''

''हाल-चाल तो ठीके है माई। बस एगो समाचार यह है कि हदीस की मेहरारू को भी अस्पताल वाले ले गये हैं। मालूम हुआ कि हदीस की मेहरारू का खून जाँच होगा। कौन बीमारी कहते हैं उसको?''

''एड्स!'' माई को बीमारी का नाम याद हो गया था।

''हाँ, वही।'' महाबिर 'एड्स' का उच्चारण नहीं कर पाया तो कह दिया ''हाँ, वही। वही बीमारी।''

''सुनते हैं कि कोई इलाज नहीं इस बीमारी का। यह भी सुनते हैं कि जिसका चाल-चलन खराब होता है उसी को होती है ऐसी बीमारी!'' महाबिर अधिक जानकारी के लिए माई का चेहरा देखने लगा। माई बोलीं, ''लेकिन तरुण मास्टर तो कहते हैं कि और भी कारण हो सकते हैं इस बीमारी के!''

महाबिर दास उगते सूरज की तरफ चेहरा किये कहने लगा, ''कइसन-कइसन बीमारी आ गयी हो सतगुरु!'' माई दालान के सामने एक टूटी कुर्सी पर बैठती हुई पूछने लगीं महाबिर से, ''तुम तो बड़का टोले से होकर आते हो महाबिर! सुना कि बड़ी हवेली के सुरवंश बाबू 'अब-तब' पर हैं!'' ''हाँ माई, सही बात है। नहीं जिएँगे। डागडर ने भी कह दिया है कि बस राम-नाम जपिये।''

माई ने कहा, ''एक बार अन्तिम समय में देख आना चाहती हूँ सुरवंश बाबू को!'' महाबिर ने चहकते हुए कहा, ''हाँ माई, चलिए न! मैं तैयार हूँ।'' फिर भुनभुनाने लगा, ''सब सतगुरु की किरपा!...साईं से सब होते हैं बन्दे से कछु नाहिं...।''

महाबिर के मन में वर्षों की जमी हुई काई बाहर निकलने लगी, ''बड़ी हवेली के सुरवंश बाबू के बाप की जमींदारी देखी हैं मैंने! बाप रे! माई जानती हैं न आप? मेरे बाऊ कहते थे कि अँग्रेज हाकिम शिकार खेलने आते थे तो बड़ी हवेली में आठ-आठ दिन रह जाते थे। बगल के जंगल में तब बाघ रहते थे! जानती हैं माई, मेरे बाऊ कहते थे कि अँग्रेज के साथ जमींदार हरिवंश शर्मा जब शिकार के लिए निकलते थे तो किसी गरीब के बच्चे को ले लेते थे, लेते क्या थे उठा लेते थे जबरदस्ती और जंगल में किसी पेड़ से बच्चे को बाँध देते थे। बच्चा चीखता-चिल्लाता था। बाघ बच्चे की आवाज सुनकर कहीं से निकलता। बच्चे पर झपट्टा मारता कि छिपकर बैठे हरिवंश बाबू या अँग्रेज अफसर की बन्दूक की गोलियों की धायँ-धायँ। बच्चा तो मर ही जाता था...।''

''हाँ महाबिर, सुना है यह सब। जमींदारी के दिनों की बात है। लेकिन अब दुनिया बदल गयी है, जमाना बदल गया है।''

"हाँ माई बदल गया जमाना।"

"क्या तुमको ऐसा नहीं लगता महाबिर कि जमींदारी आज भी चल रही है? खाली रूप बदल गया है!" महाबिर माई की बात समझ नहीं पाया। देखता रहा माई का चेहरा। माई बोलीं, "यह तो मालूम है न कि लुचाय राम की जीप ने भिखना मुसहर की जवान बेटी को पीच दिया। एकदम खुनमाखून...। मर गयी उसकी बेटी। रास्ते से जा रही थी और उधर से खूब तेजी से चली आ रही थी लुचाय राम की जीप। ड्राइवर की बगल में बैठा था लुचाय राम। लड़की मर रही थी सड़क पर। लुचाय राम की जीप निकल गयी। बाद में सुनते हैं, भिखना मुसहर को कुछ रुपये दिये लुचाय राम ने और धमकी दी कि थाना-फौजदारी में गये तो बर्बाद कर देंगे।"

महाबिर दास माई का चेहरा देखता रहा, "सुना तो था माई। सुना कि दुसाधटोली का गुलाबचन्द और कटुआ नेता दलाली कर रहे हैं। भिखना को रुपये देने के नाम पर लुचाय राम से रुपये ले चुके हैं दोनों और भिखना मुसहर जहाँ-तहाँ रोता फिर रहा है। लुचाय राम ने भिखना को पीट-पाटकर भगा दिया अपने दरवाजे से।"

माई गम्भीर हो गयीं। कुर्सी से उठती हुई बोलीं, "अब जरा सोचो महाबिर, हरिवंश शर्मा किसी छाटी जात के गरीब बच्चे को पकड़ कर ले जाते थे और लुचाय राम मुसहर टोली की किसी सयानी लड़की को जीप से पीच देता है और कुछ नहीं होता! पत्ता तक नहीं हिलता गाँव में।..."

महाबिर दास उसके बाद से कुछ नहीं बोला। एकदम चुप। मन ही मन शायद सतगुरु का स्मरण करने लगा था। खेत-पथार से घूमता-फिरता सौखी आया और माई से बोला, "आपने सुना माई? सुरबंस बाबू का राम नाम सत्त हो गया।"

"कब?" माई कुर्सी से उठकर खड़ी हो गयीं।

"आजे, भोर में। डागडर-बैद सब फैल हो गये थे। बड़ी हवेली का नौकर कहता है कि कलेजा जल गया था दारू पीते-पीते। बाद में देसी ठर्रा पीने लगे थे न! एतना दिन जी गये, यही बहुत।"

"बेचारी बड़ी मालकिन!..." माई बुदबुदायीं।

"क्या बड़ी मालकिन? मालिक के पाप की भागी क्या बड़ी मालकिन नहीं हैं? अब ढोएँ उनका पाप! सुरबंस थे निरबंस! कोई आग देने वाला नहीं रहा।"

"समय ने क्या कर दिया! बड़ी हवेली की शान तो तुमने देखी है महाबिर?"

"जी माई देखे हैं वे दिन! नौबत बजती थी। बड़ी मालकिन के साथ पाँच दासियाँ आयी थीं दान में। डोलियों में हीरा-मोती जवाहरात, सोना-चाँदी...। देखे

हुए हैं वे दिन माई, देखे हुए हैं।'' महाबिर दास के बोलने में जो करुण व्यंग्य था, माई उसे भी समझ रही थीं। एक आदमी नहीं मिलता है गाँव में जिसके मुँह से बड़ी हवेली के लिए कभी अच्छी बात निकलती हो।

सौखी बोला, ''लगता है माई, दसो-बीस आदमी कटिहारी में मुर्दघट्टी जाएँगे या नहीं! सब किया-कराया यहीं चुकाना पड़ता है।''

महाबिर दास सौखी की तरफ देखने लगा, ''ठीक कहते हो सौखी, सारी लेनी-देनी यहीं हो जाती है।''

सूरज पेड़ों के ऊपर आ गया था। माई उठकर आँगन की तरफ जाने वाली थीं कि देखा, कजरी चली आ रही है-एक आदमी के साथ। ''यह कौन है रे?'' माई ने पूछा।

''यही भीखन हैं माई, मुसहर टोले के भीखन। इन्हीं की बेटी को लुचाय राम की जीप से चीप कर मार दिया गया। नागडीह टीले के पास मिल गये। जलमहल से आ रहे थे। मुझे देखा तो रोने लगे। मैं जाती हूँ न मुसहर टोले में। जान-पहचान है मेरी।''

भीखन रो-रोकर कहने लगा, ''मेरी बेटी मर गयी मालकिन! निरदइया लुचाय राम नें जीप से चीप कर मार दिया। बच जाती, यदि अस्पताल पहुँचा देती लुचाय राम की जीप। मगर ऊ तो एक्को छन नै रुका। किरिया-करम के लिए दू हजार रुपैया भेज दिया। बोला कि पाँच हजार और देंगे। नहीं दिया। धमकाया कि थाना गये तो जान से मार देंगे।''

माई देखती रह गयीं भीखन माँझी को। महाबिर दास से बोलीं, ''सुना तुमने? अभी थोड़ी ही देर पहले मैं कह रही थी न! सुरवंश बाबू के बाप हरिवंश बाबू के बारे में तो कह रहे थे तुम, लुचाय राम के बारे में कौन कहेगा?''

महाबिर दास एकटक माई का चेहरा देखता रहा।

मांई कहने लगीं, ''मरने वाली मुसहर की बेटी, मारनेवाला चमार और बीच में दलाली करने वाले दुसाध और पासी!...इनमें सब तो एक ही वर्ग के हैं न महाबिर! तो फिर?...'' महाबिर के पास माई की बात काटने के लिए कोई कारगर हथियार नहीं था। वह चुप हो गया।

भीखन माँझी सामने दालान के ओसारे पर बैठा था। कमर में चीथड़े-जैसी गन्दी-फटी धोती, नंगा बदन, सिर पर गमछा और हाथ में छोटी-सी लाठी। कहने लगा, ''गया था नेताजी डायमंड बाबू से मिलने। आये हैं पटना से। बिपिया बाबू बोले कि मिलो।''

''कौन बिपिया बाबू?'' माई समझ नहीं पायीं।

कजरी ने कहा, ''अरे वही बिपिया! पत्रकार बी.पी. अकेला! डायमंड आया

है तो भला वह नहीं आएगा! उसी ने भीखन से कहा कि नेताजी से मिलो।''

''क्या कहा डायमंड ने?''

''कहेंगे क्या! अपना दुख बताने लगा तो बोले—भागो यहाँ से। मर गयी बेटी तो क्या हुआ! सादी-बियाह कराने से बच गये। साले सुअर के समान बच्चे पैदा करेंगे। एगो बेटी मरिये गयी तो क्या जुलुम हो गया? निकलो यहाँ से।...लौट रहा था तो रास्ते में कजरी बेटी मिल गयी। बोली, चलिए मेरे साथ।''

''सुनती हैं माई?'' कजरी जिन्दा कंकाल भीखन माँझी की तरफ देखती हुई बोली, ''भीखन माँझी को देखिए माई। लगता है कि आदमी हैं? और क्या कहा डायमंड ने सो सुना? पिछड़ी जातियों का नेता है डायमंड। सुना माई, क्या कहा उसने भीखन माँझी से?''

माई बोलीं, ''यही तो अभी कह रही थी महाबिर से। देखती हो न! मेरी बात सुनकर जाने काहे एकदम चुप हो गया। उधर अपनी चौकी पर जाकर बैठ गया है।''

''ठेस लगी होगी माई! महाबिर दास के मरम पर ठेस लगी होगी।'' बोलती हुई कजरी दालान में चौकी पर गुमसुम बैठे महाबिर दास को देखने लगी।

कजरी माई से कहने लगी, ''अब होश आ रहा है मुसहर टोले के लोगों को। उसी टोले का एक लड़का पढ़ता है हाईस्कूल में रामप्रकाश भारती।''

माई मुस्कराने लगी, ''क्या कहा?...भारती?''

''हाँ माई, रामप्रकाश ने अपने नाम में मुसहर, माँझी या सादा पदवी नहीं जोड़ी। 'भारती' पदवी जोड़ी है। टोले में बैठकी करता है। लालसेना का रामनाथ भी जाता है। चार दिन पहले मैं गयी तो भारती से बात हुई। कहता है, अब नहीं सहेंगे। रात में आने वालों के हाथ-पैर झाड़ देंगे। और ऐसा हुआ माई! परसों यादव टोले का एक अधेड़ आदमी मुसहर टोले के एक घर में घुस गया था। घरढुक्की की बात सुनते ही टोले के लोग लाठी, भाला, गड़ाँस जिसको जो मिला, लेकर दौड़ गये। घरढुक्का भाग गया जान बचाकर। दूसरी रात कुर्मी टोले के एक लड़के को मुसहर टोले की औरतों ने मारते-मारते बेदम कर दिया। जैसा मैंने कटुआ नेता के साथ किया था, वही करने जा रही थी एक औरत। लोगों ने मना कर दिया।''

सामने बैठे जिन्दा कंकाल में जैसे शक्ति आ गयी, ''ठीक कहती है कजरी बेटी। यही सब हुआ है, इसीलिए लगता है, हम लोग भी आज-न-कल मनुक्ख की तरह जिएँगे।'' भीखन माँझी के आत्मविश्वास को देख माई की आवाज में खनक आ गयी। बोलीं, ''सुनती हो कजरी! सुनती हो न भीखन माँझी की बात!''

कजरी भीखन माँझी को आश्वासन देने लगी, ''अब मुकाबला अपने लोगों से है भीखन काका, अपने लोगों से। चमरटोली के जनकलाल से, एस.पी. के बाप

लुचाय राम से, दलित नेता गुलाबचन्द पासवान से, मुखिया इन्द्रनारायण यादव से, कुर्मी टोले के रामचन्द्र राय से...। अब अपने लोगों से लड़ना है भीखन काका।''

भीखन माँझी माई से कहने लगा, ''अचरज होता है मालकिन! सब देख चुका हूँ। अचरज होता है कि लुचाय राम खुद चमार हैं और अत्याचार करते हैं चमारों पर, मुसहरों पर। दुसाध टोली की सितली छह महनी का पेट लिये रोती फिरती है। अचरज है मालकिन! इसी लुचाय राम की बहिन के साथ क्या हुआ था एक जमाने में, आपको याद होगा मालकिन। बेटा एस.पी. हो गया। ढेर पैसा हो गया तो लुचाय राम राजपूत-भुमिहार से भी आगे निकल गये। इतना तो पहले के जमींदार भी नहीं करते थे! मेरी बेटी को मार दिया इस लुचैवा कसाई ने। मेरी बेटी को मार दिया मालकिन!...'' बोलते-बोलते रोने लगा भीखन माँझी। कजरी, माई, महाबिर दास देखते रहे भीखन माँझी को। भीखन रोते-रोते कहने लगा, ''कटुआ नेता और गुलाबचन्द दलाली करते हैं बीच में। बोले कि लुचाय राम से रुपये दिला देंगे। लुचाय राम से रुपये लेकर पचा गये दोनों नेता। कोई सुननेवाला नहीं। डायमंड नेता ने भगा दिया।''

भीखन माँझी अपने घर जाने के लिए उठा तो माई ने कजरी से कहा, ''भीखन को कुछ खिलाओ कजरी। भूखा होगा।'' भीखन को साथ लेकर कजरी आँगन की तरफ चली गयी।

## तेईस

# स्वर्ण जयन्ती-समारोह

विधायक डायमंड कल शाम गाँव आया है। जलमहल में गतिविधियाँ तेज हो गयी हैं। डायमंड का 'फोकसियार' बी.पी. अकेला एक दिन पहले आ चुका है। जीप मिली हुई है उसको। आसपास के गाँवों में खबर बाँट आया है कि विधायक जी आ रहे हैं। बी.पी. अकेला के साथ अब कटुआ नेता ही नहीं, लुचाय राम का भतीजा जनकलाल और दलित नेता गुलाबचन्द पासवान भी रहते हैं।

भुदनियाँ जमीन के मामले ने बैताल सिंह और डायमंड की पोल खोल दी। रेलवे के ठेके में दोनों नेताओं की हिस्सेदारी अब छिपी नहीं रही। बड़का गाँव के लोग कहते हैं इन्हीं दोनों नेताओं के कारण दो बेचारे गरीब चमार-दुसाध मारे गये। तीन लोग अपंग हुए और गाँव फौजदारी मुकदमे में अब तक परेशान है। लोग तारीख पर तारीख ढो रहे हैं कोर्ट-कचहरी में।

जेनरेटर की भड़-भड़ आवाज होती है जलमहल में। नील पोखर के किनारे जगमगा रहा है जलमहल। उधर दक्षिण-पच्छिम कोने में लुचाय राम की नयी हवेली ह्वाइट हाउस। नील पोखर के पानी में जलमहल की प्रतिच्छाया देखने लायक होती है। गाँव के पुराने लोग कहते हैं—"जो ऐश-मौज डायमंड के जलमहल में है वह तो बड़ी हवेली को भी नसीब नहीं हुआ था। बभनटोली की रखैल मास्टरनी ममता झा, पटने में बंगालिन पत्नी, दिल्ली में पंजाबिन!...असली पत्नी इसी गाँव में गोबर पाथती है।"

माई कहती हैं, "पता नहीं कहाँ से आते हैं इतने रुपये एक विधायक को! सुना कि पटने में कोई होटल है डायमंड का। दिल्ली में फ्लैट है। सिल्लीगुड़ी में कोई मकान खरीदा है। कहाँ से आते हैं इतने रुपये?"

"जिन्न पूजे हुए हैं डायमंड!" कहता है सौखी।

"जिन्न पूजे हुए है तो जैसे आया है धन वैसे बिला जाएगा।" उलटदास ने कहा, "जैसे देता है जिन्न, वैसे ही ले भी जाता है।"

अकेला ने एक नयी खबर बाँटी है गाँव में। कह रहा है कि बड़का गाँव के

प्रतिष्ठित लोग आज डायमंड बाबू से मिलने वाले हैं। बबुआन टोले के हाई स्कूल का स्वर्ण जयन्ती वर्ष मनाया जाएगा। अपर प्राइमरी से शुरू हुआ स्कूल मिडिल स्कूल बना, फिर हाई स्कूल हुआ और अब इन्टर स्तरीय उच्च विद्यालय हो गया है। नया भवन भी बनकर तैयार है। भव्य समारोह की योजना बना रहे हैं प्रखंड प्रमुख भीमसिंह यादव, बड़का गाँव के मुखिया इन्द्रनारायण यादव, बाबू रणविजय सिंह और सारे प्रतिष्ठित लोग। तेजनारायण सिंह तरुण को मीटिंग वगैरह कराने का भार सौंपा गया है। बड़का गाँव में सभी वर्गों, सभी जातियों के लोगों में हर्ष है कि हाई स्कूल को अपग्रेड कर इंटर स्तरीय उच्च विद्यालय बना दिया गया है। अब आर्ट्स, साइंस और कॉमर्स की इंटर तक की पढ़ाई के लिए बाहर जाना जरूरी नहीं है। गाँव में ही शिक्षा उपलब्ध है। स्कूल के प्रधानाध्यापक पंडित हेमचन्द्र झा भी बहुत प्रसन्न हैं। अब तक वे हेडमास्टर कहे जाते थे। स्कूल के इंटरस्तरीय हो जाने के बाद वे 'प्रिंसिपल' कहे जाएँगे। पंडित हेमचन्द्र झा, प्रिंसिपल, राजकीय इंटरस्तरीय उच्च विद्यालय, बड़का गाँव। स्कूल में आज भी सवर्ण जातियों के शिक्षकों की संख्या अधिक है। इस कारण बभनटोली, बबुआन टोले और बड़का टोले के लोगों में अतिरिक्त अभिमान का भाव है। सोलकन टोले और दलित टोले के लोग इस कारण प्रसन्न हैं कि अगर गाँव में हाई स्कूल नहीं रहता तो उनके टोले के लड़के पढ़कर आगे नहीं निकलते। इसी स्कूल की बदौलत लुचाय राम-जैसे पिपही बजाने वाले चमार का बेटा रामबरन राम पढ़-लिखकर एस.पी. बना। गाँव में हाई स्कूल न रहता तो झौली मड़र का बेटा विनोद क्या डिप्टी कलेक्टर बन पाता? बभनटोली, बबुआन टोले और बड़का टोले की कुछ लड़कियाँ मैट्रिकुलेट हो गयीं इसी स्कूल के कारण। आई.ए., बी.ए. की गिनती कौन करे! इसी स्कूल से पढ़कर आज कितने लोग ऊँचे-ऊँचे पदों पर पहुँच गये। इस स्कूल से पढ़े लोग जज, इंजीनियर, सुप्रीम कोर्ट के वकील तक हैं। माना कि ऊँची जात वाले अपने बच्चों को बाहर के स्कूलों में भी पढ़ा लेते, मगर चमरटोली और खवासटोली के लोगों के पास तो नहीं था इतना पैसा!

रणविजय बाबू के इस प्रस्ताव का पूरे गाँव ने स्वागत किया है कि स्वर्ण जयन्ती-समारोह का भव्य आयोजन किया जाए और इस स्कूल से पढ़कर जो लोग उच्च पदों पर पहुँचे हैं उनको बुलाकर सम्मानित किया जाए। हर क्षेत्र में इस स्कूल ने पर्याप्त कीर्ति अर्जित की है। राजनीति को ही लें तो डायमंड और बैताल सिंह इसी स्कूल के प्रोडक्ट हैं। आज के नये लड़के, चाहे वे लालसेना में हों या ठेकेदारी में हों या किसी सरकारी नौकरी या कमाऊ रोजगार में हों, सब इसी स्कूल से पढ़कर निकले हैं।

प्रखंड प्रमुख भीमसिंह यादव और मुखिया इन्द्रनारायण यादव के साथ तरुण

जी भी आयोजन को लेकर उत्साहित हैं। इसकी बावत वे विधायक डायमंड से बात करने वाले हैं। जब विधायक दिलचस्पी लेंगे तो आयोजन के लिए रुपयों की क्या कमी होगी! बबुआन टोले के लोग बैताल सिंह से सम्पर्क कर चुके हैं। बैताल सिंह ने हर तरह से सहयोग करने का विश्वास दिलाया है। स्वागत-समिति के अध्यक्ष भीमसिंह यादव ने तरुण जी से कहा है कि बाहर रहने वाले उन तमाम लोगों से वे सम्पर्क साधें जो इस स्कूल के छात्र रह चुके हैं और प्रतिष्ठित पदों पर विराजमान हैं।

गाँव में घूम-घूमकर तरुण जी ने बाहर रहने वालों के पते और फोन नम्बर एकत्र किये हैं। स्वागत-समिति का 'लेटरहेड' पूर्णियाँ से छपकर आ गया है। स्वागत-समिति के अध्यक्ष ने तरुण जी से कह दिया है स्पीड पोस्ट से पत्र भेजे जाएँ, फोन से सम्पर्क किया जाए। समय कम है, मात्र एक महीना पाँच दिन। अभिनन्दन-पत्र लिखवाने का जिम्मा भी तरुण जी पर है। तरुण जी स्वयं हिन्दी से एम.ए. हैं और हाईस्कूल में हिन्दी-शिक्षक हैं, फिर भी अभिनन्दन पत्र लिखने का दायित्व उन्होंने बगल के सिरसिया गाँव के पंडित अमोघ जी को दिया है। अमोघ जी इसी स्कूल के सेवा-निवृत्त संस्कृत शिक्षक हैं। हिन्दी के कवि के रूप में इनका अच्छा नाम है। बाबा नागार्जुन ने अमोघ जी के कविता-संग्रह की लम्बी भूमिका लिखी थी।

चन्दा एकत्र किया जा रहा है। कई लोगों को चन्दे की रसीदें दी गयी हैं। डायमंड ने समारोह के लिए पच्चीस हजार रुपये का चेक दे दिया है। डायमंड और बैताल सिंह को भी समारोह में सम्मानित किया जाएगा, इस कारण दोनों नेताओं की गहरी दिलचस्पी है इस आयोजन में।

पूरे गाँव में उत्सुकता है। पूरे गाँव की सहभागिता है। ऐसा पहली बार होगा जब सोलकन टोलों और दलित टोलों के उच्च पदस्थ लोगों को अपने ही गाँव में सम्मानित किया जाएगा।

सुप्रीम कोर्ट में वकील हैं बभनटोली के सुभद्र झा। राजस्थान में डिस्ट्रिक्ट जज है रघुवंश शर्मा। नागपुर में सुपरिंटेंडिंग इंजीनियर के पद पर बबुआन टोले के राजकुमार सिंह हैं। इन उच्च पदस्थ लोगों को गाँव के लोग एक तरह से भूल गये हैं। ये लौटकर गाँव नहीं आए। शुरू में कभी-कभार, विवाह-उपनयन, यज्ञादि समारोहों में वे आते भी थे, लेकिन सवर्ण टोले की अधोगति देखकर इन लोगों ने गाँव आना छोड़ दिया। बबुआन टोले के बूढ़े बाबू चन्दरमा सिंह के भतीजा हैं राजकुमार सिंह। तरुण जी जब राजकुमार सिंह का पता लेने गये तो चन्दरमा बाबू ने करुण स्वर में कहा, ''डूबते सूरज को लोग प्रणाम नहीं करते तरुण!...अपना बबुआन टोला डूबता सूरज नहीं तो और क्या है! अपने लोग भी पलटकर नहीं

देखते अपने गाँव को! मगर उधर देखिए चमरटोली को! देखिए खवास टोली को! इन टोलों में उगता सूरज है! इसलिए कनकट्टा चमरा का बेटा भी आता है और झौलिया का बेटा भी। दोनों अपनी कमाई का प्रदर्शन करते हैं गाँव में। सवर्णों की जमीन खरीदते हैं।''

तरुण जी ने सान्त्वना दी, ''अब छोड़िए चाचाजी, घिसी-पिटी बातें। नये जमाने का स्वागत कीजिए। इसी में भलाई है। जलने-भुनने से अपना ही शरीर गलाइएगा।'' बाबू चन्दरमा सिंह ने अपने भतीजे राजकुमार सिंह का पता पूछ-ताछ कर दे दिया, लेकिन फोन नम्बर कौन बताए? तरुणजी ने कहा, ''मैं कर लूँगा पता।''

तरुण जी को अमेरिका में रह रहे नन्दकिशोर का पता लेना था। वे माई के पास गये। सम्मानित करने की बात से माई खुश हुईं। उम्मीद जगी कि कम-से-कम इस बहाने भी तो नन्दू आ जाए एक बार। साढ़े पाँच साल से ज्यादा हो गये। कहकर गया था कि दो साल बाद छोटू का मुंडन कराने आएगा। माई ने खोज-खाजकर नन्दू का टेक्सास वाला पता दिया तरुण जी को। फोन नम्बर नहीं था। दरअसल नन्दू के ही फोन आते हैं जब-तब। माई को कभी जरूरत नहीं पड़ी फोन करने की। बोलीं, ''डायमंड के पास मिल जाएगा फोन नम्बर।''

नन्दू को लेकर माई फिर उद्विग्न हो गयीं। अशान्त और विचलित। शान्त झील में किसी ने पत्थर फेंक दिया हो जैसे। उस रात फिर जीभर सो नहीं पायीं। माई को लगता है जिस पलंग पर वे सोती हैं, उसी में कुछ बात है क्या! पुरानी चीजों के साथ पुराने प्रसंग भी जुड़े रहते हैं न! कितना पुराना है यह पलंग! नन्दू के बाबूजी ने यह पलंग बनवाया था बगीचे के पुराने शीशम की लकड़ी से। कहते थे, ''शुद्ध 'साल' से बना है पलंग।'' माई याद करती हैं—पहली बिदाई में वह आयी थीं। ससुराल आये कुछ महीने ही बीते थे। तब कमरे में पलंग नहीं था। चौकी थी पुरानी। मच-मच करती थी...। माई अकेले में, रात के अँधेरे में चौकी की याद कर लजा गयीं। खुद से लजा गयीं कि कैसी-कैसी बातें याद आ जाती है इस उम्र में!

निर्जीव चीजों की उम्र कितनी लम्बी होती है! माई को तो याद भी नहीं कि कभी यह पलंग इस कमरे से निकाला भी गया या नहीं। नहीं निकाला गया शायद। हाँ, कमरे में ही इसकी जगह एक-दो बार बदली गयी थी —वह भी बहुत साल पहले।

जब से तरुण जी को नन्दू का पता दिया है माई ने, तभी से उभरने लगे हैं चेहरे! नन्दू, बहू, पम्मी, नेहा और छोटू के चेहरे। माई पोता-पोतियों की आकृति में साढ़े पाँच साल का अनुमानित विकास भी जोड़ देती हैं। इतना बड़ा हो गया होगा छोटू! इतनी लम्बी हो गयी होंगी पम्मी और नेहा! बहू भी तो लम्बी है। बहू

आयी थी तो लोग कहते थे : लम्बी बहू लम्बे भाग...। माई सोचती हैं—क्या लम्बे भाग्य! भाग्य में यही था कि सब माई को अकेला छोड़ कर सात समुन्दर पार चले जाएँ। अमेरिका!...पता नहीं कहाँ है अमेरिका! अमेरिका में भी सुगरलैंड-टेक्सास। नन्दू कहता है—जब यहाँ अपने देश में सुबह होती है न, तब अमेरिका में शाम होती है।...

आये तो एक बार नन्दू और देखे अपनी माई को! क्या सोचता है वह कि उसकी माई अकेली हैं? कोई उसको देखने वाला नहीं है? आकर देख जाओ बेटा, मुझे कोई कमी है क्या? हल्का-सा बुखार भी हो जाए तो गाँव के कितने लोग देखने आ जाते हैं। अपने को बाँट दिया है तुम्हारी माई ने नन्दू! यह जो कजरी है न...यह पिछले जनम में बेटी थी मेरी! बेटी से भी ज्यादा, क्योंकि अपनी बेटी तो यहीं रहती है कटिहार शहर में। कभी अपनी माई को देखने भी नहीं आती। कहती है—फुर्सत नहीं मिलती।

आकर देख जाओ नन्दू कि कैसा भरा-भरा रहता है माई का दालान। किस तरह बगान में चिड़िया-चुनमुन चहकते हैं। सुपारी के ठूँठ पेड़ पर रोज दिखती है सगुन चिरैया। नीलकंठ के जोड़े रोज आकर बैठते हैं सुपारी के ठूँठ पेड़ों पर। आकर देखो कि तुम्हारी माई के बगान में कैसे बोलती है कोयल! झुंड के झुंड कबूतर, हरियल पक्षी, तोते उड़ते हुए आते हैं तुम्हारी माई के दुआर के सामने। तुम्हारी माई दालान के सामने बैठकर कबूतरों के झुंड को देखती रहती है। छत पर अन्न के दाने छींट देती है और देखती रहती है कबूतरों का उड़ना...बैठना...एक-दूसरे को प्यार करना।...

तुम क्या देखोगे! क्यों देखोगे यह सब! तुमको याद है बेटा? मैंने पूछा था कि मन लगता है न अमेरिका में? याद है, तुमने क्या कहा था? तुमने कहा था — यह सोचने की फुर्सत कहाँ मिलती माई कि मन लगता है या नहीं।...

मैं दहल गयी थी बेटा तुम्हारी बात सुनकर! तुम 'मन' को भी भूल गये?...

तुम्हारा फोन आना भी कितना कम हो गया इधर। जब पूरे गाँव में तीन-चार लोगों के घर में फोन थे तब आते थे तुम्हारे फोन। अब कई लोगों के घर में फोन हैं तो तुम्हारा फोन आना एकदम कम हो गया। तुम्हीं सोचो कि गाँव में कइयों के पास है तुम्हारा फोन नम्बर, लेकिन तुम्हारी माई के पास ही नहीं है।...तरुण मास्टर तुम्हारा फोन नम्बर माँगने आये तब याद आया कि जा, फोन नम्बर तो है नहीं। लिखाया था तुमने, पता नहीं कहाँ रखा चला गया! जिस चीज की बराबर जरूरत पड़ती है उसी को न सँभाल कर रखा जाता है!

पढ़ी-लिखी थी बहू, इसलिए ले गयी तुमको भी अमेरिका! बड़े हो गये तुमलोग। सब कहते हैं—नन्दू भाग्यशाली था। ज़िस देश जाने के लिए बड़े-बड़े

लोग तरसते हैं, उस देश का नागरिक बन गया नन्दू!

बड़का गाँव में इन दिनों स्वर्ण-जयन्ती-समारोह का वातावरण है। घुमा-फिराकर गरीब-अमीर सबकी भागीदारी है आयोजन में। कबीरपन्थी महाबिर दास भी अपने को समारोह में शामिल समझ रहा है। कहता है कि स्कूल के शुरुआती दिनों में वह चपरासी का काम कर चुका है। झाड़ू देने से लेकर घंटी बजाने का काम किया है उसने। सबसे अधिक परेशान हैं तेजनारायण सिंह तरुण। सारा भार उन्हीं पर है।

स्वागत-गान की तैयारी की जा रही है। कवि अमोघ जी के बहुत पहले के लिखे स्वागत-गान की जंग छुड़ाई जा रही है। बिहार के मुख्यमन्त्री डॉ. श्रीकृष्ण सिंह के सम्मान में लिखे स्वागत-गान 'धन्य अवसर आज का है, स्वागतम्-शुभ आगमन' को आज के सन्दर्भ में पंडित अमोघ जी सँवार रहे हैं। मिरदौल गाँव के संगीत विशारद पंडित रामनारायण शास्त्री स्वागत-गान की स्वर-लिपि तैयार कर रहे हैं।

बड़का गाँव के लिए यह बड़ी बात है कि पहली बार तरुण जी ने स्वागत-गान के लिए हाई स्कूल की जिन लड़कियों का चुनाव किया है, उन पाँच लड़कियों में सिर्फ एक बभनटोली की है। यादव टोली की दो लड़कियाँ हैं। एक मुखिया जी की बेटी है, दूसरी प्राथमिक विद्यालय के शिक्षक रामकृपाल यादव की बेटी है। चमरटोली के ठेकेदार जनकलाल राम की भतीजी सुनीता कुमारी और खवासटोली की लड़की जानकी कुमारी को स्वागत-गान गानेवालियों में शामिल किया गया है।

बाबू रणविजय सिंह नाराज थे तरुणजी से, "तुमको बबुआन टोले या कैथटोली से कोई लड़की नहीं मिली स्वागत-गान के लिए कि दुसाधिन-चमारिन, गुआरिन और खवासिन को चुन लिया?"

तरुण जी ने कहा, "चाचाजी, यह चुनाव मैंने नहीं किया है। चुनाव के लिए मिरदौल के संगीतज्ञ रामनारायण शास्त्री को बुलाया गया था। उन्होंने स्कूल की सारी लड़कियों की स्वर-परीक्षा ली और तब चुनाव किया। इसमें जात-पात की क्या बात है चाचाजी?"

"है काहे नहीं? अब दुसाध-चमार जाति की लड़कियाँ स्वागत गान गाएँ तो कैसा लगेगा? वह भी अपने बड़का गाँव में?"

"अच्छा लगेगा चाचा जी, बहुत अच्छा लगेगा। जनतन्त्र है अपने देश में। अच्छा लगेगा। लोग देखेंगे कि पिछड़ों-दलितों में ऐसी लड़कियाँ हैं जो देखने में बभनी-रजपुतनी चाहे न लगें, लेकिन प्रतिभा में वे पीछे नहीं हैं।"

समारोह की तारीख करीब आ रही है। तरुण जी ने आयोजन-समिति की

बैठक बुलायी। मुद्दा था कि इस बड़े आयोजन में किसी बड़े आदमी को बुलाया जाए। राज्यपाल या मुख्यमन्त्री को बुलाए जाने और उन्हीं की सुविधा के अनुसार समारोह की तारीख तय किये जाने का निर्णय हुआ। तरुण जी ने प्रस्ताव दिया, "मुख्यमन्त्री या राज्यपाल, पता नहीं आएँगे या नहीं, मगर उप-मुख्यमन्त्री जरूर आएँगे, यह मैं विश्वास दिलाता हूँ।"

"उप-मुख्यमन्त्री कौन?"

"अनवर हसन! प्रोफेसर जो एक बार आये थे इस गाँव में। याद है आप लोगों को?"

"हाँ याद है! याद है!" बाबू चन्दरमा सिंह और रणविजय बाबू ने एक ही साथ कहा।

"हाँ, बुलाइए उन्हीं को, तरुण जी। बुलाइए। आपके साथ तो वे कॉलेज में पढ़ते भी थे न! आपके कहने से वे जरूर आएँगे। विद्वान आदमी हैं।"

"हाँ, अँग्रेजी के प्रोफेसर रह चुके हैं। लिखने-पढ़ने के क्षेत्र में भी उनका अच्छा नाम है। समाजवादी हैं। उनके पिता डॉ. लोहिया के साथ थे। सबसे बड़ी बात कि वे इस बड़का गाँव में सप्ताह-भर रह चुके हैं।" तरुणजी ने कहा।

उप-मुख्यमन्त्री प्रो. अनवर हसन को समारोह में बुलाने की बात तय हो गयी। तरुण जी को भार दिया गया कि पटना जाएँ, उप-मुख्यमन्त्री से मिलें और उनसे समय लें।

समारोह को लेकर बड़का गाँव में ही नहीं, मरकसवा गाँव में भी उत्सुकता है। यह पहला समारोह होगा जिसमें गाँव की सभी जातियों के लोग समान उत्साह से शामिल होंगे। ऐसा कभी नहीं हुआ था बड़का गाँव में। अब तक सोलकन टोले और दलित टोले के लोगों को बबुआन टोले, बड़का टोले और बभनटोली के लोगों ने कभी इज्जत नहीं दी। साथ बैठने तक नहीं दिया।

बूढ़े बाबू रणविजय सिंह को सन्तोष है कि उन्हीं के पिता द्वारा स्थापित स्कूल का यशोगान आज हो रहा है। उन्हीं के पिता की दी हुई जमीन में स्कूल खोला गया था। पचास वर्ष पूरे हो गये स्कूल के। आज दुसाध-चमार-खवास के लड़के जो पढ़-लिखकर अफसर-नेता बने हैं, सबकी जड़ में यही स्कूल है। बाबू चन्दरमा सिंह ने रणविजय बाबू से हँसते हुए कहा, "पहले वाला समय होता रणविजय तो कनकट्टा लुचाय राम पिपही बजाता समारोह में। अब देखना, वही लुचाय राम मंच पर बैठेगा और उसके बेटे रामबरन को शॉल, माला, प्रशस्ति-पत्र और स्मृति-चिह्न देकर सम्मानित किया जाएगा!...तालियाँ!..." बाबू चन्दरमा सिंह जोर-जोर से हँसने और तालियाँ बजाने लगे।

चौबीस

# जो चढ़ गया सिंहासन पर वही राजा

सौखी की घरवाली दीया-बाती दिखाकर अन्दर आँगन में गयी ही थी कि चमरटोली का मजदूर सुक्कन दौड़ता-हाँफता माई के दालान के पास पहुँचा, "माई, अनरथ हो गया! कजरी लहू-लुहान नागडीह टीले के पास पड़ी है। हम अपने घर की तरफ जा रहे थे। देखा कि चार-पाँच लोग भागे जा रहे हैं।" हाँफने के कारण रुक-रुककर बदहवासी में बोल रहा था सुक्कन राम।

माई पहले तो कुछ समझ नहीं पा रही थीं कि सुक्कन क्या कह रहा है। जब कजरी के लहू-लुहान पड़े होने की बात समझ में आयी तो एकदम अवाक् रह गयीं। अन्दर से सौखी निकला, "क्या हुआ सुक्कन?"

"मार दिया कजरी को। पड़ी है नागडीह टीले के पास।"

सौखी ने दरवाजे से ही शोर मचाना शुरू किया, "दौड़ो रे! मार दिया कजरी को।" बस यही एक वाक्य बोलते हुए वह दक्खिन टोले की तरफ दौड़ा। एक कान, दो कान, बिरनी बान!...थोड़ी ही देर में खबर आसपास के टोलों में फैल गयी। माई को मूर्च्छा आ गयी थी। दालान के आगे वे जिस कुर्सी पर बैठी थीं, उसी पर लुढ़क गयी थीं। सौखी की घरवाली अन्दर से निकली। माई को कुर्सी पर लुढ़का देखा तो दौड़कर कुएँ से पानी ले आयी। चेहरे पर पानी का छींटा दिया, तब जाकर माई की मूर्च्छा टूटी। चीखती हुई माई बोलीं, "दौड़ो रे, देखो कजरी को क्या हुआ है।"

सोलकन टोले और उधर चमरटोली-दुसाधटोली से होती हुई खबर कई टोलों में चली गयी थी। लोग दौड़े आ रहे थे नागडीह टीले की तरफ। अँधेरा हो गया था। किसी के हाथ में लालटेन, किसी के हाथ में टार्च तो कोई यों ही अँधेरे में दौड़ता चला जा रहा था टीले की तरफ।

सौखी की घरवाली के साथ टीले की तरफ माई जा रही थीं कि उधर से कजरी को खाट पर लादे लोग आ रहे थे। चालीस-पचास की संख्या में थे लोग। औरतें थीं, लड़कियाँ थी, बच्चे थे। "मरी नहीं है, लेकिन एकदम लहूलुहान है।"

सुनकर माई की जान में जान आयी, "ले चलो जल्दी से अस्पताल।" अपने घर लौटती हुई रुँधी आवाज में वे कहने लगीं, "कितनी बार मना किया कि रे, अकेली मत जाया कर कहीं। बहुत दुश्मन हैं गाँव में! कितनी बार कहा कि औरत हो, मर्द मत बनो।..."

माई के दरवाजे पर सैकड़ों की भीड़ थी। खाट पर लहूलुहान पड़ी कजरी बेहोश थी। लोगों ने देखकर कहा —लाठी की मार है। मगर सवाल था कि अस्पताल कैसे ले जाया जाए। खाट पर लादकर या बैलगाड़ी से ले जाने में तो समय लगेगा। किसी ने कहा कि डायमंड बाबू से कोई जीप माँग ली जाए। जलमहल में अभी तीन-चार गाड़ियाँ लगी हुई हैं। माँगने पर कोई गाड़ी दे देगा डायमंड।

आठ-दस लोग जलमहल की तरफ दौड़े। दस-पन्द्रह मिनट का पैदल रास्ता। लोहे के गेट पर दरबानी करनेवाले बभनटोली के कारी झा ने इतने लोगों को बदहवासी में देखा तो गेट बन्द कर दिया। लोग सीधे अन्दर जाना चाहते थे। कारी झा ने रोक दिया, "पूछकर आने दीजिए साहेब से।"

महाबिर दास ने मैथिली में बोलते हुए हाथ जोड़े, "बड्ड अरजेंट काम अछि पंडीजी! एक टा जीप चाही। मरि रहल अछि कजरी। अस्पताल तक...।" लेकिन कारी झा का जवाब था, "हम अहांक काज देखी कि अपन नोकरी?"

लोहे के गेट में ताला लगाकर कारी झा अन्दर पूछने चला गया। लोगों ने देखा कि अहाते में तीन गाड़ियाँ लगी हैं। एक जीप लुचाय राम की थी। गाँव के लोग गहरे नीले रंग की इस जीप को अच्छी तरह पहचानते हैं।

कारी झा आहिस्ता-आहिस्ता गेट पर आया और बोला, "साहेब कहते हैं कि एक्को डरेबर अखन नहीं है। बिना डरेबर के कौन ले जाएगा गाड़ी? जाइए आप लोग। कोनो दोसर उपाय करिए।"

तीन गाड़ियाँ और एक भी ड्राइवर नहीं?...लोग दौड़ते हुए लौट आये। माई बोलीं, "दुश्मन देंगे जीप अस्पताल पहुँचाने के लिए? ले चलो खाट पर लादकर।" चार लोगों ने खाट को कन्धों पर उठा लिया। आगे-आगे कहार की तरह खाट उठाये लोग, पीछे-पीछे मर्द-औरतें। एक पूरा झुंड। माई के लिए बैलगाड़ी की व्यवस्था की गयी। पाँच-छह किलोमीटर दूर कस्बे का सरकारी अस्पताल। मलाहटोली से रमपतिया भी दौड़ती हुई आयी। माई ने इतने लोगों को अस्पताल जाने से मना किया। रात-बिरात का समय। क्या करेंगे इतने लोग जाकर?

इतना शोर मचा, लेकिन बबुआन टोले का एक आदमी नहीं आया। बभनटोली और बड़का टोले तक भी खबर पहुँची। कोई देखने नहीं आया। रात में लालटेन और टॉर्च की रोशनी में सड़क से गुजरते लोगों को देख बभनटोली और बड़का टोले के कुछ लोगों ने पूछ भर लिया कि क्या बात है। सवर्ण सुरक्षा संघ

के अध्यक्ष बाबू रामपुकार सिंह को पता चला कि कजरी को कुछ अनपहचाने लोगों ने पीट-पीटकर बुरी तरह घायल कर दिया है तो उन्होंने अपने भतीजे से कहा, ''भले मरे ई कजरी। पूरे गाँव को तबाह कर दिया है। इसी के कारण सोलकन टोले की औरतों का मन बढ़ गया है। जन-बनिहार भी अब टेंठी बतियाते हैं। मुसहर टोले के मजूर भी कहते हैं कि 'पैला' देखेंगे पहले कि आटे की लोई तो नहीं साटी गयी है!''

पुल के पास पहुँचते-पहुँचते रात हो गयी। सुनसान सड़क। पुल के बाद भी दो-तीन किलोमीटर कस्बे की दूरी। सबके मन में संशय कि छोटे सरकारी अस्पताल में इस समय डाक्टर भी मिलेगा या नहीं। बारी-बारी से खाट उठानेवाले बदलते रहे रास्ते भर। रात होते देख दुल्की चाल में चलने लगे लोग।

स्टेट डिस्पेंसरी के डाक्टर का क्वार्टर बगल में था। लोग खाट को अस्पताल के बरामदे पर रख कर डॉक्टर के क्वार्टर गये। डाक्टर खाना खाकर आराम करने जा रहा था। एक साथ इतने लोगों को देख डाक्टर चकरा गया। डॉक्टर को जानकारी मिली कि बड़का गाँव और मरकसवा गाँव का मामला है तो बिना हिला-बहाना किये अस्पताल आ गया।

कंपाउंडर, ड्रेसर वगैरह अस्पताल के अहाते में बने क्वार्टरों में ही रहते थे। सब बुला लिये गये। डाक्टर ने बुरी तरह घायल कजरी की स्थिति देखी तो बोला, ''देखिए, हालत चिन्ताजनक है। यहाँ इस अस्पताल में उतनी सुविधाएँ नहीं हैं कि हम सही इलाज कर सकें, इसलिए बेहतर होगा, अभी इसी वक्त आप लोग पेसेंट को जिला अस्पताल ले जाइए। और हाँ, खून देना पड़ेगा।''

''खून की चिन्ता नहीं है डागडर बाबू। देखते हैं न, कितने लोग हैं। सब खून देनेवाले हैं कजरी के लिए।''

डॉक्टर ने दो इंजेक्शन लगाये। कंपाउंडर ने सिर पर बैंडेज वगैरह लगा दिया और बोला, ''देर मत कीजिए। अभी तक पेसेंट बेहोश है।''

लोग माई के पहुँचने की प्रतीक्षा कर रहे थे। माई बैलगाड़ी से आ गयीं। मालूम हुआ कि डॉक्टर ने जिला अस्पताल ले जाने के लिए कहा है। माई बोलीं, ''इन्तजाम करो जीप का। यहाँ तो मिल जाएगी जीप।''

रात के बारह से भी ज्यादा बज गये जिला अस्पताल पहुँचते-पहुँचते। अस्पताल में कहीं कोई डाक्टर नहीं। आखिर अमोल बाबू के नर्सिंग होम ले गये लोग। इलाज शुरू हुआ। खून चढ़ाया जाने लगा। उतरती रात में जितना हो सकता था, किया गया। नर्सिंग होम के व्यवस्थापकों ने पेसेंट के साथ आये लोगों का हुलिया देखा तो पूछ लिया, ''खर्चा ज्यादा होगा इलाज में। रुपये-पैसे लेकर आये हैं न आपलोग?'' माई सामने आ गयीं, ''आप रुपये की चिन्ता मत करिए। जितना

खर्च होगा, हम देंगे। आप गरीब-मजदूरों को देखकर शंका कर रहे हैं कि कहाँ से देंगे ये लोग इलाज का खर्च!''

दूसरे दिन दोपहर तक नर्सिंग होम से गये लोगों ने गाँव में बताया कि कजरी खतरे से बाहर है, वैसे हालत गम्भीर है।

पूर्णियाँ में दूसरे दिन सुबह आठ-नौ बजे तक परशुराम को और 'हरियाणा लेडीज टेलरिंग हाउस' की रूपमती को भी खबर मिल गयी। रूपमती अपनी दुकान लेडी टेलर के भरोसे छोड़कर नर्सिंग होम आ गयी पति के साथ। कई लोगों की सलाह पर नर्सिंग होम के अनाप-शनाप खर्च के कारण सदर अस्पताल ले आया गया कजरी को। वार्ड में जगह भी मिल गयी। थाने से पुलिस आ गयी रिपोर्ट लेने। कजरी के सिर, कन्धे, पंजरे और पैरों पर लाठियों की मार थी। पिछली रात से लगातार खून चढ़ाया जा रहा था। सुबह कजरी पूरे होश में थी जब परशुराम और रूपमती मिलने पहुँचे।

रूपमती को देखते ही माई की आधी चिन्ता दूर हो गयी। कजरी का दुःख कम हो गया। माई अपने साथ लायी रुपयों की थैली रूपमती को देती हुई बोलीं, ''ले बेटी तू ही रख। खरच-बरच तू ही करना।''

पुलिस को दिये गये बयान में कजरी ने कहा कि शाम के अँधेरे में वह हमलावरों को पहचान नहीं पायी। हमला पीछे से हुआ था और वह गिर गयी थी। फिर होश नहीं हुआ। कुछ याद नहीं उसके बाद।

न पहचाने कजरी किसी को, लेकिन कजरी भी जानती थी और गाँव के लोग भी कि कौन लोग थे और किन लोगों ने यह हमला कराया। मरकसवा गाँव और बड़का गाँव के सोलकन टोलों और दलित टोलों में कजरी की ही चर्चा होती रही। दुःखी थीं मुसहर टोले की मजदूरिनें, लेकिन पूर्णियाँ जाने का बटखर्चा नहीं था उनके पास। उसी टोले का हाईस्कूल में पढ़ने वाला लड़का रामप्रकाश भारती कजरी को देखने सदर अस्पताल गया और बताया कि उसके टोले के लोग इस समय क्या करने की सोच रहे हैं।

पूर्णियाँ में ही थे पत्रकार बी.पी. अकेला और करमल गुरुजी का पोता अशोक। मरकसवा गाँव से आने के बाद अशोक लौटकर कभी अपने दादा-दादी के पास नहीं गया। अशोक की पत्नी की मरकसवा गाँव के किसी आदमी से मुलाकात होती तो वह अपनी ददिया सास के खिलाफ आग उगलने लगती। पत्रकार बी.पी. अकेला से उसने कहा था, ''आप नहीं जानते हैं अकेला जी उस बुढ़िया को! बुढ़वा से फँसी है। जवानी के समय से लटर-पटर रहा है बुढ़वा से। तब न देखते हैं इस बुढ़ारी में भी एतना प्रेम है दोनों में। मैंने तो अपनी आँखों से देखा है बुढ़वा-बुढ़िया को...।''

बी.पी. अकेला ने मरकसवा गाँव के कई लोगों से यह बात कही।

कजरी पर जानलेवा हमला हुआ और अभी सदर अस्पताल में इलाज चल रहा है, यह सूचना बी.पी. अकेला को मिल गयी थी, फिर भी अकेला कजरी को देखने नहीं आया। माई ने कहा, "जिन लोगों ने कजरी पर हमला किया, उन्हीं लोगों के साथ रहता है बिपिया। मिलने क्यों आएगा? रूपमती को बिपिया की दूसरी पत्नी शेफालिका विश्वास के माध्यम से सूचना मिली कि बी.पी. कहता है—कजरी पर हमला हुआ, यह 'न्यूज' नहीं बनता है। हाँ, हमले में मौत होती तो न्यूज बन सकता था।

समारोह के लिए अब समय बहुत कम है। केवल सात दिन। तेज नारायण सिंह तरुण रात-दिन एक किये हुए हैं। सम्मानित किये जाने वाले लोगों से फोन पर उनकी दो-दो, तीन-तीन बार बातचीत हो चुकी है। सब तैयार हैं आने के लिए। पटना जाकर तरुण जी ने उप-मुख्यमन्त्री प्रो. अनवर हसन से भी समय ले लिया है। प्रो. हसन ने बड़ी खुशी से अपने सहपाठी तरुण जी का प्रस्ताव स्वीकार किया।

नन्दकिशोर से तरुण जी की दो बार फोन पर वार्ता हो चुकी है। उसने आश्वासन दिया है कि समारोह में सम्मिलित होगा। भारत आने की तैयारी चल रही है। उसने माई को यह समाचार दे देने के लिए तरुण जी से कहा है। नन्दू गार्ड से बात करना चाहता था। तरुण जी ने बताया कि माई पूर्णियाँ में हैं। कजरी नाम की एक लड़की का पूर्णियाँ के सदर अस्पताल में इलाज चल रहा है। माई उसी को लेकर अस्पताल में हैं।

विधायक बैताल सिंह ने भी समारोह के लिए पच्चीस हजार रुपये दिये हैं। कहा है कि समारोह में वह समय से पहले पहुँच जाएगा। डायमंड का सहयोग तरुण जी को हर स्तर पर मिल रहा है।

बबुआन टोले के लोग प्रसन्न हैं कि बहुत दिनों बाद वे सुपरिंटेंडिंग इंजीनियर बन गये अपने टोले के राजकुमार सिंह से मिलेंगे। इससे भी बड़ी खुशी बभनटोली के लोगों को है। सुभद्र झा सुप्रीम कोर्ट के नामी वकील हैं, लेकिन वकील बनने के बाद वे कभी गाँव लौट कर नहीं आये। बड़का टोले के लोगों की खुशी का कहना क्या! राजस्थान में डिस्ट्रिक्ट जज रघुवंश शर्मा से बड़ा आदमी तो इस गाँव में क्या, इलाके में नहीं हुआ।

बबुआन टोले के राजकीय इंटरस्तरीय उच्च विद्यालय को सजाया जा रहा है। पैसे की कमी नहीं है। लाखों रुपये एकत्र हो गये हैं। तरुण जी ने बाहर के लोगों से फोन पर हुई बातचीत में कहा है कि हवाई जहाज से आने वाले को हवाई जहाज

का किराया दिया जाएगा। जब डायमंड और बैताल सिंह-जैसे नेताओं का सहयोग मिल रहा है तो ऐरू-गैरू नत्थू-खैरू से क्यों लिया जाए चन्दा। डायमंड और बैताल सिंह इस स्कूल के छात्र रह चुके हैं। डायमंड को हालाँकि मैट्रिकुलेशन की परीक्षा इस स्कूल के छात्र के रूप में देने का संयोग प्राप्त नहीं हुआ। हेडमास्टर ने उसको स्कूल से 'रस्टीकेट' कर दिया था। वजह थी कि एक डकैती केस में डायमंड का नाम था और पुलिस स्कूल से उसे पकड़कर ले गयी थी। डायमंड को जेल में रखा गया था। हेडमास्टर थे रघुनाथ झा। उन्होंने डायमंड को स्कूल से निकाल दिया। बाद में 'ली एकेडमी हाई स्कूल' से डायमंड ने मैट्रिकुलेशन की बोर्ड परीक्षा दी।

मैट्रिकुलेशन की परीक्षा चाहे जहाँ से पास करे डायमंड, लेकिन इस स्कूल का छात्र तो वह था। समारोह में जज, सुप्रीम कोर्ट के वकील, उप मुख्यमन्त्री, एस.पी. और अनेक गणमान्य लोगों के बीच उसे भी सम्मानित होने का गौरव प्राप्त होगा।

माई को सदर अस्पताल में तरुण जी के मार्फत सूचना मिल गयी थी कि पूरे परिवार के साथ नन्दू अमेरिका से आ रहा है। तरुण जी पंडाल बनानेवाले को 'एडवांस' देने पूर्णियाँ गये थे। पंडाल की भव्यता का अनुमान इसी से लगाया जा सकता है कि डेकोरेशन, पंडाल के निर्माण, माइक्रोफोन, कुर्सियों आदि के लिए दो लाख रुपये का खर्च आ रहा था। जेनेरेटर का खर्च जनकलाल ठेकेदार ने वहन करना स्वीकार किया है। चचेरे भाई रामबरन एस.पी. को सम्मानित किया जाए और जनकलाल इतना भी न करे!

बड़का गाँव के दक्खिन टोलों और सोलकन टोलों में स्कूल के स्वर्ण जयन्ती-समारोह को लेकर उत्साह है, लेकिन यह क्लेश भी है कि इसी समय माई और कजरी अस्पताल में हैं। बड़का टोले, बबुआन टोले और बभनटोली के लोग कजरी वाली घटना से बिल्कुल तटस्थ हैं।

रणविजय बाबू की खंडहर ड्योढ़ी में उस दिन बाबू चन्दरमा सिंह, सवर्ण सुरक्षा संघ के अध्यक्ष रामपुकार सिंह, शिवदानी मिश्र और पंडित खड्गनाथ झा एकत्र हुए थे। रणविजय सिंह ने चन्दरमा सिंह से कहा, "नन्दू की माई ने कजरी को सिर चढ़ा रखा है। अच्छा हुआ अब ज्यादा 'लबर-लबर' नहीं करेगी। कजरी को तो जान से ही मारने की बात थी, लेकिन लोगों ने सोचा कि गाँव में इतना बड़ा समारोह होने जा रहा है, ऐसे समय में यह उचित नहीं होगा।"

बाबू चन्दरमा सिंह बोले, "रणविजय, अब तो यह कोई न कहेगा कि भुमिहार या राजपूत अत्याचार करते हैं! कजरी को क्या पता नहीं होगा कि उस पर आक्रमण करने वाले कौन लोग हैं? लड़ें आपस में सोलकन लोग। करते रहें सिरफुटौवल। राज-पाट तो उन्हीं लोगों का है। हम लोग खाली तमाशा देखेंगे।"

शिवदानी मिश्र ने सहमति जतायी, "ठीक कहते हैं आप चन्दरमा बाबू, अब ईं तो कोय नै कहेगा कि हम लोग सताते हैं छोटका जात को।"

वर्षों से जले-भुने पंडित खड्गनाथ झा बोले, "यह कलियुग है बाबू साहेब। हम लोग तो सोचते थे कि अभी सनातन धर्म की व्यवस्था चलेगी, लेकिन अकाल-सन्ध्या आ गयी! साँझ के पहले साँझ हो गयी।"

"ठीक कहते हैं पंडी जी! जो देर से होना था सो आज ही हो गया। ऋषियों-मुनियों ने भविष्यवाणी की थी कि कलियुग में शूद्र राज करेंगे, लेकिन यह नहीं सोचा था हम लोगों ने कि इतना जल्दी आ जाएगा शूद्र-राज। यह नहीं सोचा था कि बड़ी हवेली के बाबू सुरवंश शर्मा इस तरह गरीबी में ठर्रा पी-पीकर मरेंगे। यह नहीं सोचा था कि उनकी अर्थी के साथ आठ-दस लोग जाएँगे, सिर्फ उनके गोतिया-दियाद!"

बाबू रणविजय सिंह ने पंडित खड्गनाथ झा की दुखती रग पर उँगली रखी, "हम लोग समझते हैं आपका दुख पंडीजी, लेकिन करें क्या, सब तरफ तो सोलकन लोग ही भरे पड़े हैं। पहले उनको अपनी खबर नहीं थी। बाद में वे एकजुट हो गये। जनतन्त्र में यह जो वोट का अधिकार है न, यही खतरनाक है।" पंडित खड्गनाथ झा की आन्तरिक व्यथा प्रकट हो गयी, "देखते हैं न! अब ब्राह्मण को सुद्दर लोग प्रणाम भी करते हैं? केवल पुराने लोग हैं जो कहते हैं—परनाम पंडी जी!" बाबू चन्दरमा सिंह पंडित खड्गनाथ झा के प्रति सहानुभूति व्यक्त करते हुए बोले, "गोसाईं जी ने क्या लिखा है ब्राह्मण के विषय में, सो तो जानते ही होंगे आप पंडीजी।"

पंडितजी कुछ सोच रहे थे। उनके बदले में रणविजय बाबू ने जवाब दिया, "वही न!...पूजिय बिप्र सील गुन हीना!...वही न?"

बाबू चन्दरमा सिंह ने स्मरण करने के लिए आँखें मूँद लीं और बोले, "नहीं-नहीं। दूसरी चौपाई है। रामचरितमानस के बालकांड में सन्त शिरोमणि तुलसीदासजी महाराज लिखे हुए हैं : बंदौं प्रथम महीसुर चरना। मोहजनित संसय सब हरना।...महीसुर का अर्थ समझते हैं न?"

शिवदानी मिश्र ने झट से जवाब दिया, "हाँ, समझते हैं। असुर माने राक्षस। मही माने पृथ्वी। महीसुर माने धरती के राक्षस! जैसे अकासुर, बकासुर, महिषासुर।"

रामपुकार सिंह, बाबू चन्दरमा सिंह और रणविजय बाबू ठठाकर हँसे। बाबू चन्दरमा सिंह ने हँसते-हँसते ही कहा, "आपने तो एकदम्मे उलट दिया चौपाई का अर्थ! बाबा तुलसीदास होते तो माथा धुनते आपके इस अर्थ पर।"

पंडित खड्गनाथ झा सिर पर हथेली रखे मुस्करा रहे थे, "आप तो हद करते

हैं मिसिर जी! आपके अनुसार तो विप्र पृथ्वी के राक्षस हुए?''

बाबू चन्दरमा सिंह ने मिश्रजी को अर्थ समझाया, ''मही माने पृथ्वी, सुर माने देवता। यानी पृथ्वी के देवता! विप्र का अर्थ तो जानबे करते हैं—ब्राह्मण। यानी ब्राह्मण पृथ्वी के देवता हैं। यह लिखा है गोसाईं जी ने और वह भी बालकांड की पहली चौपाई में। कहते हैं कि ब्राह्मण मोहजन्य संशय को दूर करने वाले हैं।''

पंडित खड्गनाथ को ब्राह्मण-महात्म्य के इस प्रिय प्रसंग से अलौकिक सन्तोष हुआ। पहले वे कुर्सी पर झुककर बैठे थे। बाबू चन्दरमा सिंह की इस अतिप्रिय ब्राह्मण-वार्ता के बाद उनकी झुकी रीढ़ तन गयी। आत्ममुग्ध पंडितजी ने बाबू चन्दरमा सिंह से कहा, ''आप तो मास परायण करते हैं बाबू साहब रामचरित मानस का। गोसाईं जी ने गणेश जी की वन्दना से भी पहले विप्र की वन्दना की है—बंदौ प्रथम महीसुर चरना।''

''हाँ पंडितजी!...गोसाईं जी का क्या कहना! कलिकाल का उनका वर्णन पढ़िए न उत्तरकांड में। वही समय आया है अब! शूद्र शासन चला रहे हैं।''

''यही सब देखना बाकी रह गया था पंडितजी! सब तरफ दुसाध-चमार-यादव-कुर्मी। वह तो प्रशासन में पहले से भरे हुए हैं सवर्ण, इसलिए सन्तोष होता है, नहीं तो देखिए रहे हैं कि कैसे बमक गये हैं छोट जात के लोग।'' बाबू चन्दरमा सिंह जब शूद्रों के खिलाफ बोलने लगते हैं, तो क्या कथनीय है क्या अकथनीय — यह भी भूल जाते हैं।

बाबू रणविजय सिंह की जर्जर लाल ड्योढ़ी के अहाते में कुर्सियों पर बैठे थे लोग। सबके निशाने पर थे गाँव में वर्चस्व स्थापित कर रहे सोलकन और दलित। बातचीत शुरू हुई थी कजरी पर हुए हमले से और पहुँच गयी रामचरितमानस की ब्राह्मण-महिमा तक।

शाम होने को थी। लोग उठने ही वाले थे कि तरुण जी आ गये। रामपुकार सिंह ने पूछा, ''का हो मास्टर साहेब, कैसी चल रही है तैयारी! अब तो समइयो नहीं है। सब आ रहे हैं न समारोह में? जज साहब, सुप्रीम कोर्ट के वकील...इंजीनियर साहब वगैरह?...''

तरुण जी हाथ में फाइल लिए बैठ गये खाली मूढ़े पर। बोले, ''फोन पर सबसे बात हो चुकी है। दो-दो, तीन-तीन बार बात हुई है। सबने आने का आश्वासन दिया है। अमेरिका से नन्दू भी आ रहा है सपरिवार।''

''पहली बार बड़का गाँव में ऐसा भव्य आयोजन होने जा रहा है।'' पंडित खड्गनाथ झा ने तरुण जी की तरफ देखते हुए कहा। तरुण जी मुस्कराते हुए बोले, ''लेकिन पंडितजी, आप लोगों को देखना चाहिए न स्कूल जाकर कि क्या-क्या कमी है? कैसी हो रही है तैयारी? दो हजार लोगों का भोज-भंडारा है।''

बाबू रणविजय सिंह ने कहा, "लेकिन यह बात तुम मुझे नहीं कह सकते मास्टर। मैं रोज घंटा-डेढ़ घंटा वहीं बैठता हूँ।"

पंडित खड्गनाथ झा हँसने लगे, "आपके पिता द्वारा स्थापित किया गया था स्कूल। आप भला जाएँगे नहीं व्यवस्था देखने! आपका तो विशेष अधिकार बनता है न बाबू साहब!"

रणविजय बाबू गर्व से मुस्कराये, "इसी स्कूल का प्रताप है न कि आज इस गाँव के खवास-चमार तक हाकिम हो गये।"

बाबू चन्दरमा सिंह से रहा नहीं गया, "अरे रणविजय, यह स्कूल न होता तो कनकट्टा लुचैबा का बेटा जूता-सी रहा होता और ढोल-पिपही बजा रहा होता उसका बाप! तरुण जी ने ललाट पर हाथ रख लिया, "आप समय के साथ नहीं चल सके चाचाजी। संयम रखिए वाणी पर। युग बदल गया है। कालचक्र है। साथ नहीं चलिएगा तो..."

रणविजय बाबू तरुण जी की तरफ देखने लगे, "क्या करोगे मास्टर, अपने लोगों के बीच बोलते हैं भैया। यादव टोले में थोड़े बोलेंगे ऐसी बात।"

समारोह के दो दिन पहले अमेरिका से नन्दू का फोन आया डायमंड को, "कुछ अपरिहार्य-कारणों से मैं समारोह में शामिल नहीं हो पाऊँगा, क्षमा करना। लेकिन समारोह में यह घोषणा कर देना कि स्कूल में पुस्तकालय-भवन का निर्माण मैं कराऊँगा। माँ के नाम पर होगा पुस्तकालय। मैं जरा इसी दशहरे में आ रहा हूँ। माई से कह देना। और हाँ, घोषणा जरूर कर देना समारोह में। समारोह की सफलता के लिए मेरी बहुत-बहुत शुभकामनाएँ।..."

डायमंड ने तरुण जी को फोन पर नन्दू से हुई बातचीत का सारांश बता दिया। दिल बैठ गया तरुण जी का। माई को जाकर कैसे बताएँ कि नन्दू नहीं आ रहा है। दशहरे में आएगा!...

तरुण जी ने भाग-दौड़ के लिए हाजी टोले की जीप किराये पर ले रखी है। जीप से वे पूर्णियाँ गये आयोजन के एक दिन पहले। थोड़ी देर के लिए माई से मिलने सदर अस्पताल चले गये। माई ने नन्दू के न आने की बात सुनी तो हँसने लगीं, "मैं जानती थी मास्टर साहब, नहीं आएगा नन्दू!" तरुण जी चले गये। माई भुनभुनाती रहीं, "मैं कहाँ बुला रही थी! कब कहा कि आ जाओ मैं दुःखी हूँ, अकेली हूँ, बीमार हूँ या मर रही हूँ? कब कहा मैंने? मैंने तो सन्तोष कर लिया है।" माई भुनभुनाती रहीं और बगल में बेड पर लेटी कजरी सुनती रही। बोली कुछ नहीं, समझ गयी —आशा की पकी फसल पर चैत के बादल बरसे हैं।

माई उस पूरी रात कुछ बोली नहीं। शाम में रूपमती टिफिन बॉक्स में खाना लायी। देर रात तक बैठी रही। माई बेमन से हूँ-हाँ करती रहीं। रूपमती के लाख कहने पर भी माई ने खाना नहीं खाया।

पूरा बड़का गाँव स्कूल के समारोह को लेकर अभूतपूर्व उत्साह और उछाह में है। समारोह का पूरा दायित्व प्रखंड प्रमुख भीमसिंह यादव पर है, लेकिन वे बड़का गाँव के नहीं, पड़ोसी गाँव फत्तेपुर-पिठौरा के रहने वाले हैं। अपना भार उन्होंने बड़का गाँव के मुखिया इन्द्रनारायण यादव के कन्धों पर डाल दिया है। प्रमुख साहब का काम था आयोजन के लिए रुपयों की व्यवस्था करना और यह काम उन्होंने कर दिया है। इतने रुपये एकत्र हो गये हैं कि हवाई जहाज से आने वाले अतिथियों को हवाई जहाज के किराये दिये जाने की बात तय हुई है। आयोजन के कर्ता-धर्ता तरुण जी को न दिन में चैन है, न रात में।

यादव टोले के मुखिया जी हालाँकि समारोह को सफल बनाने के लिए पूरा जन सहयोग ले रहे हैं, फिर भी आश्चर्य कि उनके ही टोले से उनका विरोध हो रहा है। मुखिया जी ने कोशिश बहुत की, लेकिन इतना तीव्र विरोध दिखाई पड़ा कि वे चुप हो गये। तरुण जी की अनुनय-विनय भी काम नहीं आयी।

विधायक डायमंड के पिता झमेली यादव ने तरुण जी से स्पष्ट कह दिया, "हमारे परिवार और हमारे गोतिया-दियाद का एक्को आदमी नहीं जाएगा आपके समारोह में। आप लोग दयानन्द का सम्मान कर रहे हैं? क्यों कर रहे हैं उसका सम्मान? उस बेटे के कारण हम मुँह दिखाने लायक रह गये हैं क्या?"

पूरा गाँव जानता है, झमेली यादव ने बहुत पहले ही अपने बेटे से सम्बन्ध तोड़ लिया। उसी दिन उन्होंने बेटे से सम्बन्ध-विच्छेद की घोषणा की जिस दिन पुलिस उनके दरवाजे पर आयी थी। दरवाजे से आँगन में और आँगन से घर में घुसी थी। पुलिस के अफसर ने डायमंड की माँ को घिनौनी गालियाँ दीं, रंडी तक कहा और झमेली यादव को पीट-पीटकर थाने ले गये।

डकैती, लूट, तस्करी और मर्डर करे बेटा और मुँह चुराता फिरे बाप? रंडी होने की गाली सुने माँ? ऐसे बेटे से क्या रिश्ता जिसने माँ-बाप के चेहरों पर कालिख पोत दी?

रंडी की गाली सुनकर दयानन्द की माँ अपनी कोख पर रोयी और झमेली यादव ने बेटे से कह दिया, "दोगला कहाओगे, यदि फिर कभी मेरे घर आये।"

झमेली यादव तरुण जी को समझाने लगे थे, "ई क्या कर रहे हैं आपलोग मास्टर साहेब! दयानन्द और ऊ किरमिनल बैताल सिंह को माला पहनाने जा रहे हैं सभा में? आपका जस है मास्टर साहब! आपका नाम है। कम-से-कम आपको तो ऐसा नहीं करना चाहिए! आखिर लोग क्या सीखेंगे? क्या सन्देश जाएगा लोगों में?"

क्या जवाब देते तरुण जी! सोचते रहे कि ऐसे समारोहों में सबको मिलाकर

चलना पड़ता है। फिर बैताल सिंह और डायमंड-जैसे नेताओं से तो भरी हुई हैं देश की विधानसभाएँ। किस-किस को निकालिएगा?...लेकिन तरुण जी ने मन की बात मन में ही रख ली। झमेली यादव पढ़े-लिखे नहीं हैं। साक्षर हैं, बस। फिर भी उनके चरित्र की दृढ़ता और विवेक चकित करने वाला है। लोग कहते हैं कि ऐसे भी लोग हैं दुनिया में जो बुरे को बुरा कहते हैं, भले ही वह बेटा क्यों न हो! झमेली यादव चाहते तो लुचाय राम और झौली मड़र की तरह ऐश कर सकते थे, लेकिन देखिए!...

झमेली यादव ने तरुण जी से कहा, "तनी रुकिए मास्टर साहब।" फिर उन्होंने अपनी पत्नी को आवाज दी, "सुरसतिया माय?"...सुरसतिया माय यानी डायमंड की माँ आ गयी। तरुण जी को आश्चर्य हुआ। पहले भी जब-तब वे यहाँ आते रहे हैं। तब झमेली यादव अपनी पत्नी को 'दयानन्द माय' कहकर बुलाते थे। अब दयानन्द की जगह बेटी का नाम आ गया है। झमेली यादव ने दयानन्द का नाम ही मिटा दिया है अपने परिवार से।

सुरसतिया माय आयी तो वे बोले, "जरा जानकी को भेजना।" जानकी?...कौन जानकी? तरुण जी समझ नहीं पाये। जानकी यानी सोलह-सत्रह साल की लड़की। गोरी, लम्बी छरहरी।

"ई दयानन्द की बेटी है मास्टर साहब। बियाह के लायक हो रही है। आप ही बताइए, कहाँ खोजेंगे हम लड़का? ऐसी फूल-सी पोती को किसी भैंसवार से तो बियाह नहीं देंगे। ले-देकर आठ-दस एकड़ जमीन है। बिना जमीन बेचे, तिलक-दहेज के रुपये हम लाएँगे कहाँ से? जानकी की पीठ पर बेटा है। मैट्रिक में पढ़ता है। मैट्रिक के बाद तो वह हर-फार ही जोतेगा न! या भैंस चराएगा।..." झमेली यादव की आवाज भींगने लगी थी।

तरुण जी डायमंड की बेटी को देख रहे थे और उसी के समानान्तर देख रहे थे डायमंड को! उसकी रखैल ममता झा, पटने में बंगालिन पत्नी, दिल्ली में पंजाबिन रखैल...दो-दो गाड़ियाँ...बिखरी हुई करोड़ों की सम्पत्ति।...

झमेली यादव ने अपने परिवार की जो जिन्दा तस्वीर दिखायी थी वह किसी को निरुत्तर कर सकती थी। तरुण जी झमेली यादव और उनकी पत्नी को देखते रहे। झमेली यादव के शरीर पर मैली-कुचैली गोलगंजी थी। नंगे पाँव, मामूली-सी धोती पहने हुए थे। सिर पर भूरे-उजले खूँटियों-से छोटे-छोटे बाल और चेहरा सूखा हुआ। बगल में बाहुबली डायमंड की माँ जमीन पर पंजों के बल बैठी थी। गोरी-सी दुबली-पतली। साठ पार की उम्र। मारकिन की साड़ी। तरुण जी धूल सने पैरों वाली डायमंड की माँ को देर तक देखते रहे। वे बस एक ही बात सोच रहे थे कि कुछ लोग हैं बचे हुए। अभी भी इस दुनिया में सच्चाई की राह पर चलने वाले कुछ लोग हैं।

बिना दही-चूड़ा खिलाये दयानन्द की माँ...नहीं-नहीं सुरसतिया की माँ ने आने नहीं दिया तरुण जी को।

"ई कैसे हो सकता है मास्टर साहेब! अपनी भैंस के दूध का दही है। दही खाइए तब कहिएगा कि हाँ, किसी दहियार यादव के यहाँ दही खाया है।" हँसने लगे झमेली यादव।

तरुण जी चलने को हुए तो झमेली यादव ने ऊँची आवाज में कहा, "और सुन लीजिए मास्टर साहेब, वैसे तो इन्दर ग्राम पंचायत का मुखिया है, मगर टोले का मैंजन (प्रधान) हम हैं और ई जान लीजिए कि इन्दर को छोड़कर यादव टोले का कोई नहीं जाएगा आपके समारोह में।"

समारोह दोपहर बाद दो बजे से शुरू होने वाला है। व्यापक तैयारी है। शॉल, प्रशस्ति-पत्र, प्रतीक चिह्न, यहाँ तक कि रजनीगन्धा-फूल की मालाएँ भी पटने से लाई गयी हैं। मीडिया के लोगों को भी सूचना दे दी गयी है। मीडिया का प्रभारी बी.पी. अकेला को बनाया गया है। मंच-संचालन के लिए पटना दूरदर्शन-केन्द्र की खूबसूरत समाचार-वाचिका सुनीता मिश्र आज सुबह अकेला के साथ आ चुकी हैं। डायमंड और बैताल सिंह आयोजन में गहरी दिलचस्पी ले रहे हैं।

भव्य पंडाल में सजी हुई कुर्सियों पर लोग बैठे हुए हैं। कुछ घूम-फिर रहे हैं, कुछ खड़े हैं। सम्माननीय अतिथि भी पहुँच चुके हैं। सिर्फ नन्दकिशोर नहीं आ सका अमेरिका से। दक्खिन टोले के लोगों को बस एक ही तकलीफ है कि माई और कजरी इसमें शामिल नहीं हो रही हैं। सदर अस्पताल में कजरी का इलाज चल रहा है और माई कजरी को छोड़कर आ नहीं सकतीं। गाँव के लोग आ चुके हैं। बड़ी हवेली की बड़ी मालकिन नहीं आयीं। उन्होंने तरुण जी को पहले ही कह दिया कि वे किसी समारोह, किसी आयोजन में सम्मिलित नहीं होंगी। बाबू रणविजय सिंह, बाबू चन्दरमा सिंह, बाबू रामपुकार सिंह और पंडित खड्गनाथ झा बड़ी मालकिन का यशोगान आज भी करते हैं। बड़ी मालकिन ने इस गाँव को नक्सलियों से बचा लिया, यही क्या कम है। बल्कि लालसेना के रामसेवक और शिबू को वे रोजगार के रास्ते पर ले आयीं, नहीं तो अब तक कितना रक्तपात हुआ होता गाँव में। बगल के पिठौरा गाँव के जितराम पाठक की हत्या के बाद यह सिलसिला जोर पकड़ रहा था। बड़ी मालकिन ने बचा लिया गाँव को।

लेकिन अब बड़ी मालकिन का दिल टूट गया है। बाबू सुरवंश शर्मा की मौत के बाद उनकी वीरान जिन्दगी, खंडहर हवेली में भाँय-भाँय करता सन्नाटा और अकेली बड़ी मालकिन। एक जीप थी, वह भी हाजी टोले के किसी आदमी ने

खरीद ली। नौकर-चाकर सबने छोड़ दी हवेली। हवेली छोड़ चुके नौकर रामफल ने कहा कि बस बड़ी मालकिन के साथ अब सोमरी बुढ़िया रह गयी है। वही खाना बनाती है और सेवा करती है। सोमरी बड़ी मालकिन के साथ उनकी पहली बिदाई में दान में आयी थी। केवट टोली के भगलू मलाह के साथ सोमरी की शादी तो कर दी गयी थी, लेकिन सोमरी को बाल-बच्चा नहीं हुआ। भगलू ने घर से भगा दिया तो सोमरी बड़ी हवेली में चली आयी। मालकिन के जीवन के इन अन्तिम दिनों में उन्हीं के साथ है सोमरी दासी।

दो बजने में एक घंटे की देर है। उप-मुख्यमन्त्री प्रो. अनवर हसन अब पहुँचने ही वाले हैं। समारोह के लिए दो एम्बैसडर कारों की व्यवस्था डायमंड ने कर दी है। बाकी एक जीप तो पन्द्रह-सोलह दिनों से चल ही रही है। दो कारें उप-मुख्यमन्त्री महोदय की अगवानी के लिए पुल के पास भेजी गयी हैं। पुल से लेकर समारोह-स्थल तक आठ भव्य तोरण-द्वार बनाये गये हैं।

मंच से सटा स्कूल का बरामदा है और बरामदे से सटा हॉलनुमा बड़ा-सा कमरा है जिसमें समारोह शुरू होने के इन्तजार में सम्माननीय अतिथि बैठे हुए हैं। कोल्डड्रिंक दिया जा रहा है अतिथियों को। हॉल के एक कोने में स्वागत-गान गानेवाली पाँचों लड़कियाँ बैठी हुई हैं—एक तरह के सलवार-फ्रॉक पहने। पिछले कई दिनों से संगीतज्ञ रामनारायण शास्त्री स्वागत-गान की तैयारी करवा रहे थे।

"धन्य अवसर आज का है स्वागतम् शुभ आगमन।
आपके दर्शन हुए हैं, स्वागतम् शुभ आगमन।..."

स्वागत-गान के साथ सिरसिया गाँव के पंडित अमोघ जी ने प्रशस्ति-पत्र भी लिखे हैं। सुन्दर फ्रेम में मढ़े हुए प्रशस्ति-पत्र हॉल के एक कोने में फूल-मालाओं के साथ मेज पर रखे हुए हैं।

समारोह शुरू होने में अब थोड़ी ही देर है। स्कूल के मैदान में बड़े-से सुसज्जित पंडाल में लोगों के लिए दो हजार से भी अधिक कुर्सियाँ लगी हुई हैं। लोग बैठे हुए हैं। मुख्य समारोह शुरू होने से पहले लोगों के मनोरंजन के लिए तरुण जी ने गाँव के गायकों को मौका दिया है। पहली बार खवासटोली की लड़की रोजी कुमारी मंच पर आयी और 'ऐ मेरे वतन के लोगों...' गाया। कबीरपन्थी महाबिर दास ने खंजड़ी पर संयोग शृंगार का भ्रम उत्पन्न करने वाले भावात्मक रहस्यवाद के दो पद गाये : 'आयी गवनवाँ की साड़ी उमर मोरी बारी' और 'रितु फागुन की नियरानी हो कोई पिया से मिला दे'। लोग झूम उठे महाबिर दास के गाये पद सुनकर। तालियों की गड़गड़ाहट के बीच महाबिर दास मंच से उतरा कि तभी तरुण जी माइक्रोफोन पर आये और घोषणा की —माननीय उप-मुख्यमन्त्री महोदय पहुँच

गये हैं। घोषणा सुनते ही आयोजक और गाँव के प्रतिष्ठित लोग अगवानी के लिए मेन गेट की तरफ जाने लगे। बैताल सिंह और डायमंड का तो पुराना परिचय है उप-मुख्यमन्त्री से। विधानसभा के सत्रों में मुलाकातें और मुकाबले होते ही रहते हैं।

डायमंड और बैताल सिंह अगवानी के लिए गेट पर चले गये। तरुण जी हाथ में कागज-पत्तर की फाइल लिए भाग-दौड़ कर रहे थे। उप-मुख्यमन्त्री जी को समारोह में जाने के पहले मंच के पास के हॉल में ले जाया गया। सटे हुए बाथरूम में हाथ-मुँह धोकर उप-मुख्यमन्त्री महोदय हॉल में आ गये। विशिष्ट लोगों के लिए स्टील की कुर्सियाँ लगी हुई थीं। सम्माननीय अतिथियों से तरुण जी ने उप-मुख्यमन्त्री महोदय का परिचय कराया। सुप्रीम कोर्ट के वकील सुभद्र झा, राजस्थान में डिस्ट्रिक्ट जज रघुवंश शर्मा, नागपुर में सुपरिंटेंडिंग इंजीनियर राजकुमार सिंह, सुपरिंटेंडेंट ऑफ पुलिस रामबरन राम, डिप्टी कलेक्टर विनोद कुमार और दूसरे बड़े लोग स्टील की कुर्सियों पर बैठे थे। सामने की कुर्सियों पर दोनों विधायक विराजमान थे —डायमंड और बैताल सिंह। डायमंड के पीछे वाली कुर्सी पर कटुआ नेता बैठा था। उसकी बगल वाली कुर्सी पर बैठे थे प्रखंड प्रमुख भीमसिंह यादव। अपने नाटे कद के कारण कटुआ नेता उचक-उचककर उप-मुख्यमन्त्री की तरफ देखता था ताकि वे उसे देख लें।

उधर मंच पर समय काटने के लिए स्थानीय कलाकार गाने गा रहे थे। उप-मुख्यमन्त्री ने सामने खड़े तरुण जी से कहा, "आपको याद होगा तरुण जी, सन् तिहत्तर में अपने कॉलेज की एन.एस.एस. की टीम लेकर मैं आपके इस गाँव में आया था और सप्ताह-भर रहा था इसी स्कूल में। बहुत दिन हो गये।"

"जी, याद क्यों नहीं रहेगा! मैं तो आपके साथ ही रहता था। मैं जानता था कि आप हैं सोस्लिस्ट! लोहिया जी के शागिर्द और आप एन.एस.एस. के बहाने सामाजिक-आर्थिक सर्वेक्षण करने आये हैं। अन्दरूनी हकीकत यही थी।" तरुण जी, हँसने लगे। प्रो. हसन भी मुस्कराये, "हाँ तरुण जी हकीकत तो यही थी, लेकिन इस हकीकत ने मुझे बरसों तक परेशान किया।" तरुण जी प्रो. हसन का चेहरा देखने लगे।

"अच्छा तरुण जी, इस गाँव में एक बुद्धन माँझी हुआ करते थे। अब तो शायद जिन्दा नहीं होंगे।" प्रो. हसन ने यह बात पूछी तो कई लोगों ने एक साथ कहा, "नहीं हुजूर, बुद्धन माँझी जिन्दा है। मुसहर टोले का बुद्धन माँझी जिन्दा है।"

"जिन्दा हैं बुद्धन माँझी? अब तक जिन्दा हैं?...तरुण जी, मैं बुद्धन माँझी से मिलना चाहता हूँ। जरा देखिए तो आये हैं?" सामने दरवाजे पर खड़े लोगों में

से किसी ने कहा, ''जी हुजूर, आया है बुद्धन माँझी!''

प्रो. हसन ने तरुणजी से कहा, ''जरा बुलाकर लाइए तरुणजी बुद्धन माँझी को।''

तरुण जी तेजी से पंडाल की तरफ चले गये और कुछ ही क्षणों में लौट आये, ''आ रहा है बुद्धन माँझी।''

बुद्धन माँझी मजदूरी करता है आज भी! पैंसठ-छियासठ साल की उम्र में! जीर्ण-शीर्ण शरीर है, लेकिन उसके जोड़ का 'घरहटिया' मजदूर गाँव में क्या, इलाके में कोई नहीं है। फूस के बँगले छारने वाला अकेला कारीगर! मगर वही अवगुन! हंड़िया पीना छोड़ दे तो दूसरे-तीसरे दिन उसकी लाश ही मिलेगी।

प्रो. हसन बुद्धन माँझी के जिन्दा होने की सूचना से चकित थे। बोले, ''अब तो बहुत बूढ़े हो गये होंगे बुद्धन माँझी।'' मुखिया इन्द्रनारायण यादव ने कहा, ''नहीं सर, बहुत बूढ़ा नहीं, बस बूढ़ा है।'' तरुण जी बगल में खड़े थे। बोले, ''जब आप इस गाँव में आये थे, उस समय क्या बुद्धन आपको जवान दिख रहा था?'' प्रो. हसन हँसने लगे थे, ''नहीं जवान तो नहीं लगता था, लेकिन था जवान। तीस-पैंतीस से ज्यादा का नहीं था।''

तरुणजी सहपाठी होने के अपने विशेषाधिकार का उपयोग करते हुए बोले, ''हम लोगों के समय का लोकप्रिय फिल्मी हीरो था न अशोक कुमार। याद कीजिए! जवानी में भी अशोक कुमार आपको कभी जवान दिखाई पड़ा?'' तरुण जी के इस हल्के-फुल्के परिहास पर सब हँसने लगे। प्रो. हसन मुस्कराते हुए बोले, ''हाँ, कुछ लोगों का चेहरा ही ऐसा होता है। ठीक कहा आपने। लेकिन इसी के बरअक्स फिल्म स्टार देवानन्द को देखिए!...''

इसी बातचीत के बीच छोटी-सी लाठी लिए बुद्धन माँझी आ गया। पीछे-पीछे कई लोग। मुखिया जी उठकर गेट पर चले गये और बुद्धन के साथ आये लोगों को वहाँ से हटाने लगे, ''भीड़ मत लगाइए यहाँ। देखते नहीं, कितनी गर्मी है!''

बुद्धन माँझी ने प्रो. हसन को प्रणाम किया, ''परनाम हुजूर!'' प्रो. हसन गौर से देखने लगे बुद्धन माँझी को। ''तो आप हैं बुद्धन माँझी! मैं तो सोचता था, आप चले गये होंगे इस दुनिया से। आपकी हालत ही ऐसी थी बुद्धन जी!''

''यही तो अचरज है हजूर कि बुद्धन माँझी जिन्दा है। हमको भी अचरज होता है हजूर कि हम जिन्दा हैं।'' बुद्धन ने हँसते हुए कहा। सूखी काया। लगता था, हड्डियों के ढाँचे पर आदमी की आकृति की चमड़ी मढ़ी हुई हो। घुटने तक लँगोटी जैसा कुछ पहने हुए था। शरीर पर बेडौल, झोलंगा-सा गन्दा कुर्ता। पैरों में दुरंगे फीतों वाली, धूलसनी, घिसी हुई हवाई चप्पलें।

''आप बैठिए बुद्धन जी!'' बगल में कुर्सियों पर बैठे लोगों को उम्मीद थी

कि बुद्धन नीचे जमीन पर बैठेगा, लेकिन वह खड़ा रहा तो प्रो. हसन ने तरुण जी से कहा, "एक कुर्सी दीजिए इधर।"

मुखिया जी उधर एक कोने में बैठे थे, अपनी कुर्सी उन्होंने प्रो. हसन के सामने लगा दी। बुद्धन कुर्सी पर बैठ गया। हॉल में बैठे लोग बुद्धन के इस बदले हुए व्यवहार को देखकर चकित थे। बुद्धन को बिठाने के लिए मुखिया जी को अपनी कुर्सी छोड़नी पड़ी। मुस्कराता हुआ बुद्धन कहने लगा, "हमको भी हजूर कम अचरज नहीं होता है कि हम जिन्दा हैं। हमरा कवनो जनमपतरी तो है नहीं, मुदा पैंसठ-सत्तर से कम उमर नहीं होगी। असल में क्या है हजूर कि हम गरीब-गुरबा मजूर लोग मौत से उतना नहीं डरते हैं जितना जिनगी से डरते हैं और धनिक लोग जिनगी से नहीं, मौत से डरते हैं हजूर।"

प्रो. हसन कंकाल जैसे बुद्धन माँझी को विस्फारित आँखों से देखते हुए बोले, "अच्छा बुद्धन जी, आपको याद है?...इसी स्कूल में, बहुत साल पहले एक सभा हुई थी। मैं कॉलेज के विद्यार्थियों को लेकर आया था।...याद है आपको?"

"जी हजूर, याद है।"

"तो क्या आपको यह भी याद है बुद्धन जी, आपने मुझसे दो सवाल पूछे थे?"

"जी हजूर, एकदम याद है। कैसे भूल सकते हैं हम! मुदा आपको अभी तक कैसे याद है हजूर? बहुत बरस हो गये।" प्रो. हसन ने बुद्धन माँझी को गौर से देखते हुए कहा, "कुछ सवाल ही ऐसे होते हैं बुद्धन जी जिनके जवाब तत्काल देते नहीं बनता तो वे सवाल पीछा करते रहते हैं। आपके दोनों सवाल भी..."

हॉल में बैठे लोगों की समझ में नहीं आ रहा था कि उप-मुख्यमन्त्री जी ने आते ही इस बेमतलब के बूढ़े पियक्कड़ मुसहर को क्यों बुला लिया। क्या है इस बुद्धन माँझी में? उधर हजारों लोग समारोह शुरू होने का इन्तजार कर रहे हैं।

प्रो. हसन आगे की तरफ थोड़ा झुक गये और धीरे-से पूछा, "तो बुद्धन जी, आपने दो सवाल मुझसे पूछे थे, क्या उनके जवाब आपको मिल गये?" बुद्धन माँझी कुछ सोचता रहा और मुस्कराता रहा। बोला कुछ नहीं।

"आप बोलते क्यों नहीं बुद्धन जी?"

"हजूर, वही तो सोच रहे हैं हम कि क्या कहें। इस बीच आप मास्टर से मन्त्री बन गये।" बगल में खड़े तरुण जी ने टोका, "मास्टर नहीं बुद्धन, प्रोफेसर।"

"एक्के बात है। दोनों तो पढ़ौनी ही करते हैं। इसलिए हम बोले कि..."हाँ तो बुद्धन जी,..." प्रो. हसन बुद्धन माँझी का जवाब सुनने के लिए बेचैन थे। बुद्धन माँझी कुर्सी पर सँभलकर बैठ गया और हाथ में जो छोटी-सी लाठी थी उसे कुर्सी पर टिकाते हुए प्रो. हसन का चेहरा देखने लगा, "राज बदलने से तो हजूर, हम

लोगों को कौनो फरक नहीं पड़ा। जइसने थे, वइसने रहे। वइसने दुरगत। जो काम पहले बाबू-बबुआन करते थे, वही छोटका जात के धनिक लोग करने लगे। कवनो फरक नहीं पड़ा। देख लिया हजूर, धनिक हो जाने पर या पामर (पावर) मिल जाने पर छोटका जात के लोग भी वही हो जाते हैं —ब्राभन-राजपूत-भुईंहार-जैसे।''

''तो अभी तक आपके दोनों सवाल उसी तरह पड़े हुए हैं बुद्धन जी? पच्चीस-तीस साल तो हो गये! सन् तिहत्तर में मैं यहाँ आया था। क्या आपको लगता है कि इस बीच कुछ नहीं बदला?''

बुद्धन माँझी की आवाज जो इसके पहले मरियल-सी थी, अब तेज हो गयी, ''बदला है हजूर, बदला है।''

''किसके कारन? किस वजह से बदला है बुद्धन जी?''

''हमारे कारण हजूर। हमारे कारन। असल में हम, जिनको गाँव के मालिक लोग मनुक्ख नहीं समझते थे, हम बदल रहे हैं।''

हॉल में बैठे सारे लोग बुद्धन के जवाब से स्तब्ध रह गये। पहले यही बुद्धन जो हँसी का पात्र बनकर उप मुख्यमन्त्री जी के सामने हाजिर हुआ था, अब गम्भीर विचार का विषय बन गया था।

प्रो. हसन ने मुस्कराते हुए पूछा, ''तो बुद्धन जी, शासन बदला, सत्ता बदली, राज बदला...इसका कोई असर नहीं मानते हैं आप?'' बुद्धन माँझी आराम की मुद्रा में कुर्सी पर बैठा कहने लगा, ''असर कैसे नहा है हजूर। हम सिरिफ ई बात कहते हैं कि जिसको राज मिलता है, वह भी पहले के राजा जैसा बन जाता है। वही ठाट-बाट, वही सबकुछ। क्या छोट जात क्या बड़ जात। मुदा असर कइसे नहीं हुआ है? असर नहीं हुआ है तो हम आपके सामने कुर्सी पर कैसे बैठे हैं? कैसे नहीं हुआ है असर?''

प्रो. हसन चकित थे। हॉल में बैठे तमाम लोग अब सिर्फ बुद्धन माँझी को ही देख रहे थे और सुन रहे थे। जज साहब, वकील साहब, इंजीनियर साहब सब हतप्रभ थे। कई साल पहले इन लोगों ने अपना यह गाँव छोड़ दिया था। सालों बाद गाँव आये हैं तो देख रहे हैं अपने ही गाँव के मुसहर टोले के बुद्धन माँझी को जो कुर्सी पर बैठा है और निडर होकर बोल रहा है। ''हवा बदली है हजूर...'' बुद्धन माँझी कहने लगा, ''उधर हम लोगों के दक्खिन टोले में नये लड़के अंबेदकर का नाम लेते हैं। अब आप ही सोचिए हजूर कि बड़का जात के लोग अंबेदकर साहेब को कितना दिन से चाँपे हुए थे। कोई जानता था इनको? हम लोग ठहरे मुरुख आदमी! क्या जानने गये कि कौन थे बाबा अंबेदकर! अब जाकर देखिए हमारे दक्खिन टोले में! कितने फोटो हैं बाबा अंबेदकर के!''

प्रो. हसन ने हँसते हुए पूछा, ''आपने मायावती का नाम सुना है बुद्धन जी?''

"हाँ हजूर सुना है। गाँव के पढ़े-लिखे लड़के कहते हैं कि..." बुद्धन माँझी ने कुर्सी पर बैठने का आसन बदला और लाठी को सामने रखते हुए बोला, "लड़के कहते हैं कि मुखमन्तरी मायावती के सामने बड़का-बड़का अफसर थर-थर काँपते हैं। बाभन-राजपूत...सब बड़का अफ़सर हाथ जोड़े खड़े रहते हैं मायावती के सामने। हमारे गाँव का शिबू कह रहा था कि एक कलट्टर को मायावती ने इतना कसके डाँटा कि बेचारा बेहोश होकर गिर पड़ा। तो ई है हजूर दलित का पामर! जगजीवन बाबू को नहीं मानता है हमारा दलित।"

"जगजीवन राम को नहीं मानते हैं आप लोग?"

"नहीं हजूर, गाँव के लड़के कहत हैं कि 'बाबू' कहकर जगजीवन राम को उल्लू बनाते थे बड़का जात वाले।"

प्रो. हसन को उम्मीद नहीं थी कि बुद्धन माँझी इस बीच इतनी जानकारी रखने लगा है। प्रो. हसन तीस साल पहले के बुद्धन माझी के बरअक्स आज के बुद्धन माँझी को देख चकित थे। बुद्धन कहने लगा, "लेकिन एक्के बात खराब है हजूर। चाहे मायावती हो चाहे कोई और!...सबको पइसे की भूख। सुनते हैं कि कड़ोरों जमा किये हुई है मायावती। रामनाथ कह रहा था कि राजा के समान अपना जनम-दिन मनाती है मायावती।"

प्रो. हसन हँसने लगे, "आपको बहुत बातों की जानकारी है बुद्धनजी। कहाँ से मिलती है आपको इतनी जानकारी?"

"गाँव के लड़के कहते हैं हजूर। हम तो पढ़ल-लिखल नहिंए हैं। सिरिफ सुनते हैं।"

"तो बुद्धनजी आप मानते हैं न कि यह जो हवा चली है उसका असर है आप लोगों पर?"

"खूब असर है हजूर। पहले ब्राभन, राजपूत, भुइंहार हम लोगों को भोट कहाँ देने देते थे! अब हम भोट देते हैं और अपने मन से भोट देते हैं। किसकी मजाल जो हमको रोक ले! ई जो परमुख साहेब बैठे हैं, ई जो मुखिया जी हैं यादव जी!" बुद्धन माँझी की झुकी हुई रीढ़ तन गयी, "हे ऊ देखिए हजूर, रामबरन को! लुचाय राम का बेटा! एस.पी. है। बाभन राजपूत सब परनाम करते हैं रामबरन को! रामबरन को तो छोड़िए उसके बाप लुचाय राम कुर्सी पर बैठे हैं—देखिए!...उनको ब्राभन दरोगा परनाम करता है।..."

प्रो. हसन का चेहरा खिल गया, "बुद्धन जी, मैं तीस साल बाद आया हूँ आपके गाँव में और देख रहा हूँ कि कितना बदल गया है गाँव।"

..."मुदा आपलोगों ने हजूर, नहीं बदला हमारे गाँव को।" बुद्धन माँझी ने टेढ़ी नजरों से देखा प्रोफेसर हसन को, "अभी हम बदले कहाँ हैं हजूर। हमारी

हालत तो वही है, मुदा बदलेंगे जरूर। हम पूरा न बदलें, हमारे बाल-बच्चे बदलेंगे। इज्जत से रहेंगे।'' बुद्धन माँझी इतनी देर से बोल रहा था, मगर उसके बूढ़े कमजोर शरीर पर थकान नहीं थी। कहने लगा, ''मुदा एक्के बात हजूर...एक्के बात से चिन्ता होती है कि जो चढ़ गया सिंहासन पर वही राजा! और राजा-राजा एक समान! क्या व्राभन-राजपूत-भुइंहार, क्या जादब, कुर्मी, चमार-धरकार!...राजा-राजा एक समान! सबको देख लिया हजूर। कहाँ गया कटुआ नेता? कहाँ गया? हॉल में सारे लोगों की आँखें कटुआ नेता को ढूँढ़ने लगीं, लेकिन वह हॉल में नहीं था।

मुसहर टोले का यह पियक्कड़ बूढ़ा मजदूर बुद्धन! इसके मुँह से ऐसी बातें? हालाँकि प्रो. हसन को आश्चर्य नहीं हो रहा था। पिछली बार ही उनको महसूस हो गया था कि बुद्धन-जैसा साहसी और दो टूक बोलने वाला व्यक्ति इस गाँव में दूसरा नहीं है।

''ऐसा है हजूर कि हम लोगों ने देख लिया—बड़का-छोटका सबका राज देख लिया। बड़का जात के लोगों का राज गया, फिर आपलोगों का राज आया। छोटका जात के लोग गद्दी पर बैठे।'' प्रो. हसन भीतर से डगमगा रहे थे कि बुद्धन माँझी के निशाने पर कहीं वे तो नहीं हैं?

बुद्धन के बोलने में न संकोच था, न भय। कहने लगा, ''मुसहर टोले, डोमराही और चमरटोली में पता कर आइए हजूर। पूछ आइए कि जब बड़का जात के लोग गये और छोटका जात का राज आया तो ई छोटका जात के लोग क्या करते हैं हम लोगों के साथ! पूछ आइए कि कवनो फरक है दोनों में?''

''तो बुद्धनजी, आपने 'पैला' में आँटा सटे होने की बात कही थी पिछली बार। बताइए कि इस बीच 'पैला' से आँटे की लोई हटी या नहीं?''

बुद्धन माँझी सामने बैठे गाँव के नवधनिकों की ओर देखकर मुस्कराया और बोला, ''आधा-छीधा हजूर। अभी कुछ रह गया है। वह भी हट जाएगा।'' ग्राम पंचायत के मुखिया और लुचाय राम ने सिर झुका लिये। पता नहीं क्या कह देगा ई मुसहरबा!

बुद्धन माँझी गाँव के धनी लोगों को देखकर इस तरह हँस रहा था जैसे किसी नाचीज पर हँस रहा हो।

''असल में हजूर, गाँव के मालिक-मोखतार गिरहत लोग जन-बनिहार लाएँगे कहाँ से? मजूर तो दिल्ली, पंजाब चले जाते हैं। बाकी बचे हमारे-जैसे लोग। तो हम लोग साफ-साफ बोल दिये हजूर कि रोख मजूरी चोखा काम। पैला में जो आँटा सटा हुआ है उसको हटाइए। हम पैला देखेंगे तब करेंगे काम, नहीं तो दीजिए नगद सरकारी रेट पर।...''

प्रो. हसन निर्भीक बुद्धन माँझी की बातें सुनकर मुस्करा रहे थे। सोच रहे थे,

इतना बेलाग और निडर वही हो सकता है जिसके पास कुछ गँवाने के लिए हो ही नहीं। बुद्धन कहने लगा, ''असल में हजूर, हम लोग पहले एक नहीं थे और ई भी नहीं जानते थे कि हमको केतना अधिकार है। हमारे टोले में एक लड़का है रामपरकास। दसवाँ किलास में पढ़ता है और करान्ती बतियाने वाले लड़कों से संगत करता है। असली बात यही है हजूर।''

''यह तो आपके टोले की बात हुई। बाकी दक्षिण टोले की?'' बुद्धन बेफिक्र बोलता रहा, ''ई छूत की बीमारी है हजूर। बैसाख महीने की अगलग्गी है —एक घर, दू घर, पूरा टोला सुआहा! हाँ दुसाध टोली के लोग कुछ बेसी हुसियार हो गये। उनके-जैसी एकता दक्खिन टोले की दूसरी जात में नहीं है।''

प्रो. हसन ने मुस्कराते हुए पूछा, ''तो पैला से आँटे की लोई हट गयी न बुद्धन जी?''

''कहा न हजूर हटी नहीं, हमलोगों ने हटवा दी।'' बुद्धन माँझी इतने इतमीनान और आत्मविश्वास से बोला कि प्रो. हसन देखते ही रह गये काले-कलूटे इस ताकतवर अस्थिपंजर को।

''अच्छा आपका दूसरा सवाल भी था। याद है न आपको?'' प्रो. हसन के भीतर अब पहले वाली हलचल नहीं थी।

''हाँ हजूर, याद है। भूलने वाली बात है भला? कहा न हजूर, पहले बड़का जात वाले जोर-जबरदस्ती घरढुक्की करते थे। उनकी चलती-बनती गयी और छोटका जात वालों की चलती हुई तो क्या हुआ, यह तो हजूर देखिए रहे हैं। दो-चार दिन रहिए हमारे गाँव में पहले की तरह, सब देख लीजिएगा हजूर। केतना कहें हम!''

प्रो. हसन अगल-बगल बैठे लोगों को देखने लगे जिनकी तरफ बुद्धन ने इशारा किया था। बुद्धन बोला, ''हजूर, ऊ कहावत है न! थोड़ा लिखना बहुत समझना!..वही बात।...मुसहर, डोम, चमार, दुसाध ई सब लोगों को तो पहले वोट भी नहीं देने देते थे बड़का लोग। दक्खिन टोले के पढ़ुआ लड़के कहते हैं कि अपने को 'हरिजन' मत कहो, दलित कहो। हम बोले कि ठीक, दलिते कहेंगे, लेकिन नाम बदलने से क्या होगा हजूर?''

बुद्धन माँझी प्रो. हसन के दूसरे सवाल से या तो भटक रहा था या प्रो. हसन को ही भटका रहा था। लेकिन प्रो. हसन वह खूँटा छोड़ नहीं रहे थे जिससे सवाल किसी मिमियाते मेमने-सा बँधा था। बुद्धन माँझी गाँव के मुँहपुरुख और दबदबा रखनेवाले लोगों की ओर देखता हुआ कहने लगा, ''हम बोले न हजूर, साठ-सत्तर साल की उमर में बहुत देख लिया हमने। हम एक्के बात समझते हैं हजूर, जो चढ़ गया सिंहासन पर वही राजा और राजा-राजा सब एक। छोट जात क्या, बड़ जात क्या!''

प्रो. हसन को लग रहा था, बुद्धन टाल रहा है दूसरे सवाल को। उन्होंने फिर पूछा, ''बुद्धनजी, आपका जो दूसरा सवाल था...''

''कहा न हजूर हम चेत रहे हैं। पढ़ुआ लड़का है न हमारे टोले में। रामपरकास और उसके संगी-साथी हैं जो कहते हैं कोई नहीं आएगा इज्जत बचाने। निकालो हथियार। खुरपी, हँसुआ, भाला, बर्छी, कुदाल, कुल्हाड़ी, बसुला, दबिया जो है घर में वही हथियार पिजाकर रखो।''

प्रो. हसन मुस्कराने लगे, ''तो घर में असलाह की धार तेज कर रहे हैं आप लोग।''

''और क्या करेंगे! जिन लोगों पर पहले बड़का जात वाले जुलुम ढाते थे, रात में क्या दिन में बहू बेटी की इज्जत लूटते थे, वही लोग ओहदे वाले हुए, पैसे वाले हुए तो अपने से नीचे वालों पर जुलुम ढाने लगे। क्या कहें हजूर, कुत्ता भी कुत्ते का मांस नहीं खाता मगर हमारे गाँव में!...'' पीछे की कुर्सियों पर बैठे लुचाय राम, मुखिया जी वगैरह सिर झुकाये यह सोच रहे थे कि यह मुसहरबा तो बड़ा खतरनाक आदमी है।

''अभी तो दुइए आदमी की दुरगत हुई है हमारे टोले में। दुरगत भी हजूर, मरद लोगों ने नहीं, जनीजात ने की। दे झाड़ू, दे लात...'' हथियार चलाने का मौका अभी कहाँ मिला है! हजूर, हम जान गये हैं, हम चेत गये हैं। अब आवें तो मोछउठान लड़के जाँच के लिए कि वे शादी के लायक हुए हैं कि नहीं? आवें हमारे टोले में?...एगो औरत है इस गाँव में कजरी...'' कजरी का नाम सुनते ही कटुआ नेता जो सामने कुर्सी पर बैठा था झट से उठा और अपनी दोनों जाँघों के बीच हथेली रखे तेजी से निकल गया, कुछ इस तरह जैसे उसका बाथरूम जाना बहुत जरूरी हो और अगर जरा भी देर हुई तो उसका खादी का पाजामा गीला हो जाएगा।

प्रो. हसन मन और वाणी दोनों से हल्के हो गये थे। उन्होंने हँसते हुए पूछा, ''तो बुद्धनजी आपके दोनों सवालों के जवाब आपको मिल गये न?'' बुद्धन हँसने लगा, ''जवाब मिला कहाँ हजूर, जवाब तो हम दे रहे हैं और जवाब खोज रहे हैं।''

प्रो. हसन कुर्सी से उठकर बुद्धन माँझी की पीठ थपथपाने लगे। उन्होंने देखा, हॉल के कोने में फूल की ढेर सारी मालाएँ रखी हुई हैं—रजनीगंधा की मोटी-मोटी मालाएँ। उन्होंने किसी से कुछ कहा नहीं। सीधे चले गये कोने में और एक माला उठाकर ले आए। माला उन्होंने बुद्धन माँझी के गले में डाल दी और तालियाँ बजाने लगे। हॉल में मौजूद तमाम लोगों ने प्रो. हसन का साथ दिया।

प्रो. हसन मंच की तरफ जाने के लिए कुर्सी से उठे और तरुणजी से बोले, ''तरुणजी मैंने तो सबसे पहले बुद्धन माँझी का ही सम्मान कर दिया बिना आप लोगों से पूछे।'' तरुणजी के साथ दूसरे लोग भी हँसने लगे। बूढ़े बुद्धन माँझी के

गले में झूलती रजनीगंधा की सफेद फूलों की माला काली चमड़ी और बेडोल गन्दे कुर्ते पर कुछ ज्यादा ही चमक रही थी। मंच पर श्रोताओं के मनोरंजन के लिए गाँव के लोक-गायक अब तक जो गीत-नाद सुना रहे थे, उसकी अन्तिम कड़ी के रूप में सोलह-सत्रह साल के एक लड़के को गाने का मौका मिला था :

''धन वालों की दीवाली की रात कट गयी
अब गरीब का दिन है,
दिन का उजियाला है...''

प्रो. हसन मंच पर पहुँचने ही वाले थे। उन्होंने अपने साथ चल रहे विधायक डायमंड से पूछा, ''कौन गा रहा है यह इन्कलाबी गाना?''

विधायक डायमंड को क्या पता कि कौन गा रहा है! साथ चल रहे मुखियाजी ने कहा, ''इसी गाँव के मुसहर टोले का लड़का है सर! रामप्रकाश। अभी बुद्धन माँझी मिला था न! उसी के टोले का है।''

गीत गानेवाला लड़का गीत की अगली कड़ी शुरू कर चुका था।

''इस उजियाले में आओ हम साथ चलें सब...'' कि तरुणजी ने माइक्रोफोन से लड़के को हटा दिया और मंच-संचालन के लिए खासतौर से बुलाई गयी दूरदर्शन की सुदर्शना समाचार-वाचिका सुनीता मिश्र से कहा, ''अब आप आइए सुनीताजी और सँभालिए मंच को।''

❑❑